Werner Filmer, Jahrgang 1934, leitet beim WDR-Fernsehen die Programmgruppe Inland/Politik. Er hat für seine gesellschaftskritischen Arbeiten mehrere nationale und internationale Fernsehpreise erhalten. Als Autor und Herausgeber veröffentlichte er zahlreiche Sach- und Jugendbücher.

Heribert Schwan, Jahrgang 1944, ist seit 1974 Redakteur in der Abteilung Politik und Zeitgeschehen des Deutschlandfunks. Er hat zahlreiche Fernsehfilme gedreht – unter anderem über Richard von Weizsäcker – und mehrere Bücher veröffentlicht.

Von Kerstin und Gerd zum 30.11.85

Vollständige Taschenbuchausgabe
Droemersche Verlagsanstalt Th. Knaur Nachf. München
Lizenzausgabe mit freundlicher Genehmigung
des Econ Verlags, Düsseldorf und Wien

Umschlaggestaltung Adolf Bachmann, Reischach
Umschlagfoto Pressestelle Bundespräsidialamt
Druck und Bindung Ebner Ulm
Printed in Germany 5 4 3 2 1
ISBN 3-426-03796-3

Werner Filmer / Heribert Schwan:
Richard von Weizsäcker

Profile eines Mannes

Mit 27 Abbildungen

Knaur

ISBN 3-426-03796-3 1280

Inhalt

Ansprache in der Gedenkstunde im Plenarsaal des Deutschen Bundestages am 8. Mai 1985

I.

Meine Herren Präsidenten,
Herr Bundeskanzler, Exzellenzen,
meine Damen und Herren, liebe Landsleute!

Viele Völker gedenken heute des Tages, an dem der Zweite Weltkrieg in Europa zu Ende ging. Seinem Schicksal gemäß hat jedes Volk dabei seine eigenen Gefühle. Sieg oder Niederlage, Befreiung von Unrecht und Fremdherrschaft oder Übergang zu neuer Abhängigkeit, Teilung, neue Bündnisse, gewaltige Machtverschiebungen – der 8. Mai 1945 ist ein Datum von entscheidender historischer Bedeutung in Europa.
Wir Deutsche begehen den Tag unter uns, und das ist notwendig. Wir müssen die Maßstäbe allein finden. Schonung unserer Gefühle durch uns selbst oder durch andere hilft nicht weiter. Wir brauchen und wir haben die Kraft, der Wahrheit, so gut wir es können, ins Auge zu sehen, ohne Beschönigung und ohne Einseitigkeit.
Der 8. Mai ist für uns vor allem ein Tag der Erinnerung an das, was Menschen erleiden mußten. Er ist zugleich ein Tag des Nachdenkens über den Gang unserer Geschichte. Je ehrlicher wir ihn begehen, desto freier sind wir, uns seinen Folgen verantwortlich zu stellen.
Der 8. Mai ist für uns Deutsche kein Tag zum Feiern. Die Menschen, die ihn bewußt erlebt haben, denken an ganz persönliche und damit ganz unterschiedliche Erfahrungen zurück. Der eine kehrte heim, der andere wurde heimatlos. Dieser wurde befreit, für jenen begann die Gefangenschaft. Viele waren einfach nur dafür dankbar, daß Bombennächte und Angst vorüber und sie mit dem Leben davongekommen waren. Andere empfanden Schmerz über die vollständige Niederlage des eigenen Vaterlandes. Verbittert standen Deutsche vor zerrissenen Illusionen, dankbar andere Deutsche für den geschenkten neuen Anfang.
Es war schwer, sich alsbald klar zu orientieren. Ungewißheit erfüllte das Land. Die militärische Kapitulation war bedingungslos. Unser Schicksal lag in der Hand der Feinde. Die Vergangenheit war furchtbar gewesen, zumal auch für viele dieser Feinde. Würden sie uns nun nicht vielfach entgelten lassen, was wir ihnen angetan hatten?

Die meisten Deutschen hatten geglaubt, für die gute Sache des eigenen Landes zu kämpfen und zu leiden. Und nun sollte sich herausstellen: Das alles war nicht nur vergeblich und sinnlos, sondern es hatte den unmenschlichen Zielen einer verbrecherischen Führung gedient. Erschöpfung, Ratlosigkeit und neue Sorgen kennzeichneten die Gefühle der meisten. Würde man noch eigene Angehörige finden? Hatte ein Neuaufbau in diesen Ruinen überhaupt Sinn?
Der Blick ging zurück in einen dunklen Abgrund der Vergangenheit und nach vorn in eine ungewisse dunkle Zukunft.
Und dennoch wurde von Tag zu Tag klarer, was es heute für uns alle gemeinsam zu sagen gilt: Der 8. Mai war ein Tag der Befreiung. Er hat uns alle befreit von dem menschenverachtenden System der nationalsozialistischen Gewaltherrschaft.
Niemand wird um dieser Befreiung willen vergessen, welche schweren Leiden für viele Menschen mit dem 8. Mai erst begannen und danach folgten. Aber wir dürfen nicht im Ende des Krieges die Ursache für Flucht, Vertreibung und Unfreiheit sehen. Sie liegt vielmehr in seinem Anfang und im Beginn jener Gewaltherrschaft, die zum Krieg führte. Wir dürfen den 8. Mai 1945 nicht vom 30. Januar 1933 trennen.
Wir haben wahrlich keinen Grund, uns am heutigen Tag an Siegesfesten zu beteiligen. Aber wir haben allen Grund, den 8. Mai 1945 als das Ende eines Irrweges deutscher Geschichte zu erkennen, das den Keim der Hoffnung auf eine bessere Zukunft barg.

II

Der 8. Mai ist ein Tag der Erinnerung. Erinnern heißt, eines Geschehens so ehrlich und rein zu gedenken, daß es zu einem Teil des eigenen Innern wird. Das stellt große Anforderungen an unsere Wahrhaftigkeit.
Wir gedenken heute in Trauer aller Toten des Krieges und der Gewaltherrschaft.
Wir gedenken insbesondere der sechs Millionen Juden, die in deutschen Konzentrationslagern ermordet wurden.
Wir gedenken aller Völker, die im Krieg gelitten haben, vor allem der unsäglich vielen Bürger der Sowjetunion und der Polen, die ihr Leben verloren haben.
Als Deutsche gedenken wir in Trauer der eigenen Landsleute, die als Soldaten, bei den Fliegerangriffen in der Heimat, in Gefangenschaft und bei der Vertreibung ums Leben gekommen sind.
Wir gedenken der ermordeten Sinti und Roma, der getöteten Homo-

sexuellen, der umgebrachten Geisteskranken, der Menschen, die um ihrer religiösen oder politischen Überzeugung willen sterben mußten.

Wir gedenken der erschossenen Geiseln.

Wir denken an die Opfer des Widerstandes in allen von uns besetzten Staaten.

Als Deutsche ehren wir das Andenken der Opfer des deutschen Widerstandes, des bürgerlichen, des militärischen und glaubensbegründeten, des Widerstandes in der Arbeiterschaft und bei Gewerkschaften, des Widerstandes der Kommunisten.

Wir gedenken derer, die nicht aktiv Widerstand leisteten, aber eher den Tod hinnahmen, als ihr Gewissen zu beugen.

Neben dem unübersehbar großen Heer der Toten erhebt sich ein Gebirge menschlichen Leids,

Leid um die Toten,

Leid durch Verwundung und Verkrüppelung,

Leid durch unmenschliche Zwangssterilisierung,

Leid in Bombennächten,

Leid durch Flucht und Vertreibung, durch Vergewaltigung und Plünderung, durch Zwangsarbeit, durch Unrecht und Folter, durch Hunger und Not,

Leid durch Angst vor Verhaftung und Tod,

Leid durch Verlust all dessen, woran man irrend geglaubt und wofür man gearbeitet hatte.

Heute erinnern wir uns dieses menschlichen Leids und gedenken seiner in Trauer.

Den vielleicht größten Teil dessen, was den Menschen aufgeladen war, haben die Frauen der Völker getragen.

Ihr Leiden, ihre Entsagung und ihre stille Kraft vergißt die Weltgeschichte nur allzu leicht. Sie haben gebangt und gearbeitet, menschliches Leben getragen und beschützt. Sie haben getrauert um gefallene Väter und Söhne, Männer, Brüder und Freunde.

Sie haben in den dunkelsten Jahren das Licht der Humanität vor dem Erlöschen bewahrt.

Am Ende des Krieges haben sie als erste und ohne Aussicht auf eine gesicherte Zukunft Hand angelegt, um wieder einen Stein auf den anderen zu setzen, die Trümmerfrauen in Berlin und überall.

Als die überlebenden Männer heimkehrten, mußten Frauen oft wieder zurückstehen. Viele Frauen blieben auf Grund des Krieges allein und verbrachten ihr Leben in Einsamkeit.

Wenn aber die Völker an den Zerstörungen, den Verwüstungen, den Grausamkeiten und Unmenschlichkeiten innerlich nicht zerbrachen, wenn sie nach dem Krieg langsam wieder zu sich selbst kamen, dann verdanken wir es zuerst unseren Frauen.

III

Am Anfang der Gewaltherrschaft hatte der abgrundtiefe Haß Hitlers gegen unsere jüdischen Mitmenschen gestanden. Hitler hatte ihn nie vor der Öffentlichkeit verschwiegen, sondern das ganze Volk zum Werkzeug dieses Hasses gemacht. Noch am Tag vor seinem Ende am 30. April 1945 hatte er sein sogenanntes Testament mit den Worten abgeschlossen:
„Vor allem verpflichte ich die Führung der Nation und die Gefolgschaft zur peinlichen Einhaltung der Rassengesetze und zum unbarmherzigen Widerstand gegen den Weltvergifter aller Völker, dem internationalen Judentum."
Gewiß, es gibt kaum einen Staat, der in seiner Geschichte immer frei blieb von schuldhafter Verstrickung in Krieg und Gewalt. Der Völkermord an den Juden jedoch ist beispiellos in der Geschichte.
Die Ausführung des Verbrechens lag in der Hand weniger. Vor den Augen der Öffentlichkeit wurde es abgeschirmt. Aber jeder Deutsche konnte miterleben, was jüdische Mitbürger erleiden mußten, von kalter Gleichgültigkeit über versteckte Intoleranz bis zu offenem Haß. Wer konnte arglos bleiben nach den Bränden der Synagogen, den Plünderungen, der Stigmatisierung mit dem Judenstern, dem Rechtsentzug, der unaufhörlichen Schändungen der menschlichen Würde?
Wer seine Ohren und Augen aufmachte, wer sich informieren wollte, dem konnte nicht entgehen, daß Deportationszüge rollten. Die Phantasie der Menschen mochte für Art und Ausmaß der Vernichtung nicht ausreichen. Aber in Wirklichkeit trat zu den Verbrechen selbst der Versuch allzu vieler, auch in meiner Generation, die wir jung und an der Planung und Ausführung der Ereignisse unbeteiligt waren, nicht zur Kenntnis zu nehmen, was geschah.
Es gab viele Formen, das Gewissen ablenken zu lassen, nicht zuständig zu sein, wegzuschauen, zu schweigen. Als dann am Ende des Krieges die ganze unsagbare Wahrheit des Holocaust herauskam, beriefen sich allzu viele von uns darauf, nichts gewußt oder auch nur geahnt zu haben.
Schuld oder Unschuld eines ganzen Volkes gibt es nicht. Schuld ist, wie Unschuld, nicht kollektiv, sondern persönlich.
Es gibt entdeckte und verborgen gebliebene Schuld von Menschen. Es gibt Schuld, die sich Menschen eingestanden oder abgeleugnet haben.

Jeder, der die Zeit mit vollem Bewußtsein erlebt hat, frage sich heute im stillen selbst nach seiner Verstrickung.
Der ganz überwiegende Teil unserer heutigen Bevölkerung war zur damaligen Zeit entweder im Kindesalter oder noch gar nicht geboren. Sie können nicht eine eigene Schuld bekennen für Taten, die sie gar nicht begangen haben.
Kein fühlender Mensch erwartet von ihnen, ein Büßerhemd zu tragen, nur weil sie Deutsche sind. Aber die Vorfahren haben ihnen eine schwere Erbschaft hinterlassen.
Wir alle, ob schuldig oder nicht, ob alt oder jung, müssen die Vergangenheit annehmen. Wir alle sind von ihren Folgen betroffen und für sie in Haftung genommen.
Jüngere und Ältere müssen und können sich gegenseitig helfen zu verstehen, warum es lebenswichtig ist, die Erinnerung wachzuhalten.
Es geht nicht darum, Vergangenheit zu bewältigen. Das kann man gar nicht. Sie läßt sich ja nicht nachträglich ändern oder ungeschehen machen. Wer aber vor der Vergangenheit die Augen verschließt, wird blind für die Gegenwart. Wer sich der Unmenschlichkeit nicht erinnern will, der wird wieder anfällig für neue Ansteckungsgefahren.
Das jüdische Volk erinnert sich und wird sich immer erinnern. Wir suchen als Menschen Versöhnung.
Gerade deshalb müssen wir verstehen, daß es Versöhnung ohne Erinnerung gar nicht geben kann. Die Erfahrung millionenfachen Todes ist ein Teil des Innern jedes Juden in der Welt, nicht nur deshalb, weil Menschen ein solches Grauen nicht vergessen können. Sondern die Erinnerung gehört zum jüdischen Glauben.
Das Vergessenwollen verlängert das Exil,
und das Geheimnis der Erlösung heißt Erinnerung.
Diese oft zitierte jüdische Weisheit will wohl besagen, daß der Glaube an Gott ein Glaube an sein Wirken in der Geschichte ist.
Die Erinnerung ist die Erfahrung vom Wirken Gottes in der Geschichte. Sie ist die Quelle des Glaubens an die Erlösung. Diese Erfahrung schafft Hoffnung, sie schafft Glauben an Erlösung, an Wiedervereinigung des Getrennten, an Versöhnung. Wer sie vergißt, verliert den Glauben.
Würden wir unsererseits vergessen wollen, was geschehen ist, anstatt uns zu erinnern, dann wäre dies nicht nur unmenschlich. Sondern wir würden damit dem Glauben der überlebenden Juden zu nahe treten, und wir würden den Ansatz zur Versöhnung zerstören.
Für uns kommt es auf ein Mahnmal des Denkens und Fühlens in unserem eigenen Innern an.

Der 8. Mai ist ein tiefer historischer Einschnitt, nicht nur in der deutschen, sondern auch in der europäischen Geschichte.
Der europäische Bürgerkrieg war an sein Ende gelangt, die alte europäische Welt zu Bruch gegangen. »Europa hatte sich ausgekämpft« (M. Stürmer). Die Begegnung amerikanischer und sowjetrussischer Soldaten an der Elbe wurde zu einem Symbol für das vorläufige Ende einer europäischen Ära.
Gewiß, das alles hatte seine alten geschichtlichen Wurzeln. Großen, ja bestimmenden Einfluß hatten die Europäer in der Welt, aber ihr Zusammenleben auf dem eigenen Kontinent zu ordnen, das vermochten sie immer schlechter. Über hundert Jahre lang hatte Europa unter dem Zusammenprall nationalistischer Übersteigerungen gelitten. Am Ende des Ersten Weltkrieges war es zu Friedensverträgen gekommen. Aber ihnen hatte die Kraft gefehlt, Frieden zu stiften. Erneut waren nationalistische Leidenschaften aufgeflammt und hatten sich mit sozialen Notlagen verknüpft.
Auf dem Weg ins Unheil wurde Hitler die treibende Kraft. Er erzeugte und er nutzte Massenwahn. Eine schwache Demokratie war unfähig, ihm Einhalt zu gebieten. Und auch die europäischen Westmächte, nach Churchills Urteil „arglos, nicht schuldlos", trugen durch Schwäche zur verhängnisvollen Entwicklung bei. Amerika hatte sich nach dem Ersten Weltkrieg wieder zurückgezogen und war in den dreißiger Jahren ohne Einfluß auf Europa.
Hitler wollte die Herrschaft über Europa, und zwar durch Krieg. Den Anlaß dafür suchte und fand er in Polen.
Am 23. Mai 1939 – wenige Monate vor Kriegsausbruch – erklärte er vor der deutschen Generalität:
„Weitere Erfolge können ohne Blutvergießen nicht mehr errungen werden ... Danzig ist nicht das Objekt, um das es geht. Es handelt sich für uns um die Erweiterung des Lebensraumes im Osten und Sicherstellung der Ernährung ... Es entfällt also die Frage, Polen zu schonen, und bleibt der Entschluß, bei erster passender Gelegenheit Polen anzugreifen ... Hierbei spielen Recht oder Unrecht oder Verträge keine Rolle."
Am 23. August 1939 wurde der deutsch-sowjetische Nichtangriffspakt geschlossen. Das geheime Zusatzprotokoll regelte die bevorstehende Aufteilung Polens.
Der Vertrag wurde geschlossen, um Hitler den Einmarsch in Polen zu ermöglichen. Das war der damaligen Führung der Sowjetunion voll bewußt. Allen politisch denkenden Menschen jener Zeit war klar, daß

der deutsch-sowjetische Pakt Hitlers Einmarsch in Polen und damit den Zweiten Weltkrieg bedeutete.
Dadurch wird die deutsche Schuld am Ausbruch des Zweiten Weltkrieges nicht verringert. Die Sowjetunion nahm den Krieg anderer Völker in Kauf, um sich am Ertrag zu beteiligen. Die Initiative zum Krieg aber ging von Deutschland aus, nicht von der Sowjetunion.
Es war Hitler, der zur Gewalt griff. Der Ausbruch des Zweiten Weltkrieges bleibt mit dem deutschen Namen verbunden.
Während dieses Krieges hat das nationalsozialistische Regime viele Völker gequält und geschändet.
Am Ende blieb nur noch ein Volk übrig, um gequält, geknechtet und geschändet zu werden: das eigene, das deutsche Volk. Immer wieder hat Hitler ausgesprochen: wenn das deutsche Volk schon nicht fähig sei, in diesem Krieg zu siegen, dann möge es eben untergehen. Die anderen Völker wurden zunächst Opfer eines von Deutschland ausgehenden Krieges, bevor wir selbst zu Opfern unseres eigenen Krieges wurden.
Es folgte die von den Siegermächten verabredete Aufteilung Deutschlands in verschiedene Zonen. Inzwischen war die Sowjetunion in alle Staaten Ost- und Südosteuropas, die während des Krieges von Deutschland besetzt worden waren, einmarschiert. Mit Ausnahme Griechenlands wurden alle diese Staaten sozialistische Staaten.
Die Spaltung Europas in zwei verschiedene politische Systeme nahm ihren Lauf. Es war erst die Nachkriegsentwicklung, die sie befestigte. Aber ohne den von Hitler begonnenen Krieg wäre sie nicht gekommen. Daran denken die betroffenen Völker zuerst, wenn sie sich des von der deutschen Führung ausgelösten Krieges erinnern.
Im Blick auf die Teilung unseres eigenen Landes und auf den Verlust großer Teile des deutschen Staatsgebietes denken auch wir daran. In seiner Predigt zum 8. Mai sagte Kardinal Meißner in Ostberlin: „Das trostlose Ergebnis der Sünde ist immer die Trennung."

V

Die Willkür der Zerstörung wirkte in der willkürlichen Verteilung der Lasten nach. Es gab Unschuldige, die verfolgt wurden, und Schuldige, die entkamen. Die einen hatten das Glück, zu Hause in vertrauter Umgebung ein neues Leben aufbauen zu können. Andere wurden aus der angestammten Heimat vertrieben.
Wir in der späteren Bundesrepublik Deutschland erhielten die kost-

bare Chance der Freiheit. Vielen Millionen Landsleuten bleibt sie bis heute versagt.

Die Willkür der Zuteilung unterschiedlicher Schicksale ertragen zu lernen, war die erste Aufgabe im Geistigen, die sich neben der Aufgabe des materiellen Wiederaufbaus stellte. An ihr mußte sich die menschliche Kraft erproben, die Lasten anderer zu erkennen, an ihnen dauerhaft mitzutragen, sie nicht zu vergessen. In ihr mußte die Fähigkeit zum Frieden und die Bereitschaft zur Versöhnung nach innen und außen wachsen, die nicht nur andere von uns forderten, sondern nach denen es uns selbst am allermeisten verlangte.

Wir können des 8. Mai nicht gedenken, ohne uns bewußtzumachen, welche Überwindung die Bereitschaft zur Aussöhnung den ehemaligen Feinden abverlangte. Können wir uns wirklich in die Lage von Angehörigen der Opfer des Warschauer Ghettos oder des Massakers von Lidice versetzen?

Wie schwer mußte es aber auch einem Bürger in Rotterdam oder London fallen, den Wiederaufbau unseres Landes zu unterstützen, aus dem die Bomben stammten, die erst kurze Zeit zuvor auf seine Stadt gefallen waren. Dazu mußte allmählich eine Gewißheit wachsen, daß Deutsche nicht noch einmal versuchen würden, eine Niederlage mit Gewalt zu korrigieren.

Bei uns selbst wurde das Schwerste den Heimatvertriebenen abverlangt. Ihnen ist noch lange nach dem 8. Mai bitteres Leid und schweres Unrecht widerfahren. Um ihrem schweren Schicksal mit Verständnis zu begegnen, fehlt uns Einheimischen oft die Phantasie und auch das offene Herz.

Aber es gab alsbald auch große Zeichen der Hilfsbereitschaft. Viele Millionen Flüchtlinge und Vertriebene wurden aufgenommen. Im Laufe der Jahre konnten sie neue Wurzeln schlagen. Ihre Kinder und Enkel bleiben auf vielfache Weise der Kultur und der Liebe zur Heimat ihrer Vorfahren verbunden. Das ist gut so, denn das ist ein wertvoller Schatz in ihrem Leben.

Sie haben aber selbst eine neue Heimat gefunden, in der sie mit den gleichaltrigen Einheimischen aufwachsen und zusammenwachsen, ihre Mundart sprechen und ihre Gewohnheiten teilen. Ihr junges Leben ist ein Beweis für die Fähigkeit zum inneren Frieden. Ihre Großeltern oder Eltern wurden einst vertrieben, sie jedoch sind jetzt zu Hause.

Früh und beispielhaft haben sich die Heimatvertriebenen zum Gewaltverzicht bekannt. Das war keine vergängliche Erklärung im anfänglichen Stadium der Machtlosigkeit, sondern ein Bekenntnis, das seine Gültigkeit behält. Gewaltverzicht bedeutet, allseits das Vertrauen wachsen zu lassen, daß auch ein wieder zu Kräften kommendes Deutschland daran gebunden bleibt.

Die eigene Heimat ist mittlerweile anderen zur Heimat geworden. Auf vielen alten Friedhöfen im Osten finden sich heute schon mehr polnische als deutsche Gräber.

Der erzwungenen Wanderschaft von Millionen Deutschen nach Westen folgten Millionen Polen und ihnen wiederum Millionen Russen. Es sind alles Menschen, die nicht gefragt wurden, Menschen, die Unrecht erlitten haben, Menschen, die wehrlose Objekte der politischen Ereignisse wurden und denen keine Aufrechnung von Unrecht und keine Konfrontation von Ansprüchen wiedergutmachen kann, was ihnen angetan worden ist.

Gewaltverzicht heute heißt, den Menschen dort, wo sie das Schicksal nach dem 8. Mai hingetrieben hat und wo sie nun seit Jahrzehnten leben, eine dauerhafte, politisch unangefochtene Sicherheit für ihre Zukunft zu geben. Es heißt, den widerstreitenden Rechtsansprüchen das Verständigungsgebot überzuordnen.

Darin liegt der eigentliche, der menschliche Beitrag zu einer europäischen Friedensordnung, der von uns ausgehen kann.

Der Neuanfang in Europa nach 1945 hat dem Gedanken der Freiheit und Selbstbestimmung Siege und Niederlagen gebracht. Für uns gilt es, die Chance des Schlußstrichs unter eine lange Periode europäischer Geschichte zu nutzen, in der jedem Staat Frieden nur denkbar und sicher schien als Ergebnis eigener Überlegenheit und in der Frieden eine Zeit der Vorbereitung des nächsten Krieges bedeutete.

Die Völker Europas lieben ihre Heimat. Den Deutschen geht es nicht anders. Wer könnte der Friedensliebe eines Volkes vertrauen, das imstande wäre, seine Heimat zu vergessen?

Nein, Friedensliebe zeigt sich gerade darin, daß man seine Heimat nicht vergißt und eben deshalb entschlossen ist, alles zu tun, um immer in Frieden miteinander zu leben. Heimatliebe eines Vertriebenen ist kein Revanchismus.

VI

Stärker als früher hat der letzte Krieg die Friedenssehnsucht im Herzen der Menschen geweckt. Die Versöhnungsarbeit von Kirchen fand eine tiefe Resonanz. Für die Verständigungsarbeit von jungen Menschen gibt es viele Beispiele. Ich denke an die „Aktion Sühnezeichen“ mit ihrer Tätigkeit in Auschwitz und Israel. Eine Gemeinde der niederrheinischen Stadt Kleve erhielt neulich Brote aus polnischen Gemeinden als

Zeichen der Aussöhnung und Gemeinschaft. Eines dieser Brote hat sie an einen Lehrer nach England geschickt. Denn dieser Lehrer aus England war aus der Anonymität herausgetreten und hatte geschrieben, er habe damals im Krieg als Bombenflieger Kirche und Wohnhäuser in Kleve zerstört und wünsche sich ein Zeichen der Aussöhnung.
Es hilft unendlich viel zum Frieden, nicht auf den anderen zu warten, bis er kommt, sondern auf ihn zuzugehen, wie dieser Mann es getan hat.

VII

In seiner Folge hat der Krieg alte Gegner menschlich und auch politisch einander nähergebracht. Schon 1946 rief der amerikanische Außenminister Byrnes in seiner denkwürdigen Stuttgarter Rede zur Verständigung in Europa und dazu auf, dem deutschen Volk auf seinem Weg in eine freie und friedliebende Zukunft zu helfen.
Unzählige amerikanische Bürger haben damals mit ihren privaten Mitteln uns Deutsche, die Besiegten, unterstützt, um die Wunden des Krieges zu heilen.
Dank der Weitsicht von Franzosen wie Jean Monnet und Robert Schuman und von Deutschen wie Konrad Adenauer endete eine alte Feindschaft zwischen Franzosen und Deutschen für immer.
Ein neuer Strom von Aufbauwillen und Energie ging durch das eigene Land. Manche alte Gräben wurden zugeschüttet, konfessionelle Gegensätze und soziale Spannungen verloren an Schärfe. Partnerschaftlich ging man ans Werk.
Es gab keine „Stunde Null", aber wir hatten die Chance zu einem Neubeginn. Wir haben sie genutzt, so gut wir konnten. An die Stelle der Unfreiheit haben wir die demokratische Freiheit gesetzt.
Vier Jahre nach Kriegsende, 1949, am heutigen 8. Mai, beschloß der Parlamentarische Rat unser Grundgesetz. Über Parteigrenzen hinweg gaben seine Demokraten die Antwort auf Krieg und Gewaltherrschaft im Artikel 1 unserer Verfassung:
„Das Deutsche Volk bekennt sich darum zu unverletzlichen und unveräußerlichen Menschenrechten als Grundlage jeder menschlichen Gemeinschaft, des Friedens und der Gerechtigkeit in der Welt."
Auch an diese Bedeutung des 8. Mai gilt es heute zu erinnern.
Die Bundesrepublik Deutschland ist ein weltweit geachteter Staat geworden. Sie gehört zu den hochentwickelten Industrieländern der Welt. Mit ihrer wirtschaftlichen Kraft weiß sie sich mitverantwortlich

dafür, Hunger und Not in der Welt zu bekämpfen und zu einem sozialen Ausgleich unter den Völkern beizutragen.
Wir leben seit vierzig Jahren in Frieden und Freiheit, und wir haben durch unsere Politik unter den freien Völkern des Atlantischen Bündnisses und der Europäischen Gemeinschaft dazu selbst einen großen Beitrag geleistet.
Nie gab es auf deutschem Boden einen besseren Schutz der Freiheitsrechte des Bürgers als heute. Ein dichtes soziales Netz, das den Vergleich mit keiner anderen Gesellschaft zu scheuen braucht, sichert die Lebensgrundlage der Menschen.
Hatten sich bei Kriegsende viele Deutsche noch darum bemüht, ihren Paß zu verbergen oder gegen einen anderen einzutauschen, so ist heute unsere Staatsbürgerschaft ein angesehenes Recht.
Wir haben wahrlich keinen Grund zu Überheblichkeit und Selbstgerechtigkeit. Aber wir dürfen uns der Entwicklung dieser 40 Jahre dankbar erinnern, wenn wir das eigene historische Gedächtnis als Leitlinie für unser Verhalten in der Gegenwart und für die ungelösten Aufgaben, die auf uns warten, nutzen.
– Wenn wir uns daran erinnern, daß Geisteskranke im Dritten Reich getötet wurden, werden wir die Zuwendung zu psychisch kranken Bürgern als unsere eigene Aufgabe verstehen.
– Wenn wir uns erinnern, wie rassisch, religiös und politisch Verfolgte, die vom sicheren Tod bedroht waren, oft vor geschlossenen Grenzen anderer Staaten standen, werden wir vor denen, die heute wirklich verfolgt sind und bei uns Schutz suchen, die Tür nicht verschließen.
– Wenn wir uns der Verfolgung des freien Geistes während der Diktatur besinnen, werden wir die Freiheit jedes Gedankens und jeder Kritik schützen, so sehr sie sich auch gegen uns selbst richten mag.
– Wer über die Verhältnisse im Nahen Osten urteilt, der möge an das Schicksal denken, das Deutsche den jüdischen Mitmenschen bereiteten und das die Gründung des Staates Israel unter Bedingungen auslöste, die noch heute die Menschen in dieser Region belasten und gefährden.
– Wenn wir daran denken, was unsere östlichen Nachbarn im Kriege erleiden mußten, werden wir besser verstehen, daß der Ausgleich, die Entspannung und die friedliche Nachbarschaft mit diesen Ländern zentrale Aufgabe der deutschen Außenpolitik bleibt. Es gilt, daß beide Seiten sich erinnern und beide Seiten einander achten. Sie haben menschlich, sie haben kulturell, sie haben letzten Endes auch geschichtlich allen Grund dazu.
Der Generalsekretär der Kommunistischen Partei der Sowjetunion Michail Gorbatschow hat verlautbart, es ginge der sowjetischen Führung beim 40. Jahrestag des Kriegsendes nicht darum, antideutsche

Gefühle zu schüren. Die Sowjetunion trete für Freundschaft zwischen den Völkern ein.
Gerade wenn wir Fragen auch an sowjetische Beiträge zur Verständigung zwischen Ost und West und zur Achtung von Menschenrechten in allen Teilen Europas haben, gerade dann sollten wir dieses Zeichen aus Moskau nicht überhören. Wir wollen Freundschaft mit den Völkern der Sowjetunion.

VIII

40 Jahre nach dem Ende des Krieges ist das deutsche Volk nach wie vor geteilt.
Beim Gedenkgottesdienst in der Kreuzkirche zu Dresden sagte Bischof Hempel im Februar dieses Jahres:
„Es lastet, es blutet, daß zwei deutsche Staaten entstanden sind mit ihrer schweren Grenze. Es lastet und blutet die Fülle der Grenzen überhaupt. Es lasten die Waffen."
Vor kurzem wurde in Baltimore in den Vereinigten Staaten eine Ausstellung „Juden in Deutschland" eröffnet. Die Botschafter beider deutscher Staaten waren der Einladung gefolgt. Der gastgebende Präsident der Johns-Hopkins-Universität begrüßte sie zusammen. Er verwies darauf, daß alle Deutschen auf dem Boden derselben historischen Entwicklung stehen. Eine gemeinsame Vergangenheit verknüpfte sie mit einem Band. Ein solches Band könne eine Freude oder ein Problem sein – es sei immer eine Quelle der Hoffnung.
Wir Deutschen sind ein Volk und eine Nation. Wir fühlen uns zusammengehörig, weil wir dieselbe Geschichte durchlebt haben.
Auch den 8. Mai 1945 haben wir als gemeinsames Schicksal unseres Volkes erlebt, das uns eint. Wir fühlen uns zusammengehörig in unserem Willen zum Frieden. Von deutschem Boden in beiden Staaten sollen Frieden und gute Nachbarschaft mit allen Ländern ausgehen. Auch andere sollen ihn nicht zur Gefahr für den Frieden werden lassen. Die Menschen in Deutschland wollen gemeinsam einen Frieden, der Gerechtigkeit und Menschenrecht für alle Völker einschließt, auch für das unsrige.
Nicht ein Europa der Mauern kann sich über Grenzen hinweg versöhnen, sondern ein Kontinent, der seinen Grenzen das Trennende nimmt. Gerade daran mahnt uns das Ende des Zweiten Weltkrieges.
Wir haben die Zuversicht, daß der 8. Mai nicht das letzte Datum unserer Geschichte bleibt, das für alle Deutschen verbindlich ist.

Manche junge Menschen haben sich und uns in den letzten Monaten gefragt, warum es 40 Jahre nach Ende des Krieges zu so lebhaften Auseinandersetzungen über die Vergangenheit gekommen ist. Warum lebhafter als nach 25 oder 30 Jahren? Worin liegt die innere Notwendigkeit dafür?
Es ist nicht leicht, solche Fragen zu beantworten. Aber wir sollten die Gründe dafür nicht vornehmlich in äußeren Einflüssen suchen, obwohl es diese zweifellos auch gegeben hat.
40 Jahre spielen in der Zeitspanne von Menschenleben und Völkerschicksalen eine große Rolle.
Auch hier erlauben Sie mir noch einmal einen Blick auf das Alte Testament, das für jeden Menschen unabhängig von seinem Glauben tiefe Einsichten aufbewahrt. Dort spielen 40 Jahre eine häufig wiederkehrende, eine wesentliche Rolle.
40 Jahre sollte Israel in der Wüste bleiben, bevor der neue Abschnitt in der Geschichte mit dem Einzug ins verheißene Land begann.
40 Jahre waren notwendig für einen vollständigen Wechsel der damals verantwortlichen Vätergeneration.
An anderer Stelle aber (Buch der Richter) wird aufgezeichnet, wie oft die Erinnerung an erfahrene Hilfe und Rettung nur 40 Jahre dauerte. Wenn die Erinnerung abriß, war die Ruhe zu Ende.
So bedeuten 40 Jahre stets einen großen Einschnitt. Sie wirken sich aus im Bewußtsein der Menschen, sei es als Ende einer dunklen Zeit mit der Zuversicht auf eine neue und gute Zukunft, sei es als Gefahr des Vergessens und als Warnung vor den Folgen. Über beides lohnt es sich nachzudenken.
Bei uns ist eine neue Generation in die politische Verantwortung hereingewachsen. Die Jungen sind nicht verantwortlich für das, was damals geschah. Aber sie sind verantwortlich für das, was in der Geschichte daraus wird.
Wir Älteren schulden der Jugend nicht die Erfüllung von Träumen, sondern Aufrichtigkeit. Wir müssen den Jüngeren helfen zu verstehen, warum es lebenswichtig ist, die Erinnerung wachzuhalten. Wir wollen ihnen helfen, sich auf die geschichtliche Wahrheit nüchtern und ohne Einseitigkeit einzulassen, ohne Flucht in utopische Heilslehren, aber auch ohne moralische Überheblichkeit.
Wir lernen aus unserer eigenen Geschichte, wozu der Mensch fähig ist. Deshalb dürfen wir uns nicht einbilden, wir seien nun als Menschen anders und besser geworden.
Es gibt keine endgültig errungene moralische Vollkommenheit – für

niemanden und kein Land! Wir haben als Menschen gelernt, wir bleiben als Menschen gefährdet. Aber wir haben die Kraft, Gefährdungen immer von neuem zu überwinden.

Hitler hat stets damit gearbeitet, Vorurteile, Feindschaften und Haß zu schüren.

Die Bitte an die jungen Menschen lautet:

Lassen Sie sich nicht hineintreiben in Feindschaft und Haß
gegen andere Menschen,
gegen Russen oder Amerikaner,
gegen Juden oder Türken,
gegen Alternative oder Konservative,
gegen Schwarz oder Weiß.

Lernen Sie, miteinander zu leben, nicht gegeneinander.

Lassen Sie auch uns als demokratisch gewählte Politiker dies immer wieder beherzigen und ein Beispiel geben.

Ehren wir die Freiheit.

Arbeiten wir für den Frieden.

Halten wir uns an das Recht.

Dienen wir unseren inneren Maßstäben der Gerechtigkeit.

Schauen wir am heutigen 8. Mai, so gut wir es können, der Wahrheit ins Auge.

Vorwort

Seit wir ihn kennen, ist er der weißhaarige, distinguierte Edelmann, von dem die Sekretärinnen der neunten Etage des Konrad-Adenauer-Hauses in Bonn schwärmen, dessen Charme, Witz und Vornehmheit sie rühmen, seine Fähigkeit, Menschen für sich einzunehmen. Einer, der stets zurückhaltend wirkt, aristokratisch imposant bleibt.

An was erinnert nicht sein Name? Eigentlich an alles, was Deutsche mit Vaterland zu verbinden scheinen. Er hat das Zeug – wie vielleicht nur Papa Heuss vor ihm –, ihr Übervater zu werden: geistvoll, erhaben, selbstbewußt, ein schwäbisch-protestantischer Preuße. Hinter dem Flair eines guten Namens schimmert ein wenig altmodische Galanterie auf, die Deutsche beeindrucken und gewinnen wird. Und nicht nur Deutsche.

Richard von Weizsäcker, Prototyp des gebildeten deutschen Wirtschaftsbürgers, hat industrielle Strukturen kennengelernt. Er ist ein Mann auch deutscher Trümmerzeit, der seine Überlebensproben abgeliefert hat. Die Jahre 1939 bis 1953 haben seine Weichen gestellt, halfen – biblisch gesprochen –, das Feste vom Wasser zu scheiden. Ihn umgibt die Aura konzentrierter Arbeitslust ebenso wie der Zauber weltmännischer Gelassenheit. Kaum etwas an ihm wirkt abgeblättert oder unregelmäßig verputzt. Er lächelt, als habe er das frustrierende Stadium deutschen Parteiengezänks längst hinter sich gelassen: verständnisvoll, würdig.

Sein Aufmerksamkeitsbegehren wurde bisher selten als unangemessen bezeichnet. Effekthascherei liegt ihm nicht. Die Wahl zwischen erzwungener Anpassung – an seine Partei – und temporärer Verkümmerung – im Dickicht des Berliner Alltags – hat er offensiv zu seinen Gunsten beendet. Ist am Ziel.

Um die Gesichter, Überzeugungen, Farben und Nuancen des neuen Bundespräsidenten schildern zu können, haben die Herausgeber zahlreiche Persönlichkeiten gebeten – Freunde, Gegner, alte Regimentskameraden, ehemalige Mitarbeiter, Betroffene, Beobachter, Theologen und frühere Kommilitonen –, jenen Mann zu beschreiben, der dieses Land als Staatsoberhaupt repräsentieren wird. Subjektive Erwägungen, biographische Skizzen und individuelle Erfahrungen helfen, den Konstitutionsprozeß Richard von Weizsäckers – mit seinen vielschichtigen Komponenten – dokumentarisch auszudeuten. Die Zeitzeugen, die in dieses Buch aufgenommen wurden, schaffen durch ihre persönlichen Anmerkungen ein tiefenwirksames Bild. Sage mir, mit wem du umgehst . . .

Werner Filmer/Heribert Schwan — Köln, April 1984

I. Kapitel

Geboren unter der roten Fahne

Werner Filmer/Heribert Schwan

Kindheit und Jugend

Im März 1920 ging die fünfköpfige Familie Weizsäcker in Nijmegen an Bord des Rheinfrachters »Kinderdyk«, um nach Mannheim zu gelangen. Sechs Tage dauerte die Fahrt. Die Familie des deutschen Marineattachés Ernst von Weizsäcker – der dreiviertel Jahr lang Dienst an der niederländischen Gesandtschaft in Den Haag getan hatte – sollte eigentlich per Bahn nach Stuttgart übersiedeln. Aber der Putsch des ostpreußischen Beamten Dr. Wolfgang Kapp führte – mit Hilfe des Generals von Lüttwitz – zu einem Generalstreik in Deutschland, zu erheblichen Unruhen, zu unterbrochenen Eisenbahnverbindungen. Außerdem ließ sich der Familientransport aus zwei Gründen nicht mehr aufschieben. Einmal ging der Familie das Guldengehalt zu Ende; zum zweiten wurde der Storch im Wappen vom Haag für die Weizsäckers immer symbolträchtiger. Marianne von Weizsäcker stand kurz vor der Geburt eines Kindes.

In Stuttgart angekommen, begab sich die Mutter mit ihren drei Kindern Carl Friedrich, Adelheid und Heinrich ins Neue Schloß. Ein weiteres Kind war vor Jahren im Babyalter gestorben. Im Seitenflügel fanden sie eine Bleibe. Ernst von Weizsäcker mußte weiter nach Berlin reisen, um berufliche Angelegenheiten im Auswärtigen Amt zu regeln. In einer Mansardenwohnung, die zu den Diensträumen der Großeltern gehörte, machte man es sich gemütlich. Das neue Heim war Teil der Dienstwohnung des Vaters von Marianne von Weizsäcker, des Generals Fritz von

Graevenitz. Er war ehemaliger Militärbevollmächtigter Württembergs und Generaladjutant des württembergischen Königs gewesen. Mittlerweile war die Monarchie abgeschafft worden, und die junge Republik erlebte schwere Erschütterungen. Auf dem Stuttgarter Neuen Schloß wehte noch die rote Fahne, als am 15. April 1920 Richard von Weizsäkker in einer Dachkammer geboren wurde.

Die »Schwäbische Tagwacht«, Organ der Sozialdemokraten Württembergs mit täglichem Unterhaltungsblatt, berichtete an diesem Tag unter der Schlagzeile »Alarm« auf der ersten Seite über das »Feuer der Verschwörung in Deutschland«, das keineswegs ausgetreten sei, sondern unter der Asche weiterglimme. Im Morgenblatt des konservativen »Schwäbischen Merkur« stand zu lesen, in Berlin zeige sich starke Nervosität wegen angeblich bevorstehender reaktionärer Putsche in Pommern. Das am gleichen Tag erscheinende Abendblatt des »Schwäbischen Merkur« informierte über die Festsetzung der Reichstagswahlen auf den 13. Juni 1920. Im Deutschen Theater in Stuttgart wurde am 20. April 1920 letztmalig »Der müde Theodor« aufgeführt.

Was tatsächlich an Richards Geburtstag in Deutschland und der Welt geschah, läßt sich in den Tageszeitungen vom 16. April 1920 nachlesen: »Die Schulden des Deutschen Reiches belaufen sich auf 297 Milliarden Mark«, »Franzosen haben Frankfurt geräumt«, »In Schlesien kam es zu blutigen Zusammenstößen zwischen deutschen Arbeitern und französischen Soldaten«, »Der Stuttgarter Gemeinderat stimmte der Erhöhung des Straßenbahntarifs zu« und »Der badische Landtag sprach sich für die Neckar-Kanalisierung durch das Reich aus«. Schließlich wurde noch gemeldet, der parlamentarische Untersuchungsausschuß in Berlin sei wieder zusammengetreten. Sein Thema: Der U-Boot-Krieg gegen Amerika und die Rolle General Ludendorffs.

Ein knappes Jahr blieb Marianne von Weizsäcker mit ihren vier Kindern in Stuttgart. Ernst von Weizsäcker, der Vater, verbrachte den größten Teil dieser Zeit im Berliner Auswärtigen Amt. Dienstlich mußte er sich mit Holland und Belgien beschäftigen, gehörte zeitweise zur deutschen Delegation bei der Konferenz in Spa, die über die Auswirkungen des Versailler Vertrages verhandelte.

Kurz vor der Jahreswende 1920/21 wurde Ernst von Weizsäcker fest im auswärtigen Dienst angestellt und bekam drei attraktive Angebote: Konsulatstätigkeit in Innsbruck, Genua oder Basel. Die Weizsäckers entschieden sich für Basel. Anfang 1921 übersiedelte die Familie in die Schweiz. An Fastnacht begann Ernst von Weizsäcker mit seiner Arbeit in der Paßstelle des Konsulats in einem Flügel des badischen Bahnhofs in Basel. Ab Sommer 1921 leitete er die Behörde, die zehn Angestellte hatte. Politik war hier nicht zu machen. Basel bestand zu einem Fünftel aus Reichsdeutschen. Das Konsulat hatte unter anderem die Aufgabe, die rund 25 000 Deutschen zu betreuen.

Bei einem privaten Wochenendaufenthalt in Stuttgart traf Ernst von Weizsäcker zufällig den Personalchef des Auswärtigen Amtes, der ihm riet, auf einen diplomatischen Posten überzuwechseln. Schon bald kam aus Berlin das schriftliche Angebot, als Gesandtschaftsrat nach Kopenhagen zu gehen. Er nahm die Gelegenheit wahr, verließ die konsularische Linie und stieg um in den diplomatischen Dienst des Auswärtigen Amtes. Nach über dreijährigem Auslandsdienst in der Schweiz kam die Familie Weizsäcker Ende 1924 in die dänische Hauptstadt.

Längst hatte Sohn Richard von seiner Mutter Lesen und Schreiben gelernt, als er 1926 in die Petri-Schule – eine deutsche Schule – in Kopenhagen aufgenommen wurde. Unter den insgesamt 27 Schülern waren nur drei Deutsche. Alle anderen besaßen die dänische Staatsangehörigkeit. Richard lernte, Dänisch zu sprechen. Er beherrschte mit sechs Jahren diese Sprache ebenso gut wie seine Muttersprache.

Im Herbst 1926 erfuhr Ernst von Weizsäcker von neuen personellen Überlegungen in der Berliner Zentrale. Als Botschaftsrat sollte er nach Washington geschickt werden, dann aber hieß es – wie er in seinen Erinnerungen aus dem Jahre 1950 schreibt –, man brauche für die neu entstandene Internationale Abrüstungskommission in Genf einen Sachbearbeiter. Im Februar 1927 ging der Vater nach Berlin – zunächst ohne Familie. Ab sofort gehörte er der deutschen Abrüstungsdelegation in Genf an. Fünf Jahre lang pendelte er zwischen Berlin und Genf, nachdem er das Völkerbund-Referat der Berliner Zentrale übernommen hatte.

Ostern 1927 übersiedelte die Familie von Kopenhagen nach Berlin. Nach einem vollen Schuljahr in der Kopenhagener Petri-Schule kam Richard ins zweite Schuljahr der Volksschule in der Kaiserallee in Berlin-Lankwitz. Er übersprang die dritte Volksschulklasse und wechselte nach dem vierten Schuljahr 1929 auf das Bismarck-Gymnasium in der Pfalzburger Straße, Stadtteil Wilmersdorf. Auf dem humanistischen Bismarck-Gymnasium mußte er zunächst Latein und Griechisch pauken. Hinzu kam Französisch. Die Schule galt als elitär und anspruchsvoll, vor allem in den naturwissenschaftlichen Fächern.

Im Sommer 1931 wurde Ernst von Weizsäcker die Gesandtschaft in Oslo übertragen. Zur Weltabrüstungskonferenz 1932 mußte er allerdings vorübergehend wieder nach Genf. Das Doppelleben Oslo/Genf sollte jedoch bald ein Ende haben.

In diesen Jahren – von 1931 bis 1933 – blieb Richard in Berlin, wohnte in der Fasanenstraße, Ecke Pariser Straße. Mit dieser Wohngegend verbindet er bis heute seine eigentlichen Kindheitserinnerungen. Einige Zeit lebte er getrennt von seinen Eltern. Erst die drei letzten Monate der Amtszeit seines Vaters in Oslo verbrachte er in Norwegen. Hier gab es keine geeignete Schule für ihn, so daß sich die Eltern um einen Privatlehrer bemühten, der eigens von der Universität Freiburg angefordert wurde. Der junge Vikar Hermann Haeberle unterrichtete Richard in allen Fächern, die damals in der Untertertia eines Gymnasiums angeboten wurden. Im Fach Religion bot ihm der Hauslehrer einen Intensivkurs an, der einem vorweggenommenen Konfirmandenunterricht gleichkam.

Hitlers Machtübernahme am 30. Januar 1933 überraschte die Weizsäckers in Oslo. Drei Monate später wurde dem deutschen Gesandten in der norwegischen Hauptstadt der Staatssekretärsposten im Auswärtigen Amt angeboten. Ernst von Weizsäcker lehnte ab. Zwei Monate lang mußte er die Personalabteilung in der Berliner Bismarckstraße leiten, bis er im Spätsommer 1933 zur Übernahme der deutschen Gesandtschaft in Bern mit seiner Familie in die Schweiz zog. Seine Hauptaufgabe dort war die Pflege der beträchtlichen Wirtschaftsbeziehungen zwischen beiden Ländern. Es galt auch, Zwischenfälle zwischen Deutschen und Schweizern zu vermeiden. Für die Berliner NS-Propaganda war die neutrale Schweiz ein Naturschutzpark für Emigranten und stand in schlechtem Ruf.

Im Herbst 1933 bemühte sich Sohn Richard um die Aufnahme in die Literarschule des Städtischen Gymnasiums in Bern. Doch die schriftliche Aufnahmeprüfung in fünf Fächern ging daneben. Von fünf Prüfungsfächern waren vier glatt ungenügend. Nur das Fach Deutsch wurde als eben noch ausreichend bewertet. Für den Jungen ein Mißerfolg, den der Dreizehnjährige nicht einfach wegstecken konnte, zumal die Anforderungen auf dem Berliner Bismarck-Gymnasium keineswegs gering gewesen waren. Allein schon das gute Drittel jüdischer Mitschüler hatte mit seiner Begabung das Niveau der Klasse geprägt. Die zwölfjährigen Schüler in Berlin hatten politische Fragen bewegt. Während der Pausen standen sie auf dem Schulhof zusammen und studierten die ständig erneuerten Kabinettslisten, diskutierten über die politische Bedeutung neuer und alter Politiker. Insgesamt bestimmte die Berliner Situation am Ende der Weimarer Republik mit ihren Unruhen, Straßenschlachten, Toten und Verletzten die Diskussionsrunden der Pennäler.

Anders in Bern. Hier wurde nicht politisiert, sondern eifrig gepaukt. Die Lehrer der Literarschule waren weit strenger und auch gründlicher als die des Berliner Bismarck-Gymnasiums. Nach einigen Monaten Nachhilfeunterricht schaffte Richard ohne nennenswerte Schwierigkeiten die Wiederholung der Aufnahmeprüfung. Er verlor nicht einmal ein Schuljahr. Im Gegenteil, er war der Jüngste in der neuen Klasse, im Durchschnitt zwei Jahre jünger als seine Mitschüler. 1934 gingen 361 Schüler und 103 Schülerinnen in die Literarschule, wie der altsprachliche Teil des Städtischen Gymnasiums in Bern bis heute heißt. In Richards Klasse waren 27 Schüler, davon sechs Mädchen. Zwar gab es im Berner Real-Gymnasium einen mathematisch-naturwissenschaftlichen Zweig, doch auch an der Literarschule war der Naturkundeunterricht recht anspruchsvoll. Dem dreizehnjährigen Richard lag er ebensowenig wie die zahlreichen geologischen Exkursionen. Freude machte ihm der Sportunterricht, vor allem Skifahren und Leichtathletik. Richard entwickelte sich zu einem guten Mittelstreckenläufer. Die Berner Schulzeit brachte für den jüngsten Weizsäcker-Sohn drei entscheidende Lebensjahre. Damals entstanden Kontakte, die bis heute gehalten haben.

Sosehr diese Schule den heranwachsenden Richard feilte, ging doch der entscheidende Einfluß der Erziehung von der Mutter, Marianne von Weizsäcker, aus. Sie bildete den Mittelpunkt der Familie. Ihre hochmusikalische Begabung wirkte sich vor allem auf den jüngsten Sohn Richard aus. Er lernte das Violinespiel, nahm Trompetenunterricht und spielte Gitarre. Während der älteste Bruder Carl Friedrich sich an Musik desinteressiert zeigte, spielte Bruder Heinrich hervorragend Cello und Schwester Adelheid Klavier. Häufig gab es Hauskonzerte, die bei Freunden und Gästen der Familie Weizsäcker starken Anklang fanden. Das Familienleben empfanden die Kinder als »ausgesprochen harmonisch«. Ihre Mutter, eine gebildete, kluge Frau mit starkem Willen, zeigte sich nie aufgeregt. Nie kam ein lautes Wort über ihre Lippen. Sie »widmete sich mit Unbedingtheit der Kindererziehung und dem Wohle ihrer Familie«, sagt Richard von Weizsäcker heute von ihr.

Ernst von Weizsäcker war bescheiden. Gefühle zeigte er selten. Es bereitete ihm Greuel, über sich selbst zu sprechen. Geprägt von protestantisch-preußischem Gedankengut, überaus arbeitsam, mit ausgeprägtem Sinn für politische und historische Zusammenhänge, so erlebten ihn die Kinder. Belohnt oder bestraft wurde im Hause Weizsäcker mit sparsamen Mitteln. Als aufmüpfigstes der vier Weizsäcker-Kinder galt Richard. Sein acht Jahre älterer Bruder Carl Friedrich beschäftigte sich bereits als Zwölfjähriger mit Astronomie und Philosophie. Schwester Adelheid und Bruder Heinrich waren ausgesprochen ruhige, eher in sich gekehrte Kinder.

In der Diplomatenfamilie Weizsäcker fanden viele Begegnungen statt. Auch in Bern. Bei festlichen Empfängen und Essen wurden die Kinder nicht fortgeschickt, sie durften den Gästen behilflich sein und saßen mit ihnen an der Tafel. Im Frühjahr 1936 erhielt Ernst von Weizsäcker in Bern – sehr gegen seinen Wunsch, wie er in den Erinnerungen schreibt – eine Berufung nach Berlin auf den Posten des Stellvertretenden Leiters der politischen Abteilung des Auswärtigen Amtes. Sein dienstlicher Wohnsitz und die Familie blieben in Bern. Die Trennung dauerte ein halbes Jahr.

Zu jener Zeit erfuhr der sechzehnjährige Gymnasiast Richard, daß er zu jung sei, um nach der Matura, dem Abitur, in der Schweiz studieren zu können. Deutschen Zeitungen konnte er entnehmen, daß im Frühjahr 1937 nicht nur Oberprimaner, sondern bereits Unterprimaner Abitur machen würden. Nach Absprache mit seinen Eltern meldete er sich im alten Berliner Bismarck-Gymnasium an. Am 7. Januar 1937 saß er wieder in derselben Klasse, der er von 1929 bis 1933 angehört hatte. Intensiv interessierten ihn die Fächer Geschichte, Französisch, Sport und Musik. Das Fach Latein bereitete ihm Schwierigkeiten, in Griechisch kam er gut zurecht.

Nach knapp dreimonatiger Schulzeit in der Unterprima des Bismarck-Gymnasiums legte er am 16. März 1937 die mündliche Reifeprüfung ab. Sein Wahlfach: Geschichte; das Prüfungsthema: die Französische Revolution. Insgesamt schaffte er ein gutes Abitur – ohne schriftliche Prüfung –, wobei er in Mathematik und Physik, wie er selbst einmal sagte, vom guten Ruf seiner Geschwister lebte, »vor allem vom guten Ruf meines Bruders Carl Friedrich«, der auf dem gleichen Gymnasium acht Jahre zuvor die Reifeprüfung abgelegt hatte. Das einzige »Sehr gut« bekam Richard von Weizsäcker in Französisch.

Die Mehrzahl seiner Lehrer waren keine Nationalsozialisten, vielmehr zeigten sie sich solidarisch mit den jüdischen Mitschülern. Im Fach Biologie mußte beispielsweise eine mündliche Prüfung abgelegt werden. Dabei ging es um die Vererbungslehre, um die Mendelschen Gesetze. Der Biologielehrer wandte sich entschieden gegen die Politisierung und Ideologisierung seines Faches. Ohne Rücksicht auf mögliche eigene Nachteile und Gefahren konspirierte er mit der Klasse. Bis ins Detail erläuterte er ihr Prüfungsfragen. Neben einigen Halbjuden erreichte im Jahre 1937 ein jüdischer Mitschüler am Berliner Bismarck-Gymnasium das Abitur.

Nach einem Erlaß des Reichs- und preußischen Ministers für Wissenschaft, Erziehung und Volksbildung vom 30. November 1936 wurde die zwölfjährige Schulzeit Ostern 1937 eingeführt. Damit wurde Richard von Weizsäcker ein Schuljahr kollektiv erlassen, außerdem eines in der Volksschule. Vier Wochen vor seinem siebzehnten Geburtstag erhielt er das Abiturzeugnis. Auch während der Schulzeit in Berlin war er der jüngste seiner Klasse gewesen. Viele seiner Mitabiturienten überlebten den Zweiten Weltkrieg nicht. Einige können sich heute kaum an Richard erinnern. Als diszipliniert und klug beschreiben ihn die einen, andere meinen, er sei still, temperamentlos, für den Klassenverband unbedeutend gewesen.

Zeitzeugen

Hermann Haeberle

Pfarrer i. R., Balingen, zuletzt Pfarrer in Ludwigsburg

Erinnerungen an Richard

Meine Erinnerung an meine erste Begegnung mit ihm reicht in das Jahr 1933. Er wurde damals gerade 13 Jahre alt. Ich bin froh, daß dieses Jahr mit seinen unseligen politischen Folgen für mich persönlich zu einem der erfreulichsten meines Lebens geworden ist. Wenige Tage nach jenem 30. Januar 1933 hatte ich in Tübingen mein Theologiestudium abgeschlossen. Ich wurde ordiniert und erwartete mit Spannung mein erstes Vikariat in meiner württembergischen Heimat. Es kam anders. Mein Weg sollte mich nach Norwegen führen.

Der deutsche Gesandte in Oslo, Ernst Freiherr von Weizsäcker, der kurz zuvor die diplomatische Vertretung des Deutschen Reichs in Norwegen übernommen hatte, und seine Gattin wollten den Wechsel von Berlin an den neuen Dienstort für die Familie bestmöglich durchführen. Allerdings waren die beiden ältesten Söhne gebunden, der damals einundzwanzigjährige Carl Friedrich als promovierter Physiker an seine deutsche Universität und der sechzehnjährige Heinrich als angehender Abiturient an sein Berliner Gymnasium. Die siebzehnjährige Tochter Adelheid wollte sich mutig in den norwegischen Schulbetrieb stürzen. Nur für den jüngsten Sohn, Richard, den Untertertianer, gab es kein entsprechendes Gymnasium in Oslo. Vater von Weizsäcker wandte sich deshalb an die Tübinger Universität. Man möchte ihm einen jungen württembergischen Theologen empfehlen, der seinen Sohn in allen Fächern des humanistischen Gymnasiums unterrichten könnte.

Unvergeßlich ist mir jener Sonntagvormittag, an dem ich mich im Hause des Bildhauers Professor Fritz von Graevenitz auf der Solitude bei Stuttgart seiner angereisten Schwester, Freifrau von Weizsäcker, vorstellte. Mit der Begründung, Herrn von Weizsäcker dürfe man keine Absage geben, wurde ich von Bischof Wurm für ein Jahr vom württembergischen Kirchendienst beurlaubt.

In Berlin ließ ich mir von den Lehrern meines künftigen Schülers einen exakten Lehrplan für mein bevorstehendes Lehramt diktieren. Doch stellte sich bald heraus, daß dieses keineswegs »amtlichen« Charakter hatte. Schon bei der gemeinsamen Reise von Berlin nach Stettin und von dort auf einem dänischen Dampfer über Kopenhagen nach Oslo durfte ich mich als Mitglied der Familie fühlen. Kaum hatte sich der Zug in Bewegung gesetzt, schlug Frau von Weizsäcker vor – um keinerlei Langeweile aufkommen zu lassen –, auswendig auf einem Blatt Papier die Reiseroute aufzuzeichnen, was dann geprüft und zensiert wurde. So verlief schon die Anreise auf nicht alltäglichem Niveau. Die Ankunft am Zielort am 7. April 1933 wurde mit einem festlichen Frühstück gefeiert. Es war der siebzehnte Geburtstag der Weizsäcker-Tochter Adelheid.

Natürlich dachte ich, daß möglichst schon am Tag darauf meine Unterrichtstätigkeit beginnen sollte. Doch aus Deutschland kam die Kunde, die neue Regierung beschenke die Schuljugend mit einer Verlängerung der Osterferien bis zum 2. Mai. Vater von Weizsäcker ordnete an, daß auch sein Sohn an diesem »Geschenk« teilhaben sollte. Diese Vakanz, mit der mein Dienst begann, war eine wertvolle Zeit, um sich gegenseitig kennenzulernen, nicht erst in der Unterrichtsstunde, sondern im harmonischen Familienkreis: bei Spiel, bei Wanderungen, in lebendigem Gedankenaustausch. Der Schüler konnte zu seinem Lehrer Vertrauen fassen. Ich habe rasch den aufgeweckten, intelligenten, witzigen, ja schlagfertigen und erstaunlich urteilsfähigen Jungen liebgewonnen.

Der 1. Mai 1933, der erste Nationalfeiertag nach der »Machtergreifung«, an dem sich die deutsche Kolonie in der Gesandtschaft eingefunden hatte, prägte sich insofern meinem Gedächtnis ein, als der deutsche Gesandte eine »Festrede« hielt, ohne mit einem Wort den Namen des »Führers« zu erwähnen! Die mannhafte Haltung des Vaters und die geistvolle, liebenswerte, feinsinnige Persönlichkeit der Mutter bestimmten das Familienleben, erfüllten die Atmosphäre, in der Richard mit seinen Geschwistern aufgewachsen ist.

An das mir von den Berliner Gymnasiallehrern vorgeschriebene Pensum versuchte ich mich streng zu halten, als der Unterricht begann. Dazu gehörten für Richard einerseits die Lektüre von Caesars »De bello gallico« mit dem erforderlichen Ballast vom Erlernen der Vokabeln, der Deklinationen und Konjugationen, andererseits die Anfänge der griechischen Sprache bis hin zu den unregelmäßigen Verben, das Exponieren und Komponieren der Übungsstücke des Lehrbuchs. Bei meinem begabten, aufnahmefähigen Schüler war das »Dozieren« eine reine Freude. In der Mathematik erklärte ich ihm unter anderem den »Pythagoras« und die Grundelemente der Algebra. Auch Geschichte und Geographie, für die er viel Interesse zeigte, kamen zu ihrem Recht. Als ich ihm im Deutschunterricht die »Kraniche des Ibykus« noch aus dem Gedächtnis an meine eigene Schulzeit vortrug, verfolgte ich seine gespannte Aufmerksamkeit. Mein Unterricht in den modernen Sprachen – in Französisch und Englisch –, die damals leider in den humanistischen Gymnasien eine Nebenrolle spielten, ist mir nur noch in blasser Erinnerung. Richard von Weizsäcker hat diese »Bildungslücke« später in brillanter Weise aufgeholt. Daß ihm dagegen der Religionsunterricht, in dem ich ihm das christliche Glaubensbekenntnis und das Vaterunser mit den Erklärungen Luthers ausgelegt hatte – wie er mir kürzlich schrieb –, »lebenslang unvergeßlich« sei, zeigt, was ihm schon in früher Jugend wertvoll erschien und was er Jahrzehnte später in das Amt des Kirchentagspräsidenten eingebracht hat. Es war selbstverständlich, daß bei den Gottesdiensten in der deutschen Auslandskirche, in der seit Jahrzehnten Pastor Dr. Günther als geistvoller Kanzelredner predigte, die Familie von Weizsäcker nur selten fehlte.

Der nur zehn Jahre ältere Hauslehrer fühlte sich mit seinem Schüler kameradschaftlich verbunden. Freizeit nutzten wir zu Radtouren – etwa auf die Halbinsel Bygdö und anschließendem Schwimmen im Oslofjord –, ebenso zu Wanderungen auf den Holmenkollen und in die übrige reizvolle Umgebung. Einmal passierte eine mißliche Panne. Der hochgelehrte Pastor Günther forderte uns zu einem Vormittagsausflug auf, wobei er mit dem soeben mit Universitätswissenschaft vollgestopften Vikar ausschließlich über Theologie und Philosophie diskutierte. Richard beklagte sich nachher mit Recht bei seiner Mutter über diesen mißglückten Spaziergang, bei dem sich die beiden Männer nur über den »ollen Nietzsche und so« unterhalten und sich überhaupt nicht um ihn gekümmert hätten.

Allabendlich wurde, soweit nichts anderes vorlag, im großen Familienkreis, der über die verlängerten Osterferien sogar komplett war, gespielt: Schreibspiele, bei denen man schon seinen Grips anstrengen mußte. Dabei wurde beispielsweise einer dazu bestimmt, stumm zu zählen und auf das Kommando »Halt« die erreichte Zahl auszusprechen. War etwa die Zahl 33 erreicht, mußte möglichst das ganze Spektrum der Weltgeschichte vom Altertum über das Mittelalter bis zur Gegenwart mit der Jahreszahl 33 stichwortartig niedergeschrieben werden, in diesem Fall etwa von der Alexander-Schlacht 333 bei Issus über Golgatha bis zum damals jüngsten Ereignis in Berlin. Mutter von Weizsäcker überprüfte dieses Geschichtswerk anhand eines Zeittafellexikons. Wer die meisten Pluspunkte aufweisen konnte, war Gewinner. Der theologische Hauslehrer bediente sich notfalls seiner kirchengeschichtlichen Kenntnisse, die nicht immer nachkontrollierbar waren. Oder man spielte das chinesische Mah-Jongg, das strategische Überlegungen erforderte.

An hellen Sommerabenden, oftmals bis gegen Mitternacht, wurde eifrig und unermüdlich Tennis gespielt, wozu der Tennisplatz im Gesandtschaftspark eine ideale Möglichkeit bot.

Vielerlei Aktivitäten gab es in der Residenz des deutschen Gesandten, vor allem in den Tagen der Anwesenheit des Hausherrn. Mitglieder der deutschen Kolonie, Diplomaten, Politiker, Journalisten aus dem Gastland und der Heimat, Wissenschaftler und Künstler wurden zum Mittagstisch oder zum Abendessen, zu Hauskonzerten und Gartenfesten eingeladen. Der interessierte Richard betrachtete die verschiedenartigen Gäste teils mit Respekt, teils mit treffsicherer Kritik. Mich beeindruckten stets Noblesse, Konzilianz und Liebenswürdigkeit der Gastgeber, die auf ihre Gäste ausstrahlten. Ein besonders beliebter Hausgast war Bischof Eivind Berggrav, den in seiner überragenden Geistesbildung bei politischen, wissenschaftlichen, religiösen Gesprächen eine enge Gesinnungsverwandtschaft und Übereinstimmung mit den Eltern verband.

Im übrigen Alltag ging es im Weizsäckerschen Familienleben bescheiden, ja gut bürgerlich zu. Echte Natürlichkeit – jedem entbehrlichen Aufwand abhold – prägte die häusliche, elterliche Umgebung der heranwachsenden Jugend. Als einmal in der englischen Gesandtschaft, die, von einem Park umgeben, direkt gegenüber der deutschen Gesandtschaft lag, in Anwesenheit des norwegischen Königspaars sowie auserwählter Prominenz einschließlich der Diplomatie und Regierung ein festlicher Galaabend veranstaltet wurde, fand Richard es unverständlich, daß die Eltern diese kurze Strecke nicht zu Fuß zurücklegten, sondern – wie es das Protokoll vorsah – sich mit dem Auto vorfahren ließen. Dies widersprach seinem Empfinden.

Mein Aufenthalt bei der Familie von Weizsäcker fand leider ein unvorhergesehenes vorzeitiges Ende. Freiherr von Weizsäcker wurde als Gesandter an die deutsche Gesandtschaft in Bern berufen. Dort gab es für seinen Sohn ein deutschsprachiges Gymnasium. Trotz dieser Trennung blieb die Verbindung erhalten und zugleich die gemeinsame Erinnerung an jene Zeit vor über einem halben Jahrhundert.

Hanspeter Steinmann

Spezialarzt für Röntgenologie FMH am Röntgeninstitut Engeriedspital, Bern/Schweiz

Ein alter Schulkamerad

Als Tertianer drückten wir 1934 im Berner Literargymnasium die Schulbank der Griechischklasse. Wir bildeten eine gute Gemeinschaft. Die politische Entwicklung in Deutschland erfüllte alle mit Sorge und Mißtrauen. So wuchs denn, »unserem Alter entsprechend«, kompromißlos die Ablehnung gegen den Nationalsozialismus. Und alles, was von Deutschland kam, war uns suspekt.

Als uns eines Tages Richard von Weizsäcker durch den Rektor des Gymnasiums als Sohn des Gesandten des Deutschen Reiches vorgestellt und unserer Klasse zugeteilt wurde, erfolgte seine Einschulung problemlos. Der zwei Jahre jüngere Knabe war bescheiden und bewies Anpassungsvermögen. Dank seinem Takt und seinem feinen, nie verletzenden Humor integrierte er sich nahtlos. Er wurde bald ein vollwertiger Mitstreiter in gelegentlichen Auseinandersetzungen mit verschiedenen, damals noch sehr autoritären Lehrern. Die zwei Jahre Altersunterschied – eine in dieser Entwicklungsphase doch erhebliche Zeitspanne – wurden von uns dank seiner Intelligenz und dem von zu Hause mitgebrachten Schliff überhaupt nicht zur Kenntnis genommen. Sein besonderes Interesse galt damals der Geschichte. Im Deutschunterricht überragte er uns selbstverständlich alle, hingegen war seine Begeisterung für Mathematik nicht übermäßig.

Wenn nach 50 Jahren meine Erinnerungen lückenhaft sind, beruht dies nicht nur auf meinen Jahresringen, sondern es zeigt auch, wie gut und unauffällig sich Richard in unsere Gemeinschaft eingefügt hatte. Auf schulische Spitzenleistungen war der Großteil unserer Klasse nicht eben aus. Andere Erlebnisse und Unternehmungen sowie sportliche Ereignisse berührten uns meistens stärker. Auch hier schloß sich uns Richard, soweit es ihm seine Zeit und die Stellung als Sohn des Gesandten erlaubten, oft an.

Ich glaube mich erinnern zu können, daß eine seiner Verpflichtungen am Samstagnachmittag die Durchführung von Übungen mit einer kleinen Hitlerjugendgruppe aus den Kreisen der Gesandtschaftsangehörigen war. Oft kürzte er die Dauer dieser Pflicht auf ein Minimum, um den Treffpunkt für eine mehr oder weniger interessante oder sinnvolle Unternehmung unseres harten Klassenkerns nicht zu versäumen. Langweilige, schleppende Deutschstunden, in denen wir Dramen mit verteilten Rollen lasen, füllten wir oft mit heimlichen Spielen aus. Beliebt waren Seeschlachten auf dem Papier. Wir versenkten Schiffe, wobei ein eifriger Kapitän oft den Einsatz seiner Lesung verpaßte. Auch hier war Richard ein Künstler.

Es war üblich, hin und wieder Klassenabende zu organisieren – Discos gab es noch nicht –, bescheidene Anlässe mit Brötchen und Tanzen. Eines Tages kam Richard augenzwinkernd in die Schule und lud uns in die deutsche Gesandtschaft ein. Seine Eltern waren abwesend. In ungewohnter Umgebung bewegten wir uns leicht beklommen in den großen, feudalen Räumen. Eher peinlich war uns die Bedienung durch den mit weißen Handschuhen bestückten Butler. Unsere Verlegenheit überspielend und durch Bier in Stimmung gebracht, setzten wir uns – einer nach dem anderen – auf den Sessel des Gesandten und vergriffen uns an seinen prächtigen Zigarren. Einer streckte seine Füße auf den Schreibtisch, wie er es in einem amerikanischen Film gesehen hatte. Derweil versuchte ein Schulkamerad, im Nebenraum mit Hilfe eines Grammophons einen konzertreifen Violonisten klassischer Prägung lautstark in die Grundlagen des Jazz einzuführen. Ein unvergeßlicher Abend. Noch nach 50 Jahren erscheint mir manchmal das ungläubige und entrüstete Gesicht des Butlers.

Irgendeine Schulordnung verwehrte Richard von Weizsäcker – wegen seines jugendlichen Alters –, die Matura mit uns zusammen zu machen. So verließ er uns Ende 1936, um in Deutschland sein Abitur zu machen. Wir staunten nicht schlecht, als er im Frühjahr 1937 nach bestandenem Abitur in Bern erschien. Er hatte uns um ein weiteres halbes Jahr überholt. Auf seinem alten Platz nahm er an einer der letzten Stunden unseres pensionsreifen Mathematiklehrers teil. Erfreut und gerührt genoß dieser Mann das plötzlich erwachte Interesse Richards an Mathematik.

Unser Freund verließ dann Bern definitiv. Studium und Militärdienst lockerten die Bande unserer Klasse nach der Matura stark. Es war Krieg, und Richard war für uns weit weg. Im November 1942 kam ein unerwarteter Telefonanruf: »Hier ist der Richard. Ich bin in Bern. Kann ich einige der Klasse sehen?« Mir verschlug es die Sprache. Die Wiedersehensfreude war groß. Während eines langen Abends hörten wir in kleinstem Kreise, daß unser zwei Jahre jüngerer Klassenkamerad nach dem Einsatz als Offizier an vorderster Front eine dreimonatige Abkommandierung ins Hauptquartier hinter sich hatte. Vor erneutem Fronteinsatz durfte er sich eine Kurierreise wünschen. Seine Wahl fiel auf Bern. Er wollte den Rektor des Gymnasiums, unseren Griechischlehrer und einige alte Klassenkameraden wiedersehen.

Ernest Vernier

Tierarzt, Le Mouret/Schweiz

»Weiz« nannten wir ihn

Richard und ich haben drei Jahre auf derselben Schulbank im Städtischen Gymnasium in Bern gesessen. Unsere A-Klasse war die Eliteklasse mit Griechisch- und Lateinunterricht oder, besser gesagt, hätte eine solche sein sollen. Richard, bei uns »Weiz« getauft, hat sich nicht gleich an uns gewöhnt, aber mit mir sofort ein gutes Verhältnis gehabt. Wenn man bedenkt, wie unterschiedlich wir beide waren, ist es sicher seiner liebenswürdigen Lebensweise zu verdanken, daß wir ständig gut ausgekommen sind und uns gut verstanden haben. Er kam aus einer angesehenen, berühmten Familie – ich aber war ein armer Waisenknabe aus einfachen Verhältnissen. Nie hat er mich etwas spüren lassen. Er war teilweise ein besserer Schüler, hatte in den Sprachen bessere Noten, aber wir hatten ein gutes System, uns gegenseitig zu helfen. Ich glaubte damals, Richard würde später Kapitän oder Admiral werden. In vielen langweiligen Schulstunden haben wir unzählige Seeschlachten durchgeführt. Er besiegte mich meistens. Oft machten wir mittags gemeinsam den Schulweg und sprachen miteinander Berner Mundart. Ich war der einzige, bei dem er es wagte, außer, er versuchte es in Berner Kaufläden. Ich war auch der einzige, dem er anvertraute, daß seine Mutter ihm die Haare schnitt.

Öfter war ich in der deutschen Gesandtschaft eingeladen. Wir haben dort Bridge gespielt. Dort lernte ich auch seine mütterliche Großmutter kennen, eine sehr sympathische Dame, die auch Schweizerdeutsch konnte. Auch andere Anlässe haben wir dort gefeiert. In Abwesenheit seiner Eltern organisierte Richard Tanzabende und andere tolle Feste, wo wir guten Wein und teure Zigarren ausprobierten.

Auf einem »Gegnerball« im Kursaal in Bern schmuggelten wir mit seiner Hilfe teure Weinflaschen aus dem Keller seines Vaters unter den Tisch, um einen billigen Abend zu verbringen und unsere Tänzerinnen zu verblüffen. Leider bemerkte jedoch ein Kellner, daß wir fast nichts bestellten, und entdeckte unser Lager unter dem Tisch. Richard war stets zu Scherzen aufgelegt, aber nie aufdringlich. Er konnte ganze Sätze sprechen, indem er jedes Wort mit dem letzten Buchstaben begann (die = eid). Mitte November 1983 besuchten wir »Weiz« in Berlin. 14 Mitschüler und -schülerinnen haben ihn dort wiedergesehen.

Hans Freiherr von Godin

Rechtsanwalt, Berg am Starnberger See

Ich drückte mit ihm die Schulbank

Während der fünf Jahre, die wir gemeinsam in einer Klasse das humanistische Bismarck-Gymnasium in Berlin besucht haben, habe ich Richard als einen auffallend edlen und sauberen Jungen kennen- und schätzengelernt, der immer gradlinig war. Diese hervorstechende Charaktereigenschaft machte ihn bei Lehrern und Mitschülern beliebt. Seine ehrenhafte Gesinnung stieß in unserem Gymnasium auf einen humanistischen Geist, wie man ihn nach 1933 anderswo kaum mehr antraf. Hier wurden die jüdischen Schüler noch so lange wie möglich gehalten. So hat beispielsweise ein jüdischer Freund von mir mit uns im Jahre 1937 noch das Abitur absolvieren können, und während unseres Gymnasiumsbesuchs wurde noch kein Schüler in die Hitlerjugend oder in eine andere Naziorganisation gepreßt.

Humanistischer Geist prägte uns. Besonders auch Richard von Weizsäcker, der nicht nur für die griechische Sprache und für die hellenistische Welt auffallendes Interesse hatte, sondern gegenüber schwächeren Mitschülern sich immer gütig und freundlich zeigte. Ich kann mich an keinen Streit in unserer Klasse erinnnern, an dem er beteiligt gewesen wäre. Das beruhte aber eher auf seiner Überlegenheit und nicht etwa auf diplomatischer Geschicklichkeit, mit der man auch jedem Streit aus dem Weg gehen kann. Diesbezüglich habe ich ihn als einen Mitschüler in Erinnerung, der ein selbständiges und in der Regel zutreffendes Urteil hatte, zugleich aber auch andere Urteile tolerieren konnte, ohne sie zänkisch bekämpfen zu müssen. Er hatte es nie nötig, sich streitend durchsetzen zu müssen. Rechthabereien waren ihm odios, für seine Ideen konnte er sich auch kämpferisch einsetzen.

So gesehen zeigte er sich schon in jungen Jahren als starke und zugleich friedliebende Persönlichkeit, die ihrer Umwelt Respekt abforderte, der ihr auch gern und aus Überzeugung entgegengebracht wurde. Denn er trug Liebesbereitschaft in sich, von der ich wünsche und glaube, daß sie ihm erhalten geblieben ist. Ihm sind Liebe und Stärke zu eigen, die schon in seiner Jugend – auf dem geübten Boden des Humanismus – spürbar waren. Übrigens war er immer ein guter Schüler, ohne wie ein Streber gewirkt zu haben.

II. Kapitel

Lust-Semester

Werner Filmer/Heribert Schwan

Studienzeit in Oxford und Grenoble

Kinder von Diplomaten haben viele Umzüge auszuhalten – mit all den Bindungsverlusten, die entstehen können –, sind aber auch privilegiert. Wer konnte schon 1937 im Ausland studieren, in England, in Frankreich! Möglich war das nur dem, der über Devisen verfügte, Einkommen im Ausland bezog. Richard von Weizsäcker ging im Sommersemester 1937 nach Oxford. Auf dem Gymnasium hatte er Latein, Griechisch und Französisch gelernt. Englisch sprach er kaum ein Wort. In Oxford lebte er in einer Familie, die weder Deutsch noch Französisch verstand. Gast und gastgebende Familie verständigten sich im wahrsten Sinne des Wortes mit Händen und Füßen. Nach vier Wochen empfahlen ihm die Wirtsleute, eine Universitätsfeier zu besuchen. Es werde festlich zugehen, hatten sie ihm gesagt. Der Student verstand nichts, obwohl die Veranstaltung in lateinischer Sprache stattfand. Richard von Weizsäcker hatte die englische Verballhornung des Lateinischen nicht erkannt.

Als Student konzentrierte er sich in Oxford intensiv auf die englische Sprache. In den letzten Wochen seines Oxford-Semesters konnte er Geschichtsvorlesungen hören, und zwar ohne nennenswerte Schwierigkeiten. Das Wintersemester 1937/38 verbrachte Richard von Weizsäcker an der Universität Grenoble. Auch hier ging es ihm wesentlich um die Erweiterung seines französischen Sprachschatzes. Außerdem besuchte er philosophische Vorlesungen. Seine Hauptttätigkeit in Grenoble bestand allerdings im Skilaufen. »Alles in allem ein Lust-Semester!«

Im Februar 1938 hatte Adolf Hitler Joachim von Ribbentrop zum Reichsaußenminister ernannt. Der Direktor der politischen Abteilung des Auswärtigen Amtes, Ernst von Weizsäcker, wurde gefragt, ob er bereit sei, Staatssekretär zu werden. In seinen Erinnerungen schreibt er 1950: »Bei einem Amateur als Außenminister stand im inneren Betrieb der Staatssekretär an der Lötstelle zwischen Dilettantismus und Sachverstand. Dem Ausland gegenüber hatte er eine Schlüsselstellung. Diese auszuschlagen und an einen Unbekannten preiszugeben, das hieß, der Verantwortung bewußt aus dem Wege gehen, das wäre eine Kapitulation gewesen...« Anfang April 1938 übernahm Ernst von Weizsäcker die Geschäfte des Staatssekretärs im Auswärtigen Amt.

Etwa zur gleichen Zeit ging Richard von Weizsäcker zum Arbeitsdienst an den Werbellinsee in der Schorfheide. Er war gerade 18 Jahre alt. Normalerweise wäre er erst zwei Jahre später eingezogen worden, doch ohne geleisteten Arbeitsdienst konnte niemand studieren. Anschließend meldete er sich zur zweijährigen Militärzeit.

III. Kapitel

Der Regimentsadjutant

Werner Filmer/Heribert Schwan

Militär- und Kriegszeit von 1938 bis 1945

Eigentlich wollte Richard von Weizsäcker zu einer Aufklärungskompanie, genauer zur Aufklärungsabteilung 3 nach Starnsdorf, südlich von Lichterfelde bei Berlin. Dieser Wunsch erfüllte sich nicht. Im Oktober 1938 ging er als Nichtaktiver – also nicht als Berufssoldat – mit achtzehneinhalb Jahren zum Infanterieregiment 9 nach Potsdam. Dieses Regiment galt als das preußischste aller preußischen Regimenter. Hart, aber gerecht hatte der Militärdienst zu sein. Die jungen Soldaten wurden zu Respekt und auch Ehrfurcht vor der Geschichte Preußens und Deutschlands erzogen, zur Wehrhaftigkeit, schreibt Wolfgang Paul in seinem Buch über die Geschichte des Potsdamer Infanterieregiments 9.

Die Nähe der Reichshauptstadt brachte in Friedenszeiten eine dauernde Konfrontation mit den politischen Ereignissen in Berlin.

Otto Wien, der dem Regiment von 1925 bis 1933 angehörte, schreibt in seinen Lebenserinnerungen:

»In der Öffentlichkeit wurde das I. R. 9 je nach dem politischen Blickpunkt sehr verschieden beurteilt. In der links orientierten Tagespresse wurde es verächtlich als reaktionäre und in Vorurteilen lebende ›Militärclique‹ bezeichnet. Die ›Rote Fahne‹ sprach vom ›Regiment der Grafen und Barone‹. Selbst die damals innerhalb der Reichswehr aufkommende Bezeichnung ›Regiment Graf Neun‹ war bei allem Humor nicht ganz frei von Kritik. Die Bezeichnung wurde im Offizierkorps so gebräuchlich, daß man sie unter alten Soldaten noch heute hören kann . . .«

Ulrich Wille erinnert sich 1983: »Die Zeit meiner Zugehörigkeit zum I. R. 9 war für mich – neben meiner Berliner Schulzeit – die wertvollste und entscheidendste meines Lebens. Zweifellos bin nicht nur ich, sondern sind viele meiner Kameraden in hohem und entscheidendem Maße davon geprägt worden. Hier wurden uns die Begriffe des Dienens, der Kameradschaft, der Pflichterfüllung, der Ehre und Treue und der Liebe zu Deutschland gelehrt. Diese Begriffe werden mein Leben bis an das Ende meiner Tage bestimmen. Potsdam war für mich Inbegriff des Preußentums, soldatische Heimat und die Stadt, die man wegen ihrer Schönheit und landschaftlichen Lage lieben mußte.«

Den Eid auf den Führer des Deutschen Reiches und Volkes, Adolf Hitler, den Obersten Befehlshaber der Wehrmacht, zu leisten und ihm unbedingt Gehorsam zu schwören, war für die Männer vom Infanterieregiment 9 ein erster schwerer Eingriff des Staates. Später kam der Ariernachweis hinzu, der die Abneigung gegenüber dem NS-Regime deutlich werden ließ. Viele Offiziere lehnten die »Aufdringlichkeit des überlauten Goebbels-Tons ab und waren mit den Hanswurstiaden Görings, der Brutalität Himmlers und Heydrichs nicht einverstanden«.

Zusammenfassend schreibt Wolfgang Paul in seiner Geschichte des Infanterieregiments 9: »Dem Ansehen des Regiments entsprach der Wunsch vieler, dorthin versetzt zu werden. Das Heerespersonalamt sorgte dafür, daß keine soziologisch einseitige Besetzung des Offizierkorps das Regiment formal als Eliteeinheit erscheinen ließ. Offiziere und Unteroffiziere zeigten ihre Abneigung gegenüber der Garde des Dritten Reiches, der (damals noch als SS-Verfügungstruppe bezeichneten) Waffen-SS (zuerst gegenüber der Leibstandarte Adolf Hitler in Berlin), die sie als ›Talmi-Konkurrenz‹ empfanden.«

Richard von Weizsäcker kam im Oktober 1938 durch seinen drei Jahre älteren Bruder Heinrich zu diesem Potsdamer Eliteregiment. Heinrich hatte nach dem Abitur Geschichte studiert, vor allem mittelalterliche Geschichte. Sein Hauptinteresse galt Kaiser Friedrich II. Doch seine Abneigung gegen die an deutschen Hochschulen gelehrten Geschichtsauffassungen wurde stärker. Er entschied sich, zum Militär zu gehen, um aktiver Offizier zu werden. Eng befreundet war er mit Richards späterem Kompaniechef, Oberleutnant Ekkehard von Ardenne, der am 9. November 1938 seine Kompanie zum Gedenken an Hitlers Marsch zur Feldherrnhalle antreten lassen mußte. Heute noch unvergeßlich seine Ansprache, die er völlig auf den 9. November 1918 abstellte. Am Ende seiner Rede sagte er: »Und dann gibt es noch den 9. November 1923!« Anschließend ließ er die Kompanie wegtreten. »Harter Fronteinsatz mit hohen Blutopfern und das Ringen um geistige und moralische

Integrität und Unabhängigkeit gehörten zusammen«, schreibt der Regimentschronist Wolfgang Paul, »als ›Republik der autonomen Grenadiere‹ ging das Offizierkorps in den Krieg.«

In der Nacht zum 27. August 1939 marschierten die Männer vom Infanterieregiment 9 bis zum Morgengrauen auf die Transportbahnhöfe, um nach Osten verladen zu werden. Dabei auch Leutnant Heinrich von Weizsäcker und Grenadier Richard von Weizsäcker. Der jüngere Bruder war wenige Wochen zuvor am Blinddarm operiert worden. Er hatte die Genehmigung, kein Koppel tragen zu müssen.

Am 1. September 1939 um 10.00 Uhr überschritt das Regiment die deutsch-polnische Grenze. Seit 4.45 Uhr war Krieg. Am zweiten Kriegstag – dem 2. September 1939 – wurde das Regiment in schwere Gefechte und Nahkämpfe verwickelt, geriet in starkes polnisches MG- und Infanteriefeuer. Im Gefechtsbericht heißt es: »In dem ganzen Gefechtsabschnitt vom I. und II. Btl. herrscht rege Gefechtstätigkeit«.

Im Nahkampf wurde Richards Bruder Heinrich, Zugführer des 2. Zuges, durch einen Halsschuß getötet, als er eine Handgranate werfen wollte. Zunächst konnte er nicht geborgen werden, da die polnischen Truppen weiter vorrückten. Nach einem Gegenstoß der deutschen Infanteristen wurde die Leiche Heinrichs zurückgetragen. Seine Kameraden benachrichtigten Bruder Richard, der in der darauffolgenden Nacht Totenwache hielt. Am 3. September 1939 wurde Heinrich von Weizsäcker in der Tucheler Heide bei Klonowo vorläufig beigesetzt. Zwei Wochen später veranlaßte Ernst von Weizsäcker, daß sein Sohn Heinrich in die Kapelle auf der Solitude bei Stuttgart überführt wurde, wo er getauft worden war. In seinen Erinnerungen schreibt der Vater 1950: »Dort oben am Waldrand auf dem kleinen und stillen Soldatenfriedhof sprach unser Sohn Carl Friedrich für Heinrich das Abschiedswort.«

Die Verluste des Regiments am zweiten Kriegstag waren schmerzlich. Doch stolz blickten viele Soldaten auf den zurückgewiesenen Angriff der Polen und auf die Mitwirkung beim großen Durchbruch durch den Korridor. Weiter ging es in Richtung Osten bei Mewe über die Weichsel nach Paleschkan. Bis zum 17. September 1939 marschierte das Infanterieregiment bis zur polnischen Ostgrenze. Einen Tag später überschritten sowjetische Truppen die Grenze zu Polen, um die östlichen Teile dieses geschlagenen Landes zu besetzen. Bereits am 18. September 1939 begann für das Infanterieregiment 9 der Rückmarsch aus dem eroberten Polen. Wolfgang Paul schreibt: »Über Oswiec und Grajewo erreichte es im Fußmarsch bis 20. September 1939 den Raum Lyck-Johannesburg, von wo es nach Königsberg verladen wurde. Von Königsberg fuhr es im Seetransport über die Ostsee nach Stettin. Von Stettin wurde I. R. 9 mit der Bahn nach Mainz transportiert. Die Reise ging auf der Reichsbahn-›Transportstraße‹, Kennwort ›Orange‹, bis Berlin, von da über ›Zinnoberrot‹ an den Rhein. I. R. 9 erreicht im Fußmarsch den Raum von St. Wendel und wird in Leitersweiler und Umgebung untergebracht. Bis zum 9. Mai 1940 hieß der Auftrag Sicherung der deutschen Westgrenze in der Eifel nordwestlich von Bitburg in einem Abschnitt des Westwalls an der Grenze zu Luxemburg.«

Mit Beginn des Westfeldzuges am 10. Mai 1940 zog das Infanterieregiment 9 über Luxemburg und Belgien nach Frankreich. Richard von Weizsäcker befand sich während des Frankreich-Feldzuges auf einem Reserveoffiziersanwärter-Lehrgang in Potsdam und in Landsberg an der Warthe. Als Feldwebel kam er zu seinem alten Regiment zurück, das im Herbst 1940 wieder nach Polen in den südlichen Warthegau verlegt worden war. Es gab Heimaturlaub für die Soldaten und anschließend eine intensive Ausbildung für eine neue Verwendung. Am 11. März 1941: Landmarsch nach Osten. Am Nachmittag des 21. Juni 1941 erfuhr das Regiment kurz vor der russischen Grenze, was bevorstand: der Feldzug gegen die Sowjetunion, das Unternehmen »Barbarossa« am 22. Juni 1941.

Vier Wochen später wurde Richard von Weizsäcker erstmals verwundet und kam für vier Wochen ins Lazarett nach Berlin. Die Männer des Potsdamer Infanterieregiments überquerten unter schweren Verlusten den Dnjepr, rund 1 000 Kilometer von der deutschen Grenze entfernt. Als von Weizsäcker nach seiner Genesung wieder zum alten Regiment zurückkehrte, lag es rund 380 Kilometer südwestlich von Moskau. Bei den Kämpfen im Desna-Bogen wurde sein bester Freund, Oberleutnant Axel Freiherr von dem Bussche, zum drittenmal schwer verwundet. Der Chronist Wolfgang Paul notiert: »Ende November 1941 betrug die Entfernung zwischen der kämpfenden Truppe und dem Moskauer U-Bahnhof ›Majakowskaja‹, Hauptquartier des sowjetischen Generalstabes, etwa 35 Kilometer. Die Winterschlacht 1941/42 war für die 23. Infanteriedivision – zu der das I. R. 9 gehörte – verheerend. Während dieses Feldzuges in Rußland fielen bis zum 3. Dezember 1941 42 Offiziere, 127 wurden schwer verwundet, 2 waren vermißt. Gefallen waren 1 343 Unteroffiziere und Mannschaften, verwundet 3 250, 162 waren vermißt.«

Immer noch lag das Potsdamer Regiment einen Tagesmarsch von Moskau entfernt. Es sollte die Stellung vor dem Wolga-Moskwa-Kanal halten, gegen die russische Panzerverbände immer wieder vorstießen. Ein Rückzug nach Westen schien unausweichlich. Doch Hitler untersagte kurz vor Weihnachten jede eigenmächtige Ausweichbewegung an der Ostfront. Die Truppe sollte bleiben, wo sie stand. Es ging um Leben und Tod. Die Mannschaften waren restlos erschöpft, sie wurden »fast wahnsinnig« vor Kälte. An Silvester 1941 kämpfte das Infanterieregiment 9 in Sacharino. Die Silvesternacht wurde zum Inferno: Pausenloser Panzerbeschuß bei 30 Grad unter Null in Eis und Schnee. Am 31. Januar 1942 betrug die Gefechtsstärke des Infanterieregimentes 9: sieben Offiziere, 70 Unteroffiziere und 241 Mannschaften. Normalerweise bestand ein Regiment aus rund zweieinhalbtausend Mann. Ende Februar wurde das Regiment von der Front zurückgezogen und nach Wjasma verlegt. Neue Angriffe blieben im Schneesturm stecken.

Im März 1942 wurde Richard von Weizsäcker nach Mauerwald bei Lötzen in Ostpreußen berufen, dem Sitz des Oberkommandos des Heeres. Mauerwald lag etwa 15 Kilometer vom Führerhauptquartier »Wolfsschanze« entfernt. Er wurde Ordonnanzoffizier beim Oberquartiermeister 4. Sein Chef war General Matzky, der im Oberkommando des Heeres saß. Ihm unterstand alles, was im Generalstab »Feindbeobachtung« genannt wurde, also Fremde Heere Ost, Fremde Heere West sowie alle Militärattachés. Als Ordonnanzoffizier war der knapp zweiundzwanzigjährige Weizsäcker die rechte Hand des Generals. Als sein Assistent leitete er sein Büro. Viele Stunden seines soldatischen Lebens – erinnert sich Richard von Weizsäcker – verbrachte der damalige Oberstleutnant und spätere Oberst Gehlen in Weizsäckers Zimmer. Der Leiter der Abteilung Fremde Heere Ost mußte hier warten, bis General Matzky ihn empfing.

In Mauerwald lernte Richard von Weizsäcker viele hohe Offiziere kennen, die nach dem mißglückten Attentatsversuch auf Hitler bekannt wurden. Auch Oberstleutnant i. G. Claus Schenk Graf von Stauffenberg und seinen Bruder Bertold. Stauffenberg war damals Generalstabsoffizier in der Organisationsabteilung und bereits mit Attentatsplänen beschäftigt. Weizsäcker lernte in Mauerwald auch Adolf Heusinger kennen, den Leiter der Operationsabteilung und späteren Generalinspekteur der Bundeswehr, sowie Generaloberst Franz Halder, damals Chef des Generalstabes des Heeres und Oberbefehlshaber der Ostfront, der bei den Anfängen des Widerstandes gegen Hitler eine Rolle spielte. Ein einziges Mal in seinem Leben erlebte Weizsäcker dort Adolf Hitler. Während der Stalingrad-Offensive wurde der Generalstab des Heeres nach Winniza in der Ukraine verlegt. Dabei waren auch der Oberquartiermeister General Matzky und sein Ordonnanzoffizier Weizsäcker. Zur gleichen Zeit – vom 16. Juni bis 1. November 1942 – ließ Hitler das Führerhauptquartier »Wolfsschanze« von Ostpreußen in die Nähe von Winniza (»Werwolf«) verlegen.

Bis Juni 1942 kämpften die Männer vom Potsdamer Infanterieregiment 9 an der Ostfront in der Heeresgruppe Mitte. Ende Juni 1942 wurden sie nach Belgien verlegt, dann nach Dänemark. Hier sollte eine neue 23. Infanteriedivision zusammengestellt werden. Neue Rekruten des Jahrgangs 1924 kamen aus Stettin und Berlin. In Aarhus wurde das Infanterieregiment 9 in Grenadierregiment 9 umbenannt.

Ende Oktober 1942 kehrte Richard von Weizsäcker aus Winniza in der Ukraine als Oberleutnant zu seinem alten Regiment nach Dänemark zurück. Regimentskommandeur war der fünfundvierzigjährige Oberst Dewitz; stellvertretender Regimentsadjutant: der zweiundzwanzigjährige Student Richard Freiherr von Weizsäcker. »Es war eine sehr junge Truppe, die in ein besetztes Land gelegt wurde, in dem noch Milch und Honig flossen. Am Heiligen Abend 1942 versammelte sich das Regiment zum Weihnachtsgottesdienst im Dom zu Aarhus«, schreibt Wolfgang Paul.

In den letzten Januarwochen 1943 wurde die neue 23. Infanteriedivision – zu der das Grenadierregiment 9 gehörte – von Dänemark an die Ostfront verlegt. Die neunzehnjährigen Rekruten waren mangelhaft ausgebildet und unvollständig ausgerüstet. Winterbekleidung fehlte. Am 4. Februar 1943 traf das Regiment bei strengem Frost und Schneetreiben an der Front bei Kretschnow ein. Bei einer Gefechtsstärke von 1 843 Mann hatte das Potsdamer Grenadierregiment 9 am 14. Februar 1943 eine Frontbreite von 13 Kilometern zu verteidigen. Die Monate Februar, März und April verliefen relativ ruhig. Auch der Einsatz am Wolschow-Brückenkopf im Mai wurde überstanden. Im Juni gab es mehrmals Alarmbereitschaft. Ende des Monats marschierten die Grenadiere in einem Gewaltmarsch in neue Stellungen an der Newa bei Leningrad. Mittlerweile war Oberleutnant Richard von Weizsäcker Regimentsadjutant. Ehemalige Offiziere sagen, »eine halbe Lebensversicherung«. Damit übernahm er die Schlüsselposition des Regiments. Er leitete den Regimentsstab, vertrat den Regimentskommandeur und besetzte den Regimentsgefechtsstand. Er war Personalchef von rund zweieinhalbtausend Mann (drei Bataillone, jedes Bataillon hatte vier Kompanien, zusätzlich einen Pionierzug und eine Panzerabwehrkompanie). Weizsäcker hatte Befehle im Gefechtsstand zu formulieren und an die Bataillone weiterzugeben. Bei schwachen Kommandeuren war der Regimentsadjutant eigentlicher Führer der Truppe. Kommandeure kamen und gingen. Zusammen mit den Kompaniechefs Axel von dem Bussche, Friedrich Karl Klausing, Max von Arnim und einigen anderen führte der junge Regimentsadjutant das Grenadierregiment Nr. 9 an der Ostfront. Es war ungewöhnlich, daß er überhaupt in die Schlüsselposition des Adjutanten gekommen war. Normalerweise wurden nur aktive Offiziere und keine

Reserveoffiziere für eine so herausragende Position innerhalb eines Regiments herangezogen.

Am 22. Juli 1943 begann die dritte Schlacht südlich des Ladogasees, die bis zum 4. August dauerte und bei der die 23. Infanteriedivision 65 Offiziere und 2 688 Unteroffiziere und Mannschaften verlor. Das war die Hälfte ihrer Gefechtsstärke. Am 5. August 1943 kehrten die Überlebenden des Grenadierregiments 9 in die alten Unterkünfte bei Krasnoje Selo zurück: 225 Soldaten.

Zwölf Tage lang hatte das Regiment Zeit, sich zu erholen und neue Mannschaften aufzunehmen. Mitte August 1943 wurde es wieder an die Front verlegt, kämpfte bis zum Jahreswechsel 1943/44 am Wolchow und bei Newel. Der Kampf wurde 1944 immer aussichtsloser. In verlustreichen Schlachten, die das Ende des Regiments andeuteten, verließen die Überlebenden am 17. Juli 1944 Rußland und überschritten die lettische Grenze. Dann kam der 20. Juli 1944: die Nachricht vom mißglückten Attentat auf Hitler.

Richard von Weizsäcker zählte nicht zu den Männern des aktiven Widerstandes gegen Hitler. Er war aber mit wichtigen Geheimnisträgern befreundet. Freiherr Axel von dem Bussche-Tanhorst, jener mutige Mann, der, von Stauffenberg gefragt, bereit war, ein Attentat auf Hitler auszuführen, das sein eigenes Leben gekostet hätte, ist sein bester Freund bis heute. Seit November 1943 waren die Attentatspläne dem jungen Regimentsadjutanten Richard von Weizsäcker bis in die Details bekannt. Sein Freund Bussche, Chef des 1. Bataillons des Grenadierregiments 9, hatte im Herbst 1942 gesehen, daß mehr als 1 000 Juden auf dem Flugplatz Dubno von SS-Leuten erschossen worden waren. Dieser Massenmord auf Befehl Hitlers war für den jungen Frontoffizier wichtigster Grund für ein Attentat. Richard von Weizsäcker wußte dies. Für ihn war Bussche nicht nur ein enger Freund, sondern das eigentliche Vorbild.

Geprägt wurde Richard von Weizsäcker vor allem von Fritz-Dietlof Graf von der Schulenburg, einem aktiven Widerstandskämpfer, den die Nazis am 10. August 1944 in Berlin-Plötzensee hinrichteten. Schulenburg, der »Rote Graf«, galt als Mentor für das Offizierkorps des Grenadierregiments 9. Als ältester Reserveoffizier des Infanterieregiments 9 war er für Richard von Weizsäcker eine beispielgebende Persönlichkeit. Er informierte den jungen Adjutanten vier Wochen vor Stauffenbergs mißglücktem Attentat über alle Pläne.

Eng befreundet war Weizsäcker auch mit Friedrich Karl Klausing, lange Zeit Kompaniechef im Grenadierregiment 9, später in das Allgemeine Heeresamt – in unmittelbare Nähe von Graf Stauffenberg – versetzt. Wiederholt hatte er Stauffenberg auf Reisen ins Führerhauptquartier begleitet. Klausing gehörte zu den ersten Angeklagten, die am 8. August 1944 in Berlin-Plötzensee hingerichtet wurden. Aus dem Potsdamer Infanterieregiment 9 stammten insgesamt 19 Offiziere, die nach dem 20. Juli 1944 ihr Leben verloren. Durch seinen Vater Ernst von Weizsäcker, der von 1938 bis 1943 Staatssekretär im Auswärtigen Amt war und anschließend zwei Jahre lang die deutsche Botschaft beim Heiligen Stuhl leitete, kannte der Sohn auch andere Persönlichkeiten des Widerstandes gegen Hitler: zum Beispiel Kessel, Beck, Canaris.

Nach dem 20. Juli 1944 wurde das Grenadierregiment 9 praktisch aufgelöst. Die politische Unzuverlässigkeit des Offizierkorps in diesem Regiment machte die nationalsozialistische Führung so mißtrauisch, daß es – ähnlich einem Strafbataillon – an der Ostfront bei aussichtslosen Gefechten eingesetzt wurde. Es blieb eine Art Abwicklungskommando, das Weizsäcker als Regimentsadjutant zu leiten hatte. Der Rest des Grenadierregiments 9 wurde ins Grenadierregiment 67 aufgenommen und erhielt im September 1944 den Auftrag, im Nordabschnitt der Ostfront die baltischen Inseln Ösel und Moon zu verteidigen. Auf dem Dampfer »Wartheland« ging es Richtung Finnischer Meerbusen, eine Art Himmelfahrtskommando. Nach wenigen Tagen – am 30. September 1944 – mußte die Insel geräumt werden. Mehrere Offiziere hatten sich deswegen vor einem Kriegsgericht zu verantworten.

Am 18. November 1944 begann der Endkampf im Finnischen Meerbusen um die Halbinsel Sworbe. Der Führerbefehl hieß, Sworbe bis zum letzten Blutstropfen zu halten. Wörtlich: »Es kommt mir keiner von der Insel, es sei denn nach Sibirien!« Nach fünftägiger schrecklicher Schlacht gaben die Grenadiere Sworbe auf. Gegen den ausdrücklichen Befehl Hitlers. Die wenigen überlebenden Kämpfer wurden nach Thorn gebracht. Richard von Weizsäcker empfand: »Alles, was militärisch noch geleistet wird, dient der Kriegsverlängerung!« Längst war der Krieg verloren. In diesen Tagen wurde auch dem Regimentsadjutanten viel abverlangt: Augenmaß für das noch Mögliche, Verantwortung für das Leben anderer. Diese Zeit war für ihn eine frühe Grunderfahrung: »Man war nicht mehr einfach engagier- und okkupierbar für naive, einseitige politische Ideen!«

Weihnachten 1944 verbrachten die Sworbe-Kämpfer in ihren ostpreußischen Quartieren. Neue Mannschaften kamen. Am 12. Januar 1945 begann die sowjetische Winteroffensive. In langen Nachtmärschen durch das tiefverschneite Ostpreußen erreichten die Grenadiere Johannisburg. Mit dem Truppenzug fuhren sie weiter Richtung Allenstein. Diese Stadt war längst von sowjetischen Truppen besetzt. Ende Januar

1945 wurde das Grenadierregiment 9 von russischen Truppen bei Wartenburg eingeschlossen. Nur unter schweren Verlusten konnte es sich befreien. Auf dem weiten Rückmarsch Richtung Pommern trennten russische Verbände die 23. Division in zwei Teile. Östlich blieben die Grenadiere zurück. Eine Rückkehr über Weichsel und Nogat war ausgeschlossen. Der Kampf aussichtslos. Hinzu kam in Ostpreußen das fürchterliche Flüchtlingselend. Nur ein Wunder konnte die Eingeschlossenen retten. Eine Evakuierung zum Frischen Haff war die einzige Chance. Der Chronist Wolfgang Paul berichtet: »Das Regiment ist nun wieder auf sich gestellt für den letzten Akt des ostpreußischen Dramas. Vorher, am 4. April, wurde noch der Regimentsadjutant Hauptmann Richard Freiherr von Weizsäcker, der verwundet unter den letzten den Brückenkopf verließ, vom Divisionsführer für die Nennung im Ehrenblatt des Heeres vorgeschlagen. Am 6. April ist Abschiedsappell für alle Offiziere und Unteroffziere des 24., auch für die des I. R. 9, das jetzt wieder Gren.Rgt. 9 genannt wird. Ein Abschiedsbefehl des schwerverwundeten Div.Kdrs. von Nostitz-Wallwitz wird verlesen. Wortlos geht man auseinander. Gren.Rgt. 9 sollte die Besatzung von Königsberg verstärken, aber dazu kam es nicht mehr, da am gleichen Tag der russische Sturm auf die Festung Königsberg einsetzte. Der Zugang nach Königsberg riß ab. Am Tag vorher, am 5. April, war es noch gelungen, die in Königsberger Lazaretten liegenden Verwundeten der 4. Armee in Richtung Pillau abzutransportieren.«

Richard von Weizsäcker, der letzte Regimentsadjutant des Grenadierregiments 9, konnte gerettet werden. Anfang April 1945 wurde er über das Frische Haff auf die Nehrung transportiert, dann von Danzig nach Kopenhagen. In letzter Minute entging er dem Schicksal seiner übrigen Regimentskameraden, denen nur die Gefangenschaft blieb. Von Kopenhagen aus gelangte er zu seinem Ersatztruppenteil nach Potsdam. Kurze Zeit später demobilisierte er sich selbst und setzte sich nach Lindau an den Bodensee ab. Dort erlebte er am 8. Mai 1945 die bedingungslose deutsche Kapitulation.

Während seine Eltern in Rom blieben und private Gäste des Vatikans bis zum August 1946 waren, lebte Richard von Weizsäcker bei seiner Schwester Adelheid Gräfin von Eulenburg. Sie hatte ihren Mann Botho-Ernst im Krieg verloren. Mit ihr zusammen bewirtschaftete Richard von Weizsäcker das kleine ländliche Anwesen der Schwester seines Vaters. 14 Frauen und er unterhielten eine Hühnerfarm und drei Kühe. Der ehemalige Regimentsadjutant war zuständig für Grünfutter und Heu, er lernte Mähen und das Dengeln der Sense.

Zeitzeugen

Hans K. Fritzsche

Ministerialrat a. D., Bonn-Bad Godesberg

Erinnerungen

Richard von Weizsäcker begegnete ich zuerst in der Kaserne des Infanterieregiments 9 in Potsdam, wo wir dienten. Er war jünger als ich. Sowohl an Lebens- als auch an Dienstjahren. Im Kriege blieb er beim Infanterieregiment 9, während ich zum Schwesterregiment Infanterieregiment 178 kam. Ich traf ihn erst 1943/44 wieder, als wir beide Kriegsverwundete beim Ersatzbataillon 9 in Potsdam waren.

Damals war ich täglich mit Fritz-Dietlof Graf von der Schulenburg, Ewald-Heinrich von Kleist, Ludwig von Hammerstein und Georg-Sigismund von Oppen zusammen. Das war ein Stück Vorgeschichte des 20. Juli 1944. Wir gingen seinerzeit die Namen jener Kameraden durch, auf die im Falle der Befreiung von Hitler Verlaß wäre. Zu diesen zählte auch Richard von Weizsäcker, versicherte uns Fritzi Schulenburg.

Weizsäckers Vater war Staatssekretär des Auswärtigen Amtes. Richard von Weizsäcker übermittelte an Stauffenberg wichtige Informationen aus dem Bereich der auswärtigen Politik. Er mußte dabei außerordentlich vorsichtig zu Werke gehen, denn er durfte auch seinen Vater nicht gefährden. So erzählte mir Schulenburg, daß Richard von Weizsäcker mit seiner Kontaktperson immer in einem Boot auf den Wannsee hinausgerudert sei, wo er sprechen konnte, ohne befürchten zu müssen, abgehört zu werden.

Nach dem 20. Juli ist der Name »von Weizsäcker« bei den Vernehmungen durch die Gestapo nie gefallen. Der Verschwiegenheit aller Beteiligten ist es zu verdanken, daß sowohl Richard von Weizsäcker als auch sein Vater durch die Gestapo nicht belästigt worden sind.

Näheren freundschaftlichen Kontakt hatte ich mit Richards Bruder Heinrich, dem ersten gefallenen Offizier des Infanterieregiments 9 im Polen-Feldzug. Heinrich war dienstälter als ich und wohnte im gleichen Block der Kaserne Priesterstraße. Ich hatte ein karges Zimmer mit Kasernenmöbeln, während Heinrich von Weizsäcker ein Appartement bewohnte, das in bescheidener Weise geschmackvoll eingerichtet war. Die elterliche Wohnung lag nahe in Berlin. Er lud mich häufig zum Tee ein, wenn wir dienstlich nicht benötigt wurden. Oft diskutierten wir philosophische und geschichtliche Themen. Er hatte einen intensiven Zugang zu Jacob Burckhardt, dessen Familie er auch vom Schweizer Aufenthalt seiner Familie her kannte. Mir wurde dabei deutlich, daß Heinrich von Weizsäcker eher ein Gelehrtentyp war, seinem älteren Bruder Carl Friedrich ähnlich, von dessen Forschungstätigkeit Heinrich mir einiges andeutete. Heinrich besaß nichts vom Typ des forschen und schnarrenden Berufsleutnants. Er war von Gestalt und Gesinnung ein äußerst sensibler Mensch und zeigte bei verschiedenen Gelegenheiten – sei es am Sandkasten oder im Gelände – ein zwar vorsichtiges, aber doch sicheres taktisches Urteilsvermögen. Ich habe ihn damals für den geborenen Generalstäbler gehalten, auch wenn er manchmal seufzend durchblicken ließ, daß er doch am liebsten Geschichtsprofessor werden möchte. Er war ein liebenswerter Mensch und Offizierskamerad. Das ganze Offizierkorps des Regiments betrauerte seinen frühen Tod tief.

Max von Arnim

Forstmeister a. D., Rendsburg

Ein gewissenhafter Oberleutnant

Durch die Neuaufstellung des Infanterieregiments 9 im Rahmen der 23. Infanteriedivision im Herbst 1942 lernte ich den Oberleutnant der Reserve Richard von Weizsäcker in seiner neuen Stellung als Regimentsadjutant kennen. Keiner von uns konnte damals ahnen, daß er diese Position bis zur eigenen Verwundung bei Kriegsende im Frühjahr 1945 in Ostpreußen beibehalten sollte. Das Regiment lag zur Ausbildung seines jungen Ersatzes bis Ende Januar 1943 in Aarhus in Dänemark. Dabei wurde – alter soldatischer Tradition entsprechend – großer Wert auf persönliches Kennenlernen gelegt. Das war in der neuen Zusammensetzung auch und gerade im Rahmen des Offizierkorps die Grundlage für den späteren Fronteinsatz.

Bereits hier – bei einem fast friedensmäßigen Dienst – fiel mir zunächst das Organisationstalent des Regimentsadjutanten auf, der sich die besonderen Wünsche der Einheitsführer – zum Beispiel hinsichtlich noch fehlender Ausrüstung – beim fast täglichen Zusammensein nach dem Dienst geduldig anhörte und in den meisten Fällen wirklich helfen konnte. Versprechungen vorweg lagen ihm nicht, aber der Beweis für seine Erfolge bestand in der kurzfristigen Anlieferung des gewünschten Materials. Dadurch wurde schnell ein festes Vertrauensverhältnis im ganzen Regiment geschaffen.

Wir kamen dann bis Ende April 1943 in eine relativ ruhige Stellung am Wolchow und erlebten den ersten Fronteinsatz im Sumpfgebiet mit Knüppeldämmen und aufgesetzten Bunkern. Es ergab sich von selbst, daß ich – wie auch andere Kompaniechefs – fast täglich mit dem Regimentsadjutanten telefonierte, um Wahrnehmungen und Erfahrungen auszutauschen. Für das Einleben einer so jungen, noch unerfahrenen Truppe war das von größter Wichtigkeit. Hier stärkten die ruhigen, überlegten und klaren Informationen des Regimentsadjutanten rasch das Selbstbewußtsein des Regiments, so daß in kurzer Zeit die Truppe das Gefühl hatte, dem Feinde überlegen zu sein; ein Gefühl, das in der Praxis durch eine Reihe von gut vorbereiteten, erfolgreichen Stoßtruppunternehmen untermauert wurde.

Bei den in ruhiger Stellung möglichen Dienstbesprechungen konnten neben den Bataillonskommandeuren auch die Kompaniechefs teilnehmen. Diese Besprechungen fanden traditionell in offenem und vertrauensvollem Rahmen statt. Hierbei war nicht zu übersehen, daß der Regimentsadjutant stets unmerklich die Rolle des erfolgreichen Mittlers zwischen Regimentskommandeur und den Bataillonskommandeuren übernahm. Er hatte ein besonnenes, kluges und abgewogenes Urteil, was sich später in extremen Situationen bewährte.

Anfang Mai 1943 wurde die Division herausgelöst, um in den nächsten beiden Monaten die fehlende Verbandsausbildung im urfinnischen Raum von Leningrad nachzuholen. In diesen Wochen war noch einmal Gelegenheit, sich im Kameradenkreise zu treffen. Hier konnte Weizsäcker ausgelassen und fröhlich mitfeiern, ohne je eine gewisse Grenze zu überschreiten. Auch in vorgerückter Stunde waren ihm polterndes Gehabe und niedrige Gesinnung zuwider.

Ein neuer Einsatz erfolgte am »Gleisdreieck« südlich des Ladogasees, bei dem das Regiment mehrere Wochen im Rahmen der dritten Abwehrschlacht an dieser Stelle Großangriffe mit hohen Verlusten erlebte. Dabei kamen Situationen vor, in denen der Regimentskommandeur ausfiel und vorübergehend sein Adjutant das Regiment führen mußte, da kein Bataillonskommandeur abkömmlich war. In diesen Situationen führte Weizsäcker das Regiment in souveräner Weise mit Ruhe, Umsicht und knappen Befehlen weiter. Anfang August wurde das Regiment abgelöst und nach Auffüllung mit Ersatz sofort wieder in eine andere ruhige Stellung am Wolchow verlegt.

Jetzt konnte Weizsäcker seinen wohlverdienten Urlaub antreten, aus dem er mit einer erstaunlichen Menge Importen – wertvolle Zigarren à la Churchill – zurückkehrte. Bei unserer Begrüßung sagte er mir: »Von dieser Sorte kannst du täglich eine haben, solange der Vorrat reicht!« Daraufhin meldete sich der regelmäßig verkehrende Melder vom Bataillon zum Regiment mit der leeren Hülse der am Vortage erhaltenen Zigarre bei Weizsäcker mit dem Wahlspruch des 1. Garderegimentes zu Fuß »Semper talis« und erhielt für mich eine neue Zigarre. Ein in dieser Situation kameradschaftlich geteilter hoher und seltener Genuß!

Bei den ständigen, nicht einfach durchzuführenden Absetzbewegungen, vornehmlich im Winter 1943/44, habe ich ihn oft fernmündlich und persönlich in für uns ausweglos erscheinenden Situationen gesprochen. Es gab keine klare Front mehr, vielfach fehlte die Übersicht, und trotzdem habe ich nie ein erregtes und lautes Wort von ihm gehört. Er verstand es in überzeugender Weise, seine Mitarbeiter unmerklich mit leichter Hand zu lenken. Er selbst war ein stiller und gewissenhafter Arbeiter.

Nach meiner Verwundung Ende Juli 1944 blieb Weizsäcker noch bis zum bitteren Ende beim Regiment. Wir trafen uns im Herbst 1946 an der Universität Göttingen nach den Abenteuern von Krieg und Vertreibung, um dort mit dem Beginn unserer Studien wieder Fuß zu fassen. In unserem persönlichen Verhältnis hatte sich nichts geändert, im Gegenteil, der Aufbau einer neuen Existenz, jeder mit seinem Berufsziel, führte zu vielen fruchtbaren Gesprächen über unsere Zukunft. Die Anregungen und Hinweise, die ich dabei von ihm bekam, waren mir eine wichtige kameradschaftliche Hilfe. Es entwickelte sich nun eine Freundschaft, die mit dem erforderlichen Takt vor den Zwängen und Notwendigkeiten im Beruf des anderen durch gegenseitige Achtung und unbedingtes Vertrauen geprägt ist.

Friedrich-Wilhelm Schilling von Canstatt

Kaufmann, Essen

Ein Kamerad

Es gibt Kriegskameraden, die Richard von Weizsäcker aus der Zeit des Krieges länger und eingehender kennen als ich und somit berufener wären, von ihm ein Bild zu zeichnen. Dabei denke ich vor allem an den damals jungen, aber erfahrenen Frontoffizier Axel von dem Bussche. Er, dessen Rolle beim militärischen Widerstand gegen den Nationalsozialismus durch die Literatur über den 20. Juli 1944 hinlänglich bekannt ist, war damals Bataillonskommandeur im Infanterieregiment 9, wo Weizsäcker den Posten des Regimentsadjutanten innehatte. Beide kannten sich sehr gut. Wissend von den Vorbereitungen zu einer militärischen Erhebung und Befreiung – sowie durch Kontakte zum Grafen Stauffenberg –, ist Weizsäcker zeitweise selber in äußerster Gefahr gewesen.

Die Zeit meines Zusammenseins mit Richard von Weizsäcker fiel in die Monate Januar bis März 1944, wo ich als junger Ordonnanzoffizier für einige Wochen ihm zugeteilt war. Wir standen damals unter dem Eindruck schwerer Rückzugskämpfe im russischen Winter. In Zeiten ungewöhnlicher Belastungen, wie sie der Krieg mit sich bringt, lernt man einen Menschen mit seinen Werten und Eigenschaften schneller und gründlicher kennen, als das im normalen Alltag des Lebens der Fall sein wird. Das ist das einzige, was mich legitimieren kann, meine Eindrücke aufzuschreiben.

Ich habe ihn erlebt als einen Mann, der überdurchschnittliche Klugheit verband mit einem lauteren Charakter. Er hat damals in Situationen, die zum Teil führungsmäßig äußerst schwierig waren, oder in Fällen, wo es um Probleme der Menschenbehandlung ging, mit einfühlsamem Geschick und Verantwortungsbewußtsein menschlich und geräuschlos auf Dinge Einfluß genommen, die wahrscheinlich nicht gut gelaufen wären. Über konkrete Einzelheiten aus der damaligen Zeit zu sprechen, sehe ich mich nicht legitimiert.

Richard von Weizsäcker gehört nicht zu den Menschen des schnellen Wortes, die heute überall anzutreffen sind und anderen die Show stehlen, weil sie gleich »aus der Hüfte schießen«, aber häufig auch reden, ehe sie gedacht haben. Weizsäcker dagegen konnte man gut zuhören. Wenn er das Wort nahm, war das Gesagte durchdacht. Dieses Verhalten und der damit verbundene Stil waren für mich schon damals ein Aha-Erlebnis. Und sind es bis heute geblieben! Weizsäcker zeichnete eine beneidenswert souveräne Gelassenheit und Beherrschtheit aus, die ihn – obwohl sensibel – auch äußerlich nicht verließ, wenn andere bereits hektisch wurden. Dazu kam ein ihm eigener guter, manchmal fast schalkhafter Humor. Als Kameraden haben wir mit ihm oft herzlich gelacht. Ich glaube, daß das hohe Ethos, welches seine Persönlichkeit kennzeichnet, nicht zuletzt aus der christlichen Tradition und Substanz resultiert, die er aus Elternhaus und Familie erhalten hat.

Iring Fetscher

Politikwissenschaftler an der Universität Frankfurt

Begegnung im Kriege

Im Sommer 1943 wurde ich als einundzwanzigjähriger aktiver Leutnant zum Artillerieregiment 23 an die Ostfront südlich von Leningrad versetzt. Zum ersten Male lernte ich den Krieg in seiner härtesten Gestalt kennen. Nach wenigen Wochen war unsere Division durch die »Abwehrschlacht am Ladogasee« so geschwächt, daß sie abgelöst werden mußte. In dieser Zeit bin ich dem Hauptmann Richard von Weizsäcker, der Adjutant des Kommandeurs des Infanterieregiments 9 war, zum ersten Male begegnet. Auch wenn ich den Zeitpunkt nicht mehr exakt bestimmen kann, ist die Erinnerung an diese Begegnung noch so frisch, als wäre es gestern gewesen. Vielleicht sollte ich hinzufügen, daß ich – bei aller Distanz zum Naziregime, die mir vom Elternhaus mitgegeben wurde – von einigem militärischen Ehrgeiz beflügelt wurde und eben erst das Eiserne Kreuz zweiter Klasse erhalten hatte, das diesen Ehrgeiz nur wenig befriedigte. Ich traf Richard von Weizsäcker im Regimentsstab. Im Laufe des Gesprächs wies er auf eine Pappschachtel mit Orden, die dem Regiment zugeteilt worden war, und meinte: »Wenn wir schon Urlaubssperre haben und selbst das Erholungsheim der Division in Hungerburg niemanden mehr aufnimmt, müssen wir halt mit Orden dafür sorgen, daß die Leute einigermaßen bei Laune bleiben.« Dazu lächelte er ein wenig bitter und ironisch. Rückblickend muß ich zwar zugeben, daß er recht hatte, aber damals wirkte dieser Kommentar auf mich wie eine kalte Dusche. Bis dahin war mir die Ordensverleihung vermutlich wie eine Anerkennung oder Belohnung erschienen, die von einer »höheren Gerechtigkeit« ausgeteilt wird. Nun mußte ich sehen, daß den Dienststellen eine bestimmte Menge an Orden »zugeteilt« wurde, deren Distribution innerhalb der Einheit dann zwar bis zum gewissen Grade »Verdienst und Würdigkeit« berücksichtigen mochte, angesichts der Motive der Führung jedoch einiges von ihrem Nimbus verlor.

Im Herbst hatte die 23. Division eine Zeitlang einen Frontabschnitt am Wolchow zu verteidigen, der infolge der schwierigen Geländeverhältnisse ziemlich ruhig war. Ich war als Artillerie-Verbindungsoffizier zum Stab des Infanterieregiments 9 kommandiert und sah Richard von Weizsäcker täglich. Sein Regimentskommandeur war ein Original, das sich in dieser Rolle gefiel. Wenn ich mich recht erinnere, hatte er einem seiner Stabsoffiziere den Auftrag erteilt, in der regionalen Soldatenzeitung die These zu verteidigen, daß er – Oberst Dewitz – die Redewendung »bestens, bestens« als erster in die Soldatensprache eingeführt habe. Seine Offiziere im Stab nannte er am liebsten »meine jungen Adler«. Die politische Haltung aller Angehörigen des Stabes war den Nazis gegenüber kritisch. Man konnte Witze machen und war betroffen über die verharmlosenden Wehrmachtsberichte, die aus Flucht und Niederlage »planmäßige Absetzbewegungen zur Frontbegradigung« machten.

Vermutlich war es im Herbst 1943 oder im Winter 1943/44, als ich zum zweitenmal von Richard von Weizsäcker tief beeindruckt wurde. Ich war in seinem Bunker, als unser Stabszahlmeister gemeldet wurde, den er zu einem Gespräch bestellt hatte. Ich bot an, den Raum zu verlassen, aber von Weizsäcker meinte, ich sollte ruhig dabeibleiben. Der Vater unseres Stabszahlmeisters war in Berlin wegen des Abhörens eines »feindlichen Rundfunksenders«, glaube ich, hingerichtet worden. »Nach dem, was geschehen ist, werden Sie Ihren Kopf nicht weiter für dieses Schwein (gemeint war Hitler) hinhalten wollen«, sagte Weizsäcker. »Ich habe erreicht, daß Sie in einen Ersatztruppenteil in der Heimat versetzt werden.« Der Stabszahlmeister dankte und verabschiedete sich nach einer Weile. Allein mit Richard von Weizsäcker, fragte ich ihn: »Warum müssen wir eigentlich weiter unseren Kopf für das Schwein hinhalten?« »Wenn wir den Engländern gegenüberstünden, könnte man über eine Lösung nachdenken«, meinte er, »aber so?« Gerüchte über die Lage deutscher Kriegsgefangener in der Sowjetunion hatten sich ja längst verbreitet, und darüber hinaus schien die Verteidigung im Osten noch einen positiven Sinn zu haben. Vielleicht wußte von Weizsäcker auch schon von dem geplanten Aufstand der Leute des 20. Juli, unter denen er zahlreiche Freunde hatte. Was er für unseren Stabszahlmeister getan hatte, machte mir Eindruck.

Das dritte besondere Ereignis, an das ich mich erinnere, fällt in den Herbst des Jahres 1944. Nach der Niederlage des Aufstands vom 20. Juli 1944 hatte sich der Kommandeur des Artillerieregiments das Leben genommen. Unser Ersatztruppenteil in Potsdam war in das Regierungsviertel Berlins marschiert und in letzter Minute zurückbeordert worden, wie mir ein Wachtmeister später berichtete. Unsere Division wurde auf die Inseln Ösel und Moon gebracht, die vor der estnischen und lettischen Küste in der Ostsee liegen. Man munkelte, dies sei von Hitler zur »Bestrafung« geschehen, weil eine Anzahl von Männern des 20. Juli aus dieser Division hervorgegangen waren. Die sowjetischen Streitkräfte griffen mit weit überlegener Stärke an. Nach etwa zwei Wochen waren unsere Truppen auf der Halbinsel Sworbe im Süden Ösels zusammengedrängt. Massen an Munition, Proviant und Material mußten gesprengt zurückgelassen werden. Auf dem Weg zurück begegnete ich Richard von Weizsäcker, der mir erzählte, der Führer habe »dem Divisionskommandeur direkt befohlen, die Insel bis zum letzten Mann zu verteidigen«. Ein solches Verhalten widersprach ganz offensichtlich dem Prinzip von Strategie und Taktik, wie wir es auf der Offiziersschule gelernt hatten. Dem jeweils nachgeordneten militärischen Führer muß es erlaubt sein, im Rahmen des übergeordneten Ziels (das ihm bekanntzugeben ist) selbständige Entscheidungen zu treffen. Das »Hineinkommandieren« von ganz oben direkt in die kämpfende Truppe hinein war ein unerhörter, sinnloser Verstoß gegen dieses Prinzip. Paradoxerweise war es dann der bekannte Nazi-Generaloberst Schörner, der – entgegen dem »Führerbefehl« – die Soldaten durch die Kriegsmarine von der Halbinsel Sworbe abtransportieren ließ, weil er sie nicht sinnlos opfern wollte und sie für die Heeresgruppe Nord dringend benötigte.

Im Spätherbst wurden wir – per Schiff – von Libau aus nach Ostpreußen transportiert, und hier – während der erbitterten Rückzugsgefechte – wurde ich von der alten Division getrennt und verlor den Kontakt. Ich hatte das Glück, mit einem Lazarettschiff von der Frischen Nehrung aus nach Kopenhagen evakuiert zu werden. Später hörte ich, daß große Teile meiner Division in sowjetische Kriegsgefangenschaft gefallen seien.

Aus britischer Kriegsgefangenschaft im Sommer 1945 entlassen, nahm ich im Herbst das Studium in Tübingen auf. Der Krieg und der Tod meines Vaters, der noch am letzten Kriegstag von der SS erschossen worden war, hatten mich nachdenklicher gemacht, als ich als junger Offizier gewesen war. Ich wollte zunächst Medizin und Philosophie studieren, gab aber nach drei Semestern die Medizin zugunsten der Philosophie auf. Ein paar Jahre nach dem Krieg las ich irgendwo, daß Ernst von Weizsäcker in sein Heim in der Nähe von Lindau zurückgekehrt sei. Ich schrieb ihm und erfuhr, daß auch Richard von Weizsäcker den Krieg überstanden hatte. Für mich war das die erste Wiederanknüpfung an einen Bekannten aus meiner Militärzeit. Ich schrieb daher, daß ich noch Schwierigkeiten mit meinem Selbstverständnis hätte und den Übergang vom Offiziersdasein zum ernsthaft Philosophierenden als einen »Bruch« in meinem Leben empfände. In dieser Lage war für mich ein Satz in dem Antwortschreiben Richard von Weizsäckers hilfreich, der besagte, ich sei doch eigentlich schon immer ein nachdenklicher und geistig interessierter Mensch gewesen. Und wirklich, ich begann mich an Gespräche im Regimentsstab zu erinnern, die literarische und philosophische Themen berührt hatten, auch daran, daß die Namen Carl Friedrich von Weizsäckers und Heisenbergs gefallen waren, auch daß der Regimentsarzt Anregendes beigetragen hatte.

Eine letzte Anekdote sollte ich noch nachtragen. Ernst von Weizsäkker war im Juni 1943 als Staatssekretär abgelöst und zum Botschafter am Vatikan ernannt worden. Ein Jahr später – im Herbst 1944 – näherten sich die Alliierten der Stadt Rom. In dieser Zeit gelang es Richard von Weizsäcker – von Wolchow aus, keine 200 Meter von den sowjetischen Gräben entfernt –, ein Ferngespräch mit seinem Vater zustande zu bringen. Es gehe ihm gut, hörte er, und er bereite seinen Umzug in das Territorium der Vatikanstadt vor, da die deutsche Vatikan-Botschaft außerhalb des päpstlichen Hoheitsgebietes lag und bald mit einer Besetzung der Stadt durch die Alliierten gerechnet werden müsse. Sein britischer Kollege habe ihm freundlicherweise ein paar Zimmer in der Vatikanstadt zur Verfügung gestellt.

Dieses Telefongespräch machte mir die ganze Absurdität des Krieges mit einem Male deutlich. Dort die freundliche Verständigung zwischen Angehörigen kriegführender Staaten – hier die Front mit ihrem gegenseitigen Vernichtungswillen. Richard von Weizsäcker fiel inmitten der häufigen Unruhe und Aufgeregtheit manchen seiner Kameraden durch überlegene Gelassenheit und Ruhe auf. Ich glaube, das lag daran, daß er über den Horizont der unmittelbaren Gegenwart hinausblickte und durch seinen Vater gelernt hatte, in historischen Perspektiven zu denken. Der Krieg war längst verloren, das war ihm vermutlich seit Stalingrad klar, man konnte – im begrenzten Rahmen – weitermachen, ohne sich Illusionen hinzugeben. Seine Aufgabe dürfte er in den letzten Jahren und Monaten des Krieges darin erblickt haben, möglichst viele Soldaten heil aus dem Schlamassel herauszubringen.

Daß sich militärischer Mut und entschiedene Ablehnung des Naziregimes sehr wohl miteinander vereinbaren ließen, hatte unter anderen Axel von dem Bussche bewiesen, der Bataillonskommandeur im Infanterieregiment 9 war und angeboten hatte, unter Opferung des eignen Lebens Hitler zu töten.

Hermann Ulrichs

Landwirt, Altenholz

Achtmal habe ich ihn gesehen

Ich war von Anfang Oktober des Jahres 1944 bis zu meiner vierten und vorletzten Verwundung Mitte Februar 1945 mit Richard von Weizsäcker zusammen im Potsdamer Grenadierregiment 9 (Infanterieregiment 9).

Mehr als achtmal habe ich ihn in dieser Zeit nicht zu Gesicht bekommen.

Während der Kämpfe auf Ösel/Sworbe im Oktober/November 1944 war Hauptmann von Weizsäcker als Disziplinarvorgesetzter der Divisionstrosse der Potsdamer 23. Division abgestellt, die seit Beginn der Kämpfe auf das kurländische Festland evakuiert waren. Ich lernte ihn erstmals Ende 1944 in Ostpreußen kennen, wohin wir zur Neuaufstellung verlegt worden waren. Dort wurde er wieder Adjutant des Regiments 9.

Seine Bemerkungen im Kreise der Offiziere über die Führungsgrößen des Dritten Reiches empfanden wir als sehr gewagt und für einen jungen Mann gefährlich arrogant. Im Beisein der neu zugewiesenen NS-Führungsoffiziere hielt er sich diplomatisch im Hintergrund, gelegentliche Bosheiten loslassend, die diese allerdings in ihrem Hintersinn nicht verstanden (mit mehr Intelligenz wären sie nicht NS-Führungsoffiziere geworden!).

Durch seinen diplomatisch hochrangigen Vater verfügte er über Interna und Informationen, die »Normalbürgern« in damaliger Zeit nicht zugänglich waren. Uns Bataillonskommandeuren begegnete er freundlich und hilfsbereit. Solange an der Front »normale« Verhältnisse herrschten, habe ich ihn – auch besuchsweise – vorne nicht gesehen. Seine Tätigkeit als Regimentsadjutant beherrschte er voll, war er doch schon als Leutnant Adjutant gewesen.

Hermann Priebe

Professor an der Johann Wolfgang Goethe-Universität, Frankfurt

Eine lebensentscheidende Begegnung

Meine Begegnung mit Richard von Weizsäcker war kurz, aber lebensentscheidend. Wir standen im Januar 1945 mit unserem Regiment der großen russischen Offensive in Ostpreußen gegenüber, Weizsäcker als Regimentsadjutant, ich als Führer der 1. Kompanie. Ich wurde von der Gestapo nach Berlin angefordert und habe ihm zu danken, daß dieser Befehl nicht ausgeführt wurde.

Ich war nach dem 20. Juli 1944 in Potsdam verhaftet und von der Gestapo über Monate hindurch im Zuchthaus Lehrter Straße in Berlin gehalten worden. Nach langen vergeblichen Vernehmungen wurde mir ein Fronteinsatz als Gelegenheit angeboten, die »Schande« der persönlichen Verbindung mit den Verschwörern gegen Hitler wiedergutzumachen. Ich wurde zur 23. Grenadierdivision auf die Halbinsel Sworbe im Finnischen Meerbusen in Marsch gesetzt. Hitler hatte befohlen, die Insel bis zum letzten Mann zu halten. Als ich an der Leitstelle in Kurland eintraf, waren die Kämpfe zu Ende, ich kam zur Neuaufstellung des Infanterieregiments 9 nach Ostpreußen. Die Gestapo muß meinen Weg verfolgt haben und forderte mich nach Berlin zurück. Ich erfuhr es vom Stabsfeldwebel, erhielt aber keinen Befehl. Inzwischen setzte die russische Armee Ende Januar 1945 zum letzten Sturm an. Wir standen im Kampf um Wartenburg, an der Mauer der gotischen Backsteinkirche des Deutschen Ordens schlug die Granate neben mir ein. Schwer verwundet, wurde mir beim Stab bestätigt, daß der Regimentsadjutant, Hauptmann von Weizsäcker, die Anforderung der Gestapo vernichtet hätte. Über ein deutsches Feldlazarett ging ich den Weg in die andere Richtung, in russische Gefangenschaft. Das war ein Umweg von drei Jahren, auch gewiß nicht einfach, aber er führte wieder ins Leben.

Ich könnte sagen, ich habe Richard von Weizsäcker mein Leben zu verdanken. Aber was uns hier verbunden hat, geht weit über alles Persönliche hinaus, ist vor dem Hintergrund des Widerstandes gegen das Hitler-Regime zu verstehen, aus dem Bewußtsein einer gemeinsamen Haltung, in der es um das ethische Fundament des Handelns ging. Das mußte nicht immer aktiver Widerstand sein, es ging auch darum, im geistigen Gegenstrom moralischer Kräfte gegen das Regime zu wirken, sich dem Bösen zu verweigern, Widerstand durch das zu leisten, was man nicht tat.

Und es ging auch nicht um Widerstand durch bestimmte Gruppen, sondern um die heimliche Gemeinde, deren Mitglieder sich durch das erkannten, was sie nicht taten, die aus den geistigen Kräften eines anderen Deutschlands lebten, von dem sie hofften, etwas in die Zeit nach der Katastrophe übertragen zu können.

In diesem Sinne war das Infanterieregiment 9 in Potsdam für viele ein Refugium, man wurde Reserveoffiziersanwärter, um dem Dienst bei Parteigliederungen zu entgehen. Das Regiment stand in der Tradition der preußischen Garde, und viele Männer gingen daraus hervor, die am Widerstand gegen Hitler beteiligt waren und ihr Leben gaben.

Aber hier beginnen die großen Mißverständnisse, über die Widerstandsgruppen, über die preußische Tradition, Mißverständnisse, die leider bis heute fortwirken. Die Träger des Widerstandes gegen Hitler sind oft als Nationalisten und Reaktionäre hingestellt worden, und dazu hat auch ein einseitiges Bild von Preußen beigetragen. Gewiß liebten wir unser Vaterland, aber das war ein anderes Deutschland, war unsere Heimat im Sinne von Hölderlin als das »Land des hohen ernsteren Genius«. Hitler war nicht nur dabei, dieses Land in die Zerstörung zu führen, sondern es als das Land der Überheblichkeit und Inhumanität in seinem inneren Wesen und seinem äußeren Ansehen zu verfälschen.

So lebten wir für das andere Deutschland, und darin bestand stilles Einvernehmen mit Menschen verschiedener politischer und sozialer Herkunft, aus den Gewerkschaften und Kirchen bis in die Spitzen der Armee. Was sie bei allen unterschiedlichen Auffassungen zusammenhielt, war das Bewußtsein der Verantwortung vor dem eigenen Gewissen. Aber wer anders hätte in der Beseitigung des Hitler-Regimes handeln können als Angehörige der Armee. So waren die Offiziere am 20. Juli in den Vordergrund getreten, und die großen geistigen Gegenkräfte, die hinter der Fassade der Diktatur wirkten, und die unzähligen einsamen Opfer sind bis heute zuwenig ins Blickfeld getreten.

Und das gilt auch für das echte Preußen, das unter dem späteren lauten Preußen von Preußens Gloria und Befehlsempfängern verborgen blieb. Was einst den Mythos Preußen schuf, war der Rechtsstaat, das Land des Humanismus und der Toleranz, in dem über Jahrhunderte die um ihres Glaubens Verfolgten Zuflucht fanden, war eine ethische Haltung der Pflichterfüllung im Dienst an der Gemeinschaft und in Verantwortung vor dem eigenen Gewissen. In diesem Sinne gehörten für uns Otto Wels, der im März 1933 als Führer der Sozialdemokratie im Reichstag gegen Hitlers Ermächtigungsgesetz sprach, ebenso wie die Gewerkschaftler nach Preußen, die im Widerstand ihr Leben gaben. Unter ihnen sei stellvertretend Julius Leber genannt. Und in diesem Geiste sahen wir uns beim Infanterieregiment 9 im Genius loci von Potsdam in besonderer Verantwortung und Bereitschaft zum Handeln.

Dabei war zuletzt nicht mehr der äußere Erfolg entscheidend, sondern der Einsatz. Gegenüber der Eskalation von Mord und Verbrechen ging es im Sinne des Wortes von Treskow darum, »Zeichen zu setzen« oder, wie James von Moltke es ausgedrückt hatte, »das Bild des Menschen in den Augen unserer Mitbürger wiederherzustellen«. Aus diesem geistigen Strom kann unsere Bundesrepublik Deutschland ihr moralisches Fundament in der deutschen Geschichte finden.

Dieser geistige Strom aus einem anderen Deutschland hat uns im Infanterieregiment 9 getragen. Man machte davon nicht viel Worte, spürte Gemeinsamkeiten, fand Vertrauen. Richard von Weizsäcker mußte bewußt sein, was es damals für ihn bedeuten konnte, einen Befehl der Gestapo nicht auszuführen. Die moralische Position war stärker, sie wirkt als Auftrag durch ein Leben fort.

Johannes Doehring

Pfarrer i. R., Panker

Ich war Divisionsgeistlicher

Viele der Angehörigen des Potsdamer Infanterieregiments 9, das die Tradition der früheren preußischen Garderegimenter fortführte, hatten nahe Verwandte, zumindestens vertraute Freunde, in den Ämtern, den Ministerien der nahen Reichshauptstadt. Ihnen blieb der Zwiespalt zwischen den Worten ihres obersten Befehlshabers, Adolf Hitler, und seinen wahren Wünschen und Zielen nicht verborgen. War die von jedem Soldaten beschworene Treue zu Volk und Vaterland mit dem unbedingten Gehorsam gegenüber dem Führer vereinbar? Ob Christ oder Humanist, hier lag die innere Hauptkampflinie in den Gewissen der Wachesten unter seinen Offizieren, die sie mehr und mehr belastete. Ein nervenaufreibender, gefährlicher Zweifrontenkrieg.

Einer von denen, die von dem Tage ihres Eintritts in das Heer in diese Situation hineinwuchsen, war Richard von Weizsäcker. Sein Vater, Ernst von Weizsäcker, war Staatssekretär des Auswärtigen Amtes in Berlin. Als wägender, eher vorsichtiger Politiker hielt er nicht mit seiner Sorge zurück, als Großbritannien und Frankreich am 3. September 1939 ihre Kriegserklärung in der Reichskanzlei überreichen ließen. Er warnte Göring: »Ribbentrop wird der erste sein, der gehängt wird, aber es wird noch andere nach ihm treffen.« Und zum Oberbefehlshaber des Heeres, Generaloberst von Brauchitsch, sagte er: »Die Verantwortung für das Durchkämpfen dieses Krieges liegt bei den Generälen, und das heißt, bei Ihnen.«

Der Krieg beginnt mit einem schweren Verlust für das Haus von Weizsäcker. Der zweitälteste Sohn der Familie, im gleichen Regiment wie der jüngste dienend, fällt am zweiten Tag als erster Offizier des Regiments in der Tucheler Heide. Der jüngere Bruder tut seinen Dienst im Regiment weiter. Nach außen tritt er zunächst wenig hervor. Seinem nachdenklichen Wesen entspricht eine Verhaltenheit im Gespräch. Ein Zuwarten, bis der Gedanke zum Aussprechen gereift ist. Dann aber gilt ein solches Wort, erzeugt eine natürliche Autorität im Kreis der Gleichaltrigen. Weizsäcker erweckt mehr Vertrauen, als er Vertraulichkeit anbietet oder sucht. Distanz und Vertrauen bedingen einander zumeist. Das wird später deutlich werden, als die Lage an der Front immer bedrohlicher wird und alle bloße Kameraderie sich als zuwenig erweist. Ein »guter Kamerad« zu sein und es auch in schwerer, manchmal aussichtslos erscheinender Lage auf natürliche Weise zu bleiben, so gewinnt der junge Offizier die Achtung seiner Kameraden, ein begründetes Ansehen bei seinen Vorgesetzten und nicht zuletzt das Vertrauen seiner Männer. Ein gutes Charakteristikum, das einer seiner Freunde einmal ausspricht, scheint mir dieses: »Er lebt sein Schicksal bewußt.« Der tiefste Grund dieser Haltung entspringt dem Freiheitsverständnis, in dem sich schwäbische Familientradition und preußisch-soldatische Erziehung in Potsdam auf eine glückliche Weise verbinden. Es gibt ein aufschlußreiches Wort für diese Weise einer freien, zugleich stolzen und bescheidenen Haltung, das hier angeführt sei. Sein Regimentskamerad, Henning von Treskow, sagt im Anschluß an ihre Einsegnung in der Potsdamer Garnisonkirche am 13. März 1943 zu seinen Söhnen: »Vom wahren Preußentum ist der Begriff der Freiheit niemals zu trennen. Wahres Preußentum heißt Synthese zwischen Bindung und Freiheit, zwischen selbstverständlicher Unterordnung und richtig verstandenem Herrentum, zwischen Stolz auf das Eigene und Verständnis für anderes, zwischen Härte und Mitleid. Ohne diese Verbindung läuft es Gefahr, zu seelenlosem Kommiß und rechthaberischer Haltung herabzusinken.«

Richard von Weizsäcker wird an der Kurlandfront Adjutant seines Regiments. In seiner Hand laufen die Fäden zusammen, die die Menschen, ihre Stellungen, ihre Aufgaben zu einem geschlossenen Einsatz verbinden. Er muß sie binden oder entwirren, je nachdem. Prägende, treibende Menschen hinter denen, die ihm tagtäglich begegnen, sehen ihn an. Der eine sitzt in London, Winston Churchill. Weizsäcker weiß als Sohn des Staatssekretärs im Auswärtigen Amt, daß sich der britische Premier dem Anliegen seiner Freunde auf Stillstand der Kämpfe an der Westfront, um alle Kräfte auf die Abwehr der Russen im Osten zu konzentrieren, versagt hat. Die mutige Aktion Adam von Trotts auf der britischen Insel ist fehlgeschlagen. Damit sinken die Chancen, den geplanten Aufstand gegen Hitler systematisch vorzubereiten. Enttäuschung, Niedergeschlagenheit, hie und da Verzweiflung kommen auf. In dieser Lage hängt für den Mut, durchzuhalten, weiter zu denken und zu planen, viel von seinem eigenen Gleichmut, seiner Geduld, Besonnenheit und Tatkraft ab.

Das zweite zynisch-grausame Gesicht sitzt im Rücken seiner Soldaten, in der Wolfsschanze im östlichen Ostpreußen. Von dort gehen die Impulse und Befehle an die Front unerbittlich und radikal: »Kein Zentimeter Boden darf dem Feind preisgegeben werden.« Ebenso die Anordnung zu radikalem Vorgehen in Front und Heimat, ausgehend von der Zentrale der Gestapo in Berlin. Ihr Arm greift bis in die Fronteinheiten hinein. Der und der Mann ist sofort nach Berlin zu überstellen! Mit welchem Ziel, weiß jeder. Weizsäcker zerreißt den Funkspruch und wirft die Fetzen in den Papierkorb. Nach einem brisanten Telefongespräch mit Stauffenberg entpuppt sich ein Mann in der Schreibstube als ein eingeschleuster Lauscher. Zwei Augenpaare sehen sich an. Der Mann weiß, was ihm jetzt blühen kann. Weizsäcker dreht sich ruhig um und geht weiter seinem Dienst nach. Nach dem Zusammenbruch wird er später nach dem Verbleib dieses Mannes forschen, um seine Hand über ihn zu halten. Wie realistisch für die wirkliche Situation eines Lebens in kritischer Stunde ist doch das Wort Jesu: »Seid klug wie die Schlangen und ohne Falsch wie die Tauben.« Das dritte Gesicht blickt vom Kreml her durch immer neue, auf die schrumpfende deutsche Front in die Gräben, die Erdlöcher eindringende Scharen von Rotarmisten, gegen die es auf die Dauer keine Gegenwehr gibt.

Aber die beiden anderen Gesichter sind wichtiger. Die der Kameraden, die auf den, der ihnen Befehle gibt, schauen. Die harten, die in Richtung Feind weisen: »Geh!« Ohne die es im Kriege keine schlagkräftige Gemeinschaft gibt. Und die anderen, die zarten: »Du bleibst noch ein paar Tage bei mir im Unterstand, bis du dein Fieber überwunden hast, Kamerad.«

Es gibt keine Lage, keinen Moment im Leben, in dem die innere Freiheit der Entscheidung – an jenem Tag am Kreuz erworben – nicht bei denen ist, die sich ihr öffnen, die ihr Schicksal Gott anvertrauen. Die Freiheit des Geistes und der Gesinnung. Die Freiheit der realen Verbundenheit, der realen Zweiheit Ich und Du! Ein Jahrgangsgefährte Weizsäckers, den wir zu einer anderen Zeit an einer anderen Front im eisigen russischen Winterwald zurücklassen mußten, sagte zum Abschied: »Auf Wiedersehen, Herr Pfarrer, ich bin so glücklich, ich bin ja in Gottes Hand!«

Dies ist das fünfte Gesicht. Über allem, vor allem, in allem, das wir einander sein oder auch nicht mehr sein können. Gott!

Der Gott mit dem Menschenantlitz, der dort nicht zu sein brauchte, wo uns unser Schicksal trifft. Und der doch da ist. In jeder Sekunde, bei jedem, der sich ihm öffnet. Immer da, weil er Gott ist und uns nah, weil er Mensch geworden ist, uns gleich. So etwas denkt sich nicht aus, das ist so. Und das wird so bleiben.

IV. Kapitel

Heißhunger

Werner Filmer/Heribert Schwan

Studienjahre in Göttingen

Ende 1945. Es gab kaum Nachrichtenverbindungen. Noch war das Post- und Fernmeldewesen zerstört. Aufgerissene Straßen, Ruinen, Kontrollen durch die Besatzungsmächte – das alles prägte die vielzitierte Stunde Null. Niemand wußte so recht, wer sich wo aufhielt, ob er den Krieg überlebt hatte oder in Gefangenschaft geraten war.

Weizsäckers bester Freund und Kriegskamerad Axel von dem Bussche hatte der Krieg schwer verwundet – und wie ein Wunder die Wirren und Schrecknisse des 20. Juli 1944 – überstanden. Auf Verdacht schickte er einen ehemaligen Kriegskameraden nach Lindau an den Bodensee, um herauszufinden, ob Weizsäcker noch lebe, und wenn ja, was er zu tun beabsichtige. Ohne Einzelheiten zu wissen, ließ Bussche sich und seinen Freund Weizsäcker vorsorglich an der Universität Göttingen einschreiben. Göttingen war – neben Heidelberg – die zweite noch intakte Universität. Die britische Besatzungsmacht hatte – nach harten Verhandlungen – eine Jugendamnestie erlassen, so daß beide ehemaligen Offiziere zu Beginn des Wintersemesters 1945/46 ihr Studium aufnehmen konnten. Ein Zeitzeuge, Gunter Meinhardt, berichtet über den Zustand der Göttinger Alma Mater »Georgia Augusta«:

»Zwar waren die meisten Gebäude nicht zerstört worden. Die in den Kalischacht Reyershausen ausgelagerten Bestände der Universitätsbibliothek hatten starke Schäden erlitten, die teils auf Einwirkungen der

Kalisalze, teils auf Plünderungen von Ausländern zurückzuführen waren. Die Kliniken lagen nach wie vor voller Verwundeter, die erst allmählich entlassen werden konnten, ein erheblicher Teil der Gebäude war von der britischen Besatzungsmacht beschlagnahmt worden, und für längst dringend notwendige Reparaturen fehlte das Material. Auch an einen Ersatz von wissenschaftlichen Geräten war nicht zu denken. In der Beschaffung von wissenschaftlicher Literatur blieben die Institute, Dozenten und Studenten noch mehrere Jahre auf den Antiquariatsbuchhandel angewiesen ...«

Abertausende wollten ihre Studien beenden, die der lange Krieg unterbrochen hatte, weitere wollten zugelassen werden. Es kamen aber auch Ausländer, die zu den Gruppen der Verschleppten, ehemaligen Kriegsgefangenen, entlassenen Angehörigen von Einheiten, die auf alliierter Seite gekämpft hatten, und KZ-Häftlingen gehörten. Auch zahlreiche Deutsche, die in den Gefängnissen und Konzentrationslagern der Nationalsozialisten gesessen hatten, wollten ihr geplantes oder durch die Verhaftung unterbrochenes Studium aufnehmen.

In dieser Situation muß es als Glück angesehen werden, daß bei der Räumung der deutschen Ostprovinzen im Frühjahr 1945 die Dozentenschaft der Universität Königsberg angewiesen wurde, sich in Göttingen zu sammeln. Zu ihnen stießen Lehrer anderer Hochschulen. Die heimatvertriebenen Professoren haben erhebliche Verdienste daran, daß die überfüllte Universität den Ansturm der Studenten bewältigen konnte.

Die Not der Studierenden war groß. Umgefärbte Uniformstücke und Militärschuhe waren die wichtigsten Teile der Bekleidung. Die Unterbringung war armselig und der Student, der, auf dem Fußboden sitzend, seinen Schemel als Eßtisch und Schreibtisch benutzen mußte, kein Ausnahmefall. Die Neugründung des Akademischen Hilfswerkes war eine dringende Notwendigkeit. Sein Arbeitsbereich mußte ständig erweitert werden. So entstanden in der Fechthalle Handwerkerstuben, die für den Bedarf der Musensöhne arbeiteten. Selbstverständlich mußte der Mensabetrieb wesentlich ausgebaut werden. Leider konnte der Bau von Studentenwohnheimen, der nach der Inflation von 1923 sofort begonnen wurde, nicht aufgenommen werden, weil kein Material dafür zur Verfügung stand. Einige Gasthäuser konnten vorübergehend als Wohnheime verwandt werden, was aber die Not an Studentenzimmern nur wenig linderte.«

Im Wintersemester 1945/46 waren in Göttingen 5005 Studierende registriert, davon 1044 Frauen. Den Erstsemestern gehörten 1571 Studentinnen und Studenten an. Unter ihnen Axel von dem Bussche und Richard von Weizsäcker; der eine 26, der andere 25 Jahre alt. Später kamen auch Peter und Konrad Kraske nach Göttingen, ebenso Klaus Ritter und Hartmut von Hentig, die bis heute zu Weizsäckers engstem Freundeskreis zählen. Zum erstenmal nahmen sie an demokratischen Wahlen teil, als der Allgemeine Studentenausschuß der Göttinger Universität gewählt wurde.

Richards Bruder Carl Friedrich war mit einer Reihe von Physikerkollegen in der Nähe von Cambridge interniert gewesen. Noch im Dezember 1945 kamen sie nach Göttingen: acht renommierte Wissenschaftler, darunter drei Nobelpreisträger (Heisenberg, Hahn, von Laue). Die Engländer stellten den Familien in Göttingen Wohnungen. So fand Richard für mehrere Jahre eine günstige Unterkunft bei seinem Bruder in der Bunsenstraße. Nicht selten spielte er Babysitter, vor allem in dem einen Jahr, als Carl Friedrich von Weizsäcker mit seiner Frau nach Chikago ging.

Für den fünfundzwanzigjährigen Jurastudenten und die meisten seiner Kommilitonen wurden die Anfangssemester zur geistig an- und aufregendsten Zeit. Sie besuchten nicht nur Fachvorlesungen und Seminare der eigenen Fakultät, sondern hörten auch Philosophie, Geschichte, Theologie und Naturwissenschaften. Es war für alle ein geistiger Aufbruch nach den Dürrezeiten der Kriegsjahre. Zwar gab es wenig zu essen und zu heizen, dafür aber umfangreichen Wissensstoff zu tanken. Mehrfach besuchten die Studenten die gleiche Opernaufführung. Richard von Weizsäcker erinnert sich, daß er fünfmal »Figaros Hochzeit« sah. »Oben auf dem Olymp!« Mit intellektueller Gier wurde nachgeholt, was man versäumt hatte. Unzählige Werke, die für die ehemaligen Frontkämpfer völlig neu waren: Sartre, Giraudoux und andere. Diskussionsstoff in Hülle und Fülle.

Die naturwissenschaftlichen Fächer waren in Göttingen hervorragend besetzt, ebenso Geschichte und Philosophie. Geradezu aufregend – für Richard von Weizsäcker – das personelle Angebot der Theologischen Fakultät mit den Professoren von Rad, Iwand, Jeremias und Gogarten. Auch die Jurisprudenz wies glänzende Namen auf wie Smend, Raiser und Leibholz.

Richard von Weizsäckers erste Studiensemester wurden auch durch seinen Bruder Carl Friedrich bestimmt. Nicht nur durch dessen Vorlesungen, auch durch dessen Gabe, sich für Laien verständlich zu machen, vor allem aber durch die zahlreichen persönlichen Bindungen zu Hochschullehrern, die Carl Friedrich von Weizsäcker pflegte. Ähnliche Zirkel gab es auch in anderen Familien von Historikern, Philosophen und Theologen, die Richard von Weizsäcker und seine Freunde regelmäßig besuchten.

Das Jurastudium kam Weizsäckers Mentalität entgegen: Breit angelegt bot es gute Voraussetzungen für unterschiedliche Berufsmöglichkeiten. Naturwissenschaft lag ihm nicht. Angeregt wurde er vor allem bei seinen Studien durch ein sehr persönliches Verhältnis zu seinem späteren Doktorvater, Professor Siebert, einem bekannten Arbeitsrechtler. Siebert – zuletzt Dekan der Juristischen Fakultät an der Universität Berlin – hatte zunächst wegen seiner braunen Vergangenheit keine Zulassung als Hochschullehrer in Göttingen erhalten. Deshalb bot dieser ungewöhnlich begabte und scharfsinnige Jurist Repetitoriumskurse an, die Weizsäcker und seine Freunde eifrig besuchten. Er gehörte zu einem kleinen Kreis empfohlener Studenten, die von Siebert regelmäßig zu gemeinsamen Diskussionen und gemeinsamen Essen eingeladen wurden.

Zeitzeugen

Hartmut von Hentig

Professor, Leiter der Laborschule an der Universität Bielefeld

Ein älterer Bruder

Es amüsierte, nein freute ihn, daß ich wußte, was eine Brietze ist. Kunststück – ich bin Berliner und selber Brietze, das heißt, ein älterer Bruder. Der seine war vor ihm nach Göttingen gekommen, und in dessen Haus, dem »Physikerhaus« neben dem Windkanal in der Lotzestraße, wohnte Axel von dem Bussche, der Regimentskamerad vom Infanterieregiment 9/Potsdam. Bei diesem traf ich Richard von Weizsäcker zum erstenmal – es muß 1946 gewesen sein. Axel von dem Bussche hatte zum Frühstück eingeladen und rührte mit seinem Krückstock in einem CARE-Paket. Wenig später waren wir in deftige Speck- und wohlige Kaffeegerüche gehüllt; es gab ham and eggs, peanut butter, Milch- und Kakaopulver – und es will was heißen, daß ich Richard von Weizsäcker all dem zum Trotz wahrgenommen habe. Ich war damals immer und vor allem hungrig, und angenehme Gespräche mit klugen Leuten waren leichter zu haben als ein runder amerikanischer Brunch.

Richard von Weizsäcker und ich waren aufeinander neugierig, nicht nur, weil unsere Väter im »AA« bei unverkennbar gemeinsamer antinationalsozialistischer Gesinnung im Streit über das dazugehörige Verhalten waren – ich muß sagen: in einem durch das hierarchische Gefälle verbitterten Streit. Die durch Axel von dem Bussches Erzählungen noch gesteigerte Neugier war auf dieser Frühstücksparty nicht zu stillen. Richard von Weizsäcker forderte mich zu einem Spaziergang am nächsten Tage auf, zu jener eigentümlichen Form der Annäherung, die darin besteht, daß man nebeneinander geht und nicht aufeinander zu, und die ihm besonders liegt.

Ich erfuhr an ihm, wie bald darauf an seinem Bruder, die wohltätige Herausforderung, ja herausfordernde Wohltat, daß einer mir zuhörte und meine Äußerungen ernst und also genau nahm. Beide Brüder waren behutsam im Umgang mit dem Jüngeren; beide haben ihn geformt, Carl Friedrich, indem er weiterfragte, zur konsequenten Verfolgung des Gedankens, zur Selbstkorrektur anleitete, Richard, indem er geduldig überzeugte. So wie er wollte ich gedacht haben. Dritte mokierten sich über die Gleichheit der Redefiguren, des Tonfalls, der Gesten, die sich im engeren Kreis um Richard ausbildeten. Carl Friedrich war der Lehrer, der zum Freund wird. Richard war ein älterer Bruder, eine Brietze, die ich nicht hatte und die ich brauchte.

Mein neuer großer Bruder arbeitete systematisch, und das wirkte sich ordnend auf meine Studien aus, die ich – wie Axel von dem Bussches CARE-Frühstück – mit ungehemmter Gier in mich hineinschlang, ohne Maß und Stetigkeit betrieb. Er ließ mich an seinen juristischen Problemen teilnehmen; was Naturrecht und positives Recht, was ein Vertrag und was Subsumtion, was case-law und »juristische Kausalität« sei (Jahrzehnte später wohnte Richard von Weizsäcker in Bonn in der Zitelmannstraße!) – das erklärte er geduldig dem jungen Altphilologen, der damals noch glaubte, alles verstehen zu müssen; er ließ ihn nicht nur an seinen Entdeckungen teilnehmen, er belehrte – vor allem dann, wenn ich einen juristischen Begriff oder Gedanken laienhaft falsch benutzte –: »Die normative Kraft des Faktischen« heiße natürlich nicht, daß, wenn eine Sache mal da sei, sie die Normen verändere oder gar verändern dürfe. Ich habe die Kollegs der Smend, Wieacker, Raiser, Leibholz gleichsam durch Richard von Weizsäcker »gehört«.

Das Medium unserer Gemeinsamkeit war das Gespräch. Es dauerte meist über Mitternacht hinaus, handelte von Gott und der Welt und endete oft mit Richard von Weizsäckers verzweifeltem: »Es ist doch alles ganz anders!« womit er meinen Vereinfachungen, meiner jugendlichen Lust am entschiedenen Urteil Einhalt gebot. Überlegen war ich ihm im Festefeiern; Scharade spielen zu müssen stürzte ihn in tiefe Verlegenheit. Da mußte man mit ungefähren Gesten auf ungefähre Weise präzise Vorstellungen hervorbringen – »Isohypse«, »Wertphilosophie«, »Moralische Aufrüstung« – und sich Mißverständnissen aussetzen. Als er »Opium fürs Volk« darstellen sollte, nahm er eine Bibel aus meinem Regal und legte eine brennende Zigarette darauf. »Mehr kann ich nicht«, sagte er verstört.

Er nahm mich mit ins Konzert, zum Beispiel wenn Carl Seemann das geliebte B-Dur-Klaviertrio von Schubert spielte. Wir gingen zusammen in den »Fidelio«, den er zur größten Oper des 19. Jahrhunderts und in den »Don Giovanni«, den er zur größten Oper des 18. Jahrhunderts erklärte. Die Arie des Don Ottavio »Dallasua pace / la mia dipende ...« konnte er nach dem ersten Besuch pfeifen, wozu ich drei Aufführungen und vor allem seine Nachhilfe brauchte.

Er erzählte mir vom schönsten Liebesroman der Weltliteratur, der »Chartreuse de Parme«. Als ich selber in diesen eintauchte, hatte der blasse Name Fabricius für mich schon Zauberklang. Wir lasen zusammen den »Schwierigen«, in dem wir anderen mühelos Richard von Weizsäcker wiedererkannten: den Ahnungsvollen, den Gefaßten, den gegen die Schamlosigkeit der Wörter Empfindlichen. (Den »Turm« vom großen HvH zu lesen, was er mir dringend nahelegte, gelang nicht mehr vor meiner Abreise nach Amerika, und so schrieb ich auf der stürmischen Überfahrt einen »Turm«, wie ich ihn mir vorstellte, und signierte »von HvH für Richard«.)

Als er in Nürnberg zusammen mit Hellmut Becker und Warren E. Magee seinen Vater verteidigte, besuchte ich ihn dort. Man brauchte für den D-Zug nicht nur eine Fahrkarte, sondern auch eine Zulassung. Da ich die letztere nicht bekam, konnte ich auch die erstere entbehren. Ich kam damit und mit meinem Gewissen ganz gut zurecht. Richard von Weizsäcker aber litt Angst und Pein. Er holte mich am Bahnhof ab und ging – zur Erholung – mit mir zum Motorradrennen. Er war leidenschaftlich, ich zunächst nur ironisch beteiligt, ließ mich aber durch seine Regel-, Sach- und Mannschaftskunde bald anstecken. Am Abend war ich zum zweitenmal in meinem Leben beschwipst. Richard von Weizsäcker hatte sein »Kopfgeld« dafür geopfert.

Eine Wanderung um den Bodensee, die wir uns gegenseitig versprochen hatten, mußte ich im Sommer 1948 allein machen. Lindau und Wasserburg, Friedrichshafen, Langenargen, Meersburg, Kloster Birnau, Überlingen habe ich ihm in einem langen Brief als seine nun von mir erlebte Heimat geschildert – angeleitet durch seine liebevollen Schilderungen und Urteile. Und natürlich fand auch ich den Hohenkrähen viel schöner als den Hohentwiel und habe ihm wie einem alten (»aber doch etwas eingebildeten, kecken«) Freund zugewinkt.

1948 borgte er mir eine französische Ausgabe von Koestlers »Darkness at Noon« (Le zéro et l'infini) und spielte zehn Jahre später darauf an, als er mir den »Katorgan« schenkte. Die Welt hatte sich in Europa gewandelt. Ich war fünf Jahre in den USA gewesen und betrachtete das sich wieder aufbauende Deutschland mit ungeduldiger Kritik. Erst warb Richard von Weizsäcker um Verständnis, dann wies er meine demokratische Besserwisserei streng in ihre Grenzen. Ich griff Konrad Adenauers Politik hitzköpfig an – er verteidigte sie. Dabei konnte er zornig werden, nicht über meine Ansichten, wohl aber über das moralische Pathos meiner Reden. Und das ist noch heute so.

Wir gehörten durch Bildung und Herkunft derselben Welt, durch unsere Berufe einer je anderen, sehr verschiedenen an – und für beides können wir nicht. Die eigene Leistung, die jede Freundschaft auch darstellt, kommt aus der Zu-Neigung zu den Erfahrungen der gemeinsamen Studienjahre.

Von Weizsäcker hat vier Kinder: Sohn, Tochter, Sohn, Sohn – in dieser bei den Weizsäckers üblichen Figur. 1956 wurde ich Pate seines zweiten Sohnes. Das brachte die Gespräche häufiger auf die Pädagogik, einen Boden, auf dem ich mich sicher fühlen darf und es doch so selten bin. Er hat von seinen Kindern stets mit solcher Hellsicht und Präzision erzählt, daß ich Erklärungen oder Ratschläge nicht mehr zu geben wagte, auch wenn er sie suchte. Als ich im Begriff war, mein erstes pädagogisches Buch zu veröffentlichen, stimmte er meinen Gedanken zu, tadelte aber gleichermaßen die unnütze Rigueur und die unnötige Komplexität meiner Äußerungen.

Wenn ich Richard von Weizsäcker heute begegne – in großen Abständen und selten für mehr als zwei Stunden –, ist es wie eh und je: Er begrüßt mich – meine breite amerikanische Aussprache karikierend –, indem er meinen Namen vorne wie englisch heart und hinten wie die Schlußsilbe von Plymouth ausspricht; er nimmt sich alsbald meiner Probleme an, hält aber Urteil und Rat vorsichtig zurück; er kann – wie sein Bruder Carl Friedrich – sagen: »Hierüber habe ich noch nicht genug nachgedacht« oder: »Darüber weiß ich nicht genug«; er freut sich diebisch, wenn er seine – nicht nur meine! – Camouflage, einen Trick, eine alte oder neue Eitelkeit durchschaut; er schenkt unverändert die intensive Zuwendung, zeigt unbeirrt die erwachsene Großmut und übt ungemildert die brüderliche Strenge von einst.

Ich weiß dann: Ich habe eine Brietze – und das ist eine gute Sache.

Adelheid Gräfin zu Eulenburg

Lehrerin i. R., Lindau/Reutin

Die Schwester über den Bruder

Richard wurde im Neuen Schloß in Stuttgart in der Dienstwohnung seines Großvaters, General von Graevenitz, geboren, als der König von Württemberg das Schloß bereits verlassen hatte und die rote Fahne über dem Schloßeingang wehte. Als Jüngster lernte er früh, sich durchzusetzen. Nie sei er so klein gewesen, wie sein Vater ihn am hohen Gartentor des Konsulats in Basel stehend malte. Wenn der Familienfreund Robert Boehringer Gedichte von Platen vorlas, verließ er mit Protest das Zimmer, um sich dem Fußball zuzuwenden, ungeachtet der Verehrung, die Robert Boehringer genoß. Boehringer, der Spaß an dem Knaben hatte, empfahl ihn später seinem Vetter als Leiter der Fabrik in Ingelheim.

Richard von Weizsäckers Gymnasiumsjahre in dem politisch wachen Berlin haben ihn geprägt und seine Sprache bereichert. Mit Sprüchen wie »Nu weine man nich« oder »Der jibt ja an wie 'ne Tüte Mücken« war jeder Kummer weggeblasen. So wußte er auch später in Bern, wo Vater die Gesandtschaft leitete, Chauffeur, Köchin, Mädchen – wer auch immer dort tätig war – bei Laune zu halten. Albrecht von Kessel erzog ihn in Lebensart bis hin zu zurückhaltender Eleganz. Siebzehnjährig eilte er von Bern zurück nach Berlin, um sein Abitur dort rascher zu absolvieren. So hatte er Zeit, noch vor dem anstehenden Arbeits- und Militärdienst in Frankreich und England seine europäische Erziehung zu erweitern. »Jeune, beau et intelligent«, so sprach man damals von ihm. Sein europäisches Empfinden findet auch heute einen Niederschlag in seiner Vorliebe für Karl V., die ihn nach Spanien lockte, oder in seiner Bewunderung für Tasso, die ihn nach Ferrara zog. Russische Ikonen haben ihn seit Jahrzehnten fasziniert.

Im Krieg hielt er bei seinem gefallenen Bruder Wacht. Es gelang ihm und seinen Kameraden, einen in ihr Regiment abgeordneten Spitzel zu bekehren, so daß ein abendliches Wettschießen auf ein Hitler-Bild als Zielscheibe ungeahndet blieb.

Nach dem Krieg wußte er die Schwierigkeiten auf eigene Weise zu bewältigen: Ohne Passierschein unterwegs nach Berlin – um Freunden zu helfen – wurde er an der Zonengrenze festgehalten. Die Grenzwächter führten ihn in einen Raum, der voll besetzt war mit Leidensgefährten, unter ihnen eine hochschwangere Frau. Die Frau und er entschlossen sich, nicht dazubleiben; sie verabredeten, daß sie sich gegenüber den Wachleuten als »Verlobte« ausgeben wollten. Sie übten Namen und Daten, dann hob die Frau gewaltig an zu jammern, ihr Kind werde gleich geboren, so daß die erschreckten Wachleute sie rasch zur Weiterreise entließen und den »Verlobten« als Gepäckträger hinterher. Als Richard von Weizsäcker zurückreiste und wieder ohne Passierschein zur Zonengrenze kam, fragte er einen offensichtlich Verwundeten, ob er ihn über die Grenze tragen dürfe, nahm ihn auf den Rücken, und keiner von beiden wurde kontrolliert.

Richard von Weizsäcker unterbrach sein Studium, um seinen Vater im Wilhelmstraßen-Prozeß in Nürnberg zu verteidigen – die Anklage »a deadly error«, wie Winston Churchill sagte. Aufführungen des »Fidelio« von Beethoven haben Richard von Weizsäcker über die anderthalb Jahre in Nürnberg begleitet.

V. Kapitel

Der Hilfsverteidiger

Werner Filmer/Heribert Schwan

Das Nürnberger Militärgericht

Richard von Weizsäcker unterbrach nach dem vierten Semester sein Jurastudium. Er ging nach Nürnberg. Am 25. Juli 1947 war sein Vater unter dem Verdacht, Kriegsverbrechen begangen zu haben, im Nürnberger Justizpalast verhaftet und ins dortige Gefängnis gebracht worden. Am 4. November 1947 wurde ihm und 20 Mitangeklagten die Anklageschrift ausgehändigt: Er sollte Hitlers Angriffskriege mit vorbereitet haben. Zum »Amalgam-«, dem »Omnibus-« oder dem »Wilhelmstraßen-Prozeß« gehörten Minister, Beamte, Wirtschaftler, Parteileute und Parteigegner.

Zum Verteidiger Ernst von Weizsäckers bestellte die Familie Hellmut Becker. Seine Assistenten waren vorübergehend Sigismund von Braun und Karl Arndt. Außerdem gab es noch den amerikanischen Verteidiger, Warren Magee, der seine Pflicht nur sporadisch wahrnahm.

Hellmut Becker stellte den Antrag, den Jurastudenten und Sohn des Angeklagten, Richard von Weizsäcker, als Assistenten der Verteidigung zuzulassen. Das amerikanische Militärgericht willigte ein. Hauptgrund für seine Bestellung zum Hilfsverteidiger war die Sorge um eine angemessene Betreuung. Der Verteidiger war praktisch die einzige Verbindung zwischen dem Angeklagten und der Außenwelt. Außerdem mußte der Angeklagte rechtzeitig auf die schwierigen Vernehmungen und Kreuzverhöre vorbereitet werden, wie sie nach angelsächsischem Recht üblich sind. Schließlich mußte der Verlauf des Prozesses mit dem Angeklagten kontinuierlich besprochen werden. Fast täglich kamen Sohn und

Vater zusammen, allerdings in der Besucherzelle immer durch ein Gitter und eine dicke Scheibe getrennt. Sie konnten sich nicht die Hand geben. Es hatte nahegelegen, einen Familienangehörigen einzusetzen, der auch juristisch vorgebildet war. Im übrigen war angelsächsisches Recht für die professionellen Verteidiger ebenso Neuland wie für den Jurastudenten aus Göttingen. Richard von Weizsäcker – alles andere als ein Hilfsverteidiger – wurde bald zum gleichwertigen Partner des Hauptverteidigers Hellmut Becker. Alle wichtigen Fragen des Verfahrens diskutierten beide fortlaufend miteinander.

Selbständig schrieb Weizsäcker größere Teile der Verteidigungsschrift. Hierbei bewährte sich seine Fähigkeit, genau zu formulieren. Dem Hauptverteidiger wäre es unmöglich gewesen – aus Zeitgründen und wegen der Aktenfülle –, die Verteidigungsschrift allein zu entwerfen.

Die drei Richter kannten vor Prozeßbeginn keine Akte. Alles, was sie später wußten, erfuhren sie durch die Anklage oder durch die Verteidigung. Der Hauptverteidiger hielt sich täglich im Gerichtssaal auf, während Weizsäcker die Auftritte der Zeugen vorbereitete. Die richtigen Zeugen zu finden gestaltete sich als schwieriges Unterfangen. Waren sie endlich in Nürnberg, mußten sie ausführlich über Art und Verlauf des Prozesses und ihre eigene Funktion informiert werden. Als größtes Problem für die Verteidigung entpuppte sich der begrenzte Zugang zu den Akten. Bis zum Schluß des Verfahrens wurden ihr wichtige Unterlagen vorenthalten. Weizsäcker studierte unendlich viele Akten, analysierte Protokolle. Daraus entstanden Akten- und Dokumentenbände, in denen die argumentative Auseinandersetzung mit Schriftstücken und Protokollen der Zeugenaussagen zusammengefaßt waren. Diese Bände hatten einen solchen Umfang, daß kaum ein Richter physisch in der Lage war, alles Vorgelegte zu lesen. Die eingehende Darlegung des Prozeßstoffes wurde dem Militärgericht in einem fünf Bände umfassenden »trial brief« übergeben. Das Beweismaterial des Prozesses umfaßte 39 000 Seiten, die englischen Protokolle 28 085 Seiten.

Ernst von Weizsäcker, der Angeklagte, litt zunächst unter dem Gedanken, daß sein Sohn einige Jahre seines Lebens diesem Prozeß opferte, anstatt zügig zu studieren und seine Examina zu machen. Für Richard selbst war die Verteidigung seines Vaters jene Lebensphase, die ihn am meisten »erregte, aufregte und innerlich umtrieb«. Weder vorher noch nachher hat er seinen Vater auch nur annähernd so intensiv erlebt. Dieser war am Ende außerordentlich dankbar für die mannigfache Hilfe seines Sohnes. Das Verhältnis zwischen beiden wurde in diesem Prozeß um eine vielschichtige menschliche Dimension bereichert, die im normalen Familienleben so kaum erreicht werden kann.

Der Hauptverteidiger Hellmut Becker erlebte die Weizsäcker-Verteidigung in Nürnberg als seine intensivste Arbeitsphase. Das galt auch für Richard von Weizsäcker. Der Verteidigung stand im Nürnberger Gerichtsgebäude ein großes Zimmer zur Verfügung. Becker hatte eine deutsche und eine englische Sekretärin angestellt. Übernachtet wurde in den Zimmern Nürnberger Bürger, die von der amerikanischen Besatzungsmacht beschlagnahmt worden waren. Die Vermieter freuten sich jedoch, weil sie dafür eine hohe Entschädigung bekamen. Die Prozeßkosten übernahmen zum größten Teil die Amerikaner. Für Weizsäcker brachte der Prozeß eine zusätzliche Ausbildung im angelsächsischen Recht. Darüber hinaus lernte er in Nürnberg mehr für seine spätere juristische Tätigkeit als beim Studium in Göttingen. Nürnberg wurde für ihn eine intensive, frühzeitige juristische Schulung. Vom ausgebildeten Juristen unterschied er sich in diesem Prozeß kaum. Die politisch und menschlich bewegende Problematik, den eigenen Vater als Angeklagten zu erleben, begründete in ihm eine spezifisch deutsche Spannung, die seinen Wirklichkeitssinn ausformte. Er begriff zum erstenmal, daß jeder mit jeder Form von Gesellschaft verbunden ist. Damals begegnete er fast allen überlebenden Verantwortlichen der NS-Diktatur und ihren Verteidigern. Er lernte Zeugen kennen, ergründete Motive, Schuld, Angeklagte und Kläger.

Das schlimmste muß seine erste Begegnung mit den Akten des Dritten Reiches – vor allem der Judenvernichtung – gewesen sein. Er analysierte die systematische Ausrottung von Millionen Menschen im Detail, wurde erneut mit eigenen ersten Erlebnissen nationalsozialistischer Rassenpolitik während der Berliner Schulzeit konfrontiert. Auf Urlaub, als Rekrut in Uniform, hatte er die Reichskristallnacht am 9. November 1938 in unmittelbarer Nähe der Berliner Gedächtniskirche erlebt. Von planmäßiger Vernichtung der Juden erfuhr er erst später. Von seinem besten Freund Bussche hatte er erstmalig von den unmenschlichen Übergriffen der Einsatzkommandos hinter der deutschen Front in Rußland gehört. Auch von seinem Vater, dem Staatssekretär, konnte er vermutlich vieles in Erfahrung bringen. Doch es war ein Unterschied, gehört zu haben, daß Juden planmäßig vernichtet worden waren, oder aber über Monate detailliert die planmäßige Vernichtung von Millionen von Menschen in Aktenordnern zu studieren. Für die gesamte Verteidigung – vor allem aber für den Studenten und ehemaligen Soldaten Richard von Weizsäcker – war dies die belastendste menschliche Anspannung des Prozesses. Die Verteidiger in Nürnberg erfuhren als erste Deutsche nach dem Krieg die verabscheuungswürdigsten Verbrechen der Nationalsozialisten aus den Originaldokumenten.

Hellmut Becker

Max-Planck-Institut für Bildungsforschung, Berlin

Weizsäcker im Wilhelmstraßen-Prozeß

Seit über 50 Jahren, also seit meinen ersten Studiensemestern, bin ich mit Carl Friedrich von Weizsäcker befreundet, eine Freundschaft, die sich durch manche sachlichen Kooperationen im Laufe der Jahrzehnte vertieft hat. Im Rahmen dieser Freundschaft lernte ich sein Elternhaus und dort – kurz vor dem Zweiten Weltkrieg – auch seinen Bruder Richard kennen. Unmittelbar nach Kriegsende lebten wir dann beide am Bodensee, und in den Auseinandersetzungen dieser ersten Nachkriegsmonate um Politik und Literatur, Existenz und Beruf, Schuld und Erneuerung entstand auch mit ihm eine Freundschaft, die bis heute gehalten hat.

Der ehemalige Staatssekretär im Auswärtigen Amt, Ernst von Weizsäcker, war seit 1943 als deutscher Botschafter am Vatikan tätig gewesen und kehrte erst 1947 endgültig zurück. Bald danach wurde er von dem Nürnberger Gerichtshof im sogenannten Wilhelmstraßen-Prozeß angeklagt. Die Familie suchte einen bekannten Verteidiger, der aber wegen Überlastung ablehnen mußte. Ich hatte mir damals – unmittelbar nach dem Kriege – eine Anwaltspraxis am Bodensee aufgebaut, war vor allem auch vor französischen Militärgerichten tätig, hatte aber eine Verteidigung im I.G.-Farben-Prozeß abgelehnt. Als mir die Familie von Weizsäcker die Verteidigung von Ernst von Weizsäcker anbot, habe ich sie gerne übernommen.

Die spontane Zuneigung zu diesem bescheidenen und eher verschlossenen Menschen sowie meine enge Freundschaft mit seinen Söhnen verband sich bei mir mit der Erkenntnis, daß dieses Leben zwischen Widerstand und Mitwirkung unter dem Nationalsozialismus von exemplarischer Bedeutung für das Verstehen der Zeit, die nun unmittelbar hinter uns lag, sein mußte.

Der Nürnberger Wilhelmstraßen-Prozeß, wie man ihn wegen der Zusammenstellung der Angeklagten aus den verschiedensten Reichsministerien mit Ernst von Weizsäcker als Angeklagten Nummer 1 nannte, dauerte von November 1947 bis Juli 1949. Die Anklage erfolgte in acht Hauptpunkten und rund 70 Einzelpunkten, darunter die Vorbereitung aller Angriffskriege und die Abzeichnung von Papieren im Zusammenhang des Abtransports von Juden aus den verschiedenen besetzten Ländern. Das Beweismaterial dieses Prozesses umfaßte 39 000 Seiten; die englischen Protokolle der Verhandlungen 28 085 Seiten. Aus dieser reinen Materialübersicht ergibt sich, daß dieses Verfahren nicht von einem Menschen allein als Verteidiger bewältigt werden konnte. Ich habe daher zeitweise die Hilfe eines amerikanischen Mitverteidigers und während des ganzen Prozesses drei Hilfsverteidiger in Anspruch genommen, nämlich Dr. Sigismund Freiherr von Braun, den späteren deutschen Botschafter bei den Vereinten Nationen und in Paris, den Juristen Dr. Karl Arndt, den späteren Oberlandesgerichtspräsidenten von Bremen, und Richard von Weizsäcker, damals Student von Rechtswissenschaft und Geschichte in Göttingen, ein Studium, das er für eineinhalb Jahre wegen des Prozesses unterbrochen hat.

Während der Militärgerichtsprozesse konnten die Angeklagten nur relativ selten den Besuch von Angehörigen erhalten. Für die persönliche Kontaktpflege mit den Angeklagten, die für alle Verteidiger in diesen Prozessen eine sehr wesentliche Aufgabe war, konnte natürlich ein Familienangehöriger von größter Hilfe sein. Außerdem war für mich in der vielseitigen und auch physisch oft völlig erschöpfenden Arbeit wichtig, einen mir ganz vertrauten Mitarbeiter zu haben, während ich Herrn von Braun und Herrn Arndt erst durch den Prozeß kennengelernt habe und aufgrund ihrer spezifischen Fähigkeiten – Braun als Angehörigen des diplomatischen Dienstes und früheren Mitarbeiter von Herrn von Weizsäcker, Arndt als besonderen Kenner des angelsächsischen Rechts – um ihre Hilfe gebeten hatte.

Richard von Weizsäcker ist in diesem Prozeß nicht nur juristisch für seinen Vater tätig gewesen, sondern er hat – so könnte man fast sagen – als ein seelischer und geistlicher Beistand gewirkt und die Liebe und Verehrung für seinen Vater in eine menschliche Hilfe für diesen Vater umgesetzt; so hat er wesentlich dazu beigetragen, daß der Vater die psychische Belastung dieses Prozesses, der immerhin mit der Androhung der Todesstrafe seitens der Anklagebehörde begonnen hatte, menschlich ausgehalten hat und für sich selbst in einen fruchtbaren Klärungsprozeß verwandeln konnte.

Es muß vielleicht erwähnt werden, daß das Nürnberger Verfahren sich – abgesehen von dem besonderen Alliiertenrecht, das für die Kriegsverbrecherprozesse geschaffen war – nach amerikanischen Strafverfahrensregeln richtete. Das heißt, die Richter kamen ohne Aktenkenntnis in die Verhandlung, und die gesamten komplizierten Verhältnisse mußten von Staatsanwaltschaft und Verteidigung dem Gericht vorgetragen werden. Ich habe in meinem Leben relativ viel gearbeitet, doch glaube ich, daß keine Zeit so arbeitsintensiv war wie dieser Prozeß. Unsere Verteidigungsgruppe mag einem von heute her vielleicht als ein sehr qualifiziertes Team erscheinen, sie war eine fast zu kleine Mannschaft für das, was rein an Lese- und Vorbereitungsarbeit, der Auffindung von Material und Zeugen, zu leisten war. Es ist hier nicht der Ort, das im einzelnen zu schildern, aber für uns alle enthielten die Materialien natürlich ununterbrochen neue Enthüllungen. Auch wir lernten täglich aus Zeugenaussagen und vor allem aus Akten Dinge über die jüngste Vergangenheit Deutschlands, die uns neu waren und immer erneut erschütterten. In enger Zusammenarbeit waren wir nicht nur damit beschäftigt die Unschuld des Angeklagten zu beweisen, sondern genausosehr uns selbst mit dem, was wir über die Vergangenheit erfuhren, auseinanderzusetzen. In diesem Prozeß der geistigen Verarbeitung spielte Richard von Weizsäcker eine entscheidende Rolle.

Er war auch häufig im Gerichtssaal anwesend, er ist aber nie selber als Sprecher aufgetreten. Die Interventionen während der Verhöre, die Plädoyers, Einführungserklärungen usw. haben wir ihm gerade wegen seiner persönlichen Beziehung zum Angeklagten abgenommen. Trotzdem hat er in der gedanklichen Aufbauarbeit dieser Verteidigung, in der Vorbereitung des Beweismaterials und in der Abfassung der fünf Bände umfassenden Verteidigungsschrift (trial brief) einen wesentlichen Anteil gehabt. Praktisch habe ich fast jeden Satz, der in meinem Namen schriftlich herausging oder von mir mündlich vorgetragen wurde, mit ihm genau diskutiert. Ich selbst war damals 34 Jahre alt, war im Krieg verwundet und hatte eine intensive, aber doch kurze Berufserfahrung; Richard von Weizsäcker war sieben Jahre jünger. Wir haben wohl beide in dieser Zusammenarbeit die Kooperation als Arbeits- und Lebensform gelernt; dabei ist für mich seine außergewöhnliche Fähigkeit, Probleme, Aussagen, Rechtsfragen vom Standpunkt des anderen her zu sehen, von entscheidender Bedeutung gewesen.

Am Ende des Prozesses wurde Ernst von Weizsäcker von allen Anklagepunkten – außer zweien – freigesprochen. Wegen dieser beiden Fälle wurde er zu sieben Jahren Haft verurteilt. Von den drei Richtern verkündete einer eine »dissenting opinion« auf Freispruch in allen Punkten. Wegen des überaus umfangreichen Beweisstoffes räumte das Gericht die Möglichkeit eines richterlichen Irrtums ein und eröffnete den Weg zu einer Berufung an das erkennende Gericht selbst. Auf einen entsprechenden Berufungsantrag hin entschied das Gericht, das inzwischen in die Vereinigten Staaten übergesiedelt war, daß Ernst von Weizsäcker auch im Anklagepunkt 1, es handelte sich hier um den Angriffskrieg gegen die Tschechoslowakei, freizusprechen sei und die Strafe auf fünf Jahre zu ermäßigen wäre. Bei dieser zweiten Entscheidung des Gerichts wich einer der beiden Richter, die das erste Urteil getragen haben, von seiner Entscheidung ab, so daß das Urteil in seiner Gesamtheit nur von einem der drei Richter getragen wurde. Vor Einrichtung des allgemeinen Gnadenausschusses zur Überprüfung der Nürnberger Prozesse wurde dann Ernst von Weizsäcker auf Anordnung des amerikanischen Hohen Kommissars McCloy freigelassen. Schon in meinem Plädoyer am Schluß des Hauptverfahrens konnte ich eine Äußerung von Winston Churchill mit seiner Genehmigung zitieren, in der er den Prozeß als einen tödlichen Irrtum bezeichnete.

Ernst von Weizsäcker hat von Anfang an das Verbrecherische am Nationalsozialismus klar erkannt und sich bemüht, das Schlimmste zu verhindern; im Rahmen seiner Mitwirkung als führender Beamter des auswärtigen Dienstes hatte er in vielen einzelnen Schritten und mutigen Kontakten mit dem Ausland Widerstand geleistet. Nach dem Mißerfolg seiner Bemühungen hat er als Christ seine Schuld vor Gott erkannt, seine Schuld nach dem Recht der Alliierten bestritten, und wir haben als Verteidiger diese Linie vertreten und hätten uns manchmal einen sich noch energischer verteidigenden Angeklagten gewünscht. Für ihn war die Last dieses Prozesses ein kleines Übel im Vergleich zu dem, was inzwischen im Zeichen des Nationalsozialismus in der Welt und gegenüber einzelnen Menschen geschehen war. Bei der ausführlichen Durcharbeitung eines historischen Prozesses hat Richard von Weizsäcker die Unlösbarkeit der Frage nach der Wahrheit genau wie die Unvermeidlichkeit der Verstrickung in Schuld im politischen Zusammenhang genau kennengelernt. Er hat in dieser Zeit nicht nur die juristische Arbeit und die denkerische Auseinandersetzung erfahren, sondern hat sich auch – man möchte fast sagen jeden Tag – mit dem Unmenschlichen in der Politik und der hoffnungslosen Verstrickung menschlichen Handelns auseinandergesetzt. Im amerikanischen Prozeß sind ja sehr ins einzelne gehende Vorbereitungen der Zeugenaussagen notwendig. Richard von Weizsäckers seltene Fähigkeit zum differenzierten Umgang mit Menschen bewährte sich dabei sowohl im Umgang mit den großartigen Zeugen aus der Widerstandsbewegung von Axel von dem Bussche bis Fabian von Schlabrendorff als auch in den sehr viel schwierigeren Besprechungen mit den ehemaligen Beamten des auswärtigen Dienstes, die zum Beispiel auf die für Deutsche völlig ungewohnte Methode des Kreuzverhörs vorbereitet werden mußten.

Hinzu kam die Tatsache, daß damals in Deutschland noch relativ wenig politisch geschah, so daß der Prozeß in der Presse eine große Rolle spielte. Auch der Umgang mit der Öffentlichkeit stellte eine zeitraubende Aufgabe für die Verteidigung dar. Ich habe keinen Zweifel, daß, obwohl Richard von Weizsäcker selber im Prozeß nie gesprochen hat, die Figur des für seinen Vater auf allen Gebieten helfend tätigen Sohnes für das Gericht wie für die Öffentlichkeit nicht ohne Wirkung geblieben ist.

Unsere beruflichen Wege haben sich in den folgenden Jahrzehnten in verschiedener Richtung und auf unterschiedlichen Sachgebieten bewegt. Aber die in der gemeinsamen Arbeit gestärkte Freundschaft und der regelmäßige Gedankenaustausch sind erhalten geblieben.

Robert M. W. Kempner

Deutsch-amerikanischer Jurist, Publizist, Frankfurt

Von Nürnberg bis Bonn

Wir befinden uns in dem Justizstaat Nürnberg, einer Enklave in der ehemaligen Freien Reichsstadt Nürnberg. Dort findet gegenwärtig, das heißt in den Jahren 1947 bis 1949, vor einem amerikanischen Militärtribunal der Wilhelmstraßen-Prozeß statt, unter anderem gegen vier ehemalige Minister und acht Staatssekretäre des Hitler-Regimes, die vorwiegend wegen Verbrechen gegen die Menschlichkeit angeklagt sind. Im Laufe des Verfahrens – ich war in diesem Prozeß Hauptankläger – informierte mich Hellmut Becker, der Hauptverteidiger des früheren Staatssekretärs Ernst von Weizsäcker, er habe dessen Sohn Richard von Weizsäcker als Assistenten der Verteidigung zugezogen. Unmittelbar darauf erkundigte sich das Tribunal, ob gegen die Bestellung von Richard von Weizsäcker als Hilfsverteidiger Bedenken bestünden, weil dieser doch noch in der juristischen Ausbildung sei. Es gab keine Bedenken. So wurde ich mit Richard von Weizsäcker bekannt. An zahlreichen Verhandlungstagen in den Pausen und nach Beendigung der Termine hatten ich selbst und meine Kollegen – hauptsächlich im Jahre 1948 – Kontakt mit ihm. Er war damals 28 Jahre alt, noch nicht lange im Range eines Hauptmanns d. R. aus dem Kriege zurückgekehrt.

Drei schwere Gebiete harrten auf ihn: Erstens bestand seine Aufgabe in der unmittelbaren Verteidigung des eigenen Vaters mit psychologischem Hintergrund. Der ruhige, bedachtsame und intelligente Hilfsverteidiger wußte ebenso wie Rechtsanwalt Becker, daß hier eine individuelle Persönlichkeit zu verteidigen war und nicht das Dritte Reich Adolf Hitlers. Im Gegensatz zu anderen Verteidigungen wäre letzteres im Wilhelmstraßen-Prozeß auch völlig verfehlt gewesen. Das Verhältnis Vater zu Sohn und der Generationsunterschied zwischen beiden von knapp vier Jahrzehnten waren gewiß eine schwere psychologische Last. Andererseits bildete die Stellung eines Sohnes als Hilfsverteidiger eine große Erleichterung für den Angeklagten und die gesamte Familie, denn der tägliche Verkehr – ohne die beschränkten Besuchszeiten für Familienangehörige – ermöglichte viele menschliche Erleichterungen für einen Untersuchungsgefangenen. Trotz aller sachlichen Gegensätze zwischen Verteidigung und Anklagebehörde war das Verhältnis kollegial und meist gekennzeichnet von gegenseitigem Respekt: eine gute Lehrstätte für die spätere politische Tätigkeit. Die offene und ernste Art des jungen Juristen erweckte im Gerichtssaal manche Sympathie.

Die zweite wichtige Bedeutung der Arbeit von Nürnberg waren die politischen Lehren, die ein intelligenter Verteidiger in Nürnberg erwerben konnte. Die Prozesse mit ihren erschütternden deutschen Dokumentensammlungen waren das größte historische Seminar, das in der Weltgeschichte jemals stattgefunden hat. In den meist vollständig aufbewahrten Akten des Ribbentropschen Auswärtigen Amtes hatten sich viele Angeklagte ihre eigene Anklage geschrieben. Durch Zeugenaussagen wurden sie ergänzt. In diesem historischen Laboratorium lernte Richard von Weizsäcker, daß das Hitler-Regime ein Verbrecherstaat war. Er brauchte sich nicht wie viele Historiker auf Angaben aus zweiter Hand verlassen. Welches Schaudern muß ihn erfaßt haben, als er die Dokumentation des Holocaust und zum erstenmal das Wannsee-Protokoll über die Endlösung der Judenfrage mit eigenen Augen las. Keiner der bisherigen Bundespräsidenten hat jemals eine solche politische Bildung über die führenden Personen des Dritten Reiches und ihre Taten erwerben können.

Gegenüber Weizsäckers offenen Augen konnten alle Verdrängungsakrobaten nicht bestehen. Die Lehren, die er aus seiner Nürnberger Zeit ziehen mußte, haben sich offen in den Reden und bei Veranstaltungen gezeigt, bei denen er in Berlin und anderwärts eine hervorragende Rolle spielte.

Aber es war noch ein drittes, das für die Prägung der Persönlichkeit des Politikers eine Rolle spielte. Vielleicht ist sich Weizsäcker dessen bis zum heutigen Tage selbst gar nicht so bewußt. Die wegen Verbrechen gegen die Menschlichkeit Verurteilten hatten nicht gegen ein neuartiges Gesetz verstoßen. Dieser Ausdruck bedeutete in schlichten Worten einfach Mord oder Beteiligung an Mord. Und das war schon vor Tausenden von Jahren ein Verbrechen, das in den Gesetzestafeln des Moses statuiert worden ist. Ein jeder hatte das in der Schule gelernt, und es galt und gilt für Richter, Staatsanwälte und Verteidiger ebenso wie für Angeklagte. Neu war in Nürnberg nur, daß das jahrtausendealte Gesetz aktualisiert wurde. Man sprach wieder von Menschenrechten und deren Verletzung. Der Begriff war stumm geworden. Man sprach wieder von Menschenwürde. Das Wort Angriffskrieg wurde durch Nürnberg ein fester juristischer Begriff. Daraus resultierte die Menschenrechtskonvention und die Konvention gegen Völkermord. Weizsäcker sah, wie diese Einrichtungen und andere Völkerrechtsbestimmungen in Nürnberg zur Welt kamen.

Wenn Richard von Weizsäcker zu seinem Amtsantritt als Bundespräsident in Bonn den Eid auf das Bonner Grundgesetz leistet, schwört er auf den Artikel 1 (Schutz der Menschenwürde): »Die Würde des Menschen ist unantastbar. Sie zu achten und zu schützen ist Verpflichtung aller staatlichen Gewalt.«

Er schwört weiter auf die Worte: »Das Deutsche Volk bekennt sich darum zu unverletzlichen und unveräußerlichen Menschenrechten als Grundlage jeder menschlichen Gemeinschaft, des Friedens und der Gerechtigkeit in der Welt.«

Er erhebt außerdem – außenpolitisch wichtig – seine Schwurhand auch zu dem Artikel 26 (Verbot des Angriffskrieges). Dort heißt es: »Handlungen, die geeignet sind und in der Absicht vorgenommen werden, das friedliche Zusammenleben der Völker zu stören, insbesondere die Führung eines Angriffskrieges vorzubereiten, sind verfassungswidrig. Sie sind unter Strafe zu stellen.«

So spannt sich der Lebensbogen Richard von Weizsäckers – von seiner Lehrstätte in Nürnberg in den Jahren um 1948 bis zu seiner Vereidigung als sechster Bundespräsident im Jahre 1984 –, eines geistreichen Mannes des Ausgleichs.

VI. Kapitel

Lehr- und Wanderjahre

Werner Filmer/Heribert Schwan

Von der Industrie zur Politik

Nach anderthalbjähriger Unterbrechung seines Studiums kam Richard von Weizsäcker 1949 zurück nach Göttingen und legte noch 1950 sein Referendarexamen ab. Erst als Fünfundzwanzigjähriger hatte er wegen der Kriegszeit mit dem Jurastudium beginnen können. Trotz seiner anderthalbjährigen Tätigkeit als Hilfsverteidiger im Nürnberger Prozeß war er mit 30 Jahren Referendar. Sein Examen konnte sich sehen lassen: Note Zwei. Schließlich hatte er vor dem Nürnberger Prozeß nicht allzu zielorientiert und ehrgeizig studiert. Doch nach einem intensiven Repetitorium bei Professor Siebert – zwölf Monate lang – konnte er sein Göttinger Studium erfolgreich abschließen. Damals hätte er zum Institut für Zeitgeschichte nach München gehen können, zumal er für Forschungsarbeiten zur jüngsten Geschichte hervorragend ausgebildet war. Doch Weizsäcker entschied sich gegen München, begann zunächst seine Referendarzeit beim Oberlandesgericht in Celle.

Sein Vater, Ernst von Weizsäcker, schreibt in seinen Erinnerungen 1950: »In der Marine galt es für unzulässig, sich um Kommandos oder Positionen zu bewerben. Man vertraute sich dem Ruf der Vorgesetzten an und hütete sich, in das eigene Schicksal einzugreifen ... Diese Enthaltsamkeit hat sich bei mir bewährt.« Nach der gleichen Devise scheint Richard von Weizsäcker bis zum Jahre 1983 gehandelt zu haben.

In Nürnberg kannten sich die Verteidiger untereinander recht gut. So auch der zeitweilige Mitverteidiger von Alfried Krupp von Bohlen und

Halbach, Dr. Günter Geißeler, und der jüngste Verteidiger bei den Nürnberger Prozessen, Hellmut Becker. Geißeler arbeitete mittlerweile in der Rechtsabteilung der Mannesmannröhren in Gelsenkirchen. Er schlug seiner Unternehmensleitung vor, Weizsäcker einzustellen. Bereits im Herbst zog Richard von Weizsäcker nach Gelsenkirchen und wurde am 1. Oktober 1950 in der Rechts- und Personalabteilung der Consolidation Bergbau-AG (Mannesmann) angestellt.

Sein Büro war auf dem Gelände der Zeche »Consolidation«, die damals eine fast achtzigjährige traditionsreiche Geschichte hatte. (Das Königliche Oberbergamt bestätigte am 11. August 1863 den Beschluß von Friedrich Grillo und sechs weiteren Kaufleuten, die sieben in den Gemeinden Gelsenkirchen, Bulmke, Braubauerschaft, Schalke und Heßler gelegenen Grubenfelder zu einem gemeinschaftlichen Ganzen unter dem Namen »Consolidation« zu vereinigen. Im September 1886 gab es auf Schacht II eine »Explosion schlagender Wetter«. 50 Bergleute starben. Im Februar 1984 verunglückten auf der gleichen Zeche fünf Bergleute tödlich, als mehrere hundert Tonnen Gestein in 1050 Meter Tiefe herunterstürzten.)

Auf der Zeche »Consolidation« arbeitete Weizsäcker als wissenschaftlicher Hilfsarbeiter in der Rechtsabteilung. Parallel dazu konnte er seine Referendarzeit am Gericht fortsetzen. Stationen waren das Amtsgericht in Gelsenkirchen, das Landgericht in Essen und das Oberlandesgericht in Hamm. Seinen Wohnsitz nahm er in Gelsenkirchen. 1953 absolvierte er das Assessorexamen in Düsseldorf. Zurückblickend meint Weizsäcker heute, daß er sich deshalb für die Industrie entschieden habe, weil er davon zunächst nichts verstand und diese Tätigkeit gründlich kennenlernen wollte. Damals war er das erste »Versuchskaninchen« in der Geschichte des Unternehmens, das – ohne Volljurist zu sein – eine Festanstellung erhielt. Unter seiner maßgeblichen Beteiligung wurde die Frankfurter Universität (Adorno, Horkheimer, Habermas, Friedeburg) mit einer Studie über die Einstellung der Industriearbeiter zur Montanmitbestimmung beauftragt.

Am 15. November 1953 trat Weizsäcker in die Rechtsabteilung der Mannesmann AG, Hausverwaltung, in Düsseldorf ein und arbeitete auf den Gebieten Montanunionsrecht, Gesellschaftsrecht, Betriebsverfassungs- und Mitbestimmungsrecht. In seinen ersten Berufsjahren, die zunächst einer Nebentätigkeit gleichkamen, wies Weizsäcker sich als subtil denkender Analytiker aus. In dieser Zeit soll er – nach Angaben ehemaliger Arbeitskollegen – nicht übermäßig drängend und vorwärtsstrebend gewesen sein, eher ein ruhiger, nachdenklicher, ja manchmal zaudernder Mitarbeiter.

Einige Monate vor seinem ersten Examen und dem Eintritt bei Mannesmann hatte ihn Professor Siebert noch als seinen Assistenten engagiert. Weizsäcker mußte Entwürfe über das Vereinsrecht formulieren, über den Begriff von »Treu und Glauben« arbeiten und über den Paragraphen 242 des Bürgerlichen Gesetzbuches. Diese Arbeit weckte Weizsäckers Interesse für ein Dissertationsthema. Er wählte seine Arbeit selbst, legte 1955 bei Professor Siebert die 102 Schreibmaschinenseiten umfassende Doktorarbeit »Der faktische Verein« vor. Am 25. Juli 1955 bestand er die mündliche Prüfung und erreichte die Gesamtnote »cum laude«.

Sein Fleiß, seine Zuverlässigkeit, seine Begabung wurden belohnt. Noch im gleichen Jahr erteilte ihm das Unternehmen Mannesmann in Düsseldorf die Prokura. Damit besaß Weizsäcker – gemeinsam mit einigen anderen leitenden Angestellten – die handelsrechtliche Vollmacht, alle Arten von gerichtlichen und außergerichtlichen Geschäften und Rechtshandlungen vorzunehmen. In der beruflichen Praxis war diese Bevollmächtigung der erste wirkliche Schritt aufwärts. Seine Karriere in der Industrie hatte begonnen.

Am 1. Juli 1957 übernahm Weizsäcker die Leitung der neugebildeten wirtschaftspolitischen Abteilung. Sie umfaßte die Arbeitsgebiete Wirtschafts- und Sozialpolitik sowie Presse und Information. Er hatte zehn Mitarbeiter. Seit Anfang der fünfziger Jahre arbeitete Weizsäcker auch für den Generalbevollmächtigten und Chefjustitiar der Mannesmann AG, Dr. Wolfgang Pohle, der 1955 Vorstandsmitglied des Unternehmens wurde. Während des Krieges war Pohle Direktor der Mannesmannröhren-Werke. Nach dem Krieg wurde er als Anwalt, besonders als Verteidiger von Friedrich Flick im Nürnberger Prozeß, bekannt. Von 1953 bis 1957 gehörte er für die CDU dem Deutschen Bundestag an, war später Mitglied des Straßburger Parlaments. In dieser Zeit entwarf Weizsäcker für seinen Chef Redetexte und arbeitete ihm in zahlreichen politischen Fragen zu. Er erfuhr hier, was ein Abgeordneter in Bonn zu leisten hatte und welche Belastungen eine einflußreiche Industrieposition mit sich brachte.

Spätestens 1952 war Mannesmann ein gigantisches Unternehmen, das sich in der Kohle- und Erzgewinnung ebenso engagierte wie bei der Eisen- und Stahlerzeugung, der Produktion von Rohren und Blechen sowie im Handel und in der Schiffahrt. 1955 kamen Walzwerkerzeugnisse und die Kunststoffproduktion hinzu. Das Unternehmen hatte 1953 32 000 Mitarbeiter. Als Richard von Weizsäcker am 30. Juni 1958 auf eigenen Wunsch aus der Mannesmann AG ausschied, waren es 73 600 Beschäftigte.

Weizsäcker muß es schwergefallen sein, das erheblich expandierende Unternehmen Mannesmann in Düsseldorf zu verlassen. Für eine steile Industriekarriere schienen sämtliche Voraussetzungen geschaffen worden zu sein, als auf ihn plötzlich eine familiäre Verpflichtung zukam.

Seine Frau Marianne ist die Tochter eines Adoptivkindes von Fritz von Waldthausen, dem zusammen mit seinem Bruder Ernst das Bankhaus Waldthausen in Essen und zu 50 Prozent das Bankhaus Waldthausen in Düsseldorf gehörte. Beide Bankhäuser wurden als Kommanditgesellschaft geführt. Sie hatten als Anteilseigner sowohl stille Gesellschafter – Kommanditisten – als auch persönlich haftende Gesellschafter, die eine persönliche Kapitaleinlage einbrachten und mit dieser Kapitaleinlage sowie mit ihrem übrigen Vermögen unbegrenzt für die Verbindlichkeit der Bank hafteten.

Die Position eines persönlich haftenden Gesellschafters der Bankhäuser Waldthausen und Co. KG in Essen sowie Waldthausen und Co. in Düsseldorf übernahm Weizsäcker im Sommer 1958. Nach dem Tod von Fritz (1956) und Ernst von Waldthausen (1957) wollte die Familie unbedingt einen an die Spitze der beiden Banken berufen, der dem Familienverband angehörte. Außer Weizsäcker war aus dem Familienkreis niemand in der Lage, die Privatbanken zu führen. Für Wohl und Weh stand nun sein Name. Er verantwortete alle Bankgeschäfte, alle Gewinne und Verluste.

Beide Bankhäuser betrieben damals Bankgeschäfte wie jede andere Geschäftsbank auch: Geschäfte mit Privatkunden – auf Seite der Vermögensverwaltung – und Kredit- und Einlagengeschäfte mit industrieller Kundschaft, natürlich auch Auslandsgeschäfte.

Die Bankhäuser versuchten mit Firmen zu Geschäftsabschlüssen zu kommen, ihre Warenverbindlichkeiten und Warenforderungen zu finanzieren, die im Ex- und Import tätig waren. Dabei ging es unter anderem um die Einfuhr von Früchten, Erzen, Metallen, Wolle und die Ausfuhr von Maschinen, Kraftwerkskomponenten und Feinelektronik. Mannesmann gehörte bereits zur Kundschaft, als Weizsäcker Bankchef wurde, Chef von rund 150 Mitarbeitern. Er mußte »Klinken putzen, Geschäfte ankurbeln«, persönliche Beziehungen zu Kunden herstellen und ihnen Konditionen anbieten, die sie woanders genausogut bekamen. Weizsäkker empfand das Ganze als »großen, heilsamen Schlauch«, als überaus schwierige Aufgabe.

Eine wichtige Aufgabe bestand für ihn in der Wahrung und Bewahrung des Familienvermögens, das ihm als Komplementär der Banken anvertraut war. Er hatte maßgeblichen Anteil an der Vermögensverwaltung der Familie Waldthausen. Schließlich eröffnete die Privatbank in Essen unter seiner Leitung erstmalig einen Schalterbetrieb. Weizsäcker bemühte sich, das Kundengeschäft zu erweitern. Als persönlich haftender Gesellschafter war er einzelzeichnungsberechtigt. Mit seiner Unterschrift konnte er die Privatbank zu allen Handlungen allein verpflichten. Als er von seiner Familienpflicht nach vierjähriger »Knochenarbeit« entbunden wurde, hinterließ er seinem Nachfolger zwei gut florierende Privatbanken. Er hatte Risiken vermieden, Erträge gesteigert, das Vermögen der Familie Waldthausen vermehrt und sichere Arbeitsplätze hinterlassen.

Ein wichtiger Schritt

Ernst Boehringer, nach dem Krieg einer der führenden Köpfe des gleichnamigen Familienunternehmens, war ein außergewöhnlicher Industrieller. Der promovierte Chemiker und Firmenmitinhaber war eine mitreißende Unternehmerpersönlichkeit, dessen engster Vertrauter Richard von Weizsäcker 1962 wurde.

Wieder einmal war es Hellmut Becker, im Nürnberger Prozeß Hauptverteidiger von Richards Vater, der bei Weizsäckers Industriekarriere zum zweitenmal eine wichtige Rolle spielte. Boehringer, der Becker am Bodensee aufgesucht hatte, wollte mit ihm über eine wichtige Personalentscheidung seines Unternehmens sprechen.

Die Firma besaß in der Geschäftsführung einen erstklassigen Verkaufsdirektor, erstklassige Fachkräfte für Produktion, Forschung und Entwicklung. Boehringer kannte aber niemanden, dem er zutraute, nach seinem Tod das Familienunternehmen zu leiten. Er machte bei seinem Gespräch am Bodensee Becker unumwunden klar, daß er an Weizsäcker als seinen möglichen Nachfolger denke. Er bat, ihn offen und umfassend über dessen Fähigkeiten zu informieren. Nach langem Gespräch stand für den Ingelheimer Unternehmer fest, Weizsäcker an den Rhein zu holen. Der zweiundvierzigjährige Bankchef war für Boehringer kein Unbekannter. Beide Familien waren seit Jahren miteinander eng befreundet. Vor allem Robert Boehringer kannte Richards Eltern gut. Er ließ Richards Vater nach Beendigung seiner Haftzeit in Landsberg mit einem Firmenwagen nach Hause an den Bodensee bringen.

Als Weizsäcker am 1. Mai 1962 zu Boehringer kam, war er offiziell zuständig für Personal, Recht und Steuern. Er wurde Mitglied der Geschäftsführung. In Wirklichkeit brauchte er sich kaum um Personalprobleme, Rechtsfragen und schon gar nicht um Steuern zu kümmern.

Dafür gab es längst ein gut eingespieltes Team. Sein Arbeitsgebiet lag in der ständigen Kommunikation mit Ernst Boehringer. Dabei ging es um hochkomplizierte und zukunftweisende Unternehmensentscheidungen. Weizsäcker fand in Ernst Boehringer einen vertrauten Vorgesetzten, vor dem er außerordentlichen Respekt hatte und dem er entscheidende Impulse verdankte. Neben seiner unbegrenzten Hochachtung für Boehringer reizte ihn dessen großzügiges Angebot: Zwei Drittel seiner Arbeitskraft sollte er dem Unternehmen stellen, über den Rest frei verfügen.

Dem leidenschaftlichen, impulsiven Unternehmer Boehringer bot Weizsäcker eine Art Korrektiv für unzählige neue Geschäftsideen. Weizsäcker relativierte, durchdachte auch den zweiten und dritten Schritt, war schließlich der Mann, der emotionslos, realitätsorientiert und bedächtig Boehringers Projekte, Vorhaben und Zukunftsvisionen prüfte. Keine wichtige Unternehmensentscheidung fiel ohne Weizsäckers Einwilligung. Boehringer brauchte bei seinem Temperament einen nüchternen, nachdenklichen, intelligenten Gegenpart, den er in Weizsäcker fand. Ernst Boehringers Tod im Jahre 1965 war für Weizsäcker nicht nur ein persönlicher, sondern auch ein beruflicher Verlust, eine Lebenszäsur. Sein Nachruf bei der Trauerfeier auf den väterlichen Freund ließ die enge Beziehung der beiden unterschiedlichen Charaktere deutlich erkennen. Für Weizsäcker war der Verlust so gravierend, daß er über sein Ausscheiden bei Boehringer nachdachte. Zwar hätte er Boehringers Nachfolger werden können, doch seine Entscheidung für einen generellen Ausstieg aus der Industrie war längst gefallen.

Außerdem widersprach Boehringers Wunsch, Weizsäcker zu seinem Nachfolger zu machen, der Familientradition, besonders aber den Vorstellungen der drängenden Nachkommen. Weizsäcker verließ die Firma in Ingelheim am 30. Juni 1966, um den seit langem beschlossenen Einstieg in die Politik über einen Umweg zu wagen.

Günter Geißeler

ehem. Justitiar der Mannesmann AG in Düsseldorf, Freiburg

Ein »Mann von Mannesmann«

Wir lernten uns nach dem Krieg während der Nürnberger Prozesse kennen. Als »assistant defense counsel« verteidigte Richard von Weizsäcker seinen Vater Ernst von Weizsäcker, ich Alfried Krupp von Bohlen und Halbach.

Nach Nürnberg nahm er wieder sein Studium der Rechte auf. Ich übernahm die Leitung der Rechts-, Personal- und Sozialabteilung der Steinkohlen-Bergwerke der Mannesmannröhren-Werke. Als er sein Referendarexamen bestanden hatte, »holte« ich ihn zu Mannesmann. Er war der erste Jurist, den ich bei Mannesmann anstellte.

Wir beide hatten den Krieg von Anfang bis zu Ende mitgemacht. Er war wie ich Adjutant eines Infanterieregiments. Er schied wie ich als Hauptmann der Reserve aus dem Wehrdienst. Als Frontoffiziere hatten wir erfahren, wie belastend es ist, Krieg führen zu müssen, und wie befriedigend, Männer führen zu dürfen. Wir hatten unter schwersten Bedingungen erlebt, was Kameradschaft bedeutet. Das mußte uns prägen.

Jetzt versuchten wir, im »Revier« heimisch zu werden. Wir lebten und arbeiteten in Gelsenkirchen, im Herzen des Ruhrgebiets. Unser »Dienstsitz« war die Zeche »Consolidation«. Sie liegt am Schalker Markt. Der ist staubig. Und der Himmel über ihm ist meistens grau. Mit den Menschen, die dort arbeiteten, waren wir bald verbunden. Es waren im Kern dieselben, die wir im Krieg kennengelernt hatten. Der deutsche Bergarbeiter unterscheidet sich in seiner Zuverlässigkeit und Einsatzbereitschaft nicht vom deutschen Soldaten.

Wir konnten viel von diesen Menschen lernen. Hilfreich war für uns vor allem der Umgang mit den Vertretern der Belegschaft, den Betriebsräten. Unter ihnen waren uns die alten Sozialdemokraten aus Bergarbeiterfamilien mit Traditionsbewußtsein die liebsten. Aber auch mit eingefleischten Kommunisten – die KPD spielte damals noch eine nicht unerhebliche Rolle im Ruhrgebiet – fanden wir trotz sachlicher Auseinandersetzungen menschlichen Kontakt.

Als Männer der »Personal- und Sozialabteilung« hatten wir Aufgaben wahrzunehmen, die in »mitbestimmten« Unternehmen dem Arbeitsdirektor zugewiesen sind. Im Kriege hatten wir gelernt, daß »Fürsorge für die Truppe« eine der vornehmsten Aufgaben des Offiziers ist. Jetzt hatten wir »Fürsorge für die Belegschaft« zu üben. Das war eine sehr befriedigende Arbeit. Überhaupt: Das »Revier« packte uns. In Nürnberg hatten wir uns mit der Vergangenheit herumzuschlagen. Hier ging es um Gegenwart und Zukunft. Wir erlebten den Wiederaufbau einer im Kriege weitgehend zerstörten Industrie.

Auch hier hatten – wie in Nürnberg – die Alliierten noch »das Sagen«. Die Gedanken, die einen Morgenthauplan hatten reifen lassen, waren noch nicht tot. Im Potsdamer Abkommen hatten sich die Alliierten darauf festgelegt, jede »übermäßige Konzentration wirtschaftlicher Macht« in Deutschland zu beseitigen. Eine besondere Gefahr des Mißbrauchs wirtschaftlicher Macht gehe, so behaupteten sie, von den Großunternehmen an Rhein und Ruhr aus.

Erst wurde die deutsche Montanindustrie unter Kontrolle gestellt, dann sollte sie »entmachtet« werden. Am 16. Mai 1950 erließ die Alliierte Hohe Kommission das Gesetz Nr. 27 über die Entflechtung von mehr als 20 namentlich genannten Unternehmen. Darunter war Mannesmann.

Richard von Weizsäcker begann seine Arbeit bei Mannesmann am 1. Oktober 1950. Der Bergbau wurde von den stahlerzeugenden und -verarbeitenden Betrieben getrennt und auf drei Gesellschaften aufgeteilt. Dieser wirtschaftliche Unsinn konnte nicht Bestand haben.

Noch bevor die Liquidation der Mannesmannröhren-Werke, der alten Konzern-Muttergesellschaft, am 8. August 1952 für beendet erklärt wurde, hatten wir schon die »Rückverflechtung« vorbereitet. Unsere Rechts-, Personal- und Sozialabteilung blieb für die drei neugegründeten Bergbau-Gesellschaften tätig. Sie wurde so zur »Keimzelle« einer erneuten Zusammenfassung. Gleichzeitig betrieben wir den Wiederzusammenschluß des Bergbaus mit der Eisen- und Stahlseite.

Als erstes deutsches Montanunternehmen wurde Mannesmann aus der alliierten Kontrolle entlassen. Als erstem »entflochtenen« Unternehmen gelang es Mannesmann, die durch die Entflechtung entstandenen Teile wieder zu vereinen. Der letzte, wichtigste Wiederzusammenschluß wurde uns am 22. Dezember 1954 von der Hohen Behörde der inzwischen gegründeten Europäischen Gemeinschaft für Kohle und Stahl, auch Montanunion geheißen, genehmigt.

Richard von Weizsäcker und ich arbeiteten jetzt in der für den gesamten Konzern tätigen Rechtsabteilung, deren Leitung mir übertragen wurde.

In immer steigendem Maße beschäftigte uns inzwischen die Mitbestimmung. Die Alliierten hatten sie – in engem Einvernehmen mit den deutschen Gewerkschaften – 1947 in der Eisen- und Stahlindustrie eingeführt. 1951 wurde sie durch deutsches Gesetz auf den Bergbau ausgedehnt.

1952 erließ der Deutsche Bundestag das für die gesamte deutsche Wirtschaft gültige Betriebsverfassungsgesetz, das auch Bestimmungen über die Mitbestimmung im Unternehmen enthielt. Die ungleichmäßige Behandlung einzelner Wirtschaftszweige führte zu politischen Auseinandersetzungen, die bis heute andauern. Sie führte auch zu rechtlichen Auseinandersetzungen.

Bei Mannesmann stritten Anteilseigner und Arbeitnehmer wiederholt um die rechte Mitbestimmung. Es gab richterliche Entscheidungen und von den Partnern getroffene Vereinbarungen. In allen diesen Auseinandersetzungen – mit den alliierten Kontrollgruppen, der Hohen Behörde der Montanunion, den Gewerkschaften und den Aktionärsvereinigungen – fanden die Mannesmann-Juristen ein reiches Betätigungsfeld. Zu ihnen gehörte Richard von Weizsäcker von 1953 bis 1957. Dann übernahm er für ein Jahr die Leitung der – geradezu auf seine Person zugeschnittenen – Wirtschaftspolitischen Abteilung der Mannesmann AG.

Immer mehr hatte sich sein Interesse von den juristischen Fragen zu politischen Problemen verlagert. Für ihn standen sie wohl schon seit seiner Rückkehr aus dem Kriege im Vordergrund. Eine entsprechende Rolle spielten sie in den »außerdienstlichen« Gesprächen, die wir miteinander, im Mannesmann-Juristenkreis und mit Männern aus anderen Unternehmen, führten.

In fortlaufend steigendem Maß hatten wir alle uns mit Gesamtinteressen, etwa des Bergbaus, der Eisen- und Stahlindustrie und der gesamten Industrie, zu befassen. Mein Vorgänger als Mannesmann-Justitiar, Wolfgang Pohle, der in den Vorstand der Mannesmann AG berufen wurde, war in verschiedenen Gemeinschaftsausschüssen tätig. Er wurde Vorsitzender des Rechtsausschusses des Bundesverbandes der Deutschen Industrie.

Schon früh zog er Richard von Weizsäcker zu Aufgaben heran, die über den Bereich unseres Unternehmens hinausgingen. Sie nahmen an Gewicht zu, als Wolfgang Pohle Mitglied des Deutschen Bundestages geworden war. Auf diesem Wege folgte ihm Richard von Weizsäcker.

Auch er gehörte der CDU-Fraktion an. Aber er verlor nie den Blick für das Ganze. Ihn zeichnete seine stets liberale Grundhaltung aus. Bei Mannesmann und im größeren Freundeskreis wurde ich meist als Vertreter des »rechten«, er eher als Mann des »linken« Flügels angesehen.

Bemerkenswert im politischen Streit der Meinungen war seine Achtung vor dem Gegner. Ich entsinne mich noch seiner Äußerung: »Man könnte auch der SPD beitreten. Sie ist doch eine Partei mit Tradition.« Im Munde eines Mannes, der der CDU angehörte und in Traditionen erzogen war, hatte das Gewicht.

Was wir an ihm am meisten bewunderten, war sein – immer sorgfältig abgewogenes – treffsicheres Urteil. Seine Stärke lag in der richtigen Analyse politischer Situationen und Möglichkeiten.

Das wichtigste für uns war seine kameradschaftliche Haltung. Wir Mannesmann-Juristen waren eine Mannschaft – und er war einer von uns.

François Lachenal

Jurist, Leiter der »Internationalen Tage« der Firma Boehringer, Ingelheim, Genf

Geschäftsführer bei Boehringer

Er kam im Jahre 1962 nach Ingelheim am Rhein. Das waren drei Dörfer, die die 1885 gegründete pharmazeutische Firma vereinte. Robert Boehringer – aus Winnenden, Basel, Genf –, Dichter und Erbe von Stefan George, Kunsthistoriker (Platon und Homer), Unternehmer (Roche und Geigy verdanken ihm viel von ihrem Aufschwung), Gründer und Leiter des Vereinigten Hilfswerkes vom Internationalen Roten Kreuz in Genf während des Krieges, enger Freund seines Vaters Ernst von Weizsäcker, hatte ihn seinem Vetter, Ernst Boehringer, empfohlen. Schon zehn Jahre vorher hatte ihm Ernst Boehringer den Posten eines Assistenten angeboten; doch Richard von Weizsäcker suchte mehr eigene Verantwortung – und ich sollte 1953, ebenfalls von Robert Boehringer empfohlen, diesen Posten übernehmen. Jetzt – 1962 – wurde er Mitglied des Vorstandes, zuständig für Personalwesen, Rechtsabteilung und Steuern.

Diese Abteilungen wurden von langjährigen Mitarbeitern geleitet, die über direkten Kontakt zum Vorstand, insbesondere zu Ernst Boehringer, verfügten. Richard von Weizsäckers Stellung in der Leitung des Unternehmens war nicht einfach. Aber er war klug, zurückhaltend, verständnisvoll. Seine eigentliche Aufgabe lag anderswo: Er sollte Ernst Boehringer, auf den als den entscheidenden Mittelpunkt der Firma alles zukam, entlasten. Dies in den Jahren der stärksten Entwicklung der Firma in Deutschland und der Welt.

Boehringer freute sich, in Weizsäcker einen jüngeren Gesprächspartner gefunden zu haben, mit dem er über alles diskutieren konnte. Weizsäcker wußte zu vermitteln. Er hatte eine klare, bestimmte Konzeption, wußte aber nachzugeben, wo es richtig war, den sogenannten diplomatischen Weg zu gehen. Er verstand es, den anderen richtig einzuschätzen, und war immer bereit, seinen eigenen Standpunkt einer Kritik zu unterziehen.

Ernst Boehringer übergab ihm Sonderaufgaben, die er bis zur Entscheidungsreife bearbeitete. Die eigentlichen Entscheidungen fällten Ernst Boehringer und sein Schwager Julius Liebrecht dann leichter. Richard von Weizsäcker verband seinen Willen, etwas durchzusetzen, mit stetiger Zurückhaltung. Er kämpfte mit dem Geist. Er war treu.

Ich selbst hatte mit ihm oft zu tun, weil er sich für die Internationalen Tage, die Boehringer 1959 ins Leben gerufen hatte und die ich leitete, sofort sehr interessierte. Er half uns, die »Griechischen Tage« 1965 zu gestalten: Neben der Ausstellung der alten Kunst »Dionysos am Rhein« erinnerte er mich an das christliche Griechenland und lieh uns Ikonen aus seinem Hause.

Als Leihgaben aus dem Pergamon-Museum in Ost-Berlin ankamen, lud er die Begleiterinnen ein, und wir verbrachten bei Richard und Marianne von Weizsäcker im harmonisch eingerichteten Haus Stiegelgasse 48 in Ober-Ingelheim einen lebendigen Abend. Es war seine Idee, abwechselnd die Internationalen Tage einem Land und einem großen Künstler zu widmen. So kam es 1966 zur Ausstellung über Goya, danach wurden Toulouse-Lautrec (1968), Honoré Daumier (1971) und Pablo Picasso (1981) gezeigt. Und er war es, der *Japan* als das in Ingelheim vorzustellende Land vorschlug (1967).

Im Jahre 1965 starb Ernst Boehringer. Während der Beisetzungsfeierlichkeiten sprach für die Mitarbeiter des Firmenverbandes als erster Richard von Weizsäcker: Bewunderung, Anhänglichkeit auch in der Trauer drückte er aus, jede Übertreibung vermeidend.

Mit dem Tod von Ernst Boehringer war auch die Möglichkeit des schöpferischen Wirkens von Weizsäckers verschwunden. Ohne daß sich etwas Konkretes ereignet hätte, verstärkte sich in ihm sein Fernziel, im öffentlichen Leben seinen Beitrag zu leisten. War ihm dies nicht schon früher als Präsident des Evangelischen Kirchentages gelungen? Weizsäcker trennte sich 1966 von der Firma. Paul Klee schreibt in seinem Tagebuch: ». . . den Sinn des Augenblicks schenkt dir der nächste.«

Auf den nächsten hat Richard von Weizsäcker, bescheiden und selbstsicher, immer zu warten gewußt.

Herbert W. Köhler

Mitglied des Deutschen Bundestages (CDU), Düsseldorf

Zwischen zwei Wahlakten

Bei dem Gedanken an die Wahl Richard von Weizsäckers zum sechsten Bundespräsidenten der Bundesrepublik Deutschland erinnere ich mich, daß er im Wintersemester 1945/46 bei den überhaupt ersten demokratischen Wahlen nach dem Kriege mich zu einem der beiden Studentenvertreter der Juristischen Fakultät für den ASTA der Universität Göttingen gewählt hat.

Zwischen diesen beiden Wahlakten unterschiedlichen Gewichts liegen 39 Jahre, in denen sich unsere Wege immer wieder gekreuzt haben. Damals wurden aus der großen Zahl von Kandidaten ein Christdemokrat und ich als Parteiloser mit deutlich sozialliberalen Akzenten gewählt. Es war diese politische Position, die Weizsäcker und mich trotz getrennter Wege über die Jahre verbunden hat.

Als gewählter Studentenvertreter in Göttingen hatte ich drei Aufgaben: als Mitglied des Disziplinargerichts der Universität über Relegationen zu entscheiden, bei der Entnazifizierung mitzuwirken und in meiner Eigenschaft als Sekretär des Studentenrates der britischen Zone die Jugendamnestie vorzubereiten. Der Jahrgang 1919, mein eigener, kam auf eine typisch britische Weise zustande, eine Geschichte, die bei anderer Gelegenheit zu erzählen sich lohnt. Für die Studenten dieses und der jüngeren Jahrgänge, nahezu ausschließlich Soldaten und Offiziere in ihren von den Rangabzeichen befreiten Uniformen, dem Dunkelblau der Marine, dem Grau des Heeres (wie bei Richard von Weizsäcker) und dem Luftwaffenblau (wie bei mir), konnte das politisch ungestörte Fachstudium beginnen, begleitet nur noch von Ernährungssorgen in ungeheizten Räumen, dem ständigen Stromausfall, von der Knappheit der Lehrmittel und der Plätze in den überfüllten Hörsälen. Wehleidigkeit oder Selbstmitleid haben wir damals aber nicht feststellen können. Es herrschte im Gegenteil eine allgemeine Aufbruchstimmung und ein unbremsbarer Leistungswille. Häuser wie das »Nansen-Haus« oder die »Akademische Burse«, der ich einige Zeit vorstand, sorgten für den interfakultativen Austausch. Großen Zuspruch hatte der ältere Bruder Richards, Carl Friedrich, der es mir ermöglichte, im Kontrast den größeren Realitätssinn schätzenzulernen, der Richard von Weizsäcker von seinem damals berühmteren Bruder unterschied.

Nach den Examina suchte jeder zunächst seinen eigenen beruflichen

Weg. Die Parallelen waren anfänglich auffallend. Wir beide leiteten volkswirtschaftliche Abteilungen verschiedener Konzerne der Stahlindustrie. Diese Tätigkeit hat uns auch erneut zusammengeführt.

Otto Kunze, Chefjustitiar des DGB, holte mich in die von ihm geleitete Mitbestimmungskommission, nachdem ich mich in der »Juristenzeitung« über den Zusammenhang von Aktienrechtsreform und Unternehmensverfassung geäußert hatte. In dieser Kommission habe ich bis 1960 unter anderem mit den Professoren Oswald von Nell-Breuning, Kurt Ballerstedt, Karl Hax und gelegentlich auch Ralf Dahrendorf versucht, ein pluralistisches System der institutionellen Mitbestimmung zu begründen. Das trug mir offenbar die Einladung ein, einige Jahre an einem informellen Kreis mitzuwirken, dem Ulrich Brennberger von der Bundesvereinigung der Arbeitgeberverbände, Hellmuth Wagner vom Bundesverband der Deutschen Industrie, Günter Geißeler von Mannesmann und Richard von Weizsäcker angehörten. Auch in diesem Kreis warb ich für das pluralistische System. Durchgesetzt hat sich schließlich doch das dualistische von Kapital und Arbeit. Nur der Begriff der Unternehmensverfassung hat später einen gewissen wissenschaftlichen Widerhall gefunden. Auch in diesem Kreise bildeten Richard von Weizsäcker und ich den liberalen Flügel, wenn solche Vereinfachungen überhaupt zulässig sind. Günter Geißeler, liebenswert kunstbeflissen und erzkonservativ, ordnete uns farblich nur zwischen rot und rosarot ein.

Nach meinem Wechsel nach Düsseldorf trafen wir uns reihum in unseren Privatwohnungen, das letztemal bei Richard von Weizsäcker in seiner neuen Wirkungsstätte in Ingelheim, nachdem er zuvor einige Jahre als Bankier in Essen tätig gewesen war. Eine bei anderer Gelegenheit erzählenswerte Episode hat sich mir aus dieser Periode besonders eingeprägt: die Nacht der Kubakrise. Es wurde eine lange Nacht mit Gesprächen, die später zu zweit bei Spaziergängen in Kaiserswerth ihre Fortsetzung fanden und bedeutsam wurden für unsere Haltung zur Ostpolitik und speziell für Polen.

Eine Episode soll hier an den Schluß gestellt werden, weil sie das beiderseitige politische Engagement betrifft. Ich glaube, es war nach einem Essen im Industrieclub, als ich, unserer liberalen Haltung eingedenk, ihn für eine gemeinsame politische Aktivität in der FDP zu gewinnen suchte, der Partei, der ich in den sechziger Jahren, ohne ihr Mitglied zu sein, am meisten anhing. Wir haben dabei mehrfach die Breite Straße auf und ab durchmessen, bis mir Richard von Weizsäcker schließlich gestand, daß er bereits Mitglied der CDU sei. Diese Unterhaltung hatte nach längerer Denkpause, aber unterstützt auch durch den Schwenk der FDP zur Koalition mit der SPD, schließlich zur Folge, daß ich ihm zur CDU gefolgt bin. 1972 sind wir uns dann in der gemeinsamen Fraktion im Bundestag wiederbegegnet. Mit gebotenem Halbernst habe ich ihn später in kritischen Situationen daran erinnert, daß er ein hohes Maß an Mitverantwortung für meine politische Grundentscheidung zu tragen habe.

VII. Kapitel

Der politische Aufsteiger

Werner Filmer/Heribert Schwan

Kein richtiger Parteigänger

Carl Friedrich von Weizsäcker hatte seinem acht Jahre jüngeren Bruder bereits im Kindesalter vorausgesagt, daß er »Parlamentsredner« werde. Daß Richard bereits als Schüler in Bern und Berlin politische Neigungen und Interessen entfaltete, fiel auch seinen Mitschülern auf. Auch bei der Wahl des Studienfaches war ihm klar, daß er nicht eine traditionelle juristische Laufbahn wählen würde, sei es im Staatsdienst oder als Anwalt. Den beruflichen Einstieg in die Industrie hatte er zunächst bewußt gewählt, um damit die Grundlage für materielle Unabhängigkeit zu schaffen. Frühzeitig dachte er darüber nach, wann der richtige Augenblick gekommen sei, um in die Politik einzusteigen. Politik als Beruf, das ging nicht ohne Parteimitgliedschaft, ohne Mannschaftskampf. Als Einzelkämpfer – das wußte er – gab es in der Politik keine Chance.

Es traf sich gut, daß die CDU Anfang der fünfziger Jahre eine breitangelegte Mitgliederwerbung startete, um den 200 000 Mitglieder starken »Kanzlerwahlverein« zu erweitern. Damals arbeitete Konrad Kraske, Weizsäckers Freund aus Göttinger Studententagen, in der Bundesgeschäftsstelle der CDU in Bonn. Seine persönliche Mitgliederwerbung startete Kraske bei seinen engsten Freunden und Bekannten. Er stürzte sich auf den Düsseldorfer Justizreferendar Weizsäcker und gewann ihn als neues CDU-Mitglied. Dieser meldete seine Mitgliedschaft 1953 beim Kreisverband Düsseldorf-Mettmann an. Anfangs zeigte er sich in Ortsversammlungen und arbeitete sporadisch an politischen Konzepten mit, die regionale Belange fördern sollten. Parteiarbeit machte ihm wenig Spaß, er hielt sichtlich Distanz.

Es war kein Zufall, daß Weizsäcker 1953 Mitglied der CDU wurde. Sicherlich gab es Politiker in FDP und SPD, mit denen er auf politischen Feldern inhaltlich übereinstimmte, vielleicht sogar deutlicher als mit einigen Persönlichkeiten der eigenen Partei. Im ganzen gesehen aber deckten sich seine Vorstellungen, Erwartungen und Ansprüche im parteipolitischen Spektrum am ehesten mit denen der CDU. Ein richtiger Parteigänger wurde er nie.

1957 und 1961 ließ er die nordrhein-westfälischen Parteifreunde deutlich seine Bereitschaft erkennen, für die Union in den Bundestag zu gehen. Doch aus verschiedenen Gründen kam eine Kandidatur nicht zustande. Weizsäckers Wechsel 1962 nach Ingelheim wurde dann für seine politische Laufbahn besonders bedeutsam. Bereits Ende der 50er Jahre waren sich Weizsäcker und Helmut Kohl in Düsseldorf flüchtig begegnet. Der CDU-Fraktionsvorsitzende im Mainzer Landtag stieß bei seiner systematischen Suche nach politischen Talenten 1964 erneut auf Richard von Weizsäcker und gewann ihn nach einer ganztägigen Wanderung durch die Oberingelheimer Weinberge als Mitglied des CDU-Kreisverbandes Ludwigshafen (Mitgliedsnummer 1423/02435). Nach der CDU-Satzung muß man nicht dort Parteimitglied sein, wo man gerade wohnt oder arbeitet.

Helmut Kohl sorgte erheblich dafür, daß Weizsäcker für die Bundestagswahlen 1965 kandidieren konnte. Weizsäcker übernahm den aussichtslosen Wahlkreis Ludwigshafen, wurde jedoch auf der rheinland-pfälzischen Landesliste gut abgesichert. Stolz waren die Pfälzer auf den renommierten Protestanten und wichtigen Repräsentanten der deutschen Wirtschaft, der vorzüglich in die Gesamtdisposition des personellen CDU-Angebotes paßte. Überraschend und für seinen Förderer Kohl sichtlich unangenehm zog Weizsäcker kurz vor der Wahl seine Kandidatur zurück. Sein Arbeitgeber, die Firma Boehringer, wollte ein so wichtiges Mitglied der Geschäftsleitung nicht nach Bonn gehen lassen.

Auf Kohls Betreiben stieg Weizsäcker 1966 in den CDU-Bundesvorstand auf. Bis zu seinem Ausscheiden aus der Parteipolitik 1984 wurde er jeweils mit den höchsten Stimmenzahlen in das oberste Parteigremium gewählt. Dabei besaß Weizsäcker keine Hausmacht, die er auch nicht wollte. Keine Parteigruppierung konnte ihn für sich reklamieren. Der engagierte Protestant verfügte nicht einmal über ausgeprägte Kontakte zum Evangelischen Arbeitskreis der Union, nicht zuletzt deshalb, weil er sein kirchliches Amt nicht als Trittbrett benutzen wollte.

Sein innerparteiliches Ansehen war groß. Ernstzunehmende Gegner hatte er nicht, von Feinden ganz zu schweigen. Weder polemisierte er noch polarisierte er. Im Bundesvorstand und auf CDU-Parteitagen gehörte er nicht zu den Vielrednern. Es gab CDU-Vorstandssitzungen, auf denen er kaum ein Wort sagte. Wenn er sich äußerte, dann zu außen-, sicherheits- und deutschlandpolitischen Fragen. Sprach er einmal, hörte ihm auch jeder zu. Für seine Parteifreunde galt er als überzeugendes Beispiel gewachsener Autorität im besten Sinn, die nicht auftrumpfen, nicht laut reden und nicht suggerieren muß. Wenn Weizsäcker den Mund aufmachte, lohnte es sich zuzuhören. Andererseits war er für die Union jener Politiker, der für den evangelischen Bevölkerungsteil attraktiv und wahlwirksam war. Für CDU-Delegierte und CDU-Wähler spielte seine Verankerung in der evangelischen Kirche eine erhebliche Rolle. Viel wichtiger jedoch: Bereits 1965 gab es einen ersten Versuch eines Teils der Bonner SPD, mit einem Teil der FDP über eine Koalition zu verhandeln, eine Koalition gegen die Union. Kohl erkannte im Herbst 1968, daß die SPD die Große Koalition nutzen wollte, um die Unionsparteien auszuhebeln.

Im September 1968 hatte FDP-Chef Walter Scheel unter anderem Helmut Kohl wissen lassen, daß seine Partei Gerhard Schröder nicht wählen werde. Kohl nahm – im Gegensatz zu vielen seiner Parteifreunde – Scheels Ankündigung ernst und setzte auf Weizsäcker. Das führte zu erheblichen Spannungen zwischen Kohl und Schröder. Doch niemand glaubte dem jungen Landesfürsten Helmut Kohl so recht. Die meisten führenden Unionspolitiker wollten Schröder ins Amt des Bundespräsidenten heben. Auch die Ereignisse in der dramatischen Nacht vor der Heinemann-Wahl in Berlin am 5. März 1969 konnten Schröder von seiner Kandidatur nicht abbringen. Walter Scheel, Willy Weyer und weitere FDP-Spitzenpolitiker hatten ihn im Berliner Hotel Kempinski aufgesucht, um ihm deutlich zu machen, daß die FDP für ihn nicht genügend Stimmen aufbringen würde. Und so kam es auch: Im dritten Wahlgang votierte die Bundesversammlung mit 512 Stimmen für Gustav Heinemann. Gerhard Schröder unterlag mit 506 Stimmen. Helmut Kohl, einer der drei Hauptakteure der Union, hatte recht behalten.

Es ist bis heute reizvoll, darüber nachzudenken, was geschen wäre, wenn die Unionsparteien damals nicht Schröder, sondern Weizsäcker nominiert hätten. Kenner der Bonner Szene halten es für ausgeschlossen, daß es dem FDP-Bundesvorsitzenden Walter Scheel gelungen wäre, die Liberalen auf den Kandidaten der SPD, Gustav Heinemann, einzuschwören, wenn CDU/CSU statt Schröder Weizsäcker präsentiert hätten. Weizsäcker gegen Heinemann. Vermutlich hätte der SPD-Politiker den kürzeren gezogen. Bei dieser Konstellation wäre mit größter Wahrscheinlichkeit Richard von Weizsäcker Bundespräsident geworden.

In diesen Jahren entwickelte sich zwischen Kohl und Weizsäcker eine enge menschliche Beziehung. Der Duz-Freund Weizsäcker akzeptierte sogar die manchmal etwas »derbe Herzlichkeit« Kohls, der ihn 1969 endgültig für den Deutschen Bundestag gewann. Auf Kohls Vorschlag übernahm er diesmal den aussichtslosen Wahlkreis Worms, wurde jedoch erneut auf einem der ersten Plätze der Landesliste abgesichert.

Nach der Wahl zum 7. Deutschen Bundestag zog Weizsäcker ins Bonner Parlament. In seiner ersten Wahlperiode konzentrierte er sich auf die Deutschland- und Ost-Politik im innerdeutschen Ausschuß. Nun war er, der Fünfzigjährige, endlich aktiver Politiker. Sein Pech, daß die Unionsparteien nach zwanzigjähriger Regierungszeit ausgerechnet zu diesem Zeitpunkt in die Opposition gingen, als er sich ein einflußreiches Staatsamt erhofft hatte. Wahrscheinlich wäre er ein glänzender Außenminister geworden. Man hätte ihn sich gut vorstellen können als Vertreter deutscher Interessen und Verhandlungspartner in Moskau, Warschau, Washington und anderswo. Bundesminister des Auswärtigen zu werden, war sicherlich sein größter Wunsch. Doch sein Bedürfnis nach politischer Wirkung blieb in den Bonner Jahren begrenzt. Erst als Regierender Bürgermeister von Berlin konnte er endlich verantwortlich politisch handeln.

Weizsäcker wollte in Berlin seine politische Karriere beenden. Wer ihn kennt, weiß, daß er fest mit einer zweiten Amtsperiode Karl Carstens' rechnete.

Zweimal hatte sich Weizsäcker als Zählkandidat für das Amt des Bundespräsidenten zur Verfügung gestellt: 1968 innerparteilich, 1974 in der Bundesversammlung. Damals war es für ihn ein bedeutender Erfolg, alle Stimmen der Unionsparteien auf sich zu vereinigen. Nun, 1983, lag es plötzlich bei ihm, seine politische Laufbahn mit dem höchsten Amt, das die Bundesrepublik zu vergeben hat, zu krönen. Zum erstenmal in seiner politischen Karriere kämpfte er – ohne es nach außen zu zeigen – um dieses Amt. Nur einem Kandidaten hätte er in dieser Situation den Vorrang gelassen: Hans Maier, Kultusminister von Bayern. Als dieser verzichtete, gab es für Weizsäcker nur einen Kandidaten: Richard Freiherr von Weizsäcker. In öffentlichen Äußerungen hielt er sich geschickt zurück. Für ihn schien die Carstens-Nachfolge kein Thema zu sein. Doch jeder in den CDU-Gremien wußte: Weizsäcker will in die Villa Hammerschmidt. Für ihn muß Kohls Hinhalte-Taktik entnervend gewesen sein. Vermutlich wäre der »Alte« – wie er von seinen Berliner Parteifreunden zuletzt liebevoll genannt wurde – aus der aktiven Politik ganz ausgestiegen, hätte ihn der CDU-Vorsitzende Helmut Kohl nicht endlich nach monatelangem Schweigen und publizistischen Spekulationen nominiert. Weizsäckers Härte und seine Überzeugung, daß er von allen ins Spiel gebrachten CDU-Kandidaten – Stoltenberg und Dregger – der beste Anwärter sei, ließen ihn Parteiräson (wird die CDU Berlin halten können?) und Parteitaktik (dringende Personalveränderung in Bonn) vergessen.

VIII. Kapitel

Der evangelische Christ

Carola Wolf

Presse- und Ökumene-Referentin des Deutschen Evangelischen Kirchentages, Fulda

Der Kirchentagspräsident

Er selbst sagt von sich, er sei ungemein überrascht gewesen, als Reinold von Thadden-Trieglaff, der Gründer und langjährige Präsident des Deutschen Evangelischen Kirchentages, ihn 1961 fragte, ob er sich vorstellen könne, seine Nachfolge zu übernehmen. Richard von Weizsäcker hatte bis zu diesem Zeitpunkt in keinem Kirchentagsgremium, in keiner Arbeitsgruppe aktiv mitgearbeitet, als Einzelteilnehmer hatte er jedoch viele Kirchentage besucht. Sie hatten ihn fasziniert in ihrer Ausstrahlung, er fand die Menschen interessant, die dort zu Wort kamen und die er auf Kirchentagen traf. Kirchentag war schon damals für ihn eine öffentliche Sache, sein eigenes Verhältnis zur Kirche, seine Erfahrungen mit dem Glauben waren seine Privatsache. So hatte er sich zurückgehalten.

Weizsäcker erbat sich zunächst Bedenkzeit. Einerseits scheute er die Aufgabe, andererseits reizte sie ihn. Er erklärte sich bereit, zunächst im Präsidium des Kirchentages mitzuarbeiten – vom November 1962 an –, und nützte die Zeit zu unzähligen Gesprächen mit Freunden, mit Ratgebern aus Kirche und Gesellschaft. Er sei sehr unsicher gewesen, sagt er, ob jemand, der herangewachsen war, ohne zu merken, ob er Lutheraner, Reformierter oder Unierter sei, ob jemand, der kein Amt in der Kirche innehatte, jemand, der zwar internationale, aber kaum ökumenische Erfahrungen besaß, für dieses ihm angebotene Amt im Kirchentag der Richtige sei. Er hat dann dennoch zugesagt, freilich unter anderen Bedingungen als den ihm ursprünglich angebotenen und zunächst auch nur für eine begrenzte Zeit. Nach dem hauptamtlichen Präsidenten Reinold von Thadden-Trieglaff folgte 1964 Richard von Weizsäcker als erster nebenamtlicher Präsident, und er stellte sich zunächst auch nur bis zum Abschluß des Kölner Kirchentages 1965 zur Verfügung.

Aus dieser Zeit rührt unsere Bekanntschaft. Ich erinnere mich noch, wie wir, Referenten der Fuldaer Kirchentagsleitung, offen gegen die Abschaffung des hauptamtlichen Präsidentenamtes zu Felde zogen. Tage- und nächtelang wurden zum Teil recht hitzige Diskussionen über dieses Thema geführt. Richard von Weizsäcker war sich sehr sicher, daß er, wenn überhaupt, nur nebenamtlich für den Kirchentag tätig werden wollte. Heute meine ich, es könnte auch damit zusammenhängen, daß er sein Standbein in der freien Wirtschaft behalten wollte, um sich seine Unabhängigkeit zu erhalten. Her wie hin: Es wurde hitzig gestritten, aber es blieben keine Verletzungen übrig. Ich kann mich allerdings nicht erinnern (und habe auch in den alten Akten nichts darüber gefunden), daß dann nach dem Kölner Kirchentag noch mal ein ausdrücklicher Beschluß zur Verlängerung der Amtszeit nötig war oder gar veröffentlicht wurde. Weizsäcker blieb Kirchentagspräsident, bis er unmittelbar politische Verantwortung übernahm, also bis 1971. Er zeichnete verantwortlich für drei große Kirchentage der sechziger Jahre: Köln 1965 (»In der Freiheit bestehen«), Hannover 1967 (»Der Friede ist unter uns«) und Stuttgart 1969 (»Hungern nach Gerechtigkeit«). Das Ökumenische Pfingsttreffen 1971 in Augsburg, die erste und bisher einzige gemeinsam mit dem Zentralkomitee der deutschen Katholiken veranstaltete Großveranstaltung, trug ebenfalls seine Handschrift. 1977 wurde Weizsäcker abermals für sechs Jahre in den Vorstand des Kirchentagspräsidiums berufen – der Vorstand hat mittlerweile die Nachfolge des ehrenamtlichen Präsidenten angetreten. Für den Hamburger Kirchentag 1981, der unter der Losung »Fürchte dich nicht« wenige Wochen nach seiner Wahl zum Regierenden Bürgermeister von Berlin stattfand, zeichnete Weizsäcker verantwortlich. Bis zum heutigen Tag ist er Mitglied des Kirchentagspräsidiums.

Über 20 Jahre aktive Kirchentagsgeschichte: Er selbst bezeichnet den Kirchentag als einen der drei oder vier wichtigsten Abschnitte seines Lebens. Er habe in dieser Zeit viel gelernt von Menschen vielfältigster Prägung und Herkunft, sagt er, und er habe durch die Arbeit im Kirchentag auch für sich persönlich einen ganz neuen Zugang zum Glauben gefunden. Viele seiner Freundschaften, die er sucht und braucht, gehen auf Kirchentagsbegegnungen zurück. Das Kirchentagspräsidium sei das Gremium, in dem er sich besonders wohl fühle. Kaum irgendwo anders werde in einer so spannungsfreien Atmosphäre um der Sache willen so lebhaft diskutiert, kontrovers zwar, aber sich immer auf die gemeinsamen Wurzeln besinnend. Ich kann mich an manche apodiktischen Äußerungen, an manche leidenschaftliche Gesprächsphase, aber nie an ein verletzendes Wort erinnern. Mit der Liberalität des eigenen Verhaltens hat Richard von Weizsäcker Maßstäbe auch beim Kirchentag gesetzt: Er hat immer gemahnt, niemanden auszuschließen. Er hat sich immer dafür eingesetzt, daß die Gespräche mit dem Pietismus nicht abrissen, selbst nicht zu einer Zeit, als die Apo-Generation anderes im Sinn hatte. Er hat das politische Mandat des Kirchentages gegen diejenigen verteidigt, die es ihm absprechen wollten. Er hat zugestimmt, daß beim Hamburger Kirchentag die Friedensproblematik das beherrschende Thema wurde. Er hat den ökumenischen Dialog gefördert. Er hat die Beziehungen zur Kirchentagsbewegung in der DDR gepflegt. Solange er Verantwortung trug, war er präsent: bei Sitzungen, aus denen er so gut wie nie ans Telefon gerufen wurde, pünktlich beim Wahrnehmen von Terminen, Menschliches nicht vergessend, nach Kirchentagen nicht bei Empfängen, sondern bei Ordnern und Mitarbeitern und Helfern. Und er konnte freigeben. Nicht leichtfertig, nicht ohne den Tatbestand vorher überprüft zu haben, aber dann voller Vertrauen und ohne Bedingungen. Unerbittlich konnte er sein und schroff reagieren, wenn er auf nachgeplapperte Halbwahrheiten stieß. Oft suchte er den Streit um die Sache, um seine eigene Meinung zu erproben und zu überprüfen. Widerspruch reizte ihn in doppelter Beziehung: Er fand es gut, wenn jemand eine andere Meinung als er selbst hatte, und zugleich war der Widerspruch für ihn eine Herausforderung. Viele Entwicklungen und Verlautbarungen des Kirchentages sind durch solche intensiven Gespräche vorbereitet worden und haben durch sie langsam Gestalt angenommen.

Als auf den mehr bodenständigen Reinold von Thadden-Trieglaff der scheinbar kühle Intellektuelle Richard von Weizsäcker folgte, wurde über die künftige »Akademisierung« des Kirchentages orakelt. Die Zeiten des Gemeinschaftserlebnisses schienen vorbei zu sein, der »Streit um Jesus« zerriß fast den Protestantismus. Wissenschaftsglauben schien höher bewertet zu werden als Frömmigkeit und Glaubenserfahrungen. Und dennoch: Die Kirchentage der siebziger und achtziger Jahre mit ihren stets steigenden Teilnehmerzahlen, mit dem großen Ansturm junger Menschen, mit allen kommunikativen und partizipatorischen Angeboten zur Mitarbeit, mit dem selbstverständlichen Umgang mit Glaubensfragen und -problemen wären kaum möglich gewesen, wenn es nicht zuvor diese Phase der introvertierten, sicher aber besonders intensiven Themenbehandlung gegeben hätte.

Richard von Weizsäcker bezeichnet den Kölner Kirchentag noch heute als »sein größtes Erlebnis«. In ihm steckten viel persönliches Engagement, viele eigene Ideen. Damals sagte er: »Immer wieder stehen wir vor zwei gegensätzlichen Fragen, nämlich warum wir uns soviel mit der Kirche oder warum soviel mit der Welt beschäftigen. Ich halte solche Fragestellungen dann für fruchtlos, wenn ihnen die Vorstellung zugrunde liegt, wir sollten uns entweder auf das eine oder auf das andere konzentrieren. Gerade diese alternative Gegenüberstellung ist etwas, das uns nach meinem Empfinden das Verständnis sowohl für die Kirche wie für die Welt verschließt. Ist es nicht ein hoffnungsloser Versuch, mit Wissenschaft und Verstand und mit soziologisch inspirierten Methoden dem ganz und gar Andersartigen näherkommen zu wollen, was uns in der Kirche begegnet? Und in der anderen Richtung gefragt: Droht der Kirche nicht der Verlust ihrer Glaubwürdigkeit, wenn sie in die Fragen der Welt vorstößt, ohne doch überall gleich sachverständig und verantwortlich sein zu können? Jeder Mensch steht vor solchen Fragen; jeder muß dort standhalten, wo das überlieferte Bekenntnis der Väter mit den Erfahrungen des eigenen Lebens in Beziehung tritt. Der Mensch muß sich das Bekenntnis gegenwärtig machen, wenn er es nicht als bloße Überlieferung einkapseln und von der Wirklichkeit seines Lebens fernhalten will. In dieser Weise ist es auch gerade um der Glaubwürdigeit der Kirche willen nötig, daß sie sich mit der Welt auseinandersetzt.«

Es gehört nicht zu seinen Eigenheiten, sich leicht beeindrucken zu lassen. Menschen, die sich in den Vordergrund schieben, betrachtet er mit Mißtrauen. Richard von Weizsäcker wollte immer, daß möglichst viele Menschen Zugang zum Kirchentag hätten. Er hat die Öffnung zur Mitarbeit unterstützt, er hat die Wirkung des Kirchentages für Kirche und Gesellschaft nicht unterschätzt. Aber der Kirchentag blieb ihm dabei stets soviel wert, daß er auch noch heute äußerst allergisch reagieren kann, wenn er den Eindruck gewinnt, es ginge einzelnen Gruppen und Menschen nicht primär um den Kirchentag, sie benutzten ihn vielmehr als Mittel zum Zweck. Und er wehrte sich auch gegen einen zu großen Einfluß der Amtskirche auf den Kirchentag – um dessen Freiheit und notwendiger Unabhängigkeit willen. Schon bei seiner Amtsübernahme hat er sich 1964 dazu dezidiert geäußert: »Es ist der verfaßten Kirche kein Dienst erwiesen, wenn der Kirchentag sich ihr nur als quantitative überregionale Ergänzung und Bestätigung zur Verfügung stellen würde. Sie muß kraft der Verantwortung ihres Amtes Fragen und neuen Vorschlägen zunächst mit Beharrung begegnen. Um so mehr ist ihr genutzt, wenn Gründe von Zweifel und Unsicherheit oder Vorschläge zu neuen Wegen in einem Rahmen erörtert werden, der ihre Einblicke vertieft,

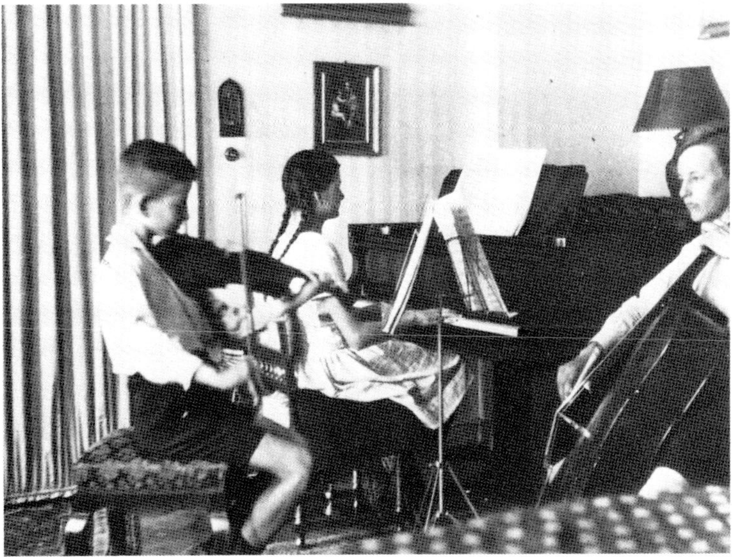

1924 auf der Solitude in Stuttgart: (von links) Großvater Carl von Weizsäcker, Großmutter, Vater Ernst, die Kinder Richard, Adelheid, Heinrich und Carl Friedrich. *(Foto: privat)*

Die Weizsäcker-Kinder beim Musizieren: (von links) der zehnjährige Richard, Adelheid und Heinrich. *(Foto: privat)*

Richard von Weizsäcker 1936 als sechzehnjähriger Schüler in Bern. *(Foto: privat)*

Mit dem Privatlehrer in Oslo: (von links) Richard, Adelheid, Heinrich, Hermann Haeberle, Carl Friedrich. *(Foto: privat)*

Noch ein Bild aus der Osloer Zeit: (von links) Heinrich, Carl Friedrich, Adelheid, Hermann Haeberle, der Sohn des Botschaftsrats Behr, Richard. *(Foto: privat)*

Angehörige des Infanterieregiments 9 Ostern 1944 am Assno-See in Rußland. Ganz rechts (auf beiden Bildern) Richard von Weizsäcker. *(Fotos: privat)*

Adolf Hitler im August 1939 mit Außenminister Joachim von Ribbentrop (zweiter von rechts), der gerade aus Moskau zurückgekehrt ist. Rechts Staatssekretär Ernst von Weizsäcker. *(Foto: Zeitgeschichtl. Bildarchiv Heinrich Hoffmann)*

Ernst von Weizsäcker begrüßt Sumner Welles, Unterstaatssekretär im US-Außenministerium, am 1. März 1940 auf dem Anhalter Bahnhof in Berlin. *(Foto: Keystone)*

Richard von Weizsäcker (links) trat beim Nürnberger Wilhelmstraßen-Prozeß 1948/49 als Hilfsverteidiger seines Vaters (rechts) auf. *(Foto: privat)*

Am 16. Oktober 1950 wird Ernst von Weizsäcker aus der Haft im Landsberger Gefängnis entlassen. Links seine Frau Marianne. *(Foto: Süddeutscher Bilderdienst)*

Der Bundesparteitag der CDU in Ludwigshafen im Oktober 1978: Richard von Weizsäcker mit Norbert Blüm. *(Foto: Bundesbildstelle Bonn)*

Blick auf die Abgeordnetenbank der CDU während der Debatte über den Bundeshaushalt am 24. Januar 1979 mit Richard von Weizsäcker und Helmut Kohl. *(Foto: Bundesbildstelle Bonn)*

Weizsäcker im Juni 1981 bei der Abschlußversammlung des 19. Deutschen Evangelischen Kirchentages in Hamburg. Er ist Mitglied des Kirchentagspräsidiums. *(Foto: dpa)*

ohne sie zu binden. Im Risiko dieser Spannung muß der Kirchentag unterwegs bleiben und seinen eigenen Weg Jahr um Jahr überprüfen und finden. Er kann den Gefahren nicht entgehen, abgeschrieben zu werden von den einen als enttäuschte Hoffnung oder ausgesperrt von den anderen als unvorsichtig oder unbotmäßig. Eine größere Gefahr wäre der Versuch, es allen gleichzeitig recht zu machen und so verdienterweise zwischen zwei Stühlen der Gleichgültigkeit zu verfallen.«

Beim Stuttgarter Kirchentag 1969 sei ihm nicht sehr wohl gewesen, gesteht Richard von Weizsäcker heute. Auseinandersetzungen, bei denen mehr Lautstärke als Argumente gefragt sind, mag er nicht. Dabei hat er durchaus Zugang zu Menschen, die anders sind, anders denken, anders reden als er. Nur ehrlich sollen sie sein, sollen sie urteilen, sollen sie argumentieren. Damals, 1969, sagte Richard von Weizsäcker: »Immer wieder gibt es unter uns Sperren der Verständigung. Eine Gruppe sagt: Wir drängen auf Aktion, aber nicht auf einer eigenen Spielwiese, sondern wir wollen die anderen an der Aktion beteiligen. Ihnen wird geantwortet: Auch wir wollen als Christen handeln, aber eure Resolutionen sind doch wirklichkeitsfremd. Da machen wir nicht mit. Manche sagen: Wir kamen nach Stuttgart, um Orientierung zu finden, aber jetzt sind wir manchmal noch mehr verwirrt. Aber das ist doch nur die eine Seite des Bildes. Ist es nicht auch wahr, daß wir gelernt haben, uns zu beteiligen, uns zu wehren und uns dann auch immer wieder zu verständigen? Und ist es nicht auch wahr, daß die Auseinandersetzung über die Wahrheit der Botschaft und um ihre praktischen Konsequenzen mit leidenschaftlichem Ernst geführt worden ist? Haben wir auf diesem Kirchentag nicht erleben können, welche unerhörte Energie das Evangelium auch heute in unserer schwierigen Welt freizusetzen vermag? Und ist es nicht ein Grund zur Freude, daß die junge Generation die Kirche nicht den Alten überlassen will, sondern dort ihren Platz beansprucht, freilich auf ihren eigenen Wegen? Ich will damit gewiß keine Harmonie beschwören, wo Unterschiede uns bedrücken. Aber Resignation und die Angst um den Bestand der Kirche sind schlechte Ratgeber. Im Neuen Testament können wir nachlesen, daß in der Gemeinde die Vielfalt der Gaben und die Unterschiede der Interessen ihren Platz haben. Lassen Sie uns daran arbeiten, daß wir diese Einsicht der Heiligen Schrift besser praktizieren.«

Viele Ämter sind Richard von Weizsäcker während und nach seiner aktiven Kirchentagszeit zugewachsen. Der Kirchentag ist ihm dennoch immer Heimat geblieben. Er kann noch heute für ihn streiten, er kann temperamentvoll seine Meinung äußern oder auch Ideen für die Zukunft entwickeln. Er kann bei einem Wohnzimmergespräch in der DDR vergessen, daß er nicht mehr der Kirchentagspräsident ist – so eng ist die Verbindung, so tief gehen die Wurzeln, so groß ist die Bereitschaft, auch weiter Verantwortung zu übernehmen. Kirchentag ist für Weizsäcker konkrete Wirklichkeit der Kirche, zu der er sich bekennt.

Erwin Wilkens

Vizepräsident i. R. der Kirchenkanzlei der Evangelischen Kirche in Deutschland, Benthe

Zeugnis geben

Über das Christsein eines anderen Menschen kann man nur verhalten urteilen. Geht es einem für sich selbst anders? Äußere Zeichen sind leicht genannt. Aber als Merkmale genügen sie nicht. Der Apostel Paulus schreibt: »Nicht, daß ich's schon ergriffen habe oder schon vollkommen sei; ich jage ihm aber nach, ob ich's wohl ergreifen möchte, nachdem ich von Christus Jesus ergriffen bin.« (Phil. 3,12) Es ist deutlich: Christ ist man nicht durch eigenes Tun, sondern durch die Gnade Gottes.

Es war ein Glücksfall für die evangelische Kirche, daß an ihren Aufgaben der Nachkriegszeit hervorragende Persönlichkeiten aus Wissenschaft, Wirtschaft und Politik neben ihrer hauptberuflichen Arbeit mitgewirkt haben. In diese Reihe gehört Richard von Weizsäcker.

Man muß sich die Fülle dieser Aufgaben vor Augen halten. Die Erfahrungen im Dritten Reich haben dazu geholfen, verschüttete Einsichten in das Wesen der Kirche wiederzuentdecken. Das Bekenntnis als kirchliche Urkunde und das Bekennen als christliche Aufgabe waren in neuer Weise zum Hauptthema der Kirche geworden. Daran hatten sich die Grundfunktionen der Kirche in Gottesdienst, Verkündigung, Seelsorge und Gemeindedienst, aber auch ihre Rechtsgestalt und ihr Verhältnis zum Staat wieder neu zu orientieren.

Hinzu kam die Aufgabe, der Entdeckung von Staat, Politik und Gesellschaft als einem auch seitens der Kirche wahrzunehmenden Wirkungsfeld gerecht zu werden. Ein neu zu entwickelnder politischer Dienst der Kirche mußte theologisch verantwortet und von den berufenen Inhabern politischer Ämter als hilfreich und unentbehrlich angenommen werden.

An beiderlei Aufgaben hat Richard von Weizsäcker vielfältig mitgewirkt. Er hat die modische Unterscheidung von Gemeinde und Amtskirche nie mitgemacht. Als Glied der Gemeinde hat er seine Ämter in der evangelischen Kirche wahrgenommen. Als Außenseiter und Ratgeber für bestimmte Fragenbereiche verstand er sich dabei nicht. In allem war er das mitbetroffene Glied seiner Kirche. Daher konnte er auch zu allen in einer Kirchenleitung auftauchenden Fragen seinen Beitrag geben. Wenn er es seltener tat, als es mancher gewünscht hätte, dann geschah es aus Scheu vor der Rede um ihrer selbst willen. Um so größer war das Gewicht seines Wortes.

Es lag in der Natur der Sache, daß die kirchlichen Organe, deren Mitglied von Weizsäcker war, seine Mitwirkung besonders in politischen Fragen erwarteten. Er hat sich dem nicht verschlossen, wenn er auch wohl der Meinung war, daß die evangelische Kirche in den vergangenen Jahren an Meinungsäußerungen politischer Art eher zuviel des Guten getan hat. Nur zu wiederholen, was ohnehin auf dem Markt und in politischen Gremien streitig ausgetragen wird, ist nicht kirchliche Aufgabe. Einer bloßen politischen Parteinahme der Kirche, ohne daß von der Sache her eine zwingende Notwendigkeit eben aus kirchlich-theologischen Gründen vorgelegen hätte, hat Richard von Weizsäcker immer widersprochen. Schon deshalb konnte bei ihm nie der Verdacht aufkommen, er suche kirchliche Unterstützung für die eigene politische Partei. Dies hätte sich weder mit seinem Verständnis von Kirche noch mit seinem Verständnis von Politik vertragen, soviel christliche Überzeugungen auch mit politischen Zielen zu tun haben können.

Weizsäcker kann in wichtigen Fragen sowohl kirchlicher wie politischer Art mit Leidenschaft für eine bestimmte Position eintreten. Wer einem derartigen Streitgespräch mit ihm beiwohnt, gewinnt nicht den Eindruck, es gehe ihm um eigenes Rechtbehalten. Vielmehr leitet ihn die Überzeugung, daß menschliche Gemeinschaft in elementaren Fragen ihres Zusammenlebens eines möglichst hoch anzusetzenden Konsenses bedarf und daß dieser Konsens zwischen vernünftigen Menschen bei Überwindung von Befangenheit aller Art auch erreichbar ist, jedenfalls soweit, daß gemeinsames Handeln ohne gegenseitige Verletzung möglich ist. Daß Richard von Weizsäcker die Erfahrung gemacht hat, eine solche Gemeinschaft sei in der Kirche noch am ehesten erreichbar, sicherlich am meisten geboten, hat ihm wohl seinen kirchlichen Dienst so wichtig gemacht.

Damit sind auch die Gründe angedeutet, aus denen er sich gemeinhin den Ruf erworben hat, alles andere als ein Parteipolitiker im üblichen Sinne zu sein. Man muß dies wohl etwas genauer sagen. Richard von Weizsäcker teilt selbstverständlich die Überzeugung, daß in einer repräsentativen parlamentarischen Demokratie politische Parteien unentbehrliche Instrumente sind. Sie sind ihrem ursprünglichen Verständnis nach vermittelnde Hilfseinrichtungen, um die vom Volke ausgehende Staatsgewalt auf die verfassungsrechtlich geordneten staatlichen Organe der Gesetzgebung, der vollziehenden Gewalt und der Rechtsprechung zu delegieren. Zudem ist für das Parlament das Mehrheitssystem konstitutiv. Die von den Parteien her bestimmten Fraktionen des Parlaments sind Willens-, Handlungs- und Entscheidungsgemeinschaften; als solche sind sie auf die Loyalität ihrer Mitglieder angewiesen.

Im Unterschied zu manchen anderen jedoch denkt von Weizsäcker nicht positivistisch von den gegeneinander sich abgrenzenden Parteien her auf Politik hin, vielmehr gewinnt er umgekehrt konstruktiv vom Auftrag der Politik her Kriterien, um Stellung, Selbstverständnis und Handeln der Parteien zu bewerten. An dieser Stelle werden christliche Komponenten in seinem politischen Denken wirksam. Sie beginnen mit der Überzeugung, daß es im Politischen nach der Formulierung von Dietrich Bonhoeffer nicht um Letztes, sondern um Vorletztes geht. Dieser so schlicht klingende Satz hat weitreichende Konsequenzen für Platzanweisungen auf dem politischen Felde. Wo es in der Politik um letzte Wahrheiten geht, erweisen sich politische Heilslehren jeder denkbaren Art als Tyrannen. Wenn aber Politik nicht aus postulierten Wahrheiten, sondern aus Leistungen für den Menschen besteht, dann geht es in der politischen Diskussion um nachprüfbare Sachverhalte und um die Überzeugungskraft von Argumenten. Für den Politiker von Weizsäcker ergibt sich daraus die Verbindung einer eigenen scharfsinnigen Argumentation mit der Bereitschaft zum Zuhören auf Einwände des Gegenübers. Parteipolitische Stellungskriege sind seine Sache nicht.

Dabei hat er sich immer wieder neu als Christ um Inhalte und Ziele der Politik bemüht. Von »christlicher Politik« spricht er nicht. Gäbe es sie, verfiele sie dem gleichen Verdikt wie jeder andere politische Entwurf, der sich als letzte Wahrheit versteht. Die Proklamation christlicher Politik seitens einer Partei würde über Monopolansprüche zu einem Vernichtungswettbewerb führen. Alle Lebensbereiche der Gesellschaft würden in den parteipolitischen Streit einbezogen, was zu einer kulturellen Verödung führen müßte.

Aber Weizsäcker hält es für möglich, daß die demokratischen Parteien unseres Landes für den politischen Gebrauch eine weitgehende Verständigung über Grundwerte erzielen können, die dem Gemeinwesen im ganzen dienen. Ihm bietet sich dafür als Grundlage das Verständnis vom Menschen an. Überhaupt ist der Begriff des Menschenbildes ein Schlüsselwort seines politischen Denkens. Er sieht den entscheidenden politischen Beitrag des Christentums darin, »daß es den Blick auf den einzelnen Menschen wendete. Der Mensch ist der unverwechselbare, einmalige, persönlich von Gott Gerufene. Das macht ihn zur Person. Seine Würde ist unantastbar. Sie gehört zu ihm, unabhängig von Erfolg oder Mißerfolg und unberührt vom Urteil der anderen. Diese Erkenntnis ist unverändert aktuell für die Bestimmung von Werten und Zielen in der Politik.«

Politik hat nach von Weizsäcker darauf hinzuwirken, daß der Mensch weder in Abhängigkeit von privater Macht noch in Abhängigkeit vom Kollektiv gerät. »Die Freiheit der Person, Lebenserfüllung, Freude und Glück hängen davon ab, daß der Mensch sich selbst entfalten kann. Dazu gehört der Freiraum zum eigenen Urteil und zur persönlichen Entscheidung, in der freien Zeit und im Beruf.« In dieser Weise zusammenzuleben, das ist die Aufgabe der Politik.

In Fragen der internationalen Politik hat Richard von Weizsäcker einen großen Teil seiner Kraft auf die Berlin-, Deutschland- und Ostpolitik verwandt. Nach eigenen Berichten hat er die ersten starken Anstöße hierzu aus dem kirchlichen Bereich erhalten. Im Jahre 1961 erschien das »Tübinger Memorandum«, in dem acht evangelische, überwiegend im kirchlichen Leben aktiv hervorgetretene Persönlichkeiten eine wachsende Erstarrung der parteipolitischen Positionen, vor allem in der Außen- und Ostpolitik, angriffen. Dieser mehr persönlichen Äußerung folgte wenige Jahre später die kirchenamtliche Denkschrift der evangelischen Kirche über die Lage der Vertriebenen und das Verhältnis des deutschen Volkes zu seinen östlichen Nachbarn. In ihr wurde mit einer Reihe von Sachargumenten gezeigt, daß man einer Regelung der Oder-Neiße-Frage im Interesse eines Ausgleichs mit dem polnischen Volk nicht mehr lange werde ausweichen können.

In eben diesem Augenblick folgte Richard von Weizsäcker der Einladung zur aktiven Mitarbeit in der Kammer der evangelischen Kirche für öffentliche Verantwortung. Er übernahm den speziellen Auftrag, zusammen mit Erhard Eppler und Persönlichkeiten aus der DDR eine Studie über die »Friedensaufgaben der Deutschen« zu erarbeiten. Diese im Jahre 1968 erschienene Studie zeichnete den Weg der beiden deutschen Staaten von einem Gegeneinander über ein Nebeneinander zu einer neuen Form des Miteinanders vor. Der besondere Beitrag Richard von Weizsäckers in der politischen Verwendung dieser Anstöße ist darin zu sehen, die schwierigen Fragen deutscher Politik im geteilten Europa soweit wie möglich aus dem üblichen Parteienstreit innenpolitischer Zielsetzung herauszuhalten.

Was ist der christliche Anteil an diesem politischen und, wie man sagen muß, politisch wirksamen Einsatz in kirchlicher Verantwortung? Es ist nicht die Anwendung theologischer Schulmeinungen über politische Ethik. Es ist auch nicht die Einmischung in ein fremdes Amt. Vielmehr ist es die Einschätzung von Politik als eine geistige und sittliche Aufgabe. Dazu gehört die Unvoreingenommenheit in der Verwendung aller jeweils zugehöriger, auch unbequemer Argumente; die Beachtung vernachlässigter Faktoren; die friedenstiftende Funktion des Rechtes; der Mut, stellvertretend für die politischen Amtsträger unpopuläre Aufgaben zu übernehmen; die Wahrnehmung eines seelsorgerlichen Dienstes; die Berücksichtigung geschichtlicher Erfahrungen; die Aussöhnung nach begangenem Unrecht.

Richard von Weizsäcker hat die evangelische Kirche auch in seinen politischen Ämtern darin unterstützt, das Verhältnis der beiden deutschen Staaten zueinander als Aufgabe von christlicher und theologischer Qualität zu sehen. Dazu gehören die Pflege menschlicher Zusammengehörigkeit, das Bedenken der gemeinsamen Geschichte, die Unteilbarkeit der Verantwortung für Vergangenheit und Zukunft. Dazu gehört besonders die Bereitschaft, die Spaltung Deutschlands im getrennten Europa auf beiden Seiten als Teil des eigenen Schicksals zu erkennen.

Das neue Amt bedeutet für Richard von Weizsäcker eine einschneidende Veränderung seines bisherigen Lebens. Er wird seine kirchlichen Ämter künftig nicht mehr wahrnehmen können. Dieser Verlust für die evangelische Kirche wiegt schwer.

Er hat öfter gesagt: Um dieses Amt bewirbt man sich nicht. Aber viele haben es auf ihn zukommen sehen, und er hat sich ihm nicht verweigert. Aus Gründen, die ihn ehren, ist er dafür getadelt worden, weil er kaum zu schließende Lücken hinterläßt. Von den Erfahrungen her, die er bisher im kirchlichen, öffentlichen und politischen Leben gesammelt hat, verbindet er offensichtlich mit dem höchsten Amt im Staate Vorstellungen und Absichten, für die sein Bestes geben zu können er sich zutraut. Man darf sicher sein, daß er mehr die Pflichten des Amtes und die Hypothek der ihm begegnenden Erwartungen verspürt als die Erfüllung eines eigenen Lebensweges. Für das neue Amt bringt er Voraussetzungen mit, unter denen die in kirchlichen Ämtern erworbenen nicht die geringsten sind.

Konrad Raiser

Theologe, Ruhr-Universität Bochum, Witten

Ökumenisch leben

Richard von Weizsäcker als Bundespräsident wird zwar nicht der erste Inhaber dieses höchsten Staatsamtes sein, der über persönliche Verbindungen zur Gemeinschaft der im Ökumenischen Rat der Kirche zusammengeschlossenen Kirchen aus aller Welt verfügt. Einer seiner Vorgänger, Gustav Heinemann, gehörte als Mitglied des vorläufigen Rates der Evangelischen Kirche in Deutschland zu den Unterzeichnern der im Oktober 1945 in Stuttgart gegenüber einer Delegation des Ökumenischen Rates der Kirchen abgegebenen Erklärung, die als die »Stuttgarter Schulderklärung« bekannt geworden ist und mit der die evangelischen Kirchen in Deutschland die ökumenische Gemeinschaft mit den Kirchen der Welt neu begründeten. Ein Besuch im ökumenischen Zentrum in Genf gegen Ende seiner Amtszeit zeigt, wie stark die damals eingegangene Verpflichtung auch beim Bundespräsidenten Heinemann lebendig geblieben war.

Während es bei Heinemann jedoch nie zu einer direkten Mitwirkung in der ökumenischen Arbeit kam, war Richard von Weizsäcker während einer Reihe von Jahren sehr unmittelbar in das Leben und die Arbeit des Ökumenischen Rates der Kirchen einbezogen. Als Präsident des Deutschen Evangelischen Kirchentages und Mitglied des Rates der Evangelischen Kirche in Deutschland wurde er 1968 von seiner Kirche als Delegierter zur 4. Vollversammlung des Ökumenischen Rates nach Uppsala entsandt. Durch seine langjährige Verantwortung für den Kirchentag wie durch seine Zugehörigkeit zu leitenden kirchlichen Gremien, darunter auch der Kammer für öffentliche Verantwortung der EKD, war ihm die ökumenische Dimension kirchlichen Lebens vertraut. Eine Reihe von Auslandsreisen ließen freundschaftliche Beziehungen zu Christen in anderen Erdteilen entstehen. Aber der Ökumenische Rat als Institution und seine Arbeitsweise waren ihm bis zu seiner Teilnahme an der Vollversammlung in Uppsala kaum vertraut.

Zusammen mit Kirchenrat Locher, Bischof Noth, Bischof Scharf und Präsident Wischmann wurde er von der Vollversammlung als Vertreter der noch ungeteilten EKD in den Zentralausschuß des Ökumenischen Rates gewählt, also in das oberste Entscheidungsorgan des Rates zwischen zwei Tagungen der Vollversammlung. Er hat dieses Mandat bis zur 5. Vollversammlung des Ökumenischen Rates 1975 in Nairobi wahrgenommen. Darüber hinaus wählte der Zentralausschuß ihn als einzigen deutschen Vertreter in den fünfundzwanzigköpfigen Exekutivausschuß, dem ex officio auch Bischof Lilje als einer der Präsidenten des Ökumenischen Rates angehörte. So wurde er für eine Periode von sieben Jahren neben dem Präsidenten des Kirchlichen Außenamtes, D. Wischmann, der wichtigste Repräsentant der Evangelischen Kirche in Deutschland in den Entscheidungsgremien des Ökumenischen Rates und zugleich das entscheidende Verbindungsglied zum Rat der EKD. Als er diese Funktionen übernahm, konnte er nicht ahnen, daß seine unmittelbare Mitverantwortung für die Arbeit des Ökumenischen Rates in eine Zeit offener und zunehmender Konflikte, nicht zuletzt zwischen seiner heimatlichen Kirche und dem Rat, fallen würde.

Sosehr er sich in der öffentlichen Auseinandersetzung um den Ökumenischen Rat in diesen Jahren zurückgehalten hat, so wenig konnte er es als Mitglied des Zentral- und Exekutivausschusses vermeiden, in die Konflikte hineingezogen zu werden. Er hat sich dabei bemüht, als fairer Interpret und Anwalt nach beiden Seiten hin zu wirken. Seine Stimme war meist verhalten, aber immer klar. Er ist wohl auf beiden Seiten nicht immer verstanden worden, aber durch seine menschliche Wärme und Integrität hat er viele Freunde in der Ökumene gewonnen. Als einer der wenigen aktiven Politiker unter den Mitgliedern des Zentralausschusses galt sein Interesse nicht zuletzt den Fragen internationaler politischer Verantwortung der Kirchen. Aber nur einmal hatte er Gelegenheit, sein diplomatisches und staatsmännisches Geschick für die ökumenische Sache einzusetzen. Im Mai 1975 gehörte er zu einer kleinen Delegation, die im Auftrag des Ökumenischen Rates die Kirchen in Südkorea besuchte. Er kannte das Land bereits von früheren Besuchen und hatte sich dort viele Freunde erworben. Seine Teilnahme verlieh der Delegation besonderes Gewicht, und er ist seither auch in der deutschen Öffentlichkeit ein Anwalt der bedrängten Christen in Südkorea geblieben. Sein Mandat als Mitglied der ökumenischen Kommission der Kirchen für internationale Angelegenheiten von 1975 bis 1983 hat er leider aufgrund seiner politischen Verpflichtungen zu Hause kaum wahrnehmen können.

Zwei Aufgabenbereiche aus der Arbeit des Ökumenischen Rates forderten seine besondere Aufmerksamkeit. Beide hat er sich wohl nicht selber ausgesucht. Das gilt besonders für die Mitarbeit im Finanzausschuß des Ökumenischen Rates. Mitglied von Finanzausschüssen zu sein, ist meist eine undankbare Aufgabe. Für diejenigen, die in der ersten Hälfte der siebziger Jahre für die Finanzen des Ökumenischen Rates verantwortlich waren, trifft dies in vermehrtem Maß zu. Aufgrund rasch ansteigender Inflation, einer krisenhaften Entwicklung der Weltwährungssituation und interner Veränderungen in den amerikanischen Kirchen, die bis dahin die Hauptlast der Finanzierung des Ökumenischen Rates getragen hatten, gerieten die Haushalte des Rates unter äußerste Anspannung. Die Aufgabe des Finanzausschusses war doppelt undankbar, da eine rasche und dauerhafte Lösung der entstandenen Probleme nicht in Sicht war. So gehörte Richard von Weizsäcker zu den beharrlichen Mahnern, die eine langfristige Finanzpolitik des Ökumenischen Rates forderten. Zugleich jedoch hat er, zusammen mit Präsident Wischmann vom Kirchlichen Außenamt der EKD, sehr wesentlich dazu beigetragen, daß die Zuwendungen der EKD zu den Haushalten des Ökumenischen Rates in diesen kritischen Jahren ständig anstiegen und so eine Bewältigung der kritischen Situation möglich wurde. Er mag sich manchmal gewünscht haben, stärker in die inhaltlichen Fragen der Arbeit des Ökumenischen Rates einbezogen zu werden; indes hat er die Last, Vertreter einer »reichen« Kirche zu sein, mit Würde getragen.

Noch schwieriger war seine Situation angesichts der Konflikte, die sich um das ökumenische Programm zur Bekämpfung des Rassismus entwickelten. Die Einrichtung dieses Programms war vom Zentralausschuß 1969 in Aufnahme einer Resolution der Vollversammlung in Uppsala im Jahr zuvor sowie von Empfehlungen einer internationalen Studientagung über Rassismus, die 1969 vom Ökumenischen Rat in England durchgeführt worden war, beschlossen worden. Wenn auch die Mitglieder des Zentralausschusses die Bedeutung ihres Beschlusses sehr wohl sahen, so blieb diese Initiative in den Kirchen zunächst fast ohne Reaktion. Diese meldete sich dann um so heftiger, als im September 1970 der Exekutivausschuß bei seiner Sitzung in Arnolshain zum erstenmal Gelder aus dem Sonderfonds des Programms an eine Reihe von Befreiungsbewegungen vergab. Hier ist nicht der Ort, die Entwicklung dieses Konfliktes, der erst in den letzten Jahren an Schärfe verloren hat, nachzuzeichnen. Richard von Weizsäcker hat es verstanden, die Spannung einer doppelten Solidarität auszuhalten und den Konflikt immer neu als Chance für ökumenisches Lernen und für das Wachsen ökumenischer Gemeinschaft zu interpretieren. Er teilte die ethischen Grundüberzeugungen, die hinter dem Programm standen, und stand unbeirrt zu seiner Verpflichtung gegenüber den Kollegen im Zentralausschuß und im Stab des Ökumenischen Rates. Andererseits teilte er ebenfalls aus persönlicher Überzeugung viele der Einwände gegen das Instrument des Sonderfonds und seine Handhabung.

Er ist der schwierigen Aufgabe, seine abweichende Minderheitenposition zu begründen, nicht ausgewichen. Bei der Sitzung des Zentralausschusses in West-Berlin 1974 stand die Entscheidung über die Verlängerung des Programms zur Bekämpfung des Rassismus über die erste Fünfjahresperiode hinaus an. Der Entscheidung waren lange Diskussionen, auch innerhalb der EKD, vorausgegangen. In einem längeren Diskussionsbeitrag nahm Richard von Weizsäcker vor dem Zentralausschuß zur Frage der Zukunft des umstrittenen Programms Stellung. Er stimmte der Weiterführung des Programms auf der bisherigen Grundlage zu, in der Erwartung, daß der Vollversammlung in Nairobi im folgenden Jahr Richtlinien für die künftige Arbeit vorgelegt würden. Er gab seiner Freude Ausdruck über den Umstand, daß es vor dieser Entscheidung zu einer wirklichen Beratung mit den Kirchen gekommen sei, in deren Verlauf eine offene Diskussion der Probleme möglich gewesen sei. »Wir haben einen positiven Lernprozeß erreicht, und dies kommt sowohl dem Ökumenischen Rat wie dem Antirassismus-Programm zugute.«

Dann jedoch begründete er ausführlich, warum er der vorgeschlagenen Fortsetzung des Sonderfonds in der bisherigen Form seine Zustimmung verweigern müsse. Nur der Schluß dieses Votums sei hier zitiert. »Würde ich als Mitglied des Zentralkomitees jetzt für den Sonderfonds stimmen, so würde ich mich auch für verpflichtet halten, in seiner jetzigen Form für ihn vor der eigenen Synode zu werben. Da ich dazu nicht in der Lage bin, muß ich mich hier ... zu einem Nein bekennen. Wer so denkt und handelt, muß dem Schein entgegenarbeiten, als sei dies nur ein Vorwand für Nichtstun oder als sei er nur Werkzeug anderer und mächtiger Interessen. Es liegt an mir und solchen, die ähnlich denken wie ich, diesen Schein zu widerlegen. Aber es ist besser, damit in aller Offenheit fertig zu werden, als die Probleme hier im Zentralkomitee zu verschweigen. Das PCR (Programm zur Bekämpfung des Rassismus) hat den Lernprozeß unter uns wesentlich gefördert. Er geht weiter. Ohne ihn ist der ÖRK und ist unser Gemeindeleben nicht denkbar. Wenn wir hier im ÖRK unsere Beiträge und Fragen einbringen, dann in der Hoffnung, im universalen Dialog vor allem selbst die Lernenden zu sein« (zitiert nach epd-Dokumentation 40/74, S. 114).

Für viele ökumenische Freunde wird es eine Ermutigung bedeuten, sich Richard von Weizsäcker im Amt des obersten Repräsentanten der Bundesrepublik Deutschland vorzustellen. Sie mögen mehr Einflußmöglichkeiten von diesem Amt erwarten, als das Grundgesetz zuläßt. Aber wichtiger ist ihnen die Ausstrahlungskraft des Menschen, den sie als hör- und lernbereiten Partner auch in spannungsvollen Auseinandersetzungen und als christlichen Bruder kennengelernt haben.

Zeitzeugen

Helmut Simon

Richter am Bundesverfassungsgericht, Mitglied des Vorstandes des Präsidiums des Deutschen Kirchentages, Karlsruhe

Mittler zwischen den Fronten

Meine persönlichen Begegnungen mit ihm begannen 1969 auf dem Stuttgarter Kirchentag und bei anschließenden Gesprächen über seine Nachfolge als Kirchentagspräsident. Diese und alle weiteren Erfahrungen bestätigten die Eigenschaften, die immer wieder in der Öffentlichkeit an Richard von Weizsäcker gerühmt werden: eine noble und differenzierte Persönlichkeit mit Autorität und mit Gespür für eine politische Kultur, die in offener, fairer Auseinandersetzung den maßvollen, dem Ganzen verpflichteten Ausgleich sucht. Der so Beschriebene macht es nicht schwer, dieses Porträt weiter auszuschmücken, wohl aber schwer, den hinter diesem Bild verborgenen Menschen zu entdecken.

Ich bin gefragt worden, was diesen Menschen bestimmt, wofür er steht und sich exponiert, woran er leidet, welche Relevanz für ihn der Glaube in der Politik hat und was er selbst für seine Glaubensgenossen bedeutet. Könnte es vielleicht zu seinen Besonderheiten gehören, daß ich jeden Versuch einer Antwort als unzureichend und wie eine Rechnung mit Unbekannten empfinde, deren Auflösung mit Überraschungen verbunden sein könnte?

Am ehesten wage ich Aussagen darüber, was er nicht ist. Man mag ihn als Konservativen einordnen; aber er ist sicherlich kein schlichter Verfechter von law and order ohne Sinn für die Fragwürdigkeiten des Bestehenden und die Gefährdungen unserer Zeit. Man mag ihn fortschrittlich nennen; aber ganz gewiß ist er kein Systemkritiker, der den Lebenswert überlieferter Institutionen geringachtet oder gar das Bestehende wegen seiner Fragwürdigkeiten prinzipiell in Frage stellt. Man mag ihn zu den Verantwortungsethikern rechnen; aber er würde diesen Begriff schwerlich im ursprünglichen Sinne einer dezisionistischen Realpolitik verstehen, die – losgelöst von sittlichen Bindungen – nur auf sich selbst gestellt ist und bei der die Ethik zum bloßen Geradestehen für die Folgen verkümmert. Man darf in ihm einen integren und integrierenden Edelmann sehen; aber zu Unrecht meinen manche, er stehe in vornehmer Zurückhaltung über den Niederungen des politischen Alltags. Dagegen spricht bereits, daß Weizsäcker sich gerade nicht zu schade war, sich in die Mühsal aktiver Parteipolitik einzulassen, Partei zu ergreifen und sich Loyalitätskonflikten auszusetzen. Noch aufschlußreicher erscheint mir seine Bereitschaft, schon in den sechziger Jahren und erneut Ende der siebziger Jahre leitende Verantwortung beim Kirchentag zu übernehmen. Unvergeßlich bleibt mir aus unserem Gespräch über seine Nachfolge als Kirchentagspräsident, wie er diese Aufgabe mit der Entscheidung für einen ungesicherten freien Beruf verglich, während die mir gleichzeitig angetragene Kandidatur für eine amtskirchliche Funktion eher einer geordneten Beamtenlaufbahn ähnele.

Kirchentage sind mancherlei und jedenfalls immer wieder auch ein nicht voll berechenbares Abenteuer. Sie werden als Vorhut des Protestantismus, als evangelische Zeitansage und auch als gesellschaftspolitischer Seismograph verstanden. Daß Richard von Weizsäcker dabei offensichtlich gerne mitmachte und wie er das tat, könnte besonders aufschlußreich sein, weil er in der Unabhängigkeit und Freiheit des Kirchentages am ehesten er selbst sein konnte. Was ist dabei sichtbar geworden?

An seinen Beiträgen auf dem Stuttgarter Kirchentag 1969 unter der Losung »Hungern nach Gerechtigkeit« fällt auf, wie unmißverständlich Richard von Weizsäcker daran festhält, daß »für die Christen die Bemühung um irdische Gerechtigkeit und die Hoffnung auf Gottes Gerechtigkeit untrennbar zusammengehören«. Er ist also keiner von jenen, die den Glauben von der Politik absondern, sondern er fragt nach »den Konsequenzen von Gottes Wort für die Welt, für die wir verantwortlich sind«. Freilich stoßen Versuche, aus dem Glauben verbindliche Weisungen für politisches Handeln herzuleiten, bei ihm auf eine tief wurzelnde Skepsis. Für ihn ist niemand im Besitz der Wahrheit, für ihn läßt sich der christliche Glaube auf verschiedenen Wegen in politisches Handeln umsetzen.

Schon damals in Stuttgart zeigte sich Richard von Weizsäcker einerseits verständnisvoll für die turbulente Aufbruchstimmung jener Zeit, für die Notwendigkeit, neue Antworten zu suchen, auf die »Bedrohung des Lebens durch Vernichtungswaffen, die Probleme des Überflusses in den nördlichen und der Armut in den südlichen Ländern der Erde, die Möglichkeiten und Gefahren moderner Wissenschaft und Technik, die Ängste und Hoffnungen des heutigen Bürgers«. Er sprach davon, »daß die Zeichen der Unruhe und Unsicherheit, der Konflikte mit Überlieferungen und herkömmlichen Einsichten nicht nur die Gefahr der Zerstörung mit sich bringen, sondern auch die Chancen zur notwendigen Erneuerung«. Aber er hielt sich andererseits mit inhaltlichen Orientierungshilfen zurück und äußerte sich skeptisch zu humanitären Appellen, die an der Wirklichkeit vorbeigehen. Schon auf dem Stuttgarter und später erneut auf dem Hamburger Kirchentag erschien ihm – und das dürfte charakteristisch sein – am wichtigsten, die vorhandenen Gegensätze offen und argumentativ auszutragen, in der Kontroverse Kommunikation sowie einen rechten Umgang miteinander zu üben, Spannungen und Polarisierungen abzubauen, Lernprozesse einzuleiten und das Einigende zu suchen. An dieser Linie hielt er als Präsident des Hamburger Kirchentages fest, indem er im hitzigen Streit um den Frieden hervorhob: Im Ziel sind wir uns einig, nur die Wege gehen auseinander. (Mir war diese zutreffende Feststellung zuwenig, da ich es für entscheidend halte, daß der jeweilige Weg auch wirklich zum Frieden führt.)

Ist nicht ein solcher Mittler zwischen den Fronten für das Amt des Bundespräsidenten besonders geeignet? Seine Haltung ist freilich nicht zu verwechseln mit der Rolle eines Mäzens, der lediglich Raum schafft, den andere nach freiem Belieben ausfüllen. Ebenso wie bei seinem Vorsitz in der Grundsatzprogrammkommission seiner Partei und in seiner eigenständigen Ost- und Deutschlandpolitik wurde auch in seinem Wirken für den Kirchentag ein Wertbewußtsein spürbar, das sich an Menschenwürde, Frieden, Solidarität und Gerechtigkeit orientiert. Auch dürfen seine verbindliche Art und gelegentliche Untertöne von Resignation nicht hinwegtäuschen über seine Willensstärke und einen Kern an autoritativer, mitunter ungeduldiger Härte, die zu spüren bekommt, wer das nach seiner Meinung Konsensfähige überschreitet. So läßt sich nicht ausschließen, daß in der Unabhängigkeit des neuen Amtes Unerwartetes durchbrechen wird. Wir werden damit rechnen dürfen, daß er sensible und informierte Menschen verschiedener Richtungen um sich sammeln und zum Nachdenken und Weiterdenken ermutigen wird. Auch kann ich mir durchaus vorstellen, daß Richard von Weizsäcker dem Wunsch nachkommt, der bei der Verleihung des Theodor-Heuss-Preises 1984 an ihn gerichtet wurde: nicht nur für politische Kultur einzutreten, sondern Vernachlässigtes wichtig zu machen, längerfristige Aufgaben zu stellen, den Bürgern mehr Wahrheit zuzumuten, auch Zeichen und Orientierungsmarken zu setzen und dadurch in behutsamer Weise geistige Führung wahrzunehmen.

Klaus von Bismarck

Präsident des Goethe-Instituts,
Mitglied des Präsidiums des Deutschen Kirchentages, München

Skizzen zur Person

Ich habe aus drei Gründen gezögert, diesen Beitrag zu einer Biographie von Richard von Weizsäcker zu übernehmen: Ich bin seit vielen Jahren mit ihm und seiner Familie befreundet. Deshalb ist es denkbar, daß ich befangen und nur bedingt zu einer auch distanziert-kritischen Skizze fähig bin.

Ich kann nur aus einem begrenzten Bereich von persönlichen Erfahrungen mit oder neben Richard von Weizsäcker berichten; das heißt vor allem aus der jahrelangen, gemeinsamen Verantwortung für den Deutschen Evangelischen Kirchentag.

Persönlicher haben wir uns besonders in der Zeit, als er in Bonn und ich in Köln tätig war, im kleinen Kreise der zwei Ehepaare und wenigen anderen mit Regelmäßigkeit in unserem Hause zu einer Bibelarbeit zusammengefunden. Ausgehend von einem Buch von Professor Walter Hartmann (Biblische Konkretionen) haben wir mit Themen wie »Neue Vaterschaft« und »Was ist konservativ?« angefangen. Wir haben dann von 1972 bis 1976 in Abständen von sechs bis acht Wochen unter der Führung von Walter Hartmann versucht, tiefer in die Bibel – vor allem das Alte Testament – einzudringen und zu lernen, was es heißt, »historisch« zu »glauben«. – Ich erinnere aus diesen Gesprächen die temperamentvolle Beteiligung von Richard von Weizsäcker, gelegentliche lebhafte Kontroversen mit den jeweiligen Ehepartnern. Er konnte und kann fast nervös-kritisch reagieren, wenn er bei einem von uns eine nach seiner Ansicht zu naive Vereinfachung der Bibelauslegung witterte.

Ein dritter Grund des Zögerns liegt in seiner Person. Sie eignet sich – gerade was »das Protestantische« seines Wesens angeht – wenig für eine holzschnittartige Darstellung auf wenigen Seiten. – Die mir als Untertitel gestellte Frage »Wofür er steht« bringt mir die Luther-Assoziation ein: »Hier stehe ich, ich kann nicht anders.« Jede Vorstellung dieser Art Bronzedenkmal à la Luther käme bei Richard von Weizsäcker einer Karikatur gleich. Dazu ist er als Christ zu sensibel, jeder aktiven oder passiven Darstellung gerade seiner christlichen Motivationen auf dem Markt oder auf einem Sockel im Park in einer Weise abhold, die mir sympathisch ist. Seine politische Nüchternheit auch als Christ verbietet zusätzlich eine Holzschnittdarstellung. Was ist bei der ihm eigenen Zurückhaltung sonst im Spiel? Dünnhäutigkeit, disziplinierte Vorsicht? Herausgefordert tritt er durchaus aus dieser Deckung hervor.

Ich habe mich trotz Zögerns zu diesem Beitrag entschlossen, weil es mir nicht zunächst im Interesse der mit mir befreundeten Person, sondern viel mehr noch im Interesse seines neuen Amtes wichtig erscheint, diesen differenzierten Menschen den Bürgern der Bundesrepublik über das attraktive Fernsehimage hinaus verständlich zu machen; diesen Mann, der auch – aber gewiß nicht nur! – aufgrund seines christlichen Gewissens einerseits so nachdenklich sensibel ist und andererseits mit den Waffen des Geistes so zäh und gelegentlich auch mit einiger Schärfe zu kämpfen versteht.

Ich weiß, daß er durch seinen bisherigen Lebensweg schon vielen Menschen bekannt ist und als Christ und Mensch allein durch sein Bild, den Stil seiner Argumentation – nicht zuletzt im Fernsehen – überzeugend wirkt. Meine Skizzenstriche sind markiert durch acht Stichworte:

1. Sein Herkommen ist einerseits geprägt durch seine Geburt in Stuttgart, durch die Beheimatung seiner Familie im Südwesten Deutschlands, der alten Kultur dieser Region, dem zähen Fleiß und der menschlichen Liebenswürdigkeit ihrer Bewohner, der Tradition von Liberalität, Demokratie, dem Sinn für guten Wein, Heiterkeit und Spiel. Im Schach bin ich ihm übrigens in keiner Weise gewachsen, im Tischtennis nur mitunter. Hat der kräftige Pietismus dieser Region ihn auch selbst geprägt? Gewiß das Verständnis für diese Art Frömmigkeit! Er ist andererseits – und zwar durchaus nicht nur in den letzten Jahren als Regierender Bürgermeister – geprägt durch Berlin, Potsdam, durch preußische Elemente, das heißt durch die Wertschätzung der Tugenden herber Strenge, des Pflichtbewußtseins und soldatischer Bewährung. Er hat von Jugend auf die Wertkriterien und Atmosphäre der »Fontane«-Welt aufgenommen. Diese seine Schnittpunkt-Existenz in der Spannung zwischen Südwest und Nordost war und bleibt für Kirche und Welt in unserem föderalistischen Lande wichtig.

2. Richard von Weizsäcker kommt seit Generationen aus der Tradition einer breiten humanistischen Bildung und geistiger Geschliffenheit. Als ein anderes Beispiel für eine solche Breite der Bildung fällt mir – ebenfalls aus Berlin – Dietrich Bonhoeffer ein, seine Familie. Die Bedeutung Bonhoeffers als eines ungewöhnlich kreativen Theologen und eines Märtyrers unserer Kirche ist gewiß in vielerlei Hinsicht eine völlig andere. Sie hat eine andere geistliche und historische Dimension. Aber beide sind doch – auf ihre Weise darin einander geistig verwandt – durch eine ungewöhnliche Breite der Bildung und Fähigkeit zum geistig geschulten Nachdenken gekennzeichnet. Diese Gaben bringen und brachten ihnen

oft auch eine heilsame kritische Distanz zum herkömmlichen kirchlichen Wesen der Landeskirchen, der kirchlichen Werke und frommen Zirkel mancher Art ein.

3. Im Zuge meiner Erfahrungen innerhalb der evangelischen Kirche gab es mehrere herausragende Persönlichkeiten, die – für mich bleibend – richtungweisende Modelle in der Leitung wichtiger kirchlicher Gremien gesetzt haben. Ich denke an die bereits verstorbenen Ludwig Raiser und Gustav Heinemann als Präsides der Synode der EKD. Sie haben auf ihre Weise Modelle gesetzt, wie solche kirchlichen Gremien in ruhiger Souveränität, einerseits mit der notwendigen Disziplin und andererseits mit der ebenso notwendigen Offenheit und Fairneß angesichts sehr unterschiedlicher, engagierter Meinungen, geleitet werden können.

Die Evangelische Kirche in Deutschland ist zu einem beachtlichen Prozentsatz in ihrer Geschichte preußisch geprägt; das heißt: sie hat sich durch Jahrhunderte sehr amtlich, hierarchisch geleitet entwickelt. So hat sie in der Weimarer Demokratie nach meiner Einsicht eine schwache Rolle gespielt. Und die herausragenden Beispiele aus ihren Reihen für »aufgeklärten Absolutismus« sind häufiger als die eines geschmeidigen demokratischen Stils in der Leitung spannungsreicher Gremien. Weizsäcker hat sowohl mit der Leitung des Kirchentagspräsidiums über zwei Jahre wie als einfaches Mitglied über die beiden genannten Modelle hinaus ein weiteres gesetzt.

4. In der Phase, in der er Präsident des Kirchentages war, verstärkte sich – bis heute ? – mit zunehmender Distanz vom viel kooperativeren Aufbruch nach 1945 in Kirche und Welt die Versuchung einer grundsätzlichen Blockbildung. Von dieser Versuchung blieb natürlich auch der Kirchentag nicht verschont. In dieser Situation hat zwar Richard von Weizsäcker das Profil seiner persönlichen Gesinnung – beispielsweise auch in der Sache der Friedensbewegung – niemals um einer fraglichen Harmonie willen verschleiert. Vielmehr war er als amtierender Präsident, als Vorsitzender, immer ein fairer Treuhänder für unterschiedliche Meinungen. Er hat so für den Kirchentag nicht nur das Bewußtsein gemeinsamer Verantwortung gestärkt, sondern oft auch die Courage, die gegebenen Konflikte unter Christen auszutragen.

5. Es gibt offenbar nicht nur im Bereich unserer evangelischen Kirche, anderer christlicher Kirchen, sondern auch in anderen Religionen die Versuchung einer religiös inbrünstigen Vereinfachung in der Beantwortung aktueller politischer und anderer existentieller Fragen. Inmitten solcher – auch im Rahmen des Kirchentags deutlicher – Versuchungen erwiesen sich Personen wie Weizsäcker mit einer nüchternen, besonnenen Intelligenz als hilfreich, wenn es darum ging, sich der Kompliziert-

heit der gegebenen Situation zu stellen und vorschnellen Vereinfachungen zu wehren. Hierbei tritt natürlich die lutherische Prägung in Weizsäckers christlicher Haltung zutage.

6. In meiner Sicht gibt es im Verhältnis der beiden großen Konfessionen in unserem Lande seit Jahrzehnten, das heißt seit dem Vatikanischen Konzil der Jahre 1962 bis 1965 und dem gemeinsamen Pfingsttreffen in Augsburg im Jahre 1971, wenig überzeugende ökumenische Weiterentwicklung aufeinander zu, sondern eher Stagnation, Ängstlichkeit, Bremswirkungen, nicht nur aus der katholischen Hierarchie. Es gab – auch im Rahmen des Kirchentages – die spezielle Versuchung, sich katholische Partner zu suchen, wie etwa Walter Dirks, Hans Küng, Johannes Metz. Sie verkörpern unter Katholiken etwa den Typ, wie die Katholiken in einer gewissen protestantischen Sicht sein sollten. Richard von Weizsäcker war gerade deshalb ein wichtiger und solider Partner für eine stetige Kooperation mit den Katholiken – das heißt hier speziell mit dem Zentralkomitee der Deutschen Katholiken –, weil er die gelegentlich befremdliche Andersartigkeit der Katholiken ernst und so annahm, wie sie durch eine ganz andere Kirchengeschichte und Struktur nun einmal gewachsen ist.

7. Es gibt seit Jahrzehnten – zunehmend? – in der Welt, im besonderen in den USA, aber auch in Westeuropa und der Bundesrepublik, einen religiös und christlich unterfütterten Antikommunismus, der häufig in eine – nach meiner Meinung sehr gefährliche – Kreuzzugsideologie einmündet. Für die Verbindung zu den evangelischen Christen in der DDR waren und sind Christen wie Richard von Weizsäcker wichtig, die die unterschiedlichen Verhältnisse in beiden deutschen Staaten mit klarem Bekenntnis zu der freiheitlich-demokratischen Grundordnung des Westens nicht verwischen, die aber dennoch die glaubhafte Existenz und Bewährung evangelischer – und katholischer – Christen in einem sozialistischen Staat ernst nehmen.

8. Der letzte Skizzenstrich geht auf mehr persönliche Erfahrungen mit ihm zurück. Sie ergaben sich bei der zu Beginn erwähnten Bibelstunde im kleinen Kreise, bei Gesprächen und Kontakten mit seiner Familie: Bei aller konservativen Grundhaltung ist er im immer wieder neuen Horchen – nicht nur auf die Botschaft der Bibel, sondern darüber hinaus im Gespräch, zum Beispiel mit Freunden, mit seinen eigenständigen Kindern – immer wieder bereit und offen, in seinem Denken und Verstehen neu aufzubrechen und sich auch zu korrigieren. Zuletzt: Für einen an sich selbst und andere anspruchsvollen »Protestanten« ist mir eines sehr wichtig: Er kann über sich und andere herzlich lachen.

Friedrich Kronenberg

Generalsekretär des Zentralkomitees der deutschen Katholiken, CDU-MdB, Bonn

Was ihn als Christen charakterisiert

Als Generalsekretär des Zentralkomitees der deutschen Katholiken bin ich Richard von Weizsäcker oft über den Weg gelaufen, auf Evangelischen Kirchentagen, auf Katholikentagen, bei vielen ökumenischen Begegnungen und Veranstaltungen und auch in der Politik. Wenn ich gefragt werde, was ihn als Christen charakterisiert, so antworte ich zunächst mit der schlichten Feststellung: Er bekennt sich als Christ. Und dieses Bekenntnis ist weder Schmuck auf der Visitenkarte noch Werbeparole für gesellschaftliche und politische Ziele. Er bekennt sich als Christ ganz unpathetisch, so wie jemand von sich feststellt, er sei Familienvater, Bauer oder Berliner.

Aber erkennt man den Christen wirklich daran, daß er sein Christsein bekennt? Was ist mit den anonymen Christen? Richard von Weizsäcker bleibt als Christ nicht anonym, er steht zur Verfügung, wenn sein christliches Zeugnis gefordert ist. Aber dadurch ist er nicht geschieden von denen, die sich selbst nicht als Christen verstehen, obwohl sie es im tiefsten Innern, im Wurzelboden ihrer Existenz, vielleicht unbewußt sind. Im Gegenteil: So wie sich sein Bekenntnis mit Sachgerechtigkeit im politischen Denken und mit Respekt vor der relativen Autonomie unseres irdischen Daseins paart, ist es schon manchem eine Hilfe geworden, der Anonymität ein Stück weit zu entrinnen und sich zumindest teilweise zu identifizieren mit Christentum oder sogar mit Kirche. Wer ihn auf Kirchentagen und bei kirchlichen und politischen Veranstaltungen erlebt, der kann immer wieder feststellen, daß sein Reden als Christ nicht zu Abschottungen führt, sondern öffnet und neue Verstehensweisen erschließt. Der Dialog, streng sachlich, anspruchsvoll und fern aller Redseligkeit, ist missionarischer Ausdruck seines christlichen Bekenntnisses.

Aber wer als Christ politisch handelt und politische Verantwortung übernimmt, der muß auch Ziele und Inhalte der Politik programmatisch formulieren und Schritt für Schritt im politischen Alltag mit den Mitteln und auf den Wegen unseres demokratischen Rechtsstaates verwirklichen. Bei Richard von Weizsäcker habe ich bewundert, wie er es verstand, die Grundsätze einer Politik aus christlicher Verantwortung so zu formulieren, daß sie dem Protestanten protestantisch und dem Katholiken katholisch erschienen. Welch ein ökumenischer Erfolg auf politischem Feld! Auch dieser ökumenische Erfolg zeichnet ihn als Christen aus.

Oft geraten Katholiken und Protestanten heute in Streß, wenn sie sich ökumenisch begegnen. Begegnungen mit ihm heben sich wohltuend davon ab. Hier fühlt man sich ökumenisch zu Hause. Dabei ist die ökumenische Zusammenarbeit mit ihm immer anspruchsvoll, das Fehlen von Streß ist keine Folge niedrig angesetzter Erwartungen. Im Gegenteil: In der Zeit des ökumenischen Aufbruchs in der katholischen Kirche nach dem Konzil ist er als Präsident des Deutschen Evangelischen Kirchentages weder den drängenden und aufbegehrenden Fragen und Vorstellungen aus beiden Kirchen ausgewichen, noch hat er sich vom Strom der Wünsche und Meinungen fortreißen lassen. Er hat in einer Zeit nivellierenden Redens und Denkens die gemeinsamen Ziele eher höher gesetzt und die gemeinsamen Fundamente eher tiefer gegründet, statt sich mit einem bloßen Schleifen der Mauern überholter Trennung zu begnügen.

Und so haben wir uns damals bemüht, das Ökumenische Pfingsttreffen der beiden Kirchen vorzubereiten, das 1971 schließlich in Augsburg stattgefunden hat. Drei Jahre vorher hatte er auf die Anregung des Präsidenten des Zentralkomitees der deutschen Katholiken, Albrecht Beckel, daß Kirchentag und Katholikentag gemeinsam eine ökumenische Veranstaltung durchführen sollten, öffentlich erklärt: »Die Fragen und Hoffnungen der Menschen, welche die Katholikentage und die Evangelischen Kirchentage besuchen, entstammen denselben Quellen. Allen Lehrunterschieden und noch unüberwundenen Gegensätzen im täglichen Leben zum Trotz teilen wir die Gefahren, die uns von innen und außen bedrohen. Wem es ernst ist um die Glaubwürdigkeit der Christen in der heutigen Welt, der kann sich der Gemeinsamkeit ihrer Aufgaben nicht länger entziehen. Deshalb mussen wir uns gegenseitig helfen, damit jeder von seinem Ansatz her und mit seinen Gaben dazu beitrage.« Richard von Weizsäcker stand mit am Anfang eines gemeinsamen Weges ökumenischer Zusammenarbeit des Evangelischen Kirchentages und des Katholikentages, eines Weges, der auch zukünftig immer wieder zu Stationen ökumenischer Zusammenarbeit führen wird.

Was Richard von Weizsäcker als Christen charakterisiert, das ist nicht zuletzt die Tatsache, daß er in keines der vorgestanzten Muster paßt. Konservativ, fortschrittlich, liberal, sozial – mit keiner dieser vier Eigenschaften läßt sich seine Person allein kennzeichnen. Aber in ihm summieren sich auch nicht einfach diese vier Merkmale, sie integrieren sich vielmehr in sein Christsein. Weizsäcker ist konservativ, weil er aus der Tradition, der Quelle, der Weitergabe christlichen Glaubens lebt; er ist fortschrittlich, weil er aus seiner christlichen Herkunft Zukunft ermöglicht und gestaltet; er ist liberal, weil ihn die Freiheit auszeichnet, die sich nicht in der bloßen Machbarkeit des Diesseits verliert, sondern die in der Verantwortung gegenüber einer Realität steht, die unsere irdische Wirklichkeit übersteigt; er ist sozial, weil nach seinem christlichen Verständnis alle Menschen Kinder Gottes und damit untereinander Schwestern und Brüder sind. Weil er Christ ist, erfährt seine konservative, fortschrittliche, liberale und soziale Haltung eine tiefere Verankerung und auch eine neue Qualität. Was häufig nur Image ist, das ist beim Christen Weizsäcker Selbstverständnis und selbstverständliche Pflicht.

Hans-Georg Binder

Bevollmächtigter des Rates der Evangelischen Kirche in Deutschland am Sitz der Bundesrepublik Deutschland, Bonn

Was er für seine Kirche bedeutet

Wer danach fragt, was Richard von Weizsäcker für seine Kirche bedeutet, wird vor allem hervorheben, in welch untrennbarer Verbindung bei ihm die Verantwortung für die Kirche und die Verantwortung für die Welt stehen und wie sehr er damit auf eine moderne Weise die gute Tradition des Protestantismus repräsentiert. Sicher, er ist auf diesem Feld nicht allein. Nennen kann man für die letzten Jahrzehnte zugleich – um nur eine Auswahl zu bringen – Reinold von Thadden-Trieglaff, Hermann Ehlers, Gustav Heinemann, Ludwig Raiser, Klaus von Bismarck, Erhard Eppler. Und damit ist ja auch schon angedeutet, daß dieses nie die Sache einer bestimmten theologischen, kirchenpolitischen oder parteipolitischen Richtung war. Aber keiner hat in den letzten Jahren die verfaßte Evangelische Kirche in Deutschland so deutlich mitgeprägt wie Richard von Weizsäcker.

Er konnte das dank seiner Gaben und seines Engagements. Mich hat oft gewundert, wie ernst er trotz der zunehmenden zeitlichen Belastung seine kirchlichen Ehrenämter nahm. Durch viele Jahre hindurch fehlte er kaum einmal in einer der monatlichen Zusammenkünfte des Rates der EKD. Dabei konnte er lange schweigend zuhören. Nie machte er den Eindruck eines vom Terminkalender gehetzten Menschen. Und wenn er dann das Wort nahm, so tat er das auf die ihm eigene dialogische Weise – er verkündete keine nicht mehr befragbaren Wahrheiten, sondern setzte Argument gegen Argument, ließ Fragen, die nicht zu beantworten waren, offen und ertrug geduldig extrem entgegengesetzte Positionen. Natürlich konnte auch er polemisch werden, exzellent sogar, aber diese Polemik war nie unbeherrscht. Ich hatte oft den Eindruck, daß er sie manches Mal noch während eines Diskussionsbeitrages milderte, um nur ja dem Andersdenkenden Gerechtigkeit widerfahren zu lassen und um keine Brücken abzubrechen.

Zu den Theologen trat er nicht in Konkurrenz, wenngleich es nie einem Zweifel unterlag, daß für ihn der Umgang mit der biblischen Tradition ganz selbstverständlich war. Aber die Pastoren ermutigte er, zu ihrer eigenen Sache zu kommen. Zuweilen brachte er Gesprächspartner, die sich zu sehr verstiegen hatten, durch nüchterne Erfahrungsberichte auf den Boden der Tatsachen zurück.

Im übrigen kann man Weizsäcker nicht einordnen. Die weitverbreitete Charakterisierung, er sei ein liberaler Konservativer, trifft die Wirklichkeit nur zum Teil. Wenn jemand jeglichen festgezurrten, unbeweglichen Konservatismus kritisiert, dann sicher er. Abgesehen davon, daß in ihm der Widerspruchsgeist des Intellektuellen keine angeblich feststehenden Wahrheiten ungefragt akzeptiert – wahrscheinlich hat ihm die Verantwortung für den Deutschen Evangelischen Kirchentag, die er viele Jahre und zuletzt gemeinsam mit Klaus von Bismarck und Erhard Eppler trug, das Denken und Empfinden einer zum Teil sehr kritischen jungen Generation so nahe gebracht, daß er zuweilen ebenso als ihr Kritiker wie als ihr Anwalt erscheint. So gehört er zu denen, die auf ihre Weise dazu beitragen, daß das Auseinanderdriften der verschiedenen Flügel des Protestantismus verhindert wird. Und weil er ebenso die zur Diskussion stehenden Inhalte kennt, wie er die Formen des Umgangs und einer vernünftigen Kommunikation beherrscht, wirkt er kultivierend und stilbildend in Kirche und Politik.

Er war und ist Kirchenmann und Politiker zugleich. Und das in einer Zeit, in der diese Kirche nach angemessenen und zugleich wirkungsvollen Ausformungen ihrer öffentlichen Verantwortung immer noch sucht. Oft erliegt man hier dem Irrtum, möglichst laute und aggressive öffentliche Äußerungen für besonders effektiv zu halten.

Richard von Weizsäcker hat sich dagegen bemüht, die Ausübung der öffentlichen Verantwortung im gegenwärtigen Protestantismus politikfähig zu gestalten. Das ist ihm wie kaum einem anderen gelungen.

Kurt Scharf

früher Bischof von Berlin-Brandenburg, Berlin

Nüchtern – vernünftig – beharrlich

Es muß 1962 gewesen sein – zwischen dem Berliner und dem Dortmunder Kirchentag –, da ist mir Richard von Weizsäcker das erstemal begegnet. Der damalige Präsident des Deutschen Evangelischen Kirchentages, Reinold von Thadden-Trieglaff, sein Generalsekretär Hans Hermann Walz und das Mitglied des Präsidiums Richard von Weizsäcker suchten uns in einer Sitzung des Rates der Evangelischen Kirche in Deutschland auf, um über die Zukunft des Kirchentages mit uns zu beraten. Die Frage war: Hat es Sinn, überhaupt kirchliche Großveranstaltungen dieser Art weiterhin durchzuführen, zumal nach der Errichtung der Mauer quer durch Deutschland? Von Thadden und Walz trugen dem Rat ihre Bedenken vor, auch ihre Vorstellungen, wie anders als bisher vielleicht doch »Laienversammlungen« größeren Stils beibehalten werden könnten.

Eine Stunde lang sagte der neue Mitrepräsentant des Kirchentages kein Wort. Gegen Ende der Verhandlung erst schaltete er sich ein und votierte knapp und eindeutig für den Fortbestand der bewährten, zur Institution gewordenen »Darstellung kirchlichen Lebens«, der Darstellung der Konflikte in der Großkirche und der Kommunikation in der Christenheit, auch ihrer Kommunikation mit der Öffentlichkeit. Er wollte – ohne Not – auch an Charakter und Stil der Kirchentagsbewegung und ihrer öffentlichen Auftritte nichts ändern. Gerade nicht in der seit dem 13. August 1961 neuen innerdeutschen Situation. Ich ahnte damals nicht, daß Richard von Weizsäcker zwei Jahre später der Nachfolger von Thaddens als Kirchentagspräsident werden würde; aber wir alle im Rat spürten: Hier war jemand – ein Jüngerer – in die Mitverantwortung für den Kirchentag getreten, der ein klares Urteil und einen entschiedenen Willen hatte. Auf ihn werde man rechnen können.

In der Leitung der Arbeit seit 1964, vor allem – Jahre hindurch – in der Leitung der Kirchentage seit dem Kölner Kirchentag 1965, hat er beides und dazu große Offenheit gezeigt, Offenheit gegenüber den Kritikern der Kirche, den meist »frommen« Älteren. Die jungen »Dazugekommenen« stellten die Frage: Warum sich soviel mit der Kirche beschäftigen? Die aus den Kerngemeinden fragten: Warum sich soviel mit der Welt beschäftigen? Indem er ihre Fragen aufnahm, mühte sich der aus der Welt kommende, biblisch gegründete neue Kirchentagspräsident, diese alternative Gegenüberstellung zu überwinden, sie verschließe das Verständnis sowohl für die Kirche als auch für die Welt.

Eben indem er das ganz und gar Andersartige wahrt, das uns in der Kirche begegnet, beteiligt er sich daran, »das Bekenntnis zu machen«. Er will, daß die Kirche sich mit der Welt auseinandersetzt. Die Zukunftshoffnung des christlichen Glaubens, die keineswegs nebelhafte und beziehungslose, gibt – nach ihm – den eigentlichen und tiefsten Ansporn für die verantwortliche Hinwendung zur Gegenwart »mit nüchterner Vernunft und Beharrlichkeit«.

Die Konsequenzen der zu Beginn seiner Präsidialzeit den Publizisten vorgetragenen Auffassung und Haltung hat er seitdem zwei Jahrzehnte hindurch nicht nur für den Kirchentag, sondern für die evangelische Christenheit in beiden Deutschland im kirchlichen und im weltlichen Amt ständig neu bedacht, zielstrebig betrieben, geradezu sinnbildlich verkörpert.

Klug, fromm und freundlich-bestimmt vermochte er auch Massen zu überzeugen und in leitenden Körperschaften, Synoden, ökumenischen Vollversammlungen ungewöhnlich rasch Mehrheiten zu gewinnen. Seit 1967 Mitglied der Synode der Evangelischen Kirche in Deutschland, wurde er sogleich in der konstituierenden Sitzung in den Rat der EKD gewählt, von ihm 1968 nach Uppsala in die Vollversammlung des Ökumenischen Rates entsandt, von ihr in den Zentralausschuß und das Exekutivkomitee gerufen und von der folgenden – mehrheitlich anders zusammengesetzten – Vollversammlung der Ökumene 1975 in all diesen Funktionen bestätigt, obwohl er in einzelnen, aber grundsätzlich wichtigen Fragen mehrfach als einziger – im Exekutivkomitee – oder als einziger Deutscher – der beiden deutschen Delegationen im Zentralausschuß – die Gegenposition zur Mehrheit vertreten hatte.

Er vermag einer vorherrschenden Tendenz so zu widersprechen, zu widerstehen, daß er das gemeinsame Anliegen nicht hemmt, sondern fördert, selbst wenn es um so sensible Themen geht wie um das Antirassismus-Programm zwischen 1969 und 1975. Wie er in kritischen Situationen Großdemonstrationen zu begegnen versteht, hat der Hamburger Kirchentag 1981 bewiesen.

Als Berliner habe ich schon bald nach unserer ersten Begegnung mit Freude von ihm gehört, daß die Stadt, in der er sich am liebsten aufhalte, Berlin sei, die einzige Weltstadt, die Deutschland besitze; Atmosphäre und künstlerische Angebote würden von keiner anderen deutschen Stadt erreicht, zudem sei sie die Stadt seiner Kindheit und Jugend. Seine Stimme gab den Ausschlag, daß in weltpolitisch kritischer Situation 1974 der Zentralausschuß des Ökumenischen Rates der Einladung der Berliner

Kirche zu seiner entscheidenden Tagung vor der Vollversammlung in Nairobi folgte und daß 1977 sich der Deutsche Evangelische Kirchentag nach Berlin zu kommen traute. Gegenüber der Sorge, Arbeitsgruppen aus der DDR würden gerade nach West-Berlin keine Ausreisegenehmigung erhalten, behielt seine zuversichtliche Prognose recht: Zu beiden großen Veranstaltungen, der Konferenz des Zentralausschusses und seiner Sektionen vor und nach der Haupttagung und zum Berliner Kirchentag, kamen aus der DDR und dem übrigen Ostblock so zahlreiche und so starke Delegationen aller Altersstufen und Fachsparten wie zu keiner der entsprechenden Versammlungen zuvor, wo sie auch stattgefunden hatten.

Im Rat der Evangelischen Kirche in Deutschland haben Richard von Weizsäcker und ich häufig, bei den Sitzungen der ökumenischen Gremien – unter dem Zwange des Alphabetes – stets nebeneinandergesessen. Das ergab die Möglichkeit zu privatem Geplauder. Während der Zentralausschußtagung in Canterbury 1969 analysierten wir die Chancen der Kandidaten für die Schachweltmeisterschaft, und ich erfuhr von ihm, daß im Hausschachwettkampf daheim seine Söhne den Vater nun schon zu schlagen pflegten. Und auch in Canterbury – er stand für das Amt des Präsidenten des deutschen Goethe-Institutes an – schilderte er meinem Sohn und mir die Arbeit und den außenpolitischen Einfluß dieses Kultur- und Forschungsunternehmens so anziehend, daß mein Sohn, der gerade seinen juristischen Assessor bestanden hatte, sich dort bewarb und die Entscheidung nicht bereut hat.

Kennzeichnend für die Anteilnahme am Geschick des einzelnen ist, daß auch der Regierende Bürgermeister von Berlin mich – gelegentlich – nach den Stationen der Tätigkeit und den Erfahrungen meines Sohnes gefragt und sich dazu interessiert geäußert hat.

Als ich 1921 in Tübingen Theologie zu studieren begann, erfuhr ich von dem zwei Jahrzehnte zuvor verstorbenen Kirchenhistoriker von Weizsäcker. Es waren legendäre Anekdoten über ihn im Umlauf, über seine geistige Vielseitigkeit und seine geistige Frische bis ins Alter. Von ihm – als Alterswerk – stammte die damals gültige beste moderne Übersetzung des Neuen Testamentes ins Deutsche. Er war wegen seiner wissenschaftlich-kirchlichen Leistungen geadelt worden. Er ist der Urgroßvater Richard von Weizsäckers. Uns in der »Aktion Sühnezeichen/Friedensdienste«, deren Polen-Projekte er besonders unterstützt, hat er beim Abschied zugesagt, daß er mit seiner Residenz im Schloß Bellevue Berliner bleibe, nicht selten in ihr wohnen und dort auch uns empfangen wolle. Die Zusage mildert den Abschiedsschmerz für alle Berliner.

Helmut Hild

Präsident der Evangelischen Kirche in Hessen und Nassau, Darmstadt

Im Ziel solidarisch

Als ich im Frühjahr 1969 zum Kirchenpräsidenten der evangelischen Kirche in Hessen und Nassau gewählt wurde, war Richard von Weizsäcker Mitglied der Kirchenleitung. Zwei Jahre zuvor hatte die Synode den damals in Ingelheim wohnenden Rechtsanwalt und CDU-Politiker in das Leitungsgremium gewählt. Inzwischen hatte er seine Tätigkeit nach Bonn verlegt. Von Bonn nach Darmstadt braucht man wenigstens zwei Stunden. Schon damals beeindruckte mich die Treue, mit der er seine Aufgabe wahrnahm, Repräsentant der Gemeinde in der Kirchenleitung zu sein.

Seit dem Sommer 1973 sitzen wir gemeinsam im Rat der Evangelischen Kirche in Deutschland. Inzwischen war er Bundestagsabgeordneter mit wesentlichen Funktionen in seiner Fraktion und Partei geworden, dann Bundestagsvizepräsident und schließlich Regierender Bürgermeister von Berlin. Er gehörte also zu jenen Politikern, von denen man gemeinhin den Eindruck hat, sie müßten von einer Verpflichtung zur anderen hetzen. Weizsäcker erschien regelmäßig zur Ratssitzung, fast jeden Monat zwei Tage lang. Den Eindruck des Gehetztseins hat er nie gemacht. Statt dessen geht von ihm Ruhe aus – und für die Partner im gemeinsamen Gremium die Bestätigung: Er braucht uns, und wir brauchen ihn.

Entgegen dem landläufigen Urteil sehen die rechtlichen Ordnungen der evangelischen Kirche eine intensive Beteiligung der gemeindlichen Basis an den Entscheidungen der Leitungsgremien vor. Deshalb wird oft auch über Zusammenhänge verhandelt, die in der Politik als nebensächlich gelten mögen. Ich fragte ihn einmal, ob ihn nicht vieles langweile, was die hauptamtlichen Kirchenleute so ausführlich beschäftige. Er fand meine Frage erstaunlich. In der Kirche könne man ganz anders als sonst erfahren, sagte er etwa, daß auch das Unscheinbare wesentlich sei. Die Sorgfalt, mit der hier fern von einengenden Interessen miteinander gesprochen werde, sei gerade für den Politiker hilfreich. Er komme nicht nur aus Pflicht, sondern aus Neigung zu unseren Tagungen.

Am Gespräch beteiligt er sich mit engagierten Beiträgen, mit denen er auch seine Erfahrungen außerhalb der Kirche einbringt. Dem Eindruck, er vertrete damit die Interessen seiner Partei, waren seine Partner freilich nur selten ausgesetzt. Er strahlt eine Unabhängigkeit aus, die andere zum eigenständigen Urteil und auch zum Widerspruch ermutigt. Dabei kann er durchaus polemisch argumentieren. Einmal fühlte ich mich von einer Äußerung persönlich getroffen und sprach es aus. Ich vergesse nicht, wie ihm meine Empfindungen leid taten. Die persönliche Verbundenheit war ihm eindeutig wichtiger als die Meinungsdifferenz.

Von 1968 bis 1975 gehörte Richard von Weizsäcker als Vertreter der EKD dem Zentralausschuß des Ökumenischen Rates der Kirchen und dem Exekutivausschuß an, dem engsten Vorstand dieser weltweiten Vereinigung von mehr als 300 Kirchen. In dieser Zeit gab es in der Ökumene, in der EKD und besonders auch in der deutschen Öffentlichkeit einen heftigen Streit um die Frage, ob der Ökumenische Rat die gemeinsam erkannte Pflicht, dem Rassismus in der Welt entgegenzutreten, auch zum Anlaß nehmen könne, sich mit Befreiungsbewegungen im südlichen Afrika im Ziel solidarisch zu erklären und die Solidarität durch Geldzuweisungen für humanitäre Aufgaben zu bekunden. Weizsäcker war gegen einen Sonderfonds für solche Mittel, der nach seiner Auffassung zuviel Raum für politische Mißverständnisse bot und die Kirche dem zwar unberechtigten, aber doch schwer widerlegbaren Verdacht aussetzte, revolutionäre Gewalt zu bejahen. Er hielt seine Position auch als Minderheit durch, bewahrte sich aber den Respekt der in dieser Sache leidenschaftlich andersdenkenden Freunde aus der Dritten Welt, weil er nie einen Zweifel daran ließ, daß er zu den Menschen steht, die unter rassistischer Bedrückung leiden.

In der deutschen Diskussion über das Antirassismus-Programm des Ökumenischen Rates trat dann ein Charakterzug zutage, der ihn besonders auszeichnet. Es lag ihm weniger daran, die Stimmen zu unterstützen, die sich wie er selbst gegen den Sonderfonds aussprachen. Statt dessen vertrat er die Anliegen der Christen aus der Dritten Welt, mit denen er in den ökumenischen Gremien zusammenarbeitete, in der eigenen Kirche und vor der Öffentlichkeit seines Landes. Er beließ es nicht bei der Würdigung von Auffassungen, die er nicht teilte, was heutzutage auch nicht selbstverständlich ist. Vielmehr sah er sich verpflichtet, die Menschen, mit denen er sich in ökumenischer Gemeinschaft verbunden wußte, auch zur Sprache zu bringen. Das entspricht der Verhaltensregel des Apostels Paulus, der »den Juden ein Jude und den Griechen ein Grieche« sein wollte – als Ausdruck für die Bereitschaft, dem Dienst am anderen Vorrang zu geben vor der Durchsetzung des eigenen Standpunktes.

Daß ihm die Solidarität in der gemeinsamen Verantwortung vor allem anderen wichtig ist, habe ich am Ende seiner Mitgliedschaft in den ökumenischen Gremien eindrücklich erlebt. Auf Grund einer Äußerung aus der EKD war zum Beginn der Weltkirchenkonferenz des Jahres 1975 in Nairobi eine atmosphärische Störung im Verhältnis zu den Vertretern schwarzer Kirchen entstanden, die den Verlauf der Konferenz zu beeinträchtigen drohte. Dem Präsidenten des Kirchlichen Außenamtes der EKD und mir als dem Sprecher der Delegation fiel die Aufgabe zu, unliebsame Folgen zu verhindern. Wir mußten schnell handeln, und es war nicht mehr möglich, den deutschen Vertreter im Exekutivausschuß des Ökumenischen Rates zu konsultieren. Als ich ihm anderntags unsere Erklärung zeigte, war er mit einer Passage überhaupt nicht einverstanden. Aber dann sagte er: »Nun gut, es ist raus. In Ordnung.« Ich vermute, daß er sich später noch manches Mal dafür rechtfertigen mußte, sich nicht distanziert zu haben. Doch es ist nicht Richard von Weizsäckers Art, sich von Freunden zu distanzieren, auch wenn er in einer Sache Distanz zu ihnen hat.

Eduard Lohse

Bischof, Vorsitzender des Rates der Evangelischen Kirche in Deutschland, Hannover

In der Verantwortung für den Frieden

Auf einem der Kirchentage, die die Evangelische Kirche in der Deutschen Demokratischen Republik veranstaltete, sprach Richard von Weizsäcker als Vertreter der evangelischen Christen in der Bundesrepublik und Berlin-West am 25. September 1983 zu der großen, auf dem Marktplatz von Wittenberg versammelten Gemeinde. Dabei brachte er zum Ausdruck, mit welcher Freude es ihn erfülle, alle Teilnehmer am Kirchentag von ganzem Herzen zu grüßen. »Sie und wir« – so sagte er – »gehen unsere Wege nicht nur in voller Unabhängigkeit, sondern auch in der besonderen Gemeinschaft der ganzen evangelischen Christenheit in Deutschland. Sie und wir tragen dafür in partnerschaftlicher Freiheit Mitverantwortung.«

Das sind Worte eines engagierten Christen, gerichtet an Christen, die unter anderen gesellschaftlichen Bedingungen leben, aber miteinander in demselben Glauben und der gleichen Zuversicht stehen, daß nicht menschliche Politik, sondern Gott das letzte Wort über unsere Geschichte und das Geschick jedes einzelnen Menschen zu sprechen hat. Denn nicht Menschen, sie mögen noch so mächtig zu sein scheinen, sondern Gott sitzt im Regiment.

Aus dieser festen Überzeugung, die den evangelischen Christen Richard von Weizsäcker geprägt hat und bis heute leitet, ist auch sein politisches Urteil bestimmt. Nicht politische Programme oder ideologische Ansichten, sondern die Freiheit eines Christenmenschen, der um der Liebe willen jedermanns Knecht wird, leitet sein Handeln. In Politik und Kirche, in Familie und Gemeinde ist er stets derselben Überzeugung verpflichtet, die aufgrund seiner persönlichen Glaubwürdigkeit zu überzeugen vermag.

Seit 1962 mit der Arbeit des Deutschen Evangelischen Kirchentags verbunden, ist es für ihn selbstverständlich, daß Christen zu beiden Seiten der Trennungslinie, die Europa durchzieht, zusammengehören. In Wittenberg sagte er das so: »Wir sind verbunden in dem, was den Kirchentag immer ausgemacht hat und weiter prägt: Laien arbeiten aktiv zusammen mit Pfarrern, um ihren christlichen Glauben in der Welt zu bezeugen und Konsequenzen im eigenen Leben daraus zu ziehen. Um der Glaubwürdigkeit des christlichen Zeugnisses willen machen wir nicht halt an Grenzen von Bekenntnissen, Gemeinden, Landeskirchen, Ländern. Kirchentag und Ökumene sind eins. Wir leben hüben und drüben unter verschiedenen Bedingungen, gesellschaftlichen Systemen und persönlichen Spielräumen. Wir respektieren dies gegenseitig. Keiner will dem anderen unangemessene Ratschläge geben. Aber wir sind, wenn auch in zwei Staaten, hüben und drüben Deutsche.«

Diese wenigen Sätze bringen in aller Klarheit zum Ausdruck, aus welcher Quelle der Christ Richard von Weizsäcker die Kraft für seine vielfältigen Aktivitäten in Kirche und Gesellschaft schöpft und wo die Wurzeln seines Wirkens liegen. In der geistigen Welt der europäischen Kultur beheimatet und der französischen und englischen Sprache mühelos mächtig, bekennt er sich dazu, von Gott an den Platz gestellt zu sein, in Deutschland zu leben und Verantwortung zu tragen. Als Europäer ist er Deutscher und als Deutscher Europäer, weil das nun einmal die in sein und unser Leben hineingelegte Aufgabe ist. Kultur des Herzens, Humor des Redens und aufmerksame Zuwendung zum anderen Menschen kennzeichnen sein Wesen, das Grenzen zu überschreiten und Menschen zusammenzuführen weiß.

In Wittenberg fuhr er fort: »Der Friede, um den wir uns sorgen und bemühen, ist nicht teilbar zwischen Ost und West. Es geht um einen menschengerechten Frieden für Ost und West, für Nord und Süd.« Zu den Christen im anderen deutschen Staat gewandt, fügte er hinzu: »Wir grüßen Sie in der Verbundenheit unserer Verantwortung und unseres Glaubens. Unsere Sache ist es: Vertrauen wagen – Vertrauen gemeinsam wagen.«

Seit mehr als zehn Jahren gehören wir miteinander dem Rat der Evangelischen Kirche in Deutschland an, der von der Synode gewählt wird. Jedes Mitglied bedarf einer Zweidrittelmehrheit aller Stimmen. Weizsäkker genießt ungeteiltes Vertrauen in allen Kreisen seiner Kirche, weil er als sogenannter »Laie« zu sagen und in seinem Leben zu verwirklichen weiß, was es heißt, in unserer unruhigen und aufgeregten Zeit ein Christ zu sein. Stets ist er ruhig, gelassen, aber zugleich immer engagiert und aufmerksam. Er kann lange Zeit geduldig und konzentriert zuhören und fährt seinem Gesprächspartner niemals ins Wort. Auch in den letzten Jahren, als hohe politische Aufgaben seine Zeit und Kraft in ungewöhnlichem Maße in Anspruch nahmen, war er fast stets bei den jeden Monat für zwei Tage stattfindenden Sitzungen des Rates anwesend. Dabei weiß er immer konzentriert seine Ansicht zu sagen, auf die Argumente der anderen zu hören und mit ihnen nach einer einvernehmlichen Lösung zu suchen.

Ob es um die ökumenischen Aufgaben, die er aus jahrelanger Mitarbeit im Zentralausschuß des Weltrates der Kirchen auf das beste kennt, oder um gesellschaftliche Probleme geht, über die die Kammer für öffentliche Verantwortung zu beraten hat – stets ist er ungeteilt beteiligt an dem gemeinsamen Bemühen, das rechte Urteil zu finden und in klare Sätze zu fassen, was Christen zu glauben und zu hoffen und dann in der Liebe zu tun haben. Er kann trauern mit den Traurigen, aber auch lachen mit denen, die sich freuen.

Darüber hinaus besitzt er die großartige Fähigkeit, im Kreise der Freunde über sich selbst zu lachen. Jedesmal ist es Freude und Ermutigung zugleich, mit ihm zusammensein zu dürfen, weil jeder, der in der Runde sitzt, sich von ihm vertrauensvoll angenommen weiß und spürt, daß wir uns aufeinander verlassen können.

In Wittenberg drückte er diese Glaubwürdigkeit, die Grenzen zu überschreiten und Vertrauen zu stiften imstande ist, so aus: »Frieden in der Welt zwischen Menschen und Völkern darf nicht nur Gefühl und Sehnsucht sein. Er erfordert von uns mehr als das christliche Überspielen von Gegensatz und Konflikt. Er verlangt zunächst Aufrichtigkeit in der nüchternen verantwortlichen Analyse. Nicht Erfüllung von Träumen schulden wir Älteren den Jungen, sondern Aufrichtigkeit.« Was er sagt, bekräftigt er durch sein Leben und Handeln. Als Christ kennt er die uns bindende Verpflichtung, für den bedrohten Frieden einzutreten, und als Politiker handelt er nach dem Grundsatz, den er bezeugt: Nichts schulden wir einander sosehr wie jene schlichte Aufrichtigkeit, die allein Glaubwürdigkeit auszustrahlen vermag.

Rufus Flügge

*Stadtsuperintendent i. R.,
Vorsitzender der »Aktionsgemeinschaft Dienst
für den Frieden e. V.«, Hannover*

Was mich ärgerte?

»Was mich an ihm ärgert ...«, so lautet wörtlich die Frage, die die Herausgeber an mich gerichtet haben. Eine klügere Frage hätte nicht einmal ein Psychotherapeut mir stellen können.

1967, Deutscher Evangelischer Kirchentag in Hannover. Richard von Weizsäcker als Präsident. Werner Bahlsen und Hanns Lilje begrüßen zuvor eine Pressekonferenz, in der die Grundsatzrede dann vom Präsidenten gehalten wird. Ich war dabei, vom Landesbischof an die Marktkirche berufen, ausdrücklich nach dem damals berühmten, schönen englischen Muster »der Erzbischof von Canterbury und sein roter Dean« (Originalton Lilje). Es begann – wenn ich mich recht erinnere – ein »vornehmer« Kirchentag. (Ich sage vornehm, weil ich als Kind gelernt hatte, die Bevölkerung in vornehme und einfache Leute einzuteilen.) Ich war einfacher Leute Kind und nun Pfarrer der einfachen Leute, ja, man sagte boshaft: »der rote Rufus«. Da saß ich nun im vornehmen Milieu. Wie wird das gehen? Ärgerte ich mich? Ich bedauerte, daß vom gleichen protestantischen Boden aus die Wege so auseinandergingen. Ich fühlte mich fremd, obwohl wir in »Großer Koalition« lebten und »unter dem Evangelium zusammengeblieben« waren und beim Thema Frieden zu der sanften Formel »Friedensdienst mit und ohne Waffen« gefunden hatten. Es gab noch keine violetten Tücher, aber ein Sturm war zu erwarten, meine Freunde standen schon vor der Tür, die Kriegsdienstverweigerer und ihre älteren Interpreten, mit der Forderung nach zivilem Friedensdienst. Da fand indessen der Präsident gute Worte, deren einige hier wiederholt seien: »Wir können und wollen nicht einen Beitrag zur Friedensforschung leisten. Wohl aber wollen wir einen Anstoß geben, um dazu beizutragen, daß die Bedeutung der Friedensforschung erkannt und gefördert werden möge ... Die Theorie und Praxis vom Krieg ist ja seit jeher Gegenstand jedweder menschlichen Anstrengung, nicht zuletzt seines Denkens. Die Krisenbeherrschung, die Konfliktverhütung, die Konfliktregelung dürften es nicht weniger sein. Wir lernen, der Friede sei zwingend. Er wird es nur sein, wenn er denkbar geworden ist ... Mit dem Kirchentag treten wir nicht in der Form von Appellen vor die Mächtigen der Welt. Die Worte der Kirche sind Sache ihrer verfaßten Gremien. Entschließungen sind Sache von Aktionsgemeinschaften ...«

Da war das Stichwort! Unmittelbar im Anschluß an den Kirchentag wurde die »Aktionsgemeinschaft Dienst für den Frieden e. V.« gegründet, deren Vorsitzender ich jetzt bin. Ich bedenke also: Entschließungen sind jetzt unsere Sache, Sache der 19 Mitgliedsorganisationen. Richard von Weizsäcker – als kluger Präsident des Kirchentages – hat uns munter gemacht. Soll ich mich nun ärgern, daß ein Mann seiner Art sich in einer Umgebung politisch engagiert, die nicht meine Heimat ist? Langen Nachdenkens Resümee: Im Gegenteil! Gerade dort, wo er steht, hat man ihn nötig, haben wir ihn nötig. Ich will mich freuen, wenn in jeder Partei, in jeder Kirche, in jeder Bewegung, in jeder Organisation, in jedem Staatswesen zuverlässige und weitläufig erfahrene Protestanten mitwirken, die dem Frieden zu dienen willens und fähig sind. Unsere Väter hatten es schwerer, und wir haben gelernt, uns nicht über sie zu ärgern. Wir wollen hoffen, daß wir denen, die nach uns kommen, kein Ärgernis sind.

Hans-Otto Wölber

früher Bischof in Hamburg, Hamburg

Biblisch besonnen

Richard von Weizsäcker wäre nicht unter denen gewesen, die mit gewaltigem Blasen die Mauern von Jericho zum Einsturz brachten. Vermutlich hätte er sich an den Rat Gamaliels gehalten. Der meinte einst bei der Wertung eines grandiosen Problems: »Ist das Werk aus dem Menschen, so wird's untergehen; ist es aber aus Gott, so könnt ihr's nicht dämpfen...« Außerdem hätte er wohl die Dienstanweisung des Apostels akzeptiert, die da lautet: »Gott hat uns nicht den Geist der Verzagtheit gegeben, sondern den Geist der Kraft, der Liebe und Besonnenheit.« Dies sei hier zitiert, weil es ausgerechnet 1984, einem für Weizsäcker erheblichen Jahr, die Losung der evangelischen Christenheit ist.

Ich bin ihm nicht so nahe, daß ich etwas über seine Gefühle wüßte. Es gehört wohl zu jener biblischen »Besonnenheit«, eine noble Selbstkontrolle nie aufzugeben, um den Sturm irritierender Emotionalität zu dämpfen. Besonnenheit ist hier eine religiöse Formel, Ausdruck, wie es klingt, von Entschlossenheit, Tapferkeit – aber auch vertrauenerwekkend; denn da ist der Geist der Liebe. Das muß man wohl alles der christlichen Tugendlehre zurechnen und nicht der Kategorisierung eines Temperaments. Vermutlich aber ragt dies in die Tradition, aus der er kommt.

Aber ich möchte das einmal anders sagen. Seine »Christlichkeit«, sofern wir überhaupt solche Maßstäbe an unsere Zeitgenossen legen dürfen, hat drei Wurzeln: eine behutsame Religiosität, das christliche Menschenbild und – wie er immer wieder unter Beweis stellt – das Engagement.

Es gibt da wohl eine Zäsur in dem Leben dieses Christen. Er erzählt selbst: »Mehrfach hatte ich an den Laientreffen der evangelischen Kirche, dem damals noch alljährlich stattfindenden Deutschen Evangelischen Kirchentag, teilgenommen. Zu meiner völligen Überraschung trug man mir 1964 die Bestellung zum Präsidenten des Kirchentages an. Nach längerer Bedenkzeit nahm ich sie an. Es war eine ehrenamtliche, aber sowohl inhaltlich wie zeitlich so anspruchsvolle Tätigkeit, daß sie zunächst zur Verringerung und später zur Beendigung meines Berufes in der Wirtschaft führte. Ich habe diese Entwicklung, je klarer sie sich anbot, um so eindeutiger begrüßt.«

Weizsäcker habe ich des Näheren erlebt in den zwei Jahren der Vorbereitung und dann der aktuellen Dramaturgie des Hamburger Kirchentages 1981. Die Friedensbewegung mit ihrer legitimen Unruhe, aber auch ihre überschäumenden Unruhestifter und Dramatisierer, wirkten auf dieses kirchliche Unternehmen spürbar ein. Die Solidarität in den Leitungsorganen schien gefährdet. So etwas geht nicht ohne Erregung ab. Aber »besonnen« und mit messerscharfen Formulierungen in den Präsidialsitzungen und auf Pressekonferenzen verdeutlichte der Vorsitzende Weizsäcker, was des Kirchentages ist und was nicht. Er ist ein Haus für alle, die da ein gemeinsames Ziel haben, aber oft mit prophetischem Pathos verschiedene Wege gehen, wie das in der Kirche immer so ist. Vielleicht ist die Fähigkeit zur demonstrativen Abwägung, ohne bei lahmer Ausgewogenheit zu enden, seine entscheidende positionelle politische Gabe. Ich wage, sie der christlichen Verständigungs- oder gar Versöhnungsbereitschaft zuzuschreiben – und der Tugend der Geduld. Er mußte ja schlucken, als seine christlichen Freunde sich mit einer Sonderfriedensdemonstration absetzten.

Bei allem wurde mir sein spannungsvolles Verhältnis zur Kirche deutlich. Einerseits ist es bestimmt von einer ungewöhnlichen Loyalität; andererseits aber sowohl vom unterdrückten Jammer über Unklarheit und Widerstreit wie vom leicht amüsierten Staunen über den Tumult der Menschen. Weizsäcker hat keinen Zweifel an der Tatsache der Einwirkung des Evangeliums auf die Weltverhältnisse. Wohl aber hat er einen

Zweifel, ob die Kirche eine angemessene Haltung entwickelt. Er fürchtet, daß das »politische Geschäft« gerade von der Kirche durch aktivistisches und konkretes Mitwirken im politischen Kalkül »total säkularisiert« wird. »Wer die moralische Basis seiner Politik nicht klarzumachen weiß, macht schlechte Politik.«

Leider reflektiert die Kirche viel zuwenig über die Ambivalenz ihrer politischen Situation und damit über die Wurzeln und Folgen der Polarisierung in ihr. Einen Mann wie Weizsäcker mit dem Geist der »Besonnenheit« und der Abwägung muß es schon verdrießen. »Merkwürdig und beunruhigend ist es, wie wenig Impuls und Hilfe von den christlichen Kirchen in der letzten Zeit ausgegangen sind, um zur Trennung zwischen notwendiger Auseinandersetzung in der Sache einerseits und dem irrationalen und machtbezogenen Polarisierungsdrang andererseits beizutragen. Man muß sogar umgekehrt feststellen, daß diejenigen aus dem Lager der christlichen Kirche, die sich in den politischen Streitigkeiten in der letzten Zeit öffentlich engagiert und Aufmerksamkeit für ihre Stimmen erhoben haben, dies zumeist in einer Form getan haben, die die Heftigkeit der Polarisierung noch anheizte ... Auch wenn wir als irrende Menschen immer wieder den Maßstab der Liebe verfehlen, so wissen wir, daß in der Liebe mehr Kraft steckt als in irgendeiner anderen Macht. Und unser Gewissen hilft uns, täglich von neuem Lösungen zu suchen, von denen wir hoffen dürfen, daß wir sie vor Gott verantworten können.« Ich glaube, dies ist genau Richard von Weizsäcker.

Kann man die letzte Sehnsucht und Erwartung eines Menschen ausmessen? Vielleicht schaut man mitten im Leiden der Politik nach jener Seite der großartigen Botschaft aus, die besagt, daß in unserem Leben eben nicht alles »auch politisch« ist. Es verwundet Weizsäcker wohl, wenn die Spielregeln verletzt werden und nicht Nüchternheit des Evangeliums die Auseinandersetzung mit in der Tat schmerzlich harten Realitäten bestimmt, sondern wenn sachliche Meinungen »mit einer ethisch christlichen Verurteilung Andersdenkender« verknüpft werden. Das ist die eine Seite. Aber der Mensch erfährt auch, »daß seine Kraft begrenzt ist und daß es jenseits dieser Grenzen eine Wirklichkeit gibt, über die er nicht verfügt. Transzendenz nennen wir das. Nach christlichem Verständnis ist Gott der Grund für Sinn und Sein. Ihm verdankt sich der Mensch, nicht sich selbst.«

So ist er ein Christ mit hohem politischen Engagement. Dabei sendet er manchmal Signale nicht der vorletzten, sondern der letzten Dinge seines Herzens. Wenn ihn seine Kirche kümmert, begibt er sich doch unverdrossen in alle Schlachten, weil er zu ihr steht wie bei jenem Kirchentag.

Hans L. Merkle

Vorsitzender der Geschäftsführung der Robert-Bosch-GmbH, Stuttgart

Erfahrungen

Man sagte mir, ich sollte »ganz persönliche Erfahrungen« aus meinen Begegnungen mit Richard von Weizsäcker niederschreiben. Ich glaube ihn zu kennen; aber begegnet bin ich ihm, wenn ich nachdenke, viel seltener, als das klare Bild erwarten ließe, das ich von ihm habe. Doch ist dies vielleicht gerade die wichtigste Erfahrung, die ich mit ihm machen konnte: Er ist ein Mensch, den man nicht vergißt, wenn man ihn einmal gesehen und gesprochen hat. Er ist ein Mensch, der Eindruck hinterläßt, ohne daß es großer Worte bedürfte; denn er spricht nicht gerne mehr, als er muß, um so präziser drückt er sich aus; in der Genauigkeit seiner Sprache schenkt er seinem Gesprächspartner nichts – aber er hört ihn an, er überhört ihn nicht ...

Ein heißer Sonntag im Juli 1969. Auf dem Cannstatter Wasen Schlußkundgebung des Deutschen Evangelischen Kirchentags in Stuttgart – Präsident Richard von Weizsäcker. Am frühen Abend, die Veranstaltung war geschlossen, das große, bewegende Ereignis lag hinter ihm, kam er auf unsere Gartenterrasse in der Feuerbacher Heide, mit ihm seine Frau und seine Mutter, der unser aller Verehrung galt. Er war ganz still, keine Manöverkritik, weder von seiner Seite noch von den Freunden, die bei uns saßen. Ein blaßblauer Abendhimmel dunkelte ganz langsam. Richard von Weizsäcker, in sich gekehrt, Ruhe ausstrahlend, ließ Gewißheit erkennen; er hatte eine jener Pflichten erfüllt, die er bewußt auf sich genommen hatte, als er seine Tätigkeit in der Wirtschaft verließ, um nur noch der öffentlichen Sache zu dienen. Es war spürbar für uns alle, daß er auch unsere Bereitschaft erwartete, ohne daß er dies aussprach; als Beispiel wollte er sich nicht dargestellt haben, obwohl man spüren konnte, daß er sich doch, ohne jede Überheblichkeit, als Beispiel fand. Er war wohl gerne gekommen, trank mit uns gemeinsam nicht ohne Genuß unseren schwäbischen Landwein, erhob sich dann aber unversehens und verabschiedete sich rasch: Denn er hatte sich mit seinen Gehilfen und Mitarbeitern zu einer Stunde des Ausklangs verabredet. Das stand ihm höher als das wohlverdiente Versenken in einen Sommerabend. Eine Erfahrung, aus der sich kaum eine Lehre ziehen läßt als vielleicht diese, daß man eine einmal begonnene Arbeit zu Ende führen muß – oder jene, daß Führung und Zusammenarbeit untrennbar sind.

Für mich war dieser Kirchentag ein Erlebnis besonderer Art gewesen: In einem der großen Symposien hatte man sich die Probleme der Dritten Welt vorgenommen; die Rolle der industriellen Ansiedlung in jenen Ländern war angesprochen und deren Nutzen in Zweifel gezogen worden; die Investoren saßen auf der Anklagebank. In einer raschen Entscheidung ließ Richard von Weizsäcker Hanns Martin Schleyer und mich bitten, am Nachmittag unsere Sache selbst zu verteidigen. Wir taten es, und wenn wir nicht alle der mit Vorurteilen gekommenen Teilnehmer in der Sache für uns gewinnen konnten, so konnten wir doch vortragen, wie ernst wir auch den politisch-sozialen Hintergrund unserer industriellen Arbeit in Entwicklungsländern nehmen. Richtig gesehen war das eine Erfahrung mit Richard von Weizsäcker, der das offene Wort liebt, die offene Aussprache, der aber auch dem Gegensatz nicht aus dem Wege geht.

Rotterdam 1968. Wir – Richard von Weizsäcker und ich – nahmen an einer Arbeitstagung der UNIAPAC teil, der Vereinigung Katholischer Unternehmer, der wir, als Mitglieder der evangelischen Kirche, natürlich nicht angehörten, deren bewußt christliche Auffassung der Unternehmerfunktion uns aber ansprach. Wir beteiligten uns an der Diskussion, ohne daß ich mich der Themen oder gar des Inhalts unserer Beiträge erinnern könnte. Aber ich weiß noch, daß wir nach der Sitzung – es muß wohl im Frühsommer gewesen sein, der Abend war lange hell – durch die Straßen Rotterdams zu unserem Hotel gingen. Durch Straßen, die im Wiederaufbau nach der Zerstörung der Innenstadt im Kriege geradlinig und rechtwinklig gezogen worden waren und die ein Gefühl der Mitverantwortung in uns hervorriefen. Und ich weiß noch, wie nachdrücklich gerade an jenem Abend Richard von Weizsäcker von der Verpflichtung sprach, die er empfand, die ihm auferlegt worden war: für die »res publica« einzutreten, für sie zu wirken – unter Zurückstellung persönlicher Interessen. Der Themenkreis erweiterte sich – dabei dauerte unser Gang nicht länger als eine halbe Stunde; wir kamen auf die Max-Planck-Gesellschaft zur Förderung der Wissenschaften zu sprechen, der ich schon damals als Mitglied des Senats nahestand, auf die Überlegungen, im Rahmen dieser Gesellschaft auch Grundsatzfragen politischer Natur zu behandeln, auf die Aufgeschlossenheit, die gerade bei solcher Bemühung erforderlich sei. Es kommt mir heute so vor, als ob er seinerzeit seine Forderung auf geradezu unbedingte Toleranz fast intolerant vorgetragen hätte, jedenfalls mit einer Festigkeit, die ihn heute auszeichnet wie damals, die aber für den Gesprächspartner tragbar wird durch die Bescheidenheit, die immer auch dann spürbar bleibt, wenn er die Kräfte seiner Intelligenz einsetzt. Er schafft sich Freiraum, indem er Grenzen setzt, die auch der Gegner respektieren muß, und er erleichtert dem Gegner die Auseinandersetzung, indem er zu verstehen gibt, daß er dessen Argumente ernst nimmt, auch wenn er sie nicht anerkennt. Es kommt nun hier gar nicht darauf an, was wir in Rotterdam besprachen, es muß wohl kontrovers gewesen sein, aber noch heute weiß ich, daß Richard von Weizsäcker die Auffassung des anderen nicht nur zur Kenntnis nahm, sondern auch zu verstehen versuchte, und daß Fairneß für ihn unbewußte Selbstverständlichkeit ist; es kostet ihn keine Überwindung, gleichmütig zu bleiben, auch wenn seine Argumente nicht verfangen.

Berlin 1983. Man kann über jenen Watteau, der soviel von sich reden machte, nicht sprechen, ohne Richard von Weizsäcker in die Betrachtung einzubeziehen. Schließlich hat er den Aufruf unterschrieben, der um Spenden für den Kauf der »Einschiffung auf Cythera« von Jean-Antoine Watteau bat – eines Bildes, das Friedrich II., der Große, 1763 erworben hatte, das seither in Berlin hängt und das für Berlin erhalten bleiben sollte.

Viele von uns haben das Für und Wider erlebt, das um den Erwerb dieses Meisterwerkes entstanden war und noch nicht beendet sein mag, obwohl der Vertrag zugunsten Berlins inzwischen abgeschlossen werden konnte.

Wer – wie der Schreiber dieser Zeilen – den Versuch machen konnte, aus der Miene Richard von Weizsäckers bei den Veranstaltungen zur Spendenwerbung zu schließen, ob der Erwerb seiner innersten Überzeugung entsprach, mußte sich letzten Endes sagen, daß der Regierende Bürgermeister von Berlin seine Pflicht tat, obwohl er vielleicht eher mit dem Kopf als mit dem Herzen dabei war. Ich hatte bei einem der Treffen in der Deutschen Oper in Berlin-Charlottenburg den Eindruck, daß er ganz bei der Sache war, daß er ganz hinter der Idee stand – und doch glaubte ich zu ahnen, daß er abwog, ob es nicht wichtigere Vorhaben gab, die man mittels des in Frage stehenden Betrages in Angriff hätte nehmen können, ob man nicht an dieser oder jener Stelle hätte Not beheben können, wenn Berlin auf das Bild verzichtete. Richard von Weizsäcker hat nicht verzichtet; auch nach seiner Auffassung gibt es nur einen rechtmäßigen Platz für dieses Meisterwerk: Berlin. So setzte er sich vorbehaltlos für die Anschaffung ein, und es ist vielleicht in unerlaubter Weise subjektiv, wenn ich die Skrupel in ihm zu spüren glaubte – in dem Mann, der dabei war, Berlin zu verlassen. Da war sicherlich die, wenn auch gezügelte, Freude an dem ästhetischen Erlebnis, aber doch auch die Skepsis des kühl denkenden, warmherzig empfindenden Politikers, der einem Amt entgegensieht, das in ihm vorgezeichnet ist, das seinem inneren Streben durchaus entspricht, das seinen Lebensweg krönen wird. In Richard von Weizsäcker hatte der Watteau seinen Fürsprecher, der sich für ihn einsetzte – vielleicht nicht ohne einen Zwiespalt in seiner Brust, der aber weit hinausreicht über das Problem dieses Bildes. Denn nicht nur die Berliner fragen sich, warum Richard von Weizsäcker Berlin verläßt, eine Stadt, mehr als eine Stadt, der er in der kurzen Zeit seiner Tätigkeit ein neues Selbstbewußtsein gegeben hat. Nur er selbst könnte diese Frage beantworten, die man sich scheut, ihm zu stellen. Der Außenstehende kann nicht mehr sagen, als daß niemand jemals annehmen konnte, Richard von Weizsäcker werde über seine Zeit hinaus in Berlin bleiben. Er verweigerte sich nicht, als Not am Mann war; aber er hat nie versprochen, daß er in Berlin bleiben würde; er hat sich immer, in jeder Phase seines politischen Lebens, einen Freiraum eigener Entscheidung im gegebenen Zeitpunkt offengehalten. Berlin, ich bin dessen sicher, bleibt von ihm geprägt; es ist, seitdem er die Führung übernahm, heller geworden in mancher Hinsicht in dieser Stadt, die für viele von uns mehr ist als nur ein verblassendes Symbol. Auf seine Weise wird Richard von Weizsäcker ihr treubleiben.

[illegible] durch die [illegible]
[illegible] wurde. Richard von Weizsäcker [illegible] Wochen seinen [illegible]
[illegible] ohne [illegible]
[illegible]
[illegible] Richard von Weizsäcker
[illegible] der Kürze der Zeit
[illegible] gegeben hat [illegible]
[illegible]
Der [illegible]
[illegible]
[illegible]
[illegible] wurde er [illegible]
[illegible]
[illegible]
[illegible] die [illegible]
[illegible] Stadt [illegible]
[illegible] Auf seine [illegible]
[illegible] Richard von Weizsäcker [illegible]

IX. Kapitel

Bonner Jahre

Klaus Dreher

Leiter des Bonner Büros der »Süddeutschen Zeitung«, Bonn

Der Einzelgänger

Im Herbst 1968 machte sich Bruno Heck auf den Weg zu Richard von Weizsäcker, einem Bonner Rechtsanwalt, um ihm die Kandidatur für das Amt des Bundespräsidenten anzutragen. Der Generalsekretär der CDU ließ sich bei seinem einigermaßen kühnen Unternehmen von folgender Überlegung leiten: Die SPD beabsichtigte, ihr Mitglied Gustav Heinemann der Bundesversammlung vorzuschlagen. Weder die SPD noch die CDU/CSU hatten genügend Stimmen, um allein einen Kandidaten durchzubringen. Den Ausschlag gab also die FDP, sah man von der NPD einmal ab. Der liberale Heinemann stieß bei den Liberalen auf große Sympathien.

Heck hatte, bevor er zu Weizsäcker ging, bereits beim FDP-Vorsitzenden Walter Scheel diskret sondiert. Scheel erklärte sich gegenüber seinen Gesprächspartnern nicht eindeutig in dem Sinn, wenn Weizsäcker – oder Gerhard Schröder, der andere Bewerber, der im Gespräch war – aufgestellt würde, würde der eine die Stimmen der freidemokratischen Wahlmänner erhalten, der andere nicht. Aber er machte soviel deutlich, daß es für ihn darum ging, ob die CDU/CSU bereit und fähig sei, sich zu reformieren. Bruno Heck verstand den Hinweis sehr wohl: ein Kandidat Weizsäcker würde es jedenfalls der FDP außerordentlich schwermachen, geschlossen für Heinemann zu stimmen.

In dem ersten Gespräch zwischen Heck und Weizsäcker stimmte dieser nur zögernd zu. Das Zögern bezog sich nicht darauf, daß sich Weizsäcker die Aufgabe nicht zugetraut hätte (obwohl er zur Zeit der Wahl erst knapp 50 Jahre alt gewesen wäre). Aber er ließ offen, ob er Aussichten habe, sich in seiner eigenen Partei, der CDU/CSU, durchzusetzen. Zwar gehörte Weizsäcker schon dem Bundesvorstand der CDU an (1966 kooptiert, 1967 zusammen mit Helmut Kohl mit der viertbesten Stimmzahl erstmals gewählt), aber er war als Parteipolitiker wenig hervorgetreten. Lediglich in evangelischen Kreisen achtete, schätzte man den Präsidenten des Deutschen Evangelischen Kirchentages. Aber dies war ein Ehrenamt, das nicht unbedingt öffentliches Aufsehen erregte. Wenn jemand Weizsäcker sagte, so meinte er meist dessen älteren Bruder Carl Friedrich von Weizsäcker, den bekannten Friedensforscher.

Wie wenig man Richard von Weizsäcker zutraute, für das höchste Staatsamt zu kandidieren, zeigt die Anekdote, er habe geglaubt, sein Bruder bewerbe sich, als er im Radio hörte, es sei ein von Weizsäcker im Gespräch.

Sowohl Helmut Kohl, der damals noch Landes- und Fraktionsvorsitzender der CDU in Rheinland-Pfalz war und designierter Ministerpräsident, als auch – aus anderen Motiven – der damalige Bundeskanzler Kurt-Georg Kiesinger waren mit Heck der Auffassung, Weizsäcker solle gegen Heinemann antreten. Inzwischen hatte sich aber bei Schröder die Meinung verfestigt, er sei der »geborene Gegenkandidat« gegen Heinemann, der ursprünglich Mitbegründer der CDU war, sich dann aber öffentlich von der Partei und Konrad Adenauer losgesagt hatte, in dessen Kabinett er saß. Es gelang Heck nicht, dem damaligen Verteidigungsminister die Kandidatur auszureden, zumal da Schröder starke Betaillone, nicht zuletzt bei der CSU, hinter sich wußte. Bei der Stichwahl im Wahlmännergremium der Union erwies sich, daß Weizsäcker allenfalls Außenseiterchancen gehabt hatte: Von 85 Mitgliedern konnte er lediglich 20 für sich gewinnen.

Fünf Jahre später setzte sich Kohl mit seinem Kandidaten wenigstens in der eigenen Partei durch: Weizsäcker wurde nominiert; er gab sich aber keine Minute der Illusion hin, gegen den Kandidaten der SPD/FDP-Koalition, Walter Scheel, auch nur die geringste Chance zu haben. Es war ihm auch klar, daß er die Stimmen der CSU nur deshalb bekam, weil die bayrische Unionsschwester sicher sein konnte, ihm damit nicht zum Amt des Präsidenten zu verhelfen. Abermals fünf Jahre später ging die Präsidentschaft an ihm vorüber, ohne daß er auch nur ins Spiel gebracht worden wäre. Im Herbst 1978, als sich abzeichnete, daß Scheels Wiederwahl nicht gesichert war, befand sich Weizsäcker schon mit einem Marschbefehl Kohls auf dem Weg nach Berlin, wo er für die CDU die Wahlen gewinnen sollte. Es wurde auch als ein Zeichen dafür gewertet, daß Beständigkeit und Beharrlichkeit sich lohnen, als Weizsäcker 15 Jahre nach seinem ersten Anlauf, von CDU und CSU gleichermaßen akzeptiert, dazu noch mit Zustimmung der FDP und sogar vom Beifall der SPD begleitet, sein Ziel erreichte.

Kohl war es auch gewesen, der Weizsäckers Laufbahn in die politische Richtung gedrängt und ihm geholfen hatte, die ersten Sprossen zu erklimmen. Zwar war Weizsäcker schon Mitte der fünfziger Jahre in die CDU eingetreten, aber er hatte sich nie aktiv betätigt – bis er 1963 in eine leitende Position bei der Chemiefirma C. H. Boehringer Sohn in Ingelheim eintrat und damit in das Einzugsgebiet Helmut Kohls geriet. Der um zehn Jahre Jüngere avancierte im gleichen Jahr zum Fraktionsvorsitzenden in Mainz; Mitglied und Fraktionsvorsitzender der CDU im Ludwigshafener Stadtrat war er auch. Kohl setzte Weizsäcker auf die Mitgliederliste der Ludwigshafener CDU. Er wiederum stand auf der Gehaltsliste des Landesverbands der Chemischen Industrie, ausgewiesen als zweiter Geschäftsführer. In Ludwigshafen, dem Sitz der BASF, bildete sich in den sechziger Jahren so etwas wie eine Chemielobby, die sich bemühte, diesem gigantischen Industriezweig mit enormen Zuwachsraten auch politisch Geltung zu verschaffen. Abgeordneter der CDU in Ludwigshafen konnte Weizsäcker nicht werden, das war Udo Guilini, Geschäftsführer der Firma gleichen Namens und Vorsitzender des heimischen Chemieverbands. Im aussichtslosen Wahlkreis Worms aber konnte Weizsäcker auf Platz 2 der rheinland-pfälzischen Landesliste bei der Bundestagswahl 1969 ungefährdet in den Bundestag gelangen. Als er ins Bundeshaus einzog, wurde ihm ein Platz in der Opposition zugewiesen – damit hatte er nicht gerechnet, aber auch damit nicht, daß gerade dies seine Chance war.

Denn die Regierung Brandt/Scheel begann ihre Arbeit ausgerechnet mit der Konzeption einer »Neuen Ostpolitik«, zu der die CDU/CSU einige Ansätze entwickelte, die sie aber nicht zum Bestandteil ihrer Politik gemacht hatte. In seiner Fraktion stand der Neuling Weizsäcker sehr bald auf exponiertem Posten. Zusammen mit Walther Leisler Kiep und einigen wenigen anderen CDU-Abgeordneten formulierte Weizsäcker eine Position, die sich von der Mehrheit dadurch unterschied, daß sie die Ostverträge mit kritischer Aufgeschlossenheit behandelte. Weizsäcker blieb bei seiner ruhigen und abgewogenen Haltung, auch als sich die Konfusion immer mehr steigerte. Er warb in allen seinen Beiträgen dafür, die Argumente der anderen Seite wenigstens anzuhören.

Sodann differenzierte er zwischen dem Vertrag mit Moskau und demjenigen mit Polen, wobei er hier bedauerte, daß die Regierung beide miteinander verknüpfte. Hätte allein der Warschauer Vertrag zur Debatte gestanden und hätten die Polen einige wesentliche Zugeständnisse deutlicher formuliert, wäre Weizsäcker womöglich zu einer Zustimmung bereit gewesen. Denn er war – in Übereinstimmung mit den Gremien seiner Kirche – davon überzeugt, daß das Bedürfnis der Polen, in gesicherten Grenzen zu leben, respektiert werden müsse und daß deshalb – er sagte es immer sehr vorsichtig – »unsererseits eine klare Aussage zur Grenzfrage« notwendig sei. Wer es wollte, konnte daraus ohne weiteres die Forderung ablesen, die Oder-Neiße-Grenze anzuerkennen, für CDU/CSU-Begriffe eine ketzerische Formel. Indessen beugte sich am Ende der Abgeordnete Weizsäcker der Fraktionsdisziplin und enthielt sich der Stimme, womit immerhin die Ratifikation der Verträge gesichert war, anders übrigens als jene andere Gruppe von Unionsabgeordneten, die auf ihrem »Nein« beharrte.

Da Weizsäcker zu den Politikern gehört, denen man unterstellen darf, daß sie sich mehr am Gemeinwohl denn an Parteiinteressen orientieren, hat man ihn häufig in die falschen Kategorien eingeordnet. Er wirkte schon in seiner Bonner Zeit wie ein Herr vom grauen Scheitel bis zur Sohle. Deshalb glaubten manche, es fehle ihm an Ehrgeiz und Durchsetzungsvermögen. Weil er aber auch Gegner lobte und zum Beispiel aus seiner Sympathie für Herbert Wehner keinen Hehl machte, hielten andere ihn für einen Politiker, der auf das Verwischen und Vertuschen von Gegensätzen aus sei. In Wirklichkeit hat gerade Weizsäcker eine sehr pointierte Meinung zur Nützlichkeit von Polarisierungen. Er ist auch in diesem Punkt dafür, zu differenzieren statt zu diffamieren. So schrieb er einmal in einem Beitrag zur Selbstdarstellung der CDU in der Opposition: »Die Demokratie verlangt keine Verschleierung von Kontroversen. Im Gegenteil: je gesünder sie ist, desto härter und offener kann der Meinungsstreit geführt werden.« Um dann aber sogleich jene zu enttäuschen, die glaubten, aus solchen Sätzen eine Handlungsmaxime für Konfrontationsstrategien herauslesen zu können; denn er begründete zugleich, daß Gemeinsamkeit der Partei im außenpolitischen Bereich notwendig sei. Weizsäcker hätte nach seiner Denkungsart, seinem Herkommen und seinem Werdegang schwerlich ein strammer Sozialdemokrat werden können; aber er hat sich auch nicht zu jenen CDU-Parteipolitikern gezählt, die sozusagen von Berufs wegen in der Partei sind. Er ist, wie er sagt, ein »bißchen außerhalb der CDU«, im Parteienspektrum, von den Wählern her gesehen, etwas links von ihr, fast zwischen den traditionellen Lagern angesiedelt und schon allein deshalb schwer einzuordnen. Er gehört nicht zu der alten, knorrigen Generation eines Eugen Gerstenmaier und nicht zu den jungen Pragmatikern und Managern, die gegenwärtig die Schalthebel bedienen.

Helmut Kohl, der im Jahr 1973 Parteivorsitzender wurde, konnte zwar dem, was man das Grundsätzliche nennt, nie sehr viel abgewinnen; aber er hat ein Gespür für Leute, die imstande sind, Prinzipielles, über den Tag hinaus Reichendes zu produzieren. Deshalb berief er Weizsäkker zum Vorsitzenden einer Parteikommission, die den Entwurf für ein neues Grundsatzprogramm der CDU ausarbeiten sollte. Es war nicht so, daß die CDU ohne Grundsatzprogramm dagestanden hätte; es gab deren einige in überarbeiteten Fassungen, aber sie alle erwiesen sich als nicht mehr zeitgemäß. Kohl war selbst einmal Vorsitzender einer Programmkommission gewesen. Aber Weizsäcker faßte das Amt anders auf. Kohl hatte eine große Kommission mit vielen prominenten Persönlichkeiten gebildet; Weizsäcker dagegen orientierte sich an Qualtität und geistiger Durchdringung.

Sein Entwurf, der auf dem Parteitag 1978 in Ludwigshafen verabschiedet wurde (zu der Zeit also, da er sich, wie er sich ausdrückte, »nach langjähriger Grundsatzarbeit mit großer Freude dem politischen Kampf« zuwandte), enthielt eine geradezu revolutionäre Neuerung. Schon allein die lebhafte Beratung in allen Gliederungen der CDU wurde als sensationell für den Zustand einer Partei empfunden, die lange Zeit ein Wahlverein war.

Mit dem Ludwigshafener Programm vollzog die CDU auch programmatisch die Hinwendung zur Volkspartei. Weizsäcker stellte an den Anfang das Bekenntnis: »Die Christlich-Demokratische Union Deutschlands ist eine Volkspartei. Sie wendet sich an alle Menschen in allen Schichten und Gruppen unseres Volkes. Die Politik der CDU beruht auf dem christlichen Verständnis vom Menschen und seiner Verantwortung vor Gott.« Der außenpolitische Teil war an den Schluß gerückt, die soziale Marktwirtschaft wurde neu definiert und Kurt Biedenkopfs Begriff von der »Neuen Sozialen Frage« zur Lösung des Verteilungskampfes zwischen Organisierten und Nichtorganisierten angeboten.

Das Programm, das bis heute gültig ist, stellt eine Art Gegenstück zum Godesberger Programm der SPD dar; es ist ebenfalls als der Versuch einer Antwort auf die Fragen der Zukunft konzipiert und gleichwohl von ihr auch schon eingeholt. Das ist gewiß nicht Weizsäckers Schuld: Er gehört nicht zu jenen, welche die Angst vor der Zukunft verdrängen.

Sechs Jahre seines beruflichen Lebens widmete sich Weizsäcker der Arbeit am Grundsatzprogramm. Inzwischen wuchs er in der CDU/CSU-Fraktion und in der Partei in die erste Führungsgarnitur hinein. Er kam stetig vorwärts, weil er seine Ziele mit Augenmaß verfolgte und nie zu hoch steckte. Als er zum Beispiel 1966 in den Bundesvorstand aufgenommen wurde, fiel Helmut Kohl bei seinem ersten Versuch durch, in die Parteiführung zu kommen: Er unterlag bei der Wahl zum Präsidium und verließ vorzeitig den Saal. Auf drei hintereinanderfolgenden Parteitagen, 1973, 1975 und 1979, wurde Weizsäcker mit der jeweils höchsten Stimmenzahl in den Bundesvorstand gewählt. Das will etwas heißen. Den Schwankungen, denen Kohls Karriere unterlag, war er nie unterworfen. Das zeigte sich besonders deutlich 1979 in Kiel, als Kohls Ansehen auf dem Tiefpunkt angelangt war. Da mußte der Vorsitzende 82 Nein-Stimmen und 41 Enthaltungen hinnehmen, während sich lediglich 37 von 727 Delegierten nicht entschließen konnten, Weizsäcker ihre Stimme zu geben. Vorwärts kam Weizsäcker auch in der Bundestagsfraktion; nach der Wahl im Herbst 1972 wurde er zu einem der sechs Stellvertreter des Vorsitzenden Karl Carstens gewählt, seines jetzigen Vorgängers in der Villa Hammerschmidt.

Zwar huldigte Weizsäcker entschieden der These, Macht und Geist müßten einander nicht notwendig ausschließen. Aber seinen Neigungen dürfte das Amt des Bundespräsidenten eher entgegenkommen als die Rolle des Wahlkämpfers und vielleicht sogar des Berliner Regierenden Bürgermeisters. Ohnehin gibt es Bonner Parteifreunde, die meinen, seine Amtsausübung in Berlin sei strenggenommen nur ein Flirt mit der Macht gewesen und sein hohes Ansehen dort habe auf dem Mißverständnis beruht, er könne mit der Macht gelassen umgehen. Ehe er dort hingekommen war, hatte er einige Turbulenzen durchzustehen, deren Auswirkungen ihm heute noch anhängen. Zeitweilig wollte er weder sein Bonner Mandat aufgeben noch auf seinen Anspruch verzichten, das Wahlziel in Berlin doch noch zu erreichen. Deshalb kam es im Sommer 1979 zum Konflikt im Parlament. Der CDU/CSU-Fraktionsvorsitzende Kohl hatte Weizsäcker das Amt eines Vizepräsidenten des Bundestags zugesagt; ein Mandat des Berliner Abgeordnetenhauses hatte Weizsäkker aber auch. Der SPD-Fraktionsvorsitzende Wehner verwahrte sich dagegen, daß Weizsäcker für das Bundestagspräsidium kandidierte und zugleich Oppositionsführer im Berliner Abgeordnetenhaus bleiben wollte. Die Präsidiumswahl wurde verschoben, bis sich der Kandidat entschloß, die Brücken in Berlin vorerst abzubrechen. In Bonn kandidierte er auch 1980 wieder, gleich darauf wurde er abermals nach Berlin gerufen. Nun war es der stellvertretende SPD-Fraktionsvorsitzende Horst Ehmke, ein Freund Weizsäckers, der ihn im Bundestag hart annahm und ihm das Recht absprach, die Doppelrolle eines Vizepräsidenten und Spitzenkandidaten in Berlin zu spielen. Dieses Mal entschied sich Weizsäcker für Berlin. In einer Bundestagsdebatte im Januar 1981 teilte er mit, daß er das Amt des Parlamentsvizepräsidenten niederlegen werde; dabei entschlüpfte ihm der Satz, seine Arbeit in Berlin sei seine »politische Lebensaufgabe«, der ihm noch viel Ärger eintragen sollte.

Denn die Berliner vergaben ihm nicht, und sie konnten nicht recht verstehen, daß Weizsäcker nur zwei Jahre darauf fast mühelos und ohne größere innere Hemmungen in das Kleid des Präsidentschaftskandidaten der Union schlüpfte. Die Situation ist mit früheren nicht vergleichbar, da die CDU/CSU in der Bundesversammlung die absolute Mehrheit hat und ihr Kandidat gewählt ist, noch ehe der Wahlgang beginnt. Die Aussicht war wohl zu verlockend. Für das Amt des Staatsoberhauptes bewerbe man sich nicht, dafür werde man berufen, sagte Weizsäcker. Diese Aussage war sein Programm – auch wenn es lange Zeit so aussah, als könne sich der Parteivorsitzende und Bundeskanzler Kohl nicht entschließen, den Ruf an ihn ergehen zu lassen. Kohl hatte, bestärkt von einigen kleinmütigen Parteifreunden, zu bedenken, ob die Berliner CDU ohne Weizsäcker die nächsten Wahlen zum Abgeordnetenhaus gewinnen könne und ob er nicht in Berlin bleiben und die CDU/CSU einen anderen Präsidentschaftskandidaten präsentieren könne.

Erst, als sich keiner fand, und zwar, weil die Öffentlichkeit einhellig für Weizsäcker war und der Kandidat sich weigerte, einfach zu verzichten, gab Kohl am 28. November 1983 die Bahn frei für die Präsidentschaft mit den Worten, Weizsäcker habe die »Fähigkeit, Verständigung zu schaffen und in der Suche nach Orientierung voranzugehen«.

Bernhard Vogel

CDU, Ministerpräsident von Rheinland-Pfalz, Mainz

Ein Mann, der seine Partei das Denken lehrte

Richard von Weizsäcker hat 1969 im Wahlkreis Worms für den Bundestag kandidiert und ist über die Landesliste der CDU Rheinland-Pfalz in den Bundestag gekommen. Er traf in den sechziger Jahren in Rheinland-Pfalz auf ein besonderes politisches Klima, auf eine sich von Grund auf erneuernde CDU. Helmut Kohl – damals Landesvorsitzender und noch Vorsitzender der Landtagsfraktion – hatte in Rheinland-Pfalz Chance und Aufgabe gesehen, im Rahmen der Wachablösung der Nachkriegsgeneration eine politische und geistige Erneuerung der CDU und ihrer Politik zu erreichen. Schon vor dem Ende der Ära Adenauer/Erhard/Kiesinger spürte Kohl eine geistige Orientierungsschwäche.

Es wurden Menschen gebraucht, die liberal und konservativ zugleich waren, die genau und sorgfältig nachdachten, die den Dingen auf den Grund gingen. In einem teilweise sehr mühsamen Prozeß hat sich die CDU zu Beginn der langen Zeit auf den Bonner Oppositionsbänken einem neuen Nachdenken über die Politik und ihre Grundlagen zugewandt.

Die CDU mußte ihr politisches Programm nach den Gegebenheiten der siebziger Jahre von Grund auf neu durchdenken. Die eigentliche Nachkriegszeit war zu Ende, es ging um die Gestaltung eines neuen Abschnittes deutscher Politik. CDU-Politik konnte sich nicht in der Opposition zur Regierungspolitik erschöpfen. CDU-Politik mußte sein, was vom Grundsätzlichen überdacht und für sachlich richtig befunden worden war. Dabei war es unwichtig, ob dies der Regierungspolitik entgegengesetzt war oder nicht. Nicht diejenigen Aussagen, die sich aus der heftigsten und schlagkräftigsten Kritik an der Bundesregierung ergaben, formulierte das neue Programm, sondern was sich aus einem inneren und logischen Sinngehalt ergab, mußte vertreten werden. Nicht die tagespolitischen Differenzen, sondern die Unterschiede in der grundsätzlichen Programmatik mußten die Alternative zur SPD ergeben. Nur wenn die CDU ein neues zeitgemäßes Programm für die Politik in Deutschland durchdacht und dargestellt hatte, war sie fähig, eine politische Alternative anzubieten, die für die Bevölkerung glaubwürdig war.

Richard von Weizsäcker hat sich wie kein anderer an dieser Arbeit für die CDU beteiligt. In diesem Sinne hat er die CDU wieder das Denken gelehrt. Er hat dies in vielen Reden und Aufsätzen getan. Sein entscheidender Beitrag aber war die Verantwortung für die Erarbeitung des Ludwigshafener Grundsatzprogrammes der CDU von 1977. Im Mittelpunkt stand dabei weniger die Verabschiedung des Programms auf dem Parteitag selbst. Vielmehr hat Richard von Weizsäcker den mehrjährigen vorhergehenden Diskussionsprozeß voll durch die ganze Partei bis an die Basis getragen. Er hat auf vielen Konferenzen und Parteitagen selbst referiert, Motive des Programmentwurfes verdeutlicht, Positionen markiert, der Debatte Wege gewiesen. Er hat dabei vielen in der Partei Selbstbewußtsein, Überzeugungskraft und Glaubwürdigkeit auf der Grundlage der besten christlich-sozialen und christlich-demokratischen Tradition vermittelt.

Sein Stil ist dabei wohltuend sachlich geblieben. Er argumentierte nüchtern, frei von Emotionen, nur mit gelegentlichen pointierten Akzenten. Herausstechend war seine Toleranz gegenüber anderen Positionen, in der Partei, aber auch gegenüber anderen Grundsatzpositionen anderer Parteien, etwa der SPD. Richard von Weizsäcker hat es immer für eine wesentliche Voraussetzung einer Grundsatzdiskussion auch in der CDU gehalten, daß die SPD sich ihrerseits in ihren programmatischen Positionsbeschreibungen auf sich selbst besonnen hat. Er wußte und weiß den Gegner ernst zu nehmen, aber selbst fest auf seinen Grundsätzen zu bestehen.

Ein Beispiel dafür ist die 1969 aufgebrochene Diskussion, ob die CDU das »C« in ihrem Namen weiter führen sollte. Richard von Weizsäcker hat durch Offenheit und Kritikbereitschaft, mit der er dieser Frage gegenübertrat, zu dieser Diskussion beigetragen. Aber er hat auch früher als andere diese Diskussion für sich abgeschlossen. Er begründete Parteifreunden wie Parteigegnern, warum er für die Beibehaltung des »C« im Namen der Partei war. Dahinter stand keine mühsam erzwungene Christlichkeit des politischen Denkens. Dahinter stand die zentrale Überzeugung Weizsäckers, daß in dieser Welt mit ihren Aufgaben und Problemen derjenige verloren ist, der seine Überzeugungen nur auf Diesseitiges stützt. Für ihn ist es ein Gebot des Politikers, sowohl seiner Selbstbescheidung wie seiner selbstbewußten Kraft, daß er in der Anbindung an religiös verankerte Überzeugungen das Fundament seines geistig-politischen Bewußtseins gewinnen kann.

In der zweiten Hälfte der siebziger Jahre ist oft bemerkt worden, daß die Grundwerte des Grundsatzprogrammes der CDU, wie sie Richard von Weizsäcker formuliert hat, Freiheit, Gerechtigkeit und Solidarität, einen gewissen Gleichklang mit den Grundwerten der SPD signalisieren. Diese Ähnlichkeit war äußerlich erkennbar, aber es gab andere Betonungen und Interpretationen, und vor allem gab es einen anderen Bezug: Das Grundsatzprogramm von Ludwigshafen beruft sich im Gegensatz zu den Programmen von SPD und FDP schon in seiner Präambel ausdrücklich auf die Verantwortung des Menschen vor Gott.

Im Laufe der Jahre ist jedermann deutlich geworden, daß beide große Volksparteien den Grundwerten jeweils eine andere Bedeutung, eine andere Gewichtung zueinander und andere politische Konsequenzen gegeben haben. Was er 1977 scheinbar nur mühsam als die große grundsätzliche Divergenz von CDU und SPD erklären konnte, ist im Laufe der Jahre zum entscheidenden Unterschied geworden. Er hat dies von vornherein gewußt und bei aller gebotenen politischen Toleranz dem Gegner gegenüber hervorgehoben und herausgearbeitet. Richard von Weizsäcker hat damit der CDU ein neues und stabiles inneres Selbstbewußtsein gegeben: Das geistige Gerüst der Partei, die Linien ihres Denkens hat er entscheidend mitgeprägt.

Klaus von Dohnanyi

SPD, Erster Bürgermeister von Hamburg, Hamburg

Ein Mann für schwierige Zeiten

Zu diesem Zeitpunkt kann ich nur über den Kollegen Richard von Weizsäcker schreiben. Über den Kollegen im Bundestag, den Kollegen Bürgermeister in Berlin, den Mann, den ich persönlich kenne.

Der Bundestagsabgeordnete Weizsäcker erschien nicht nur mir als ein Mann, der in das Streitgetümmel der Parlamentsdebatten und Parteien nicht so recht paßte. Mag sein, daß schon seine Arbeit in der evangelischen Kirche ihn weniger »parteiisch« sein ließ, als dies von einem Politiker eigentlich erwartet werden muß. Sicherlich waren es aber auch Erscheinung und Stil: Jedenfalls hat er etwas »Präsidiales« an sich, das auch im Streit seiner Arbeit meist einen überparteilichen Anspruch gab.

Ich selbst bin parteiisch in der Politik und halte auch die Herablassung, mit der das deutsche Bürgertum Parteipolitiker betrachtet, für demokratisch bedenklich. Aber Eigenschaften wie die Richard von Weizsäckers sind dennoch unentbehrlich im Gehölz unserer Parteiendemokratie. Sie helfen besonders dort zu vermitteln, wo es immer weniger einfache Antworten auf einfache Fragen gibt.

Weizsäcker brachte mit seinen Eigenschaften in die Debatten des Bundestages oft eine Chance für Verständigung und Niveau. Sein Dialog mit Helmut Schmidt über protestantische Ethik in der Politik zum Beispiel verlieh dem Bundestag Glanz, trotz der Schärfe, mit der hier um die Grundlinien der Politik gestritten wurde.

Ohne einen eigenen Standort kann man weder vermitteln noch eine Debatte vertiefen. Ich teilte den Standpunkt des Kollegen Weizsäcker häufig nicht. Mir fehlte bei ihm oft die konkrete Konsequenz in den sozialen Fragen. Ich verstehe auch, so schien mir im Vergleich zu ihm, die christlichen Fragen an unsere Zeit kritischer. Aber Weizsäcker hat die Fähigkeit, auf seine Weise Standorte zu finden, von denen man weit blicken kann. Er hat die Weitsicht und die Fähigkeit, Grundsatzfragen unserer Zeit zu stellen und zu beantworten.

Dies sind Eigenschaften, die ein Bundespräsident braucht: Partei zu beziehen und doch auch die andere Seite sehen zu können. Der Bürger muß zwar wissen, wo der Bundespräsident steht – aber neben ihm muß doch immer auch für andere Standpunkte Platz sein. Weizsäcker hat viele Eigenschaften, die ein Bundespräsident gerade in schwierigen Zeiten gut brauchen kann. Ich denke, er wird ein guter Präsident werden.

Kurt H. Biedenkopf

Vorsitzender der westfälischen CDU, ehem. CDU-Generalsekretär, Düsseldorf

Der Ratgeber

Meine erste Begegnung mit Richard von Weizsäcker, an die ich mich genau erinnern kann, war eine Begegnung, die seine Wirkung deutlich macht.

Als rheinland-pfälzischer Ministerpräsident hatte Helmut Kohl einen Kreis von Freunden gebeten, ihm von Zeit zu Zeit zum Gespräch und mit Rat zur Verfügung zu stehen. Im Juli 1970 hatten wir uns in Mainz getroffen, um über die Ostpolitik zu sprechen. Es ging um die Bewertung der Verträge mit Moskau und Warschau. Peter Scholl-Latour und ich hatten den ganzen Abend dafür gestritten, die Verträge unterschiedlich zu bewerten. Gegen Mitternacht bekamen wir den Auftrag, das Ergebnis unserer Diskussion in unserem Sinne zu formulieren. Helmut Kohl wollte es am nächsten Tag zum Gegenstand einer Erklärung machen. Als wir am anderen Morgen mit dem Ergebnis unserer Arbeit zu

Helmut Kohl kamen, hatte er mit Richard von Weizsäcker telefoniert. Sein Rat lautete anders. Ihm schloß sich Helmut Kohl an.

Wenige Jahre später dann hat mir die Autorität, mit der Weizsäcker den Verlauf einer Diskussion beeinflussen kann, selbst in einer schwierigen Auseinandersetzung geholfen. Mit seiner Wahl zum Parteivorsitzenden im Juni 1973 hatte Helmut Kohl auch die Aufgabe übernommen, auf dem für den November 1973 geplanten Parteitag in Hamburg die Diskussion in der Partei um die Ausgestaltung der Mitbestimmung zu einem guten Ende zu bringen. Schon auf dem Parteitag in Düsseldorf 1971 war deutlich geworden, welche inneren Spannungen für die Partei mit dem Thema verbunden waren. Es kam deshalb darauf an, die Führung der Partei rechtzeitig auf eine gemeinsame Linie zu bringen. Als Generalsekretär hatte ich zu diesem Zweck einen Entwurf für einen Leitantrag des Bundesvorstandes ausgearbeitet. Er folgte im wesentlichen den Empfehlungen der Mitbestimmungskommission der Bundesregierung und hatte die Zustimmung des Parteivorsitzenden, aber nicht der Sozialausschüsse, denn er blieb hinter der sogenannten glatten Parität zurück.

Es kam zu längeren heftigen Auseinandersetzungen im Bundesvorstand. Richard von Weizsäcker hatte sich in aller Ruhe alle Argumente angehört, vor allem auch die verfassungsrechtlichen Bedenken gegen eine weitere Ausdehnung der Mitbestimmung im Aufsichtsrat. Dann meldete er sich zu Wort mit einer Frage, nicht an den Generalsekretär, sondern an den Juristen Biedenkopf, und bat um die Wiederholung der wichtigsten verfassungsrechtlichen Gesichtspunkte. Nachdem er sie gehört hatte, fragte er nach der Zuverlässigkeit der juristischen Argumente, das heißt, ob sie dem Stand wissenschaftlicher Erkenntnis entsprächen. Als ich ihm dies bestätigte, stimmte er meinem Entwurf zu. Damit war nicht nur die breite Mehrheit im Bundesvorstand, sondern – wie sich zeigen sollte – auch die Mehrheitsfähigkeit des Antrages auf dem Parteitag gesichert. Die verfassungsrechtlichen Grenzen der Gestaltbarkeit der Mitbestimmung lieferten später auch den Rahmen für den Kompromiß in der Mitbestimmungsfrage im Bundestag und damit die Grundlage für die große Mehrheit, mit der das Mitbestimmungsgesetz verabschiedet wurde.

Im Bundesvorstand war es Richard von Weizsäcker gewesen, der sofort die Bedeutung dieser Grenzen erkannt hatte; nicht nur ihre grundsätzliche Bedeutung, sondern auch ihren praktischen Nutzen. Wie kaum einem anderen gelingt es ihm, den praktischen Sinn grundsätzlichen Denkens deutlich zu machen.

Seitdem hat es viele Fälle gegeben, in denen unsere Überlegungen sich begegnet sind und seine Gedanken mir förderlich waren. Meistens ging es dabei um die Politik und die gemeinsame Sache. Manchmal aber auch um die Person, auch um die eigene. Kaum einer kann dann die Grundsätze, für die er steht, durch seine Hilfe so konkret werden lassen wie er.

Klaus Bölling

SPD, ehem. Staatssekretär im Presse- und Informationsamt der Bundesregierung, ehem. Ständiger Vertreter Bonns in Ost-Berlin, Berlin

Fähig zur Zivilcourage

Dem Besucher stellte er liebenswürdig und mit glaubhaftem Interesse die Frage, warum dieser ein Amt ausgeschlagen habe, das ihm für das Gemeinwesen in der Vaterstadt zu wirken Gelegenheit gegeben hätte. Dieser antwortete, er habe sich, nach vielen Jahren des Dienstes in Bonn, geprüft und für sich selber herausgefunden, daß er nicht über die Konstitution eines Berufspolitikers verfüge, da brauche er gar nicht erst bei Max Weber nachzuschlagen.

Weizsäcker war in Laune, das Stichwort aufzunehmen. Es hätte freilich mehr Zeit dafür gebraucht, als für die Unterhaltung beim Tee gedacht war. Nur wenige Sätze wendete er auf das Thema, genug immerhin, um den Besucher in dem Eindruck zu bestätigen, der Regierende Bürgermeister von Berlin wünsche sich diskret und doch auch dringlich in Distanz zu jenen Repräsentanten der »politischen Klasse« zu bringen, die auf der Bonner »Bühne« schier endlos lange schon agieren und doch nicht ins Charakterfach vorzustoßen vermögen. Sie umkreisen bei Tag und bei Nacht nur die Machtfrage.

Versteht sich, daß Richard von Weizsäcker jederlei Anspielungen unterließ, denn mit der Sprache weiß er behutsam umzugehen. Solche Behutsamkeit dient ihm nicht zum Zweck der Verschleierung. Schon am Rednerpult des Bundestages erzeugte er eine andere Wirkung als die meisten der sogenannten »professionals«, die ihn mit dünner Ironie als Schöngeist zeichneten und für das »harte Bonner Geschäft« wenig geeignet fanden. Was ihn von jenen unterscheidet, die keine Entziehungskur von ihrer Mikrofon- und Kamerasucht heilen kann und die lange schon nicht mehr wahrnehmen, wie schnell ihre staatsmännisch drapierten Wortkaskaden vom Winde verweht werden, ist das Gefühl für Qualität. Da ist, sowenig Gustav Heinemann und Richard von Weizsäcker sonst vergleichbar sind, eine gewisse Verwandtschaft. Auch Weizsäcker fühlt sich auf Politik nicht existentiell angewiesen, schon gar nicht auf die Macht als psychisches Stimulans, ohne das einige Insassen des Bonner Raumschiffs elend dran wären. Das wird auch mit seiner unaufdringlichen Religiosität zu tun haben (vom Frömmler hat er nichts). Nicht seine verläßliche humanistische Bildung und sein sicheres Urteil in wichtigen Fragen des Geschmacks machen ihn zum Gegentypus solcher Politiker, die ihn eigentlich von der Villa Hammerschmidt fernhalten wollten und die ihn nachher heuchlerisch-hymnisch für das Amt empfohlen haben. Eher ist es – wiederum eine Ähnlichkeit mit Heinemann – die Fähigkeit und die Neigung zur Zivilcourage, die etwas anderes ist als jene landläufige Tapferkeit, die nicht immer dem freien Willen entstammt.

Am Ende von Helmut Schmidts Reise in die DDR, an dem düsteren Tag von Güstrow, war mir vom Kanzler aufgetragen worden, Weizsäcker über den Inhalt der Gespräche am Werbellinsee zu unterrichten. Gegenüber einem Mann, der sich mit den Jahren mehr und mehr in das komplizierte Thema der Beziehungen zwischen den beiden Staaten hineingedacht und hineingefühlt hatte, verbot sich jegliche Schönfärberei. Die wenigen Fragen, mit denen er den Berichterstatter unterbrach, ließen erkennen, daß er in dem Treffen etwas Notwendiges, ja der Menschen wegen eigentlich Zwingendes erkannte. Von seinen Freunden in der evangelischen Kirche wußte er, wie sehr die Bürger drüben diese Begegnung herbeigewünscht hatten, daß es denen nicht um ein machtpolitisches Duell ging, sondern um ein wenigstens emotionales Durchbrechen der sie isolierenden vielfältigen Mauern. Darum weigerte sich Weizsäcker, das an gegenständlichen Ergebnissen karge Gespräch zwischen Schmidt und Honecker mit der Elle parteipolitischer Selbstgerechtigkeit zu messen.

Noch an diesem Abend wurden er und ich vor den Kameras des Fernsehens um Urteile gebeten. Da einige hochmögende Christdemokraten seit der Verhängung des Kriegsrechts in Polen pharisäerhaft darüber klagten, daß der sozialdemokratische Regierungschef den gastgebenden Staatsratsvorsitzenden der DDR nicht sogleich stellvertretend für den General Jaruzelski abgestraft habe und unverzüglich abgereist sei, wurde auch Weizsäcker von den Journalisten nach der angemessenen Reaktion gefragt. Der Regierende Bürgermeister war, erinnere ich mich richtig, der einzige namhafte Christliche Demokrat, der in klarer Sprache äußerte, daß er eine vorzeitige Abreise des Kanzlers nicht für richtig gehalten haben würde. Das war von ihm nicht als Schützenhilfe für Schmidt gedacht. Nur hatte er bei seinen unauffälligen Besuchen in der DDR den eigenen Instinkt dafür geschärft, daß wir uns durch die in Bonn so oft vorgeführte Muskelprotzerei von den Deutschen in der DDR mehr und mehr entfernten und Glaubwürdigkeit verscherzten.

Von Weizsäcker, so habe ich als Gastgeber in Ostberlin beobachtet, fühlten sich gerade jene evangelischen Pastoren verstanden, die im Sinne der Bischöfe Albrecht Schönherr und Johannes Hempel allen Anfechtungen zum Trotz meinen, ihr Platz sei dort, wo Gott sie hingestellt habe. Bei solchen Begegnungen war unschwer zu ahnen, daß einige unter diesen DDR-Protestanten Weizsäcker auch als Mitglied einer evangelischen Familie erlebten, die mit der Geschichte der Deutschen zu tun hat. Sie sahen in ihm kaum einen »Westdeutschen«. Als ich Jahre später einen dieser Ostberliner Pfarrer traf, sprach er von der Erwartung so mancher seiner Landsleute, der künftige Bundespräsident möge den Regierenden in Bonn das Gewissen für ihre Verantwortung gegenüber den Menschen im anderen Staat schärfen, nicht bloß durch mahnende Reden, sehr viel eher durch stille und zugleich hartnäckige Einflußnahme auf die handelnden Politiker, wovon ihn das Grundgesetz doch nicht abhalten müsse.

Das ist ein bedeutsames Stichwort für den Bundespräsidenten. Aus dem Streit der Quantitäten, der sonst die Bonner Tage füllt, könnte er sich getrost heraushalten. Es wird für ihn als ganz und gar nicht bigotten Christen und aufgeklärten Patrioten fernab von allen gesamtdeutschen Träumereien viele Gelegenheiten geben, den anderen Deutschen zu zeigen, daß er für sie mehr zu leisten fähig und bereit ist als pastorale Betrachtungen über den Brief zur deutschen Einheit. Zivilcourage nicht nur anzustiften, sondern immer wieder mal vorzuleben, wäre denn auch der beste Weg, den Richard von Weizsäcker gehen könnte, damit die jungen Deutschen näher an die res publica heranrücken.

Walter Wallmann

CDU, Oberbürgermeister der Stadt Frankfurt, Frankfurt

Kein Machttechniker

Von Adorno stammt die Feststellung, daß es kein richtiges Leben im falschen gibt. Übertragen auf den politischen Betrieb kann man sagen, daß die politischen Apparate zwar Techniker der Macht, aber keine die politische Kultur des Landes prägenden Persönlichkeiten hervorbringen.

Ich möchte dies als die eine Extremposition in der Politik bezeichnen. Die andere Extremposition findet sich bei dem englischen Romancier Trollope. In der Figur des Herzogs von Omnium hat er den Typ eines Politikers geschaffen, dem es als Premierminister seines Landes mehr darauf ankommt, sich selbst treu als an der Macht zu bleiben. Er verliert Amt und Mehrheit, weil er den Hosenbandorden einem unpolitischen Philanthropen anstatt einem politischen Freund verschafft. Trollope selbst charakterisiert dieses Verhalten als Donquichotterie.

Politisches Handeln, das nicht nur Machttechnik sein will, muß sich zwischen diesen Extremen bewegen. Politische Kultur entsteht nur dort, wo politisches Wirken eine geistige Dimension erkennen läßt, wo die Frage nach dem Warum nicht einfach pragmatisch nach Opportunitätsgesichtspunkten beantwortet wird. In einem Gespräch in Trollopes schon erwähntem Roman »Der Premierminister« sagt der Herzog von Omnium zu einem jungen Freund: »Es ist nicht ausreichend, zu sagen, daß der Liberalismus benötigt wird. Man sollte zuerst wissen, was Liberalismus bedeutet, und sich dann vergewissern, daß diese Sache gut ist.«

Solche Fragen gestellt und auch beantwortet zu haben ist Richard von Weizsäckers große Leistung in der deutschen Politik. Er ist im Reich der Ideen ebenso zu Hause wie in der täglichen politischen Praxis. Ihm ist jene Verbindung gelungen, die Politik aus dem Verdacht herausführt, bloße Machttechnik zu sein. Er hat immer die geistige Dimension der Politik eingefordert und dabei keine Rücksicht auf parteipolitische Opportunität genommen.

Die Ideen haben ihn stets mehr interessiert als das politische Handwerk. Doch er hat dieses Handwerk beherrscht und es zur Durchsetzung seiner Ideen von Staat und Gesellschaft wie vom Zusammenleben der Menschen eingesetzt.

Er steht, wenn ich mir die beiden zu Beginn dargestellten Positionen vor Augen führe, sehr viel näher bei Trollopes Herzog von Omnium; denn er war und ist bereit, für von ihm als richtig erkannte Ideen auch persönliche Opfer zu bringen. Richard von Weizsäcker ist nie ausgetretene Wege gegangen, er hat nie opportunistisch gedacht oder gehandelt.

Er ist in der deutschen Nachkriegspolitik fast so etwas wie ein Gegenbild zu Adornos eingangs zitierter Feststellung. So falsch kann der politisch-parlamentarische Betrieb in der Bundesrepublik Deutschland nicht sein, wenn er einen Richard von Weizsäcker an die Spitze des Staates gebracht hat.

Der tägliche Betrieb, das »falsche Leben«, mag viele verbiegen, mag

Einseitigkeiten, ja politische Blindheit fördern. Zuletzt ist es immer die Substanz der Persönlichkeit, die zählt. Der politische Weg Richard von Weizsäckers in das Amt des Bundespräsidenten ist ein Beispiel dafür, daß auch im Zeitalter der Massendemokratie und eines differenzierten politischen Apparates der einzelne, die Persönlichkeit, die intellektuelle Substanz mehr bedeuten als gedankenloses Bedienen der Hebel.

Wenn es in der Bundesrepublik eine politische Kultur gibt, dann hat Richard von Weizsäcker daran einen großen Anteil. Er wird dies in seinem neuen Amt noch oft unter Beweis stellen.

Ursula Männle

Professor, Mitglied des Deutschen Bundestages (CSU), München

Meine erste Begegnung mit ihm

»Strenggenommen ist die moralische Kraft im Menschen keiner Darstellung fähig, da das Übersinnliche nie versinnlicht werden kann. Aber mittelbar kann sie durch sinnliche Zeichen dem Verstande vorgestellt werden, wie bei der Würde der menschlichen Bildung wirklich der Fall ist.« (SCHILLER, *Über Anmut und Würde*, 1793)

An meine erste Begegnung mit Richard von Weizsäcker kann ich mich genau erinnern: Es war im Januar 1980, ich war im Bundestag nachgerückt und sollte meine erste Rede im Parlament halten, morgens um elf Uhr, zur Fernsehzeit – und damit vor vollem Haus.

Verständlich, daß ich aufgeregt war. Meine Rede lief gut an, da fragte mich der Bundestagspräsident – und das war an diesem Morgen Weizsäcker –, ob ich eine Zwischenfrage zulasse. Ich, mit den parlamentarischen Bräuchen noch wenig vertraut, erwiderte, ihm zugewandt: Ja, aber nur dann, wenn die Zwischenfrage auf meine Redezeit nicht angerechnet werde. Darauf von Weizsäcker sibyllinisch: Das müsse schon ich entscheiden, und ich ließ also die Zwischenfrage nicht zu.

In der Mittagspause, gegen 13 Uhr, kam Weizsäcker auf mich zu, beglückwünschte mich zu meiner Rede und meinte, es sei bedauerlich, daß der Präsident nicht mehr wie früher einem Abgeordneten auch vor dem Plenum für seine »Jungfernrede« gratulieren dürfe. Dann fragte er mich, warum ich denn die Zwischenfrage nicht zugelassen habe, ich hätte doch sicher die richtige Antwort gefunden. Darauf ich: »Ja schon, aber ich wußte nicht, ob ich mit der Zeit zurechtkomme.« Weizsäcker antwortete, ich hätte doch Zeit gehabt, und auf meine fragende Miene hin sagte er: »Kommen Sie, Frau Kollegin«, führte mich zum Rednerpult und zeigte mir, was ich in der Aufregung meiner ersten Rede überhaupt nicht bemerkt hatte: die Zeituhr, welche mit der Redezeit abläuft, das gelbe Lämpchen, das aufleuchtet, wenn noch eine Minute Redezeit verbleibt, und das rote Lämpchen, das nach Ablauf der Redezeit aufblinkt. Der Präsident führte den Neuling ein. Das kommt im Bundestag sicher selten vor – ein Präsident Richard von Weizsäcker machte es möglich.

William Borm

ehemaliger Ehrenvorsitzender der FDP, Berlin

Er zieht Menschen in seinen Bann

Richard von Weizsäcker gehört zu jenen Persönlichkeiten, die, wenn man ihnen nicht nur flüchtig, sondern auch in gemeinsamer Arbeit begegnet, zur Stellungnahme zwingen. Er zieht die Menschen in seinen Bann. Im 6. Deutschen Bundestag, dem ich als Alterspräsident angehörte, lernte ich Richard von Weizsäcker kennen. Wer so alt geworden ist wie ich, den drängt es normalerweise nicht besonders, laufend neuen Menschen zu begegnen. Ein wenig davon ausgenommen war er, und dies – um ehrlich zu sein – zunächst weniger um seiner selbst willen, sondern als Bruder Carl Friedrich von Weizsäckers.

Richard von Weizsäcker war im Bundestag von Anfang an kein Hinterbänkler. Zwar gehörte er nicht zur Gilde derjenigen, die in Ausübung ihrer Ämter an der Spitze der Fraktionen ständig zu den verschiedensten Themen zu Worte kamen, wohl aber war er der Aufmerksamkeit des Hauses sicher, wenn er an das Rednerpult trat. Er redete nicht nur, er hatte etwas auszusagen. Dadurch fiel er mir auf. Es war die Zeit harten Ringens um die Anbahnung eines neuen Verhältnisses zu den Völkern des europäischen Ostens. Bei den Debatten über dieses Thema konnte man manchmal den Eindruck gewinnen, daß sie in persönlicher Feindschaft ausgetragen würden, so erbittert wurde aufeinander eingeschlagen. Da war es wohltuend, wenn Abgeordnete zu Worte kamen, die bei aller Verschiedenheit der Ansichten sachlich diskutierten und sich der Polemik enthielten. So war Richard von Weizsäcker der unschuldige Anlaß, daß ich mir einmal ziemlich den Mund verbrannt habe, indem ich nach einer seiner Interventionen unvorsichtig äußerte, daß im Bundestag Herren wie er Mangelware zu sein schienen. Derart wohltuend unterschieden seine Ausführungen sich von den Einlassungen manch anderer Kollegen.

Vollends wurde mein Urteil über Weizsäcker hinsichtlich seiner Urteilsfähigkeit, seiner Fairneß und nicht zuletzt seines Mutes bestätigt, als ich in einem kleinen Ausschuß mit ihm zusammenarbeitete. Dieser Ausschuß bestand aus acht Abgeordneten (je drei aus CDU/CSU und SPD und zwei aus FDP), die unmittelbar vor und nach Zusammenkünften unterrichtet wurden, die – wo immer – zwischen Vertretern aus den europäischen Oststaaten und unseren Beauftragten aus Regierung und Parlament stattfanden. Das Ziel dieser zunächst losen Fühlungnahmen, denen dann Verhandlungen folgten, war die Vorbereitung von Verträgen zwischen der Bundesrepublik Deutschland und den einzelnen sozialistischen Staaten des Ostens. In diesem Achterausschuß waren die Meinungen ebenso kontrovers wie im Bundestag selbst. Sie reichten von Ablehnung über Skepsis bis hin zur Einsicht in das Notwendige. Ich selbst hatte schon seit Jahren im Interesse der Friedenserhaltung in Europa Verträge auch mit dem Osten ebenso gefordert, wie ich einen vertraglich abgesicherten Modus vivendi mit der DDR für überfällig hielt. Meine Haltung wurde nicht einhellig gebilligt, überraschend auch nicht von den Vertretern der SPD oder von meinem Fraktionskollegen aus der FDP. Von Weizsäcker jedoch war von Anfang an der Meinung, daß wir in der Vergangenheit uns selbst die Hände gebunden und uns geschadet hätten, indem wir realitätswidrig der politischen Situation im Osten nicht gerecht geworden wären. Infolgedessen war er es, der mit der nötigen Zurückhaltung den Ausgleich auch mit dem Osten für unumgänglich hielt. Er war ein zuverlässiger Verbündeter. Er war kein Parteitaktiker, er handelte als Staatsmann.

Theo Waigel

Vorsitzender der CSU-Landesgruppe und erster stellvertretender Vorsitzender der CDU/CSU-Bundestagsfraktion, Ursberg

Er zeigte Flagge

Die Bundestagswahl 1972 war für CDU und CSU ein tiefer Einschnitt. In beiden Parteien wurde der Ruf nach geistiger Neubesinnung und einer programmatischen Diskussion laut. Mit dem Vorsitz der Programmkommission der CDU wurde Richard von Weizsäcker betraut, die entsprechende Aufgabe innerhalb der CSU wurde mir erteilt. Beide Kommissionen arbeiteten selbständig, mit unterschiedlichen Aufträgen und Zielsetzungen und verschiedenen Zeitvorstellungen. Dennoch gelang es, die gemeinsamen Wurzeln, Wertvorstellungen und Zukunftsbilder so darzustellen, daß keine programmatische Kluft zwischen CDU und CSU entstand. Weizsäcker und ich vereinbarten einen Austausch über Materialien, Protokolle und Entwürfe der beiden Gremien. Obwohl er damals bereits ein bekannter und populärer Politiker war, gestaltete sich die Zusammenarbeit mit ihm in der Sache fruchtbar und persönlich herzlich. Die Begegnungen mit ihm waren für mich ein persönlicher Gewinn wegen seiner unkonventionellen und herzlichen Art. Dies war für mich wertvoll, weil es damals durchaus noch Spannungen zwischen der CSU und einigen Repräsentanten der CDU, unter anderen auch mit Richard von Weizsäcker, wegen unterschiedlicher Standpunkte zu den Ostverträgen gab.

Besonders in Erinnerung geblieben sind mir mehrere gemeinsame Sitzungen der Grundsatzkommissionen von CSU und CDU in München und Bonn. Einmal tagten wir im Suresme-Schlößchen der Katholischen Akademie München, umgeben von der Bibliothek Guardinis. Richard von Weizsäcker kam direkt vom Nachtzug und beteiligte sich ermüdet, aber engagiert an der Diskussion. Bei aller theologischen und religiösen Fundierung seiner politischen Aussagen verwahrte er sich gegen eine politische Vereinnahmung der Kirchen durch die Parteien und betrachtete die politisch-theologischen Forderungen, zum Beispiel von Erhard Eppler, als einen modernistischen Rückfall in einen längst überwundenen Klerikalismus.

Die politische Grundsatzarbeit in der CSU, die mit der Verabschiedung eines neuen Programms im Jahr 1976 abschloß, brachte mir damals den doppeldeutigen Beinamen »der kleine Weizsäcker der CSU« ein.

So verbindlich sich Weizsäcker im persönlichen Umgang gab, so klar und dezidiert waren seine politischen Vorstellungen in Partei und Fraktion. Er zeigte Flagge und zog sich nicht wie mancher andere politische Grundsatzdenker angewidert vom Kampf um die Macht zurück. Er wußte und weiß von der Notwendigkeit von Funktionen, Positionen und der Ausübung von Macht. 1973, nach dem Rücktritt Rainer Barzels, kandidierte er zum Fraktionsvorsitzenden, obwohl er sich über die geringen Erfolgschancen nicht im unklaren war. Damals bewarben sich Karl Carstens, Richard von Weizsäcker und Gerhard Schröder. Der Unterlegene von damals wird nun der Nachfolger des Siegers im Amt des Bundespräsidenten. Richard von Weizsäcker war in Bundestagsdebatten und auf Versammlungen durchaus ein scharfzüngiger Redner, der dem politischen Gegner nichts ersparte. Ich erinnere mich noch gut, mit welcher Schärfe er Brandt und Wehner 1974 nach einer Moskau-Reise angriff.

Wer Richard von Weizsäcker zu Veranstaltungen einlud, konnte sicher sein, ein volles Haus und ein vom sonstigen Versammlungsbesuch abweichendes politisches Publikum anzusprechen. Dabei erwies er sich als ein liebenswerter, ungezwungener, bescheidener und dankbarer Gast, der sich Zeit für das Gespräch, einen Spaziergang und die Begegnung mit Menschen nahm. Ihn interessierten Heimat, Herkunft und Umgebung seiner politischen Freunde.

Die Beziehungen zwischen ihm und der CSU waren nicht frei von Spannungen. Er wußte aber um die Kraft und Lebendigkeit dieser originären und unverwechselbaren politischen Partei. Er trat auch stets dafür ein, die politische Erfahrung und Ideenkraft von Franz Josef Strauß für die gesamte Union nutzbar zu machen. Dies wird der Bundesrepublik Deutschland zugute kommen, wenn sich in der zweiten Hälfte 1984 der Bundespräsident und der Bundesratspräsident Franz Josef Strauß begegnen.

Wulf Schönbohm

ehem. Mitglied der CDU-Grundsatzkommission,
CDU-Bundesgeschäftsstelle, Bonn

Der atypische Politiker

Kennengelernt habe ich Richard von Weizsäcker Ende der sechziger Jahre während einer Akademieveranstaltung. Ich saß zusammen mit einem mir bekannten führenden CDU-Politiker am Mittagstisch, an den sich zufällig auch Richard von Weizsäcker setzte. Es entwickelte sich aus diesem Beisammensein eine etwa einstündige Unterhaltung. Der CDU-Politiker war jovial, kumpelhaft, sprach unüberhörbar Dialekt und machte mehr oder weniger witzige Anmerkungen zu verschiedenen Personen und Themen. Richard von Weizsäcker hingegen, der mit dem CDU-Politiker offensichtlich gut bekannt war, fiel mir durch seine zurückhaltende Kühle und vornehme Herablassung auf, die für Politiker völlig atypisch sind. Aber damals war er auch noch kein Politiker, sondern hatte »nur« eine führende Funktion in der Evangelischen Kirche in Deutschland inne.

Näher kennengelernt habe ich ihn durch meine Mitarbeit in der Grundsatzkommission von 1971 bis 1973 und in der Grundsatzprogrammkommission von 1973 bis 1976. In beiden Kommissionen hatte er den Vorsitz; er war zu dieser Zeit auch schon CDU-MdB und Mitglied des Bundesvorstandes der CDU – also Politiker. Geändert hatte er sich allerdings nach meinem Eindruck – wie sollte er auch – trotz Übernahme dieser politischen Funktionen nicht. Er war so gar nicht der Typ desjenigen, der sich in einer großen Partei durch fleißige Parteiarbeit auf Orts-, Kreis- und Landesebene oder durch die Wahrnehmung eines Kommunal- bzw. Landtagsmandats über die »Ochsentour« hochdiente. Dazu war er nach meiner Einschätzung nie bereit und wäre er auch schwerlich fähig gewesen, denn der kumpelhafte Händeschüttler und extrovertierte Hansdampf in allen Gassen, der oberflächliche Allesredner zu den jeweils gängigen Themen war er nun einmal nicht, und den CDU-Orts- oder Kreisvorsitzenden Richard von Weizsäcker, der Veranstaltungen organisierte und Frühschoppen leitete, konnte und kann ich mir auch nicht vorstellen. All dies waren und sind aber wichtige Eigenschaften für eine politische Karriere, die über die »Ochsentour« verläuft. Einem Richard von Weizsäcker bot man ein politisches Mandat an, er rangelte nicht darum. Deshalb hat es mich überrascht, wie zielstrebig er seine zweite Nominierung zum Bundespräsidentenamt verfolgt und durchgesetzt hat.

Ich verbinde mit dem Namen Weizsäcker immer auch die Assoziation von Elite. Er wirkte auf mich manchmal wie der vornehme, gebildete Adelige, den man aus Büchern über die untergegangene Epoche des 19. Jahrhunderts kennt.

In den vielen Sitzungen der Kommissionen, die in der Regel einen Tag lang dauerten, habe ich Richard von Weizsäcker immer außerordentlich beherrscht, präzise in der Argumentation und streng an der Sache orientiert erlebt. Er wirkte immer ausgeschlafen; er strahlte Ruhe aus und ließ keine Hektik aufkommen. Auf Weitschweifigkeit, Inkonsistenz in der Argumentation, Abweichungen vom Thema reagierte er sichtlich ungehalten; zwar freundlich, aber sehr bestimmt hat er derartige, in politischen Gremien durchaus häufig auftretende Unsitten unterbunden. Als Vorsitzender genoß er eine uneingeschränkte Autorität, trotz aller Bescheidenheit seines Auftretens. Als charakteristisch für seine äußere Erscheinung sind mir in Erinnerung geblieben: seine grauen Anzüge mit dezenter Krawatte, weniger modische, aber dafür solide, teure Schuhe und insbesondere eine handliche Ledertasche, die er zu Beginn der Sitzung immer auf den Tisch legte; sie war – nach ihrem Aussehen zu schließen – offensichtlich ein Erbstück.

Bei aller Beherrschtheit konnte von Weizsäcker außerordentlich energisch und fast heftig werden in der Widerlegung ihm falsch erscheinender Auffassungen, die er gnadenlos ad absurdum führte. Trotzdem war er gleichzeitig außerordentlich verbindlich und tolerant gegenüber anderen Meinungen. Richard von Weizsäcker schätzt die Ironie, den feinen Humor; bei manchen Diskussionsbeiträgen von ihm mußte man schon sehr genau aufpassen, um seine ironischen Untertöne mitzubekommen, was am ehesten an seinen Augen zu erkennen war. Lärmende Fröhlichkeit habe ich bei ihm nie erlebt, dafür aber häufig ein durchaus herzliches, aber sehr leises Lachen.

Schreiben ist für ihn ein schweres Ringen um Inhalte und die richtige Wortwahl. Wichtige Artikel und Reden hat er immer selbst geschrieben. Er ließ sich dabei zeitlich nicht unter Druck setzen, lieber verzichtete er auf eine Äußerung. Ich kenne aber kaum einen Politiker, der wie er so fundierte und ausgefeilte Artikel selbst schreibt. Dies gilt ebenso für seine Reden.

Zusammenfassend meine ich, daß er für mich eher der Antityp des Politikers ist, den man gemeinhin kennt. Das macht ihn so interessant und sympathisch, aber manchmal auch irritierend. Ich glaube, daß eine große Volkspartei wie die CDU mehr von Weizsäckers brauchte, allerdings wäre sie schwerlich noch eine Volkspartei, wenn sie nur aus von Weizsäckers bestünde.

Hans-Günter Hoppe

stellvertretender Vorsitzender der FDP-Bundestagsfraktion, Berlin

Hier steht ein Mann...

Hier steht ein Mann, der weiß, daß Politik nicht letzte Wahrheiten zutage fördert. Irgendwann während einer Plenarsitzung setzte sich dieser Gedanke in mir fest. Vielleicht war es an jenem 17. Juni 1980, als Richard von Weizsäcker in einem Debattenbeitrag zur Lage der Nation auf Martin Luther kam und statt glatter Formeln dessen tiefste Erkenntnis aussprach: »... die Rechtfertigung des Sünders allein aus Gnade.«

So etwas hatte ich zuvor noch nicht im Deutschen Bundestag gehört. Da wurde der tiefste Grund, vermutlich auch das Ziel seiner Existenz sichtbar. Und es gab eine Antwort auf die Frage, wie er das wohl schafft: kämpferisch engagiert zu sein und doch zugleich auch wohltuend sachlich; politische Leidenschaft zu entwickeln, aber von der Politik nicht überwältigt zu werden; in medias res zu gehen, aber dennoch auf Distanz zu bleiben – also soviel Abstand zu halten, daß der Blickwinkel nicht verkürzt, folglich der Überblick gewahrt wird.

Leidenschaft, Verantwortungsgefühl, Augenmaß. Diese drei Qualitäten sind nach der Definition Max Webers entscheidend für den Politiker, und dies alles bringt Richard von Weizsäcker in seinen Beruf ein. Aber die Politik ist ihm nicht alles. Seit ich zu diesem Schluß kam, erklärt sich mir so manches an seinem Wesen – und an seinem Erfolg. Wo der Zwang zur äußersten Anspannung der Kräfte – oft genug in Bonn als Verspannung erlebbar – wegfällt, weil der Sinn des Lebens über Machtgewinnung und Karriere hinausreicht, eben da kann sich Persönlichkeit entfalten.

Richard von Weizsäcker hat vom ersten Tag seiner Parlamentsarbeit an durch die Klarheit seines Denkens und die scheinbare Mühelosigkeit seiner genauen Formulierungen bestochen. Seine Jungfernrede am 5. November 1969, als der Streit über »gesamtdeutsche« oder »innerdeutsche« Beziehungen ausgetragen wurde, fiel aus dem reichlich kleinkarierten Rahmen. Und bei aller Solidarität mit seiner Partei baute er in den folgenden Jahren den Grundsatz aus, sich die Unbefangenheit und Gestaltungskraft seines konzeptionellen Denkens von keiner Instanz einschränken zu lassen. Das machte ihn zum Wegbereiter einer realistischen Deutschlandpolitik in der Union.

Ich unterstelle – denn ich habe mich nicht bei ihm vergewissert –, daß er auch hier neue Kraft aus einer Niederlage bezogen hat. Sogenannte Niederlagen hat er ja in seinem politischen Leben wiederholt hinnehmen müssen; ob als achtundvierzigjähriger Konkurrent Gerhard Schröders bei der Vorentscheidung um die Präsidentenkandidatur, ob 1974 als Gegenkandidat Walter Scheels oder fünf Jahre später beim ersten Anlauf zum Sprung ins Schöneberger Rathaus. »Er besitzt die wundersame Gabe, Niederlagen zu gewinnen, genauso wie andere auf atemberaubende Weise Siege verlieren«, schrieb ein Schweizer Journalist über Richard von Weizsäcker.

Die Niederlage, die ich meine, hat sich unter Ausschluß der Öffentlichkeit abgespielt, beim Ringen um die Ostverträge Anfang der siebziger Jahre. Da gab es mehr Bewegung in der Opposition, als die Stimmenthaltungen zum Warschauer Vertrag und ein einsames Ja zum deutsch-deutschen Grundlagenvertrag sichtbar machten. Doch es blieb bei zögerlichen Versuchen, Andeutungen, Überlegungen. Der befreiende Abschied von den sechziger Jahren, genauer: die nützliche Einordnung in die damals dominierende Strömung der West-Ost-Verständigung wurde nicht gewagt. Die Folgen aus diesem verpaßten Anschluß reichten bis in die achtziger Jahre hinein. Ich stelle mir vor, daß Richard von Weizsäcker daraus Schlußfolgerungen gezogen hat, die ihn dann als Anwalt des Ost-West-Dialogs bis nach Berlin trugen.

Er selbst hat diesen Tatbestand erhellt, als er in den letzten Wochen seiner Berliner Amtstätigkeit den Deutschlandpolitikern des Deutschen Bundestages sagte: »Der innerdeutsche Ausschuß war immer meine politische Heimat.« Dort hat er in der Tat jahrelang bewiesen, daß er die besondere Empfindlichkeit der Deutschlandpolitik kennt; daß es ihm jenseits der Parteienpropaganda um den deutschen Zusammenhalt geht und nicht, wie er es einmal nannte, um »buchhalterische Erbsenzählerei«. »Nicht der DDR schaden, sondern Deutschland und dem Kontinent nutzen«, beschrieb er damals sein politisches Ziel. Natürlich gilt das heute noch. Und er hat ein wichtiges Stück Arbeit geleistet, um in der Mitte Deutschlands konkreten Fortschritt zu schaffen.

Er hat Berlin wieder so etwas wie Glanz und Glauben an die eigene Zukunft gegeben, hat das Selbstbewußtsein der Berliner gestärkt, hat eine notleidende Region aus der Perspektivlosigkeit geholt. Und gerade deshalb muß ich als Berliner sagen: Es ist nicht gut für die geteilte Stadt, daß Richard von Weizsäcker sie verläßt – offensichtlich dem Leitmotiv folgend, daß eine Aufgabe da ist, nicht um sich in ihr zu verzehren, sondern an ihr zu bewähren. So wird er – anders als Gottfried Benn es uns allen angeraten hat – seine Persönlichkeit vollenden, aber nicht ein jedes seiner Werke.

Walther Leisler Kiep

Mitglied des Präsidiums und Bundesschatzmeister der CDU, Bonn

Nüchternheit im Denken

Eine ausgeprägte Bereitschaft zu Humor und Selbstironie gehören ebenso zu ihm wie die Hartnäckigkeit, sich selbstgestellten oder ihm aufgetragenen Aufgaben und Themen zu widmen. Eine namhafte deutsche Publizistin schrieb, Weizsäcker stehe Karrierefragen gelassen und souverän gegenüber mit dem Hochmut eines Mannes, der wisse, wer er sei, aber auch mit der Bescheidenheit eines Christen, für den öffentlicher Beifall nicht die letzte Instanz sei. Es hieße ihn verkennen, würde man eine gewisse Zurückhaltung als Hochmut deuten. Gesundes Selbstbewußtsein gewiß, aber alles andere als Hochmut! Das widerspräche seinem Selbstverständnis als Christ. Und Gelassenheit gegenüber öffentlichem Beifall? Er ist sicherlich nicht der Mann schulterklopfender Anbiederung, aber die Resonanz bei den Bürgern, die Teil der Legitimation politischen Wirkens ist, kann für einen Politiker wie ihn nicht unerheblich sein. Wie könnte es auch anders sein bei einem Mann, der Luthers Wort von der Freiheit eines Christenmenschen ernst nimmt, der niemand untertan, aber der Knecht eines jeden sei.

Sein Gesicht verrät Skepsis – die Skepsis eines Mannes, der weiß, daß die Menschen fehlbar und verführbar sind; der die Doppelgesichtigkeit der Macht kennt als Chance zur Gestaltung, aber auch als Instrument der Zerstörung in der Hand verantwortungsloser Politiker. Er hat dies in der eigenen Familie erfahren müssen, als sein Vater, der als Staatssekretär unter Ribbentrop nach Kräften versucht hat, den Krieg zu verhindern, in Nürnberg angeklagt wurde – ein tödlicher Irrtum, wie kein Geringerer als Churchill konstatierte. Ist es bei ihm eine Skepsis, die man nicht als Menschenverachtung mißverstehen sollte, die entstanden ist aus der Erfahrung, daß aus dem krummen Holz, aus dem der Mensch geschnitzt sei, nichts Gerades werden könne, wie Kant es formulierte?

Weizsäcker ist alles andere als ein »ruchloser« Optimist, aber er wäre kein Politiker geworden, wenn er nicht die Möglichkeit sähe, mitzuarbeiten an der Gestaltung und Ausgestaltung einer gerechten Ordnung; wenn er bei aller Bedingtheit und Begrenztheit menschlichen Handelns nicht die Überzeugung hätte, daß die Mühe politischer Arbeit nicht erfolglos sei – trotz oder angesichts des Diktums von Karl Jaspers, daß die Demokratie die Menschen voraussetze, die sie erst hervorbringen soll. Er selbst bezeichnet sich unbefangen als Konservativen, wohl wissend, welche Mißverständnisse sich an diese Begriffe knüpfen, der von Gegnern gern mit dem Unterton des Reaktionären versehen wird.

Für ihn bedeutet konserativ nicht die ungeprüfte Übernahme geschichtlicher Traditionen. Kennzeichnend für sein Verständnis des Zusammenhangs von Vergangenheit und Zukunft ist ein Passus aus seinem Zwischenbericht über die Arbeit der Grundsatzkommission der CDU, deren Vorsitzender er war. Er spricht hier im Namen der Grundsatzkommission, aber diese Sätze geben in nuce auch seine Auffassung wieder von Freiheit und Geschichte, Person, Gesellschaft und Staat:

»Kritisches Bewußtsein muß sich auch vor der großen Aufgabe bewähren, für die Zukunft offen zu sein, ohne aus der Geschichte auszusteigen. Für die Jugend fängt die Welt immer von vorn an. Das ist ein Glück. Denn wie wäre die Freiheit als Offenheit für die Zukunft anders denkbar? Jugend kann und will nicht von der älteren Generation wie ein Austauschmotor in ein vorfabriziertes Gehäuse eingesetzt werden. Eltern und Lehrer müssen lernen, die nachfolgende Generation freizugeben, sonst gibt es keine Freiheit. Jugend wird sich immer dort gegen den Begriff des Konservativen wehren, wo er ihr verfälscht begegnet, etwa dann, wenn er zur Aufforderung an die Jugend mißbraucht wird, die Vergangenheit zum Modell für die Zukunft zu machen. Mit einer solchen Zumutung würde der Wert der Überlieferung seines ganzen Sinnes beraubt.«

Geschichte ist zur Zukunft hin offen. Vermeintliche Gesetzmäßigkeiten, die man aus der Geschichte ableitet, führen nur dazu, den Menschen und die Gesellschaft in das Prokrustes-Bett von Denk- und Entwicklungsschemata einzuzwängen. Die »offene Gesellschaft« beruht auf der Würde der Person, auf dem Recht der Freiheit, das untrennbar verbunden ist mit Verantwortung, für ihn als Christen mit der Verantwortung gegenüber Gott. Diese Verantwortung kann ihm kein Kollektiv abnehmen, »Das Kollektiv kennt kein Jüngstes Gericht«, wie es Kurt Biedenkopf formuliert hat.

Weizsäckers Sorge ist, daß dieser Grundwert der Freiheit die Menschen mehr und mehr dazu verleitet, im Staat nur eine freiheitseinschränkende Institution zu sehen. Ist es nicht in der Tat so, daß unsere Vorstellung vom Staat sich zwischen zwei Polen bewegt: Krake oder Lebensmittel, kaum zähmbarer Leviathan oder Verniedlichung zur Milchkuh, wie Alexander Rüstow diesen Auffassungswandel bissig formuliert hat? Weizsäcker stellt dagegen die freiheitsichernde Funktion des Staates, der diese Aufgabe erfüllen muß, in dem prekären Gleichgewicht zwischen der Doppelfunktion, einerseits die Lebensbedingungen zu verbessern und Aufgaben der Daseinsvorsorge wahrzunehmen, andererseits die Freiheit des Bürgers zu schützen und ihm die Freiheit der Entfaltung zu geben. Er bringt es auf die Formel: Staat als Gabe und Aufgabe.

In einer vergleichbaren janusköpfigen Situation sieht Weizsäcker auch die Parteien. Sie sind Mittler zwischen dem Souverän, dem Bürger, und den staatlichen und verfassungsmäßigen Institutionen. Der Staat darf nicht zur Beute der Parteien werden, aber die etablierten, festgefügten Parteien müßten sich auch wieder stärker auf ihre Rückbindung besinnen, auf den Wähler. So verständlich die Konzentration auf die Gegenwartsaufgaben sei, die mitbedingt werde durch die kurze Legislaturperiode von vier Jahren, die Zukunft dürfe darüber nicht vergessen werden.

Dieses Bedenken der Zukunft gehört zu den Leitmotiven seines Denkens und Handelns. Wir dürfen nicht kurzsichtig werden, weder im Blick auf die Vergangenheit noch im Blick auf die Zukunft. Es ist auch immer wieder seine Mahnung an die eigene Partei. »Die Geschichte geht weiter.« Das heißt für ihn auch, Fragen zu stellen und Antworten zu geben, die über die uns unmittelbar bedrängenden Probleme hinausführen. Dazu gehört über Jahre hinweg die Beschäftigung mit Problemen und Begriffen, die zu verblassen drohen, die aber auch für viele Tabucharakter haben: Vaterlandsliebe, Nation, Deutschland. Weizsäcker wird nicht müde, diese Fragen immer wieder in Diskussionen einzubringen. Er hört nicht auf, große Fragen zu stellen: Glaube und Politik, das »C« im Parteinamen, Krise als Herausforderung an uns alle. Und wenn die CDU heute sich vom Kanzlerwahlverein zu einer großen Volkspartei entwickelt hat, dann ist es nicht zuletzt das Verdienst Weizsäckers, der zur Innovationskraft dieser Partei beigetragen hat. Er spricht einmal respektvoll von der unvergleichlichen Gabe des Bischofs Hermann Kunst, in der evangelischen Kirche als motorische Kraft und für Nüchternheit zu wirken. Man kann diese Charakterisierung getrost auch auf Richard von Weizsäcker anwenden. Blinder Aktionismus ist ihm fremd, aber er möchte den Blick weiten und die Energien richten auf die Probleme, die sich aus dem Zusammenrücken der Menschheit ergeben, aus einer immer größer werdenden Interdependenz.

Nüchternheit im Denken ist geradezu ein Schlüsselbegriff für Weizsäcker. Sie prägt auch seinen Stil politischer Auseinandersetzung. Als Anwalt weiß er natürlich nur allzu gut, daß die Wahrheitsfindung – soweit es sich um politische Dinge handelt – im wahren Sinn des Wortes ein Prozeß ist, in dem Argumente ausgetauscht werden, die es abzuwägen gilt. Er ist der geborene Parlamentarier, der auf die Überzeugungskraft von Argumenten vertraut. Jedes Freund-Feind-Denken lehnt er ab. Er baut Brücken und richtet keine Hürden auf. Der Streit ist für ihn die Voraussetzung des Konsenses. Aber er benutzt das Florett, wenn es gilt, Angriffe abzuwehren, aber der nächste Schritt gilt immer der Reflexion des eigenen Standortes, wobei er dann auch Argumente der Gegenseite einbezieht, wenn sie ihm sachgerecht erscheinen.

Für die Entwicklung politischer Kultur bei uns ist das Wirken Richard von Weizsäckers gar nicht hoch genug zu bewerten. Er hat dazu beigetragen, aus unserer Demokratie eine »Allwetterdemokratie« zu machen, die auch Stürmen standhält. Die politische Arena mag nicht der Turnierplatz für einen Wettstreit an Edelmut sein. Daß der Streit, in dem Weizsäcker die Vorstufe des Konsenses sieht, auch mit Fairneß und Noblesse zu führen ist, widerlegt viele deutsche Vorurteile über die Beschäftigung mit Politik. Richard von Weizsäcker ist es gelungen, das in den Ohren vieler Bürger garstig klingende politisch Lied wenn schon nicht zu einer von allen mitgesummten Melodie umzukomponieren, so doch zumindest weniger dissonant erklingen zu lassen.

Klaus Rose

Mitglied des Deutschen Bundestages (CSU), Vilshofen

Kursbetrachtung

Richard von Weizsäcker stand nicht immer hoch im Kurs bei der CSU. Seine heute als liberale, weltoffene oder tolerante Politik gepriesene Haltung verletzte nicht selten die Grundsatztreue mancher CSU-Politiker, die besonders in der Deutschland- und Ostpolitik ihr Nervenkostüm angegriffen sahen.

Ich persönlich machte eine ähnliche Erfahrung. Als außenpolitischer Sprecher der Jungen Union Bayern gehörte ich in den siebziger Jahren zur außenpolitischen Kommission der bundesdeutschen Jungen Union, die sich mehrmals im Jahr zu »Kursbetrachtungen« traf. Weil damals zwei neue Sterne bei der CDU aufzugehen schienen, die in den Medien Furore machten, luden wir beide zu einem Hintergrundgespräch ein. Es drehte sich um Walther Leisler Kiep und Richard von Weizsäcker, die auch gerne zur Verfügung standen. Mein erstes Zusammentreffen mit beiden endete aber mit einer großen Enttäuschung.

Nicht daß sie nicht sehr umganglich, ja fast jovial gewesen wären. Wir fühlten uns durchaus ernstgenommen, brauchten keine Monologe anzuhören. Den Umgang mit jungen Leuten beherrschten die beiden zweifellos. Das war es also nicht, was mich störte. Es war vielmehr das etwas »seichte Geplätscher« über die neue Deutschland- und Ostpolitik der sozialliberalen Bundesregierung, das mich überraschte, fast entmutigte. Ich selbst hatte mich monatelang mit den Buchstaben des Moskauer oder Warschauer Vertrags herumgeschlagen, bei Richard von Weizsäcker bekam ich aber den Eindruck, daß er nicht die Buchstaben, sondern mehr den »Geist« der Verträge bevorzugte und daß er von daher zu einer Unterstützung der Bundesregierung zu neigen schien. Das konnte und wollte ich damals nicht verstehen.

Später traf ich Weizsäcker häufiger, hauptsächlich natürlich in der gemeinsamen Bundestagsfraktion. Er war zum Vizepräsidenten des Deutschen Bundestags aufgestiegen, machte »große Politik«, errang für sich und für seine Partei immer stärkere Medienunterstützung und gewann schließlich als erster CDU-Mann den Sessel des Regierenden Bürgermeisters von Berlin. Das trug ihm große Anerkennung ein, besonders auch in meiner Heimat, die immer noch gerne nach Berlin schielt und eine heimliche Liebe zu »Preußen« entwickelt. Weizsäcker galt bald als Symbol des guten Bildungsbürgertums, das den Weg zu einer liberalkonservativen Republikerneuerung weisen konnte. Mit innerer Zufriedenheit wurde bei uns registriert, daß derartige politische Köpfe und »in Ehren ergraute Häupter« weltweite Anerkennung fanden.

Seine Politik in und für Berlin faszinierte daher zunehmend auch die CSU-Parteifreunde und vor allem die Bevölkerung. Am besten vermochte man dies festzustellen, wenn »der Regierende« in bayerischen Gefilden auftauchte und sich die Leute um ihn scharten. Bei einer Klausurtagung der Berliner CDU-Fraktion im Passauer Land konnte er sich beispielsweise vor lauter Sympathiebeweisen kaum retten. Das Bad in der Menge bayerischer Menschen genoß er sichtlich, und aus seiner Umgebung weiß ich, daß ihn die Erringung bayerischer Gefühle besonders reizte, weil er seine früheren Schwierigkeiten kannte. Auf dem Weg zum Präsidenten aller Bundesdeutschen war er eben auch für südliche Geister aufgeschlossen.

Anläßlich der 100. Sendung »Der große Preis« mit Wim Thoelke in Berlin erlebte ich dann den Repräsentanten Richard von Weizsäcker, der sicherlich auch als Bundespräsident Eindruck machen wird: Geistreich und warmherzig, aufgeschlossen und doch zurückhaltend, strahlend und ernst, humorvoll und wortgewaltig, so werden ihn die Bundesbürger ebenso erleben wie damals die geladenen Jubiläumsgäste dieser ZDF-Sendung. Seinen alten Fraktionskollegen begrüßte er herzlich, mit neuen Gesichtern konnte er schnell Kontakt finden. Sein weißer Haarschopf stach auf jeden Fall aus der Menge, und die Aura des Mächtigen ging auf seine Umgebung über.

Die Deutschen werden mit ihm einen Präsidenten bekommen, der zusammenführen, nicht polarisieren wird. Als herausragender evangelischer Christ, als Bruder eines bekannten Wissenschaftlers, als Träger eines alten Namens, als Berliner mit geistigem Anspruch für die ganze Bevölkerung, für West und Ost und als sprachgewandter Weltbildungsbürger kann er die gute Tradition der Staatsoberhäupter der Bundesrepublik zu weiterem Glanz bringen. Das harte politische Tagesgeschäft, der manchmal unvermeidbare Streit, die Einbindung in Ränke und Intrigen werden ihm als Amtsträger quasi automatisch entzogen. Er wird frei für geistige Führung im Inland und im Ausland.

Richard von Weizsäcker wird hoffentlich seine unbestrittene Amtsübernahme für ein neues Deutschlandbild im Ausland nützen können. Staatsbesuche in West und Ost, aber auch zum Beispiel auf dem afrikanischen Kontinent – den ein weißes Haupt, ein weiser Kopf, stets fasziniert –, sollten genutzt werden, um »die Deutschen« in ein besseres Jahrtausend hinüberzuführen. Überzeugende Reden und ausgleichendes Handeln sollten im Inneren ebenfalls den Sprung über die nahe Jahrhundertwende erleichtern. Die Bundesrepublik Deutschland erhofft vom neuen Bundespräsidenten die Mitwirkung an ihrem gesicherten Bestand. Da werden auch die Bayern nicht abseitsstehen.

Gerhard Reddemann

Mitglied des Deutschen Bundestages (CDU),
Vorsitzender des Bundestagsausschusses für innerdeutsche Beziehungen, Hagen

Der deutschlandpolitische Sprecher

Wir tranken Tee – und das ausgerechnet bei »Mampe« mitten in Berlin. Wir, das waren zwei frisch gewählte Mitglieder des Deutschen Bundestages, die ebenso aus Pflicht wie aus Neigung die künftigen Deutschlandpolitiker der etwas unversehens in die Opposition geratenen CDU/CSU werden sollten. Mein Gegenüber steckte in seiner unvermeidlichen grauen Tweed-Kombination mit dem modisch nicht gerade »aktuellen« ärmellosen Pullover. Sein Interesse teilte er ohne Schwierigkeiten zwischen einem lebhaften Gedankenfluß und dem gekonnten Jonglieren einer dunklen Hornbrille. Wenn er fragte, tat er es mit der Besorgnis des engagierten Doktorvaters kurz vor dem Rigorosum. Wenn er plädierte, dann geschah es mit einer für einen Anwalt überraschenden Präzision. Wenn er zuhörte, wirkte er so aufmerksam, daß man ihn nur schwer für einen Politiker halten mochte. Ich notierte an jenem Abend in meinem »Aufgabenheft«: »Richard von Weizsäcker, sorgfältig gepflegte Manieren, unverkennbare intellektuelle Neugier, profundes Wissen, lächelnde Hartnäckigkeit.« In den folgenden Jahren – Egon Bahr trieb gerade den Vorsitzenden Brandt in seine mißverständliche Ost- und Deutschlandpolitik – saßen wir zwar nie mehr bei »Mampe«, aber statt dessen Mittwoch für Mittwoch Sessel an Sessel im 27. Geschoß des Bundestagshochhauses als Mitglieder des Ausschusses für innerdeutsche Beziehungen, der seiner Aufgabenstellung nach die Last und Mühe der neuen Politik zu tragen hatte.

Für Weizsäcker erwies sich seine Aufgabe oftmals mehr als Bürde und weniger als Würde. Die Fraktion hatte ihn – sozusagen im Vorgriff auf erwartete Leistungen – sofort zu ihrem deutschlandpolitischen Sprecher gewählt. Ehe das erste Abgeordnetenjahr zu Ende ging, stand er im Zentrum wirbelnder Auseinandersetzungen. Was Egon Bahr in Moskau und in Ost-Berlin beriet, aber nicht immer der Wahrheit entsprechend im Ausschuß berichtete, mußte für Richard von Weizsäcker umstritten sein. Der Argwohn über Bahrs Aktivitäten ging bis in die Reihen der SPD-Fraktion hinein. Die Skepsis, die Bahrs Geheimdiplomatie und sein etwas großzügiger Umgang mit den bis dahin geltenden demokratischen Gemeinsamkeiten auslösten, übertrug sich auf den Abgeordneten von Weizsäcker nicht zuletzt deswegen, weil er selbst seit Jahren an einer ehrlichen Aussöhnung mit dem vielfach geschundenen polnischen Nachbarvolk mitgearbeitet hatte und weil er selbst bereit war, bei einem wirklich fairen Interessenausgleich auf Bekundungen zu verzichten, die in den Anfangsjahren der Bundesrepublik Deutschland ostpolitisch zu den unaufgebbaren Selbstverständlichkeiten gehörten. Der geistige Kampf, den Weizsäcker führte, war ein Kampf an mehreren Fronten. Er vermochte mit Recht seine Besorgnis gegenüber den leichtsinnigen Bahrschen Aktivitäten nicht zu überwinden, aber er stand auch denen in seiner eigenen Fraktion distanziert gegenüber, die nach seiner Auffassung über ihrer Erkenntnis, daß Rechtstitel zwar nützlich und für ein geschlagenes Volk besonders notwendig sind, die politische Umsetzung vernachlässigten.

Wer sich noch daran erinnert, mit welchem (un-)heiligen Zorn der Streit um die Ostpolitik geführt wurde, den wundert es bis heute, wie unbeschädigt Weizsäcker aus der Polemik jener Monate hervorging. So mancher seiner Parteifreunde vermißte an ihm das zur Tagesordnung gehörende »energische Wort«. Vielen formulierte er zu sehr »wie auf dem Kirchentag«. In der damaligen Koalition mißverstand man zu gern seinen Willen zur Ausgewogenheit. Der Bildungsminister Klaus von Dohnanyi wollte ihn – sozusagen von Edelmann zu Edelmann – »herumkriegen«. Die Abgeordneten der Union, die in ihren abendlichen Veranstaltungen die besorgte Einstellung der Union zur Bahr-Politik begründeten, wurden von den eigenen Freunden permanent auf einen möglichen »Abfall« Weizsäckers angesprochen. Die Sozialdemokraten nannten ihn in ihren Versammlungen voreilig einen »ostpolitischen Abweichler«. Es war wirklich unmöglich, nach Richard von Weizsäcker nicht gefragt zu werden.

In einer sozialistischen Partei, in der die Liberalität zu löcherig ist, um das ideologische Grundgerüst flexibel zu halten, hätte Richard von

Weizsäcker nicht überleben, geschweige denn zum »Parteiphilosophen« aufsteigen können, der maßgeblich das Grundsatzprogramm mitformulieren durfte. In der Union, in der über einen intellektuellen Seiteneinsteiger mehr Freude herrschte als über 100 fleißige Basisarbeiter, die des Einstiegs nicht mehr bedürfen, reüssierte der Diplomatensohn – und das sicher nicht nur wegen der guten Manieren.

Dennoch: Der äußere Habitus half mit. Wenn bei seinen Reden im Plenum des Deutschen Bundestages die Stimme manchmal einen metallischen Glanz bekam, wenn die rasch gewählte Formulierung an Härte gewann, dann erregte man sich bei der politischen Konkurrenz allenfalls in den Wochen der Erkenntnis, daß der zur Abwerbung vorgesehene Unionsabgeordnete zwar bis zur Blauäugigkeit seinen eigenen Kopf beweisen wollte, aber diesen Beweis nur in der CDU erbringen mochte und nicht außerhalb.

Richard von Weizsäcker schien als »fertiger Mann« in das Parlament einzuziehen, als »gestandene« Persönlichkeit. Und zweifellos war er das fast. Aber zusätzlich absolvierte er in den ersten parlamentarischen Jahren eine Art politischen Spätstudiums in Sachen Parteipolitik. Für den kühlen Juristen mit der emotionalen Bindung an seine Kirche gehörte das Konsensprinzip zum selbstverständlichen Instrumentarium der Zusammenarbeit. Der Kompromiß bis hin zu den eisigen Höhen eines intellektuellen Glasperlenspieles hatte ihn bis dahin begleitet. Nun sah er sich plötzlich einer Situation gegenüber, in der die Kompromißsuche gepredigt und die Konfrontationsfähigkeit gefeiert wurde.

Und nicht nur das. Der tägliche Grabenkampf im Ausschuß oder bei einer Podiumsdiskussion, das unmittelbare Zusammentreffen mit ebenso wißbegierigen wie kritischen Parteifreunden, die unerwartete Kameraderie entfernter Mitstreiter und die manchmal allzu plumpen Finten präparierter Konkurrenzabgeordneter formten an der Persönlichkeit eines Mannes mit, der manchem Beobachter 1969 mehr als eine fromme Dekoration des Bundestagsplenarsaals erschienen war.

Allerdings wage ich bis heute bei ihm nicht zu entscheiden, wo das Quentchen Bosheit beginnt, das einem Politiker nach etlichen Dienstjahren wie ein Markenzeichen anhaftet, und wo die höfliche Arglosigkeit aufhört, mit der er mancher erstaunlichen Situation zu begegnen pflegt. Wenn er beispielsweise früher im innerdeutschen Ausschuß freundlich formulierend den langjährigen Bundesminister Egon Franke um Auskunft über Redestellen bat, an denen Franke seine höchst eigenwillige Aussprache gängiger Fremdwörter strapaziert hatte, wäre man bei jedem anderen sofort überzeugt gewesen, einem Akt von Ironie beizuwohnen. Bei Richard von Weizsäcker klang es eher, als wollte er einem gequälten

Wort noch einmal die Chance geben, korrekt selbst aus Ministermund zu klingen.

Menschen von dieser Geistesart schaffen es selten, an die Spitze einer Exekutive zu gelangen. Vor den Kompromiß hat dort der Sachzwang zu oft die Entscheidungsnotwendigkeit gestellt. Daß Weizsäcker auch anders konnte, haben die Berliner inzwischen eindrucksvoll bestätigt bekommen. Daß er dennoch dem Bundespräsidentenamt zustrebte, lag weniger an Titel, Wachbataillon und geschätztem Zeremoniell. Der Aufgabenbereich weit oberhalb des Tageskampfes, die Möglichkeiten des moderierenden Schiedsrichters und die Rückkehr zur Idee des Konsenses waren ihm so auf den Leib geschrieben, daß er gegen seine Natur hätte handeln müssen, um die Präsidentschaftskandidatur abzulehnen und die Bürgermeisterei beizubehalten.

Weizsäckers Ideal, im Freiligrathschen Sinne wie der Dichter über den »Niederungen der Partei« zu stehen, programmierte die diversen Schwierigkeiten, von denen der Anfang seines Weges zur Präsidentschaft geprägt wurde. Seit Gustav Heinemann 1969 das Präsidentenamt bis zur Unerträglichkeit parteipolitisierte, ist die Persönlichkeit des Staatsoberhaupts zumindest optisch stärker in das politische Tagesgeschehen einbezogen. Aber im Unterschied zu Gustav Heinemann wird bei Weizsäckers Freunden weniger eine gnadenlose Verachtung des politisch Andersdenkenden erwartet, sondern eher die ermahnende Distanz gegenüber den eigenen politischen Freunden.

Eine Chance wie ein Risiko für das Amt des Bundespräsidenten.

In frühen parlamentarischen Jahren, als wir manchmal in der Weizsäcker-Wohnung an der Bonner Zitelmannstraße über den »großen Wurf« einer konstruktiven Ostpolitik nachgrübelten, habe ich mir gewünscht, gemeinsam mit ihm eine intellektuelle Zeitschrift herauszugeben. Etwa ein Heft von der Qualität des »Monat«, bevor das Blatt Klaus Harpprecht zur Hinrichtung überantwortet wurde. Der Traum ist zwar wiederhol-, aber nicht realisierbar. Und das ist schade. Denn ein solches Sprachrohr fehlt unserer politischen Kultur heute mehr denn je. Da ist ein Politiker schon leichter ersetzbar. Wenn auch nicht ohne weiteres ein Richard von Weizsäcker.

Anke Martiny

Mitglied des Deutschen Bundestages (SPD), Neufahrn

Nichts verstanden, Thema verfehlt: Fünf?

Ein bißchen ist es wie ein Schulaufsatz, als wenn man über »Mein schönstes Ferienerlebnis« schreiben sollte: Die gesamten Ferien waren doch schön gewesen, es gab viele Höhepunkte, was um Himmels willen sollte man schreiben? War nicht das Herausgreifen eines Erlebnisses gleichzeitig eine Abwertung der übrigen? War das Herausgegriffene wirklich so konturenreich und besonders, daß der Lehrer es akzeptieren würde?

Und mir hält also jetzt jemand ein Mikrofon vor die Nase und fragt mich: »Was fällt Ihnen spontan zu Richard von Weizsäcker ein? – Sie sind doch Parlamentarierin, Sie kennen ihn als Kollegen, als Präsidenten des Bundestages, Sie haben ihn doch gewiß auch in Berlin erlebt, als Sie mit Ihrer Familie dort wohnten, bitte, geben Sie uns eine kurze Beschreibung.« – Alles richtig, alles richtig, und dennoch: Es ist wie mit dem »schönsten Ferienerlebnis«. Für die Formelhaftigkeit von Fernsehkommentaren eignet sich dieser Mann schon gar nicht: Hohle Sprechblasen müßte ich von mir geben: Er hat gute Reden im Bundestag gehalten, vor allem zur DDR, aber auch zur Jugend, wenn ich mich richtig erinnere; er war ein würdevoller Parlamentspräsident, ohne doch gespreizt zu sein, formbewußt, aber ohne Glätte; ist mal jemand mit ihm aneinandergeraten? – nicht daß ich wüßte.

Ich bohre mich tiefer in meine Erinnerungen. Dreierlei Eindrücke werden plastisch; in chronologischer Reihung war das so:

Eindruck 1: Der Mann hat mir gefallen, seine Liberalität und Unabhängigkeit in Sachen Ostpolitik hatten mich überzeugt, der äußere Eindruck angenehm berührt. Mit positiver Voreingenommenheit las ich das von ihm verantwortete Grundsatzprogramm der CDU – und war, wie ich mich heute noch erinnere, sehr enttäuscht: Von diesem Mann hätte ich so ausgedünnte schlagwortartige Formulierungen nicht erwartet! Ein wenig gründlichere Analysen und konkretere Maßnahmen, dazu einen Hauch von Perspektive hatte ich erhofft. Nichts davon fand ich in dem Papier und dachte: In dem Mann hast du dich getäuscht!

Eindruck 2: Ein Abendessen in kleinem Kreis in Berlin. Ein wichtiger und für die Stadt bedeutender ausländischer Freund hatte wenige handverlesene liberalkonservative Damen und Herren geladen, dazu meinen Mann und mich; Weizsäcker war Oppositionsführer und kam verspätet. Vieles an diesem Abend erinnere ich gut: den umsichtigen Lohnkellner

Minuth, eine Berliner Institution; die eindrucksvolle Gräfin Dönhoff (wir politischen Frauen mittleren Alters haben sehr wenig ältere Vorbilder: Diese Frau hat manch vorbildhaften Zug); den geistreichen Wolf Jobst Siedler mit einer hinreißenden Schilderung über Schmuck aus Eisen, den er sammelt. Was sagte Weizsäcker? Gab es auch einen politischen Dialog? – Ich weiß davon nichts mehr, obgleich doch spürbar war, wie das liberale Berlin ihn förderte, stützte, anerkannte, achtete und sich ach so gern mit ihm identifizierte: Er war sein Bürgermeister!

Eindruck 3: Mai 1983, Evangelischer Kirchentag. Ich verbringe zwei anstrengende Tage am Stand »Christen im Parlament«, den eine Gruppe aktiver Protestanten um Hildegard Hamm-Brücher ins Leben gerufen hat. Wie die übrigen Kolleginnen und Kollegen habe ich Gesprächstermine am Rande bei anderen Organisationen, die auch auf dem Kirchentag vertreten sind. Natürlich besuchen wir alle auch die Stände unserer jeweiligen »Mutterpartei«. So stehe ich also am Stand der SPD, habe mir gerade aus der Lostrommel ein Los für eine Arbeitsstelle gefischt und auf die Litfaßsäule meine Gedanken zum Problem der Arbeitslosigkeit mit einem Zettel gepinnt. Da kommt Richard von Weizsäcker vorbei. Ich denke, er wird es mit einem freundlichen Kopfnicken bewenden lassen. Er aber bleibt am SPD-Stand stehen, und wir tauschen in einem längeren Dialog unsere Gedanken über diesen Kirchentag aus. Es gibt Fotografen, Neugierige um uns herum, aber das ficht ihn nicht an. Er kennt mich, findet das kurze Gespräch lohnend, geniert sich nicht, als CDU-Mann am SPD-Stand »erwischt« zu werden. »Christen im Parlament« – Parteilichkeit ist fehl am Platz, er kann es sich leisten und leistet es sich auch, parteipolitische Barrieren zu ignorieren.

Sonst noch was? – Ich möchte seine warmherzige, äußerst sympathische Frau erwähnen, der man sicher unrecht tut, wenn man sie nur als Gattin und Mutter von vier Kindern kennzeichnet. Das Zusammenleben mit einem politisch aktiven Menschen über Jahre hinweg und über alle Höhen und Tiefen einer wechselvollen Karriere mit Orts- und Funktionswechseln ist nicht so lustig, wie ein Außenstehender vielleicht glaubt. Die »Frau an seiner Seite« wird leider meist nur in dieser Rolle wahrgenommen. Ohne seine Frau wäre aber gerade dieser Mann schwer denkbar: Ehe, Familie, großbürgerlich-liberale Ordnung sind der Boden, aus dem er wuchs: der Mann, der als Präsident vielleicht die Chance hat und sie hoffentlich wahrnimmt, nicht nur Konturen, sondern bleibendes Profil zu gewinnen. Bundespräsident hat er werden wollen, nun wird er es. Die Westdeutschen und die Berliner setzen Hoffnungen auf Richard von Weizsäcker.

Heiner Geißler

CDU-Generalsekretär, Bundesminister für Jugend, Familie, Gesundheit, Bonn

Er gewann die Köpfe

Wer schon erlebt hat, wie Richard von Weizsäcker als Regierender Bürgermeister, durchaus mit Glanz in den Augen, über den ersten Oboisten der Berliner Philharmoniker Lothar Koch reden konnte, oder wer sich der vielen Kommentare erinnert, die ihn wegen seiner Integrationsfähigkeit und Toleranz als den Bilderbuch-Bundespräsidenten vorschlugen und propagierten, wird nicht so recht daran glauben wollen, daß er fähig ist zur harten Auseinandersetzung.

Sicher, die Sozialdemokraten in Berlin haben ihn als Wahlkämpfer und manche Mitglieder des Berliner Senats als Kabinettschef respektieren gelernt. Aber ich meine etwas anderes. Ich hatte als Generalsekretär die Aufgabe, 1977/78 die Grundsatzprogramm-Diskussion zu Ende zu führen und bekam aus seinen Händen den Programmentwurf geliefert und sozusagen ans Herz gelegt.

Alles, was an ihm gerühmt wird, stimmt, kann ich aus den damaligen Diskussionen bestätigen. Seine Intelligenz, sein gutes Deutsch, seine Kraft der Formulierung. Aber es war schwer, mit ihm in wesentlichen Fragen Kompromisse zu finden. Ich habe selten jemanden erlebt, der so auf die Sache bezogen war wie Richard von Weizsäcker. Seine Haltung damals zu den Ostverträgen werden viele im nachhinein als weitsichtig bezeichnen. Aber Standfestigkeit und Mut gehörten auch dazu.

Angesichts des Besucherandrangs bei der Leipziger Messe 1984 und der Häufigkeit der politischen Besuche in der DDR ist dies schon der Erwähnung wert. Er hat um bestimmte Sätze im Grundsatzprogramm unnachgiebig gerungen; ein Schuß protestantischer Überzeugung steckte auch dahinter: »Kein Mensch verfügt über die absolute Wahrheit. Widerstand gilt daher denen, die ihre begrenzte Überzeugung anderen aufzwingen wollen.« Dieser Weizsäcker-Satz ist ebenso kennzeichnend für ihn wie der andere: »Jeder Mensch ist Irrtum und Schuld ausgesetzt. Diese Einsicht bewahrt uns vor der Gefahr, Politik zu ideologisieren.«

Er hatte in der Diskussion um das Grundsatzprogramm große Schwierigkeiten, Gott und die Politik in einen direkten Bezug zu bringen. Ich kann mich noch genau erinnern, wie wir miteinander stritten um die Frage, ob von Gott vorgegebene Normen bestimmend sein könnten für die Politik. Er war kein Freund des Naturrechts. Er hat sich mit seiner Auffassung durchgesetzt. Es heißt jetzt im Grundsatzprogramm der CDU: »Der Mensch ist zur sittlichen Entscheidung befähigt. Er steht in der Verantwortung vor seinem Gewissen und damit nach christlichem Verständnis vor Gott.«

Manche in der Partei meinten, er sei kein eigentlicher Parteimann gewesen und die Partei habe für ihn nur eine instrumentale Bedeutung gehabt. Ich glaube, daß er die zugrundeliegende Frage anders sieht, die Frage nämlich, wem das Engagement, unsere Loyalität, ja sogar die Hingabe gilt.

Personen? Organisationen? Sicher auch. Aber nach seiner Auffassung doch vielmehr den Inhalten, die mit einer Partei verbunden sind. Ich habe ihn als einen Parteimann dieser Art erlebt, wobei er entscheidend mitbestimmt hat, was Inhalte dieser Partei geworden sind. Und ich habe ihn auch schätzen gelernt als einfaches Mitglied von Antragskommissionen, von Parteitagen, dessen Voten zum Unternehmensrecht, zum Depotstimmrecht, zu Arbeitnehmerkammern ebenso geschätzt waren wie seine intellektuell hinreißenden Reden zur deutschen Nation und zur deutschen Außenpolitik.

Er ist ja kein geborener Demagoge, aber er war in der Lage, im Bundestag so zu reden, daß man die berühmte Stecknadel hören konnte oder am Ende eines langen dreitägigen Parteitages in einem Zwischenbericht zum Grundsatzprogramm (Hamburg 1973) innerhalb von 15 Minuten achtzehnmal offenen Szenenbeifall zu bekommen. Er gewann die Köpfe und die Herzen nicht durch Rhetorik, sondern durch die Klasse seiner Argumente. Richard von Weizsäcker wird der CDU und ihrer Führung fehlen als ein Mann der Weitsicht, des Mutes und der persönlichen und geistigen Unabhängigkeit.

X. Kapitel

Frau und Kinder

Heribert Schwan

Familienskizzen

Donnerstag, 28. Juni 1980. Ein heißer, sonniger Tag. Ich sitze im Kölner Funkhaus. Bereite wieder das Morgenmagazin des Deutschlandfunks vor. Die meisten Themen stehen fest, orientiert an der Aktualität des Bonner Sommerlochs. Nichts Aufregendes, wenig Neues: Seit Tagen wird in der Redaktion darüber nachgedacht, wie trotz der nachrichtenarmen Ferienzeit Themen aufgerissen werden können. Wo sind interessante Interviewpartner, welche die »Sauregurkenzeit« überbrücken helfen?

Vor einer Woche habe ich eine neue Reihe gestartet. Interviews mit Frauen. Ein glücklicher Einstieg gelang mir mit der Gattin des damaligen Bundeskanzlers Helmut Schmidt.

Ich schwitze im Redaktionsturm unseres Funkhauses. Die Frau des Bundespräsidenten, Veronika Carstens, habe ich erst wenige Wochen zuvor nach ihrem Engagement für Multiple-Sklerose-Kranke gefragt. Außerdem brauche ich unbedingt eine »Oppositionsfrau«! Meine erste Wahl fällt auf Marianne Strauß. Doch aus der bayerischen Staatskanzlei erhalte ich eine Absage. Hannelore Kohl? Wieder eine Absage. Ich gehe die Namen der wichtigsten Oppositionspolitiker durch, stoße auf Richard von Weizsäcker: Ja, er ist verheiratet. Diesmal telefoniere ich mit keiner Pressestelle, gehe über kein Politikerbüro. Weizsäckers private Telefonnummer hatte ich schon oft gedreht. Ungezählte Male sprach ich mit ihm in unseren Früh- und Mittagssendungen, meistens über aktuelle

Fragen der Deutschland- und Ostpolitik. Gegen 16 Uhr rufe ich Weizsäckers Privatanschluß in der Zitelmannstraße 12 in Bonn an. Am anderen Ende der Leitung meldet sich Marianne von Weizsäcker. Ich erkläre ihr meinen Wunsch.

In ihrer ersten Reaktion zeigt sie sich nicht abgeneigt. Sie bittet allerdings um kurze Bedenkzeit. Mein Hinweis, vielleicht ihren Mann zu konsultieren, der mich kenne, gerät fast zum Mißgriff. Unmißverständlich weist sie darauf hin, daß sie eigene Entscheidungen treffe und nicht auf den Rat ihres Mannes angewiesen sei.

Gegen 18 Uhr rufe ich sie wieder an. Ich bin mir ziemlich sicher, daß sie absagen wird. Doch sie sagt zu. Nach kurzer Verständigung über die Themenbereiche setzen wir das Live-Interview auf den anderen Morgen um 7.45 Uhr fest.

Marianne von Weizsäcker ist mir unbekannt. Weder habe ich sie gesehen noch etwas über sie gelesen oder gehört. Vergebens bemühe ich unser Zeitungsarchiv. Es gibt nicht eine Zeile über sie.

Am anderen Morgen habe ich sie um 7.40 Uhr »auf dem Kopfhörer«. Was ich erst später erfahre: ihr erstes Live-Interview. Um 7.46 Uhr gehen wir auf Sendung. Ich frage sie nach dem zeitraubenden Streß eines Berufspolitikers und wie ein solcher Beruf mit dem Familienleben in Einklang zu bringen sei; will wissen, ob die politische Karriere eines Mannes nicht häufig auf Kosten von Frau und Kindern gehen; frage sie nach eigenen Wünschen, Bedürfnissen und Vorstellungen; ob es Spaß mache, im Glanze eines Mannes zu stehen, der erfolgreich und populär sei. Schließlich frage ich nach dem Einfluß und auch der Einsamkeit einer Politikerfrau, nach möglichen Gründen für die hohe Scheidungsquote unter Politikern – und, und, und.

Marianne von Weizsäcker antwortet mit ruhiger Stimme, geht auf alle Fragen ein: kurz, ohne Ausschweifungen, präzis, ohne Schnörkel! Sie plädiert bei aller Anteilnahme an den Aufgaben ihres Mannes für eine eigene unabhängige Gestaltung ihres Lebens, lehnt es ab, ihre persönlichen Interessen den Berufsanforderungen ihres Mannes unterzuordnen. Sie empfiehlt Politikerfrauen, eigene Aufgaben wahrzunehmen; gibt zu, an vielen Entscheidungen ihres Mannes beteiligt zu sein, Empfehlungen und Ratschläge zu geben, vor allem wenn diese unmittelbare Auswirkungen auf die Familie hätten. Nach acht aufschlußreichen Minuten verabschiede ich mich von ihr.

Ein knappes Jahr später besuche ich Marianne von Weizsäcker in Bonn, um sie für ein Interview zu einem Fernsehporträt ihres Mannes zu gewinnen. Über eine Stunde diskutiere ich mit ihr. Diesmal habe ich wenig Erfolg. In Berlin steht ihr Mann als Spitzenkandidat der CDU in einem harten Wahlkampf. Würde er es schaffen, Regierender Bürgermeister zu werden? Hoffnungen und Erwartungen, auch Befürchtungen, erörtere ich mit ihr. Sie erläutert mir ohne Umschweife ihre Abneigung, publizistisch vermarktet zu werden; bittet um Verständnis, wenn sie sich und ihre vier Kinder aus dem Geschäft heraushalte, auf eine Mitwirkung für die Fernsehdokumentation verzichte. Vielleicht werde sich ihre Einstellung noch ändern, falls ihr Mann tatsächlich Regierender Bürgermeister werde, meint sie beim Abschied. Enttäuscht verlasse ich sie.

Eigentlich verstehe ich sie, habe Sympathie für ihre selten anzutreffende Einstellung, auf den Fernsehauftritt zu verzichten, die Kinder vor der Öffentlichkeit zu schützen. Daß sie nicht über familiäre Fragen vor der Fernsehnation sprechen will, akzeptiere ich. Doch es ist mein Job, einen differenzierten Film zu machen. Soll ich das Thema fallenlassen?

Dann kommt die Berliner Wahl, der Wahlerfolg Weizsäckers, die Senatsbildung. Für viele gibt es unterschiedliche Gründe, sich über den Erfolg des neuen Mannes in Berlin zu freuen. Ich rechne fest damit, endlich Frau und Kinder vor die Kamera zu bekommen. Schriftlich wende ich mich an die Berliner First Lady, bitte um einen baldigen Drehtermin. Daraus wird nichts. Sie bleibt bei ihrer Ablehnung. Ich beschränke mich auf Zufallsaufnahmen. Am Wahlabend gehe ich mit Kamera und Mikrofon auf sie zu, beobachte sie aus der Distanz, als ihr Mann zum Regierenden Bürgermeister gewählt wird. Mein Erfolg bleibt gering. Das Ergebnis ist mager. Meine Fragen bringen wenig. Sie zeigt sich ablehnend. Nur mit Hilfe ihres Mannes – vielleicht sogar hinter ihrem Rücken – darf ich später eine Schachpartie drehen, welche die Söhne Robert und Fritz gemeinsam gegen ihren Vater spielen. Dies geschieht gegen Ende der Dreharbeiten. Als der Film im Dezember 1981 ausgestrahlt wird, erfahren die Fernsehzuschauer wenig von Marianne von Weizsäcker.

Ihre Mutter wurde im Kindesalter vom Essener Bankier Fritz von Waldthausen adoptiert. Ihr Vater war bei Mobil-Oil in Hannover beschäftigt. Er starb kurz nach dem Krieg.

Marianne von Kretschmann wurde am 17. Mai 1932 in Essen geboren. Sie hat noch zwei jüngere Schwestern. Nach dem Abitur lernte sie Richard von Weizsäcker nach einer Hubertus-Jagd am Lagerfeuer kennen. Am 10. Oktober 1953 heiratete sie den zwölf Jahre älteren Juristen. Die Hochzeitsreise ging nach Süditalien. Marianne von Weizsäcker war nie voll berufstätig. Sie widmete sich ganz ihren vier Kindern Robert, Andreas, Marianne Beatrice und Fritz und natürlich ihrem Haushalt. In den Bonner Jahren engagierte sie sich in der evangelischen Gemeinde und war jahrelang Mitglied des Presbyteriums. Als ihre Kinder älter geworden waren und aufs Gymnasium gingen, suchte sie sich ein neues

Engagement. Sie gehörte zu den sogenannten »Grünen Damen«, die in Bonner Krankenhäusern unentgeltlich arbeiteten, betreute im Kinderkrankenhaus des Bonner Marienhospitals frischoperierte Kinder, und zwar ehrenamtlich.

Seit Jahren ist sie Mitglied des Kuratoriums der Studienstiftung des deutschen Volkes. Als First Lady in Berlin beschränkte sie sich auf Repräsentationspflichten, die ihr offensichtlich mehr Last als Lust brachten. Marianne von Weizsäcker spricht Französisch und Englisch, liest viel und findet Entspannung in häufigen Konzert- und Theaterbesuchen. In der Familie gilt sie als temperamentvoller Ausgleich zu ihrem Mann.

Die Kinder

Richard von Weizsäcker war gerade vier Jahre bei Mannesmann in Düsseldorf beschäftigt, als am 6. Dezember 1954 Sohn Robert in Essen geboren wurde. Nach dem Besuch der Volksschule in Düsseldorf-Wittlaer ging er nach dem Wechsel seines Vaters zur Firma Boehringer auf das humanistische Sebastian-Münster-Gymnasium in Ingelheim. Als die Familie 1967 nach Bonn übersiedelte, wechselte Robert auf das Friedrich-Ebert-Gymnasium in der Bundeshauptstadt. Nach dem Abitur 1972 leistete er einen 15 Monate dauernden Bundeswehrdienst bei der Luftwaffe in Porz-Wahn und in Budel/Holland ab. Im Wintersemester 1973/74 begann er an der Rheinischen Friedrich-Wilhelm-Universität in Bonn mit dem Mathematikstudium. Nach dem Vordiplom stieg er um und studierte Volkswirtschaft. Mit der Note 1,6 legte er 1980 sein Examen als Diplom-Volkswirt ab. Anschließend bekam er ein Promotionsstipendium (Ph.-D.-Student) an der »London School of Economics« im Rahmen eines europäischen Doktorandenprogramms. 1982 kehrte er an die Bonner Universität zurück und wurde wissenschaftlicher Assistent (BAT-IIa-Stelle) am Lehrstuhl für Wirtschaftswissenschaft. Vier Jahre lang arbeitete er an einer mathematisch-philosophischen Doktorarbeit, die er bei dem renommierten Londoner Volkswirtschaftler Professor Anthony Atkinson übernahm und Anfang 1984 abschloß. Sein Thema: »Zur Theorie der Verteilung des Arbeitseinkommens«. Robert möchte die akademische Laufbahn ergreifen. Auf der Grundlage seiner Dissertation will er in Bonn habilitieren. Der dreißigjährige Diplom-Volkswirt ist seit dem 28. Mai 1983 mit der Lehrerin Gabriele von Meer verheiratet. Schachspielen ist seine Leidenschaft. Seit 1973 schlägt er seinen schachbegeisterten Vater. Jahrelang spielte er Fernschach und gehörte zur internationalen Meisterklasse. Im Nahschach spielte er in der Bundesliga, vergleichbar etwa mit dem Leistungsniveau der Fußballbundesliga. Bei Simultanspielen trat Robert unter anderem gegen den bedeutendsten Schachweltmeister nach dem Krieg, Bottwinnich, an. Weitere Gegner waren die sowjetischen Schach-Asse Spaski, Smyslow und Keres. Seit acht Jahren schreibt er regelmäßig für die in Offenburg erscheinende »Bunte Illustrierte« die Schachkolumne.

Am 25. Juni 1956 kam das zweite Kind, Andreas, in Essen zur Welt. Auf der Odenwald-Schule machte er 1976 sein Abitur und legte gleichzeitig die Gesellenprüfung als Schreiner ab. Vom Sommer 1976 bis Sommer 1977 arbeitete Andreas zunächst als Bühnenschreiner beim WDR. Danach leistete er nicht seinen Grundwehrdienst bei der Bundeswehr ab, sondern begann mit einer Vorbereitungszeit beim Deutschen Entwicklungsdienst und ging anschließend als Entwicklungshelfer in die thailändische Hauptstadt Bangkok. Eine Krankheit zwang ihn, eine einjährige Pause einzulegen. Von 1979 an studierte Andreas an der Münchner Kunstakademie Bildhauerei. Im Frühjahr 1984 machte er sein Diplom und bekam eine Assistentenstelle. Noch während seiner Studienzeit erhielt er eine besondere Auszeichnung. Bei seinem Münchner Lehrer, dem schottischen Bildhauer Eduardo Paolozzi, wurde er Meisterschüler.

Neben dieser Tätigkeit gibt Andreas Zeichenunterricht an der Volksschule in der Dachauer Straße im Rahmen des Pilotprojektes »Schule der Fantasie«. Seine besondere künstlerische Begabung stammt vermutlich vom Bruder seiner Großmutter, dem Bildhauer Fritz von Graevenitz. Von seiner Mutter glaubt er die künstlerische Ader geerbt zu haben. »Vom Vater habe ich die Geduld gelernt«, sagte er mir.

Auch Marianne Beatrice wurde in Essen geboren, und zwar am 20. August 1958. Nach der Grundschule in Ingelheim machte sie am Bonner Klara-Schumann-Gymnasium 1977 ihr Abitur. An den Universitäten Hamburg und München studierte sie anschließend jeweils zwei Semester Jura. Wie 33 Jahre zuvor ihr Vater legte sie im Herbst 1983 an der Göttinger Universität ihr Staatsexamen ab und arbeitet derzeit als Gerichtsreferendarin in Lüneburg. Seit Jahren engagiert sie sich in der evangelischen Kirchengemeinde. Unverkennbar sind ihre politischen Ambitionen, die parteipolitisch nicht festgelegt sind. Marianne will Jugendrichterin werden.

Das jüngste Weizsäcker-Kind Fritz wurde am 20. Juli 1960 in Essen geboren. Fritz besuchte die Grundschulen in Ingelheim und Bonn und ging wie sein Bruder Robert auf das neusprachliche Friedrich-Ebert-Gymnasium. Mit dem Notendurchschnitt 1,2 machte er 1979 sein Abitur. An der Bonner Universität studierte er zunächst ein Semester Physik, hörte philosophische und medizinische Vorlesungen und nahm im Sommersemester 1980 sein Medizinstudium auf. Nach dem ersten Staatsexamen 1983 in Bonn ging er über einen Studienplatztausch an die Universität Heidelberg. Gleichzeitig bewarb er sich mit Erfolg beim EMBL, dem Europäischen Laboratorium für Molekularbiologie, einem europäischen Forschungsinstitut in Heidelberg. Im Rahmen eines Doktorandenprogramms beschäftigt er sich seit Oktober 1983 – vereinfacht formuliert – mit der Krebsforschung. 1987 will er seine Promotion abgeschlossen haben. Sein Berufsziel ist die akademische Laufbahn, am liebsten kombiniert mit praktischer Berufsausübung. Im Sommer 1983 ging er für zweieinhalb Monate an das Weizmann-Institut nach Rehovot in der Nähe von Tel Aviv. Hier erhielt er Einblicke in den Stand der israelischen Krebsforschung.

Auf Vorschlag des Friedrich-Ebert-Gymnasiums erreichte Fritz nach einem aufwendigen Auswahlverfahren, verbunden mit einem Begabtentest, ein Stipendium der Studienstiftung des Deutschen Volkes. Da sich die finanzielle Unterstützung dieser Stiftung nach den Einkommensverhältnissen der Eltern richtet, bekommt er lediglich Büchergeld. Ähnlich wie sein Bruder Robert spielt er hervorragend Schach und seit einiger Zeit vor allem Go, ein japanisches Brettspiel.

Alle Weizsäcker-Kinder sind nach Meinung von Freunden und Bekannten der Familie außerordentlich begabt. Engagement und Leistungsfähigkeit spielen in ihren Leben eine wichtige Rolle. Auf die Frage, was er von seinem Vater gelernt habe, meinte Sohn Robert: »Eine ganze Menge, vor allem aber, nicht zu jubeln, bevor die Ziellinie nicht durchlaufen ist.«

XI. Kapitel

Berliner Jahre

Joachim Nawrocki

Leiter des Berliner Büros der Wochenzeitung »Die Zeit«, Berlin

»Ich betrachte das als meine Lebensaufgabe«

Als Richard von Weizsäcker sich im Herbst 1978 entschied, der Berliner CDU für die kommenden Wahlen als Spitzenkandidat zur Verfügung zu stehen, da war nicht nur die Stadt, in der er 1937 sein Abitur gemacht hatte, in einer schwierigen Situation. Die Parteien waren es auch: Die SPD verschlissen von allzulanger Regierungsverantwortung, von Skandalen, die zum Rücktritt des Regierenden Bürgermeisters Klaus Schütz geführt hatten, und vom Ruch der Filzokratie. Die CDU verunsichert von allzu langer Opposition, ohne Elan und ohne eine überzeugende Führungsmannschaft. Die FDP in Flügel zerfallen, die einander erbittert bekämpften und fast zur Spaltung der Partei führten. Berlin bot der Außenwelt kein gutes Bild.

Der da nach Berlin kam, war von alledem unberührt, und er wollte sich auch nicht von den Niederungen provinzieller Politik berühren lassen. Die Zustimmung, auf die seine Entscheidung allenthalben stieß, sah er abgehoben von parteipolitischen Erwägungen: »Es hat ja auch Stimmen aus anderen Parteien gegeben, die darauf hinweisen, daß es Berlin im ganzen zugute kommen könnte. Meine Aufgabe ist ja nicht die CDU, meine Aufgabe ist Berlin.« Gleichwohl glaubten viele Politiker und Kommentatoren, mit Richard von Weizsäckers Hilfe hätte die CDU die für den 18. März 1979 angesetzten Wahlen praktisch bereits gewonnen. Das war zwar übertrieben. Aber zum erstenmal hatte die Partei, die zwanghaft Opposition mit Negation verwechselt hatte, eine reelle Chance.

Der Erwartungsdruck, dem der liberale Richard von Weizsäcker da ausgesetzt war, machte ihn nicht bange: »Wenn ich nicht mit großer innerer Überzeugung an die Sache herangegangen wäre, dann hätte ich auch nicht die nötige Zuversicht, die man braucht. Ich glaube, die Reaktion ist gar nicht primär oder gar nicht individuell mit meiner Person verknüpft. Sondern die Tatsache, daß aus der Führungsgruppe der politischen Parteien nun mal wirklich einer von Bonn nach Berlin geht, nach so vielen umgekehrten Beispielen, hat vielleicht einen gewissen Eindruck gemacht, und das ist ja auch damit beabsichtigt. Ich betrachte das als meine Lebensaufgabe und tue es, weil ich davon überzeugt bin, daß ich auch auf die Bundespolitik auf diesem Wege meinen Einfluß vergrößere.« So damals in einem Gespräch mit der »ZEIT« (22. 9. 1978). Daß es fünfeinhalb Jahre später, als von Weizsäcker den umgekehrten Weg ging, auch einen gewissen Eindruck machte, war damals noch nicht vorauszusehen.

Daß durch sein Hinzutreten die Berliner CDU nicht wesentlich anders werden würde, hat Richard von Weizsäcker gleich richtig eingeschätzt. Die Partei, deren Landesvorsitzender er am 21. März 1981 wurde, hat ihn wohl nie ernsthaft umgetrieben, und sie fühlte sich auch immer ein wenig von ihm vernachlässigt. Daß er, als er im zweiten Anlauf im Sommer 1981 dann tatsächlich die Regierungsverantwortung übernehmen konnte, bei der Senatsbildung nur sehr verhalten vom Personalangebot der Berliner Partei Gebrauch machte, beruhte nicht zuletzt darauf, daß die CDU in Berlin ebenso wie die SPD und die FDP kein überzeugendes Bild bot. Das hat auch die Wahlkämpfe so schwierig und langweilig gemacht.

Richard von Weizsäcker setzte auf Erneuerung, und Erneuerung konnte für ihn vor allem erst einmal von außen kommen. Er sprach von den »Schwierigkeiten im Lebensgefühl« der Berliner und erkannte richtig, daß die Stadt, die in ihrer Insellage immer dazu neigte, im eigenen Saft zu schmoren, vor allem mehr Zuversicht, frisches Blut und Bewegung brauchte. Diese Erkenntnis hat er zu seinem Programm gemacht. Berlin sollte sich nicht am Rande der Weltpolitik finden, sondern mitten drin; Berlin, so sagte er später einmal, sei Mitte und Grenze zugleich. »Wer Deutschlandpolitik, Ostpolitik, Europapolitik macht, der stößt immer wieder an den Punkt, daß Berlin einen entscheidenden Stellenwert hat. In allen Verhandlungen und Vorschlägen kann man leicht entdecken, daß Berlin ein Schlüsselpunkt ist.«

Fast jede Frage und jedes aktuelle Problem Berlins stellte von Weizsäcker in einen solchen übergeordneten Zusammenhang. So meinte er zur Frage der wirtschaftlichen Entwicklung der Stadt, entscheidend komme es dabei auf die unternehmerische Einschätzung von Aussichten und Risiken an; dazu gehörten natürlich die wirtschaftlichen Möglichkeiten und das Arbeitskräfteangebot, aber ebenso auch das Lebensgefühl in der Stadt und die Einschätzung ihrer politischen Situation. Genau da setzte er an und vollbrachte er auch seine größte politische Leistung.

Die Berliner brauchten eine Zeit, um sich an den neuen Mann und das neue Gesicht zu gewöhnen. Richard von Weizsäcker hat es ihnen auch nicht leichtgemacht. Er blieb Bundestagsabgeordneter und wurde 1979 Vizepräsident des Bundestages, was vielen Berlinern, die nun mal empfindlich sind, wie ein halbherziges Engagement für ihre Stadt vorkam. Er sagte ihnen auch unangenehme Wahrheiten wie diese: »Die Berliner müssen mit dem Zustand, keine Krise zu haben, besser fertig werden.« Er umgab sich mit Beratern und Kandidaten für Spitzenämter, die aus dem Westen kamen und die von Parteipolitikern in Berlin als Bonner »Schatten« apostrophiert wurden.

Aber es fehlte ihm nicht an Selbstbewußtsein. Im Wahlkampf im Frühjahr 1979 kam er gut an und bekam auch Spaß an der Sache. Alle Bereiche, in denen er zuvor tätig gewesen sei – Militär, Wirtschaft, Kirche –, seien zwar wesentlich professioneller, aber von Woche zu Woche gewinne er mehr Freude an der Politik – kein Wunder bei seiner Eloquenz und Grandezza, die für Berlin ungewohnt waren. Als der rechtskonservative Bund Freies Deutschland zur Unterstützung für Weizsäkker aufrief, sah er sein liberales Image dadurch nicht beschädigt: »Das kann ich doch gar nicht ändern«; und schließlich werde ja auch der richtige Mann unterstützt, meinte er.

Gleichwohl schaffte es Richard von Weizsäcker nicht im ersten Anlauf. Die CDU gewann bei den März-Wahlen nur ein halbes Prozent dazu (44,4 Prozent), die SPD hielt ihr letztes Wahlergebnis (42,7 Prozent), und die FDP schnitt mit 8,1 Prozent unerwartet gut ab. Die alte sozialliberale Koalition unter Dietrich Stobbe konnte noch einmal fortgesetzt werden – bis der Bürgschaftsskandal um den Baulöwen Dietrich Garski am 15. Januar 1981 den Stobbe-Senat stürzen ließ und auch die Übergangsregierung unter Hans-Jochen Vogel keine überzeugende Lösung mehr war. Vogel und sein mit Importen wie Anke Brunn, Ralf Dahrendorf, Gerhard Konow, Guido Brunner und Günter Gaus bestückter Senat kamen nicht gut an.

Schon lange zuvor begann sich die Meinung auszubreiten, daß die SPD/FDP-Regierung eigentlich keine Legitimation mehr habe. Die Regierungsparteien hatten erkennbar abgewirtschaftet. CDU und Alternative Liste griffen diese Stimmung geschickt auf und blätterten in der Berliner Verfassung: Da stand in Artikel 39: »Das Abgeordnetenhaus kann durch eigenen Beschluß oder auf Volksbegehren durch Volksentscheid vor Ablauf der Wahlperiode aufgelöst werden ... Ein Volksentscheid ist herbeizuführen, wenn ein Fünftel der Wahlberechtigten einem Volksbegehren zugestimmt hat. Der Volksentscheid wird nur wirksam, wenn mindestens die Hälfte der Wahlberechtigten sich daran beteiligt.«

So veranstaltete die CDU ein Volksbegehren, und die Alternativen, die sich erstmals eine reale Chance für den Einzug ins Abgeordnetenhaus ausrechneten, machten sogleich mit. Richard von Weizsäcker hatte keine Bedenken, an einem Stand vor dem Rathaus Schöneberg auch bei den Alternativen zu unterschreiben, sofern ihm dies auch eine Stimme von der anderen Seite für die CDU-Liste einbringe. Sehr bald wurde erkennbar, daß das Volksbegehren die notwendigen Stimmen für einen Volksentscheid erbringen werde, so daß der Stobbe-Nachfolger Vogel, um die lange Prozedur abzukürzen und den Neue-Besen-kehren-gut-Effekt möglichst schnell noch für sich auszunutzen, die Initiative für die Selbstauflösung des Abgeordnetenhauses ergriff. Die nächsten Wahlen wurden für den 10. Mai 1981 angesetzt. Richard von Weizsäckers Stunde war gekommen.

Der CDU-Spitzenkandidat meinte, ein Akt der Selbstreinigung sei nötig, damit die Parteien zu verantwortlichem Handeln zurückgerufen werden. Er sah das Volksbegehren auch als Zeichen für Kraft zur Berliner Selbsthilfe, denn ohne diese Kraft könne die Stadt auf die notwendige Hilfe von außen nicht rechnen. Was Richard von Weizsäcker vorhatte, das klang in vielem nach radikaler Umkehr: »Hier wird beim Bürger in einem bequemen Sinn populäre Politik versucht. Es werden Ziele durch zuviel Bürokratie und Zentralisierung in einer Weise angestrebt, bei der die Bürger passiv werden, nur noch Empfänger von Leistungen sind. Die Parteienherrschaft ist perfekt. Der Bürger, der Wähler, ist ein im Artikel 20 des Bonner Grundgesetzes begrabenes Nullum... Wir müssen ausgehen von dem Stichwort der Selbsthilfe und Selbstverantwortung... Abkehren müssen wir von einer umgekehrten Politik, die zwar lauter gute Absichten hat, aber dem Bürger das Schritt für Schritt alles abnimmt und in eigener staatlicher Regie übernimmt... Der Gedanke der Subsidiarität, daß der einzelne, die kleine Gruppe, der freie Träger, die örtliche Gemeinde in erster Linie berufen sind, Probleme zu lösen, bevor der Staat als Ganzes zum Zuge kommt, das alles hat nicht nur finanzielle, sondern auch sinngebende und kräftigende Bedeutung.«

Berlin, so meinte Richard von Weizsäcker in einem weiteren Interview mit der »ZEIT« (23. 1. 1981), solle nicht mehr durch Krisen ins Gerede kommen, sondern mit gutem Beispiel vorangehen. Das gelte vor allem für die »menschlichen Themen« wie Schule, Familie, Jugend, Drogen, Ausländer. Aber auch die Deutschlandpolitik wollte Weizsäcker von Berlin aus vorantreiben. Wichtig dafür war auch sein Personalkonzept: »Leute zu gewinnen, die man braucht, ist nicht leicht, wenn man ihnen sagen muß: Ihr müßt eine Sache unterstützen, von der sich erst in dreieinhalb Jahren herausstellt, ob sie Erfolg hat. Es ist vor allem dann nicht leicht, wenn es sich um Persönlichkeiten handelt, die man gerade deshalb aussucht, weil sie etwas taugen und infolgedessen stark gefragt und beschäftigt sind ... Ich will endlich erreichen, daß Leute sich verantwortlich am Regierungsgeschäft beteiligen, die nicht durch Anstehen in einer Partei, sondern durch Sachverstand, Engagement und Persönlichkeit gegenüber bestimmten Aufgaben ausgewiesen sind.«

Richard von Weizsäcker gewann die Wahlen, wenn auch knapp: CDU 48,0 Prozent, SPD 38,3 Prozent, FDP 5,6 Prozent, und die Alternative Liste bekam 7,2 Prozent. Hätten nicht fünf der sieben FDP-Abgeordneten – ganz entgegen den Intentionen der Berliner FDP-Spitze – Richard von Weizsäcker mitgetragen, ohne zunächst eine Koalition einzugehen, dann hätte es Pattsituation und erneute Wahlen gegeben. So wurde Richard von Weizsäcker mit Mehrheit zum Regierenden Bürgermeister gewählt, und er wehrte sich deshalb immer gegen die Bezeichnung »Minderheitssenat«. Aber die Regierungspartei hatte keine Mehrheit im Abgeordnetenhaus, sie war auf Abreden mit dem Tolerierungspartner FDP angewiesen.

Der Weizsäcker-Senat stand auf schwankendem Boden, wie sich gleich bei der Wahl der Senatoren zeigte: Der Kandidat für das Wirtschaftsressort, Elmar Pieroth, schaffte es erst im zweiten Wahlgang. Außer Pieroth holte Weizsäcker Norbert Blüm (Bundesangelegenheiten), den damals parteilosen Rupert Scholz (Justiz), Hanna-Renate Laurien (Schule, Jugend und Sport), Wilhelm Kewenig (Kultur und Wissenschaft) und Ulf Fink (Gesundheit, Soziales und Familie) nach Berlin, und den Außenseiter Volker Hassemer machte er zum Senator für Stadtentwicklung und Umweltschutz. Aus der Berliner Parteihierarchie kamen nur Heinrich Lummer (Inneres), Gerhard Kunz (Finanzen) und Ulrich Rastemborski (Bau- und Wohnungswesen). Der Durchfall von Pieroth zeigte, daß die Berliner CDU sich schlecht behandelt fühlte; schnell war da von der »Mainzer Mafia« die Rede. Ein guter Start war das nicht.

Aber Richard von Weizsäcker krempelte die Ärmel auf und regierte. Er nahm sich auch Zeit für Reden, für Auslandsreisen, saß manchmal einen ganzen Tag im Aspen-Institut, wenn ihn ein Tagungsthema interessierte, verschwand auch mal aus der Stadt, um in Ruhe nachdenken zu können. Doch diejenigen, die in ihm nur einen charmanten Schönredner gesehen hatten, sahen sich getäuscht.

»Er regiert wirklich«, verlautete aus seiner Mannschaft; man solle seine intellektuelle Überlegenheit nicht mit Abgehobenheit von den Niederungen der Stadtpolitik verwechseln. In den Senatssitzungen sei er souverän, präzise, komme schnell auf den entscheidenden Punkt. Unvorbereitete Vorträge und schlechte Vorlagen lasse er sich nicht gefallen: »Dann nimmt er mit gleichbleibender Freundlichkeit die Leute auseinander.« Er überzeugte mit Eloquenz und Vernunft; Kampfabstimmungen im Senat hat es nie gegeben. »Diskussionen faßt er so zusammen, wie er sie verstanden haben will, und alle respektieren es«, berichtete ein Insider. Die Abstimmung mit der FDP, die noch draußen vor der Tür stand, besorgte der CDU-Fraktionsvorsitzende Eberhard Diepgen, Weizsäckers späterer Nachfolger.

Der Wandel, der mit Richard von Weizsäcker eingetreten war, ließ sich zunächst nicht so sehr an den Details der lokalen Politik feststellen. Da gab es mehr Kontinuität als radikale Beschlüsse, wie sie etwa in der Hausbesetzerfrage viele Berliner wohl erhofft hatten. Es mußten Abstriche vom Regierungsprogramm gemacht werden, etwa im Wohnungsbau; die Bürokratie zeigte sich zäher als erwartet, etwa bei der Verwaltungsreform und Dezentralisierung. Und manchen Kompromiß verlangte auch die Rücksichtnahme auf die Rücksichtnehmer von der FDP. Aber es fiel auf, daß hier ein unabhängiger Kopf an der Spitze der Stadt stand, der in Fragen der Deutschland- und Berlin-Politik durchaus auch einmal andere Meinungen hatte als seine Parteifreunde in Bonn und dessen souveräne Ruhe sich bald auf das Klima in der Stadt übertrug. Erst diese Ruhe aber konnte die Voraussetzung für neue Weichenstellungen sein.

In einer Alptraumsituation, die durch Straßenschlachten, Arbeitsplatzabbau, große und kleine Skandale, Zerfallserscheinungen im Stadtbild, Ausländerprobleme und eine denkbar schlechte Presse im Bundesgebiet geprägt wurde, hätte Richard von Weizsäcker nicht lange erfolgreich sein können. Er löste zwar nicht gleich alle Probleme, aber er erweckte bei den Berlinern den Glauben, daß die Probleme lösbar seien. Es wurde wieder regiert, und das besserte die Stimmung in der Stadt – schneller, als es die tatsächlichen Leistungen des Senats gerechtfertigt hätten. Richard von Weizsäcker war auf dem besten Weg, nach Ernst Reuter der zweite große Berliner Bürgermeister zu werden.

Konkrete Ansätze zur Lösung dringender Probleme gab es bald auch. Die Baupolitik versuchte mit neuen Konzepten, die Fehler der Vergangenheit zu überwinden. Stadtplanung und Stadtentwicklung wurden wieder als politische Aufgabe begriffen. Das Hausbesetzerproblem wurde nicht nur durch Räumungen, sondern wo irgend möglich auch durch Nutzungsverträge und Förderung von Selbsthilfeprojekten angegangen, obwohl der Bausenator und der Innensenator auch manchmal gegeneinander arbeiteten. Der Finanzsenator legte seine Haushaltspolitik auf mehr Sparsamkeit und Erhöhung des investiven Anteils am Haushalt an.

Der Sozialsenator vertrat engagiert das Subsidiaritätsprinzip und förderte ungeniert auch Selbsthilfeprojekte aus der linken Szene, sofern sie ihm sinnvoll erschienen. Unnötige Ausgaben wie kostenlose Kindertagesstätten für jedermann und Familiengründungsdarlehen ohne Einkommensgrenze wurden gestrichen. Die Berufung von Barbara John zur Ausländerbeauftragten machte deutlich, welches Gewicht der neue Senat auch auf die Ausländerpolitik legte. Da war also einiges in Gang gekommen, nicht ohne Streit und Härten natürlich, denn Kürzungen bei Sozialausgaben und öffentlichen Zuwendungen stoßen bei den Betroffenen und deren Fürsprechern immer auf Widerstand.

In dieser Situation der Beruhigung und der politischen Neuorientierung hätte die Stadt Kontinuität gebraucht. Im März 1983 trat auch die FDP, nachdem die Mehrheitsverhältnisse in der Partei sich geändert hatten, in die Koalition mit der CDU ein und schuf somit eine solidere parlamentarische Basis für den Weizsäcker-Senat. Aber als Bundespräsident Carstens Anfang 1983 seine schon zuvor erkennbare Absicht bekräftigte, nicht ein zweites Mal für das Amt des Bundespräsidenten zu kandidieren, kam langsam wieder Unruhe in Berlin auf. In allen politischen und sonstigen Gesprächszirkeln gab es bald nur noch ein Thema: Wird von Weizsäcker Bundespräsident, will er sich um die Nachfolge bemühen, oder sollte er besser in Berlin ausharren? Doch der Betroffene hielt sich bedeckt bis zuletzt.

Für Berlin war dies eine enervierende Situation. Die Opposition, die bei den Wahlen von 1985 gegen Richard von Weizsäcker kaum eine Chance gehabt hätte, malte genüßlich und einfallsreich an einem Bild des Regierenden Bürgermeisters, das ihn als einen zwar liebenswerten, aber entscheidungsschwachen Politiker mit mangelnder Durchsetzungsfähigkeit darstellte; als einen Mann, der erst als Bundespräsident »seiner eigentlichen Berufung gemäß Verwendung fände«. Weizsäcker selbst erklärte im Sommer 1983, alle seine Vorgänger seien ja entweder in den Himmel oder nach Bonn gekommen: »Ich überlege noch, wofür ich mich entscheide – zumindest in welcher Reihenfolge.« Aber wofür er sich entscheiden würde, wenn die CDU ihn als ihren Präsidentschaftskandidaten nominieren würde, das galt damals schon als ausgemacht.

Daß die Bonner Parteispitze sich mit ihrer Entscheidung so schwer tat und damit bis Ende November wartete, das machte Richard von Weizsäckers Abschied von Berlin so lang und quälend; zu vertreten hat er dies nicht.

Die Frage aber ist, ob Richard von Weizsäckers Entschluß, lieber früher nach Bonn als in den Himmel zu kommen, vertretbar und richtig war. Er hat einmal gesagt: »Andere als Berliner Aufgaben wird es in meinem politischen Leben nicht geben.« Als er diesen Ausspruch tat, sagte er später, habe er Spekulationen um einen Eintritt ins Bundeskabinett abwehren wollen; damals hätte er davon ausgehen müssen, daß Karl Carstens für zwei Perioden Bundespräsident sein würde, also bis 1990, so daß diese Frage für ihn nach menschlichem Ermessen erledigt gewesen sei. Zudem sei das Präsidentenamt kein Posten, um den man sich bewirbt, sondern ein Amt, in das man berufen werde. Aber für seine Kandidatur eingesetzt hat er sich schon, und Berufungen könnte man ja auch ausschlagen. Die Interpretation, er sei dann lieber seinen Neigungen als der Pflicht nachgegangen, hat von Weizsäcker nicht gelten lassen: »Das war eine Wahl zwischen zwei Pflichten und zwei Neigungen ... Daß meinem Entschluß eine langwierige Abwägung vorausgegangen ist, ist die Wahrheit.«

Mit den zweieinhalb Jahren CDU/FDP-Politik unter Weizsäcker ist Berlin nicht schlecht gefahren. Bedeutsam für die weitere Zukunft der Stadt sind vor allem die strukturellen Entscheidungen gewesen – viele davon ohne Vorbild im Bundesgebiet und möglicherweise beispielgebend. Es wurde gespart bei der Verwaltung, bei den Universitäten und in den Krankenhäusern. Gleichzeitig aber wurden die Ausgaben für Ausbildungsförderung, Arbeitsbeschaffungsmaßnahmen, familienpolitische Zielsetzungen und den Wohnungsbau angehoben. Der Anteil der konsumtiven Ausgaben wurde gesenkt, der Investitionsanteil auf 18 Prozent des Gesamtetats erhöht. Ein vielfältiges Programm gab Starthilfen für die Neugründung von Unternehmen, vor allem im Bereich modernster Technik.

Die Sozialpolitik orientierte sich vor allem an der Hilfe zur Selbsthilfe: Der »Verheimung« und »Verstaatlichung« soll entgegengetreten werden. Selbsthilfegruppen aus den Bereichen Gesundheit, Soziales, Behinderte, Ausländer und Frauen erhalten auf Antrag Zuschüsse aus einem neugeschaffenen Selbsthilfefonds von 7,5 Millionen Mark. Ein in zwei Jahren geschaffenes Netz von 50 Sozialstationen soll dafür sorgen, daß Kranke und Pflegebedürftige, wenn irgend möglich, nicht in teuren Krankenhausbetten, sondern in ihrer häuslichen Umgebung versorgt werden können. Die Berliner Krankenhäuser arbeiten bis auf eine Ausnahme wieder mit Gewinn. Die Zahl der Ausbildungsplätze stieg auf 40 000. Die Ausländerpolitik zielt auf Hilfen bei der Integration von Ausländern und auf die Begrenzung des Zuzugs und die Förderung der Rückkehr.

Die Baupolitik sorgt für 40 000 neue Wohnungen bis 1985; das ist zwar weniger als versprochen, aber die Wohnungsnot ist praktisch gebannt. Das Hausbesetzerproblem wurde weitgehend gelöst; durch – manchmal überhastete – Räumungen, aber auch durch Vertragslösungen, wo es möglich war. Die Zahl der besetzten Häuser sank von 169 auf 29.

Fragt man nach den Versäumnissen des Weizsäckers-Senats, dann wird vor allem die noch ausstehende Verwaltungsreform genannt. Aber die drängendsten Probleme Berlins konnte freilich auch Weizsäcker nicht lösen: den Abbau von Arbeitsplätzen und die Arbeitslosigkeit. Zwar wurden durch eine Wirtschaftskonferenz mit dem Bundeskanzler wichtige Investitionsentscheidungen angeregt, zwar hat der Wirtschaftssenator einige Programme aufgelegt, die in die richtige Richtung gehen, nämlich die Stärken Berlins auszuspielen und nicht die Schwächen zu kaschieren. Aber gleichwohl sind seit Weizsäckers Amtsantritt 38 000 Arbeitsplätze verlorengegangen, obwohl allein das Handwerk 5 000 neue Arbeitsplätze einrichtete. Die Arbeitslosenquote ist nur wenig günstiger als im Bundesgebiet. Und die Zahl von rund 150 000 Sozialhilfeempfängern in der Zweimillionenstadt ist erschreckend. Das alles sind gewiß nicht Probleme, die in zwei Jahren zu lösen sind; und die Konjunkturpolitik wird ohnehin nicht in Berlin, sondern in Bonn gemacht. Aber sicher ist, daß manche – vielleicht zu hoch gesteckte – Erwartung enttäuscht blieb.

Oppositionsführer Peter Ulrich vermißte beim Weizsäcker-Senat vor allem eine langfristige Konzeption für die zukünftige Funktion Berlins. Das werde unter anderem daran deutlich, daß längst fällige Entscheidungen über die 750-Jahr-Feier Berlins, über die Gestaltung des Tiergartens und des Kulturforums am Kemperplatz oder über das Geschichtsmuseum bisher nicht gefallen und schon gar nicht miteinander koordiniert sind. »Da fehlt die geistige Führung«, sagte Ulrich, die Weizsäcker eigentlich nur in der Deutschlandpolitik bewiesen habe.

Im ganzen war jedoch Richard von Weizsäckers Amtszeit erfolgreich. Vor allem hat er Ruhe, Gelassenheit, Großmut und gedankliche Weite in die angeknackste Stadt gebracht. West-Berlin – die Insel inmitten der DDR – leidet ja schon immer unter seiner geographischen Lage, fern von der Bundesrepublik und beinahe völlig isoliert von seiner näheren Umgebung. So wachsen Unsicherheit und Nabelschau in der Stadt. Sie scheint in ihrem eigenen Saft zu schmoren. Das Fluidum der Stadt, das urbane Getriebe, die Kultur und Gegenkultur, die Szene, das Nachtleben, die hellwachen Reaktionen und die Aufgeschlossenheit der jüngeren Generation – all dies macht Berlin zur Metropole, zur Weltstadt. Aber die Führungsschicht ist, von Ausnahmen abgesehen, eher kleinstädtisch. Die Gesichter in Politik, Wirtschaft und auch in den Medien sind seit Jahren allzu bekannt. Jeder kennt jeden, und die Folgen des Aufeinanderhockens machen sich nachteilig bemerkbar.

Zuwanderer, die die Stadt so nötig hat, wurden seit Karl Schiller und Adolf Arndt immer als Paradiesvögel, noch öfter als Zugvögel betrachtet. Dieses Bild hat sich verfestigt, weil kaum einer der Neuberliner hier wirklich ausharren wollte. Daß nun auch Richard von Weizsäcker, den die Stadt so bedingungslos angenommen hat wie kaum jemanden zuvor, wieder gegangen ist, war eine besonders große Enttäuschung. Gerade weil er so schnell akzeptiert wurde, als er nach Berlin kam und von den verunsicherten Berlinern beinahe zur Vaterfigur stilisiert wurde, ist ein Vorgang, der in jeder anderen Stadt als normal empfunden würde, in Berlin fast wie Fahnenflucht gewertet worden. Das Problem ist, daß nicht nur das Amt des Bundespräsidenten ein ganz besonderes Amt ist, sondern Berlin auch eine ganz besondere Stadt – und Richard von Weizsäcker ein ganz besonderer Mann. So war der Konflikt nahezu unvermeidlich.

Zeitzeugen

Hans-Jochen Vogel

Fraktionsvorsitzender der SPD-Bundestagsfraktion, Bonn

Was man von ihm lernen kann

Um die Person und die politische Zukunft von Richard von Weizsäcker hat es überlange Auseinandersetzungen gegeben – längere jedenfalls, als ihm lieb gewesen sein mag. Diese Phase des Jahres 1983 ist überwunden, gewiß; aber es lohnt doch, einen Augenblick bei dieser Auseinandersetzung um den Wechsel vom Schöneberger Rathaus in die Villa Hammerschmidt zu bleiben, nicht weil der Streit um diesen Mann geführt wurde, sondern weil die Hintergründe etwas aussagen über ihn als Person und über sein Selbstverständnis.

Richard von Weizsäcker hat sich von Hürden, die sich ihm auch aus den Reihen seiner eigenen Partei entgegenstellten, im allgemeinen nicht beirren lassen: weder durch solche, die seinen engeren politischen Weg in der CDU betrafen, noch durch andere, die immer wieder aufgerichtet wurden, weil die eigenen politischen Freunde seine politischen Auffassungen nicht teilten. In Berlin hat sich dies gewiß an einer Frage ganz besonders gezeigt. Ich meine Richard von Weizsäckers deutschland- und ostpolitische Offenheit. Eine Offenheit, die sich auch in den weiteren parteipolitischen Bereich hinein erstreckte und die es sicherlich nicht zuließ, daß politische Auffassungen diskreditiert wurden, etwa allein deshalb, weil sie aus einem Munde stammten, dessen Träger nicht der eigenen Partei angehörte. Es mag dem einen oder anderen aufgefallen sein, daß sich Richard von Weizsäcker beispielsweise zu jener Zeit, als es in der CDU modisch wurde, Auffassungen meines Parteifreundes Eppler zu kritisieren, an solcher Kritik nie beteiligte. Mir schien darin eine begrüßenswerte intellektuelle Entwicklung zu liegen, die zu politischen Übereinkünften auch zwischen parteipolitisch unterschiedlich orientierten Menschen einlädt. Darin lagen zugleich die Gründe dafür, daß ich mich frühzeitig dafür ausgesprochen habe, auf einen sozialdemokratischen Gegenkandidaten für die Wahl des Bundespräsidenten zu verzichten, falls die Union sich auf Richard von Weizsäcker einigen würde.

Mein Urteil über den Ost- und Deutschlandpolitiker Richard von Weizsäcker stammt aus der Zeit des erbitterten Meinungsstreits um die

Grundlagen und die ersten Ergebnisse unseres Versuchs, unsere Westpolitik durch die dringend notwendige Politik der Aussöhnung mit dem Osten zu ergänzen. Damals, Anfang der siebziger Jahre, ließ Weizsäcker durch seine Haltung wissen, daß es für einen deutschen Politiker – gehöre er der Regierung an oder sei er in der Opposition – letztlich die Aufgabe ist, die Interessen des eigenen Landes zu vertreten, jedenfalls aber, sie nicht zu beschädigen. Ich habe dieses Urteil, dem eine uns beiden ähnliche Auffassung von patriotischem Denken zugrunde lag, später nicht korrigieren müssen.

Es war so, und es ist immer noch so, daß manche seiner Positionen, vor allem in der Deutschland- und Friedenspolitik, deutlich über die Grenzen seiner Partei hinausgreifen. Das erste Treffen eines Regierenden Bürgermeisters von Berlin mit dem ersten Mann der DDR in Ost-Berlin verdient fraglos Anerkennung. Richard von Weizsäcker hat dabei gezeigt, daß er bereit war, parteipolitische Bahnen zu verlassen. Ich erinnere mich auch an seine besonnenen Kommentare, als Bundeskanzler Helmut Schmidt sich Ende 1981 am Werbellinsee mit Generalsekretär Erich Honecker traf, Bemerkungen, die sich wohltuend abhoben von jenen abwegigen Vorwürfen, die die damalige Bonner Opposition äußerte. Richard von Weizsäcker hatte ein sicheres Gespür dafür, daß der Vorwurf mangelnder Ergebnisse der Bedeutung dieses Treffens bei weitem nicht gerecht wurde. Er sprach damals nicht nur anders als viele seiner Parteifreunde, er handelte auch anders: Denn auf den seinerzeit gelegten Grundlagen baute er behutsam auf und verfolgte eine Politik, durch die manches für Berlin hat erreicht werden können.

Für das Amt des Bundespräsidenten aber befähigt ihn noch mehr. Er verkörpert eine geistig-philosophische Haltung, die auch Gegnern seiner politischen Auffassungen Anregung und Orientierung zu geben vermag.

Das hat vor allem damit zu tun, daß er das Gespräch sucht und auch niemals völlig festgelegt ist, also für die weitere Entwicklung des eigenen Standpunktes offenbleibt. Ein Politiker also, der sich sowohl im Stil als auch im Inhalt vorteilhaft von anderen unterscheidet, die sich entweder in verschwommenen Redensarten ergehen oder aus Mangel an Argumentationskraft Gegner wie Feinde behandeln.

Einiges von dem, worüber ich spreche, ist in Berlin praktiziert worden: Ich glaube, er wird mir nicht widersprechen, wenn ich insgesamt feststelle, daß sich in unserer gemeinsamen Berliner Zeit – mit wechselnden Rollen, wie jeder weiß – zwischen der Führung von Senat und Opposition ein politisch erträglicher, zuweilen sogar beispielhafter Umgang entwickelte. Man wird verstehen, daß ich heute in meiner Bonner

Funktion und angesichts eines neuen politischen Widerparts manches Mal geradezu mit Wehmut an diese Erfahrung erinnert werde. Gewiß mag es für manche Medien langweilig gewesen sein, daß auch im Berliner Wahlkampf zwar hart gefochten, aber niemals auf eine Weise gestritten wurde, die das gemeinsame Fundament zerstört hätte. Für die persönliche Integrität und das Verhältnis der politisch Handelnden zueinander war das gut. Und der Stadt jedenfalls hat es nicht geschadet.

Gewiß, ich hatte und habe gegen Richard von Weizsäckers Politik in Berlin nicht nur Beiläufiges einzuwenden. Aber dort, wo es angebracht war, habe ich ihm meinen Respekt nicht versagt. Ich bin nicht sicher, daß er ein guter Bürgermeister war. Aber ich bin sicher, daß er ein guter Bundespräsident sein wird. Gewiß ein Staatsoberhaupt, das die Fähigkeit besitzt und nutzt, anzuregen und zu mahnen; den Staat vorwärtszubringen und dort, wo es not tut, vor vermittelnden Worten nicht zurückzuschrecken. Die Politik herauszufordern, sie an die Verantwortung für das Ganze zu erinnern, sie nicht nur sich vollziehen zu lassen gehören zu den Eigenschaften, die einem Bundespräsidenten anstehen.

Als ich Richard von Weizsäcker, lange vor der Entscheidung seiner eigenen Partei, in der Weise, in der das einem Mann der Opposition möglich ist, zur Kandidatur ermutigte, stand mir auch ein anderes Motiv vor Augen: Es sollte in einer Phase des härter gewordenen politischen Kampfes auch ein Signal gegeben werden, daß es Bereiche im Staat gibt, die ganz besonders in der Verantwortung für das Ganze behandelt werden müssen. Politische Unterschiede sollen und werden nicht zugedeckt werden. Streben nach Harmonie ist nicht immer ein taugliches Mittel der Politik. Mit Richard von Weizsäcker als Bundespräsident aber könnte womöglich der Versuch gelingen, die Politik aus den vielfach unnützen und schädlichen Ritualen des Gegeneinander herauszuführen in die engagierte Auseinandersetzung um politische Ziele, um die zu streiten sich lohnt. Der Bundespräsident wird, wenn ich ihn richtig beurteile, zu unserer politischen Kultur in diesem Sinne einen Beitrag leisten.

Friedbert Pflüger

Leiter des Persönlichen Büros Richard von Weizsäckers, Berlin

Die Führungsperson

An einem Donnerstag im Juli 1981 bin ich bei Richard von Weizsäcker zum Vorstellungsgespräch geladen. Seit einem Monat amtiert er als Regierender Bürgermeister im Rathaus Schöneberg und sucht nun einen Mitarbeiter für seinen Stab. An diesem Donnerstag debattiert das Berliner Abgeordnetenhaus über die Regierungserklärung Weizsäckers. Wir sind – während die Diskussion im Plenum im vollen Gange ist – im Casino des Parlaments verabredet. Zwar habe ich Weizsäcker schon Mitte der siebziger Jahre durch meine Tätigkeit im Ring Christlich-Demokratischer Studenten (RCDS) kennengelernt, dennoch bin ich ein wenig aufgeregt: Was wird er fragen? – Ich weiß doch so wenig über Berlin und noch weniger über Arbeitsweise, Zielvorstellungen und Anforderungen des Regierenden Bürgermeisters.

Aber Weizsäcker beginnt das Gespräch ganz anders, als ich es mir vorgestellt habe: Senatssprecher Meinhard Ade hätte ihm berichtet, daß ich an einer Dissertation über die amerikanische Außenpolitik der siebziger Jahre schriebe – worum es denn dabei ginge? Ich berichte kurz von meiner Arbeit, und schon sind wir mitten in einer intensiven Diskussion über Kissingers Realpolitik, Carters Menschenrechtsaktivität und über Vereinbarkeit von Moral und Außenpolitik im allgemeinen. Wenige Stunden vor der entscheidenden Abstimmung über Weizsäckers Regierungserklärung erlebe ich den »Regierenden« in einer für ihn typischen Weise: vom Gesprächsthema fasziniert, voll konzentriert, bereit zum Zuhören, alles andere um ihn herum für kurze Zeit vergessend, offen für neue Argumente – und doch bestimmt und streitbar für seine Sichtweise werbend.

Nach etwa einer halben Stunde beendet er das Gespräch. Aus der Grundsatzdiskussion wechselt er nun wieder in den parlamentarischen Alltag mit dem Hinweis, er müsse nun wieder ins Plenum. Er bedankt sich, daß ich nach Berlin gekommen bin, und fügt an: »Nun, wir haben uns ja schon bei unserem ersten Treffen gestritten, und das wird sicher noch häufiger vorkommen.«

Dieses Gespräch zeigte Eigenschaften Weizsäckers, die ich in den zweieinhalb Jahren der Zusammenarbeit mit ihm in Berlin immer wieder beobachten konnte: Auch in Zeiten größter Arbeitsbelastung bleibt er neugierig und aufnahmefähig. Wenn ein ihn interessierendes Thema angesprochen wird, vermag er es, die aktuellen Tagessorgen für einige Zeit fast völlig abzustreifen und sich der Sache beziehungsweise dem Gesprächspartner voll zu widmen. Auf einer Autofahrt durch die Kölner Innenstadt zu einem wichtigen Termin im Mai 1983 erzählte ich ihm von meinem Pfingstbesuch in Potsdam, wo ich als Tourist dem »Friedenstreffen« der FDJ beiwohnte und am gleichen Tag in der dortigen Nikolaikirche Zeuge einer ungewöhnlichen Diskussion zwischen FDJ-Aktiven im Blauhemd und engagierten jungen Christen über Themen wie Mauer, Wehrdienstverweigerung, Staatswillkür und Ausreiserecht wurde. Sofort ist Weizsäcker interessiert, verdrängt für einige Zeit den bevorstehenden Termin und stellt Nachfragen, um sich einen genaueren Eindruck zu verschaffen. Erfahrungsberichte aus dem anderen Teil Deutschlands interessieren ihn stets besonders.

Ein anderes Mal sind wir auf dem Rückweg von einer Diskussion mit Schülern eines Gymnasiums im Norden Berlins. Ein Schüler hatte eine Frage zum 20. Juli 1944 gestellt, die Weizsäcker offenbar anhaltend beschäftigte. Obwohl der weitere Tagesablauf noch viel Vorbereitung erforderte, von der ein guter Teil bei den verbleibenden 15 Minuten Autofahrt hätte erledigt werden können, begann Weizsäcker plötzlich die Frage des Schülers aufzugreifen und über den deutschen Widerstand gegen Hitler zu philosophieren. Er schilderte seine Beziehung zu Graf Stauffenberg. Dieser sei schwer nach herkömmlichen »Rechts-Links«-Kriterien einzuordnen, woraus zum Teil seine Schlüsselposition im Zentrum des Widerstandes erklärbar sei. Stauffenberg habe eine ungewöhnliche Ausstrahlungskraft gehabt, seine nüchterne und unpathetische Haltung hätten ihn oft beeindruckt. Weizsäcker erzählt weiter von dem geplanten Flugzeugattentat Tresckows und dem vorgesehenen Anschlag durch Axel von dem Bussche, mit dem er noch heute eng befreundet ist.

Richard von Weizsäcker war damals 24 Jahre alt. Man merkt, wie sehr ihn diese Zeit noch heute beschäftigt. Für ihn ist die Zielrichtung des 20. Juli 1944 ohne Zweifel eine prägende Grundlage für die Entwicklung seiner politisch-moralischen Überzeugungen geblieben.

Ein anderes Beispiel: Im Januar 1983 bittet Bischof Kruse den Regierenden Bürgermeister kurzfristig um einen Termin für einen prominenten südkoreanischen Menschenrechtsaktivisten, der einen Brief des im Exil lebenden Bürgerrechtlers Kim Dae-Jung übergeben möchte. Der Terminkalender läßt die Verabredung eigentlich nicht zu: Der Tag ist bereits mit Gesprächsvereinbarungen gefüllt, die Akten stapeln sich auf dem Schreibtisch, und eine Rede zum Thema S-Bahn muß vorbereitet werden. Daher wird nur ein kurzes Zehnminutengespräch verabredet.

Als der Koreaner nach 40 Minuten das Amtszimmer verläßt, hat er zu Recht das Gefühl, daß sich der Regierende Bürgermeister ernsthaft für die Lage in Südkorea, für die Chancen einer Demokratisierung und für das persönliche Schicksal Kims interessiert. Weizsäcker hatte sich kurzfristig entschlossen, den Termin zu nutzen, um sich einen Überblick über neuere Entwicklungen in Korea zu verschaffen – ohne dabei freilich zu vergessen, daß er einen sehr dezidierten Standpunkt vorgetragen bekam.

Ob Weizsäcker zwischen zwei Terminen mit seinem Redenschreiber Thomas de Maizière über die neueste Inszenierung von Peter Stein in der Schaubühne spricht, ob man ihm die wesentlichen Punkte eines Vortrages von Stanley Hoffmann zur NATO-Strategie im Amerika-Haus vorträgt oder im Zusammenhang mit einer Ausstellung die Theorie des Gesamtkunstwerks mit ihm erörtert – immer findet er Zeit und Kraft, sich mit solchen Themen auseinanderzusetzen. Auch bei den regelmäßigen Bürgersprechtagen vermag er es, sich ganz auf die Anliegen der Menschen zu konzentrieren, auch wenn sie oft aus einer ganz anderen Erfahrungswelt kommen. Aber hier erfährt er Neues, lernt dazu, bereichert sein Wissen.

Er schafft es immer wieder, einen halben Schritt aus dem routinemäßigen Ablauf des Tages herauszutreten und sich mit Fragen zu beschäftigen, die zur Lösung der gerade vor ihm liegenden Probleme keinen unmittelbaren Beitrag leisten. Auf diese Weise bleibt er offensichtlich jung. Er erfährt so, was um ihn herum vorgeht, vermeidet die Gefahr der Abkapselung, der Politiker heute stark ausgesetzt sind, und erhält sich einen Horizont, der weiter reicht als die engere Berliner Politik.

Eines Tages, im Februar 1983, kündigt Weizsäcker seinen Mitarbeitern an, daß er sich zur Vorbereitung eines Vortrages im Rahmen der Stiftungsvorlesungen der Robert-Bosch-Stiftung über »Krise und Chance der Parteiendemokratie« für einige Tage zurückzuziehen gedenke. Nach einer Woche liegt als Ergebnis eine scharfsinnige Analyse auf dem Tisch, in deren Mittelpunkt die Kritik an der Tendenz unserer Parteien steht, unter dem Druck der Wahltermine die Probleme der Gegenwart auf Kosten der Zukunft zu lösen: »Wir belasten die Umwelt und verbrauchen natürliche Ressourcen, die später fehlen. Wir finanzieren die steigende Flut selbst ausgelöster oder nicht verantwortlich abgewehrter Gegenwartsansprüche durch Schulden, die in der Zukunft fällig werden.« Der Aufsatz fand große Beachtung und ist inzwischen mehrfach nachgedruckt worden (vgl. auch: Richard von Weizsäcker, Die deutsche Geschichte geht weiter, Berlin 1983, S. 154 ff.).

Einmal frage ich ihn kritisch, warum er so viele Termine im Rahmen der evangelischen Kirche wahrnehme. Die EKD habe doch sicher auch Verständnis, wenn er nur zu jeder zweiten oder dritten Ratssitzung erscheine. Statt regelmäßig an Wochenenden dort hinzufahren, solle er lieber ein wenig ausspannen. Weizsäcker belehrt mich daraufhin, daß er keinesfalls nur aus Pflichtbewußtsein zu EKD-Tagungen fahre. Vielmehr komme er hier mit interessanten Leuten zusammen und könne offen Themen besprechen, die in der Parteipolitik oft zu kurz kämen. Das sei für ihn von großer Wichtigkeit und darüber hinaus »entspannend«.

Wenn Weizsäcker weniger schablonenhaft spricht als mancher Politikerkollege, dann ist das ohne Zweifel darauf zurückzuführen, daß er sich immer wieder solche Freiräume zum Nachdenken und Diskutieren schafft. Seine Reden wirken wohl auch deshalb so überzeugend, weil er dort häufig das Resultat seiner Überlegungen, seiner eigenen, zu Ende gedachten Gedanken ausdrückt.

Welche Selbstdisziplin und intellektuelle Neugier dazugehört, sich nicht ganz vom politischen Alltag vereinnahmen zu lassen, kann nur richtig bewerten, wer sich die extreme Arbeitsbelastung unserer Spitzenpolitiker vor Augen führt. Dabei ist unbestritten, daß die Funktion des Regierenden Bürgermeisters nach dem Bundeskanzler die arbeitsintensivste in der Bundesrepublik ist, zumal wenn sie gleichzeitig mit dem Vorsitz einer Landespartei ausgeübt wird. Der Berliner Regierungschef ist von der Kommunalpolitik über die Landespolitik bis zur Bundespolitik auf allen Ebenen zugleich gefordert und muß darüber hinaus in den für Berlin so wichtigen Fragen der Deutschlandpolitik tätig sein. Die besondere Lage Berlins hebt den Regierenden Bürgermeister einerseits aus der Reihe der anderen Ministerpräsidenten heraus und verleiht ihm auch international Gewicht. Das bedeutet aber andererseits nicht, daß er die Frage der Verschönerung des Kurfürstendamms durch Schinkel-Leuchten einem anderen überlassen könnte.

Entsprechend sieht der Terminkalender Weizsäckers aus. Ein für den Tagesablauf typischer Montag im September 1983 las sich zum Beispiel folgendermaßen:

8.15 Besprechung mit dem Fraktionsvorsitzenden Diepgen, dessen Stellvertreter Landowsky und CDU-Generalsekretär Straßmair über die in der Woche anfallenden Themen.
9.15 »Kleine Lage« mit den engeren Mitarbeitern.
9.45 Information der alliierten Gesandten über Weizsäckers Gespräch mit Erich Honecker.

11.15 Eröffnung des »Internationalen Kongresses für Verwaltungswissenschaften« im ICC (Rede).
13.00 Gespräch mit dem Berliner Siemens-Chef Dr. Forkel über die Arbeitsplatzentwicklung.
15.00 Eröffnung der Jahrestagung der »Internationalen Textilhersteller« im Hotel Steigenberger.
16.30 Interview mit der japanischen Wirtschaftsjournalistin Matsomoto zum Wirtschaftsstandort Berlin.
17.15 Senatsvorbesprechung.
18.00 Vortrag vor dem Evangelischen Arbeitskreis der CDU zum Thema »Luther und wir« im Gemeindehaus der Nathanael-Kirche.
20.00 Essen für den Präsidenten der Republik Burundi im Schloß Charlottenburg (Rede).

Dieser Terminplan umfaßt nicht die Vorbereitung auf Reden und Gesprächstermine, die Telefonate zwischendurch (oft aus dem Auto), die Lektüre der Presse, die Bearbeitung der wichtigen Posteingänge und die sogenannten »eiligen Unterschriften« unter Gesetze, Urkunden oder Vorlagen zur Übernahme von Schirmherrschaften.

Dieses gewaltige Pensum kann Richard von Weizsäcker nur durch preußische Arbeitsdisziplin erfüllen. Er kommt mit wenig Schlaf aus und ist ein Frühaufsteher. Wenn er morgens zwischen 8 Uhr und 8.15 Uhr in seinem Büro sitzt, hat er bereits alle Berliner und die wichtigen überregionalen Zeitungen gelesen.

Vor der »Kleinen Lage«, der obligatorischen Mitarbeiterbesprechung um 8.30 oder 9 Uhr, erledigt er häufig noch eilige Vorgänge, führt wichtige Telefonate und konzentriert sich auf die bevorstehenden Termine. So ist er zu Beginn des Arbeitstages bereits informiert, hat alles »im Griff«.

Zu den Arbeitstugenden Weizsäckers zählt auch die Fähigkeit, unangenehme Dinge nicht lange vor sich herzuschieben, sondern sie sofort anzupacken. Wenn sich die Unterschriftsmappen, Terminanfragen und Posteingänge zu stapeln beginnen, wird Weizsäcker regelmäßig nervös, was er seine Umgebung durchaus auch spüren läßt. Bevor die Akten nicht »weggearbeitet« sind, hat es weder Zweck, politische Fragen zu besprechen noch Weizsäcker mit einer mündlichen Terminanfrage zu behelligen.

Während seiner Berliner Amtszeit war es undenkbar, daß über das Wochenende Vorgänge unerledigt blieben. Alles, was bis zum Freitag nicht mehr durchgearbeitet werden konnte – zum Beispiel längere Sachvermerke aus der Verwaltung oder die Entwürfe für Grußworte –, wurde von Weizsäckers Mitarbeitern in große schwarze Aktentaschen verpackt und dem Chef – zur besonderen Freude seiner Ehefrau Marianne – als »Hausaufgabe« über das Wochenende mitgegeben.

Was ferner zu den hervorstechenden Merkmalen der Arbeitsauffassung Weizsäckers gerechnet werden muß, ist sein Pünktlichkeitsfanatismus. Auch nur eine Minute zu spät zu kommen ist ihm ein Greuel. Selbst Mitarbeitern gegenüber entschuldigt er sich, wenn einmal eine Besprechung fünf Minuten später als vorgesehen beginnen muß. Die Veranstalter von Kongressen konnten die Uhr nach Weizsäcker stellen, und die Termine, bei denen wirklich einmal jemand für kurze Zeit warten mußte, lassen sich an einer Hand abzählen. Mit der Pünktlichkeit will Weizsäcker offenbar seine Achtung vor den jeweiligen Gesprächspartnern ausdrücken, die ja auch angespannt arbeiten müssen und sich nutzloses Warten nicht leisten können. So ist Weizsäckers Pünktlichkeit sehr angenehm für alle, die in ihren Genuß kommen, für ihn selbst allerdings ist es nicht selten auch nervenzehrend.

Arbeitsdisziplin und Leistung forderte der Regierende Bürgermeister Richard von Weizsäcker nicht nur von sich, sondern auch von seinen Senatoren und Mitarbeitern. Durch hohe Anforderungen an seine Umgebung, die von ihm die politische Richtung für ihre Arbeit erhielt, übte Weizsäcker von Beginn an politische Führung aus.

Als er 1981 zum »Regierenden« gewählt wurde, kam er das erstemal in eine politische Exekutivfunktion. Er mußte sich nicht mehr mit »klugen Reden« begnügen, sondern konnte nun endlich regieren, gestalten und seine Umwelt prägen. Daran fand er sichtlich Freude und Erfüllung. Seine Arbeit in Berlin war ihm deshalb bis zuletzt nicht nur Pflicht, sondern auch Neigung.

Über die Notwendigkeit der politischen Führung in einer Demokratie hat Weizsäcker immer wieder nachgedacht. Einerseits ist für ihn klar, daß demokratische Politiker nicht die Aufgabe haben, den Menschen das Wahre, Gute und Schöne vorzuschreiben. Das muß der Diktatur überlassen bleiben. Das Vorschreiben bestimmter Lebensweisen, Weltanschauungen und religiöser Bekenntnisse gehört seiner Meinung nach nicht in die Zuständigkeit der Politik. Andererseits ist Weizsäcker überzeugt, daß die Demokratie nicht ohne die Wahrnehmung verantwortlicher geistiger Führung auskommt. Da die Demokratie nämlich kein Verkehrszirkus, sondern eine sozialethisch begründete Form des Zusammenlebens darstellt, glaubt Weizsäcker, daß die Unterlassung der Politiker, die Wertbasis der eigenen Handlungsweise erkennbar zu machen und die Einhaltung der ethischen Grundlagen des Gemeinwesens einzufordern, zum Zusammenbruch der freiheitlichen Verfassung führen muß.

Von Beginn an war Weizsäcker entschlossen, den Führungsauftrag, zu dem er gewählt worden war, auch wahrzunehmen: nicht den Strömungen hinterherlaufen, sondern auf ihre Richtung Einfluß nehmen!

Deutlich wurde sein Führungswille in Besprechungsrunden, in den »Kleinen Lagen«, den Senatssitzungen, den bereits erwähnten Montagsrunden mit der CDU-Spitze oder bei den Sitzungen zur Vorbereitung wichtiger Reden.

Die »Kleine Lage«, an der der Chef der Senatskanzlei, der Senatssprecher, der Protokollchef und der Leiter des Persönlichen Büros teilnahmen, spielte in der gesamten Amtszeit Weizsäckers eine wichtige Rolle: Sie begann regelmäßig mit einem ausführlichen Pressebericht von Senatssprecher Ade, an dem sich häufig politische Diskussionen oder auch längere Monologe Weizsäckers über seine Haltung zu den jeweils angesprochenen Themen entzündeten. Hier verkündete der Regierende Bürgermeister seine Linie und gab »Sprachregelungen« für die Mitarbeiter aus.

In der Hausbesetzerfrage zum Beispiel schuf er die Formel von der »Besonnenheit und Konsequenz«, mit der das Problem zu lösen sei. Gegen vielfältige Widerstände setzte er in der eigenen Partei und im Senat die sogenannte »Berliner Linie« durch, nach der ein Haus nur dann geräumt wird, wenn der Eigentümer einen Strafantrag stellt und für das Haus eine »Nutzungsreife« feststellbar ist. Die Berechenbarkeit der Senatspolitik für alle Beteiligten, die Bereitschaft zu friedlichen Verhandlungslösungen, die Einzelfallbetrachtung eines jeden Hauses, aber auch die Entschlossenheit, gegen Rechtsbrüche vorzugehen – all dies trägt Weizsäckers persönliche Handschrift. Daß die Hausbesetzerfrage, die 1981 viele Ängste und Sorgen bei den Bürgern hervorrief, bei Weizsäckers Rücktritt im Februar 1984 kaum noch eine Rolle im Bewußtsein der Berliner spielte, muß zu einem großen Teil auf das eigene Konzept des »Regierenden« zurückgeführt werden und auf die Hartnäckigkeit, mit der er seine Politik durchsetzte.

Besprechungen wie die »Kleine Lage« benutzte Weizsäcker stets auch dazu, seine Mitarbeiter zu »erziehen«. Fehler wurden hier unerbittlich aufgedeckt und offen angesprochen, Unwille über mangelnde Vorbereitung von Terminen wurde deutlich geäußert, ständig zur Präzision gemahnt und durch Nachfragen die Schwächen der Mitarbeiter schonungslos offengelegt. Den pädagogischen Eifer Weizsäckers haben auch Senatoren, Partei- und Fraktionsspitzen oft kennengelernt. Aber selbst gestandene Politiker haben dagegen nie aufbegehrt. Jeder sah ein, daß das Nachfragen, das Einfordern von Leistungen und die politische Richtungsvorgabe durch Weizsäcker der Sache dienten. Und wohl jeder erkannte, daß Weizsäcker hohe Ansprüche nicht nur an andere, sondern zunächst an sich selbst stellte.

Geistige Führung übt Richard von Weizsäcker vor allem auch durch seine Reden aus. Sie werden von vielen Menschen gehört. Gedanken, Argumente und Formulierungen aus Weizsäckers Vorträgen finden sich häufig kurze Zeit später in Zeitungsartikeln, Reden anderer Politiker oder auf Flugblättern der eigenen Partei. Mit anderen Worten: Mit einer guten Rede kann politisch Einfluß genommen werden, können Stimmungen verändert und strittige Fragen vorsichtig einer Lösung näher gebracht werden. Ein verantwortlicher Politiker wird deshalb eine wichtige Rede gründlich durchformulieren, an ihr feilen, sich eingehend mit ihr beschäftigen und sich vor seinem »Auftritt« mit den möglichen Wirkungen seiner Worte selbstkritisch auseinandersetzen. Weizsäcker hat dies stets getan.

Während seiner Berliner Amtszeit hat er zum Beispiel immer wieder von der Notwendigkeit einer aktiven Ostpolitik auf der Grundlage der Erhaltung der Verteidigungsfähigkeit gesprochen. Die Reden von der Überwindung der deutschen Teilung in der historischen Perspektive, die nationale Aufgabe, die Berlin dabei für alle Deutschen erfüllt und die Pflicht, im Interesse der Menschen in der DDR zu konkreten Vereinbarungen mit der »anderen Seite« zu kommen, haben in der Berliner CDU und bei der Bundesregierung ihre Wirkung nicht verfehlt. Die aktive Deutschlandpolitik Bonns und des neuen Regierenden Bürgermeisters Eberhard Diepgen wären ohne Weizsäckers Führungsleistung nicht denkbar.

Aber nicht nur eigene Parteifreunde und Koalitionspartner hat Weizsäcker mit seinen Worten erreicht. Vielmehr war es stets sein Ziel, so zu reden, daß sich auch Andersdenkende angesprochen fühlen konnten. Vor seinen Vorträgen versetzt er sich stets in seine Zuhörer, und im Gegensatz zu vielen anderen Politikern versucht er immer wieder der Versuchung zu widerstehen, beifallheischend nur für die eigene Anhängerschaft zu sprechen. Wirkung kann seiner Meinung nach ein Politiker nur dann erzielen, wenn er parteiübergreifend zu formulieren vermag und den politischen Gegner zum Nachdenken bringt: Nicht den Andersdenkenden mit dem »Holzhammer« vor den Kopf stoßen, sondern argumentieren, überzeugen und »ihn dort abholen, wo er steht«! So kommt es, daß die Menschen, die Weizsäckers Reden hören, den Eindruck gewinnen: Dieser Mann hat etwas zu sagen. Und er steht hinter dem, was er sagt.

Martin Kruse

Bischof von Berlin-Brandenburg, Berlin

Personalunion von Thron und Altar?

Nun habe ich also den fünften Regierenden Bürgermeister und bin selbst erst sieben Jahre Bischof in Berlin. Richard von Weizsäcker ist der vierte in meiner Zählung. Ich bin versucht zu sagen: Die Berliner evangelische Kirche ist doch wohl stabiler, als es sich von außen her ansieht.

Als Weizsäcker am 10. Mai 1981 zum Regierenden Bürgermeister gewählt wurde, konnte es jeder in der Zeitung lesen, wenn er es nicht schon längst wußte: Er ist eines von 15 Mitgliedern im Rat der EKD, dem obersten Leitungsorgan der evangelischen Kirche, und außerdem amtierender Präsident des Deutschen Evangelischen Kirchentages. Schon diese kirchliche Ämterkombination ist ungewöhnlich. Der Kirchentag braucht Freiheit von der »Amtskirche«, Weizsäcker regierte auf beiden Seiten mit.

Und nun noch Regierender Bürgermeister in Berlin! Das bedeutete im Frühjahr 1981 in concreto: gleichzeitig den Wahlkampf in Berlin zu führen und einen komplizierten, gärenden Kirchentag der Hunderttausenden in Hamburg unter der Losung »Fürchte dich nicht« verantwortlich vorzubereiten. Das mußte sich doch stoßen, von der physischen und psychischen Belastung ganz zu schweigen.

Es gab Stimmen genug, die eine Personalunion von Thron und Altar witterten, eine unerlaubte Einmischung nach beiden Seiten. Und man sollte denken, es wäre bei der Pflichtenfülle des Berliner politischen Amtes schon eine Frage der Arbeitsökonomie, die schwierigen und auch zeitraubenden kirchlichen Ämterlasten abzuwerfen. Das hat er nicht getan.

Die Konstellation war noch ein wenig verzwickter, weil ausgerechnet der Berliner Bischof gleichfalls Mitglied im Präsidium des Kirchentages und im Rat der EKD war. So saßen wir also mit einiger Regelmäßigkeit in leitenden kirchlichen Gremien zusammen und hatten gleichzeitig in Berlin Gelegenheit genug, Spannungen im Staat-Kirche-Verhältnis auszuhalten und auszutragen. Das Jahr 1981 war eine Krisenphase in der Berliner Nachkriegsgeschichte. Und das nicht nur wegen der Hausbesetzerturbulenzen. Die waren nur ein Symptom.

Der Theorie nach geht diese Ämterkombination nicht. Man darf sie auch nicht zum Vorbild nehmen. Sie hat mit der Person und dem besonderen Charisma Weizsäckers, auch mit seiner Lebensgeschichte zu tun.

Er wußte zu unterscheiden zwischen politischem und kirchlichem Amt. Er war beidem ein engagierter Protestant. Er hat seine Freiheit weder zur einen noch zur anderen Seite verspielt und seine Macht nicht mißbraucht. Ich denke, er wußte zu genau um die Gefahren dieser Personalunion.

Beim Hamburger Kirchentag mußten die beiden Kopräsidenten, Klaus von Bismarck und Erhard Eppler, aber auch die Stabsmitglieder im Hinter- und Vordergrund manche abstützende Pflicht übernehmen. Das geht nur, wenn genügend Vertrauen und Zutrauen im Spiel sind. Die Leitung des Hamburger Kirchentages durch seinen amtierenden Präsidenten Richard von Weizsäcker war jedenfalls nach innen und außen nicht in Frage gestellt.

Ich kann bescheinigen, daß Weizsäckers Präsenz im Rat der EKD erstaunlich dicht war, auch wenn er manchmal nur an einem der beiden monatlichen Sitzungstage teilnehmen konnte. Es lag ihm offensichtlich viel an der weiteren kontinuierlichen Mitarbeit. Nicht um der Ehre, sondern um der Sache willen. Er erschien zu den Sitzungen, als käme er gerade aus einem Ruhetag zurück. Die mitgebrachten Akten, Unterschriftenmappen, Zeitungen deuteten allerdings auf den Pflichtendruck.

Man müßte ihn selbst fragen, was ihm die Mitarbeit in den kirchlichen Leitungsämtern in dieser Zeit wert war und was sie für sein politisches Wirken einbrachte. Ich kann nur mein persönliches Urteil und das auch nur mit einigem Zögern aussprechen. Richard von Weizsäcker kann nicht mit Haut und Haaren in der politischen Alltagsarbeit aufgehen. Er braucht Distanz. Er braucht eine andere Art der Reflexion, als sie in politischen Gremien möglich und nötig ist. Er wollte sich im Rat und in der Leitung des Kirchentages nicht zusätzliche Macht und zusätzlichen Einfluß besorgen, schon gar nicht seiner Partei. Er brauchte als Mensch, als Protestant, als Politiker den anderen Ort.

Der Zeit- und Kraftverlust wurde wettgemacht durch einen Gewinn an innerer Freiheit, ich scheue mich nicht zu sagen: an Glauben.

Auf einem Felde ist ja für alle sichtbar geworden, was dieser Gewinn für die praktische Politik in Berlin eingebracht hat. Er konnte als evangelischer Christ und Kirchenmann ganz ungeniert Grenzen überschreiten, die dem Regierenden Bürgermeister von Amts wegen gesetzt sind. Er bewegte sich wie ein Christenmensch unter Christenmenschen in den Kirchen und Gemeinden der DDR. Und dabei hat er Fäden geknüpft und Vertrauen geschaffen, wie jeder weiß. Der praktischen Politik hat das weiß Gott nicht geschadet.

Peter Radunski

Bundesgeschäftsführer der CDU, Bonn

Der Wahlkämpfer

Richard von Weizsäcker als Wahlkämpfer? War dieser Mann nicht jahrelang einer der führenden Vordenker der CDU gewesen, und hatte er sich nicht weitgehend herausgehalten aus der klassischen Polarisierung der Parteien? Ließ sein politischer Lebenslauf nicht die Stationen des klassischen Parteiaufstiegs vermissen, in der viele Wahlkämpfer ihre praktischen Erfahrungen gesammelt hatten? Kein Wunder, daß solche Fragen an den neuen Spitzenkandidaten der Berliner CDU gestellt wurden, als 1978 feststand, daß er für die Berliner CDU ins Rennen gehen sollte. So einig sich die Politiker und Manager der Partei in Berlin und Bonn über die Attraktivität des Kandidaten waren, so gab es doch manchen Zweifel, ob der Kandidat als Mann von außen der Berliner Partei seine Politik und seinen Stil im Wahlkampf aufprägen konnte. Interessanterweise war diese Sorge bei den Berlinern größer als bei den Bonnern, die Weizsäcker aus seiner politischen Arbeit besser kannten. Bevor mehr über die Praxis des Wahlkämpfers Weizsäcker gesprochen wird, muß hier festgehalten werden, daß es ihm gelang, seine politische Konzeption in die Berliner Wahlkampfführung zu integrieren. Hier zeigt sich, wie in der modernen Wahlkampfführung der Politiker beides ist, der Regisseur und der Hauptdarsteller seiner Kampagne. Von allen war erwartet worden, daß Richard von Weizsäcker seine Hauptrolle im Wahlkampf mit Glanz spielen würde. Doch er wurde mehr für die Berliner CDU als ein attraktiver Spitzenkandidat. Er wurde ihr politischer Regisseur. Die in Ansätzen bereits vorhandene Öffnung der Partei für breite Wählerschichten wurde durch ihn konsequent vollzogen. Seine Regie in der Wahlkampfführung war bereits ein untrügliches Zeichen: Mit ihr gab der künftige Regierende Bürgermeister von Berlin seine Visitenkarte ab. Aus dem Spitzenkandidaten war schnell der politische Führer der Berliner CDU geworden.

Der erste Berliner Wahlkampf wurde sein Wahlkampf. Er war in der personellen Auseinandersetzung praktisch ohne Gegner, er war in diesem Wahlkampf das eigentliche Thema. Und dennoch ging es damals für ihn noch nicht um die Macht in Berlin, denn noch stand die alte Koalition von SPD und FDP gegen die CDU. So wurde für ihn diese Wahl eine Art Alleingang, aber auch eine Art Vorbereitung, ja Training für den späteren entscheidenden Wahlgang 1981. In beiden Wahlkämpfen hatte Weizsäcker eine Art Kreis von Beratern und Managern um sich, mit denen er seinen Wahlkampf konzipierte. Dazu gehörte in erster Linie Eberhard Diepgen, der damals, als die Berliner CDU noch keinen Generalsekretär hatte, für den Landesvorstand die politischen Geschäfte führte. Als Landesgeschäftsführer war Karl-Joachim Kierey aus der Bundesgeschäftsstelle von Bonn nach Berlin übergesiedelt, und für die Pressearbeit sorgte der Pressesprecher der Berliner CDU, Walter Brückmann. Hinzu kamen Berater aus Bonn wie Meinhard Ade, Weizsäckers späterer Senatssprecher, Ulf Fink, der damalige Bundesgeschäftsführer und ich, damals Leiter der Hauptabteilung Öffentlichkeitsarbeit der CDU-Bundesgeschäftsstelle. Auch die Agentur der Bonner Wahlkämpfe, mit Coordt von Mannstein aus Solingen, war ebenso mit von der Partie wie das Filmteam von Hausemann aus Hamburg. In diesem Kreis wurde im gegenseitigen Lernprozeß eingeübt, was man die Verbindung von modernem Wahlkampfmanagement mit einem politisch-philosophisch geprägten Wahlkampfstil Weizsäckers nennen könnte.

Wer mußte da wem mehr Zugeständnisse machen? Die Wahlkampfmanager aus der Partei und die erfahrenen Kommunikationsfachleute aus den Agenturen, die alle ihr politisches Marketing-Abc beherrschten und die Probleme wie die Techniken der modernen Massenkommunikation im Wahlkampf zu beherrschen glaubten, oder der Wahlkämpfer Weizsäcker, der mit einer politischen Philosophie, die auch zum Grundsatzprogramm der CDU geworden war, einem christlich geprägten Bild vom Menschen und seiner politischen Verantwortung und, wie es natürlich bei einem Mann seines Alters und seiner Lebenserfahrung nicht anders sein konnte, auch mit einem entwickelten und gewachsenen Selbstbild an seine neue Aufgabe als Spitzenkandidat heranging?

Zieht man sportliche Maßstäbe heran, um den Ausgang dieses Zusammentreffens nicht immer leicht zu vereinbarender unterschiedlicher Ansätze zwischen Management und Kandidaten zu beschreiben, so muß man sagen, es ist Unentschieden ausgegangen. Aber keines jener langweiligen Unentschieden, wie sie am Ende von Sportwettkämpfen stehen, in denen eigentlich nichts passiert ist. Sondern es war ein Unentschieden, das es in sich hatte. Es war nach spannendem, packendem Wettbewerb zustande gekommen.

Weizsäcker war ja kein Neuling auf der politischen Bühne. Er hatte viele Bundestagswahlkämpfe mitgemacht und war als Wahlkampfredner längst einer der begehrten Repräsentanten der CDU. Doch wie alle Politiker, die eine Wahlkampagne als Spitzenkandidat führen müssen, mußte auch er die Erfahrung machen, was es heißt, allein im Brennpunkt einer Kampagne, ja der Wahlentscheidung, zu stehen und als Person über die vielfältigen Formen der Massenkommunikation in Plakaten, Anzeigen, Fernsehfilmen publiziert zu werden. Öffentliches Auftreten war für ihn schon lange kein Problem mehr gewesen. Als Repräsentant hatte er auch im Mittelpunkt seiner Partei oder seiner Kirche gestanden. Doch nun wurde im Zuge der Personalisierung, die modernen Wahlkämpfen zu eigen ist, seine Persönlichkeit gewissermaßen mit zur Abstimmung gestellt. Jetzt mußte er auch entscheiden, wieweit er sich selbst persönlich in die Kampagne einbringen wollte. Vor allem mußte er aber auch entscheiden, wieweit er seine Familie in die Kampagne einfügen wollte. Der Kandidat hat sich in diese Fragestellungen vorgetastet und hat eine persönliche Antwort gegeben, zumal er schnell erkannte, daß es keine zweitrangigen Fragen sind, sondern für seine Wahlkampfführung und seinen politischen Stil mitentscheidende Fragestellungen waren. So wurde ausführlich über die Details der Wahlkampfwerbung mit den Imagemachern und Wahlwerbern diskutiert. Das war eine Diskussion, bei der sie immer wieder ins Schwitzen kamen. Was als festgefügtes System moderner politischer Kommunikation und politischen Marketings angeboten wurde, wurde von ihm oft hinterfragt, vor allem aber wurde die Begrifflichkeit oft ignoriert, gelegentlich auch ironisiert. Die Spekulation beispielsweise, ob die Diskussion um seine zu veröffentlichenden Bilder Eitelkeit war oder nicht, ließ er nicht aufkommen. Sicher war aber, daß er nicht eher Ruhe gab, bevor eine bildliche Lösung ausführlich diskutiert war und seine Zustimmung finden konnte. Die dazu erforderlichen Fototermine, längst Übung für jeden Politiker, absolvierte er mit Gelassenheit und Humor. Und auch den persönlichen Stil seiner Kampagne hatte er entschieden. Gelegentliches gemeinsames Auftreten mit seiner Frau, nicht mehr, aber auch nicht weniger. Schließlich kam ein allseits in Berlin beachtetes Großplakat dabei heraus, auf dem beide die Berliner am Jahreswechsel grüßten.

Weizsäcker war ein Wahlkämpfer mit Humor. Dieser Humor verließ ihn auch nicht in oft endlosen Sitzungen der Wahlkampfgremien, die heute zu jeder Wahlkampagne gehören, manchmal auch zu einem Palaver ausarten. Viele dieser Sitzungen hat er mit Humor gewürzt, um schließlich dann das notwendige Machtwort zu sprechen, ohne das Entscheidungen im Wahlkampf nicht zustande kommen. Auch zu Humor in der Wahlkampfwerbung war er immer bereit. Der Wahlkampf der Berliner CDU war – auch der Mentalität der Berliner entsprechend – voller Gags. Etwa als der Berliner Bär augenzwinkernd den Wählern signalisierte, sie wüßten schon, worum es gehe, ohne noch einmal langatmig alle Vorwürfe an die regierende SPD aufzuzählen. Auch ein Kinospot gehörte dazu, in dem »Django« sich nach einem amüsanten Dialog als Wähler der CDU entpuppte. So herzlich von Weizsäcker über Vorschläge lachen konnte, die in kreativen Gesprächen gemacht wurden, aber sich partout nicht für die Wahlkampfwerbung eigneten, so zornig konnte er auch sein, wenn nach seiner Meinung die Grenzen des guten Geschmacks oder Anstands überschritten wurden. Das war für ihn der Fall, als die Agentur eines Tages in seinem zweiten Berliner Wahlkampf für die Osterzeit ein Plakat mit einem österlichen Gruß vorschlug. Weizsäcker lehnte es strikt ab, weil er es für unmöglich hielt, daß eine christliche Partei die Osterbotschaft zum Anlaß eines Wahlkampfgags machen konnte.

Ähnlich ging es jenen Textern, die aus der Werbepraxis kamen und meinten, sie könnten mit der deutschen Sprache alles anfangen. Was seine Redeschreiber längst wußten, mußten nun auch die Wortakrobaten aus der Werbung kennenlernen: Weizsäcker setzte sich akribisch und genau mit den vorgeschlagenen Texten auseinander, korrigierte sie erheblich und hatte zum Schluß die wesentlichen Texte alle selbst geschrieben. Dabei kritisierte er alle vorgeschlagenen Texte, selbst diejenigen, die er am Vortage selbst verfaßt hatte, von denen er dann meinte, daß auch sie eine Verbesserung vertragen könnten. Ganz nebenbei war für viele, die an der Kampagne beteiligt waren, daraus auch eine kleine Lektion in Stil und Sprache geworden.

Das soll aber nicht heißen, daß die Mannschaft um von Weizsäcker etwa demotiviert mitarbeitete. Im Gegenteil, er wußte sie immer wieder mitzureißen, neuen Ansporn zu geben und eine fast gelassene Atmosphäre in die Hektik der Wahlkampfarbeit zu bringen. Besonders deutlich war es auch im zweiten Wahlkampf, als die Berliner CDU erstmals vor der Chance stand, selbst die Stadt zu regieren. Weizsäcker hatte dabei eine CDU-Mannschaft zustande gebracht, die auch prominente Bundespolitiker wie Hanna-Renate Laurien, Norbert Blüm und Elmar Pieroth einschloß. Bei den Wahlkampfbesprechungen dieser Mannschaft vermochte Richard von Weizsäcker selbst in härtesten Wahlkampftagen den Beteiligten das Gefühl zu geben, als seien sie bereits auf einer künftigen Senatssitzung, in der man in entspannter Atmosphäre, aber verantwortungsbewußt über die politischen Aufgaben der Stadt Berlin diskutierte und Entscheidungen traf. Während in vielen Wahlkämpfen Spitzenkandidaten ängstlich vor Mannschaftsbildungen wegen der Gefahren für die eigene Rolle absehen oder nur halbherzig mit solchen Mannschaften agieren, zeigte sich das Selbstbewußtsein und das Geschick des Wahlkämpfers Weizsäcker auch darin, daß er den prominenten Mitgliedern seiner Mannschaft durchaus Gelegenheit zur Selbstdarstellung ließ, ja sie durchaus dazu ermunterte.

Diszipliniert machte er als Wahlkämpfer seine Konzession an die Wahlkampforganisation. Er ließ sich einordnen in die oft minutiöse Planung, die im Wahlkampf sichergestellt werden muß, wenn Spitzenkandidaten viele Menschen im Wahlkampf persönlich erreichen sollen. Auch eine Großstadt wie Berlin gibt es nicht her, daß ständig Großveranstaltungen mit Tausenden von Menschen in Hallen oder auf Plätzen abgehalten werden können. Der Ausweg der Wahlkampfmanager: Es werden viele kleine Veranstaltungen und Gelegenheiten im Tagesablauf organisiert, bei denen der Kandidat zum Wähler geht. Bei pupulären Veranstaltungen wie Volksfesten oder Sportwettkämpfen ebenso wie auf Wochen- oder Supermärkten, auf verkehrsreichen Straßen und Plätzen. Diese auf Zufall angelegte Begegnung des Kandidaten mit dem Wähler muß natürlich zeitlich genau geplant werden. Der Kandidat muß dahin gehen, wo tatsächlich Menschen sind im Verlaufe eines Tages; und er muß versuchen, viele Punkte in der Stadt anzulaufen. Denn wer sich 20 bis 30 Einsätze an einem einzigen Tag an verschiedenen Straßen, Ecken und Märkten Berlins vornimmt, der muß sich schon in die Obhut seiner Organisatoren begeben. Nach anfänglichem Zögern, sicher auch einer gewissen Scheu vor dem persönlichen Gespräch mit den Menschen auf der Straße, fügte er sich locker in die Disziplin seiner Organisatoren, um dann am Ort das Gespräch mit den Wählern zu führen, wie es nur wenige Kandidaten können. Kein Zweifel, dies hatte er erst hier, in Berlin, in den Wahlkämpfen gelernt. Und wie er es gelernt hat. Es gehört zu den Vorzügen Richard von Weizsäckers, daß er nicht nur in der Lage ist, ein großes Publikum als Redner zu fesseln, sondern daß er gerade die Frau oder den Mann auf der Straße, die vielen einfachen Menschen aus dem Volke, die ihm begegnet sind, freundlich, offen, vor allem aber auch intensiv ansprechen konnte. Weizsäcker, der auf dem Wochenmarkt sich seine tägliche Obstration für den anstrengenden Wahlkampftag besorgte und dabei einen Plausch mit der Marktfrau hielt, kam dabei so gut ins Gespräch, daß seine Organisatoren oft drängen mußten, um ihn zum nächsten Ort zu bringen. Er ging auf die Menschen ein, ohne sich selbst dabei zu verändern, behielt seinen Stil, seine Natürlichkeit, aber auch seine Würde. Es ist schwer, sich vorzustellen, wie es damals war, als es noch Monarchen gab, aber ähnlich dürften die Bürger ihrem beliebten Monarchen entgegengetreten sein, wie es die Berliner in jenen Tagen im Wahlkampf gegenüber Richard von Weizsäcker taten. So mußte die Monarchie in guten Tagen funktioniert haben.

Auch in einem anderen Punkt wurde der Wahlkämpfer Weizsäcker ganz gefordert. Es war die Auseinandersetzung im Frühjahr 1981 mit dem aus Bonn gekommenen neuen Regierenden Bürgermeister von Berlin, Hans-Jochen Vogel. Hier lernte Weizsäcker eine neue Dimension des Wahlkampfes kennen und ertragen: die persönliche politische Auseinandersetzung.

Als Vogel nach Berlin gekommen war, um als Regierender Bürgermeister die SPD in den Wahlkampf zu führen, hatte Weizsäcker zunächst geglaubt, daß es hier eine klassisch demokratische Auseinandersetzung geben könnte um den besten Weg für Berlin. Zwei anerkannte Bundespolitiker sollten über die zukünftigen politischen Aufgaben der alten deutschen Hauptstadt in einer Art und Weise ringen, die die Bedeutung Berlins erneut hervorheben sollte. Tatsächlich hat die Auseinandersetzung der beiden führenden Politiker ihrer Parteien diesen Effekt für Berlin gehabt. Die Auseinandersetzung selbst aber ist doch in anderer Weise verlaufen, als von Weizsäcker es sich gedacht hatte. Er war davon ausgegangen, daß das Ringen um die politische Zukunft Berlins freibleiben konnte von einer persönlichen Auseinandersetzung im Wahlkampf. Weizsäcker selbst setzte ein Zeichen. Er nannte Hans-Jochen Vogel einen hervorragenden Politiker und begrüßte ausdrücklich, daß er diese Aufgabe angenommen hatte. Sowohl in den internen Beratungen als auch in seinen öffentlichen Äußerungen machte Weizsäcker seine Interpretation der kommenden Wahlkampfauseinandersetzung mit Vogel deutlich. Zwei Politiker, die sich gegenseitig Ebenbürtigkeit bescheinigten, sollten um den besseren Weg der Stadt in die Zukunft streiten. Sie sollten allein durch die Tatsache, daß sie in Berlin um die politische Würde des Berliner Regierenden Bürgermeisters stritten, durch die Art und Weise der Argumentation der Stadt neue Hoffnung geben. Selbst gegen die warnenden Stimmen mancher Parteifreunde hielt Weizsäcker seinen Kurs durch, in jeder seiner Wahlkampfreden auch den politischen Widersacher und seine Fähigkeiten zu loben. Mit dem Verlauf des Wahlkampfs mußte Weizsäcker erleben, daß diese Vorstellung vom Wahlkampf sich nicht in die Wirklichkeit umsetzen ließ. Während er im ersten Berliner Wahlkampf gegen Stobbe mühelos von allen als der bessere, überlegenere Kandidat anerkannt wurde, lernte Weizsäcker nun im zweiten Wahlkampf gegen Hans-Jochen Vogel, wie sehr der moderne Wahlkampf zwischen den führenden Politikern auch Teil eines persönlichen Wahlkampfes, einer Auseinandersetzung ist. Er mußte die drei Lektionen lernen, daß die eigene Partei zunächst einfach nicht mehr hören wollte, wie er dem anderen Kandidaten gute Qualitäten bescheinigte, sondern sie nach Kritik an dem neuen Regierenden Bürgermeister verlangte. Er mußte darüber hinaus sehen, was alle oppositionellen Politiker immer wieder erleben, daß der Bonus des Amtsinhabers, der vielzitierte Amtsbonus, in Wirklichkeit ein Medienbonus ist, der es dem

Amtsinhaber erlaubt, sehr viel stärker öffentliche Aufmerksamkeit selbst für einfachste Handlungen zu finden, als es dem oppositionellen Kandidaten vergönnt ist.

In den Wochen seines Amtsantrittes war Vogel in der Berliner Öffentlichkeit derart präsent, daß langsam aber sicher das hervorragende Bild Richard von Weizsäckers dahinter zurücktrat. Vor allem aber mußte Weizsäcker erleben, wie sein Gegenkandidat ihn zu kritisieren begann, seine Fähigkeiten als kommunaler Stadtpolitiker aus seiner Münchener Amtszeit auch derart herausstrich, indem er Weizsäckers Fähigkeiten auf diesem Gebiet in Abrede stellte. Es bedurfte kaum noch einiger Umfragen, die zeigten, daß Vogel besser im Rennen lag als Weizsäcker, um ihm die neue Dimension der Wahlkampfherausforderung zu verdeutlichen. Wenn je der Wahlkämpfer und Politiker Weizsäcker das ganze Ausmaß der Einsamkeit des Spitzenkandidaten im Wahlkampf zu spüren bekam, so war es angesichts dieser Herausforderung. Ohne Aufregung analysierte er die Situation und erkannte, daß sich sein bisheriges Konzept in der Behandlung Vogels in der Öffentlichkeit nicht durchsetzen konnte. Er spürte auch den unerbittlichen Druck der Massenmedien, die von den Kandidaten auch Auseinandersetzung und Kampf erwarten, weil sie im wahrsten Sinne des Wortes über den Wahlkampf berichten wollen.

So nahm von Weizsäcker die Herausforderung Vogels an. Er kreuzte mit ihm zunächst publizistisch, dann im Bundestag und schließlich vor allen Dingen in Fernsehdebatten die Klingen. In drei Fernsehdebatten, in denen Weizsäcker und Vogel zusammentrafen, wurde es deutlich. Hier fand eine Auseinandersetzung statt, bei der einer verlieren mußte. Die Vorbereitung auf die Fernsehdebatte, das Zusammentreffen mit dem Gegenkandidaten kurz vor der Sendung und dann die Debatte selbst sind für jeden Spitzenpolitiker mehr als eine intellektuelle Herausforderung. Sie sind auch eine Art Charaktertest. Dieses Element der persönlichen Auseinandersetzung macht ja auch den Reiz aus, der das Interesse der Zuschauer an diesen Sendungen erweckt. Weizsäcker und Vogel haben nie den Rahmen der fairen und anständigen Auseinandersetzung verlassen, aber ihre Fernsehdebatten waren doch geprägt von einer persönlichen Auseinandersetzung nicht nur um den Weg Berlins in die Zukunft, sondern auch um die persönliche Macht in dieser Stadt.

Vogels Diskussionsstil, der immer wieder Details aufgriff und mit Papieren und Dokumenten arbeitete, machte Weizsäcker Mühe. Aber im Laufe der Fernsehdebatten stellte er sich auf diesen argumentierenden, bohrenden Stil ein und gab eine persönlich souveräne Antwort. Es gelang ihm, ein persönliches Element auszuspielen, indem er seine Argumente freundlich und charmant vortrug. Richard von Weizsäcker hat es sich dabei nicht leichtgemacht. Wäre er dem Rat vieler seiner Parteifreunde gefolgt, hätte er unmittelbar direkter den sozialdemokratischen Kandidaten angreifen können. Doch auch hier blieb er seinem Gesamtkonzept treu. Er wollte breite Kreise, die nie zuvor CDU gewählt hatten, ansprechen und es ihnen möglich machen, erstmals CDU zu wählen.

So waren vielleicht die 150prozentigen CDU-Anhänger gelegentlich enttäuscht, aber die 50prozentigen konnten gewonnen werden. Rückblickend kann man ohne Übertreibung wohl sagen, daß die Auseinandersetzung mit Hans-Jochen Vogel, der einen furiosen Start als Regierender Bürgermeister in Berlin hatte, die eigentliche politische Bewährungsprobe Richard von Weizsäckers, wenn nicht in seiner politischen Laufbahn, so doch zumindest in seiner Zeit auf dem Weg zum Regierenden Bürgermeister von Berlin war. Wohl erst hier, wenige Wochen vor dem entscheidenden Wahlgang seiner politischen Karriere hatte er die letzten Lektionen eines Spitzenpolitikers im Wahlkampf gelernt. Er hatte sich umgestellt auf die persönliche Auseinandersetzung um die Führung in Berlin und dabei eine persönliche, durchaus nicht verletzende, souverän-freundliche Form der Auseinandersetzung gefunden, die schließlich seine Partei und die Berliner mitriß.

Dietrich Stobbe

Mitglied des Deutschen Bundestages (SPD),
ehemaliger Regierender Bürgermeister von Berlin, 1977–1981, Berlin

Regierender Bürgermeister – präsidial

Recht genau erinnere ich mich an den Spätvormittag des 9. September 1978, als Richard von Weizsäcker für mich zu einer politischen Realität in Berlin wurde. »Regierender ist mehr als Bundespräsident« lautete die knallige Überschrift des »Abend« nach einem Gespräch mit dem CDU-Präsidiumsmitglied – und so erfuhren meine engsten politischen Freunde und ich, in einer Sitzung gerade an der Strategie für den kommenden Wahlkampf bastelnd, daß mit einem anderen Gegner als Peter Lorenz zu rechnen war. Wir waren verblüfft. Nicht über das dick aufgetragene, trotzige Einstandsmotto des neuen Kandidaten. Beteuerungen dieser Art übergehen erfahrene Berliner mit einem Lächeln, weil sie wissen, daß hier innere Unsicherheit gegenüber der geteilten Stadt zum Vorschein kommt. Verblüfft waren wir, weil eine uns wohlbekannte Gruppe von jungen und ehrgeizigen CDU-Politikern es offensichtlich doch fertiggebracht hatte, im Bündnis mit Helmut Kohl für einen Erneuerungsansatz in der Berliner Opposition zu sorgen. Das hatte wenige Monate vor der Wahl von uns keiner mehr erwartet.

Und ihr Spitzenkandidat? Sollte da nicht einer in Berlin für Optimismus sorgen, dem in Bonn gerade eine erhebliche Niederlage bereitet worden war? Schließlich hatte die CDU Karl Carstens, nicht ihn, für das Amt des Bundespräsidenten vorgeschlagen. Die Bereitschaft Weizsäckers, nach Berlin zu gehen, wirkte wie eine Folge dieses für ihn ungünstigen Ausgangs im Wettbewerb um die Kandidatur zum höchsten Staatsamt, keineswegs so, als entspränge sie innerem Antrieb.

Fünf Jahre später, als der erneute Anlauf Richard von Weizsäckers, sich um das Amt des Bundespräsidenten zu bewerben, für jedermann offen zutage lag, habe ich nur den Kopf schütteln können über jene Aufgeregten und Entrüsteten in unserer Stadt, die sich zwar zu seinen politischen Freunden zählen, aber ganz offensichtlich nie um einen echten Zugang zu seiner eigenen politischen Perspektive bemüht waren. Dabei hätte ein Blick zurück genügt, um zu verstehen ...

Damals hatte ich mich hingesetzt, ihm einen Brief geschrieben, ein Gespräch vorgeschlagen, das schon bald zustande kam und das gut und konstruktiv war. Anschließend sprach ich jenen Satz in eine Kamera, den die Berliner CDU dann zu ihrem Slogan machte: »Richard von Weizsäcker – ein Gewinn für unsere Stadt.« Seine Kandidatur war für mich eine gänzlich unvorhergesehene Wirkung eigener intensiver (und erfolgreicher) Bemühungen, die ausgelaugte Berliner Personaldecke durch westdeutsche »Importe« attraktiver zu machen. So allerdings hatte ich mir das nicht gedacht.

Richard von Weizsäcker suchte die Auseinandersetzung keineswegs dort, wo ich mir eines großen Vorsprungs sicher sein konnte, nämlich in der Stadtpolitik. Vor dem Hintergrund vieler Verschleißerscheinungen aus langer Regierungszeit hatte die SPD mit neuem Schwung begonnen, verfestigte Strukturen in der Stadt aufzubrechen, sich um mehr Ausbildungs- und Arbeitsplätze zu kümmern, die kulturelle Substanz der Stadt wieder mehr zu pflegen, ihre Ausstrahlungskraft zu steigern, die Stadterneuerung in den gefährdeten Innenstadtbezirken in Angriff zu nehmen. Dies alles nicht ohne positive Resonanz innerhalb und außerhalb Berlins. So erschien uns Weizsäcker anfangs als einer, der ziemlich lustlos, zuweilen gar uninteressiert in der Stadt herumtappte, Hautnähe mit den Problemen, die uns auf den Nägeln brannten, geradezu ostentativ vermeidend.

Nein, er suchte die Auseinandersetzung, sich selbst treu bleibend, woanders, beim politisch-philosophischen Überbau, ansetzend bei dem Machtfaktor, der es der SPD am schwersten machte: bei den Medien. Dort, wo der Kampf gegen die sozialliberale Politik publizistisch seit langem schon massiv und erklärtermaßen geführt wurde, entwickelte sich angesichts erwachender Hoffnungen auf einen Sieg der CDU eine geradezu erschlagende neue Intensität. Und die wenigen publizistischen Kommandohöhen, die wir als zur Koalition neigend oder doch wenigstens als neutral betrachteten, knickten ein. Die Berliner CDU erschien durch Richard von Weizsäcker wählbar geworden, eine Alternative für die Stadt in Sicht.

Weizsäckers Konzeption eines »präsidialen« Regierenden Bürgermeisters – möglichst weit abgehoben von den Niederungen des stadtpolitischen Alltagsgeschäfts, über den Dingen, nicht inmitten der Sache stehend, mehr meditierend als regierend – wurde in den oberen Etagen der Berliner Publizistikzentralen goutiert, zelebriert. Die Sehnsucht nach einer konservativen Wende war damals schon groß, ein Vordenker erhielt alle Chancen.

Heute weiß er, so nehme ich mit Bestimmtheit an, aus der ätzenden, verletzenden Kritik, die seinen Weggang aus Berlin begleitete, daß publizistische Unterstützung dieser Art eine zweischneidige Sache ist. Er hat einen Nachfolger präsentiert, der die Stadt genau kennt und in der Berliner CDU Mehrheiten organisieren und vorweisen kann. Weizsäcker hat damit offenbart, daß es auch für ihn den Zwang gab, innerparteilichen Machtstrukturen Rechnung tragen zu müssen. Ein solches Eingeständnis finde ich sympathisch, weil es schlicht unsere Parteiendemokratie kennzeichnet. Anders natürlich reagierten die Berliner Medien, die wieder einmal in einer Vorstellung vom Amt des Regierenden Bürgermeisters gefangen blieben, die Weizsäckers Nachfolger nie wird befriedigen können – dazu steht er zu sehr mitten im politischen Tagesgeschäft und kann auch gar nicht anders.

Die Wahlen zum Berliner Abgeordnetenhaus im Jahre 1979 hatte der neue Mann der Berliner CDU trotz seiner Medien-Wahlkampagne nicht gewinnen können. An unsere persönlichen Begegnungen im Wahlkampf erinnere ich mich gern, sie waren stets fair, offen, inhaltsreich, ganz im Gegensatz zu den Auseinandersetzungen zwischen den Parteien, die nicht gerade von erhebender Sachlichkeit geprägt waren. So blieben unsere Begegnungen auch nach 1979, als die Berliner sozialliberale Koalition in immer größere Schwierigkeiten geriet, ganz gemäß dem üblichen Berliner Zeitvorlauf zu westdeutschen Entwicklungen.

Als Richard von Weizsäcker dann im Juni 1981 seine Chance in unserer Stadt bekam, da hat er sie konsequent genutzt, seinen präsidialen Politikstil niemals ändernd. Das hat Berlin genau jenes Maß an politischer Beruhigung gebracht, die Worte, Gedanken und eine prononciert konservativ-liberale Haltung zu vermitteln vermögen. Daß Richard von Weizsäcker dabei die außenpolitischen Grundlinien, welche Berlin aus der Gefahrenzone fortdauernder Konfrontation herausgebracht hatten, weitergeführt und zum Teil sogar ausgebaut hat, verdient den Respekt der Berliner, der Deutschen. Inwieweit er auf die Entwicklung der Stadtpolitik Einfluß genommen hat, ist in Berlin noch Gegenstand heftiger Kontroversen.

Es ist gut, daß einer, der die politische Verantwortung für Berlin getragen hat, das höchste Staatsamt erlangt. Richard von Weizsäcker kann künftig allen Deutschen die Aufgabe Berlin wie keiner vermitteln – mit präsidialer Überzeugungskraft, der Last des Regierens ledig.

Shepard Stone

Präsident des Aspen-Instituts Berlin, Berlin

Man muß bei ihm aufpassen...

Bei den Tagungen im Aspen-Institut Berlin steht vor jedem Teilnehmer ein Namensschild auf dem Tisch. Ich weiß nicht, was es bedeuten soll, aber immer, wenn Richard von Weizsäcker als Teilnehmer bei uns ist, spielt er mit den Buchstaben seines Namens. Was er insgesamt alles aus dem Namen Weizsäcker gemacht hat, ist allgemein bekannt. Diese spielerischen Versuche bei uns geben Anlaß zum Nachdenken: Oft sind sie ernst, oft lustig, immer aber einfallsreich. Ist er unzufrieden mit dem Bestehenden? Will er immer etwas Neues ausprobieren und erzielen? Ist er ungeduldig, oder ist er interessiert zu erfahren, wie wechselreich das Leben sein kann?

Richard von Weizsäcker hinterläßt immer einen nachhaltigen Eindruck auf Amerikaner, die trotz ihrer demokratischen Gesinnung eine gewisse Neigung zum Souveränen, zum Erhabenen – sagen wir es ruhig –, zum Elitären haben. Bei seinen Interventionen oder Reden zu Festanlässen ist sein menschliches Format, sein Stil und die Ernsthaftigkeit seiner Inhalte eindrucksvoll, wobei sein feinsinniger Humor kontrapunktisch wirkt.

Man muß sehr bei ihm aufpassen – seine Kenntnisse, seine Schlagfertigkeit und sein Witz sind blitzartig und elegant und hinterlassen Gesprächspartner oft sprachlos. Immer wenn ich meine eigenen Reden für die blendendsten des Abends gehalten habe, kommen seine Schlußworte und stempeln mich zum holzfällerischen Amateur. Aus vielen Erfahrungen habe ich inzwischen gelernt, ihm niemals das letzte Wort zu überlassen. Aber was wird man in Zukunft tun können – man kann schließlich einem Präsidenten nichts oder beinahe nichts sagen und untersagen.

Allen ausländischen Freunden rate ich, die Einleitung seines Buches »Die deutsche Geschichte geht weiter« genau zu lesen – wie natürlich auch den Rest des Buches. In dieser Einleitung nimmt er zur Problematik der geographischen Mittellage Deutschlands Stellung: die atlantische Allianz als Basis der deutschen Außen- und Verteidigungspolitik zu stärken und gleichzeitig die deutsch-deutschen Beziehungen, im Lichte der Besorgnisse der deutschen Nachbarn, zu vertiefen. Bei ihm stehen, ohne zu vereinfachen, internationale Probleme und deutsche Hoffnungen nicht gegen- sondern nebeneinander. In den kommenden Jahren wird er das Seine beitragen, daß »die deutsche Geschichte weitergeht«, daß die deutsche Jugend mehr Glauben an die Zukunft haben kann. Er wird gegen die Neigung einiger Deutscher wirken, vorwiegend das Dunkle und weniger das Helle in der Welt zu sehen.

Das Glück der Deutschen, ihn zum Bundespräsidenten zu haben, ist auch ein Geschenk an das Ausland. Wir alle brauchen Staatsmänner, die integrierend wirken. In diesem Zusammenhang denke ich an eine kleine Begebenheit am Rande einer Tagung, die wir unlängst zum Thema der Zukunft der Universitäten veranstaltet haben. Weizsäcker hielt aus dem Stegreif eine glänzende Rede in englischer Sprache. Kurz darauf kam der Vertreter einer der hervorragendsten amerikanischen Universitäten zu mir und sagte: »I wish we could have him as our President« – und er meinte nicht als Präsident einer Universität.

Viele von uns haben seine Bereitschaft erfahren, immer zur Stelle zu sein, wenn Hilfe benötigt wird. Im Gegensatz zu vielen anderen Politikern, die sich von ihren Terminen – wichtig oder unwichtig – verplanen lassen, bleibt er bei einer einmal gemachten Zusage. Er zeigt sich immer ruhig und überlegen, und zu einer einmal getroffenen Entscheidung wird er immer fest stehen.

Während vieler Jahre habe ich das Glück gehabt, mit Richard von Weizsäcker allein sprechen zu können; über europäisch-amerikanische Probleme, Ost-West-Spannungen, über deutsche Fragen und viele andere Themen und Menschen. Er war 1973 in Aspen, Colorado, als die Idee eines Aspen-Institut Berlin geboren wurde. Vom ersten Augenblick an plädierte der Bonner Abgeordnete für Berlin als einzigen Ort in

Deutschland, um diese Idee zu realisieren. Auch in Zukunft wird er – wie ich ihn kenne – Berlin verbunden bleiben. Und was gut für Berlin ist, ist gut für die Bundesrepublik und für uns alle.

Walter Rasch

Vorsitzender der Berliner FDP und der FDP-Fraktion im Schöneberger Rathaus, Berlin

Rückblende

In zwei Wahlkämpfen zum Berliner Abgeordnetenhaus erlebte ich ihn: 1979 und heiß und heftig 1981. Vor allem aber als Regierenden Bürgermeister, eine Phase, die mit rund dreißig Monaten für die Stadt zu kurz geriet. Die Verblüffung im Spätsommer 1978 war allgemein, als von Weizsäcker seinen Hut in den Berliner Ring warf und als Nachfolger von Peter Lorenz Ansprüche auf das Amt des Regierenden Bürgermeisters anmeldete. Besonders der nach einem absoluten Tiefpunkt – Rücktritt Klaus Schütz 1977 – wieder recht selbstbewußten, gar schon übermütigen SPD versetzte der seriöse – deutschlandpolitisch eine Kehrtwendung andeutende – »Bildungsbürger« Weizsäcker mit seiner Kandidatur einen gewaltigen Schock. Mit einem Schlag hatte sich das politische Szenario durch seinen Auftritt verändert, auch wenn es 1979 der CDU mit Weizsäcker noch nicht gelang, in Berlin die Regierung zu übernehmen. Doch die Wende zeichnete sich ab. Die Sprache in der Politik wandelte sich. Weizsäcker bevorzugte einen Stil, der für die einheimische politische Gemeinde absolut neu war.

Kritiker posaunten spontan-hilflos Worte wie »nebulös« und »unkonkret« in die Berliner Luft. Sie vermißten Aussagen zur Stadtpolitik, vermißten den Macher, der Patentrezepte für die auf den Straßen liegenden vielfältigen Probleme aus der Tasche zauberte. Dieser Stadt war weitgehend die Fähigkeit verlorengegangen, Probleme vom Grundsatz her anzugehen und zu lösen. Bislang war man gewohnt, auf jede Aktion mit hektischer Gegenaktion zu reagieren. Weizsäcker setzte diesem meist unproduktiven Verfahren notwendige Distanz entgegen. Verbunden war das Ganze mit einem hohen Maß an Liebenswürdigkeit. Diese Eigenschaft empfanden viele Berliner als ausgesprochen wohltuend. Seine ruhig-souveräne Ausstrahlung vermittelte im Wahlkampf 1981 vielen das Gefühl, mit Weizsäcker könnten wesentliche Fehlentwicklungen korrigiert, Krawalle verhindert und Resignation abgebaut werden. Diesem Image als Hoffnungsträger wurde er als Regierender Bürgermeister gerecht. Seine Ausstrahlung und seine liberale Gesinnung veranlaßten auch die Freien Demokraten 1983, die anfängliche Tolerierungsphase in ein Regierungsbündnis mit der CDU umzuwandeln. Allmählich fand die Stadt den Weg aus einer dunklen Sackgasse. Berlin gewann an Ansehen, das Image verbesserte sich rapide, ohne daß der Senat etwa alle Probleme gelöst hätte.

Verblüffend war in dieser Zeit, daß der Regierende Bürgermeister keineswegs mit »seinen« Senatoren nur Funksprechkontakt hielt, sondern von »Wolke 17«, auf der ihn viele wähnten, herabschwebte und sich intensiv und mit erstaunlicher Sachkenntnis um Detailfragen kümmerte. Er war absolut der Chef. Er liebte kein weitschweifiges Palaver, das durch Zufall bei irgendeinem Tagesordnungspunkt zustande kam, ohne daß vorher zwischen den Fachverwaltungen eine klare Abstimmung erfolgt war. Er forderte konkrete Entscheidungen nach sorgfältiger Vorbereitung. Diese wiederum – und dafür stellte er sich bei wichtigen Fragen selbst zur Verfügung – wurden in Vorrunden auf der Senatorenebene herbeigeführt, beispielsweise beim Thema Hausbesetzer. Er konnte es nicht leiden, wenn in der Regierungserklärung angekündigte Ziele wie Verwaltungsreform und Aufgabenkritik ohne konkrete Ergebnisse blieben. Der überaus liebenswürdige Richard von Weizsäcker wurde bei solchen Gelegenheiten – auch am Senatstisch – ausgesprochen ungemütlich, verteilte Zensuren, wobei er dem Zensierten mit einem Lächeln klarmachte, daß er sich auch nicht mehr zu rechtfertigen brauche.

Für den Koalitionspartner war er ein fairer und freundschaftlicher Partner. Allerdings focht er deutlich für seine Meinung. Und dies in einer Art, die man bei ihm kaum vermutete. Als ich ihn beispielsweise in der Phase der konstruktiven Opposition auf eine Entscheidung aufmerksam machte, die auf einen heftigen politischen Konflikt zusteuern könnte und von der wir Liberalen dringend abraten würden, führte mein Einwand bei Weizsäcker zu einer verbalen Eruption, die an Härte und Lautstärke nichts zu wünschen übrigließ. Dem verblüfften Ratgeber blieb nur übrig, ebenso zu antworten.

Die Versöhnlichkeit seiner Reaktion und die Festigkeit, bei seiner Meinung zu bleiben, waren eine völlig überraschende und eigentlich fast widersprüchliche Reaktion. Es gab – wie vermutet – den erwarteten öffentlichen Ärger, aber das hatten die auszutragen, die ihn machten. Ich kann dies alles auf den einfachen Nenner bringen: Widerspruch liebte Richard von Weizsäcker nicht gerade in besonderem Maße.

Der Verhandlungsstil am Senatstisch war geprägt von angenehmer großbürgerlicher Attitüde und Liberalität. Der Senat pflegte nicht formell abzustimmen. Übertrieben formuliert: Jeder durfte – wie in einer großen Familie – seine Meinung äußern und der Paterfamilias faßte das Ergebnis aus seiner Sicht zusammen. Manchmal ein Ergebnis, das auch das Gegenteil von dem widerspiegeln konnte, was gerade vorher alle geäußert hatten. Und wurde Protest laut, so konnte noch darauf hingewiesen werden, daß jeder seine Meinung hatte sagen dürfen. Vielleicht ein wenig übertrieben, doch Weizsäcker besaß ein hohes Maß an Autorität, die er auch deshalb bisweilen nutzen konnte, weil sie ihm zuerkannt wurde. Natürlich liefen Senatssitzungen keineswegs widerspruchslos, Koalitionsgespräche nicht kritiklos nach einem Übervatermodell ab.

Durch diese Fähigkeiten, durch seine Autorität, durch den Blick fürs Grundsätzliche und seine Liberalität hat Weizsäcker über die Parteigrenzen hohes Ansehen erworben und es auch seinerzeit der FDP-Fraktion im Abgeordnetenhaus ermöglicht, ihm bei der Wahl zum Regierenden Bürgermeister die Stimme zu geben. Er betrachtete die Liberalen nicht als Mehrheitsbeschaffer, sondern als einen wichtigen Teil organisierter politischer Ideen. Unverzichtbar für Berlin, unverzichtbar für die deutsche Nachkriegsgeschichte. Den Menschen Weizsäcker zu beschreiben, wäre hier vermessen, doch etwas läßt sich sagen: Durch ihn ist die Politik in Berlin auch ein Stück menschlicher geworden.

Volker Hassemer

CDU, Senator für Kulturelle Angelegenheiten, Berlin

Der Kabinettschef

Ich hatte als Senator im Kabinett Weizsäcker zweifach Gelegenheit, sein Verhältnis zu der Sache zu beobachten, für die ich einstand. Richard von Weizsäcker war es, der mir bei der Regierungsübernahme in Berlin im Frühsommer 1981 die Möglichkeit einräumte, erstmalig meine Idee eines Wunschressorts zu verwirklichen: die Zusammenfassung von Planungs- und Schutzfunktionen für unseren Raum im neuen Ressort »Stadtentwicklung und Umweltschutz«.

Umweltschutz war bestimmt nicht sein Metier, und doch zeigte sich seine Offenheit und sein breites Interesse für Neues auch hier vom Anfang unserer Zusammenarbeit an. Kaum in Berlin, ließ sich Richard von Weizsäcker von mir im Wahlkampf fünf Treppen hochschleppen, zu Fuß, im Block 108, um sich dort, unter dem Dach eines Kreuzberger

Hinterhauses, Modelle und Skizzen zum Thema »Ökologisches Bauen« erläutern zu lassen. Die Sache konnte ihn sichtlich gewinnen.

Bei der Stadtplanung war es schon anders. Hier hatte er eigene Vorstellungen, und es kam vor, daß er ohne weiteres sich auf ein zweistündiges Gespräch mit Fachleuten einließ. Fachleute sind für Richard von Weizsäcker alles andere als ärgerliche Irritation. Er ließ sich mit Begeisterung in solche Debatten verwickeln. Sie bereiteten ihm Vergnügen, vermittelten ihm Anregungen. »Sie haben wirklich ein schönes Ressort«, meinte er einmal nachdenklich nach einer längeren Runde.

Das »schöne Ressort« galt natürlich erst recht, nachdem ich im Frühjahr 1983 den Kulturbereich übernommen hatte. Da muß man als Kultursenator aufpassen, daß Richard von Weizsäcker nicht schon vor einem da ist – Igel und Hase in der vielschichtigen Berliner Kulturszene. Dies galt nicht nur für Opernpremieren, wo er einen selbstverständlichen Stammplatz hat, 1. Rang, 1. Reihe Mitte.

Solche Veranstaltungen genoß Richard von Weizsäcker nicht zuletzt offensichtlich auch deshalb, weil sie ein gemeinsames Erlebnis mit seiner Frau sein konnten. Sein Einwand in Gesprächen über kulturpolitische Fragen: »Meine Frau sagt, das sei aber so und so!« war gleichwohl nicht frei von Augenzwinkern vorgebracht.

Sein großes Interesse an der Sache verband sich nicht im geringsten mit Bevormundung. Für den Ressortchef war es vielmehr die eigentliche Garantie für Umsetzung, unentbehrliche Rückendeckung. Sein Durchsetzungsvermögen stellte er hilfreich zur Verfügung. Das Verhältnis zum Fachsenator war geprägt durch das Interesse an der Sache und dem Respekt vor der Position des anderen.

Richard von Weizsäcker war folglich ein Regierender Bürgermeister, der die eigene Arbeit, die eigenen Ziele, die eigenen Ideen, das eigene Risiko der Fachsenatoren nicht ersetzte, sondern der beratend, unterstützend und Mut machend zur Verfügung stand.

Herwig Schirmer

SPD, Senatsdirektor beim Senator für Arbeit und Betriebe, Berlin

Worüber er sich erregen konnte?

Kann ich mich als politischer Beamter des Landes Berlin, der im »Weizsäcker-Senat« Senatsdirektor war, wirklich dazu äußern, worüber Richard von Weizsäcker sich »erregte, aufregte«? Zweifel sind angebracht, zumal ich zu den zwei sozialdemokratischen Senatsdirektoren gehöre, die Weizsäcker aus der Zeit seiner Vorgänger Dietrich Stobbe und Jochen Vogel übernommen hat. Und damit bin ich beim Thema. Richard von Weizsäcker hat sich mit liebenswürdiger Gelassenheit nicht darüber »aufgeregt«, daß ihm in manch wichtiger Funktion Sozialdemokraten zuarbeiteten. Seine Erregung galt denen, die nicht begreifen wollten, daß das Regieren nach jahrelanger Opposition nicht das »Draufschlagen« im Stile des von der Garski-Affäre geprägten Wahlkampfes, sondern Behutsamkeit erforderte. Behutsamkeit setzt, so habe ich Weizsäcker verstanden, vor allem Vorsicht bei solchen Ratgebern voraus, die ständig politische Formeln als fertige Antworten bereithalten und weder diese Antworten noch gar sich selbst in Frage stellen.

Natürlich verlangte nach dem Regierungswechsel, der nicht zuletzt durch das Berliner Hausbesetzerproblem verursacht war, manch einer ein schnelles Räumungstempo. Weizsäcker hat die Berliner Linie, eine Linie der Behutsamkeit und Konsequenz, notfalls voll Zorn verteidigt. Selbstverständlich gibt es in großen Volksparteien Leute, die die Ursache vieler bestehender Schwierigkeiten in unseren ausländischen Mitbürgern sehen und diese möglichst schnell in ihre Heimatländer zurückschicken wollen. Weizsäcker hat sich leidenschaftlich für eine humane, auf Menschenwürde angelegte Ausländerpolitik eingesetzt. Es lag nahe, daß viele nach dem Wechsel von einer sozialdemokratischen zu einer bürgerlichen Regierung eine unnachsichtig harte Eingrenzung der gewerkschaftlichen Position verlangten. Weizsäcker erregte sich über solche Interessenvertreter, die selbst im Ansatz nicht begreifen wollten, daß auch Gewerkschaften eine ordnungspolitisch wichtige Funktion erfüllen. Schließlich gab es nach dem Regierungswechsel in Berlin und Bonn auch so manchen, der zum Ärger Richard von Weizsäckers glaubte, nun sei die von Willy Brandt eingeleitete Ostpolitik durch eine kompromißlos harte, auf schlichten Antikommunismus reduzierte Politik zu ersetzen.

Richard von Weizsäcker sparte sich allzu harte Diskussionen mit solchen Leuten und machte wie selbstverständlich, was sozialdemokratische Vorgänger nicht gekonnt oder nicht gewagt hatten: Er traf sich mit Honecker trotz des Viermächtestatus in Ost-Berlin, er sprach vor Tausenden von evangelischen Christen in Wittenberg, er steuerte unbürokratisch die Verhandlungen über die Übernahme der S-Bahn mit Ost-Berlin. So war er für mich ein Mann, dessen Engagement in Grundsatzfragen nichts Aufgeregtes hatte; ein Mann, der gelassen das tat, was er als Regierender Bürgermeister für richtig hielt, auch wenn dies zuweilen anders aussah, als manche politischen Freunde es wünschten.

Erregung im Alltäglichen zeigen – zwar nicht lautstark, aber mit beachtlicher Wirkung für Betroffene – konnte er gleichwohl: Inkompetenz von Leuten, die kraft ihres Amtes kompetent sein müssen, brachte ihn ebenso zum Beben wie die Umständlichkeit und Ungenauigkeit von Leuten, von denen er ihrer Funktion nach Klarheit und Präzision erwartete. Gelassenheit und Zorn über solche, die nicht die Verantwortung für das Ganze spüren, kennzeichnen für mich Richard von Weizsäcker.

Heinz Galinski

Vorsitzender der Jüdischen Gemeinde zu Berlin, Berlin

Freund unserer Gemeinde

Seit meiner ersten Begegnung mit ihm habe ich bei allen Anlässen, die mich mit diesem Politiker zusammenführten, immer wieder gespürt, daß von Weizsäcker zum Kreis unserer verläßlichsten Partner gehört. Ein Mann, der seine positive Einstellung zur jüdischen Gemeinde Berlin wie zu allen Juden klar und deutlich vertritt. Dem freundschaftlichen Wort ließ er während seiner Berliner Amtszeit auch Taten folgen.

Sein Interesse an den Problemen der jüdischen Gemeinde und ihren Mitgliedern dokumentierte er durch seine Teilnahme an allen wichtigen öffentlichen Veranstaltungen der Gemeinde wie durch seinen öffentlichen Einsatz für die Belange der Juden in Berlin und in der Bundesrepublik Deutschland. Er hat sich unmißverständlich auf unsere Seite gestellt, auch wenn das nicht immer bequem war. Das erkennen wir hoch an. So eindeutig, wie seine Haltung zu den jüdischen Bürgern dieses Landes ist, so eindeutig ist auch seine Position gegenüber Israel, das Richard von Weizsäcker als legitimen jüdischen Staat, als schützendes Dach aller Juden der Welt anerkennt und zu dem Richard von Weizsäcker ein Verhältnis entwickelt hat, das von moralischer wie historischer Verantwortung bestimmt ist. Das war auch in allen Gesprächen, die ich mit ihm führte, immer wieder deutlich zu erkennen. Dabei lernte ich ihn als einen souveränen Menschen und Politiker kennen, dessen liberalen und humanen Geist ich besonders schätze.

Dieser Mann, der in Berlin auch über die Grenzen der Parteipolitik hinweg Respekt und Anerkennung gefunden hat, besitzt Ausstrahlung, verbunden mit großem differenziertem Intellekt. Fähigkeiten also, die ihn als hervorragenden Repräsentanten der Stadt Berlin ausgezeichnet haben und die ihn auch für das Amt des Bundespräsidenten prädestinieren. Er hat zweifellos großen Anteil an der Verbesserung des innerstädtischen Klimas in Berlin gehabt. Er vermochte unterschiedliche politische Lager durch die Integrität seiner Person einen Schritt näherzubringen, zum Dialog zu bewegen. Seinen Gesprächspartnern in Berlin gab er das Gefühl, mit einem Bürgermeister aller Berliner zu sprechen, bei dem das demokratische Gemeinwohl vor allen parteipolitischen Interessen Priorität genießt.

Als Vorsitzender der Jüdischen Gemeinde zu Berlin habe ich seinen Weggang aus dieser Stadt, die eine so enge und besondere Beziehung zu ihren jüdischen Bürgern pflegt, sehr bedauert. Er hat das bislang von Toleranz und Kooperation geprägte Verhältnis von jüdischen und nichtjüdischen Berlinern positiv beeinflussen können. Ich habe trotzdem volles Verständnis für seine Entscheidung, das höchste Amt der Bundesrepublik anzutreten, weil ich weiß, daß es mit Weizsäcker zum allerbesten besetzt ist und davon auch wir Juden in Deutschland profitieren werden.

Berlin muß zunächst einen politischen wie menschlichen Verlust hinnehmen, ich bin jedoch sicher, daß dieses Vakuum durch seinen Nachfolger entsprechend gefüllt wird.

Eberhard Diepgen

CDU, Regierender Bürgermeister von Berlin, Berlin

Was ich von ihm gelernt habe

Richard von Weizsäcker kam 1978 von Bonn nach Berlin. Ich war zu dieser Zeit Geschäftsführender Landesvorsitzender der CDU Berlins. Aus der dadurch vorgegebenen institutionellen Zusammenarbeit machten wir beide rasch ein menschlich offenes und vertrauensvolles Miteinander, das bis heute trägt.

Der »Neue« kam als Spitzenkandidat zu uns. Er begann sofort, seine Berliner Aufgabe voll anzunehmen, bis hin zu den politischen Anzeigen, deren akribische Erarbeitung wir in der Landesgeschäftsstelle bewundernd und zuweilen verzweifelt begleiteten.

Er war in Berlin aufgewachsen und ein anerkannter Fachmann in der Außen- und Deutschlandpolitik. Aber er konnte nicht die Einzelheiten der städtischen Politik in Berlin kennen. Also richtete sich sein erstes Interesse darauf, zu lernen, schnell, gründlich und mit dem für ihn typischen ausgeprägten Blick für Schwachstellen. Aus dieser Zeit stammt etwas, was mich beeindruckt hat: seine Offenheit, sich Neuem auszusetzen, der Mut zum Zuhören und zum Fragen, mit einem Wort: der Mut zum Lernen.

Eng mit dieser Eigenschaft hängt etwas anderes zusammen, was ich an ihm zu schätzen gelernt habe. Es ist seine Bereitschaft und seine Fähigkeit, sich selbst im dicksten Getümmel von Terminen einen inneren und zeitlichen Freiraum zum unabhängigen Denken zu bewahren, und sei er auch noch so klein. Ich halte das für unverzichtbar, um Politik gestalten zu können. Ein Regierender Bürgermeister kann ohne weiteres einen langen Arbeitstag mit durchaus wichtigen Dingen zubringen, bei denen er nur reagiert. Regieren heißt aber mehr, nämlich das Ingangsetzen oder mindestens Steuern von Entwicklungen, das Anregen, das Fördern und das Fordern. All das kann nur derjenige, der die eigene Substanz von Zeit zu Zeit »auftankt« und sie nicht nur verbraucht. Der Kraftstoff muß dazu nicht unbedingt nur aus politischem Stoff sein. Weizsäcker hat das getan durch Gespräche mit Menschen aller Art, die der Politik fern sind, durch Lektüre und durch die Kraft, die die Kultur in Berlin spenden kann. Den einen oder anderen hat das veranlaßt, spöttisch zu sagen, er kümmere sich im Grunde nicht um die täglichen Probleme. Ich meine umgekehrt: Er konnte sich gerade um sie dadurch kümmern, daß er nicht in ihnen betriebsblind wurde.

Die Substanz von Politikern ist wichtig. Entscheidend aber ist die Substanz der Politik. Hier hat er in Berlin Spuren vor allem in einem Bereich hinterlassen: Ich meine die Deutschland- und Berlin-Politik in der geteilten Nation. Sie wird allzuoft als etwas betrachtet, das mit der großen Politik zu tun hat und nicht mit dem einzelnen Menschen.

Leidenschaftlich wirbt er für den Gedankenaustausch zwischen Deutschen und versteht sich stets auch als ein Anwalt der Menschen in Ost-Berlin und in der DDR. Maßstab seiner Deutschlandpolitik bei voller Wahrung der für uns unverzichtbaren Grundsatzpositionen ist die Frage, ob das, was wir tun, den Menschen hilft. Nüchtern und mit Augenmaß ist er auf Ausgleich bedacht. Dabei verliert er die eigene Position und die eigenen Interessen nie aus dem Auge, bemüht sich aber gleichzeitig um das Verständnis der anderen. Das gilt für das Verhältnis zur DDR-Führung ebenso wie für das Zusammenwirken von Regierung und Opposition in den Grundfragen der Berlin- und Deutschlandpolitik. Er warnt vor gefährlichen Entwicklungen und scheut sich nicht, den Finger auf Wunden zu legen. Aber er tut das in einer Weise, die dem, der nicht seiner Meinung ist, immer einen Weg offenläßt, unter Wahrung seines Gesichts diese Meinung zu ändern.

Mit dieser Politik wird Richard von Weizsäcker der besonderen und sensiblen Lage Berlins in hohem Maße gerecht. Ich schreibe das alles im Präsens, weil ich weiß, daß er seine Linie von anderer Stelle und in anderen Verantwortlichkeiten fortsetzen wird. Uns Berlinern aller Parteien tut diese Politik des gewogenen Ausgleichs aus einer festen Position heraus in der Berlin- und Deutschlandpolitik gut.

Schließlich bemühe ich mich um eine Gemeinsamkeit mit ihm in einem Wesenszug, den man ihm manchmal in der Öffentlichkeit – zu Unrecht – nicht so recht zutraut. Für jeden Politiker sind sie überlebensnotwendig: die Gelassenheit und der Humor, nicht alles so ernst zu nehmen, wie es gemacht wird.

Wilhelm Wiegreffe

Pressesprecher der Berliner SPD, Berlin

Nicht mein Regierender Bürgermeister...

Richard von Weizsäcker hat einmal über das Schicksal von Regierenden Bürgermeistern gesagt: »Entweder sie gehen nach Bonn, oder sie kommen in den Himmel.« De mortuis nil nisi bene. Weizsäcker wird zwar Bundespräsident. Höher geht es nicht in unserer Republik. Aber Bonn ist nicht der Himmel. Der Mann bleibt kritisierbar. Schon zögere ich. Denn Weizsäcker gehört zu dem Typus Mensch, der eigentlich keine wirklichen Gegner hat. Er ist die Fleisch gewordene Überparteilichkeit, unbrauchbar als Zielscheibe im Schlagabtausch des politischen Tagesgeschäfts.

Ganz selten nur in den Berliner Jahren geriet er – am Rednerpult des Parlaments stehend – aus der Fassung. Zumeist dann, wenn die real betriebene Politik seiner Senatoren mit den hochgesteckten moralischen Ansprüchen des ehemaligen Kirchentagspräsidenten verglichen wurde. Dann konnte Weizsäcker schneidend und überraschend polemisch werden. Er sank unter sein eigentliches Niveau. Der Freiherr verlor die Contenance. Wenn er dann wieder auf der Regierungsbank saß, war ihm die Sache augenscheinlich nicht nur selber peinlich, sondern bezeichnenderweise auch seinen Opponenten, die Trost darin fanden, einem Gegner von hohem Niveau gegenüberzusitzen. Denn so fiel ein Abglanz seiner Größe auch noch auf sie.

Zumeist allerdings sah man ihn auf der Regierungsbank gelassen, amüsiert lächelnd, während die Opposition sich verfassungsgemäß abzappelte, ihrer Rolle im parlamentarischen System gerecht zu werden. Kein dankbares Objekt oppositioneller Lust. Zum Genossen Abwärtstrend bei der Berliner SPD gesellte sich der Genosse Frust. Dabei gab es Kritikwürdiges zuhauf: Ein Regierender Bürgermeister von Berlin hat das ganze denkbare Spektrum der Politik zu besorgen – von der Kommunalpolitik über die Landes- und Bundespolitik bis hin zum internationalen politischen Geschäft der Ost-West-Beziehungen.

Es reicht vom Gespräch mit dem Vorsitzenden des »Laubenpieper«-Vereins bis hin zur Queen. Weizsäcker hat dieses Spektrum niemals ganz ausgefüllt. Kaum jemals stieg er ins Souterrain hinab. War kein Oberbürgermeister. Bevorzugte deutlich die Beletage und entschied sich, als er die Wahl hatte, gegen das Rathaus Schöneberg und für die Villa Hammerschmidt. Es war eine Entscheidung für die Queen.

Mit den »Niederungen« des politischen Alltags wußte er wenig anzufangen. Die rapide wirtschaftliche Auszehrung der Stadt begleitete er mit hochmögenden philosophischen Sentenzen. In seiner Regierungszeit verdoppelte sich die Zahl der Arbeitslosen. Nicht daß er sie zu verantworten hätte. Doch als Tausende von AEG-Arbeitern, die Kündigung vor Augen, auf ein Wort »ihres« Regierenden warteten, hielt er Vorträge vor Studenten in Oxford und schickte seinen zuständigen Senator vor das Werkstor in Wedding.

Seine Äußerungen über die Wurzeln des Jugendprotests und das Zusammenleben mit Ausländern waren einfühlsame pädagogische Lektionen eines aufgeklärten Geistes. Doch in der praktischen Politik ließ er seinen Innensenator Lummer Remedur schaffen, durften seine christdemokratischen Parteifreunde von »tabula rasa« träumen, und er störte sie nicht dabei.

Weizsäcker hielt sich heraus, war ein großer Schweiger. Ob eine Terroristenbombe das Kulturzentrum der französischen Schutzmacht am Kurfürstendamm schwer beschädigte – ein Toter war zu beklagen – und in der Stadt Furcht umging vor weiteren Anschlägen: kein Wort vom Regierenden Bürgermeister; ob in der Silvesternacht sechs Ausländer im polizeilichen Abschiebegewahrsam elendiglich verbrannten: Weizsäcker schwieg. Erst am letzten Tag seiner Amtszeit, die Panda-Bärin »Tian-Tian« war unter lebhafter Anteilnahme der Berliner nach kurzer Krankheit verendet, versuchte er die Stimmung der Bürger aufzunehmen – und griff in peinlicher Weise daneben. Er nannte das Tier »eine der großen Persönlichkeiten unserer Stadt«.

Berlin war ihm im Grunde Provinz. Doch den Berlinern, die in ihrer Brust die Großmannssucht des Weltstädters mit dem Anlehnungsbedürfnis von Mauerblümchen vereinen, kam Weizsäckers Naturell entgegen. Er war nicht ihr Stadtvater, aber er hob sie durch seine pure Existenz aus ihrer Mittelmäßigkeit. Auch machte sein Glanz das tägliche Einerlei vergessen, war seine Distanz notwendige Voraussetzung ihrer Verehrung, ja Liebe.

Schwächen des Regierenden wurden so unversehens zu Stärken umgedeutet. Als Weizsäcker die Stadt einen Sommer lang im ungewissen hielt, als es nur das eine Thema gab: Geht er nach Bonn oder bleibt er in Berlin?, als jeder wußte, daß seine Priorität die Villa Hammerschmidt war, da noch wurde die Kunde von seinem zielgerichteten Ehrgeiz, der hinter freundlicher Gelassenheit verborgen sei, mit ehrfürchtigem Raunen kolportiert. Und man reichte das Iphigenie-Zitat herum, das er augenzwinkernd-sibyllinisch schon kurz nach Antritt seines Berliner Amtes einer Journalistin zugeflüstert hatte: »Mit seltner Kunst flichtst du der Götter Rat und deine Wünsche klug in eins zusammen.« Dies – man war sich einig – mußte der Schlüssel zu seinem Wesen sein! Nachdem die Würfel gefallen waren, sonnte man sich in dem angenehmen Gefühl, die Zeichen richtig gedeutet zu haben.

Doch das trug sich zu in der abgeschirmten Lobby des Abgeordnetenhauses. Draußen auf dem Wochenmarkt vorm Rathaus Schöneberg herrschte nackte Enttäuschung. Verehrung und Liebe schlugen zeitweilig in Ablehnung um, zuweilen sogar Haß. Kommentare-Schreibern zitterte die Feder. Die Stadt reagierte wie eine sitzengelassene Geliebte. Den Betroffenen hat dies verwundert, wie er öffentlich gestand. Es hat ihn wohl auch unsicher gemacht. Die unsägliche Äußerung beim Tod der Panda-Bärin ist dafür ein Indiz. Doch wirklich unter die Haut gegangen ist ihm diese Stimmung nicht. Nach der Wahl seines Nachfolgers im Plenarsaal des Abgeordnetenhauses sah man ihn gelöster denn je, aller Bürde ledig und das neue große Ziel fest im Blick.

Richard von Weizsäcker – alle Welt weiß und sagt es – ist der geborene Bundespräsident. Schon sein Äußeres verführt zu der Annahme, er habe in der Villa Hammerschmidt das Licht der Welt erblickt. Vom politischen Wirken des Regierenden Bürgermeisters Weizsäcker wird nur weniges Bestand haben. Was er der Stadt geben konnte, lag im Bereich des Atmosphärischen, war an seine Person gebunden und droht sich mit seinem Weggang zu verflüchtigen. Unübersehbar aber war seine Wirkung auf die Menschen im Umland von Berlin (West), auf die Deutschen in der DDR, die in ihm – anders als in manch anderem Christdemokraten – von Anfang an einen engagierten Befürworter der Entspannungspolitik sahen. Weizsäcker war für sie ein Hoffnungsträger und wird es in seiner neuen Funktion wohl auch bleiben. Überhaupt war seine Außenwirkung weit größer als seine politische Effektivität im Innern der Stadt.

Die eigentliche Bestimmung dieses Mannes ist nicht der Grabenkampf, ebensowenig der Feldherrnhügel. Weizsäcker – und dies sei ohne Ironie gesagt – gehört auf den Thron. Ein aufgeklärter Repräsentant des gesamten Gemeinwesens, eine im besten Sinne moralische Instanz, frei vom Zwang des unmittelbaren Bezugs zur »schnöden« Tagespolitik. Für ihn gilt die Umkehrung des sogenannten »Peter-Prinzips«, welches besagt, daß jeder Mensch bis zur Stufe seiner Inkompetenz befördert wird. Nicht daß Weizsäcker in seinem Berliner Amt versagt hätte. Doch seine wahre und unstrittige Kompetenz liegt in der neuen Aufgabe. Richard von Weizsäcker war nicht mein Regierender Bürgermeister, aber er wird mein Bundespräsident sein.

Kordula Schulz

Mitglied des Abgeordnetenhauses von Berlin für die Alternative Liste, Berlin

Randnotizen

»Aber Berlin kann nicht mit einem Regierenden Bürgermeister auskommen, der so etwas getan hat wie eine Flucht aus der Kommunalpolitik, der sich gerade um die kommunalpolitischen Dinge, die allerdings in den letzten Jahren größere Bedeutung bekommen haben, nicht kümmert« (Heinrich Lummer über einen Regierenden Bürgermeister 1976).

Ehrlich gesagt, das einzige, was ich von Karl Carstens als Bundespräsident weiß: Er ist oft gewandert! Eine Vorliebe, die er mit Richard von Weizsäcker zu teilen scheint. Erst kam er nach Berlin, dann ging er wieder nach Bonn, schließlich kehrte er zurück nach Berlin, wurde Bürgermeister – und jetzt, nachdem er von Amts wegen häufig gewandert ist – geht er in die Villa Hammerschmidt.

Aber nicht nur seine Wanderleidenschaft prädestiniert Richard von Weizsäcker zum Bundespräsidenten, er ist auch ein Politiker zum Anfassen. Im Wahlkampf 1981 beispielsweise hat er meiner Tante auf dem Spandauer Marktplatz zweimal hintereinander die Hand geschüttelt. Was ihn aber zum idealen Bundespräsidenten macht, ist seine Fähigkeit, an der Spitze und über den Dingen zu stehen. Es ist ihm gelungen, Berlin zu verlassen, ohne sich die Wanderschuhe im Staub der Kommunalpolitik zu verderben.

Als ich im Sommer 1981 für die Alternative Liste ins Abgeordnetenhaus nachrückte, geschahen zwei Dinge: Erstens bekam ich einen Stuhl fast direkt ihm gegenüber, zweitens verdichteten sich die Gerüchte, er würde Bundespräsident (wobei die beiden Dinge, glaube ich, nicht zusammenhängen). Die Folgen waren, daß ich Richard von Weizsäcker während der Plenarsitzungen ständig beobachten konnte und daß das Thema Bundespräsident nicht nur in Fraktionssitzungen, sondern in fast jeder Sitzung des Abgeordnetenhauses eine Rolle spielte.

So konnte ich Richard von Weizsäcker stundenlang beobachten und kam zu dem Schluß, daß ein Politiker aus zwei Menschen besteht – dem Politiker und dem Menschen. Von Politikern halte ich nicht viel, vor allem, wenn sie in der CDU sind. Beim Menschen ist die Parteizugehörigkeit nicht so wichtig. Da gibt es die, die einem auf Anhieb sympathisch sind, dann jene, die man uninteressant findet, und endlich solche, die man nicht leiden kann. Richard von Weizsäcker war mir sofort sympathisch – nicht nur, weil er mir eines Nachts, nach einer Plenarsitzung, geholfen hat, meine Handtasche zu suchen.

Bei allen Unbilden der Politik, die uns in Berlin einige CDU-Senatoren verschafft haben, hatte ich immer den Eindruck, daß man sich an den Menschen Weizsäcker wenden kann. Daß der Politiker selten darf, was der Mensch gerne möchte, ist natürlich nicht nur ein Problem Richard von Weizsäckers. Aber es dürfte der wichtigste Eindruck von ihm in Berlin sein – außer seines Wegwanderns –, daß er zwei Jahre lang ein Ansprechpartner für die Betroffenen der Senatspolitik zu sein schien, allerdings ohne daß sich die Senatspolitik geändert hätte. Mir kam es immer so vor, als ob er bereits seit seiner Wahl zum Regierenden Bürgermeister die Rolle des Bundespräsidenten übte.

Nun wird Richard von Weizsäcker also Bundespräsident, und sicher überlegt er schon, auf welche Art und Weise er die Lande durchzieht. Und da er der erste Bundespräsident ist, den ich ein bißchen kenne, würde ich ihn gerne dabei einmal begleiten. Wenn das Waldsterben bekämpft werden soll, könnten wir zum Beispiel eine Radtour machen. Und wenn man im Rhein wieder baden können sollte, würde ich mit ihm vom Bodensee bis zur Nordsee schwimmen. Nur gewandert wurde mir schon zuviel.

Götz Friedrich

Generalintendant der Deutschen Oper Berlin

Der Musensohn

Dessen bin ich ganz sicher: er kommt in die Oper, nicht weil dies zu den Repräsentationspflichten eines sogenannten Spitzenpolitikers zählt, sondern weil er Oper braucht, liebt. Weil sie Erlebnisse und Erfahrungen öffnet, die ihm – zunächst ganz persönlich für sich selbst – unverzichtbar erscheinen. Die Pflicht zur Lust zu machen: Bei den Besuchen der Oper erfüllte sich wohl dem Regierenden Bürgermeister von Berlin dieses preußische Prinzip am angenehmsten.

Er ließ kaum eine Premiere aus. Und mußte er eine versäumen, holte er das Kennenlernen bald nach – seine Frau Marianne zur Seite, die stets eine sachinteressierte, leidenschaftlich Anteil nehmende Partnerin ist. Und wenn es – was bei Berliner Premieren nicht selten vorkommt – im Zuschauerraum kontrovers zuging, war gerade er es, der bei Gesprächen in der Pause und nach den Vorstellungen heitere Gelassenheit zeigte und mit seinen Fragestellungen meist genau den Punkt traf. Da hat er uns oft auch Mut gemacht. Sein Verständnis für Probleme einer Inszenierungskonzeption hat mich immer verblüfft. Aber auch bei solchen Diskussionen zeigte sich: Er ist kein Konzeptionsfetischist. Seine Neigung, seine Liebe gehören vor allem denen, die das Musiktheater persönlich vertreten: den Sängern, den Tänzern, dem Dirigenten. Und daß deren menschlich-künstlerische Tätigkeit manchmal auch allzu menschliche Kehrseiten hat, registriert er oft mit verständnisvollem Amüsement.

Aber auch den Technikern, den unzähligen Helfern hinter der Bühne gilt sein Interesse, seine Neugier. Als wir nach »Fausts Verdammnis« im Malersaal der Oper die Premiere feierten, stand er – gleichgültig gegenüber protokollarischen »Pflichten« – über eine Stunde lang im Kreis heftig mit ihm diskutierender Bühnenarbeiter, mithaltend nicht nur im Redegefecht, sondern auch im Biertrinken. Ein andermal verließ er den Kreis hochgestellter Premierengäste und ging auf einen mit grimmigem Gesicht umherstreifenden Orchestermusiker zu. Ob er sich geärgert habe? Nein, wieso? Weil er so bitter dreinschaue. »Ich gucke immer so.« Ob das nicht den Dirigenten störe? »Nein, ich mag ja, wie er dirigiert.«

Oft sind ihm Opernfiguren sogar Chiffren, zum Beispiel für Politiker oder Personen im öffentlichen Leben, was festzustellen ihn besonders amüsiert. Der doppelbödige Witz, den er liebt und pflegt, nährt sich nicht selten am Hintersinn der Oper. Ihr vermeintlicher Unsinn erschließt sich ihm als tiefer Sinn. Für sich selbst hat er die Oper längst aus dem Elfenbeinturm kulinarischer Unverbindlichkeit gelöst, will sie als Begegnungsstätte, als Konfrontation mit menschlichen Geschichten: auf der Bühne und dahinter.

So hat er – meist mit seiner Frau – auch die »gewöhnlichen« Repertoirevorstellungen besucht, und mir scheint, daß er sich außerhalb des Mißverständnisses, er ginge zu Premieren aus Repräsentationsgründen, besonders wohl fühlt. Werke wie »Manon Lescaut«, auch »Troubadour« und sogar »Hänsel und Gretel« sah er in Berlin zum erstenmal in seinem Leben. Sein Vergnügen an solchen späten Neuentdeckungen ist unverhohlen und versetzt ihn zurück in die Jahre, in denen der Grundstock für seine Liebe zur Oper gelegt wurde.

Das war die Studienzeit nach dem Zweiten Weltkrieg in Göttingen, wo der Student jeweils für eine Mark fünfzig vor allem die damals in Göttingen besonders gepflegten Händel-Aufführungen immer wieder besuchte. Mit Ausübung von Musik hatte Richard von Weizsäcker seit der Kindheit geliebäugelt. Sieben Jahre hat er Geige geübt. Im Schulorchester blies er Trompete und Posaune. Und daß er auch Gesangsunterricht genommen hat, brachte ihm – viel später! – die »kollegiale« scherzhafte Kritik der Berliner Gesangsprofis ein: Denn nach der intensiven Teilnahme an den Luther-Veranstaltungen 1983 in Ost und West unseres Landes mußte er eine Woche lang »stumm« in Berlin regieren, weil er sich beim Singen der Choräle die Stimme ruiniert hatte...

Mag sein, daß auch solche »Erfahrungen« seinen Respekt vor dem Risiko derer gesteigert hat, die das Musiktheater allabendlich verkörpern: den Sängern, den singend-handelnden Menschen. Jedenfalls sind ihm gerade deren Probleme nicht fremd. Deshalb ist er alles andere als ein ästhetisierender Beckmesser und mehr auch als ein oft beglückter Bewunderer: Er ist ihr Freund.

Aus alldem ist es nur eine natürliche Konsequenz, daß Richard von Weizsäcker, als 1982 der Förderkreis der Deutschen Oper Berlin gegründet wurde, spontan bereit war, deren Schirmherrschaft zu übernehmen. So steht er persönlich dafür ein, daß die Entwicklung des kulturellen Lebens gerade in Berlin heute mehr denn je der Bürgerinitiative bedarf, um die staatlichen Finanzierungen zu flankieren.

Daß Oper nicht ein überflüssiger, überlebter »Luxus« für nur wenige sei, sondern zu einer bewegenden, aufregenden Begegnungsstätte mit menschlichen Geschichten und menschlichen Geheimnissen für immer mehr Menschen zu machen ist – für diese Aufgabe wissen wir in ihm einen guten Verbündeten. Und indem er Oper für sich ganz persönlich braucht, ist er Repräsentant auf besondere Weise: Er steht für alle die Menschen, die im Musiktheater ein Erlebnis, eine Erfahrung, ein Ereignis suchen und sehen, das wert ist, in die Zukunft gerettet zu werden. Damit personifiziert er den Anspruch, daß Kultur kein Seitenthema sei, sondern das Denken der Menschen ergreift und ihr Verhalten zueinander prägt: humane Kultur als Signum der modernen Gesellschaft, gerade hierzulande.

Rolf Schneider

Schriftsteller, Schöneiche bei Berlin (DDR)

Eine Begegnung im Schöneberger Rathaus

Meine persönliche Begegnung mit Richard von Weizsäcker hatte die zeitliche Ausdehnung von 120 Minuten. Von daher verallgemeinernde Urteile zu beziehen, wäre fahrlässig. Ich gedenke aufzuschreiben, was war, wie ich es erlebt habe, was dabei meine Empfindungen waren.

Ich hatte es übernommen, einen Fernsehfilm zu drehen, der die Erlebnisse eines DDR-Bürgers in der Bundesrepublik abschildern sollte; dieser DDR-Bürger war ich selbst. Irgendwann, nach der Behandlung von Schönem und weniger Schönem, von Vergangenheit, Gegenwart, Kunst und Automobilindustrie, wollte ich mit einem kompetenten Menschen aus dem deutschen Westen über das Thema Deutschland einen Dialog führen. Vieles sprach dafür, den Herrn von Weizsäcker zu bitten. Er war noch Regierender Bürgermeister von West-Berlin, er würde bald Bundespräsident sein, und als führender Mann des westdeutschen Protestantismus hatte er frühzeitig seine Aufmerksamkeit auch der Gegend zugewendet, in der ich zu Hause war.

Ich telefonierte mit allerlei Vorzimmern. Der Herr von Weizsäcker sagte schließlich zu. Ich besorgte mir ein Buch, das seine verstreuten politischen Aufsätze versammelt; es heißt: »Die Geschichte geht weiter« – ein Titel, der, genau bedacht, ein bißchen tautologisch klingt. Ich las in dem Buch. Es zeigte sich mir gleichsam randvoll jenem vorsichtigen Wohlausgewogenheitsgeist, der vermutlich das Warenzeichen jedes klugen Politikers ist: in jenen Breiten und in unseren Tagen. Bei genauerem Hinsehen meinte ich zu entdecken, daß die früheren Äußerungen Richard von Weizsäckers, also die des Autors der berühmten EKD-Denkschrift zur Ostpolitik, sehr viel entschiedener formuliert waren als etwa die des Regierenden Bürgermeisters von Berlin. Sehr viel später vernahm ich aus Richard von Weizsäckers Mund, es gehöre zu den Eigenheiten von Spitzenpolitikern, daß sie viele ihrer Gedanken zu verschweigen hätten. Das mag wohl so sein; aber nicht formulierte Gedanken sind nun einmal nicht annähernd so spannend wie formulierte.

Zu vereinbarter Stunde fand ich mich mit einem Kamerateam im Schöneberger Rathaus ein. Es waren Bauleute am Werk; für die Dauer unserer Aufnahme wurden sie zum Stillehalten verurteilt. Das Amtszimmer des Regierenden Bürgermeisters hat braunes Holzpaneel an den Wänden; die etwas steifen Möbel zeigen auf den Sitzflächen die mir persönlich unbehagliche Farbe dunkelgrün; so, dachte ich mir, müßten Interieur und Stimmung des ehemaligen Herrenklubs in der Jägerstraße gewesen sein.

Durch die Wandtür trat ein der Herr von Weizsäcker. Er wirkte aufrecht, rosig, glatt und strahlte gewissermaßen von innen. Mein erster Eindruck von ihm war der einer außerordentlichen Liebenswürdigkeit. Dies hatte ich nicht erwartet. Im Fernsehen wirkte er auf mich stets ein wenig kühl und distanziert. Der Bildschirm ist ein Fälscher, ich weiß das. Etwas für den Bildschirm zu verfertigen, befand ich mich eben hier.

Die Leute vom Team bauten ihre Gerätschaften auf. Ich besprach mit Richard von Weizsäcker, wir saßen einander an einem mächtigen Schreibtisch gegenüber, den Zweck und das Ziel und die Inhalte des bevorstehenden Dialogs. Die Leute vom Team hatten ihre Gerätschaften installiert. Der Herr von Weizsäcker und ich wurden auf andere Stühle gesetzt, mit Ansteck-Mikrofonen versehen und mit Scheinwerfern beleuchtet. Jemand klatschte in die Hände; die Aufnahme begann.

Ich konnte rasch erkennen, daß Richard von Weizsäcker zu Fragen, betreffend die deutsche Nation und die deutsche Zukunft, Gedanken vortrug, die sich von meinen eigenen nicht allzuweit entfernten. Um den Dialog nicht in einem gegenseitigen Affirmationsritual versanden zu lassen, dachte ich mir ein paar kontroverse Fragen aus. Richard von Weizsäcker widersprach mir nicht vehement; Vehemenz scheint überhaupt nicht seine Sache; er hielt eine wohlausgewogene Mitte. Am Schneidetisch, da ich meinen Film fertigstellte, würde ich später wahrnehmen können, daß eine von Richard von Weizsäcker bevorzugten Redefiguren das »Entweder-Oder« war. Er benutzt auch gerne Sätze, die er mit »Je nun« einleitet und die dann, hört man genau hin, nicht eigentlich auf das zuvor geäußerte Auskunftsbegehren replizieren, sondern etwas naheliegend anderes enthalten, etwas Wohlausgewogenes und Kluges.

Die Aufnahme war abgedreht. Die Leute vom Team verpackten ihre Instrumente. Der Herr von Weizsäcker und ich blieben auf unseren

Stühlen sitzen; wir gerieten ins Plaudern. Allen wedelnden Aufforderungen eines Referenten zum Trotz, der seinen Chef einem nächsten Pflichttermin zutreiben wollte, saßen wir und redeten wir. Das wurde nun aufschlußreich über die Maßen.

Wir redeten über die Situation des Protestantismus in der DDR. Ich kenne die DDR ganz gut, da ich dort wohne. Herr von Weizsäcker kennt den Protestantismus ganz gut, denn er ist ein evangelischer Christ. Er gestand mir, er habe selten eine so erregende, eine so aufregende Begegnung in seinem Politikerleben gehabt wie seinen öffentlichen Auftritt in Wittenberg, anläßlich der Luther-Feiern im Luther-Jahr. Ich sagte ihm, wahrheitsgemäß, daß ich die Entwicklung des Protestantismus in der DDR während der letzten zehn Jahre für eine der erstaunlichsten Entwicklungen in meinem Lande halte. Wir stritten uns auch ein wenig. Ich meinte, der DDR-Protestantismus präge einen Theologentypus, der genuin und anderswo nicht zu finden sei. Richard von Weizsäcker war der Meinung, er könne die einzelnen Repräsentanten des Bundes der Evangelischen Kirchen in der DDR mühelos im Spektrum des westdeutschen Protestantismus unterbringen. Eigentlich setzten wir bloß unser Interviewthema fort: Wie deutsch sind die beiden Deutschländer, und welche Chance, sofern nicht romantische Utopie oder restaurativer Eifer im Spiel sind, mag dergleichen in der Zukunft haben, wenn es um mögliche Annäherungen oder gar um Einheit geht? Die Leute von dem Fernsehteam standen, ihre gepackten Koffer in der Hand, und hörten uns zu. Die jetzige Unterhaltung erschien ihnen viel farbiger als die aufgenommene. Es ist das Schicksal von Fernsehgesprächen, daß ihre interessanten Teile immer dann geschehen, wenn Kamera und Mikrofone abgestellt sind.

Die deutsche Nation betreffend, so sind deren wüsteste Beschädigungen, unter deren Folgen wir heute noch leiden, entstanden aus einer selbstgemachten Borniertheit, die bloß ein anderes Wort ist für Intoleranz. Mein Eindruck war: Richard von Weizsäcker ist ein toleranter Mann. Daß er aus liberal-konservativen Ansätzen formuliert, ist bekannt; er macht kein Hehl daraus. Daß ich Überzeugungen anhänge, die sehr viel weiter links lokalisiert sind als die seinen, dürfte er alsbald gemerkt haben, wenn er es nicht schon zuvor wußte. Gleichwohl führten wir eine Unterhaltung, in der wir uns, jedenfalls dem Tone, häufig auch dem Inhalte zufolge, äußerst nahekamen. Als wir durch den immer ungeduldiger werdenden Referenten schließlich getrennt wurden, fanden wir das jähe Ende ein wenig bedauerlich.

Ich kenne die Staatsoberhäupter in zwei deutschsprachigen Staaten persönlich: jenen der Bundesrepublik Deutschland, jenen der Republik

Österreich. Beide sind Angehörige der etwa gleichen Generation. Beide haben schmerzliche Erinnerungen an das Regime des Diktators Hitler. Beide sind christlich geprägt, beide sind kunstsinnig aus einem existentiellen Bedürfnis heraus, beide sind witzig, haben Charme und viel Toleranz. Als Bewohner eines deutschen Staates, der weder Bundesrepublik noch Österreich heißt, darf ich den beiden erwähnten Ländern zu ihren höchsten staatlichen Repräsentanten gratulieren.

XII. Kapitel

Skizzen und Gespräche

Werner Filmer

Erinnerungen an eine Fernsehdokumentation

»Verdammt schwer, richtig an den ranzukommen ... der schirmt sich gegen sich selbst ab ... bin einfach noch nicht warm mit ihm! ... Morgen soll ich mit seiner Frau sprechen ... bin nicht sicher, ob es hinhaut! ... Habe ein mieses Gefühl ...« Heribert Schwan ruft aus Berlin an. Berlin 1981.

Innenansichten heißt das Projekt: »Der geduldete Sieger«. Eine 45-Minuten-Fernsehdokumentation über Richard von Weizsäcker.

»Hast du ihn gefragt, ob er geizig ist?«

Heribert lacht.

»›Das müssen Sie andere fragen‹, hat er gesagt, ›ich glaube nicht, daß ich ein Geizkragen bin!‹«

»Mehr nicht?« frage ich zurück.

»Nee«, nach einer Weile: »Weißt du übrigens, wie ihn seine Mitarbeiter nennen? ... Ayatollah! ... Kam reingeschwebt, ist religiös und autoritär!« Es knackt im Apparat. Unser Gespräch ist unterbrochen.

Heribert sind die Groschen ausgegangen.

Ich erinnere mich an die Worte eines ehemaligen Kommilitonen Weizsäckers. Weich soll er gewesen sein, musisch, musikalisch, ein guter Schachspieler, einer, der gern schwimmt und auf Berge steigt, der Hokkey spielt und Tischtennis, der Shakespeare und Fontane zu seinen Lieblingsschriftstellern zählt. Einer erinnerte sich, er sei wütend auf sich geworden, wenn er die Übersicht zu verlieren drohte.

Ich denke an meine erste Begegnung mit ihm. Ein eher zufälliges Zusammentreffen in Köln, Unter Sachsenhausen, Bankenviertel. Er ging Richtung Hauptbahnhof. Angemessene Zurückhaltung im Gang. Dieser Mann schien zu wissen, daß er nicht in der schlechtesten aller möglichen Welten lebt. Seine Fähigkeit, die Grundfarbe Blau zu nuancieren, ließ sich sogar im Dämmerlicht feststellen. Noch wußte ich nicht, daß er Johann Sebastian Bach verehrt und als kleiner Junge Landarzt werden wollte.

Als ich am nächsten Morgen in die Redaktion komme, liegen Heriberts erste Textfragmente vor. Er hat sie in Berlin abgesetzt. Ich werfe einen Blick darauf: »Richard Freiherr von Weizsäcker beim allmorgendlichen Spaziergang im Stadtteil Tiergarten. Uns zu genehmigen, ihn dabei zu begleiten, fiel ihm schwer. Privates, Persönliches zeigt er nicht gerne. Pikfeine alte Familien haben ihre Eigenarten. Mit seinem Bruder, dem Physiker und Philosophen, wurde er früher oft verwechselt. Geärgert hat es ihn – angeblich – nicht. Heute ist Richard von Weizsäcker fast so populär wie Helmut Kohl. Sein Bekanntheitsgrad hat sich verdoppelt, seit er in Berlin regiert – wenn auch nur als ›geduldeter Sieger‹, der die letzte Wahl zwar gewonnen hat, die absolute Mehrheit jedoch knapp verfehlte. Dennoch schaffte er es mit Hilfe einiger FDP-Parlamentarier, in das schwierige Amt des Berliner Regierungschefs gehievt zu werden.«

Frühjahr 1981. Wahlkampf in Berlin. Zwei Wochen lang begleitet unser Fernsehteam Weizsäcker, den CDU-Kandidaten für das Amt des Regierenden Bürgermeisters. Schon einmal hatte er hier eine Wahl verloren. Auf Drängen Helmut Kohls war er 1979 hierhergekommen, um der Union den Wahlsieg zu erringen. Vergebens. Diesmal will er es schaffen. Noch nie war ein Sieg so greifbar nahe. Vorgezogene Neuwahlen! Die SPD/FDP-Koalition ist am Ende. Weizsäcker reagiert im Frühjahr 1981 unsicher, gereizt, gestreßt. Was die Partei ihm abverlangt, zehrt an seinen Kräften. Er kämpft, will gewinnen. Heribert hat ihn gefragt, warum er aktiver Politiker wurde.

»Ich habe mir diesen Beruf gewählt«, sagte er, »weil er meinen Neigungen und dem Gefühl entspricht, was durch Leute meiner Generation verantwortlich wahrgenommen werden sollte. Hier in Berlin beispielsweise gibt es schwierige, zähflüssige, oft auch lästige Probleme. Aber das gehört zum politischen Beruf. Die herausfordernde Aufgabe ist gerade hier die Verbindung von sogenannten großen und sogenannten kleinen Problemen in der Politik. Man darf die nicht voneinander trennen. Man darf nicht fern irgendwo am Firmament der großen Probleme schweben und sich der angeblich kleinen entziehen. Was ist denn Politik ...?

Politik ist doch nichts anderes als eine friedliche Regelung für unterschiedliche Interessen von Menschen ... und Menschen haben nun mal tägliche Sorgen. Sich ihnen zuzuwenden ist eines Politikers wohl würdig.«

Ein Hauch von Oxford und Göttingen umgibt ihn, schreibt Heribert. Während er ihn betrachtete, habe er an Weizsäckers Dissertation denken müssen: »Der faktische Verein«. Lange arbeitete Weizsäcker seinerzeit über »Treu und Glauben«. Wie er in die CDU gekommen sei, habe er überraschend gefragt. Weizsäcker soll verbindlich gelächelt haben, als wolle er bereits im voraus verzeihen:

»Das Problem war nicht, ob in diese oder in eine andere Partei. Das Problem bestand für mich mehr darin, ob es überhaupt notwendig sein würde, in eine Partei einzutreten. Und ich habe einige Zeit gebraucht, um zu merken, daß, wer sich in der Politik wirklich betätigen und etwas bewirken will, dies in unserer politischen Wirklichkeit außerhalb einer Partei kaum kann. So furchtbar nahe habe ich in meinem Herzen einer Partei eigentlich nie gestanden, weil es ja unvermeidlich ist, daß eine Partei ein Kompromiß zwischen verschiedenen Interessen und Richtungen ist. Also ... das Ideale findet man in einer Partei nicht! Aber ohne Parteien geht es in der modernen Massengesellschaft, in einer freiheitlichen Demokratie nicht. Und als ich das – man kann vielleicht sagen – endlich gemerkt habe, bin ich der CDU beigetreten. Eine andere Partei habe ich nicht in Betracht gezogen.«

Ich lege Heriberts Texte beiseite, greife nach einem dpa-Foto, das den Regierenden Bürgermeister zeigt, weiß, daß er 1953 im Kreis Mettmann der CDU beigetreten ist. Er kann brüllen, haben wir recherchiert, kann Distanz schaffen, ohne ein Wort zu sagen, doch auch anderen das Gefühl der Nähe geben. Außerdem soll er andere durchaus spüren lassen können, was er sich und dem Namen seiner Familie wert ist.

Am Helden interessiert sein ist nicht dasselbe wie ihn gern haben. Erfahrung kostet Zeit. Ein halbes Jahr lang haben uns die Vorarbeiten zur Fernsehdokumentation gekostet. Erst nach und nach festigen sich Gesicht und Aussehen, Farben und Nuancen, Haltung und Verhalten. Der Schneidetisch ist ein gutes Hilfsmittel. Das bewegte Bild läßt sich anhalten, fixieren, vorwärts, rückwärts fahren. Haare und Haut lassen sich betrachten, die Hände, der Goldzahn, die Daumen, die unterdrückte Wut, das gefrorene Lächeln, die drohnenhafte Positur. Wir haben mit denen in seiner Mannschaft gesprochen, die ihn für einen Verschleierungstaktiker halten, für einen Mister-Einerseits-Andererseits, sprachen mit seinen Freunden. Wenige sind es! Meistens zeichneten sie ihn nachdenklich, bedächtig, konstruktiv; er sei ein Mann, der den »selbsttragenden Kräften des Fortschritts« traue, ein Mann mit Überzeugungskraft. Heute soll ich erste Filmmuster sehen. Die Cutterin hat sie in den Schneidetisch gelegt. Die Bilder bewegen sich. Weizsäcker sitzt da: zurückhaltend, ein wenig akademisch gespreizt, etwas verschlossen, nichts von deutscher Heftigkeit ist zu spüren. Kein Mann großer Sprüche, eher ein Diplomat ohne Aktenkoffer: sachlich, nicht anbiedernd. Eine Klappe wird geschlagen. Richard von Weizsäcker 5/1. Er trage einen berühmten Namen, was er für ihn bedeute, wird er gefragt: »Man ist sich dessen nicht bewußt«, entgegnet er, eine Spur zu unterkühlt, zu volksnah, »aber eines weiß ich natürlich: daß ich durch mein Elternhaus schon frühzeitig Einblicke bekommen habe, die mir das Heranwachsen und die Vorbereitung auf den Beruf und das Interesse für die Politik erleichtert haben.«

Er hat in seinem Leben die verwirrenden Übergänge vom Guten zum Bösen kennengelernt, sie skeptisch betrachtet. Manchmal mit Verspätung reagiert, voreiligen Lösungsversuchen abhold. Geschichte braucht Weile, Neues wächst allmählich! Dieses konservative Erfahrungsgut pflastert seinen Lebensweg. In diesem Punkt bleibt er seinem Gedächtnis treu. Phantastische Erwartungen haben nie das Lebensgefühl seiner Familie stimuliert.

»Kann man auch sagen, daß der Name Weizsäcker für Sie zeitweise förderlich war?« Ich stoppe das Bild an dieser Stelle. Weizsäcker kneift die Augen unmerklich zusammen. Dann eher wegwerfend: »Das kann ich nicht beurteilen. Ich glaube, letzten Endes ist doch alles in der Nachkriegszeit von vorn losgegangen. Man hat sich seinen Weg selber erarbeitet. In der Wirtschaft zum Beispiel, in der ich angefangen habe, fragt doch niemand danach, was man für einen Namen hat.«

Als Klaus von Bismarck gefragt wird, was Richard von Weizsäcker von vielen Politikern unterscheide, meint er: »Sensibilität und Besonnenheit! Ein Politiker kann nicht darauf verzichten, die Wirkung seines Auftretens und seiner Aussagen nicht zu kalkulieren. Das tut er natürlich auch! Das muß er tun, wenn er nicht ein reiner Tor sein will ... Aber ich habe nie bei seinen politischen Aussagen erlebt, daß er nicht zunächst an der Sache orientiert gewesen wäre.« Bischof Kruse schwankt, als er von Heribert Schwan vor der Kamera aufgefordert wird, Weizsäckers Schwächen zu benennen. Am liebsten hätte er die Aufnahmen abgebrochen, dann beschreibt er mit tastenden Worten: »Die Schwächen liegen natürlich – wie bei jedem – darin, daß jeder, der als Parteipolitiker tätig ist, oftmals schwanken muß zwischen dem, was die Partei will, und dem, was man vielleicht erreichen kann. Wenn das eine Schwäche ist, dann habe ich sie auch.«

Der Senkrechtstarter der siebziger Jahre hat als Hoffnungsträger seiner Partei seine unaufdringliche Virtuosität sanft entfaltet. Immer auf Verträglichkeit seiner Handlungen achtend. Er arbeitete mit. Manchmal leicht erschrocken, traditionsbefangen, doch oft auch um jeden politischen Millimeter kämpfend. Mit maßvollen Tempi. Dreckarbeit hat er nie geschätzt.

»Seine Schwäche«, sagt Norbert Blüm Anfang 1981 blinzelnd, als wir mit ihm über seinen neuen Berliner Dienstherrn sprechen, den er von der Zusammenarbeit in der Grundsatzkommission gut kennt, sei »der politische Tageskampf«. Dabei schaut er vielsagend über den Rand seiner neuen Nickelbrille. »... da der Tageskampf nicht mehr mit dem Florett allein geführt wird, sondern – leider Gottes – auch mal mit dem Hammer, ist er an dieser Stelle verletzbar.« Blüm schmunzelt: »Von Weizsäcker ist als Politiker der Politik ohne Schau verbunden«!

Gestern abend klingelte das Telefon. Heribert Schwan stöhnte erleichtert: »Du, ich habe die Söhne erwischt, zwar war Frau von Weizsäcker dagegen, daß sie ins Bild kamen, aber der Regierende hat sich beim Schachspiel mit ihnen ablichten lassen!« Es ist ihm gelungen, zwei Söhne zu einigen Sätzen über den Vater zu verleiten, der über die Erziehung seiner Kinder sagt: »Unsere Kinder sind in einem liberalen Sinne erzogen worden, vor allem dank des Einflusses meiner Frau sind ihnen auch Maßstäbe nie vorenthalten worden. Ich glaube, heute sind sie in der Lage, das auch würdigen zu können.«

Wieder schaue ich mir Filmmuster an. Heribert fragt Richard von Weizsäcker, ob er seinem Sohn Robert empfehlen würde, auch in die Politik zu gehen. »Nein, das habe ich mir nie vorgenommen!« An dieser Stelle zittert die Stimme des Vaters. Er stottert. »Ich habe, ich weiß gar nicht ... der will jedenfalls ... im Moment ist er nicht auf diesem Wege ... Und sie erfahren ja auch, die Kinder, daß das ein ziemlich dornenreicher Weg ist ... aber sie interessieren sich für die Sachverhalte, um die es geht. Sie nehmen natürlich Anteil am Rauf und Runter, an den Licht- und Schattenseiten.«

Richard von Weizsäcker fängt sich schnell. Als ich die Filmrolle anschaue, zweimal, dreimal, sehe ich zwei jungenhafte Gesichter, Robert und Fritz von Weizsäcker: »Wir sind aber, glaube ich, doch in erster Linie von unserer Mutter erzogen worden, aber das heißt nicht, daß nicht auch er uns in gewissen Punkten zurechtgerückt hat.«

Spielte die christliche Erziehung eine Rolle in der Familie? »Ist mir nicht aufgefallen ... Dir? ... Nein, ist mir nicht so bewußt ... Jedenfalls auf keinen Fall aufdringlich. Es kann schon sein, daß Vater gewisse Grundsätze seiner Erziehung zugrunde gelegt hat, allerdings nie so, daß wir zu etwas genötigt worden wären in dieser Richtung, was auch völlig zwecklos gewesen wäre ...«

Stimmen, Stimmungen, Haltungen zu ihm. Wir analysieren seine Reden, in denen er unzweideutig Elemente seiner Weltanschauung dargelegt hat, seine Gespräche, achten auf jene Filmteile, die nach den Interviews liegen, auf die Vertrautheit, die er herzustellen sich bemüht. Sehen die bestätigenden Aufmunterungen seines Pressesprechers. Filme sollten dort beginnen, wo Politiker glauben, daß die Kamera abgeschaltet worden ist, dann erst zeigen sie ihr eigentliches Ich. Richard von Weizsäcker – das beweisen jene Filmteile, die aus Zeitgründen nicht verwendet werden – ist dünnhäutig, verletzbar, einer wirklich demagogischen Rede nicht fähig. Und dies ist eine Gütemarke! Politiker seiner Prägung sind nicht zahlreich. Seine Verwundbarkeit, seine humane Wahrnehmungsbereitschaft gehören für mich zu den herausragenden politischen Eigenschaften.

Wichtig für ihn wurde die Göttinger Zeit; wichtig die Freunde Axel von dem Bussche und Klaus Ritter. Sie blieben bis heute seine Freunde. Und manchmal sind da Vertraute. Zum Beispiel Wolf Jobst Siedler. Er ist jemand, der in Berlin eine Art Magnetfeld bildet, ein intellektuelles Magnetfeld. Auf Siedler hörte nahezu jeder Regierende, ohne ihm im einzelnen zu folgen.

Selbst Weizsäckers Gegner sagen, er sei intelligent und nüchtern. Daß er selbstkritisch sei, »der ironischen Distanzierung von sich selbst fähig«, wird selten ausgelassen. Die eigene Schwäche hat er vor der Kamera so geschildert: »Also, ich bin selber manchmal nicht genug freudig daran erregt, andere zu bekämpfen. Ich habe ein ziemlich ausgeprägtes Harmoniebedürfnis ... doch der demokratische Gedanke ist nicht auf Harmonie, sondern auf Konflikt angelegt ... Und das macht mir hin und wieder meine Schwäche bewußt ... Ich versuche, damit fertig zu werden, daß ich einerseits dem Konflikt nicht ausweiche, andererseits aber auch dazu beitrage, daß in der Demokratie nicht alles im Konflikt endet ... Man muß in wichtigen Grundfragen zusammenarbeiten.«

Diese Aussage habe ich immer wieder am Schneidetisch angesehen, dabei auf Unsicherheiten in der Stimme geachtet, auf verräterische Stimmlagen, auf Lähmungsgefühle. Vergleiche sie mit Sätzen von Bischof Kruse, der ihn gut kennt: »Sein größtes politisches Kapital ist zweifellos seine Erfahrung in außenpolitischen Dingen, in den großen politischen Zusammenhängen. Er ist ein Mann, der vom Grundsätzlichen her denken kann und aus einer gewissen Gesamtperspektive das einzelne beurteilt.« Das sagt er 1981, als Weizsäcker mit Hilfe der FDP zum »geduldeten Sieger« gekürt wird. Wer ist dieser Mann? Wie oft sind wir mit dieser Frage anderen auf die Nerven gegangen. »Er ist ein Liberaler in der CDU, gleichzeitig aber Vertreter der Politik der CDU ... Er verkauft sich liberal«, meinte der Berliner Politologe Professor Narr.

»Er ist nicht der Typ des Diplomaten – und doch begründet viel davon sein Leistungsprofil: gesellschaftlicher Schliff, Liebenswürdigkeit, Vorsicht, Korrektheit, die Tendenz, offene Konflikte zu vermeiden und manchmal sogar die Dinge unter den Teppich zu kehren«, sagt einer aus Weizsäckers engstem Kreis. Doch er passe nicht ins Klischee, dazu sei er zu individualistisch, verlasse, wo er sich herausgefordert fühle, die Dekkung, das aber sei gerade den meisten Diplomaten mit Erfolg abgewöhnt worden.

Wir haben ihn kantig erlebt, manchmal sogar kämpferisch, aufgebracht gegenüber wolkigen Darstellungen seiner Mitarbeiter im Berliner Senat. Ein Mann der leisen Töne, der besonnenen, verträglichen Ausdrucksformen. Nie zog er mit Pauken und Trompeten ins Feld. In Berlin entwickelte er das Talent eines hochrangigen Billardspielers, der seine Kugeln mit sorgfältig kalkulierten Stößen an die Bande treibt. Doch sind da auch Charakterzüge, die einen Kämpfer zeigen, der heroischer Aufwallung durchaus fähig ist. Was ihn auszeichnet, ist die Tatsache, daß er sich in politischen Sachverhalten überlegt: Wer ist mein Gegner? Das erklärt oft sein Zögern, sein Schwanken zwischen Skepsis und dem Bedürfnis, dem anderen das Gefühl der Erniedrigung zu ersparen.

Fast drei Jahre später haben Günter Gaus und ich abgesprochen, daß er für die ARD-Reihe »Deutsche«, in der Gaus Personen der Zeitgeschichte interviewt, mit Richard von Weizsäcker ein 45-Minuten-Gespräch macht, das am 19. Februar 1984 ausgestrahlt wurde; von Weizsäcker wirkt souverän. Die Falten in seinem Gesicht – vom Puder der Maskenbildnerin uberdeckt – sind tiefer geworden. Tränensäcke sind zu sehen. Seine Mundwinkel hängen. Das Oval seines Kopfes erscheint – durch die gepflegte Frisur betont – noch langgezogener.

Günter Gaus

SPD, ehemaliger Leiter der Ständigen Vertretung der Bundesrepublik Deutschland in Ostberlin (Journalist), Hamburg

Deutsche – Richard von Weizsäcker

Auszüge aus einem ARD-Fernsehinterview

Günter Gaus: Sie sind sehr oft sehr früh ein couragierter Vordenker Ihrer Partei in der Ost- und Deutschlandpolitik gewesen. Aber je weiter man nach oben steigt, um so stärker wird auch der Zwang, Rücksichten zu nehmen auf das Denkvermögen der Partei im ganzen. Hat Sie dieser Zwang gelegentlich intellektuell bedrückt, oder wurde er ausgeglichen durch die wachsende Teilhabe in der Macht, mit der man etwas gestalten konnte?

Richard von Weizsäcker: Wenn Sie es nicht auf notwendige Rücksichtnahme in der eigenen Partei beschränken, dann möchte ich Ihnen zustimmen. Es ist bedrückend, daß man, um etwas erreichen zu wollen, je mehr man vielleicht Einfluß auf die Dinge hat, es mitunter desto weniger deutlich beim Namen nennen kann. Aber ich möchte noch einmal sagen, das gilt doch nicht bloß im Verhältnis zur eigenen Partei, das gilt doch auch in den internationalen Beziehungen, denken Sie doch nur etwa an die Beziehung zwischen der Bundesrepublik Deutschland und der DDR, da gibt es manche Einsichten, die ich für sehr wichtig halte für unser Verhältnis untereinander, die ich aber auch nicht immer öffentlich beim Namen nennen kann. Also, gerade wenn man etwas erreichen will, dann ist man genötigt, sich darüber Rechenschaft abzulegen, inwieweit es förderlich ist für das Ziel, das man erreichen will, immer und überall in erster Linie ein klares Bekenntnis abzugeben. Man soll natürlich bei der Wahrheit bleiben. Man soll nicht verschleiern, was man will. Aber daß man, ja, wie soll ich sagen, klug vorgehen muß, das ist doch ein Gesetz des Handelns dort in der Politik, wo man wirklich etwas erreichen möchte.

Günter Gaus: Herr von Weizsäcker, ist Erich Honecker ein guter Deutscher?

Richard von Weizsäcker: Ohne Zweifel ist er ein Deutscher. Ob er ein guter Deutscher ist, ist in erster Linie durch die zu beurteilen, denen gegenüber er politische Verantwortung trägt, und daß dies Menschen sind wie wir auch, Menschen mit denselben Aspirationen, mit demselben Wunsch nach Selbstverantwortung und Mitverantwortung, das allerdings glaube ich zutiefst. Und in dieser Richtung, fürchte ich, wird

Marianne und Richard von Weizsäcker in ihrer Berliner Wohnung. *(Foto: Joachim Wieczorek)*

Die Familie von Weizsäcker im Juni 1982 im Garten ihres Bonner Hauses. Im Hintergrund die Kinder: Robert mit Ehefrau Gabriele, Fritz, Andreas und Marianne Beatrice. *(Foto: privat)*

Richard von Weizsäcker mit seiner Mutter Marianne im Juni 1982 in Lindau (Bodensee).
(Foto: privat)

Politische Gegner: Richard von Weizsäcker und Dietrich Stobbe (SPD) nach den Wahlen zum Berliner Abgeordnetenhaus im März 1979, bei denen die CDU unterlag. *(Foto: Klaus Mehner)*

Ein neuer Anlauf: In Berlin werden im Januar 1981 Unterschriften für Neuwahlen gesammelt. Der Spitzenkandidat Richard von Weizsäcker vor dem Schöneberger Rathaus. *(Foto: Sven Simon)*

Auf dem Landesparteitag der Berliner CDU wird Weizsäcker am 23. März 1981 zum neuen Vorsitzenden gewählt. Links der damalige CDU-Fraktionsvorsitzende Eberhard Diepgen. *(Foto: dpa)*

Richard von Weizsäcker im Gespräch mit Günter Gaus in der Interview-Serie »Deutsche«. Das Gespräch wurde am 19. Februar 1984 ausgestrahlt. *(Fotos: Stern-TV)*

Vier Stunden dauerte das Geprääch des Regierenden Bürgermeisters Richard von Weizsäcker mit dem DDR-Staats- und Parteichef Erich Honecker im Schloß Niederschönhausen in Ostberlin. *(Foto: dpa)*

Die Vorgänger: Richard von Weizsäcker mit Walter Scheel (oben), gegen den er bei der Bundespräsidentenwahl 1974 unterlag. Unten: Weizsäcker und Karl Carstens. *(Fotos: Karl-Heinz Moll, oben; Bundesbildstelle Bonn, unten)*

Der Physiker und Philosoph Carl Friedrich von Weizsäcker. *(Foto: Karl-Heinz Moll)*

das Urteil ihm gegenüber, wenn sich die Verhältnisse nicht noch ändern, durchaus relativierender, aber er ist ein Deutscher.

Günter Gaus: Definieren Sie bitte Ihr Nationalbewußtsein. Was macht Sie zu einem Deutschen?

Richard von Weizsäcker: Na, zunächst wird man ein Deutscher, bin ich ein Deutscher geworden, weil ich in einer deutschen Familie in Deutschland geboren bin und weil das Schicksal es mir nie auferlegt hat, woanders zu leben. Meine gesamten Erfahrungen, meine Ausbildung, mein geistiger Horizont, das alles ist in Deutschland geprägt und verwurzelt mich hier in einem durchaus heimatlichen Sinn. Zu einer nationalstaatlichen Beschreibung dieses Gefühls, Deutscher zu sein, gehören die Geographie, also der Raum, und die Menschen, das Volk. Ich glaube, trotz der Ereignisse, die in der Nachkriegszeit und durch das Ende des Krieges über die Deutschen gekommen sind, und sie selber haben dazu, ja wesentlich dazu beigetragen, daß es dazu gekommen ist, wenngleich die Entzweiung der Sieger ein nicht minder wichtiges Faktum in der Teilung ist. Es ist doch nicht von ungefähr, daß auch heute zwischen den beiden deutschen Staaten, auch in ganz offiziellen Texten, davon gesprochen wird, daß von deutschem Boden nie wieder ein Krieg ausgehen würde oder daß das deutsche Volk in dieser oder jener Richtung sich zur Geltung zu bringen habe. Sie können bis dahin gehen, daß Honecker davon spricht, die kommunistischen Parteien im deutschen Volk hätten sich in der und der Weise zu den und den Fragen zu äußern. Es ist doch gar kein Zweifel, daß der Begriff des Deutschen auch heute im Zustande der Teilung hüben und drüben lebendig ist.

Günter Gaus: Sie haben in einer Bundestagsdebatte im September 1982 über die Lage der Nation gesagt, die Deutschen drüben in der DDR haben manchmal eine klarere Vorstellung von ihrer Identität als manch einer bei uns. Woran liegt das?

Richard von Weizsäcker: Sie haben es schwerer, materiell. Sie haben nicht, wie wir, die Situation, wo man um Freiheitsrechte nicht zu kämpfen hat. Sie haben infolgedessen mit der Frage, wozu man sich engagieren soll, weniger Not als viele Leute bei uns. Ich glaube im übrigen, daß das, was wir eben erörtert haben, nämlich was das Deutsche ausmacht, daß in dieser Richtung die Erwartungen, die die Menschen drüben haben bei dem Bewußtsein, Bürger der DDR zu sein, ausgeprägter sind und wacher sind als bei vielen Menschen bei uns.

Günter Gaus: »Die deutsche Geschichte geht weiter« ist der Buchtitel einer Sammlung Ihrer Reden und Aufsätze. Das klingt so gut, wie es wahr ist. Aber es kann ein solches Verweisen auf die Zukunft natürlich auch der Politiker-Kniff sein, Gegenwartsantworten auszuweichen. Hier und heute für die Gegenwart gefragt: Läßt sich das, was in dem einen deutschen Staat und in dem anderen nun schon in 35 Jahren entstanden ist, vereinigen?

Richard von Weizsäcker: Wir haben bekanntlich eine Präambel unseres Grundgesetzes, wonach das deutsche Volk aufgefordert bleibt, in freier Selbstbestimmung Einheit und Freiheit zu vollenden. Diese Aufforderung und diesen Satz halte ich für richtig und für lebendig wirksam, obwohl weder ich noch irgend jemand anderes weiß, was das nun in bezug auf einen konkreten politischen Plan für die vorhersehbare Zukunft bedeutet. Ich halte es für eine Lage, die in der Geschichte und Politik nicht zum erstenmal aufgetreten ist. Daß man sich in bezug auf eine generelle Richtung ziemlich sicher ist und diese Sicherheit nicht deswegen abzuschreiben hat, weil man hinsichtlich ihrer konkreten Verwirklichung heute nicht weiß, wie die politische Struktur aussehen soll, in der sich eine solche Zielrichtung verwirklichen läßt. Also, ich glaube nicht, daß das eine Flucht aus der Gegenwart ist. Das wichtigste für uns, wenn wir an die Deutschen in der DDR denken, aber ist das, was sie sich selber für ihr Leben und seine verantwortliche Gestaltung wünschen und was sie in dem Zusammenhang von uns erwarten. Das Wort Einheit halte ich für ganz legitim, aber es ist vielleicht nicht das erste oder jedenfalls nicht das Direkte, an das viele Deutsche drüben denken, wenn sie befragt werden, was für Erwartungen sie an uns haben. Deswegen würde ich jedenfalls das Verhältnis der beiden deutschen Staaten oder der Deutschen in den beiden deutschen Staaten zueinander nicht von dem Ziel der Einheit befreien, aber ich würde das Ziel der Einheit zur Zeit hinter der Frage rangieren, was kann drüben und was kann von hier aus in Richtung der Entwicklung drüben geschehen, damit eine verantwortliche, freiheitliche Lebensordnung Schritt für Schritt verwirklicht werden kann und daß auch die Begegnungen zueinander verwirklicht werden können...

Werner Filmer/Heribert Schwan

Zwei von drei Brüdern

Als sie Kinder waren, spielten sie ein Eroberungsspiel. Sie erfanden eine Weltkarte mit erdachten Ländern. Ein Strategiespiel sollte es sein. Und es bereitete den Brüdern Vergnügen, einander zu beweisen, wer der bessere Stratege, der überlegene Politiker sei. Bei dem Spiel kam es darauf an, nicht zu früh zuzuschlagen. Jeder mußte mit seinen Entscheidungen warten, bis die Zeit dafür reif war. Ein echtes Weizsäcker-Spiel!

Jüngere Brüder leiden manchmal unter begabten älteren Brüdern. Für die Weizsäckers stand fest, daß der acht Jahre ältere Carl Friedrich »etwas vom Boden« abgehoben sei, vielseitig interessiert, stark dem Theoretischen verhaftet, ein ungemein fesselnder Erzähler, immer das Wesen der Dinge berührend, egal ob in philosophischen oder naturwissenschaftlichen Fragen. Richard hingegen – der Jüngste – galt als »irdisch wach«, musisch interessiert, nicht redefaul, mit offener, zukunftsbezogener Bedachtheit, ein quirliger Kerl, der einige Jahre in der Bündischen Jugend mitmachte, den Geschmack des Wirklichen und Alltäglichen schätzend.

Beide haben in ihrem Leben miteinander Kommunikationsschwierigkeiten gehabt, Konflikte, Probleme. Es wäre unrealistisch, das zu übersehen. Ein guter Freund meinte, zwar könne Richard durchaus »neben sich selbst treten«, aber niemand dürfe in den Fehler verfallen, ihn zu idealisieren. Er sei im Laufe der Jahre ein Mann mit Biß und Machtinstinkt geworden, mit Rissen und Brüchen, mit kämpferischem Durchsetzungsvermögen.

Carl Friedrich von Weizsäcker, am 28. Juni 1912 in Kiel geboren, erhielt in jungen Jahren von dem Physiker Werner Heisenberg den Rat, nicht Philosoph zu werden, ohne zuvor gründlich Physik getrieben zu haben. Er folgte diesem Rat und wurde Physiker, dies jedoch als Schüler nicht nur Heisenbergs, sondern auch des Physikers und Philosophen Niels Bohr.

Die Weizsäcker-Kinder wurden – neben ihrem individuellen und familiären Begabungspotential – geprägt durch zahlreiche Gespräche in der Familie, durch ein offenes Elternhaus, durch viele, viele Kontakte, durch Diskussionen am Mittagstisch. Scharfsinn wurde belohnt. Kinder brauchten in Gegenwart von Gästen nicht zu schweigen. Sie durften neugierig sein.

Heute weiß jeder von beiden, wo er hingehört. Der eine reifte zu einer Art »Gewissen der Nation«, vertraut intensiver persönlicher Einflußnahme auf politische Macht- und Funktionsträger, während der andere auf Umwegen Politiker wurde. Ein Tatbestand, auf den der älteste der Weizsäcker-Brüder früh hingewiesen haben will. Immer wenn der kleine Richard schnatterte, frotzelte Carl Friedrich: »Du wirst sicher Parlamentsredner!«

Von ihm sagt sein jüngerer Bruder heute: »Er war zweifellos besonders begabt, das kann ich nur mit Bewunderung feststellen. Er war sehr weit! Mit zwölf Jahren beschäftigte er sich mit Fragen der Astronomie und Philosophie. Er war weiter, viel weiter als ich mit zwölf Jahren. Meine beiden anderen Geschwister, Heinrich und Adelheid, waren im Gegensatz zu mir ruhig. Der einzige, der fand, es solle nicht soviel Literatur vorgelesen, sondern auch gespielt werden, war ich. Ich wollte schon mal beim Fußballspielen zugucken. Die anderen fühlten sich wahrscheinlich in ihren ruhigen geistigen Beschäftigungen durch mich gestört.«

Wenn Richard von Weizsäcker von seiner Mutter spricht, findet er nur lobende, warmherzige Worte. Sie habe einen starken Willen gehabt, sei klug und nie aufgeregt gewesen, habe viel Freud, aber auch viel Leid gesehen, nie habe er ein lautes, aufgeregtes Wort von ihr gehört. »Sie widmete sich in einer unbedingten Stetigkeit dem Wohle der Familie«, die er so nie mehr bei einem Menschen erlebt habe. Bis zu ihrem letzten Lebenstag – sie starb mit 93 Jahren – stellte sie sich auf jeden in der Familie so ein, daß jeder das Gefühl haben mußte, »sie nimmt an meinem Schicksal existentiellen Anteil«. Die Mutter war nüchtern, bei aller Bereitschaft, ihre Kinder fabelhaft zu finden. »Selten ist sie euphorisch gewesen, nie in der Gefahr, zu gefühlsbetont, zu wenig ungeprüft zu reden.« Das haben die Brüder geerbt und übernommen. Der Vater war bescheiden. Es lag ihm nicht, gegenüber den Kindern Gefühle zu zeigen, die »er stark hatte«.

Es war ihm ein Greuel, über sich selbst zu sprechen. Die Kinder bewunderten an ihm seinen ausgeprägten historischen Sinn.

Verantwortung? Sie wurde anerzogen. Direkt und ohne Schnörkel. Ernst von Weizsäcker zeigte seinen Kindern, wofür Menschen Verantwortung übernehmen müssen. Und es geschah ohne langes Herumgerede. Christ zu sein spielt im Leben der beiden Brüder eine Rolle, doch viele ihrer eigenen Freunde meinen, das Klima des diplomatischen Dienstes, des aristokratischen Denkens und Fühlens habe noch erheblicher ihr Leben geprägt. Jeder konnte in der eigenen Familie erleben, was es heißt, Diplomat zu sein und in einer Diktatur aufzuwachsen.

Wenn Talent, Begabung, Fähigkeit – diese weitgehend angeborenen Faktoren – Barrieren gegen Gleichmacherei sind, dann stehen die Geschwister für menschliche Ungleichheit; für die Tatsache, daß verschiedene Menschen verschiedene Fähigkeiten, Charaktere, Temperamente haben. Denken in Schablonen galt in dieser Familie als töricht und unsinnig. Daß die beiden noch lebenden Brüder – Heinrich fiel als erster Offizier seines Regiments im Zweiten Weltkrieg – Respekt voreinander haben, wurde tragendes Merkmal ihrer Beziehungen. In der Familie Weizsäcker liegt die spannungsreiche Verknüpfung einer größtmöglichen Vielfalt von Begabung und Eignung. Wir haben immer wieder Vertraute und Freunde der Familie gefragt, ob Carl Friedrich heute vertrage, daß Richard es letztendlich weiter gebracht habe als er. »Mühelos«, lautete die Antwort der meisten, nicht zuletzt, weil er im eigentlichen eine »gewisse Scheu« vor politischen Ämtern habe.

Einen Streitpunkt gab es 1972 zwischen Carl Friedrich und Richard bei der parlamentarischen Diskussion der Ostverträge und 1974 beim Mißtrauensantrag gegen Brandt. Richard von Weizsäcker hatte beim Ringen um die Verträge innerhalb der Union eine bestimmende Rolle gespielt. Es gab eine Weizsäcker-Linie, die auch von Carl Friedrich – kein Unionsmitglied – weitgehend mitgetragen wurde. In jener Zeit hatten sie kaum Schwierigkeiten in wesentlichen Punkten, lediglich in Interpretationsfragen. Der eine wünschte den politischen Intentionen mehr Offensivkraft als der andere.

Carl Friedrich von Weizsäcker war bereit, aus der Vergangenheit deutlichere Konsequenzen zu ziehen. 1974 kam es zwischen den Brüdern zu spürbaren Differenzen. Ein Ereignis, das in der Familie Carl Friedrich von Weizsäckers erhebliches Befremden auslöste, war das Mißtrauensvotum gegen Brandt, das Richard mitgetragen hatte, obwohl er in Grundzügen der Ostpolitik der sozialliberalen Koalition hätte innerlich zustimmen können. Der Ältere wollte und konnte nicht verstehen, daß sich der Jüngere zur Parteiräson entschloß, daß er wider besseres Wissen – und damit nach seiner Einschätzung opportunistisch – handelte. Eine krisenhafte Verstörung entstand zwischen beiden, auch wenn sie dies nach außen kaum zugaben. Denn es gehört zum Stil der Familie, auch polarisierende, konfrontative Situationen so auszutragen, so zu artikulieren, daß miteinander weitergeredet werden kann. Es gab selten Brüche, oft aber Verstimmungen.

Wer Richard von Weizsäcker einschätzen will, muß die Dominanz des acht Jahre älteren Bruders berücksichtigen, ohne sie zu überschätzen. Der ältere besaß Verständnis dafür, daß Richard in die Politik ging. Beide besitzen ein spürbares Verhältnis zur Macht. Richard von Weizsäcker eine offene, offensive Beziehung, Carl Friedrich ein eher gebrochenes, scheues, diagnostizierendes Verständnis. Er wollte sich nicht – wie er es bei seinem jüngeren Bruder erlebt hatte – in die parteipolitische Konfrontation ziehen lassen. Deshalb auch seine Rückzüge bei möglichen Erwägungen, selber das höchste Amt im Staate anzustreben. (Was kaum einer weiß: Er hätte sogar 1964 durchaus Chancen gehabt, anstelle von Heinrich Lübke Bundespräsident zu werden.)

Beide Brüder wirken manchmal arrogant, überheblich. Der ältere der beiden mehr als der jüngere, früher noch spürbarer als in den letzten Jahren. Mit zunehmendem Alter scheinen sich solche Auffälligkeiten zu verschleifen. Dieses Verhalten trug besonders dem politischen Philosophen und Naturwissenschaftler manche Feindschaft ein, die sich bis heute erhalten hat. »Unverschämt gut« sei er oft hervorgetreten, sagen Wissenschaftler, die es erlebt haben, »das halten nicht viele Leute aus!«

Der Jüngere besitzt die Fähigkeit, in sich zurückzugehen, etwas in sich hineinzufressen. Doch beide zeigen Scheu, sich in persönlichen Beziehungen wirklich zu öffnen. Immer bleibt da – auch bei den wenigen Freunden, die Richard von Weizsäcker hat – eine Mauer, ein Panzer. Beide Brüder haben gelernt, sich geistig zu artikulieren, zu bestimmen, anzufragen. Das ist ihre Öffnung für Außenstehende.

»Es gibt etwas, das in der gesamten Familie negativ bewertet wird: Selbstdarstellung«, sagte einer, der ihn gut kennt, ». . . so, hoppla, da bin ich ... Kameraderie, kumpelhafter Umgang liegen beiden Brüdern nicht!« Freundschaft, als geistiger Umgang miteinander, als unverbrüchliche Haltung, schon eher. Carl Friedrich von Weizsäcker hat öffentlich gezeigt, wie er seinem Freund Georg Picht zugetan war. Es war eine frühe Beziehung, die ein Leben dauerte. Er war zwölf, Georg Picht elf Jahre alt gewesen, als sie sich kennenlernten. Und diese Freundschaft lief nicht »ausschließlich über den Kopf«. Die Bindung zweier Lebensschicksale – fast 60 Jahre lang – vollzog sich ohne Zaudern: ergriffen voneinander, mit wachsender Wachheit, in tiefer, wechselnder Bewegung, auch in Notzeiten.

Heute haben beide Weizsäckers ihr Leben dem Terminkalender preisgegeben, stehen zueinander in lebendiger, durchgebildeter Vernunft und Rationalität. Richard von Weizsäcker entwickelte ausgeprägtes Selbstbewußtsein. Nicht, daß er kaum noch auf Berater hört, im Gegenteil, er sucht Ratschläge – weniger allerdings beim Bruder. Doch es gibt immer wieder Situationen, wo sie gemeinsam auf ihrer Alm sind, um in entspannter familiärer Atmosphäre über »Gott und die Welt« zu reden.

Der Jüngere weiß, daß der Ältere ihm im Erkennen politischer Dimensionen überlegen ist. Diesem wird offensichtlich eher zugetraut, daß er die Problemkonstellation eines Entwurfs gründlicher und wissenschaftlicher durchschaut. Der eine ist eben mehr Philosoph als der andere, der allerdings politischen Instinkt, politische Intuition entwickelt hat. Während Carl Friedrich von Weizsäcker über die größere Bereitschaft verfügt, noch und noch einmal zurückzufragen, lernte der andere – auch wenn er oft lange zögert, reflektiert, zaudert – zu handeln. Richard von Weizsäcker besitzt heute die produktive Fähigkeit, an einem philosophischen und politischen Mengengemisch vorbeizuschauen und zu sagen: »Das nehme ich so in den Griff.« Und er hat gelernt, sich durchzusetzen – mit spürbarer Autorität.

Es gibt Zwänge, die sich der ältere Bruder selbst auferlegt hat, beispielsweise die Tatsache, daß er kaum zu öffentlichen Erklärungen, zu Resolutionen herauszufordern ist. Und die Qualität unterschiedlicher Zwänge charakterisiert beide. Sie haben die entscheidende Frage politischer Existenz erkannt, in der einer bereit sein muß, eine Rolle zu übernehmen, um für andere »Sinn darzustellen«, ein Zwang, dem jeder Parteipolitiker unterworfen ist.

Dies alles läßt sich vor allem begreifen, wenn man weiß, daß alle Weizsäckers keinen übertriebenen Glauben an »Politik von unten« gehabt haben. Bei Carl Friedrich von Weizsäcker zeigt es sich am auffälligsten. Er versucht – präzis und uneigennützig – seinen politischen Einfluß dadurch geltend zu machen, daß er persönlichen Kontakt zu politischen Eliten hält; daß er – wenn eben möglich – lange, ausführliche Gespräche sucht und führt (zum Beispiel mit Helmut Schmidt).

Richard wirkt auf andere stets ausgeruht, wohltuend entspannt, konzentriert. Er vermittelt den Eindruck, daß er immer weiß, vor welcher Versammlung, welcher Gruppierung, welchem Auditorium er spricht. Immer glänzend präpariert! Dabei hat er die Fähigkeit, aus dem Stegreif zu sprechen. Seine Zuhörer fühlen sich von ihm angesprochen. Er gibt ihnen das Gefühl, ernstgenommen zu werden. Seine Neigung, in christlich-konservativen Werten zu denken, ein bestimmtes Menschenbild darzulegen, tritt unverhohlen zutage.

Beide Brüder – auch darin wird familiäres Erbe deutlich – konnten selten akzeptieren, daß jemand in eine persönliche Krise gerät und darin unfähig wird, zu leben und zu arbeiten. Beide lassen sich selten von ihren Gefühlen überwältigen, jedenfalls nicht in dem Sinne, daß der Betroffene unfähig wird, das zu tun, was er als Mensch zu tun hat. Darin liegt ein protestantisch-schwäbischer Wesenszug.

Beide sind äußerst diszipliniert und arbeitsam. Das gilt nicht allein für die Brüder, das gilt für die Familie. Pflichtbewußtsein kennzeichnete den Vater, den Großvater, den Urgroßvater. Wer Verantwortung übernimmt, hat sie – verdammt noch mal – auch durchzuhalten, hat dafür einzustehen. Vor diesem Hintergrund sind beide »entschiedene« Charaktere: in sich versammelt, von genügsamer Lebensart. »Man kann sie nicht manipulieren«, sagte einer ihrer besten Freunde.

Der Abwurf der ersten Atombomben war in Carl Friedrich von Weizsäckers Leben das zentrale Ereignis.

Seine politische Konsequenz hieß: die Notwendigkeit des Weltfriedens oder – eine seiner meistzitierten Thesen – der Übergang zur Weltinnenpolitik.

Er ist von beiden Brüdern der grandiosere, weitblickendere Diagnostiker. Sein intellektueller Charme entfaltet sich in einer immensen literarischen und wissenschaftlichen Kenntnis. Er verblüfft Gäste mit spontanen Versen wie »...wenn man sich mit gutem Mut Schnittlauch in das Rührei tut...«

Er verfügt über die hohe Kunst, Limericks spontan zu erfinden. Es kann geschehen – und geschieht oft –, daß ihm während eines schwierigen, differenziert geführten Dialogs plötzlich ein Limerick einfällt, so daß sich die Gesprächspartner fragen, wie er überhaupt dem Gespräch folgen konnte, »wenn er so'n Ding losläßt«!

Sein herausragendstes Talent liegt darin – das erfährt jeder, der mit ihm zu tun hatte –, schwierigste theoretische Probleme einfach und klar zu präsentieren. Er ist in der Lage, dem interessierten Laien die Grundstrukturen der Quantentheorie zu erklären, und zwar verständlich.

Zu Richard von Weizsäckers Lieblingsschriftstellern gehört Theodor Fontane, der kritische Beobachter der Landräte, alten Majore und jungen Leutnants, der älteren und neureichen Berliner Bürger, der ihre Geschichten, Konventionen, Schwächen und Vorzüge kannte, ihre Art, sich zu geben, zu kleiden, Feste zu feiern, zu sprechen, ihre Moralbegriffe und Trivialitäten. Ein heiterer, bei großem Verständnis für den Wert des Konservativen doch recht liberaler Geist. Henry H. H. Remak schrieb über ihn: »Er doziert nicht, er ideologisiert nicht, er moralisiert nicht, er sentimentalisiert nicht, er vertritt keine ›Wahrheit‹, er prangert nicht an und verteidigt nicht. Er sieht, er versteht, er stellt dar. Er ist der Mann des ›sowohl ... als auch‹, des ›ja, aber‹ und ›nein, jedoch‹. Noblesse oblige. Fontanes Noblesse ist Intelligenz.«

Manchmal fragt man sich, wer hier beschrieben worden sei.

Gespräch mit Carl Friedrich von Weizsäcker

Auszüge aus einem Fernsehinterview, das die Herausgeber führten

Professor von Weizsäcker, eine wichtige Rolle in Ihrer Familie hat Ihre Mutter gespielt. Welche besonderen Merkmale besaß sie?

Ich schildere eigentlich lieber Anekdoten ... Wie soll man das abstrakt sagen ... Sie war willensstark, leise, eigentlich sehr leidenschaftlich, unglaublich beherrscht, ließ den Kindern Raum, hat jedes Kind für sich gesehen, wie es war, wie es nach ihrer Sicht war. Wir haben immer gefunden, daß sie uns ein bißchen zu sehr verherrlicht hat. Aber gleichzeitig ließ sie uns nichts durchgehen. Man war geborgen – ich bin glücklich aufgewachsen bei allem, was man als Mensch so als Konflikte eben mit sich bringt – in der vollendeten Liberalität meines Vaters und der heißen Liebe meiner Mutter.

Ihr Vater war Gesandter, Botschafter, Staatssekretär. Wie würden Sie heute seine Wesenszüge beschreiben?

... zunächst, er war ein Mann mit einem sehr einfachen und eigentlich – für den, der es verstand – vollkommen durchsichtigen Charakter und einem sehr guten Verstand. Man kann von meinem Vater nicht reden, ohne die tragische Seite seines Lebens zu berühren, denn ich erinnere mich gut, als ich ihn 1947 wiedertraf und wir uns nach Jahren zum erstenmal wieder direkt von Angesicht zu Angesicht unterhielten, daß er etwas leidend sagte: »Also von meinem Leben kann ich ja eigentlich nicht sagen, daß es ein geglücktes Unternehmen war.«

Er hatte versucht, als Hitler an die Macht gekommen war, den Krieg zu verhindern. Und genau das ist ihm mißglückt. Aber wenn ich davon spreche, wie er als Vater war – ich habe es eben schon gesagt –, so ist seine vollendete Liberalität hervorzuheben. Er war ein Mann mit ziemlich präzisen Prinzipien einer eher konservativen Prägung. Er wußte recht genau, was gut ist und was sich nicht gehört. Er hütete sich, Gewalt anzuwenden. Er war liberal. Liberal nicht im Sinne eines Prinzips, sondern im Sinne einer natürlichen menschlichen Haltung. Das empfanden wir als Kinder. Er war immer Autorität. Undenkbar, daß er nicht Autorität gewesen wäre, eben darum hatte er es wenig nötig, Autorität hervorzukehren.

Sie kamen aus einem protestantischen Elternhaus. Was in Ihrer Familie war das spezifisch Protestantische?

Na ja, ich weiß nicht, wir werden so ein bißchen als protestantisch hingestellt und sind es wahrscheinlich auch ... Mein Vater war ein politischer, nobler Mensch. Er fand es natürlich, sich anständig zu verhalten. Das Religiöse ist ihm erst im Leiden voll zugewachsen. Er hatte Respekt davor. Aber mein Vater war absolut kein Theologe. Er hat in der Zeit, als die Kirche ihre Schwierigkeiten mit den Nazis hatte, manch einem Bischof gelegentlich klargemacht, daß es eigentlich besser ist, auf Gott zu vertrauen, als auf die Hilfe, die von Menschen erhofft wird. Es war eine anständig sittlich politische Welt und nicht eine primär religiöse. Meine Mutter hatte zum Teil auch pietistische mütterliche Vorfahren. Sie hat sich zeitlebens ums Religiöse – ich würde sagen – unendliche Mühe gemacht. Aber das bekennerhaft Protestantische gehörte eigentlich nicht zum Stil bei uns.

Welches Gottesbild wurde den Kindern vermittelt?

Na ja, wie soll ich das sagen?

War es der strafende Gott, der drohende?

Also, eigentlich kann ich das nicht beantworten. Ich würde meinen – vermutlich unter mütterlichem Einfluß, was ich nicht durchschauen kann – war mir als Kind sehr selbstverständlich, daß man ein leidenschaftliches Gebet im stillen sprechen oder denken kann. Und daß man mit anderen Leuten darüber nicht spricht!

Was verdanken die Kinder dem Vater?

Was soll ich Neues sagen. Ich weiß, was ich dem Vater verdanke, und mein Bruder Richard verdankt ihm eben dieses auch ... Ich verdanke meinem Vater die Erziehung im politischen Denken. Politisches Denken war für ihn im hohem Maße Außenpolitik. Politische Geschichte, die wir miteinander besprachen, war außenpolitische Geschichte. Und Geschichte wurde beurteilt mit einer selbstverständlichen Moralität, zu der ebenso selbstverständlich gehörte, immer die Realitäten der Macht im Blick zu haben.

Sie waren der älteste Sohn. Welches Verhältnis hatten Sie in Ihrer Jugendzeit zu Richard?

Na ja, also mein Verhältnis zu ihm und seines zu mir, das war wahrscheinlich nicht symmetrisch. Er war acht Jahre jünger, und ich war vier Jahre älter als das nächste Kind, als meine Schwester Adelheid. Ich war außerdem ein Einzelgänger und ein Träumer, habe mich um meine Geschwister nicht so sehr gekümmert, glaube ich. Ich sah da diese Kleinen, die wuchsen heran, und ich fand immer, daß der Älteste es ganz schlecht hat, denn die Kleinen dürfen prügeln, und man darf nicht zurückprügeln. Ich glaube, mein Bruder hat das genau spiegelbildlich gesehen. Ich durfte ihn mißhandeln, er konnte nicht ... wie das eben so ist.

Der jüngste Bruder, der kleinste Bruder war der lebhafteste von uns allen, machte sich sichtbar und hörbar, hatte viele Wünsche, wir fanden manchmal, er hätte zu viele Wünsche. Er war charmant, witzig, also kurz ein höchstlebendiges Kind. Aber eben das Kind! Ich unterhielt mich eigentlich lieber mit Erwachsenen als mit Kindern.

Was halten Sie für Richards prägendste Lebensphase?

Ich redete gerade vom Kind ... Es wuchs heran, dann war da der Nationalsozialismus, der irgendwie das gesamte Leben veränderte und bestimmte. Richard wollte wohl immer Jura studieren. Er strebte in die

Politik. Aber Politik unter diesen Umständen war ja sehr schwierig, und Krieg war zu erwarten. Mein Vater hat ihn klar erwartet, ich habe ihn klar erwartet. Richard wurde also Offizier, das heißt er wurde einfach zunächst Soldat und dann Offizier, er ist aber nie aktiver Offizier, nie Berufsoffizier geworden. Ich meine, daß ihn nichts so tief – im schrecklichen Schnellkochverfahren – geprägt hat, wie diese Jahre des Krieges. Ich habe ihn damals nicht oft gesehen. Er war meistens an der Front, ich war zu Hause und habe für Kernenergie gearbeitet. Und nach dem Krieg trat mir plötzlich ein erwachsener, gereifter Mann entgegen, der für Hunderte Leben Verantwortung getragen hatte. Ich kann mir vorstellen, daß wenig so stark auf ihn gewirkt hat wie dies. Vielleicht ein zweites, was auch noch sehr wichtig war. Die Zeit, in der er – anderthalb Jahr lang – in Nürnberg an der Verteidigung meines Vaters mitgearbeitet hat. Wo es plötzlich notwendig war, Dinge, die er nicht getan hatte, die er aber genau wußte und beurteilen konnte, so aufzubereiten, daß sie einem unverständigen, schlechthin übelwollenden Ankläger und einem unverständigen Richterkollegium begreiflich werden sollten. Eine Aufgabe, die viel Einfühlung verlangte. In diesem Fall Einfühlung in den Vater. Ich denke, auch das hat ihn sehr stark geprägt.

Welche Eigenschaften Ihres Bruders halten Sie für die hervorstechendste?

... Er war derjenige von uns, bei dem mir immer am klarsten schien, daß es ihm um Politik geht, daß Politik sein Lebensinhalt wird. Ich hätte ihn mir gut vorstellen können als Diplomat, auch als Außenminister. Das ist eine gewisse Familientradition. Außerdem ist da etwas, was für ihn sicher wichtig ist, so wie es für meinen Vater wichtig war: Man dient einem Ganzen! Früher nannte man das Nation oder Vaterland. Man kann es heute auch Frieden nennen, kann verschiedene Namen dafür finden. Man dient einem Ganzen und nicht einer Gruppe. Er ist in eine Partei gegangen, weil die heutige Form politischer Tätigkeiten das nahelegt.

Ich habe die Familientradition stärker befolgt und bin nicht in eine Partei gegangen. Aber ich bin ja auch nicht Politiker geworden. Innerhalb der Politik war mir immer auffallend, in welch hohem Maße Richard der Versuchung widerstanden hat, und zwar aus elementarem Bedürfnis widerstanden hat, das Parteiinteresse vor das Gesamtinteresse zu stellen. Es kostete ihm keine Anstrengung, so zu empfinden, es kostete ihm vielleicht eine Anstrengung, so zu handeln. Ich glaube, das weiß man auch in der Öffentlichkeit, daß das so ist ...

Was halten Sie für seine Schwächen?

Das weiß ich nicht. Und wenn ich es wüßte, würde ich es Ihnen nicht sagen!

Was ist typisch für Richard von Weizsäcker?

Tja, was ist typisch ... gucken Sie ihn an! Sehen Sie auch.

Glauben Sie, daß Ihr Bruder, der lange Zeit in Ihrem Windschatten stand, darunter gelitten hat, einen berühmten Bruder zu haben?

Das könnte man vermuten; man weiß ja nie, wie unangenehm man für seine Mitmenschen ist. Mindestens würde ich sagen, daß es, wenn es so gewesen war, unsere Beziehung – als wir beide erwachsen waren und nicht mehr kindisch – nicht behindert hat ... Nicht wahr, zwischen Geschwistern gibt es immer gewisse Polarisierungen ... Das trägt zum Reichtum der Beziehung bei.

Werner Filmer/Heribert Schwan

Noch ein Besuch

Wochen vor der Wahl zum Bundespräsidenten sitzen wir mit ihm zusammen. Sein Amt als Regierender Bürgermeister hat er an Eberhard Diepgen abgegeben. Weizsäcker empfängt uns im Berliner CDU-Hauptquartier in der Lietzenburger Straße. Gepackte Kartons stehen herum. Er entschuldigt sich. 30 Minuten mußten wir auf ihn warten. Man kann nicht umhin, von ihm nicht angetan zu sein, von seinem Charme, seiner sicher nicht aufgesetzten Nachdenklichkeit. Am 15. April 1984 ist er 64 Jahre alt geworden. In diesem Alter geraten viele Entscheidungen unter das Zeichen einer nunmehr kurz bemessenen Zeit!

Wieder läßt sich seine bewußt zur Schau gestellte Unbekümmertheit registrieren. Er bietet Kaffee an, rügt kommerzielle Ausbeuter, die seinen Kopf auf eine Medaille gesetzt haben, ohne ihn zu fragen. Dagegen zu klagen, hat er erwogen, aber den Plan aufgegeben, um der Aktion nicht noch mehr Werbung zu verschaffen. Extreme Positionen zu beziehen – wer hatte uns das gesagt! – läge ihm nicht. Auch nicht der unversöhnliche Disput. An diesem Morgen gibt er sich, wie er oft ist: locker, phantasievoll. Tiefe Falten zeichnen sein Gesicht. Berlin hat ihn gefordert und zugerichtet. Wenn er über sich spricht, sagt er manchmal: »Ich genier' mich etwas dafür!« Gemeint ist Selbstdarstellung. Doch auch das lehrte ihn diese Stadt.

Seine Gründlichkeit und Pünktlichkeit sind sprichwörtlich in Berlin geworden. Sein Durchsetzungsvermögen! Manchen schreckte er auf. Auch im Senat. Nach innen ist er härter, mächtiger, anmaßender, als es nach außen dringt. Ein Journalist, der ihn gut kennt, meinte, er sei ein Unikat.

Seine linke Hand spielt mit dem rechten Daumen, sein rechtes Bein hat er über das linke gelegt. Er sitzt entspannt, spricht mit leiser Ironie über sich. Das kann er. Erzählt uns vom deutschen Vikar Haeberle in Oslo, der dem Jungen das »Vaterunser« erklärte. Er sagt es so: »Ja, damals in Oslo, da erläuterte mir ein deutscher Vikar das ›Vaterunser‹, Zeile für Zeile ...« Was er nicht sagt, ist, daß die Familie seinerzeit in Oslo den Vikar als Privatlehrer anforderte. Diplomatenalltag?

Er spricht von sich und über seine Familie, die oft umgezogen ist. Menschen wie er stolpern nicht einfach in etwas hinein. Sie leben in einer eigenen Verfassung. Unikat? Was ist damit gemeint? Er knüpft ans Überkommene an, ans Herkömmliche, weiß, daß, wer in bestimmten Lebensbereichen handeln muß, sich auch darauf verlassen muß, in anderen Bereichen nicht agieren zu müssen. Was »eben noch« gemacht werden kann, darauf scheint er sich zu beschränken, genau wissend, daß selten mehr – angesichts der von Jahr zu Jahr komplizierter werdenden Lebenszusammenhänge – zu erreichen ist. Zukunft braucht Herkunft, hat der Gießener Philosoph Odo Marquard gesagt: »Kein Mensch ist der absolute Anfang: Jeder lebt mit unverfügbaren Vorgaben.« Wenn es Politiker gibt, denen zugestanden werden muß, daß sie dieses Wissen beherzigen, gehört Richard von Weizsäcker dazu. Für ihn bleibt Geschichte Handlungsgrundlage, an die der Mensch lediglich anknüpfen kann. Daß jeder einzelne nur in seiner Begrenzung zu handeln vermag, davon muß etwas tief in sein Leben eingeimpft worden sein. Der Geist der Skepsis, der Selbstzweifel einschließt, wird aus Handlungen, Reden, aber auch Empfindungen dieses Mannes spürbar, der sich weitgehend der lärmenden, lautstarken Ratlosigkeit vieler Politiker entzogen hat.

Wir wollen von ihm wissen, wie zu Hause belohnt oder bestraft worden sei. Er lächelt, nickt in sich hinein: »Beides mit Sparsamkeit, beides mit Sparsamkeit«, wiederholt er. »Ich weiß auch nicht, wie meine Eltern das hingekriegt haben! In erster Linie erzog uns meine Mutter ... es ging alles verhältnismäßig von selbst. Von meinen Geschwistern war ich der Aufmüpfigste. Carl Friedrich ...«, er lehnt sich entkrampft zurück,

»war zweifellos besonders begabt!« Er wippt mit den Fußspitzen, steckt die Hand wieder in die Hosentasche. »Prügel habe ich mal in der Bündischen Jugend bezogen. Ich weiß noch gut, daß ich mich bei Balgereien immer als zu jung, zuwenig verteidigungsfähig gefühlt habe.«

XIII. Kapitel

Der politische Denker

Alexander Schwan

Professor, FU Berlin, z. Z. Robinson-College, University of Cambridge

Denken und praktische Politik

Ist Richard von Weizsäcker ein politischer Denker? Gewiß ist er kein Philosoph, erhebt auch nicht den Anspruch, ein originärer und systematischer Denker zu sein. Er ist praktischer Politiker, seitdem er, der vorher als Jurist in der Wirtschaft tätig war, 1969 Mitglied des Deutschen Bundestages wurde. Aber obwohl er in der praktischen Politik Karriere machte, zum deutschlandpolitischen Sprecher seiner Fraktion, zu einem der stellvertretenden CDU-Fraktionsvorsitzenden, zum Bundestagsvizepräsidenten avancierte, schließlich Regierender Bürgermeister von Berlin und Mitglied des CDU-Präsidiums wurde, hat er doch immer wieder in Fraktion, Partei und Politik eine Sonderrolle, oft eine Außenseiterrolle gespielt. Sie erklärt sich daraus, daß er unter unseren Politikern doch eine der ganz wenigen grundsätzlich nachdenkenden, in wichtigen – besonders den programmatischen und den deutschland- und außenpolitischen – Fragen vorausdenkenden, geistig weit um sich schauenden, konzeptionell weitblickenden, ethisch anspruchsvollen und intellektuell brillanten Persönlichkeiten ist. Er ist für die CDU und über diese Partei hinaus für die politische Kultur der Bundesrepublik zu einer Gestalt von ähnlicher geistiger Ausstrahlungskraft geworden, wie sie die SPD einst in Carlo Schmid besessen und dargeboten hat. Und wenn es ihm beschieden ist, das höchste Amt in unserem Staate mit dessen besonderen geistig-politisch repräsentativen Funktion zu übernehmen –

im Unterschied zu Carlo Schmid, der dafür 1959 aussichtslos kandidierte –, so kann man ihn unter seinen Vorgängern wohl am ehesten mit Theodor Heuss, diesem höchst kultivierten und umfassend gebildeten ersten Bundespräsidenten, der soviel für die Wiedererweckung des geistigen Deutschland und dessen Bindung an den neuen demokratischen Staat geleistet hat, vergleichen; er wird sich wohl selbst vornehmlich an Theodor Heuss messen.

Richard von Weizsäcker kann insofern mit Fug und Recht als *politischer Denker* bezeichnet und gewürdigt werden. Doch ist sofort hinzuzufügen, daß sich jede seiner Reden, Erklärungen und amtlichen Stellungnahmen, jeder seiner Vorträge und Aufsätze – deren wichtigste jetzt in dem bemerkenswerten Band »Die deutsche Geschichte geht weiter« gesammelt sind –, daß also alle Bekundungen seines Denkens, seiner Reflexionen ganz ausdrücklich auf die praktische Politik, auf die *politische Praxis* Bezug nehmen. Das gilt selbst noch für die Reden und Erklärungen des Kirchentagspräsidenten Richard von Weizsäcker. Weizsäcker betont immer wieder, daß alle geistigen, moralischen, religiösen Bestrebungen und Ansprüche nur glaubwürdig sind in dem Maße, als sie sich in der Praxis bewähren, sich zumindest um solche Bewährung bemühen. Seine Beiträge sind stets aus konkreten Situationen erwachsen. Lebendige Kraft der Hoffnung und der Orientierung empfangen wir aus der christlichen Botschaft, aus den Zeugnissen des Geistes und der Kultur, aus moralischen Prinzipien, aus politischen Programmen nur im Einsatz für die jeweils gegenwärtigen Aufgaben des mitmenschlichen, sozialen und politischen Lebens: Das ist Weizsäckers Leitgedanke.

Dafür einige Beispiele: Im Blick auf das Verhältnis zur katholischen Kirche sagt Weizsäcker schon 1965 auf dem Evangelischen Kirchentag, tauglich seien die Christen nur dort, wo es ihnen gelinge, praktisch zusammenzuwirken (vgl. Die deutsche Geschichte geht weiter, S. 45; Seitenangaben im folgenden aus diesem Buch). In seinem Kommentar zu der von ihm gemeinsam mit Erhard Eppler verfaßten Denkschrift der Kammer für öffentliche Verantwortung der EKD über die »Friedensaufgaben der Deutschen« bindet Weizsäcker bereits 1972 – wie später dann wiederholt – das religiöse und moralische Engagement für die Friedenspolitik an die Bereitschaft zur nüchternen Suche nach dem richtigen Weg, zum konzentrierten, mühseligen Bemühen um die relativ beste Art ihrer konkreten Verwirklichung. Für Weizsäcker ist Berlin der präzise politische Ort, »der gegebene Platz, mit dem Willen zur Gemeinsamkeit (der Deutschen in Ost und West) Ernst zu machen und dann vorauszudenken und vorauszugehen« (S. 274) – gesagt am 20. Jahrestag des

13. August 1961, des Mauerbaus –, und es ist diese Stadt, wo man handgreiflich »spürt«, daß die deutsche Geschichte »weitergeht«.

Solche und zahllose weitere Äußerungen zeigen, wie eng für Richard von Weizsäcker Denken und praktische Politik zusammenhängen. Galt er dennoch vielen lange Zeit als ein zwar luzider, aber etwas politikfremder Theoretiker, so hat er seit 1981 *im Amt des Regierenden Bürgermeisters von Berlin* gezeigt, daß er beide Seiten auf überzeugende und erfolgreiche Weise tatsächlich zusammenzubringen vermag. Er hat die in einer ständig prekären politischen Insellage existierende Stadt in erstaunlich kurzer Zeit aus der tiefen Misere, in die sie die nach 30 Jahren geistig ausgezehrte, politisch verfilzte, durch mehrere kommunale Skandale angeschlagene Politik der SPD manövriert hatte, herausgeholt und ihr wieder einen allseits spürbaren geistigen und politischen Impetus gegeben. Die desolate Wohnungs- und Baupolitik wurde reformiert, die partiell kriminalisierte Hausbesetzerszene ward bald entschärft (teils aufgelöst, teils befriedet), die gewalttätigen Ausschreitungen in der Stadt nahmen ab, Ruhe und Gelassenheit kehrten ein, die öffentlichen Finanzen erfuhren eine erste Konsolidierung, die Wirtschaft erhielt deutlichen Auftrieb, die Schul- und Hochschulpolitik wurde mit vorsichtigen Maßnahmen von einigen der ärgsten Auswüchse linker Demokratisierungs- und Emanzipationskonzepte befreit, die Verkehrspolitik empfing durch die Übernahme der S-Bahn aus DDR-Verwaltung neue (allerdings durch Unsicherheiten in der Zukunftsplanung beeinträchtigte) Impulse – und so weiter. Weizsäcker erhöhte im Verein mit diesen und anderen politischen Maßnahmen durch seinen eigenen persönlichen Einsatz die ebenfalls besonders lebenswichtige kulturelle Attraktivität Berlins. Er formulierte darüber hinaus unermüdlich die nationale und europäische Aufgabe der Stadt: an der Grenze, die sie, Deutschland und Europa in zwei ideologisch und politisch gegensätzliche Systemhälften teilt, doch Mitte zu sein und immer mehr wieder Mitte des Austausches, auch der Auseinandersetzung, doch zugleich der Kooperation und einer künftigen Einheit zu werden. Hier in Berlin hat sich Weizsäckers politisches Denken gemäß seiner eigenen Intention praktisch bewährt. Weizsäcker hat der Stadt einen verheißungsvollen neuen Anfang ermöglicht. Aber es handelt sich vorerst eben nur um einen Anfang. Vor allem der wirtschaftliche Aufschwung ist von ständigen Rückschlägen bedroht. Das Selbstbewußtsein der Berliner schwankt zwischen Zuversicht und Resignation. Für ein besonders brisantes und immer dringlicher werdendes Problem wurden noch keine wirklich wegweisenden Lösungen gefunden: das Problem eines gedeihlichen Zusammenlebens der Berliner mit den Ausländern und mit den Asylanten, die in überdurchschnittlich hoher Anzahl in diese Stadt strömen. Weizsäcker hatte in seiner Regierungserklärung am 2. Juli 1981 formuliert: »Ein neuer Aufbruch für Berlin: Das fordert der Senat von sich selbst. Dazu ruft er die Berliner auf. Zwischen Aufbruch und Ziel liegt ein langer Weg. Der Weg aus einer Krise ist nicht kürzer als der Weg in die Krise. Nicht Ungeduld und Illusion führen zum Ziel, sondern Zähigkeit, Umsicht und harte Arbeit.«

Die »harte Arbeit« des »langen Weges« bricht Richard von Weizsäcker nun ab, indem er sich für das repräsentative Amt des Bundespräsidenten zur Verfügung stellt und dafür das eminent politische Amt des Regierenden Bürgermeisters von Berlin wieder aufgibt. Abgesehen von den bedenklichen Auswirkungen für die Stadt, deren »Aufbruch« dadurch in den ersten Anfängen steckenbleiben und in Enttäuschung, in Lethargie, zumindest in den noch kürzlich erlebten politischen Provinzialismus wieder umschlagen könnte – wovon an dieser Stelle nicht weiter zu handeln ist –, stellt sich im Blick auf den Mann selbst die Frage: Bedeutet solcher Abbruch einen Bruch in der inneren Stimmigkeit seines politischen Denkens, das ganz auf den Ausweis durch politische Praxis angelegt ist? Zieht Richard von Weizsäcker sich mit der Übernahme des zwar höchsten Staatsamtes, das ja aber kein politisch entscheidendes und gestaltendes, sondern ein interpretierendes, werbendes, nur indirekt Einfluß gewinnendes Amt ist, auf die Position des reinen Theoretikers zurück? Entzieht er sich den Strapazen, Widrigkeiten, Streitereien der konkreten Politik? Oder will er sich ihnen auch weiterhin konfrontieren, um sie aufzunehmen und aufzuheben in die Sphäre der Überparteilichkeit, wo er – noch mehr als bisher schon in seinem politischen Denken und Handeln – das Gemeinsame und Verbindende aller konkurrierenden Kräfte unserer Gesellschaft herausstellen und darstellen könnte, um von dort korrigierend und prägend zurückzuwirken auf die Art und Gesinnung, mit der in Gesellschaft und Staat konkrete Politik betrieben wird? Wie wird er dabei die dem Bundespräsidenten von der Verfassung gezogenen Grenzen ausloten, ausfüllen und einhalten?

Diese Fragen werden sich erst in der Zukunft beantworten. Uns bleibt, unter dem mit ihnen angedeuteten Vorbehalt im folgenden einige inhaltliche Schwerpunkte von Weizsäckers politischem Denken in ihrem gedanklichen Zusammenhang, nicht dagegen hinsichtlich ihrer praktischen Realisierung – also eigentlich gegen ihren eigenen Anspruch –, festzuhalten und zu erörtern. Aber auch so wird sich zeigen, daß schon das politische Denken als solches diesen Mann für das Amt des Bundespräsidenten in besonderem Maße disponiert, ja qualifiziert.

In Weizsäckers politischem Denken haben die Probleme der *Deutsch-*

landpolitik seit jeher einen zentralen Platz eingenommen. Im Zusammenhang seines politischen Denkens ist wichtig zu sehen, daß Richard von Weizsäcker die angelegentliche Beschäftigung mit der deutschen Frage stets in den weltpolitischen Kontext rückt, in den sie gehört. Weil dies so ist, ist er gegen jegliche provinzielle Verengung in der Behandlung dieser Frage gefeit, bezieht er gerade in der Deutschlandpolitik deutliche Position gegen alle Anwandlungen eines neuen Nationalismus (von rechts und links), sucht er Lösungsmöglichkeiten aus einem weltoffenen Horizont, konnte er sowohl das starre Festhalten der CDU-geführten Bundesregierung an der Hallstein-Doktrin kritisieren und frühzeitig (bereits 1962!) eine neue Ost-, insbesondere Polen-Politik fordern, aber später auch vor sozialdemokratischer Verharmlosung der sowjetischen und kommunistischen Strategie und daraus sich ergebenden trügerischen entspannungspolitischen Euphorien warnen, konnte und kann er zugleich gerade auf diesem wichtigen und schwierigen politischen Feld immer wieder unverdrossen seinen Beitrag zur Überwindung parteipolitischer Gegensätze und zur Wiederherstellung eines fundamentalen Grundkonsenses unter den demokratischen Parteien der Bundesrepublik leisten. Weitblick und Nüchternheit, geschichtsträchtige Überlegungen und praktischer Sinn müssen hier besonders dringlich zusammengebracht werden.

Ausgangspunkt für Weizsäckers weltpolitische Sicht der deutschen Frage ist eine fundamentale geschichtliche Erkenntnis, die für ihn maßgebliche Bedeutung gewinnt, weil es ohne Geschichte keine Zukunft, ohne die Konfrontation mit historischen Bedingungen, Errungenschaften, Belastungen und Herausforderungen nicht die Kraft zur realistischen Bewältigung bevorstehender, neuer Aufgaben gibt. Diese sehr richtige und triftige Erkenntnis besteht darin, daß die »Nation« für uns Deutsche dank unserer mitteleuropäischen Lage nie etwas Selbstverständliches und allein uns Angehendes, sondern immer ein europäisches Problem war und heute ein weltweit relevantes Problem ist: »Das Selbstverständliche war freilich die Nation für die Deutschen nie. Zu keiner Zeit konnte sich ihr Selbstbewußtsein von Nation und Identität so relativ unangefochten entwickeln wie bei der Mehrzahl der anderen europäischen Völker. Denn sie leben in der Mitte des Kontinents, umgeben von vielen Nachbarn, und unter dem Einfluß starker Mächte, die alle vital interessiert sind an der Gestalt dieser Mitte. Die Frage nach ihrer Identität und Nation hat den Deutschen noch nie allein gehört. Immer war die Gestalt der kontinentalen Mitte umstritten. Einzig dauerhaft an dieser Gestalt ist ihr Wandel. So kommt es, daß man jede Phase unserer Geschichte eine Ausnahme nennen kann. Keine Antwort, die die

Geschichte bisher auf die Frage nach der deutschen Nation gegeben hat, ist die letzte. Keine hat endgültigen Charakter.« (S. 299 f.)

Aufgrund seiner Offenheit für die von der Geschichte mitbestimmten zukünftigen Möglichkeiten und für die in diesem Rahmen gewonnene Erfahrung deutscher Geschichtlichkeit konnte und kann Weizsäcker dazu raten, maximale Postulate in der Deutschland- und Ostpolitik zum Beispiel bezüglich der deutschen Wiedervereinigung, zurückzustellen und in sorgfältiger Abstimmung mit den westlichen Verbündeten eine Konzeption vertrauensbildender Schritte gegenüber Osteuropa zu verfolgen. Diese will in nüchterner Einschätzung der kommunistischen Ideologie und Strategie doch veränderte Interessenlagen im Sowjetblock ausnutzen, um dort (insbesondere im anderen Teil Deutschlands) pragmatisch und langfristig zugleich soweit als möglich menschenwürdigere, freiere Verhältnisse mitzubewirken, die allmählich zu einer Annäherung beider Seiten unter Bedingungen des Friedens und der Freiheit führen. Welche konkrete Gestalt dabei die Lösung der deutschen Frage gewinnen kann, muß offenbleiben. Auf jeden Fall kann es sich nur um eine Regelung im Einverständnis und im Bunde mit den Nachbarn handeln. Brückenschlag und Entspannung nach Osten, aber auch die glaubwürdige Sicherung und Verteidigung der eigenen demokratischen Existenz sind für Weizsäcker die Maximen, die den Weg dorthin bestimmen müssen. Er bekräftigte gerade als Regierender Bürgermeister von Berlin den Harmel-Plan der NATO, der Entspannungs- und Sicherheitspolitik fest miteinander verknüpft und sinnhaft aneinander bindet.

Berlins Freiheit und Sicherheit, aber auch Berlins über lokale Kommunalpolitik hinausgreifende Brückenfunktion ist nur denkbar im Rahmen der westeuropäischen Integration, des atlantischen Bündnisses und einer gesamteuropäischen Politik des Austausches und des Friedens – ohne Unterwerfung, also bei voller Beachtung der ideologisch-politischen Systemgegensätze. Exemplarisch für Weizsäckers politische Denkweise in diesem Betracht sind folgende Sätze aus seiner Regierungserklärung vom 2. Juli 1981: »Als eine besondere Aufgabe Berlins sieht es der Senat an, unsere Stadt zum Treffpunkt zwischen Ost und West zu machen und von hier aus die geistige deutsche Situation in Vergangenheit, Gegenwart und Zukunft fruchtbar zu machen. Von Berlin müssen Antworten auf die Frage ausgehen, wo die Deutschen herkommen und wohin sie gehen. Nur solche Antworten werden vor der Geschichte bestehen, die an der Mauer nicht haltmachen.« An der Mauer nicht haltmachen: Das besagt, die Mauer als Zeugnis politischer Unterdrückung und Spaltung nicht zu übersehen, aber überall dort ihre Überwindung zu versuchen, wo dies mit friedlichen Mitteln und unter Wahrung der eigenen Freiheit, möglichst aber auch zur Förderung von mehr Freiheit für die anderen, realisierbar ist.

Wenn die Bundesrepublik einschließlich West-Berlins mit solcher Politik Herrin ihrer eigenen Verhältnisse bleiben will, muß sie allen Versuchen Moskaus, sie vom Westen zu trennen, unbeirrbar widerstehen. Weizsäcker erklärt das *atlantische Bündnis*, innerhalb dessen die Westeuropäer sich eine überzeugende Möglichkeit der gleichberechtigten Partnerschaft mit den USA durch größere Einigkeit untereinander allererst erringen müssen, zur notwendigen Gemeinschaft nicht nur im Interesse der Sicherheit, sondern auch im Geiste der Freiheit und Demokratie, die gesichert werden sollen. Die raison d'être der Allianz beruht in der inneren werthaften Übereinstimmung, die allein auf Dauer ein verläßlicher Garant der äußeren Sicherheit, aber auch realistischer Aussichten einer nicht kapitulantenhaften Entspannung sind. Für ein besseres Verständnis der geistigen Grundlagen unserer politischen Existenz zu werben, die uns prinzipiell an die Seite der USA und der anderen westlichen Demokratien stellen und gebieten, praktische Meinungsunterschiede mit ihnen freundschaftlich und konstruktiv auszutragen – dies dürfte sich der neue Bundespräsident in Auseinandersetzung mit den aufkommenden Tendenzen eines kurzsichtigen Antiamerikanismus zu einer Hauptaufgabe seines Wirkens machen, gerade weil er in besonderem Maße deutschlandpolitisch interessiert ist.

Daß Richard von Weizsäcker die Möglichkeit und den Sinn des Friedens so eng mit der Wirksamkeit der Freiheit verknüpft sieht, umgekehrt die Freiheit dafür verantwortlich macht, sich immer wieder auf die beschwerliche Suche nach Frieden, Ausgleich, Versöhnung oder wenigstens nach verläßlichen Kompromissen zu begeben, gründet in seinem *christlichen Verständnis von Politik*. Das biblisch bestimmte christliche Menschenbild ist konstitutives Maß für die grundsätzliche Orientierung und für alle konkreten Versuche, für politisches Denken und politische Praxis bei Weizsäcker. Dabei ist die Bibel in seiner Sicht ganz ausdrücklich kein Rezeptbuch für politisches Verhalten in Detailfragen; die heute so oft mißbräuchlich herangezogene und auch von Weizsäcker häufig hervorgehobene Bergpredigt ist keine strategische Anleitung für schnellschlüssige Anwendungsverfahren zugunsten aktueller politischer Optionen. Weizsäcker warnt immer wieder vor religiösem Fundamentalismus, religiöser Ungeduld, religiöser Intoleranz.

Die Weisungen der Bergpredigt und insgesamt der biblischen Botschaft Jesu Christi zeigen vielmehr in erster Linie Lebensmöglichkeiten und Verhaltensweisen der Liebe, die bei Gott stehen, die menschlicher Macht gerade entzogen sind, angesichts derer das Versagen, das Scheitern und die Schuld des Menschen – aller Menschen, auch der Christen – zuvörderst deutlich werden. Sie enthalten aber auch die Zusage der erlösenden Gnade Gottes, die mit Zuversicht ergriffen werden kann, wenn eine verantwortliche Lebensführung die Endlichkeit, Begrenztheit, Schwäche und Bedürftigkeit aller menschlichen Versuche erkennt und bekennt, zugleich aber die Würde jedes Menschen als Gottes Geschöpf und Ebenbild bejaht, anerkennt und sich für sie einsetzt. Dann sieht sich der eine durch den anderen in seiner Lebenswirklichkeit bedingt, begrenzt und erfüllt. In dieser Heilsperspektive des Evangelismus kann kein einzelner Mensch, keine einzelne Gruppe, keine einzelne Klasse oder Volksgemeinschaft, keine einzelne Weltanschauung, auch keine einzelne Kirche allein alle Wahrheit und alles Recht für sich beanspruchen; alle sind vielmehr in ihrer Begrenztheit und mit ihrem partiellen Recht relativ und relational aneinander gebunden, zum Respekt voreinander und zum Einsatz füreinander aufgerufen. Darin liegt der Sinn des christlichen Liebesgebotes auch für die Gesellschaft und für die Politik.

Weizsäcker steht dazu, daß die christliche Botschaft der Liebe Relevanz besitzt für die Politik. Sie setzt die Freiheit in ihre Verantwortung für andere Freiheit ihrerseits frei, sie verpflichtet sie also zugleich zur Solidarität. Es handelt sich dann um eine ethisch gebundene, nicht willkürliche, aber doch eigenverantwortliche, also wirkliche, zugleich niemals absolute, sondern stets endliche Freiheit. Sie kann anderen ihre Erkenntnisse, Erfahrungen und Wünsche nicht diktieren wollen. Sie ist vielmehr strikt auf offene und möglichst kooperative Kommunikation angewiesen. Da es in der Politik faktisch aber immer auch um Macht, um die Durchsetzung von Interessen, um Kampf und Auseinandersetzung geht, ist die von der christlichen Liebe inspirierte verantwortliche Freiheit immer wieder auch auf partielle Eindämmung und auf befristete Lösungen ausgerichtet. Das Handeln aus christlichem Geist ist stets konkret, zeithaft, relativ, überprüfungsbedürftig, gewinnt aber darin gerade seinen Ernst. In »dieser Welt« kommt es nie an ein Ende, nie zur endgültigen Erfüllung, es bleibt eine fortwährende Aufgabe in steter Sorge. Ihm gebührt eine betont nüchterne Selbsteinschätzung, zugleich ist es von unerschütterlicher Hoffnung getragen, es verliert alle kleine, innerweltliche Angst. Weizsäcker bemerkt mit höchster Prägnanz: »In diesem Sinne orientiert, ernüchtert und ermutigt christlicher Glaube.« (S. 153)

In solchen Überlegungen kommt ein moderner *politischer Protestantismus* zu Wort, der das häufige Versagen der Kirchen in der deutschen Geschichte wegen ihrer weitgehend apolitischen und faktisch obrigkeitshörigen Einstellung beklagt und das – verspätete – Engagement des Widerstandes gegen die nationalsozialistische Verbrechensherrschaft aus »Einsicht und Gewissen« zum geschichtlichen Ausgangspunkt des eigenen Politikverständnisses nimmt. Weizsäcker beruft sich immer wieder auf das Vermächtnis des 20. Juli 1944, mit besonderer geistiger Sympathie auf den Theologen Dietrich Bonhoeffer. Das Erfordernis des äußersten existentiellen Opfers in höchster moralischer Not läßt erkennen, wie sehr die Christen und die Kirchen verpflichtet sind, rechtzeitig und grundsätzlich auf die politische Sicherung und Entwicklung der Freiheit, der Menschenrechte, des Rechtsstaates und der Gerechtigkeit bedacht zu sein.

Diese Erkenntnis aus der bitteren Erfahrung der jüngsten Vergangenheit legitimiert in Weizsäckers Sicht – zumindest in historischer Betrachtung – auch den an sich bedenklichen Tatbestand, daß eine politische Partei – die als solche nicht besser und schlechter ist als andere Parteien – sich in ihrem Namen und Programm auf das Christentum beruft. Das »C« läßt sich namentlich dann rechtfertigen, wenn auch das »U« ernstgenommen wird, nämlich die interkonfessionelle Zusammenarbeit von Christen in der Politik. Die Blickverengung auf eigene konfessionelle Interessen gilt Weizsäcker als ein Hauptgrund für die Unfähigkeit der Kirchen und der Christen vor und nach 1933, die übergeordneten Belange des Gemeinwohls, der Freiheit und des Rechtsstaates angesichts der Heraufkunft und der Machtergreifung der nationalsozialistischen Bewegung zu verteidigen und zu fördern. Daraus müssen ein für allemal mit Entschlossenheit klare Lehren gezogen werden.

Obwohl und weil ein exponierter Repräsentant seiner Kirche, ist Richard von Weizsäcker immer wieder für die Verständigung und Zusammenarbeit mit der katholischen Kirche eingetreten. Hier liegt ein weiterer Grund, weshalb er in besonderem Maße für das verbindende Amt des Oberhaupts in unserem Staat disponiert und qualifiziert erscheint. Eine gewisse Affinität dieses profilierten Protestanten zum Katholizismus reicht bis in die Grundlagen seines christlichen Menschenbildes. Zwar betont Weizsäcker einerseits, daß der entscheidende Beitrag des Christentums, geschichtlich und politisch gesehen, darin bestehe, den Blick auf den einzelnen Menschen gelenkt zu haben. Der Mensch ist durch die christliche Botschaft als der einmalige, unverwechselbare, persönlich vor Gott Gerufene geoffenbart. In diesem Person-Sein gründet zutiefst seine unantastbare Würde.

Aber Weizsäcker warnt vor einer zu individualistischen und einseitig die Innerlichkeit des personalen Lebens schätzenden Auslegung der Botschaft, wie sie in der protestantischen Tradition häufig zutage getreten ist. Gerade vor Gott sind alle Menschen in ihrer personalen Würde gleich. Es gilt, die gesellschaftlichen Hindernisse und Chancen für die individuelle Selbstverwirklichung zentral in den Blick zu nehmen und die politische Aufmerksamkeit darauf zu richten. »Wer den Menschen in den Mittelpunkt rückt, muß sich also zuerst der Verhältnisse politisch annehmen, unter denen der Mensch lebt.« (S. 115) Gleichsam noch »katholischer« klingt und an die aristotelisch-thomistische Naturrechtslehre erinnert, wenn Weizsäcker dezidiert erklärt: »Der Mensch kann sich nicht selbst und allein verwirklichen, und schon gar nicht allein mit materiellen Ansprüchen. Eine atomisierte Freiheit des Individuums existiert nicht. Es gibt den Bürger nur in Beziehung zum Mitbürger. Es gibt den freien Menschen nur in seinem sozialen Wesen. Dies ist kein moralischer Appell und kein Glaubensbekenntnis, sondern eine Aussage über die menschliche Natur. Sie gewinnt allmählich wachsendes politisches Gewicht. Es gilt, sie in der Arbeitswelt und in der Freizeit zu konkretisieren.« (S. 68) Als geeignete Strukturprinzipien solcher Konkretisierung benennt Weizsäcker die Prinzipien der Subsidiarität und der Solidarität – ebenfalls Gedankengut primär, wenn auch nicht ausschließlich, der katholischen Soziallehre.

Richard von Weizsäcker bezeichnet es als die besondere Aufgabe der Christen, aufgrund ihres offenbarungstheologisch und naturrechtlich begründeten Wissens um die Würde, aber auch Schwäche des freien, endlichen Menschen die ordnende Wirkung des Rechts gegenüber allen zerstörerischen Mächten zu schätzen, die soziale Ordnung des Zusammenlebens solidarischer, zugleich nach dem Prinzip der Subsidiarität – das heißt im Geiste gemeinschaftlicher Hilfe zugunsten individueller Selbsthilfe – zu gestalten und eine internationale Ordnung des Friedens, die den weitestmöglichen Schutz der Menschenrechte einschließt, zu unterstützen. Der Gedanke der Ordnung wird also von ihm stark und positiv betont. Diese Ordnung muß *freiheitliche Rechts- und Sozialordnung* sein. In ihrem Zentrum steht als wichtigste Institution des Zusammenlebens in Weizsäckers Denken der *Staat*. Der Staat kann und darf sich nicht anmaßen, das Reich Gottes verwirklichen zu wollen. Gegenüber und vor dieser transzendenten Heilsdimension ist der Staat eine ganz und gar innerweltliche, profane Größe, keine letzte Instanz. Aber er hat in all seiner Unvollkommenheit und Vorläufigkeit doch die Aufgabe, eine haltende Kraft für die Menschen zu sein, die er zusammenfügt und ordnet, denen er zugleich damit ganz und gar zu dienen hat. Er hat die Freiheit der Bürger zu schützen und einzuräumen und seine besondere Sorge auf das Wohl der Schwachen zu lenken. Legitimerweise setzt er Recht und braucht er Macht, fordert er Gehorsam vor seinen Gesetzen und bindet er die Bürger an die Mitverantwortung für seine Gestaltung, sofern er seinen Aufgaben als Rechts- und Sozialstaat nachkommt. In dieser seiner Stellung ist er für Weizsäcker zutiefst sittlich und sozialethisch begründet und seinerseits gebunden.

Dieser Staat ist ein demokratischer Staat auf dem Grunde der neuzeitlichen Volkssouveränität, aber das Volk beziehungsweise jeweilige demokratischgebildete Mehrheiten können gleichwohl nicht beliebig über ihn und mit ihm über Menschen und Sachverhalte verfügen. Sie sind vielmehr dem Sittengesetz verpflichtet, das die Achtung der Würde und Rücksicht auf die Schwäche des Menschen gebietet. Die Legitimation der Politik im Staat ergibt sich für Weizsäcker deshalb niemals aus bloßem Verfahren, aus demokratischen Spielregeln allein, sondern hat die *sittlich-politischen Grundwerte* der Freiheit, der Solidarität und der Gerechtigkeit zu ihrem Maßstab; Politik und Staatshandeln sind legitimiert in dem Maße, als sie sich um die Verwirklichung dieser Grundwerte bemühen.

Daß die genannten Grundwerte im Kerngehalt von den beiden großen demokratischen Volksparteien unseres Landes gleichlautend genannt und gemeinsam bejaht werden – bei graduell unterschiedlicher Interpretation und Zuordnung im einzelnen –, begrüßt der langjährige Vorsitzende der Grundsatzprogrammkommission seiner Partei bezeichnender- und berechtigterweise (aber nicht ohne Widerspruch aus Kreisen sowohl der CDU wie auch der SPD) noch in dem Moment, da er das eigene Programm der Öffentlichkeit auf dem Berliner CDU-Kongreß im September 1977 unterbreitet.

Die *sittlich und sozialethisch begründete Demokratie* bedarf der politischen Mitwirkung und Mitverantwortung der Bürger, möglichst vieler aktiver Demokraten. Zur Mitwirkung und Mitverantwortung aber gehören die Fähigkeit der Selbstbestimmung und die Bereitschaft zur Selbstbeteiligung. Sosehr dem Staat die Aufgabe des Rechtsschutzes, der sozialen Sorge für die Schwächergestellten sowie der Bildung und Erziehung gebührt, sosehr ihm deshalb von Weizsäcker auch das Recht und die Notwendigkeit »politischer Führung« zugeschrieben werden – zugleich durchzieht nahezu alle seine Reden, Aufsätze, Erklärungen und Stellungnahmen der Aufruf zu *aktiver Bürgerbeteiligung*. Die konkrete Verfassung des demokratischen Staates hängt vom Bewußtsein und Verhalten seiner Bürger ab. Weizsäcker stellt immer wieder in auffälliger Weise den Staat mit seiner Schutz-, Sicherungs- und Führungspflicht der Selbständigkeit und Eigentätigkeit der Individuen gegenüber, wobei er die strenge Korrespondenz beider Seiten betont. Dadurch soll der Gefahr gewehrt werden, daß Fürsorge- und Anspruchsmentalität überhandnehmen, die aus dem Sozialstaat ein neues Totalgebilde machen könnten.

Die starken Vorbehalte des liberalen Konservativen gegen alle sozialistischen Tendenzen sind unüberhörbar. Was nicht dem einzelnen Menschen als Person in seiner je eigenen Qualität zugute kommt – und zwar so, daß sein eigener Beitrag nach seinen Möglichkeiten dabei zugleich zur Geltung gelangt –, das ist nicht von wahrhaft humanem Wert. Deshalb müssen Weizsäcker zufolge alle Problemlösungsversuche in der Familien-, Gesundheits-, Wirtschafts- und Sozialpolitik daran orientiert sein, den einzelnen mit seinen Rechten und Pflichten spürbar am jeweiligen Geschehen zu beteiligen, die sozialen und politischen Verhältnisse also ihres anonymen Charakters soweit als möglich zu entkleiden. Der Staat kann den Gemeinsinn der Bürger einfordern; der ist aber nichts anderes als der Bürgersinn der je einzelnen.

Diesen Zusammenhang durch sein persönliches Auftreten und seine konkrete Politik in Berlin lebendig und erfahrbar gemacht zu haben stellt Weizsäckers herausragende Leistung im Amt des Regierenden Bürgermeisters dar. Er wird sicherlich den Versuch unternehmen, diese seine in seinem christlich-ethischen Staats- und Personverständnis wurzelnde spezifische politische Mission als Bundespräsident fortzusetzen. Gibt ihm das neue Amt auch einen weiteren, überregionalen Wirkrahmen und zudem erhöhte staatliche Ehre, so beschneidet es ihn doch um die bisherige Möglichkeit, ein solches Verständnis in politisch-praktisches Handeln umzusetzen und gerade dadurch – trotz aller Abstriche, die dabei stets zu machen sind – zu überzeugen. In seiner bisherigen Laufbahn hat sich Richard von Weizsäcker allerdings ganz im Sinne der Forderungen seines eigenen politischen Denkens als Bürger und zugleich als Staatsmann von Format erwiesen, so daß erwartet werden darf, daß er auch den speziellen Herausforderungen des höchsten Staatsamtes, seinen Chancen wie seinen Grenzen, gewachsen ist.

Mit der Gegenüberstellung und Zuordnung von Staat und Bürger, von politischer Führung und aktivem Gemeinsinn in der sittlich begründeten Demokratie ist bei Weizsäcker – als der eigentliche Problempunkt seines politischen Denkens und Wirkens – eine deutliche *Kritik an der zunehmenden Herrschaft der Verbände*, insbesondere der Großorganisationen, in unserer Gesellschaft verbunden, in die mehr und mehr auch das Verhalten *der Parteien* einbezogen wird. Weizsäcker beklagt die zunehmende Vergesellschaftung des Staates aufgrund einer immer stärkeren Ausbreitung des gemeinsamen Einflusses von »Kapital« und »Arbeit«, genauer der Arbeitgeberverbände und der Gewerkschaften, in viele Bereiche des ökonomischen, sozialen und Bildungssystems. Sie sind zusammen die Starken in der Gesellschaft, vor denen die Schwachen, ja die Bürger als solche überhaupt, geschützt werden müssen. Diesen Schutz erwartet Weizsäcker vom Staat, gegen den er den Bürger eher geschützt sieht als vor der Herrschaft der Großorganisationen.

Der Staat soll zwar die organisierten Gruppen und Verbände keineswegs ausschalten, ihnen aber doch durch das Gebot der Sozialpflichtigkeit, über dessen Einhaltung er zu wachen hat, einen Rahmen setzen. Die Anatomie der gesellschaftlichen Organisationen und ebenso der gesellschaftlichen Subsysteme, wie Wirtschaft, Gesundheitswesen, Bildungswesen, ist zu begrenzen, damit die politische Führung beim Staat bleibt. Mit warnendem Blick auf die Schwächezeichen der britischen, skandinavischen und italienischen Verhältnisse beschwört Weizsäcker die moderne konservative These von der Unregierbarkeit des demokratischen Staates. Kontrolle wirtschaftlicher Macht soll nicht in erster Linie durch die Konkurrenzmacht der Gewerkschaften erfolgen, sondern durch die gewählten Organe des Staates – das Wie bleibt dabei unklar. Deutlich ist nur soviel, daß Weizsäcker zwar die Mitbestimmung als Gestaltungsprinzip partnerschaftlicher Verhältnisse in der Wirtschaft und in anderen gesellschaftlichen Bereichen grundsätzlich bejaht, ihre Auslieferung an die großen Organisationen aber kritisiert. Mitbestimmungsregelungen sollen auf individuelle Selbstbestimmung gegründet sein. Die in einer hochindustriellen Großgesellschaft unausweichliche Organisationsfrage wird von Weizsäcker weitgehend in den Hintergrund gerückt.

Besondere Aufmerksamkeit gilt den nichtorganisierten, weil mit ihren speziellen Belangen schwerer organisierbaren, dadurch an den Rand des Interessenkampfes der Großverbände gedrängten und so heute minderprivilegierten Bürgern. Ihrer muß sich der auf das Gemeinwohl verpflichtete Staat vornehmlich annehmen. Ob und wie er das vermag, bleibt Weizsäckers eigene besorgte Frage: »Es siegen die Beschäftigten zu Lasten der Unbeschäftigten. Diese Mächtigen diktieren faktisch dem Rest der Gesellschaft die sozialen und wirtschaftlichen Bedingungen des Landes. Dieser ›Rest‹, die Schwachen in der Gesellschaft, umfaßt eine gewaltige Menschenzahl. Aber er ist ein Mosaik unzusammenhängender Gruppen. Sie lassen sich nicht auf einen Nenner bringen, weder im Alter noch im Geschlecht, weder in ihren Interessen noch in ihren Beschwerden. Man kann sie nicht wie große Tarifparteien organisieren. Ihr einendes Band ist nur, daß sie zusammen die Klasse der Abhängigen bilden: Rentner, ältere Arbeitnehmer, Ungelernte und Angelernte, auf Teilzeitarbeit angewiesene Frauen, Hausfrauen, große Teile der Selbständigen im Handwerk, Handel und in der kleinen Industrie, Bewohner zurückbleibender Regionen, Gastarbeiter. Die Aufgabe, die sich hier stellt, ist letztlich die ausschlaggebende Bewährungsprobe des freien Gemeinwesens. Wie gewinnt die verfassungsmäßig verantwortliche politische Führung für den Staat die Handlungsfähigkeit und Manövriermasse zurück, um den Auftrag der Gemeinwohlpolitik zu lösen?« (S. 63 f.)

Diese bereits vor zehn Jahren formulierte Frage richtet Weizsäcker vornehmlich an die Parteien, die in der pluralistischen Demokratie die politische Willensbildung weitgehend organisieren und die politische Führung im Staat ausüben. Sie sind im Unterschied zu den gesellschaftlichen Verbänden und Organisationen auf das Gemeinwohl verpflichtet; sie verstehen sich in Weizsäckers Sicht jedoch viel zu sehr als partikulare Interessengruppen, um ihrer politischen Aufgabe gewachsen zu sein. Obwohl selbst ja Parteipolitiker, beklagt Weizsäcker während seiner Tätigkeit als Berliner Regierender Bürgermeister, daß sich die Parteien den Staat zur Beute machen, anstatt ihm zu dienen, und daß sie den stärksten gesellschaftlichen Interessen und Modeströmungen hinterherlaufen, anstatt auf deren Ausrichtung Einfluß zu nehmen. Ihre Hauptmisere erblickt er darin, daß sie ihr Augenmerk nur von Wahl zu Wahl auf den Gewinn und den Erhalt der Macht richten. Demgegenüber fordert er von ihnen eine stärkere Konzentration auf langfristige Probleme und durchdachte Lösungskonzepte, wobei ihnen die intensivere Besinnung auf die ihre Politik tragenden Grundwerte helfen soll.

Weizsäckers Vertrauen in den demokratischen Staat und seine aktiven, Mitverantwortung übernehmenden Bürger wird also konterkariert durch unverhohlene Skepsis bezüglich der Überlebensfähigkeit unserer Parteiendemokratie. *Mit dem politischen System des Pluralismus* liegt der künftige Bundespräsident bei aller seiner Bejahung von Freiheit und Demokratie *im Zwiespalt*. Aufgrund seiner freiheitlichen, toleranten, liberalen Gesinnung erkennt er zwar das pluralistische Spiel der gesellschaftlichen und politischen Kräfte und die freie, kritische Öffentlichkeit an, in der es sich abspielt. Aber er ist gefühlsmäßig konservativ genug, um zugleich die mit diesem Pluralismus immer verbundenen Gefahren höher zu veranschlagen als die positiven Aussichten einer freien, offenen, insgesamt doch problemorientierten Entwicklung, die der Pluralismus auch – und er allein – eröffnet. Weizsäckers häufiges Werben um Konsens, Versöhnung, ja Harmonie der in der Gesellschaft streitenden Gegensätze ist keine Allüre der politischen Profilierung, sondern kommt von Herzen – anders gesagt: Es stammt aus der Problemmitte seines politischen Denkens.

Weizsäcker hat selbst zur Charakterisierung der freien Gesellschaft die denkbar besten Worte gefunden, bezeichnenderweise jedoch im Kontext einer außenpolitischen Rede zur Friedensfrage, nicht bei Gelegenheit der Analyse der innenpolitischen Verhältnisse selbst. Er sagte auf dem Hamburger Jugendforum der CDU am 9. November 1981: »Wenn es eine Gesellschaft gibt, die die Fähigkeit hat – auch wenn sie sie manchmal vernachlässigt –, die großen Aufgaben zu erkennen, die damit verbundenen Konflikte auszutragen und Kurskorrekturen schmerzlicher Art vorzunehmen, dann ist es allein die freie Gesellschaft. In der Freiheit schafft sich Wahrheit Gehör. Nur in der Freiheit haben wir die Chance zu lernen, was wir noch nicht können, was wir aber ethisch, sozial und politisch noch in den Griff bekommen müssen. Es ist eine Selbsterziehungsaufgabe ungeheuren Ausmaßes, die wir bewältigen müssen, wenn wir leben wollen, und die wir in Freiheit und nur in Freiheit lernen können.« (S. 152)

Richard von Weizsäcker vertauscht das Berliner Regierungsamt, das mit den Notwendigkeiten von Parteiführung und Koalitionsbildung belastet ist, mit dem überparteilichen Amt des Bundespräsidenten. Doch auch dies ist ein Amt – wenngleich besonderer Art – in der pluralistischen Parteiendemokratie, darauf angelegt, den Bürgern, den gesellschaftlichen Gruppen und Organisationen, den politischen Parteien, den staatlichen Amts- und Mandatsträgern, ihnen allen gleicherweise und damit unserer Demokratie überhaupt, wahlenübergreifende geistige, ethische und politische Perspektiven zu vermitteln.

Detlef Kritschil

Oberstudienrat am Aufbau-Gymnasium in Köln

»Ich als aktiver Politiker«

Sprich, damit ich dich sehe.

»Sie haben sich, Herr Bundeskanzler, seit Ihrem Regierungsantritt mehrfach gegen den Vorwurf des Pragmatismus gewehrt. Wir müssen uns darüber verständigen, glaube ich, was wir mit diesem Begriff meinen. Pragmatismus hat nach meiner Überzeugung sein volles Recht als Absage an eine innerweltliche, menschengeschaffene Heilslehre. Pragmatismus darf freilich nicht zum Deckmantel für Technokratie oder Opportunismus werden. Nun haben Sie mehrfach Ihren Pragmatismus auf Kant zurückgeführt. Danach – so sagten Sie – sei Politik pragmatisches Handeln zu sittlichen Zwecken. Ihnen gehe es darum, feststehende sittliche Grundsätze auf wechselnde Situationen anzuwenden. Ich habe auch jüngst im ›Vorwärts‹ Ihren dort abgedruckten Beitrag zu diesem Thema mit Vergnügen gelesen – was ich nicht von allen Artikeln des ›Vorwärts‹ sagen möchte. Aber die eigentlichen Antworten sind Sie uns doch noch schuldig und erst recht die Anwendung solcher Antworten auf Ihre Politik. Denn Kant, Herr Bundeskanzler, ist ja nun einmal der klassische Vertreter einer Gesinnungsethik. Er ist der ideale Kronzeuge für einen Pragmatismus, der in bezug auf die konkreten Inhalte der Werte noch gar nichts aussagt. Sittlichkeit setzt nach Kant Freiheit voraus, Freiheit als moralische Selbstgesetzgebung des Menschen. Es genügt nicht, sich in dieser Freiheit einfach auf Kant zu berufen, sondern nun müssen die Wertentscheidungen getroffen, nun müssen die Konsequenzen für die Politik sichtbar gemacht werden – von Ihnen!«

Die Spannungen zwischen Gesinnungsethik und Verantwortungsethik »in der Welt der Realitäten« hat Max Weber in seinem Vortrag »Politik als Beruf« (1919) gründlich erörtert. Am Ende seiner Überlegungen findet sich dann jene so bündige wie anschauliche Bestimmung der Politik als eines starken, langsamen Bohrens von harten Brettern »mit Leidenschaft und Augenmaß«. Im Bohren von harten Brettern gewiß nicht ungeübt war der im März 1975 in der Haushaltsdebatte des Bundestages solchermaßen über praktische Ethik Belehrte und zum rechten politischen Handeln Ermahnte, trug er doch, bevor er Bundeskanzler wurde, schon anderthalb Jahrzehnte als Landespolitiker, Fraktionsvorsitzender und Chef verschiedener gewichtiger Ministerien auf den Schultern. Ihm gegenüber war der Belehrende und Ermahnende, wenn auch kaum jünger, geradezu ein politisches Leichtgewicht; zwar durchaus glanzvoll exponiert in seiner Partei und auch debattenerprobt, doch nicht gouvernemental entscheidungsbelastet. Erfolgt seine rhetorische Unterweisung des Regierungschefs ausgerechnet in der fundamentalen Frage, wie politisches Tun Wertentscheidungen zu beglaubigen habe, nicht auf paradoxe Art aufwärts gegen ein steiles Kompetenzgefälle? Gewissermaßen als hielte ein Ei einer Henne ein Kolleg übers Eierlegen? Wie aber kann ein solches Verhalten erklärt werden? Tatsächlich kann der Angeredete seine Pflichten im wesentlichen vernachlässigt haben, worauf ihn – was demokratisch recht und billig ist – keine noch so hoch nach Jahren bemessene Erfahrungsautorität vor Kritik und Ermahnung schützen darf, von welcher Seite sie auch immer erfolgen. Oder die Pflichtvergessenheit des politischen Gegners wird nur rhetorisch behauptet, damit dessen Autorität öffentlich zum Gewinn, zur sogenannten »Aufwertung« der eigenen Gruppe erschüttert werde: eine durch die Praxis sanktionierte Spielregel der parlamentarischen Demokratie, zu deren Anwendung es freilich oft einer routinierten Schamlosigkeit und Aggressivität bedarf. Das wiederum sind Haltungen, die der Rhetorik Richard von Weizsäckers, über die hier einige Anmerkungen gemacht werden sollen, nahezu völlig abgehen. Sein Gestus im zitierten Debattenbeitrag könnte demnach noch anders gedeutet werden, sofern er ein sich wiederholender, charakteristischer Gestus ist. Schauen wir noch einmal hin: Die hier vorgetragene Sache (Spannung zwischen Gesinnung und politischem Tun) fügt sich in eine rhetorische Bewegung, die ausgeht vom dozierenden Sichvergewissern der »Natur der Sache« (»ist ja nun einmal ... ist ... setzt voraus«) und in der Adhortatio, der Anweisung zum Handeln, endet (»es genügt nicht ... sondern nun müssen«). Eine solche Verschränkung von Thema (Ethik und Politik) und Sprachhandeln (Selbstvergewisserung und Tatanmahnung) tritt nun bei Weizsäcker schon auf, bevor er oder kurz bevor er als Politiker in die Politik eintrat. Zur Beurteilung liegen uns die Ansprachen, Referate und Reden vor, die er für sein Buch mit dem Titel »Die Geschichte geht weiter« ausgewählt hat. Unter ihnen findet sich, zu Beginn, eine Ansprache, die er auf der Schlußveranstaltung des Evangelischen Kirchentages 1965 hielt. Die rhetorische Situation verlangte vom Präsidenten der Veranstaltung das angemessen pathetisch ermunternde Wort auf den Weg. Doch »nicht die Bekenntnisfragen« werden hier an den Weg der Zuhörer und des Redners gestellt, sondern dieser weist unmißverständlich den Weg, der von der christlichen Botschaft zur politischen Verantwortung führt.

»Es ist nur natürlich, daß Menschen sich sammeln und nach außen abschirmen, die sich durch das Bekenntnis der Väter verbunden und durch die Welt gefährdet fühlen. Aber wir müssen untereinander alles aufbieten, um dabei nicht stehenzubleiben. Denn die Kirche ist nicht für sich selbst, sondern für diese uns gefährdende Welt da ... In dieser Wirklichkeit sollten wir Laien helfen, Kirche und Welt einander zu öffnen.«

Es kann hier nicht erörtert werden, wie sich in diesen Worten die gesamte Nachkriegsdiskussion speziell der evangelischen Kirche um die rechte Wahrnehmung des Weltdienstes ausspricht. Auffällig ist, wie entschieden der Redner die Öffnung zur Welt, das Zugehen auf Aufgaben, die »unserem Land« und »unserer Gesellschaft« zufallen, mit der Gebärde der Aufforderung und Ermunterung *proklamiert.* Die Rede versichert die Zuhörergemeinde der ihr durch das Evangelium gewährten »lebendigen Kraft der Hoffnung« als einer Ausrüstung, die eine allgemeine Mobilmachung zum Auf-in-den-Weltenkampf-Ziehen hinreichend begründet. Mindestens einer aus der von der Rede umfaßten, wohl konfessionell, aber doch nicht sozial homogenen Wir-Gruppe konnte hinter solch einem proklamierten Aktionismus auch einen Weg zu konkreter Aktion erblicken: der Redner selbst, der zu jenem Zeitpunkt schon die Ost-Denkschrift vom Oktober 1965 unter dem Herzen trug und sich ein Jahr darauf in den Bundesvorstand der Partei wählen ließ, deren Mitglied er war. Zu jenem Zeitpunkt war er schon entschlossen, nunmehr Politik als seinen Beruf zu ergreifen. (»Mein Beruf als Politiker«, sagt er später einmal.) Er selbst gibt sich damit als erster Adressat seiner Kirchentagsrede zu erkennen, seine Rhetorik diente in diesem Fall vorzüglich der Selbstvergewisserung des eigenen Tuns. Nach Tische versteht es sich dann besser, warum in der Rede Aufgaben formuliert wurden wie: »Sich der Notstände annehmen, sie analysieren, Ziele stecken und zur Aktion schreiten« oder sich »um persönliche Sauberkeit einer Partei« kümmern. Damit findet sich das kommende Wirken von Weizsäckers als Politiker ziemlich präzise umrissen, und zugleich erlebt man es in seinem Ausgangsschritt als gebunden an die *rhetorische Verkündigung*.

Nun können politische Reden selber politische Entscheidungen sein, in einer Spielart zum Beispiel schon dadurch, daß sie den Ton für eine neue Ära angeben. (So hat man etwa die Inaugural-Adresse J. F. Kennedys ausgelegt.) Dabei erstellt der Redner von sich einen öffentlichen Entwurf, dem er nun auch öffentlich, und das heißt unausweichlich, verpflichtet ist. Kennedy, noch einmal, war bereits Politiker, als er gewählt wurde; Weizsäcker hatte sich immerhin rhetorisch ins Obligo genommen, Politiker zu werden. Doch ergibt sich daraus das Problem, wie man das wirklich wird und wann man mit Gewißheit sagen kann, daß man einer geworden ist. (Adenauer ließ sich zu dem Urteil über Erhard – »Nun wird er doch noch ein Politiker« – erst herbei, als letzterer sich nach 1963 durch eine Europamarkt-Entscheidung Gewicht als Entscheidender verschafft hatte.) Aus Weizsäckers Munde heißt es: »Wir wollen unsere Grundwerte mit dem Gewicht der praktischen Konflikte und Kontroversen belasten«, und da ist sie wieder, die adhortative Gebärde vor seiner Partei (1977), die nun wahrlich keine Ansammlung von politisch unbelasteten und streitflüchtigen Meßdienern darstellte. So entwikkelt sich die eigentümliche Identität von Aktion und Proklamation bei Weizsäckers Eintritt in die Politik im darauffolgenden Jahrzehnt und darüber hinaus zu einem Agieren in statu proclamandi, und in der rhetorischen Beschwörung des eigenen Berufsbildes realisiert sich ein individuelles voluntaristisches Programm. Was liegt näher, als zunächst die klassischen Gedanken Max Webers über »Politik als Beruf« zu studieren und sie thematisch und formal-rhetorisch anzuwenden. Da wird das von Max Weber mehrfach (für die Bergpredigt, die materialistische Geschichtsdeutung u. a.) gebrauchte Bild vom Fiaker, aus dem man nicht nach Belieben ein- und aussteigen kann, bei Weizsäcker zur notwendigen Grundüberzeugung, daß die Geschichte weitergeht, wobei nur der Fiaker zivilisatorisch zum »Gartenschlauch« degeneriert, den man nicht an- und abdrehen könne, wie es zum Wetter paßt. Oder es werden eben die von Weber veranschaulichten »ethischen Paradoxien« per parlamentarischer Anrede in den politischen »Gegner« projiziert und ein in Ämter-Kärrnerarbeit gewachsener Politiker in die Nähe eines tatenarmen und gedankenvollen Gesinnungsethikers gerückt, für den – nach Weber – »nicht der Handelnde, sondern die Welt, die Dummheit der anderen Menschen dafür verantwortlich« sind, wenn es nicht so kommt, wie er wollte. Diese kritische Analyse Webers liefert von Weizsäcker die rhetorische Pointe gegen Helmut Schmidt, die ihm den Beifall seiner Fraktion sichert: »Ich möchte bezweifeln, daß eine politische Führung berechtigt ist, die politischen Schwierigkeiten, vor denen sie steht, auf die Denkgewohnheiten der Wähler abzuwälzen.«

Ein erfahrener Hauptstadt-Journalist, in der Porträtierung Bonner Köpfe geübt, hat Weizsäcker einen »Spätling« (ein solcher muß sich stets besonders anstrengen) und eine »rhetorische Entdeckung« genannt. Zweifellos sind das zwei miteinander korrespondierende Feststellbarkeiten, keimte doch, wie wir sahen, sein programmatischer Triebsatz: »Ich will (von jetzt an) ein Politiker sein«, eineiig mit dem: »Ich bin jetzt ein politischer Redner.« Und so leitet der Schüler aus den politischen Berufsregeln des Lehrers auch eine fundamentale Regel für seinen rhetorischen Stil ab, der aber, noch einmal, zugleich Stil seines politischen Tätigseins ist. Einfach gesagt fordert Weber Sachlichkeit, aber eine menschlich radikale »Versachlichung«, die phänomenologisch als »Entleerung« und »Distanz«, als »Distanz zu den Dingen und Menschen« (!) gefaßt wird, als »Fähigkeit, die Realitäten mit innerer Sammlung und Ruhe auf sich wirken zu lassen«. – »›Distanzlosigkeit‹, rein als solche, ist eine der Todsünden jedes Politikers und eine jener Qualitäten, deren Züchtung bei dem Nachwuchs unserer Intellektuellen sie zu politischer Unfähigkeit verurteilen wird.« Soweit Max Weber.

Selbstverständlich ist Sachlichkeit eine viel zu allgemeine Kategorie, um den Politiker im besonderen wie auch einen besonderen Politiker auszuzeichnen. Ebensogut könnte sie auf den Wissenschaftler gemünzt werden. Es macht nun aber die Besonderheit des Politikers von Weizsäcker aus, daß uns in seinem Rede- und Vortragswirken eine Sachlichkeit und Distanz im besonderen Maße, man kann sagen, eine Sachlichkeit »rein als solche«, entgegentritt. Sie ist Frucht der Verhaltensnorm unbedingter »Nüchternheit« und der bevorzugten Äußerungsform der »Analyse«. Die »Nüchternheit« ist freilich keine Erfahrung, die man als Leser/Hörer von Weizsäckers dergestalt selbst auf den Begriff bringen müßte; sie wird als Begriff reichhaltig im Reden mitgeliefert. Kaum etwas, was nicht das Beiwort »nüchtern« vorgehängt bekäme. »Nüchtern« sind die »Einsicht«, die »Verantwortung«, die »Abwägung«; es gibt eine »nüchterne Suche nach dem vernünftigen Ausgleich«, »nüchterne Außenpolitik«, »nüchterne Vernunftgründe«, selbst der »Glaube«, der christliche, »ernüchtert«. Eine etwas zwanghafte Wiederholung eines Begriffs (einmal fünfmal auf zwei Seiten), durch die man nur wieder die Tendenz zur Behauptung der eigenen Rolle durch das Von-ihr-Reden belegt sehen könnte. Demgemäß fehlt die »Nüchternheit« anderen, und diese werden von Weizsäcker nun wirklich zu Gegnern erklärt; diejenigen, die »träumen«, sich »Illusionen« machen, es darum an »Verantwortung« vermissen lassen; summa summarum fallen darunter zum Beispiel die Friedensbewegung und auch »geistig geschulte Köpfe« (siehe Weber), mit einem Wort: die Ideologen, und darum ist Kritik der Ideologen und Ideologiekritik ein herausragendes Thema in Weizsäckers Reden.

Mit der Rolle des Analytikers wiederum (in der Parteifunktion des Grundsatzpolitikers) löste Weizsäcker beharrlich seinen 1965 öffentlich an sich gerichteten Wirkensanspruch ein. Hier scheint er sich dem, der ihn als Rhetor zu beurteilen hat, zu entziehen, sofern die Darstellung von Sachverhalten eben nur auf Darstellung und nicht auf Wirkung ausgeht. Den Politikern und Historikern ist darum überlassen, seine politischen Gedanken zu würdigen, sie auf Stichhaltigkeit und politische Nutzbarkeit zu prüfen und zu bestätigen, wie tiefblickend und klarsichtig vorausschauend er dort in Wahrheit war, wo seine Maßregeln »analysieren und Ziele stecken« oder »beschreiben und bewerten«, sich dem Leser/Hörer nur als Geflecht von an der Oberfläche greifbaren Tatbeständen und Werturteilen materialisieren. (Dabei könnte sich auch klären, wieweit Widersprüche in seinen wertbestimmten Analysen nicht doch wieder auf das Konto einer irritierten Situationsrhetorik gehen. Wer fortgesetzt verlangt, daß der Staat den Bürger nicht unterschätzen und ihm »Selbst- und Mitverantwortung zumuten« solle, müßte in diesem Punkt nicht bei der Alten- und Krankenhilfe stehenbleiben und die Friedensbewegung in echtem Parteitagsstil als »selbstmörderisch nationalistischen Mißbrauch« abkanzeln.) Jedenfalls tritt Weizsäcker seinem Publikum immer wieder mit der Geste des Lagebeurteilers entgegen, der sich anschickt, »eine Lage klar und illusionslos zu analysieren«, der sagt: »Dies ist nur auf der Basis einer Analyse der politischen Landschaft möglich«, der zitiert: »Wer über den Sozialismus diskutieren will, muß zuerst den Kapitalismus analysieren«, der anhebt: »Die Lage ist gekennzeichnet durch« und »läßt sich charakterisieren durch«, und dann »nämlich« sagt und dann in a, b, c oder erstens bis siebentens gliedert oder im Manuskript reichlich Einrückungsstriche setzt.

Nun ist an Weizsäckers Vortrags- und Redeform des Typs »nüchterne

Analyse« eine Satzgrammatik gebunden, die den Anspruch, Redner zu sein, auf eine besondere Weise deutlich werden läßt. Es scheint, als würde er Tucholskys »Ratschläge für einen guten Redner«, so klar wie diese sind, auch so streng wie möglich befolgen. Deren oberster Grundsatz lautet bekanntlich: »Hauptsätze. Hauptsätze. Hauptsätze.« Von Weizsäckers Sätze sind das vorzüglich: knappe Aussagesätze, parataktisch gesetzt, durch Punkte getrennt selbst noch dort, wo parataktische Konjunktionen einen einfachen Gedankenbogen schlagen.

»Diese Ausdrucksweise stört uns natürlich. Denn sie weiß sich zwar dem eigenen Glauben verpflichtet. Aber sie klingt nicht gerade nach Freiheit des demokratischen Wettbewerbs.« Oder: »Aber die politischen Zielkonflikte sind da. Sie müssen ausgetragen werden. Das ist die Aufgabe der Parteien.«

Der dem deutschen Redner häufig gemachte Vorwurf, er verwechsle das Komplizierte mit dem Gescheiten, ließe sich auf solche Rede nicht lenken. Gewinnt sie dadurch an Klarheit? Auch das muß teilweise vom »Fachmann« für die »politische Aussage« beurteilt werden. Doch schon dem einfach zuhörenden Ohr verbirgt sich nicht, wie der Wille zur Klarheit häufig in eine Gestanztheit der Aussagen umschlägt und der Ausfall syntaktischer Zusammenhänge fragwürdige Zusammenhänge von Tatbeständen schafft.

»Die Polarisierung wächst. Die Zahl der Wechselwähler steigt. Die Gesellschaft gerät in Unordnung. Den Menschen fehlt die Orientierung.« Nach dieser Art Klimax erscheinen Wechselwähler als richtungslose Vorboten einer Anarchie. Als erlesene Gedankenfolge mag sich die polierte Satzkette verstehen, die der Redner dem bereits erwähnten Bild vom Gartenschlauch anhängt:

»Wir können und wollen der eigenen Geschichte und ihren Folgen nicht entgehen. Wer keine Geschichte hat, hat auch keine Zukunft. Aber die Zukunft ist damit noch nicht gemeistert. Sie wächst aus der Vergangenheit hervor, aber sie folgt ihr nicht blindlings. Sie stellt uns im Wandel der Zeit vor neue Herausforderungen.«

Hier erkennt auch der Nicht-Politiker, daß der Redner recht hat. – Nicht allein einer schmiegsamen Syntax, auch sonstiger Schmuckformen entbehrt die Rede Weizsäckers. Bildliches kommt kaum vor, und wenn, geht es nicht über den Standard von »Gartenschlauch« und »Autobahn« hinaus, streift gar ans Unangenehme, wenn es einmal von Schärfe hervorgetrieben wird: »Wer ›Lieber rot als tot‹ proklamiert, wird eben in dem Sand ersticken, in den er seinen Kopf gesteckt hat.« Doch findet sich eben auch Schärfe bei Weizsäcker selten, und es fehlt auch die Ironie (er mag es nicht, daß »man« die Macht »ironisiert«), der würzende

Sarkasmus, der Witz überhaupt; witzlos sind diese Reden im Lessingschen und in jedem Sinne, und nach alldem auch ohne Polemik, diese Energie eines natürlichen Streiters. (Es gibt in Deutschland viele Vertreter für Sachlichkeit, die die Polemik als das Gegenteil ihrer Ware ansehen.) Als »guter Redner« von Tucholsky vor die Wahl »Schleuder oder Harfe« gestellt, greift von Weizsäcker, wenn er nicht analysiert, nach der Harfe.

Halt, wird man sagen, das soll, nach dem bisher Ermittelten, ein Politiker sein wollen. Dem muß tatsächlich an dieser Stelle widersprochen werden, und es ist dies der charakteristische Widerspruch im Politiker Weizsäcker, der sich im Redner ausspricht und hier gewiß nicht zum erstenmal bemerkt wird, dem wir auf den Fersen bleiben müssen. Ließ sich seine Rede bis hierher als der beredete Wille erkennen, vom Repräsentanten christlicher Ethik zum distanziert-nüchternen Politiker zu schreiten (»Ich als aktiver Politiker«, deutet er das an), so gibt er doch das eine nie auf, um beim anderen anzukommen, sondern bleibt auf diesem Weg gleichsam in der Schwebe zwischen beiden Positionen stehen, was er freilich auf seine eigene Art, durch die Projektion seines Problems in einen Gegner, zu vernebeln trachtet. (In diesem Fall sind es die Intellektuellen, die er tadelt, »immer nur mit freischwebendem Geist moralisch vorzusingen, ohne dort, wo die Dinge sich hart im Raume stoßen, auch den Beweis für die eigene Ethik antreten zu müssen«.) Mehr praktische Politik als reine Moral, hieß es gegen Schmidt, dann aber wieder: »Wer die moralische Basis seiner Politik nicht klarzumachen weiß, macht schlechte Politik.« Gab sich die Kirchentagsrede von 1965 als Aufruf zu politischer Aktivität, so mündet die Einleitungsrede zum CDU-Parteitag 1981 in einen machtvollen Gottesdienst, der nur stilbrüchig nicht mit Orgel und Choral abschließt:

»›Ehre sei Gott in der Höhe und Friede auf Erden‹ – so steht es in der Bibel. Die christliche Botschaft spricht damit vom Frieden auf Erden, den die Menschen verfehlen, wenn sie die Ehre nicht Gott, sondern sich selber geben, das heißt, wenn sie glauben, sie selbst seien das letzte Maß aller Dinge und könnten daher den absoluten Frieden herstellen. Christlicher Glaube macht begreiflich, daß Menschen alles in ihrer Einsicht und Macht Stehende tun müssen, um Frieden, Freiheit und Gerechtigkeit zu verwirklichen. Wer aber die Angst überwinden will, benötigt mehr als Einsicht und Macht. Glauben und Gnade überwinden sie.«

Daß die Menschen nicht das letzte Maß der Dinge seien, niemand im Besitz der letzten Wahrheit sich befinde, diese letzte Wahrheit leitet von Weizsäcker in der Auseinandersetzung mit geschichtlichen Fakten und politisch Andersdenkenden. »Wachsende Skepsis« äußert er überhaupt an den Rollenansprüchen der Parteien und entschwebt dem Parteienstreit, kaum hat er sich in ihn hineinbegeben, vorzugsweise mit der Geste weitgehender Anerkennung aller halbwegs guten Absichten, Worte und Taten auf seiten der anderen Partei, geradezu als Großmeister der sogenannten »Beschwichtigungsrhetorik«, die schon 1969 H. D. Zimmermann in seiner Studie über den »Sprachgebrauch Bonner Politiker« beschrieb. Weizsäcker-Reden sind Beispiel-Fundgruben für Zimmermanns »Zusammenstellung der Beschwichtigungsfiguren«, vom »Verständnis bekunden« bis zu »allgemeinen Weisheiten«. Es heißt: »Wir sind uns vermutlich darin einig ...«, »Das kann ich gut verstehen ...«, »Wir wollen uns darüber verständigen ...« usw. Die eigene Gegenmeinung wird behutsam eingeleitet: »Diese Ausdrucksweise stört uns natürlich«; deutlicher: »Ich möchte bezweifeln«; schärfer: »Hier scheiden sich die Geister«. Bietet der »Gegner« rhetorische Blößen, die sich im ernsten Gefecht kein Kämpfer entgehen lassen dürfte, um den entscheidenden Treffer zu markieren, läßt sich von Weizsäcker nur zur milde schonenden Andeutung eines Ausfalls bewegen. Es geht um Bildungspolitik, und ein »Linker« sagt: »Unser Ziel ist nicht eine Wiese mit bunten Blumen, sondern ein gleichmäßig geschorener Rasen.« Was hätte ein halbwegs großer Rhetor, in bestem konservativem Sinne das Entwicklungsrecht ungleicher Individuen verteidigend, nicht aus diesem leichtsinnigen Bild des Kontrahenten für Nutzen gezogen, um ihn zu erledigen. Weizsäcker verschenkt diese Gelegenheit nahezu matt, setzt einmal kurz nach und zieht sich sofort wieder auf den hohen Stil weise-nüchterner Belehrung (oder Analyse?) zurück: »Gerechtigkeit ist das Fundament des Lebens. Gleichheit der Lebenswege dagegen ist weder gerecht noch frei.« Vernünftiger kann auch das Grundgesetz nicht klingen. Beschwichtigung versteht sich als öffentlich praktizierte Ideologieabstinenz. Daß diese in Wahrheit selbst eine gar nicht besonders raffinierte Form der Ideologie ist, gilt der Kritik der Ideologiekritik fast als Gemeinplatz. (»Das gute Gewissen ist meist selbst ideologisch.« – Carl Friedrich von Weizsäcker) Und so sieht H. D. Zimmermann in der Beschwichtigungsrhetorik die »signifikante Seite« der Ideologie der bundesdeutschen Gesellschaft, die geprägt ist von der »›Sehnsucht nach Synthese‹, nach einer überparteilichen ›Autorität‹, nach dem Ende von Streitereien und Konflikten«.

Wer dergestalt den Angriff vermeidet, erreicht auch, daß man ihn selbst nicht angreift. Ihn angreifen hieße zudem und setzte voraus, daß man seine Position ausmachen und ihm dort entgegentreten kann, wo er sich verwurzelt hat, ihn so auf seinen Platz fixierend. Diese Fixierung gelingt nicht, wenn er seinen Standort nur vortäuscht, ihn ständig wechselt. Auf kindlicher Stufe probiert man das Entkommen gelegentlich durch das bloße Wünschen und Ausrufen: Ich bin es gar nicht! Ich bin gar nicht hier! Man versuche, Weizsäcker als eindeutigen Parteipolitiker, das heißt als Parteiredner, zu stellen: Über »traditionelle Parteirhetorik« wird er sein Verdikt erlassen. Seine »Absicht ist das Bemühen, der verhängnisvollen Polarisierung entgegenzuwirken, die unseren Zustand heute kennzeichnet«. Also dann Mahner, Beschwichtiger? Wiederum gefehlt. »Wir wollen nicht mit Hilfe einer ethischen Hochsprache Gegensätze wegzaubern oder ein politisch bedeutungsloses Harmoniegebilde unbezweifelbarer Wahrheiten entwerfen.« Wem gilt sein »Wir« – auf dem Grundsatzkongreß der CDU 1977?

Muß dieser (verdrängte?) Widerspruch in der Rhetorik Weizsäckers nicht letztlich die Schlußfolgerung erlauben, daß er gegenüber der Politik nur eine *ästhetische* Haltung einnimmt? Der ästhetische Zustand im Schillerschen Sinn ist der Übergang von einer zielgerichteten Aktivität zu einer entgegengesetzten, von einer Bestimmung zur anderen. Ein Verharren in diesem Übergang, in der Unentschiedenheit zwischen zwei unterschiedlichen Möglichkeiten, die Weigerung, sich auf eine Bestimmung, eine eindeutige Realisierung einer Rolle einzulassen, sie werden von zwanghaften Wünschen oder Ängsten diktiert: dem Wunsch, über den Dingen zu stehen, der Tücke des Lebens unerreichbar zu bleiben; der Angst vor Unordnung, Berührung, Beschmutzung; dem Wunsch, sich seine unbefleckte Integrität zu bewahren. So stellt Schillers Fiesco sich »mit erhabenem Spiel« über seine »majestätische Stadt«, tritt Reden haltend »mit Hoheit« unter seine Genueser und läßt derweil die politische Schmutzarbeit von seinem Mohren verrichten. Souveränität behält er nur, solange er die kontemplative Pose bewahrt. Man verlege Genua nach Berlin und frage dort nach des Edelmanns Mohren. Weizsäcker – der rhetorische Entwurf eines Schillerschen Helden? Wallenstein hat er studiert, davon kündet das gegen die Intellektuellen geschleuderte Zitat von den Dingen, die sich hart im Raume stoßen, während leicht beieinander die Gedanken wohnen. Soll man es nicht als merkwürdig ansehen, daß der Dramenheld diese Worte ausgerechnet zur beschwörenden Abwehr der reinen Inkarnation seines Möchtegern-Ästhetentums ausspricht, um sich seines Möchtegern-Politikertums zu versichern? Wenn Schillerscher Held, dann einer, der nicht die Kontrolle verliert; und auch ein Sartrescher Held, der redend und schreibend das droit de cité in einer Partei beansprucht und sich doch nicht zu einer endgültigen Wahl, zur Aufgabe seiner Reinheit, zu schmutzigen Händen entschließen kann.

Dort, wo sich eine besondere Politikerpersönlichkeit zu entfalten schien, die alles umfaßt, was man sich wünschen könnte, den Apostel der Liebe, den analysierenden Wissenschaftler und den Realpolitiker, und die alle diese Erscheinungsweisen redend immer positiv abzuwägen weiß, doch auch häufig zwei von ihnen gegenüber der dritten verleugnet, dort muß man doch wohl das Fehlen eines einseitig, aber wahr und menschlich machenden Schwergewichts beklagen – jenes »inneren Schwergewichts«, nach dem Max Weber den Politiker fragte und das sich nicht herbeireden läßt –, muß man auch eine Entindividualisierung feststellen, deren zweckrationale Sprachmuster die Angepaßtheit an kollektive Wünsche nach Versöhnung aller Gegensätze in geistiger Überlegenheit und Totalität verraten.

Die Grammatik der diplomatisch-ästhetischen Persönlichkeitsauflösung hat Peter Handke einst an einer »Biographie« aus deutschen Sätzen vorgeführt. Wo sich bei ihm noch ein »Ich« ausspricht (»Ich bin zwar kein Schwarzseher, aber auch kein blauäugiger Utopist.«), findet man bei Weizsäcker nur wieder das kollektive »Wir«:

»Das alles nötigt uns, weder vor Schrecken zu erstarren, noch uns einer Politik der Hoffnung zu verschreiben.« »Gewiß, wir sind nicht mit jedem Zungenschlag aus Amerika einverstanden. Aber wir sind Partner auf der Grundlage einer tiefen inneren Übereinstimmung.« »Verantwortliche Außenpolitik kann nie darin bestehen, zunächst das Herz über die Hürde zu werfen, aber auch nicht darin, vor lauter Vorsicht einfach stehenzubleiben.«

Ist das die rhetorische Einlösung des Max Weberschen Anspruchs auf »Augenmaß«, so darf schließlich auch nach der »Leidenschaft« gefragt werden. Weizsäcker will sie nur als Implikat der »Nüchternheit« gelten lassen, und damit muß man sich zufriedengeben. Seine gesammelten Reden und Vorträge mögen, als Frucht eines ganz eigenen Politikerdaseins, nach altem Theaterdirektor-Grundsatz manchem etwas bringen, indem sie vieles bringen, und es mögen Politiker und Christen sich etwas aussuchen und zufrieden aus dem Haus gehen. Mancher mag an ihnen aber auch eine Sterilität und Blutleere wahrnehmen, eine Wärme und Menschlichkeit suchen, die nur der gewinnt, der sich ausliefert und sich aufs Spiel setzt.

Seit nunmehr 20 Jahren hat Richard von Weizsäcker auf dem Weg über den Kirchentagspräsidenten, den Bundestagsvizepräsidenten, den Regierenden Bürgermeister bis zum Bundespräsidenten nur immer im rhetorischen Präsidialstil die Präsidentenrolle gepflegt; hat, immer wieder der Götter Gunst erfahrend, auf seines Daches Zinnen gestanden und auf die »politische Landschaft« hinuntergeblickt, nüchtern und mit analysierender Geste zu uns sprechend: »Die Zeit ist unruhig, die Unsicherheit ist groß.« Die Bevölkerung der Bundesrepublik wird als sein zuhörender Gastfreund bei ihm ausharren.

Elisabeth Noelle-Neumann

Leiterin des Instituts für Demoskopie, Allensbach, Leiterin des Instituts für Publizistik an der Universität Mainz

Kein Schatten – Demoskopisches Porträt

Erst als ich die demoskopischen Ergebnisse näher ansah, verstand ich die Entscheidung Richard von Weizsäckers. Erst da fügte sich für mich Stück für Stück ein neues Bild von ihm zusammen. Zunächst fiel mir nur auf, wie hell dieses Bild war, beinahe überhell, wie ein überbelichtetes Foto. Kein Schatten auf dieser Gestalt. Erst allmählich, beim genaueren Betrachten, begann ich zu begreifen, woher die Überhelligkeit kam. Es fehlte alles Aggressive in dem Bild, die Schärfe, die Härte, die unabdingbar zum Berufspolitiker gehört; selbst umgeformt in Gestalt von Zuversicht als Waffe im politischen Kampf, gefaßt in die Aussage: »Zuversicht, Erfolg ausstrahlend«, fehlte das Aggressive. Ein Philosoph, in die Politik verschlagen. Das sah nicht so aus, als sei das Bestehen von einem Trottoir-Wahlkampf nach dem anderen um den Posten des Regierenden Bürgermeisters von Berlin seine Bestimmung.

Im Allensbacher Archiv gibt es dazu drei Sammlungen von Daten. Erstens eine Serie von Umfragen zur Popularität Richard von Weizsäckers von 1974 bis 1983. Zweitens »Profile«. Anhand von vorgegebenen Aussagen positiver und negativer Art beschreibt die Bevölkerung, wie sie Richard von Weizsäcker sieht, und diese Ergebnisse werden verglichen mit den »Profilen« anderer Politiker wie Kohl und Strauß und Albrecht, Genscher, Hans-Jochen Vogel, Helmut Schmidt, Willy Brandt. Drittens Fragen aus dem Dezember 1983, wie die Bevölkerung den Plan aufnimmt, Weizsäcker zum Bundespräsidenten zu wählen.

Die letzten Umfragen zur Popularität stammen aus dem Frühherbst 1983 vor Beginn der öffentlichen Diskussion um die mögliche Bundespräsidentenkandidatur und Januar 1984. Unter allen Spitzenpolitikern besaß Weizsäcker im Frühherbst 1983 die größte Popularität bei der Bevölkerung, 60 Prozent erklärten, sie hätten von ihm eine gute Meinung; nur 12 Prozent sagten: »Keine gute Meinung«; nur 12 Prozent sagten, er sei ihnen unbekannt. Unter CDU/CSU-Anhängern erklärten damals 75 Prozent ihre gute Meinung von Weizsäcker. Zum Vergleich: 79 Prozent der CDU/CSU-Anhänger hegten eine gute Meinung von Stoltenberg, 91 Prozent eine gute Meinung von Kohl. In der Bevölkerung ab 16 Jahre allgemein erreichten sowohl Kohl wie Stoltenberg nicht die Popularität von Weizsäcker. Sie blieben zwar nur wenig dahinter zurück; über Kohl hegten 55 Prozent, über Stoltenberg 56 Prozent der Bevölkerung ab 16 Jahre eine gute Meinung. Aber vor allem zogen Stoltenberg und noch viel mehr Kohl abfällige Urteile der Bevölkerung auf sich. Nur 12 Prozent – eine Mindestzahl für einen im Scheinwerferlicht stehenden Politiker – äußerten über Weizsäcker, sie hätten keine gute Meinung von ihm. Über Stoltenberg sagten das im Herbst 1983 21 Prozent, über Kohl 33 Prozent. Mit Strauß kann man in diesem Zusammenhang keinen Vergleich anstellen; seit rund 25 Jahren, seitdem er Ende der fünfziger Jahre Atomminister war, zog er massive öffentliche Angriffe auf sich, so daß beispielsweise im Herbst 1983 36 Prozent, die eine gute Meinung von ihm hatten, 53 Prozent gegenüberstanden, die sagten: »Keine gute Meinung.«

Von Strauß könnte man bestimmt nicht sagen: »Ein in die Politik geratener Philosoph«, er ist das gerade Gegenstück. Wenn die politische Vorgeschichte von Strauß durch dramatische Kämpfe gekennzeichnet ist, gilt von Weizsäcker, daß er von 1974, von der ersten vorliegenden Messung an, in der Popularität sanft und stetig aufgestiegen ist: 37 Prozent der Bevölkerung ab 16 Jahre hatten 1974 von ihm eine gute Meinung (»Keine gute Meinung«: 13 Prozent), 1978, bevor er als Spitzenkandidat nach Berlin ging, äußerten 40 Prozent eine gute Meinung (»Keine gute Meinung«: 12 Prozent). Rund fünf Jahre später, im Herbst 1983, war dann die Popularität auf 60 Prozent angewachsen. Die absolute Spitzenposition – allerdings in einer Sonderrolle – hielt im Herbst 1983 Helmut Schmidt, 76 Prozent der Bevölkerung erklärten ihre gute Meinung von ihm. Walter Scheel hatte als Bundespräsident 1974 die Zustimmung »Gute Meinung« von 79 Prozent der Bevölkerung erhalten.

In bezug auf den Bundespräsidenten wünscht man sich eine Gestalt, die die Bevölkerung nicht polarisiert, sondern die von allen Gruppen und Lagern angenommen wird. Eine solche übergreifende Zustimmung brauchte Weizsäcker sich nicht erst zu erwerben. Schon vor der Wahl fand man in allen Bevölkerungsgruppen vorwiegend Wohlwollen, bei Männern und Frauen, bei Protestanten und Katholiken, bei allen Berufsgruppen. Selbst SPD-Anhänger hegten zu 54 Prozent eine gute Meinung von ihm, bei nur 17 Prozent Gegenstimmen. Schon vor einem Jahrzehnt und bis heute blieben junge Leute unter 30 zurückhaltend gegenüber

Weizsäcker, während die Altersgruppen ab 30 bis über 60 sich kaum in der Einstellung zu ihm unterschieden. Aber auch bei den jungen Leuten gibt es keinen Widerstand gegen Weizsäcker, nur mehr Indifferenz: 44 Prozent sagten, sie hegten eine gute Meinung von ihm, 17 Prozent: »Keine gute Meinung«, 25 Prozent sagen: »Weder noch«.

Nachdem die Umrisse der großen Popularität Weizsäckers deutlich geworden sind – man müßte eher sagen: des großen »Goodwill«, der ihm entgegengebracht wird –, möchte man näher an das Bild herantreten, um zu erkennen, mit welchen Zügen die Bevölkerung Weizsäcker ausgestattet hat. Aber das seltsame ist: Das Bild ist ganz undeutlich, man erkennt eigentlich nichts. Auf keinen Fall erscheint beim genauen Hinsehen ein charakteristisches Politikerporträt. »Energisch, kann sich durchsetzen«, lautet eine Aussage, mit der das Profil ermittelt werden soll. Zwei Jahre nach der Übernahme der Spitzenposition der Berliner CDU, wenige Wochen vor der erfolgreichen Berliner Senatswahl von 1981 sagten nur 24 Prozent der Berliner, Weizsäcker sei energisch, könne sich durchsetzen. Sechs anderen Bundespolitikern – Kohl und Strauß, Genscher, Willy Brandt, Helmut Schmidt, Hans-Jochen Vogel – wurde diese Eigenschaft im Durchschnitt zu 43 Prozent zugebilligt. Albrecht, für den Niedersachsen-Ergebnisse aus dem März 1982 vorliegen, wurde von 40 Prozent für »energisch, kann sich durchsetzen« gehalten. Oder eine andere Facette: »mutig«. Durchschnittlich wird diese Eigenschaft den Spitzenpolitikern im Bund zu 34 Prozent zugesprochen, Weizsäcker zu 19 Prozent.

Eine »starke Führernatur« wurde den Spitzenpolitikern im Bund im Durchschnitt zu 28 Prozent zugesprochen, Weizsäcker zu 17 Prozent. Die Wendung zur Erscheinung des Siegers: »Zuversicht, Erfolg ausstrahlend«, gehört, wie schon erwähnt, auch nicht zum Bild Weizsäckers. 29 Prozent sagen das im Durchschnitt von den Spitzenpolitikern im Bund, bei Weizsäcker empfinden das 22 Prozent. Auch einzelne charakteristische Aspekte wie »modern, fortschrittlich« – im Durchschnitt den Spitzenpolitikern zu 23 Prozent zugebilligt, Weizsäcker 12 Prozent – oder »sozial« – 38 Prozent im Durchschnitt, Weizsäcker 11 Prozent – bestimmen das Bild nicht und auch nicht die Aussage »sympathisch«, im Durchschnitt den Spitzenpolitikern von 43 Prozent zugebilligt, aber nur von 31 Prozent bei Weizsäcker. Ausgeprägt ist die Charakterisierung Weizsäckers als »eher konservativ eingestellt«: 49 Prozent gegenüber 28 Prozent bei den Spitzenpolitikern. Aber damit läßt sich der Goodwill Weizsäckers nicht erklären, denn »konservativ« ist noch immer eine vorwiegend abfällige Kennzeichnung.

In einem bissigen Kommentar des »Stern« zum Abschied Richard von

Weizsäckers von Berlin hieß es: »Richard von Weizsäcker mied die Niederung des politischen Tagesgeschäfts, um sein liberales Image nicht in Gefahr zu bringen.« Es zeigt sich aber in den demoskopischen Daten kein liberales Image. Im Durchschnitt wurde den Spitzenpolitikern zu 28 Prozent zugebilligt, sie seien »liberal, tolerant«, Hans-Jochen Vogel zu 36 Prozent, Helmut Kohl zu 29 Prozent, bei Weizsäcker nur zu 15 Prozent.

Ein Philosoph, in die Politik verschlagen? Demoskopische Daten für den Philosophen können wir nicht vorlegen, denn auf ein Philosophenprofil abgestellte Aussagen wurden in den Umfragen nie vorgelegt. Wir finden nur einen Anhaltspunkt aus der Zeit vor der Senatswahl im Frühjahr 1981. Damals wurde gefragt, ob Weizsäcker und ob sein politischer Gegner Dietrich Stobbe Menschenkenntnis hätten, einen Blick dafür, welche Menschen für welche Ämter besonders geeignet seien – oder ob das weniger ihre Stärke sei. Über Stobbe meinten die Berliner zu 27 Prozent: »Hat Menschenkenntnis«. »Ist weniger seine Stärke« sagten 41 Prozent. Ganz anders bei Weizsäcker. 43 Prozent meinten: »Hat Menschenkenntnis«, 18 Prozent: »Ist weniger seine Stärke«.

Hier empfindet man die blinde Stelle in einem demoskopischen Porträt. Was nicht gefragt wurde, kann auch nicht in die Züge des Politikers Richard von Weizsäcker eingezeichnet werden. Aber die Menschenkenntnis, die ihm von den Berlinern schon 1979 zugebilligt wurde, könnte eine Schlüsselbedeutung für sein politisches Wirken haben. Denn an diesem Wirken ist nicht zu zweifeln. Hat die Menschenkenntnis ihn befähigt, gute Mitarbeiter um sich zu versammeln und sie zu guter Zusammenarbeit zu führen und durch diese Mitarbeiter seine politischen Ziele zu verwirklichen, ohne selbst als Urheber zu erscheinen?

Aus der Stimmung der Enttäuschung heraus, die die Berliner über das Weggehen von Weizsäcker empfanden, schrieb die »Berliner Morgenpost«, Weizsäcker habe nicht viel mehr bewirkt, als Berlin »in Stimmung zu bringen«. Nicht viel mehr? Wir besitzen keine Vergleichsdaten aus der Zeit vor 1979. Wir können also aus den Daten des Allensbacher Archivs einen Stimmungsaufschwung der Berliner nicht mit Demoskopie verfolgen. Aber wir können eine Umfrage aus dem Herbst 1983 betrachten. Dort finden wir eine so außerordentlich selbstbewußte und optimistische Berliner Bevölkerung, daß man an der »Stimmung« nicht zweifeln kann. Ist »Stimmung« in der Berliner Situation oder ganz allgemein in bedrohlichen politischen Situationen etwas Nebensächliches, Schall und Rauch? Es ist die Voraussetzung zur Selbstbehauptung. Überaus schwer zu bewirken und so gesehen eine große politische Tat.

Es ist viel geschrieben worden über den begrenzten Handlungsspielraum, den das Grundgesetz dem Bundespräsidenten einräumt. Aber politische Gedanken kann er mit großer Wirkung aussprechen, den Konsens in der Bevölkerung suchen und durch die Formulierung die klare Fassung und Begründung verstärken. Die Sprachlosigkeit, die viele Menschen lähmt, kann er damit vertreiben. Die Bereitschaft, ihn zu hören und ihn auch als ihren Repräsentanten anzunehmen, ist in der Bevölkerung groß.

Es sei gut, wenn Richard von Weizsäcker der nächste Bundespräsident werde, meinten im Dezember 1983 65 Prozent, »Nicht gut« sagten 9 Prozent. Im Januar 1984 war die Zustimmung »Gute Meinung« über Richard von Weizsäcker auf 71 Prozent gestiegen.

Der Philosoph als König – unser Grundgesetz hat den Bundespräsidenten wahrscheinlich so gewollt.

XIV. Kapitel

Das höchste Staatsamt

Joachim Braun

Chefredakteur des Senders Freies Berlin

Die Autorität der Machtlosigkeit

Das höchste Staatsamt ist nach der Verfassung der Bundesrepublik nicht das Zentrum der Macht. Mächtig ist der Kanzler, machtlos der Bundespräsident.

Daß das Grundgesetz es so und nicht anders will, darüber gibt es keinen Streit. Nur einmal in der Geschichte der Bundesrepublik schien dieses Einvernehmen für einen Augenblick gestört, aber das ist lange her. Im Frühjahr 1959 spielte Konrad Adenauer mit dem Gedanken, das Amt des Bundeskanzlers mit dem des Bundespräsidenten zu vertauschen. Er hoffte, auch als Staatsoberhaupt die Fäden der politischen Entscheidung in der Hand behalten zu können. Aber er mußte sich davon überzeugen lassen, daß das Grundgesetz dem Bundespräsidenten den politischen Spielraum nicht zuerkennt, den er in diesem Amt zu nutzen gedachte. Wollte Adenauer weiterhin die Richtlinien der Politik bestimmen, dann mußte er Kanzler bleiben.

Noch im Abstand eines Vierteljahrhunderts ist es verwunderlich, daß Adenauer überhaupt einen Wechsel in die Villa Hammerschmidt in Betracht gezogen hat. Denn er war ja selbst einst im Parlamentarischen Rat maßgeblich daran beteiligt gewesen, daß das Amt des Staatsoberhaupts mit keinerlei Machtfülle ausgestattet wurde.

Die 65 Männer, die im Parlamentarischen Rat vom Herbst 1948 bis zum Frühjahr 1949 eine Verfassung für die Bundesrepublik ausarbeiteten, hatten gute historische Gründe dafür, einen machtlosen Bundespräsidenten zu schaffen. Unter ihnen galt als ausgemacht, daß am Scheitern der Weimarer Demokratie die zu große Machtfülle des Reichspräsidenten einen beträchtlichen Anteil hatte. Das sollte sich nicht wiederholen.

In der Tat war der Präsident der Republik von Weimar ein mächtiger Mann. Er wurde unmittelbar vom Volke gewählt und verfügte deshalb über eine stärkere demokratische Legitimation als die Spitzenpolitiker der Parteien. Der Reichspräsident konnte einen Kanzler seiner Wahl ernennen (der allerdings in normalen Zeiten des Vertrauens der Reichstagsmehrheit bedurfte) und ihn auch wieder entlassen. Er konnte einen Volksentscheid herbeiführen, wenn ihm ein vom Parlament beschlossenes Gesetz nicht paßte, und er konnte den Reichstag auflösen. Er führte den Oberbefehl über die Streitkräfte und war Herr des Notstands. Mit Hilfe des berüchtigten Artikels 48 der Weimarer Verfassung konnte er Grundrechte außer Kraft setzen, Notverordnungen ohne parlamentarische Zustimmung erlassen und bewaffnete Macht zur Wiederherstellung der öffentlichen Sicherheit einsetzen.

Trotz dieser Machtfülle war er praktisch unabsetzbar. Zwar hatte der Reichstag das Recht, mit Zweidrittelmehrheit eine Volksabstimmung zur Absetzung des Reichstagspräsidenten zu beantragen. Aber angesichts der Weimarer Parteiensituation war das gleichbedeutend mit seiner Unabsetzbarkeit. Ein Vielparteienparlament, das beständig Mühe hatte, für die laufenden Entscheidungen der Tagespolitik einfache Mehrheiten zustande zu bringen, war zur Zweidrittelmehrheit ohnehin nicht fähig. Tatsächlich ist eine solche Abwahl auch niemals ernsthaft erwogen worden.

Die Weimarer Republik ist gewiß nicht allein an den Schwächen ihrer Verfassung zugrunde gegangen. Aber die Männer im Parlamentarischen Rat, die allesamt ihre politischen Erfahrungen in der Weimarer Zeit gesammelt hatten, waren davon überzeugt, daß diese Verfassung zum Scheitern der Republik erheblich beigetragen habe – und sie wollten es besser machen.

Demokratisch sollte der neue Staat schon sein, gewiß, aber streng repräsentativ und vor allem stabil – nicht von Dauerkrisen geschüttelt wie die Republik von Weimar. Alle plebiszitären Elemente wurden deshalb aus dem Grundgesetz verbannt. Verfassungswidrige Parteien sollten verboten werden. Gegen die Zersplitterung des Parteienwesens führte man die Fünfprozentklausel ein. Das Zentrum der Macht sollte allein beim Bundeskanzler liegen, der die Richtlinien der Politik bestimmt. Um seinen Sturz zu erschweren, erfand Carlo Schmid das »konstruktive Mißtrauensvotum«. Der Dualismus zwischen präsidialem und parlamentarischem System, der sich in Weimar verhängnisvoll ausgewirkt hatte, wurde im Grundgesetz beseitigt, das Staatsoberhaupt entmachtet.

Anders als in Weimar wird der Präsident der Bonner Republik nicht mehr direkt vom Volk gewählt. Er kann sich in der Gesetzgebung auch nicht mehr am Parlament vorbei unmittelbar an das Volk wenden. Der Bundespräsident ist weder der Herr des Notstands noch Oberbefehlshaber der Streitkräfte. Er darf nicht einen Kanzler seines Vertrauens berufen, er kann aber den Kanzler auch nicht aus eigener Vollmacht abberufen.

Seine Amtszeit beträgt nicht mehr sieben, sondern fünf Jahre, er kann nur einmal in direkter Folge wiedergewählt werden. An den Sitzungen des Kabinetts nimmt er nicht teil und führt schon gar nicht ihren Vorsitz. Das Parlament, aus dessen Mitte er in aller Regel hervorgegangen ist, betritt er zum letztenmal bei seiner Amtseinführung und dann erst wieder bei seiner Verabschiedung, dazwischen nur zu Anlässen, die außerhalb der parlamentarischen Arbeit liegen – etwa bei Feiern zum 17. Juni.

Wo der Bundespräsident staatliche Akte ausführt, da trägt nicht er die politische Verantwortung, sondern der Kanzler oder der zuständige Minister. Der Bundespräsident vertritt die Bundesrepublik völkerrechtlich nach außen, er schließt im Namen des Bundes die Verträge mit fremden Staaten ab, er empfängt die fremden und beglaubigt die eigenen Botschafter. Aber die politische Verantwortung für die Verträge liegt bei der Bundesregierung, sie befindet über Agrément und Entsendung der Botschafter.

Der Bundespräsident fertigt die Gesetze aus, die das Parlament beschlossen hat, und er verfügt dabei auch über ein begrenztes Prüfungsrecht. Aber er ist nicht Hüter der Verfassung – das ist Aufgabe des Bundesverfassungsgerichts. Der Bundespräsident ernennt und entläßt Minister, Beamte, Richter und Soldaten des Bundes, aber er benötigt dazu die Gegenzeichnung des politisch verantwortlichen Kanzlers oder Ministers.

Solange der Bundeskanzler im Parlament die Mehrheit hat, mit der er regieren kann, steht der Bundespräsident außerhalb der politischen Entscheidungen. Die politische Wirkung des Staatsoberhaupts beschränkt sich in normalen Zeiten auf seinen Beitrag zur Bildung des öffentlichen Bewußtseins, vornehmlich also auf seine Reden. Nur für den Fall einer parlamentarischen Krise hat das Grundgesetz dem Bundespräsidenten die Rolle eines Nothelfers zugewiesen. Zur Lösung solcher Krisen verfügt er, zumindest nach der Theorie des Grundgesetzes, über eine gewisse Reservemacht. Damit aus dieser Reservemacht keine Einwirkungsmöglichkeit auf Dauer wird, hat der Parlamentarische Rat ihre Anwendung auf drei klar definierte Fälle beschränkt.

Der Bundespräsident soll zur zentralen Figur werden, wenn bei der Kanzlerwahl auch im dritten Wahlgang kein Bewerber die absolute Mehrheit erreicht hat. In diesem Fall, der in der Geschichte der Bundesrepublik bisher nicht eingetreten ist, kann das Staatsoberhaupt das Parlament auflösen und Neuwahlen ausschreiben. Auch der zweite im Grundgesetz vorgesehene Notfall, der sogenannte Gesetzgebungsnotstand, ist bislang nicht vorgekommen. Er entsteht theoretisch dann, wenn ein Kanzler die Vertrauensfrage verloren hat, gleichwohl im Amt geblieben ist und dann das Parlament eine von der Regierung als dringlich erklärte Gesetzesvorlage abgelehnt hat.

Die dritte im Grundgesetz geregelte Krisensituation ist zweimal eingetreten: daß nämlich ein Kanzler die Vertrauensfrage verlor und den Bundespräsidenten um die Auflösung des Parlaments ersuchte. Zum erstenmal geschah das im Herbst 1972. Seit Monaten herrschte im Bundestag eine Pattsituation. Rainer Barzel hatte am 27. April das konstruktive Mißtrauensvotum gegen Bundeskanzler Willy Brandt versucht und die notwendige absolute Mehrheit um zwei Stimmen verfehlt. Einen Tag später endete die Abstimmung über den Kanzlerhaushalt mit Stimmengleichheit: 247 zu 247. Weder der Kanzler noch der Oppositionsführer hatten eine parlamentarische Mehrheit hinter sich.

Aber selbst in dieser, vom Grundgesetz nicht vorausgeahnten Situation des parlamentarischen Patts konnte der Bundespräsident (es war Gustav Heinemann) nicht aus eigener Vollmacht das Parlament auflösen und Neuwahlen ausschreiben, weil Willy Brandt, zunächst jedenfalls, nicht die Vertrauensfrage stellte und somit den Weg zu Neuwahlen nicht freigab. Das tat er erst Monate später. Bis dahin waren dem Bundespräsidenten die Hände gebunden, obgleich es eine parlamentarische Mehrheit für die Regierung nachweislich nicht mehr gab.

Gut zehn Jahre später, im Dezember 1982, stellte wiederum ein Bundeskanzler die Vertrauensfrage in der Absicht, Neuwahlen zu ermöglichen. Aber diesmal war die Situation gründlich verändert. Denn Helmut Kohl verfügte im Bundestag offenkundig über eine ausreichende parlamentarische Mehrheit. Kohl hatte am 1. 10. 1982 mit Hilfe eines erfolgreichen konstruktiven Mißtrauensvotums das Amt des Bundeskanzlers erlangt und sogleich Neuwahlen für den März 1983 angekündigt. Neuwahlen setzten aber voraus, daß er eine Vertrauensfrage verlor. Das geschah auch programmgemäß am 17. 12. 1982.

Die Geschichte hatte aber einen unangenehmen Beigeschmack: Noch wenige Tage vor der Vertrauensfrage hatte die Koalition aus CDU/CSU und FDP den Haushalt verabschiedet. Kohl war die Unterstützung durch die gesamte Koalition sicher. Er mußte folglich die Niederlage bei der Vertrauensfrage eigens organisieren. Fast sämtliche Abgeordnete der Regierungsfraktionen enthielten sich bei der Vertrauensfrage der Stimme.

Bundespräsident Karl Carstens wurde damals von vielen politischen Kommentatoren bedrängt, der von Kohl gewünschten Auflösung des Parlaments nicht stattzugeben, da die Vertrauensfrage offenkundig getürkt gewesen sei. Tatsächlich hat Carstens lange gezögert, bis er das Parlament auflöste. Nur widerwillig ließ er sich in das Spiel des Bundeskanzlers einspannen, bei dem zwar nicht der Buchstabe, wohl aber der Geist des Grundgesetzes gröblich verletzt wurde. Das Bundesverfassungsgericht gab später Carstens nolens volens recht. Es mußte nachträglich eine Prozedur gutheißen, die ohnehin nicht mehr rückgängig zu machen war.

Im Grunde haben die beiden Vertrauensfragen der Jahre 1972 und 1982 erwiesen, daß der Bundespräsident selbst bei der Auflösung des Parlaments, in der nach der Theorie des Grundgesetzes seine Reservemacht in Kraft tritt, nicht aus eigener Vollmacht entscheiden kann, sondern von den Handlungen oder Unterlassungen des Bundeskanzlers abhängt.

Wie immer man es dreht: Der Bundespräsident ist nach der Ordnung des Grundgesetzes ein machtloser Mann, »eine Spitze, auf die nichts zuläuft«, wie Johannes Gross schon in den sechziger Jahren schrieb. Er äußerte es ungnädig, im Tone der Mißbilligung: Ein Staat, der etwas auf sich hält, leistet sich kein machtloses Staatsoberhaupt.

Die Väter des Grundgesetzes haben es sich mit Bedacht geleistet, und sie orientierten sich dabei an einem großen Vorbild: am Regierungssystem der britischen Monarchie.

Dort unterscheidet man zwischen »dignified and efficient parts of constitution«, zwischen würdigen und wirksamen Teilen der Verfassung. Zu den würdigen Verfassungsteilen gehört der Monarch, mit dem die höchste Stelle im Staat ein für allemal vergeben ist. Wirken die Institutionen des parlamentarischen Regierungssystems störungsfrei zusammen, dann hat der Monarch nur eine symbolische Funktion. Er verkörpert die Einheit der Nation. Er hat keine Entscheidungsgewalt und trägt auch nicht die politische Verantwortung. Ihm steht allein zu, »to be consulted, to encourage, and to warn«: Er kann seinen Rat geben, ermutigen und warnen.

Eigentlich politische Funktionen wachsen ihm erst zu, wenn die Mehrheitsverhältnisse im Unterhaus die Regierung handlungsunfähig machen. In dieser Lage verfügt der Monarch über eine gewisse Reservemacht. Er wird für die Zeit der Krise zu einem wirksamen Teil der Verfassung. Er soll die Krise beilegen, indem er sich um die Bildung einer neuen mehrheitsfähigen Regierung bemüht. Parteipolitische Neutralität ist dabei die Bedingung für seine Autorität. Die Stärke des Monarchen liegt nicht in der Macht, sondern in dem Respekt, der seinem Amt entgegengebracht wird.

Das Amt des Bundespräsidenten ist nach diesem Vorbild beschaffen. Wie der britische Monarch gehört auch der Bundespräsident zu den würdigen, nicht zu den wirksamen Verfassungsteilen. Der Bundespräsident ist das lebendige Symbol des Ganzen, der Einheit des Staates, der Geltung seiner Grundwerte und der Verbindlichkeit seiner Spielregeln für die Austragung von politischen Konflikten.

Indem er die Verträge unterzeichnet, welche die Bundesrepublik mit anderen Staaten schließt, verkörpert er die Staatsgewalt der Bundesrepublik gegenüber dem Ausland. Indem er die Gesetze ausfertigt, die der Bundestag beschlossen hat, dokumentiert er ihre Geltung für alle, auch für die, die diese Gesetze vor ihrer Verabschiedung bekämpft haben. Indem er die Personen ernennt, denen politische Führungsaufgaben oder hohe staatliche Ämter anvertraut werden, symbolisiert er die Würde der demokratischen Ordnung. Staatsbesuche, Schirmherrschaften und Ordensverleihungen vervollständigen den Katalog der »dekorativen« Aufgaben des Bundespräsidenten.

Dennoch fällt dem Staatsoberhaupt im Verfassungssystem der Bundesrepublik eine mehr als nur dekorative Rolle zu. Er ist weder der Frühstücksdirektor der Nation noch ein bloßer Staatsnotar. Sein Amt erlaubt ihm durchaus, auf den politischen Entscheidungsprozeß Einfluß zu nehmen. In der Regel bedarf diese Einflußnahme freilich der Diskretion. Sie findet nicht vor den Augen der Öffentlichkeit statt, und sie setzt voraus, daß der Bundespräsident das Vertrauen aller Parteien genießt. Denn er ist, nach einem Wort von Dolf Sternberger, immer zugleich der »Präsident der Opposition«. Folglich muß er zu allen Parteien Distanz halten, vor allem zu der, aus der er selbst kommt.

Versteht er es, diese Unabhängigkeit mit der notwendigen Zurückhaltung in der Öffentlichkeit zu verbinden, dann kann er auf vielfältige Weise Einfluß nehmen: Er kann den Kanzler, einzelne Minister oder Oppositionspolitiker zu sich bitten und ihnen seinen Rat erteilen. Er kann Ausschüsse des Bundestages und Repräsentanten der großen gesellschaftlichen Organisationen in sein Haus einladen, um mit ihnen grundlegende Fragen der Politik zu erörtern. Er kann dafür sorgen, daß Experten und Parlamentarier, Regierungsvertreter und Vertreter der veröffentlichten Meinung miteinander vertraulich ins Gespräch kommen, wo die öffentliche Auseinandersetzung solche Gespräche verhindert.

Aber diese indirekte Einflußnahme ist nur möglich, solange ein Bundespräsident der Versuchung widersteht, zu politischen Tagesfragen öffentlich Stellung zu nehmen. Nur wenn seine Autorität gegenüber allen Parteien und Interessengruppen nicht in der Tagesauseinandersetzung verschlissen wird, kann er notfalls schlichtend eingreifen.

Integrierend zu wirken ist eine der vornehmsten Aufgaben des Staatsoberhaupts. Theodor Heuss gilt vielen Deutschen bis heute als derjenige Inhaber des höchsten Staatsamtes, dem die Aufgabe der Integration am besten gelungen ist. Er verstand sich gleichermaßen auf die Kunst des vermittelnden Wortes wie auf eine gänzlich ungespreizte und doch würdevolle Repräsentation des Staates. Er genoß es, dem vollen Ernst des politischen Kampfes entzogen zu sein und durch seinen behäbigen Humor die Distanz zwischen Bürger und Staat zu überwinden. Seine Verdienste um die Festigung einer jungen, unter schweren Belastungen angetretenen und ihrer selbst ungewissen Demokratie sind unvergessen.

Gustav Heinemann hat die Verpflichtung des Staatsoberhaupts zur Integration ganz anders verstanden als Theodor Heuss. Für ihn war die Republik nach 20 Jahren volljährig geworden. Integrieren hieß für ihn vor allem, die Mehrheit auf die nicht integrierten, auf die an den Rand gedrängten Minderheiten der Gesellschaft hinzuweisen, auf Behinderte, auf Straffällige, auf ausländische Mitbürger. Er machte sich zum Anwalt derer, die sich aus eigener Kraft öffentliches Gehör nicht verschaffen können. Und er nahm dabei in Kauf, daß er vielen auf die Nerven ging mit seinen Mahnungen und bohrenden Fragen.

Seine Nachfolger, Walter Scheel und Karl Carstens, haben beide Seiten der Integrationsaufgabe zu verbinden gesucht: den Zuspruch und die Mahnung. Kein Zweifel, daß auch Richard von Weizsäcker es so halten wird. Je heftiger die Polarisierung im innenpolitischen Streit, desto wichtiger ist es, daß der Bundespräsident durch Inhalt und Stil seiner Rede die »Gemeinsamkeit der Demokraten« sinnfällig macht, die von den Parteipolitikern so häufig an der falschen Stelle zitiert wird. Je stärker – zumal in der jungen Generation – die Zweifel an der Glaubwürdigkeit der Parteien und an dem Sinn einer repräsentativ verfaßten Demokratie werden, um so glaubwürdiger muß der Bundespräsident die Offenheit, die Liberalität, aber auch die Prinzipienfestigkeit des Grundgesetzes repräsentieren.

Das wichtigste öffentliche Instrument des Bundespräsidenten sind seine Reden. Zwar muß er sich in diesen Reden von der Tagespolitik fernhalten, aber niemand zwingt ihn, sich auf den kleinsten gemeinsamen

Nenner zu beschränken, der unter den Parteien besteht. Es gibt genügend Gegenstände der Politik, die auf einer Ebene oberhalb des Tagesgeschehens angesiedelt sind. Wo es um das Verständnis unserer Geschichte geht, um die politische Rolle der Deutschen in der Mitte Europas, um den Konflikt der Generationen, um Spielregeln der politischen Auseinandersetzung, um Zerstörung der Natur oder die Gefahren für den Frieden, da kann der Bundespräsident öffentlich Stellung nehmen, ohne in die Rechte von Regierung oder Opposition einzugreifen.

Will er öffentliche Wirkung erzielen, will er Anstöße geben, dann muß er freilich das Risiko in Kauf nehmen, daß manche auch an ihm Anstoß nehmen. Er darf sich nicht auf das beschränken, was die Mehrheit bereits denkt. Das Notwendige zu sagen und dafür um Zustimmung zu werben, das steht seinem Amt besser an, als das Selbstverständliche zu wiederholen. Maßstäbe zu setzen durch geistigen Einfluß, darin liegt die eigentliche Chance seines Amtes.

Vereint der Träger dieses Amtes in seiner Person politische Erfahrung, Integrität, Glaubwürdigkeit, Stil und intellektuellen Rang, dann verwandelt sich die Machtlosigkeit, die das Grundgesetz ihm auferlegt, in einen Vorteil. Dann vermag von seinem hohen Amte auszugehen, was keine verbriefte Machtbefugnis erzwingen kann: nämlich Autorität.

XV. Kapitel

Fragen – Erwartungen – Hoffnungen

Heinrich Böll

Schriftsteller, Köln

Empfehlungen

Gerade weil er parteipolitisch zur Neutralität verpflichtet ist, kann der Bundespräsident *gesellschaftspolitisch* wirken. Einmal ins Amt gewählt, kann er nicht – wie etwa der Bundeskanzler – abgewählt werden; fünf Jahre sind eine lange Zeit. Der Bundespräsident könnte nicht nur, er *kann*, gerade weil er über Parteipolitik sowohl erhoben wie erhaben ist, jene Gruppen einladen, die in den sogenannten »Grauzonen« leben und in Gefahr sind, in Unberührbarkeit abzusinken: Ausländer, Asylbewerber, Arbeitslose, Sinti und Roma. Der Park um sein Palais herum eignet sich sehr gut für Empfänge größerer Gruppen, und mag das auch nur als »Show« empfunden werden, »to show« heißt ja auch zeigen, vorzeigen, und der Bundespräsident könnte mit solchen Empfängen oder kleinen Festivals eben *zeigen*, daß er nicht der gnädige Herr ist, der sich da herabläßt, sondern der Präsident einer *Republik*, für den es in dem Staat, dessen oberster Repräsentant er ist, keine Unberührbaren gibt. Die Bundesrepublik ist ihrer Verfassung nach ein einladendes Land, ein verlockendes Land, sie sollte nicht zum *abschreckenden* Land verkommen. Das Problem der Asylbewerber ist nicht nur ein juristisches, es ist ein gesellschaftliches, und eben gesellschaftspolitisch kann der Bundespräsident Zeichen geben und einen Maßstab setzen. Fünfhundert oder gar tausend Asylbewerber im Garten seines Palais? Warum nicht? Die Reporter, die sich diese »Show« nicht entgehenlassen werden, könnten einzelne Gäste fragen, woher sie kommen, warum sie hergekommen sind und in welches Land mit welchen politischen Konstellationen sie zurückmüßten, wenn ... Folter? Einer könnte sie schildern. Terror? Eine könnte ihn schildern. Hunger, *ver*hungernde Kinder? Warum suchen Menschen in der Bundesrepublik Asyl? Asylum oder Asylon, das heißt ursprünglich: das Unverletzliche. Und von *einzelnen mißbraucht* worden ist dieses fast heilige Recht schon immer. Einzelne sind es, die Vorurteile verursachen. Ausländer? Asylsuchende? Sie werden *eins* der großen gesellschaftspolitischen Probleme der kommenden Jahrzehnte sein. Ein Bundespräsident *kann* viel tun, wenn er ihnen beweist, daß sie *gesellschaftsfähig* sind, indem er sie empfängt. Er könnte auch gelegentlich darauf hinweisen, daß auch *rechtens* Grausames geschehen kann, wenn etwa ein straffälliger Asylbewerber in ein Land abgeschoben wird, wo nicht nur Folter, auch Tod ihn erwarten. *Rechtens* kann Grausames geschehen? Ich erinnere an das Vorfahrts*recht*: Ich weiß nicht, wie viele Menschen jährlich getötet und schwer verletzt werden, weil jemand auf seinem Vorfahrtsrecht bestanden hat. Rechtens getötet, rechtens verletzt. Tröstet es irgend jemand, der einen solchen Unfall verursacht hat, daß er im *Recht* war?

Arbeitslose im Park des Präsidentenpalais? Viele von ihnen fühlen sich ausgestoßen, verachtet, minderwertig – unsinnigerweise, wo sie doch nur Opfer einer Wandlung sind, die man »Strukturwandel« nennt; sie fühlen sich nicht mehr gesellschaftsfähig, schon leiden sogar ihre Kinder unter einem »Makel«, den es gar nicht geben darf. Der »Makel« wird als schlimmer empfunden werden, je rascher – für wen, wie lange, wo? – der »Aufschwung« kommt. Der statistische, wissenschaftlich fundierte Optimismus hilft ihnen nicht, bewirkt wahrscheinlich das Gegenteil: Die peinlicherweise fast verordnete »Lebensfreude« marschiert – die der Arbeitslosen, die derer, die ihre Miete nicht mehr bezahlen können, deren Lebensfreude marschiert nicht mit, sie sind von diesem peinlichen Gleichschritt nicht erfaßt. Ein Empfang für sie beim Bundespräsidenten? Das würde ihnen materiell nicht helfen, vielleicht würden sie sogar einer Einladung gar nicht folgen. Aber daß sie ohne jede Einschränkung zu unserer *Gesellschaft* gehören; daß sie nicht »herausfallen« – es könnte die Gefahr, sich für unberührbar zu halten oder dafür gehalten zu werden, verringern.

Die Sinti und Roma sind keine Ausländer, soweit sie »Asyl« suchen, ersuchen sie nur um ein Recht, ihr Recht auf deutsche Staatsbürgerschaft, das einigen von ihnen inzwischen zugesprochen worden ist. Sie sind Menschen im Umbruch: Von der Straße, die einmal ihre Heimat war – und nie so romantisch, wie es oft schien –, sind sie angesichts der

Unwirtlichkeit der Straßen im Übergang zur Seßhaftigkeit in eine Welt, an der ihnen vieles »fremd« sein muß, wie sie vielen »fremd« erscheinen, eine Minderheit, die immer noch darum kämpfen muß, die grausame Verfolgung und Vernichtung, der mehr als eine halbe Million von ihnen ausgesetzt waren, wenigstens *erkannt* und *anerkannt* zu sehen. Sie gehören zu uns, diese Zugehörigkeit könnte durch einen Empfang beim Bundespräsidenten bestätigt und bekräftigt werden.

Schließlich *noch* eine Minderheit, die ich dem Bundespräsidenten empfehlen möchte, *noch* nicht zu einem Empfang, da den meisten von ihnen dafür wohl kein Hafturlaub genehmigt werden würde und die Sicherheitsvorkehrungen wahrscheinlich gespenstisch wären: die Terroristen und »Terroristen« und alle die, die man das »Umfeld« nennt; viele sind zur Einsicht, manche sogar zur Reue gekommen, und doch wollen sie nicht verraten. Ist das so verwerflich? Ist *Treue* ein Verbrechen? Ich weiß nicht, wie viele Mörder – unerkannt, oder später sogar erkannt – schon im Palais des Bundespräsidenten empfangen worden sind; man müßte die Gästelisten aller Bundespräsidenten genau studieren (manchmal, wenn ich im Intercity oder im Flugzeug neben einem netten, jovialen älteren Herrn oder ihm gegenüber sitze, einem, der freundlich mit mir plaudert, frage ich mich, ob wohl auch er einer der Mörder ist, der »nur seine Pflicht« getan hat). Mörder sollen bestraft werden, aber wie ist es mit den vielen, denen kein Mord nachgewiesen werden kann und werden konnte? *Einsicht* muß sich nicht in öffentlichen Reuebekundungen ausdrücken, *Einsicht* muß nicht Verrat zur Folge haben. *Treue* kann eine fürchterliche Eigenschaft sein, ein Verbrechen ist sie nicht und sollte nicht als solches geahndet werden können. Ob in vielen Fällen nicht Recht vor Gnade, in anderen Fällen Gnade vor Recht angebracht wäre? Soll die Bundesrepublik Deutschland Hunderte junger Menschen lebenslang durch Gefängnisse schleppen? Ein Bundespräsident könnte sich um dieses Problem kümmern.

Die etablierten gesellschaftlichen Gruppen – Industrie, Gewerkschaften, Politiker, Kirchen, Künstler aller Sparten –, alle, die *selbstverständlich* zur »Gesellschaft« gehören, könnten eine Weile warten.

Johannes Rau

Ministerpräsident von Nordrhein-Westfalen, stellvertretender Bundesvorsitzender der SPD, Düsseldorf

Für alle Bürger, für alle Sorgen, für alle Tage?

Ich kenne Richard von Weizsäcker aus der Zeit unseres gemeinsamen Engagements im Präsidium des Deutschen Evangelischen Kirchentages. Er fand dort Freunde, und er machte sich Freunde. Als Kirchentagspräsident amtierte er mit Umsicht, Verantwortungsbewußtsein und mit sichtbarer Freude. Er stellte sich den »bohrenden« Fragen aus dem Kirchenvolk, er förderte das Gemeinsame, ohne die Widersprüche, die Unterschiede im Bekennen und im weltlichen Einsatz und Denken zu vertuschen. Das gütige, das klärende und das tröstende Wort stand ihm zu Gebote. Sein Streben, zum Wesentlichen, zu Klarheit und Offenheit zu kommen, war ihm immer anzumerken. Parteipolitische Bindung legte er bei Bedarf nicht ab – er brachte sie ein, ohne sich daran festzuklammern.

Ist es »unschicklich« zu sagen, daß sein Wirken auf Kirchentagen, bei ihrer Vorbereitung und Nachwirkung, wie eine »Generalprobe« anmuten könnte für jene Zeit, die jetzt kommt?

Freilich, wenn wir einmal alle Protokollzwänge und -bedürfnisse beiseite lassen – der Bundespräsident von Weizsäcker wird, ungleich dem Kirchentagspräsident, auf hartnäckige Interessengruppen und -lagen stoßen, er wird es nicht selten mit Mangel an Ausgleichs- und Versöhnungswillen zu tun haben, er wird das Band gemeinsamen Glaubens nicht vorfinden, und er wird konfrontiert werden mit Machtstreben, Machtinteresse und Machterhaltungswillen.

Dem kann er im Sinne der Verfassung nicht Macht entgegensetzen, wohl aber das öffentliche Wort. Wer immer auch die »Sonntagsreden« von Politikern bespöttelt, er wird darin das Wort des Bundespräsidenten nicht einbeziehen. Die Waffe des Geistes kann durch dieses Wort Macht, auch im Einklang mit Verfassung und demokratischer Aufgabenteilung, gewinnen; sie kann, mit Vorsicht und Übersicht verwendet, beitragen zu innerem Frieden, zu Ausgleich, Versöhnungsbereitschaft, zu Gemeinsinn, zum Kampf gegen Not und überwuchernden Egoismus.

Richard von Weizsäcker weiß mit dem Wort umzugehen. Es ist das Wort eines hochgebildeten Politikers, der einst Rechtswissenschaft studiert und theologische, historische, philosophische Vorlesungen nicht ausgelassen hat. Niemand wird von ihm, bei welcher Gelegenheit auch, bloß Beiläufiges, Ungeprüftes, geschweige denn Undurchdachtes, erwarten dürfen.

Indessen sind Sozialdemokraten und andere Bürger dieses Landes, denen Mandatsträger der CDU nicht grundsätzlich nahestehen, nicht in der Gefahr, dem »Schöngeistigen« oder der unbezweifelbaren intellektuellen Ausstrahlung dieses Kandidaten für das höchste Amt im Staate zu erliegen. Mancher mag sagen, daß Sozialdemokraten ihre Stimmen einem Mann geben, den sie – immerhin – einem möglichen anderen Kandidaten aus den Reihen der konservativ-liberalen Mehrheit vorziehen, den sie von Berlin nicht ungern wegziehen sehen und dessen Wahl durch eine Mehrheit in der Bundesversammlung sie ohnehin nicht verhindern können. Solche taktischen Überlegungen wären nicht einfach zu schmähen. Ich meine aber, daß man uns auch staatspolitische Perspektiven zutrauen sollte.

Keinem demokratischen Politiker kann es gleichgültig sein, wer mit welchem geistigen, moralischen und erkenntniskritischen Rüstzeug in den kommenden Jahren als Bundespräsident seine »Kraft dem Wohle des deutschen Volkes« widmen und »Gerechtigkeit gegen jedermann« üben wird, wie es unter anderem im Amtseid von Artikel 56 des Grundgesetzes heißt.

In Jahren der ungebrochenen Prosperität mag in diesem Amt der geistreiche Lebenskünstler, es mag eine gutmütige Vaterfigur oder ein nobler, menschenfreundlicher Charakter als des Volkes »Nutzen mehrend« denkbar und ausstrahlungsträchtig sein. Richard von Weizsäcker aber kommt in das Amt für eine Zeit voraussehbarer politischer Zuspitzungen und möglicher Belastungsproben für Demokratie und Rechtsstaat.

Keiner, der mich kennt, wird mir Lust an Kassandrarufen unterstellen. Doch die quälenden Fragen, die sich eben nicht nur an das Verfassungsorgan Bundestag mit seiner satten Mehrheit und seiner legitim kämpfenden Opposition, nicht nur an den Richtlinien bestimmenden und Lebensfreude nicht missen wollenden Bundeskanzler, an den auf Regierungslinie liegenden Bundesrat richten – diese Fragen werden nicht haltmachen vor dem Tor der Villa Hammerschmidt. Sie werden drängender, dringlicher gestellt werden: nach dem Sinn absurden Wettrüstens, nach Solidarität zwischen Arbeitbesitzenden und Arbeitslosen, nach dem Machbaren und Verzichtbaren im Umgang mit der Schöpfung, nach glaubwürdiger politischer Führung im »Auftrage des Wählers«, des demokratischen Souveräns also, nach legaler und legitimer Bewältigung von Spannungen zwischen Recht und Gewalt, zwischen Mehrheits- und Minderheitsperspektiven. Daß »etablierte« demokratische Kräfte, vor allem die Parteien, stärker noch in Verruf geraten können, daß Vertrauen in demokratische Institutionen und in zukunftsgerechtes staatliches Handeln vermehrt beschädigt wird – auch das muß als mögliche Gefährdung des inneren Friedens bedacht werden.

Ich gehöre nicht zu den Angstmachern und Schwarzmalern, und der übergreifende politische Konsens steht mir näher als Konflikttheorie und -praxis. Aber ich sehe – und ich denke, andere, Richard von Weizsäcker darunter, sehen es auch – Zeichen von Vertrauensauszehrung, von Resignation und Hoffnungslosigkeit, von Mißmut, der zu leicht in Gleichgültigkeit umschlagen kann.

Der neue Bundespräsident wird Erwartungen begegnen, die »seine« Antworten auf diese Fragen ersehnen. Er wird den Zeichen erlahmenden Vertrauens nachspüren wollen, er wird die auf Trennung und Spaltung zielenden Tendenzen beobachten und ihnen entgegenwirken wollen.

Es kann und darf nicht meine Aufgabe sein, diesem mit soviel Sympathie, Wohlwollen und Hoffnung ins Amt begleiteten neuen Bundespräsidenten Arbeits- und Wirkungsziele zu nennen. Er wird das, was hier nur angedeutet wurde, und manches andere im Kopf haben und darauf mit seiner aus politischer, philosophischer und christlich-ökumenischer Erkenntnis gewonnenen Kompetenz eingehen. Die Fülle an Vertrauensvorschuß kann ihm zur Last werden – was ich weder hoffe noch wünsche.

Er wird kritische Stimmen, die seine vergleichsweise kurze Regierungszeit in Berlin als »stimmungsbessernd«, aber doch nicht als ergebnisreich in der Praxis bewerten, im Ohr haben. Er kann und darf ihnen entgegnen, wie wertvoll an diesem Platz Berlin die Stärkung von »Stimmung«, von Hoffnung und Zukunftsvertrauen ist. Im Gegensatz zu fast allen seinen Vorgängern braucht Richard von Weizsäcker wohl kaum eine Anstrengung zu machen, das Gehör des geistigen, des gebildeten und intellektuellen Deutschlands zu finden. Das zu oberflächlich bleibende Image des parteipolitischen Außenseiters, des »über Parteihader und -zank« Stehenden, kommt ihm dabei – so ist es nun einmal um unsere politische Kultur bestellt – zugute.

Daß er aus gültiger Einsicht in die Alltagsprobleme und -sorgen von Millionen arbeitender und Arbeit entbehrender Menschen ein mitfühlender, mitsorgender Bundes- und Bürgerpräsident wird, kann und wird gerade ein Sozialdemokrat erhoffen.

In solchem Sinne nehme ich einen Satz auf, den Richard von Weizsäkker in einem Vortrag über unsere Parteiendemokratie im März 1982 gesagt hat: »Nicht gegeneinander leben, sondern zusammenleben lernen.« Darin steckt ein Auftrag für Politik, die sich um den Ernstfall des

Alltags kümmert. In der gleichen Rede hat Richard von Weizsäcker festgestellt: »Wir brauchen Führung.« Sie wird sich an diesem Auftrag »Zusammenleben lernen« bewähren müssen, Tag für Tag, über Jahre hinweg.

Horst-Eberhard Richter

Professor, Leiter der psychosomatischen Klinik der Universität Gießen

Was wünsche ich mir vom Bundespräsidenten?

Vor allem eines. Er sollte sich mit einer Hauptgefahr für unsere repräsentative Demokratie beschäftigen, deren Aktualität er aus einer EMNID-Umfrage ersehen mag: 86 Prozent unserer jungen Wahlbürger bis 25 glauben, die Politiker wüßten gar nicht mehr, was die einfachen Menschen denken.

Die Bürger sehen die politischen Machtträger und insbesondere die Parteien mit ihren inneren Konflikten, ihrem Rivalitätsgerangel und ihren technokratischen Geschäften so beschäftigt, daß sie selbst sich immer mehr abgehängt fühlen.

Die Bürger murren? Dann muß man ihnen anscheinend noch intensiver und mit noch wirksameren PR-Techniken »verständlich machen«, was sie kapieren sollen.

Ihnen zuhören? Ja, noch eben rechtzeitig vor den Wahlen, um aktuelle Stimmungen mit den Begriffen des eigenen Programms zu besetzen oder auf taktisch geeignete Themen zu lenken.

Unsere Demokratie kopiert den Typ der traditionellen Familie. Eltern wissen stets, was den Kindern guttut. Kinder fragen, Eltern antworten – wenn sie gerade mal Zeit haben und die Fragen brav und manierlich finden. Antworten geben jedenfalls die Eltern.

Die Parteien und ihre führenden Amtsträger spielen in Allianz mit den immer gefügigeren elektronischen Medien inzwischen genau diese Rolle. Rechtfertigung: Die politischen Materien seien eben so überkompliziert geworden, daß man den Bürgern zwar eben noch das Wichtigste halbwegs verständlich, aber kaum noch voll durchschaubar machen könne. Leider! Deshalb müßt ihr halt an uns immer mehr Vertrauen delegieren! Versteht unser väterliches Dauerlächeln als Ausdruck der selbstsicheren Kompetenz, der allwissenden Zuversicht und der großherzigen Fürsorglichkeit.

Aber das Volk ist keine Kindergarten-Gesellschaft. Seine Basisbewegungen sind keine irrationalen oder hysterischen Trotzreaktionen. Sondern diese Basisbewegungen haben zuerst aufgedeckt, wo heute die entscheidenden Bedrohungen für die Menschen sind: die Umweltzerstörung, die totale Computerüberwachung und die Absurdität der Overkill-Rüstung.

Kürzlich habe ich Herrn von Weizsäcker in einem Interview mit Günter Gaus so verstanden, als lobe er an den Basisbewegungen lediglich, daß sie gute neue Fragen stellten.

Kinder fragen, Eltern antworten. Nein, das ist nicht genug. Vom neuen Bundespräsidenten wünsche ich mir die Einsicht, daß die Basisbewegungen auch und gerade in Überlebensfragen hilfreiche Antworten zu bieten haben. Nicht von ihren Führern, sondern von der Basis hat die SPD ihr Nachrüstungs-Nein gelernt. Und manche Programmschwüre der Koalition in Umweltsachen lesen sich wie Plagiate früher alternativ-grüner Forderungen.

Der Bundespräsident sollte natürlich über den Parteien, aber zugleich zwischen ihnen, Regierung und Parlament einerseits und dem Volk andererseits stehen. Verschont vom Machtgerangel und den Loyalitätszwängen der Parteien und der Apparate sollte er sich vor allem ganz unten umhören, wo sich die Symptome unserer kritisch gefährdeten Gesellschaft melden.

Hingehen sollte er zu den Trägern des Rüstungs- und des Umweltprotestes, zu den Pionieren der Alternativbewegung, zu Modellen der abertausend sozialkritischen Selbsthilfegruppen, nicht zuletzt zu den geängstigten Randgruppen, den Opfern der restriktiven Sozialpolitik, zu Ausländern und anderen Minderheiten.

Aber er sollte dort unten nicht nur zuhören und verstehen lernen, sondern mit seinen Möglichkeiten mithelfen, die Dämme zu durchbrechen, mit denen die Machttragenden sich von der Basis isoliert haben. Integrierend soll ein Bundespräsident wirken! Das heißt eben nicht, mit pastoralen Sonntagsreden die wachsende Kluft zu verkleistern, die durch die Selbstisolierung der politischen Machtelite von Jahr zu Jahr wächst. Sondern diejenigen zu irritieren, die diese Kluft von oben her systematisch fördern. Wir brauchen keinen Everybody's-darling-Präsidenten. Sondern einen, der öffentlich denen ins Gewissen zu reden wagt, die ihn bislang durch ihr großes Wahlbündnis eher indirekt verdächtigen, er sei viel zu fein oder zu behutsam, um irgendwem, etwa gar ihnen selbst, unangenehme Wahrheiten zu sagen.

Ingeborg Drewitz

Schriftstellerin, Berlin

Verehrter Herr von Weizsäcker,
lassen Sie mich Ihnen, wie schon einige Male, einen Brief schreiben. Diesmal ist es kein Bittbrief für einen, der Asyl sucht und in großer Bedrängnis ist; kein Brief der Sorgen um junge Menschen, die in einem der leerstehenden Häuser Berlins den mutigen Versuch gemacht haben, etwa 30 Punks, Aussteigern wieder eine Perspektive für das eigene Leben zu geben, einer Sorge, die Sie teilten, einem Projekt, dem Sie aufgeschlossen gegenüberstanden. (Daß das Projekt an innerberlinischen Kompetenzstreitigkeiten gescheitert ist und der idealistische Einsatz der etwa 120 sozial stabilen jungen Menschen blockiert wurde, die etwa 30 Punks aber an die Grenze ihrer Belastbarkeit geraten sind, bleibt bezeichnend für die Situation in Berlin, der Sie sich haben entgegenstellen wollen.)

Dieser Brief heute, den ich Ihnen kurz vor Ihrem Amtsantritt in der Villa Hammerschmidt schreibe, soll nicht politische Verdienste und politische Schwierigkeiten nachzeichnen, denen sich niemand in einer herausgestellten politischen Position entziehen kann. Ich will mich auch nicht mit persönlichen Begegnungen brüsten, die Vertrautheit vortäuschen könnten, wo es doch das Vertrauen von Bürger zu Bürger war über Parteigrenzen und politische Zielsetzungen hinweg, das so leicht ist, wenn beide Partner wissen, daß der andere für sein Denken und Handeln einsteht, und das nur dann kompliziert ist, wenn Kontakte, Gespräche, Meinungsaustausche zu Halteseilen für Karrieren werden.

In unserer Demokratie gibt es leider zu viele solcher Begegnungen, zu wenige, die auf Vertrauen von Bürger zu Bürger basieren. Ich habe Sie so erlebt, und das hat gutgetan. Sie scheuten sich nicht, zur Trauerfeier für Volker von Törne zu kommen, der sich, ein kritischer Poet, in der Arbeit der »Aktion Sühnezeichen« aufgezehrt hat. Sie sind Gesprächen mit Andersdenkenden nicht ausgewichen, eigentlich eine demokratische Selbstverständlichkeit, leider noch keine selbstverständliche Bürgertradition in der Bundesrepublik.

Es hat mich besonders gefreut, daß Sie eine persönliche Anmerkung für meine Beschreibung der Freundschaft zu Heinemann in Gollwitzers Haus gegeben haben, bis zum Verlöschen meiner Kräfte für die im Grundgesetz eingeforderten und festgeschriebenen Rechte des einzelnen in der Demokratie einzutreten. Und da bin ich denn auch bei den Wünschen, die ich Ihnen für das hohe Amt auf den Weg geben möchte.

Die Bundesrepublik ist noch immer in zwei Lager gespalten, deren Gegensätze in den letzten Jahren ökonomischer und außenpolitischer Anspannung stärker hervorgetreten sind als in den frühen siebziger Jahren. Der Bundespräsident in der Villa Hammerschmidt kann diese Spaltung zwar nicht überwinden, aber er kann als Repräsentant der Bundesrepublik die Berechtigung der Gegensätze deutlich machen und damit einen Steg über den tiefen Spalt schlagen, den zu betreten die einen und die anderen zu wagen haben, und zwar im vollen Bewußtsein der Gefahr! Also mutig!

Er kann – und das haben Sie schon von Berlin aus versucht – auch einen Steg zwischen West und Ost, zwischen den politischen Blöcken zu legen versuchen und damit ein Zeichen für die Aufgaben der beiden deutschen Nachkriegsstaaten setzen: als Zentrum der Entspannung in der zerstrittenen und von der Totalzerstörung bedrohten Welt nicht nur denk-, sondern auch machbare Modelle des Mit- und Nebeneinanderexistierens zu entwickeln. Nichts beschönigen also, weder im innenpolitischen noch im außenpolitischen Bereich, und sich dennoch nicht in Haß und Hochmut zu verkapseln.

Was das im einzelnen heißt, wissen Sie so gut wie ich aus dem Erleben in der beinahe gleichen Lebensspanne. Unsere Generation hat erfahren müssen, daß die neue Zukunft, wie wir sie 1945 erwarteten, für die wir eintraten, sehr rasch zur alternden Zukunft wurde, weil die Demokratie, die wir erhofft hatten, an der wir arbeiteten, den Belastungsproben nicht nur der neuen Weltkonstellation zwischen den zwei Großmächten, sondern auch der rasanten technologischen Entwicklung ausgesetzt war, die sie heute bedroht – die uns heute bedroht – und uns im Zentrum der Blockkonfrontation und damit der existentiellen Gefährdung zum Um-Denken, Um-Handeln fordert.

Die Möglichkeiten, die Sie nach Ihrer Praxis in Berlin in dem neuen, dem höchsten Amt der Bundesrepublik haben, sind begrenzt und doch offen, wenn Sie Repräsentation als Zeichensetzung deuten und leben.

Dazu wünsche ich Ihnen Kraft und täglichen Mut.

Ihre Ingeborg Drewitz

Hans Lenk

Professor, Leiter des Instituts für Philosophie an der Universität Karlsruhe

»Ein rohes Kleinod ist der gute Name«

»Was wäre das enthusiastische Volk unserer Denker, Dichter, Schweber, Seher ohne die glücklichen Einflüsse der Phantasie?« meinte Musäus vor 200 Jahren. Wir sind nicht mehr so pathetisch und enthusiastisch. Wir sprechen kaum noch vom »Volk der Dichter und Denker«, wie es auch Jean Paul gern tat. Dennoch haben wir als Nation an eine große Tradition anzuknüpfen, uns ihrer würdig zu erweisen – besonders in der Wirkung nach außen, im Blickpunkt des Auslandes. Das böse Wort vom »Volk der Richter und Henker« statt der »Dichter und Denker« wird uns in manchen Ländern immer noch entgegengehalten. Auf das neue Nachkriegsdeutschland treffen solche bösen Worte zweifellos nicht zu. Gegen böswillige oder uninformierte Unterstellungen im Ausland müssen wir, muß die Bundesrepublik überzeugend auftreten. Zur Repräsentation des besseren Deutschlands kann zweifellos an erster Stelle der oberste völkerrechtliche Repräsentant der Bundesrepublik entscheidend beitragen. Für das Ansehen der Bundesrepublik, des Staates wie des Volkes, wäre es deshalb am besten, wenn der Bundespräsident selbst ein sichtbarer Repräsentant des geistigen, besseren Deutschlands ist, also dem Reiche des Geisteslebens, der Kunst oder Wissenschaft entstammte. Der erste Bundespräsident, Theodor Heuss, strahlte in seiner liberalen Humanität diese Eigenschaften aus. Ein einzelner Glücksfall?

Innenpolitisch hat der Bundespräsident einen viel geringeren Einfluß als ein vormaliger Reichspräsident. Die Väter des Grundgesetzes wünschten – mit Recht, denke ich –, daß dieses höchste Amt nicht zu einem politischen Posten verkommt, der im Gerangel der Meinungen und Parteien umkämpft würde. Das Amt ist zu hoch, zu repräsentativ, um Verlegenheitslösungen und Kompromißkandidaten zu erlauben. Angesichts der geringen innenpolitischen Entscheidungsmacht sollte daher die Repräsentativität von Amt und Person, die Wirkung im Ausland und in der Öffentlichkeit, Vorrang genießen. Eine herausragende Persönlichkeit des Geisteslebens wäre deshalb besonders erwünscht. Die bisherigen Bundespräsidenten waren zumeist aufrechte, geradlinige und ehrenwerte Persönlichkeiten, die ihr Amt im großen und ganzen tadellos führten. Herausragende Männer, die auf außergewöhnliche Leistungen bauen oder als überragende Repräsentanten des Geisteslebens gelten konnten, waren sie wohl nicht. Der erste und der vorletzte Bundespräsident Karl

Carstens mögen diesem Idealbild ein wenig nähergekommen sein als andere. An ihnen, am ehesten an Heuss, müssen sich die Nachfolger messen. Anspruch und Erwartungen sind hoch.

Der Name von Weizsäcker weckt hohe Erwartungen. Die Familie steht traditionell für hohen Anspruch im öffentlichen Leben, zwischen Geist und Politik, Wissenschaft und Repräsentanz. Das derzeit repräsentativste Familienmitglied, Carl Friedrich, wurde schon einmal in die Rolle eines Kompromißkandidaten für das höchste Amt gedrängt. Weise, übervorsichtig oder selbstkritisch lehnte er ab. Er hätte eine bessere als eine schnell fabrizierte Kompromißkandidatur verdient gehabt.

Die Repräsentativität des Namens und auch der persönlichen Statur bleibt. Richard von Weizsäcker, der Bruder, hat eine gute Chance, humanistische und liberale Werte unserer Bundesrepublik überzeugend zu vertreten. Er müßte und könnte in dem Amt zu der beschriebenen Repräsentativität heranwachsen. Der Name, nicht nur der Name, bürgt für Qualität – gerade auch bei diesem Mann. Natürlich: Nicht nur der Name verpflichtet. Doch wie schrieb Schiller? »Ein rohes Kleinod ist der gute Name.«

Rupert Neudeck

Deutschlandfunk-Redakteur, Vorsitzender des Deutschen Komitees »Notärzte e. V.«, vormals »Ein Schiff für Vietnam«, Köln

Fragen an einen Präsidenten

In diesen dürftigen Monaten, beherrscht von Affären, die die Republik in ein Formtief geraten lassen, das für alle beschämend ist – immerhin kann ich nicht einfach abstreifen, daß wir mit einer Regierung leben, in der ein Minister den Rücktritt nicht geschafft hat, ein anderer ihn nur vorsieht, wenn die Justiz tatsächlich wagen sollte, das Hauptverfahren gegen ihn zu eröffnen –, in diesen bescheidenen Zeiten war die Nachricht, daß Richard von Weizsäcker Präsident der Deutschen wird – als Kandidat der CDU/CSU und auch der SPD – ein mich geradezu narkotisierendes Traumpotential.

Es ging mir wie der Protagonistin in Franz Kafkas Erzählung »Auf der Galerie«: »Wenn irgendeine hinfällige, lungensüchtige Kunstreiterin in der Manege auf schwankendem Pferd vor einem unermüdlichen Publikum vom peitschenschwingenden erbarmungslosen Chef monatelang ohne Unterbrechung im Kreise rundum getrieben würde, auf dem Pferde schwirrend, Küsse werfend, in der Taille sich wiegend, und wenn dieses Spiel unter dem nicht aussetzenden Brausen des Orchesters und der Ventilatoren in die immerfort weiter sich öffnende graue Zukunft sich fortsetzte, begleitet vom vergehenden und neu anschwellenden Beifallklatschen der Hände, die eigentlich Dampfhämmer sind – vielleicht eilte dann ein junger Galeriebesucher die lange Treppe durch alle Ränge hinab, stürzte in die Manege, riefe das ›Halt!‹ durch die Fanfaren des sich immer anpassenden Orchesters ...«

Doch die Hoffnung, daß der neue Präsident aller Deutschen, Richard von Weizsäcker, kommen und »Halt!« rufen wird, trage ich mit mir herum wie ein irrationales Päckchen. Ich kenne Richard von Weizsäcker nicht persönlich. Die große adelige Familie, die »Freiherren«, das Aristokratisch-Abgehobene, der vornehm-distinguierte Stil – das alles schreckt mich als egalitären Republikaner ab, der vor nichts mehr sich scheut als vor Privilegien.

Ich weiß, daß er Sohn von Ernst Freiherr von Weizsäcker ist, dieser wiederum Sohn des Carl Freiherr von Weizsäcker. Und daß sein Vater ein hoher Diplomat im Dienst der Naziregierung war: »1938–1943 Staatssekretär im Auswärtigen Amt, von 1943 bis 1945 Botschafter beim Vatikan. Jener Ernst Freiherr von Weizsäcker suchte unter anderem durch Warnung Großbritanniens den Ausbruch des Zweiten Weltkrieges zu verhindern beziehungsweise Friedensverhandlungen zu fördern, ohne sich dem Vorwurf ambivalenter Haltung gegenüber dem Nationalsozialismus entziehen zu können. 1949 in den Nürnberger Prozessen zu 7 Jahren Haft verurteilt. 1950 vorzeitig entlassen.« So kann man es in dem kleinen »Taschen Lexikon Geschichte in 6 Bänden« (Meyers, Mannheim 1982) nachlesen.

Viel Mißtrauen gegen die Ursprünge, den Humus, auf dem Richard von Weizsäcker aufgewachsen ist, der zuletzt Regierender Bürgermeister von Berlin war. Mehr Mißtrauen, weniger irrational, sondern klare und politisch begründbare Kritik gegen den Politiker und Regierungschef in Berlin! Ein Politiker wie er, der humanitär in Methode und Sache zu sein und zu handeln beansprucht – er tut das wirklich! –, durfte nicht Heinrich Lummer zum Innensenator seiner Regierung machen; einen Politiker, der wie ein Standbild an Empfindungslosigkeit dasteht und weiter Paragraphen zitieren kann, wenn es um die Trauer über den Erstickungstod von sechs in Abschiebehaft sitzenden Asylbewerbern geht. Diesen Berg an Mißtrauen wird Richard von Weizsäcker abbauen müssen. Zugleich denke ich, daß er nach Theodor Heuss der erste Präsident aller Deutschen, also »mein Präsident«, sein kann, der eine offene, klare, nicht enzyklika-verbrämte Sprache mag, der in der Lage ist, kritischen Vergangenheitsrückblicken und Analysen mit einigem Verständnis – das ja nicht Zustimmung bedeuten muß – zu begegnen.

Es herrscht eine harsche Kluft zwischen den von oben approbierten, bilanzierten Meinungen und Erklärungen und dem, was marginal an Erhellendem gesagt wird. Und oft sitzen diejenigen am Rande, die den Zustand eines Volkes, einer Gesellschaft, eines Staates gleichsam in der Position des alten griechischen »Teichoskopen«, des Mauersitzers und von der Mauer aus Schauenden, besser durchschauen können als diejenigen, die mitten im Gewühl sind.

Daß einiges versäumt worden ist in den Geburtsjahren der Bundesrepublik – man mag das eine regelrechte »Restauration« nennen, so Walter Dirks und Eugen Kogon, oder ein schlichtes Versäumnis –, dürfte für einen christlich-sozialen Politiker aus den Anfangsjahren des Staates geläufig und verstehbar sein.

Allein ein Blick in das Ahlener Programm der CDU von 1947 genügt, um zu verstehen, was ich meine. Können wir nicht einmal, kann sich die Gesellschaft nicht im Sinne der vornehmsten Definition von Kommunikation – als »Selbstgespräch der Gesellschaft« – über derartige zeitkritische Probleme in praktisch-politischer Absicht unterhalten? Ich setze meine Erwartungen auf einen von Weizsäcker, der schon von seiner Sprache her geeignet und geneigt zu sein scheint, Erkenntnisse und Erfahrung zu rezipieren, die nicht die seinen sind; der sich auch mit dem exponiertesten und härtesten Ausdruck einer solchen Analyse unserer Vergangenheit auseinandersetzen und von ihm provozieren lassen kann, wie ihn im Januar 1984 in einem atemberaubenden TV-Kamingespräch Axel Eggebrecht verwandte: »Die Deutschen haben sich 1945 nicht befreit gefühlt. Bis heute bin ich der festen Überzeugung, daß wir mit dem Dritten Reich nicht abgerechnet haben. Zunächst waren ja die Alliierten dagegen und hatten Vorkehrungen getroffen, so daß wir gar nicht an diese Aufgabe herangelassen wurden. Aber in den fünfziger Jahren hätte es dann ja wirklich losgehen müssen. Heute, dreieinhalb Jahrzehnte danach, wissen wir, daß diese Abrechnung nicht gelaufen ist. Daß wir statt dessen den Majdanek-Prozeß über Jahre und Jahre mit allen Tricks des formalen Prozeßrechts und der Verzögerung bekommen haben.«

Kann sich ein Präsident aller Deutschen auch einmal – als unser Vertreter – dieser Trauerarbeit annehmen? Kann er nicht endlich, endlich dort anknüpfen, wo Theodor Heuss den Faden hingelegt hatte, als er von »Kollektivscham« sprach, und wo ihn niemand mehr aufgegriffen hat: weder Heinrich Lübke noch Walter Scheel noch Karl Carstens? Wie damals ein Präsident – unser Präsident – nicht etwa etwas abgemildert hat in taktischer Absicht, sondern die Herausforderung um so größer und drängender gemacht hatte, als er den juristisch nicht relevanten und deshalb auch falschen Begriff Kollektivschuld durch den viel härteren, jeden einzelnen mehr betreffenden der »Kollektivscham« ersetzte, so wünschte ich mir – tagträumend –, daß ein neuer Präsident Richard von Weizsäcker uns und der Gesellschaft einige Nahrung und einigen Stoff zum Nachdenken geben würde. Ich wünschte, daß er uns zumindest sprachliche Bewußtlosigkeit wie die erspart, daß er bei jeder Gelegenheit sagen würde, daß er »nur« seine Pflicht erfülle (was ja, wie bekannt, KZ-Chargen vom Range eines Hess, Heydrich, Himmler auch so gesagt haben).

Es sind wirkliche, aus der bisherigen Beobachtung des Richard von Weizsäcker gewachsene Hoffnungen und Wünsche, ohne Scheu formuliert. Ohne Rücksichten, die fehl am Platze wären, denn dann wäre es ja wieder nichts mit den Hoffnungen? Es kann sein, daß ich mich täusche und gewaltig irre. Und wie der Mann auf Kafkas Zirkusgalerie irgendwann mir sagen muß: »Da das aber nicht so ist« (ich ergänze: mit unserem neuen Präsidenten und dem Hoffnungskandidaten Richard von Weizsäcker), »legt der Galeriebesucher das Gesicht auf die Brüstung und, im Schlußmarsch wie in einen schweren Traum versinkend, weint er, ohne es zu wissen.«

Lieber wäre es mir, Kafka würde dementiert, nur der erste Teil der Erzählung »Auf der Galerie« würde eingelöst.

Jörg Zink

Pfarrer und Publizist, Mitglied der »Grünen«, Stuttgart

Was ich von ihm erhoffe

Mein Respekt fand von jeher aus einem gewissen Abstand statt, und der Abstand hatte den Sinn des Respekts. Dabei kreuze ich seit den ersten Jahren nach dem Krieg immer wieder die Spuren seines Willens und seiner Wirkung. Es waren die Anfangsaufgaben der Nachkriegszeit, die uns Leuten von der Kirche gestellt waren und die sich mit seinem Namen verbanden: etwa die, wie aus einer – weiß Gott – zu Bekenntnis und Widerstand fast unfähigen Kirche ein Instrument zu Bekenntnis, Wirkung und Widerspruch würde oder wie sie eine Kirche nicht der Ämter, sondern der Laien, der Christen werden, wie sie ihre Verschraubungen mit staatlichen Strukturen lösen und neue Wege der geistigen, der gesellschaftlichen, der politischen Reflexion in der ihr eigenen Freiheit gehen oder wie sie im geteilten Deutschland das Zerrissene verbinden und hier wie dort ideologische Fixierungen vermeiden könne. Denn in den anfänglichen Hausaufgaben unserer Generation liegt vom Beginn der Kirchentage an deren Programm bis zum heutigen Tage.

Die Kirchentage begannen als Sammlung einer bewußten Christengemeinde und weiteten sich zu einem Forum, auf dem die Generationen der Jüngeren über das ganze Spektrum politischer und christlicher Überzeugungen hin je ihr Gemeinsames suchten, wo sonst nur die Angst und der Streit blieben – und das galt von der Flakhelfer- und Heimkehrergeneration an über die skeptische der fünfziger, die aufsässige der sechziger, die resignierte der siebziger bis zur Friedensgeneration der achtziger Jahre. Dieser großen Wanderbewegung aber gab Richard von Weizsäcker, vor allem in den Jahren seiner Präsidentschaft, den Charakter seiner persönlichen Geradlinigkeit und fairen Offenheit mit. Er sicherte ihre Kontinuität und öffnete sie zugleich für die Umbrüche, die je und dann zu bewältigen waren, und für die Impulse der Kirchenreform. Es gab Zeiten, in denen die Person des Präsidenten und die innere Entwicklung des Kirchentages in verblüffender Wechselwirkung standen. Er öffnete die Tür für sehr disparate Gruppen und blieb dabei eine integrierende Kraft.

In einer Zeit, in der westliche und christliche Freiheit notorisch verwechselt oder vermischt werden, hat er stetig und zäh und überaus sensibel die Beziehungen zu den Kirchen in der DDR gepflegt. Er hat nach dem Ende der großen gesamtdeutschen Kirchentage der fünfziger Jahre eine neue, leise und leistungsfähige Beziehungsstruktur zwischen den selbständigen Kirchentagsbewegungen in den beiden Teilen Deutschlands an ihre Stelle gesetzt, und es ist jedem, der heute einen mitteldeutschen Kirchentag besucht, erkennbar: Man schätzt ihn drüben, man verehrt ihn.

Als nun die junge Generation der letzten Kirchentage neue Formen fand, die Ganzheit einer heutigen christlichen Existenz mit Leib und Seele, fromm und politisch engagiert zugleich, zu feiern, da hat er sie begleitet, kritisch und gesprächsbereit. Daß da nichts auseinanderbrach in einen Kirchentag von oben und einen von unten, ist weithin sein Werk. Ich vermute, er hätte als ein Konservativer, der den Veränderungswillen der Jungen nobel toleriert hat – selbst dann, wenn die Spielregeln einmal nicht eingehalten wurden –, die Vertreter seiner Couleur gerne in größerer Zahl gesehen, und doch lag und liegt das Bestreben dieser jungen Generation mit den violetten Tüchern so weit nicht von seinen Intentionen entfernt.

Was kann man heute Besseres sein als ein Konservativer, sofern man nur weiß, was es denn heute zu bewahren gilt? Wie sinnvoll mag heute im Gespräch mit den Jungen die alte Geographie von »rechts« und »links« noch sein, wo die Sorgsamkeit derer gefragt ist, die abseits herrschender Strukturen und oft genug gegen sie den Frieden zu hüten haben, das Leben der Schöpfung und die Gerechtigkeit zwischen den Zonen dieser Erde? In diesem Sinn lebt ja – und das wäre heute endlich zu begreifen – auch die Friedensbewegung, so aufsässig sie sich da und dort geben mag, auf konservativem Grunde.

Kein Zweifel, es gab und gibt Anlässe, mit ihm, dem Politiker, zu streiten. Er wird seine Aufmerksamkeit zunehmend jenen Stellen in der politischen Landschaft zuwenden müssen, an denen geltendes Recht und ethisch Gefordertes sich nicht mehr decken und an denen der wohlgefügte Staatsapparat mehr sich selbst schützt als das Recht der Menschen. In der Kreuzberger Szene lag bisher schon ein solches Feld, und es wird immer häufiger geschehen, was sich dort zeigte, daß dem Bürger, der staatliches Handeln zu überprüfen unternimmt, vorgeworfen wird, er stelle sich über das Recht, bis ein Verwaltungs- oder Verfassungsgericht feststellt, daß er nichts anderes tat, als das Recht mit den Mitteln eines Bürgers zu schützen.

Ich kann nicht beurteilen, ob ich es ihm mit meinen Beiträgen zu Kirchentagen und anderen Gelegenheiten in erster Linie leichtgemacht habe. Aber das ist wohl auch nicht meine vordringliche Aufgabe. Ich sehe als einer, dem unter den Präsidenten der Bundesrepublik Gustav Heinemann am nächsten war, nun einmal sehr vieles sehr anders. Aber gerade an Heinemann fand ich bestätigt, daß es gut ist, wenn einer seinen Respekt niemals einem bloßen Amt zuwendet, sondern allemal dem Menschen, der im guten Fall – und das heißt auch im Falle Richard von Weizsäckers – dem Amt seinen Rang zu verleihen das Zeug hat.

Was erhoffe ich von ihm? Ich erhoffe einen Anwalt des Rechts und der Freiheit des Bürgers und einen Zeugen christlicher Unabhängigkeit. Ich erhoffe von ihm, daß er seine Stimme für die Tatsache erhebt, daß in die Zukunft unserer Enkel keine erprobten Wege führen. Ich erhoffe von ihm, daß er den einen oder anderen Schritt vorausgeht auf jene offene Gesellschaft hin, die schon zu sein wir uns gelegentlich vorschnell zur Ehre anrechnen. Richard von Weizsäcker, so scheint mir, könnte der sein, der sie glaubwürdig verkörpert.

Wa[illegible] man [illegible] [illegible] [illegible] [illegible], sollte man [illegible] [illegible] [illegible] [illegible]? [illegible] man [illegible] mal [illegible] [illegible] [illegible] [illegible] [illegible] [illegible] von [illegible] und [illegible] [illegible] [illegible] [illegible] [illegible] [illegible] [illegible] [illegible] [illegible] [illegible] [illegible] [illegible] [illegible] [illegible] [illegible], [illegible] [illegible] den [illegible].

[illegible] [illegible].

[illegible] [illegible] [illegible] [illegible], ob ich [illegible] [illegible] [illegible] [illegible] [illegible] [illegible] [illegible] [illegible] [illegible] [illegible] [illegible] [illegible] [illegible] [illegible] [illegible] [illegible] [illegible]. Ich [illegible] [illegible] [illegible] [illegible] den Präsidenten [illegible] [illegible] Gustav Heinemann [illegible] [illegible] [illegible] [illegible] [illegible] [illegible] [illegible]. Alle [illegible].

[illegible] [illegible] [illegible] [illegible]? Ich [illegible] einen [illegible] [illegible] und [illegible]. Ich [illegible].

XVI. Kapitel

Vater – Bruder – Onkel

Rainer A. Blasius

Historiker, Bonn

Ein konservativer Patriot im Dienste Hitlers – Ernst Freiherr von Weizsäcker

Als Angeklagter stand der Diplomat 1948/49 vor Gericht – in einem der von der amerikanischen Militärregierung initiierten Nachfolgeprozesse des »Internationalen Militärgerichtshofs« (»Fall Nr. 11«; nach dem Sitz des Auswärtigen Amtes und anderer oberster Behörden in der Reichshauptstadt Berlin bekannt geworden als »Wilhelmstraßen-Prozeß«).

Erst jetzt wurde der sechsundsechzigjährige ehemalige Staatssekretär des Auswärtigen Amtes, Ernst Freiherr von Weizsäcker, in das Licht der Öffentlichkeit gerückt, während sein langjähriger unmittelbarer Vorgesetzter, Reichsaußenminister Joachim von Ribbentrop, als Berater und Ausführender von spektakulären Entscheidungen Adolf Hitlers im In- und Ausland zum Inbegriff der auf Vertragsbrüchen beruhenden und auf Krieg abzielenden nationalsozialistischen Außenpolitik geworden war und dafür – nach Verurteilung durch den »Internationalen Militärgerichtshof« – im Oktober 1946 gehenkt wurde.

Ohne den »Wilhelmstraßen-Prozeß« hätte man wahrscheinlich den Staatssekretär für einen opportunistischen Mitgestalter von Hitlers Expansions- und Kriegspolitik gehalten, weil er eine nichtexponierte Dienststellung bekleidet hatte und – so charakterisierte ihn sein Sohn Richard, der als Jurastudent die Verteidiger Hellmut Becker und Warren Magee engagiert und tatkräftig unterstützte und im Jahr 1950 die »Erinnerungen« herausgab, einmal – »ungewöhnlich bescheiden und sehr zurückhaltend« war: »Er redete – unabhängig von den Zeitläufen – sehr ungern über sich selbst ... Innerhalb seiner Familie hielt er seinen Bruder Viktor [Professor der Medizin in Heidelberg] für den ›bedeutenderen Mann‹ und seinen Vater, den Ministerpräsidenten, für ›das größere Gewicht‹. Er war es gewohnt, sich selbst zurückzusetzen.«

Unter dem Zwang, sich gegenüber den von der Anklage im Juli 1947 erhobenen Vorwürfen »Verbrechen gegen den Frieden« und »Verbrechen gegen die Menschlichkeit« verteidigen zu müssen, wurde allerdings durch die Vernehmungen Weizsäckers und zahlreicher Zeugen deutlich, daß der Diplomat speziell vor dem Zweiten Weltkrieg eine eigenständige Rolle übernommen hatte, um in seinem Sinne Hitler und Ribbentrop zu beeinflussen, damit ein »großer Krieg« gegen die Westmächte verhindert worden wäre. Fortan wurde in der Publizistik und überwiegend auch von der historischen Forschung die These vertreten, daß Weizsäcker ein »Mann des Widerstandes gegen Hitler« gewesen sei.

Die Jahre 1938 und 1939 betrachtete Weizsäcker selbst als die politisch bedeutungsvollsten seines Lebens, und sie werden deshalb auch im Mittelpunkt (C) dieser Skizze stehen, die allerdings das familiäre Umfeld (A), den beruflichen Werdegang (B), seine Reaktion auf die nationalsozialistischen Vernichtungspraktiken (D) und die Verzerrung des Weizsäcker-Bildes infolge der Aussagen der Brüder Theodor und Erich Kordt (die in der Vorkriegszeit Botschaftsrat an der Deutschen Botschaft in London und Chef des Ministerbüros im Auswärtigen Amt waren und bereits 1938 Staatsstreichplanungen aktiv unterstützten) im »Wilhelmstraßen-Prozeß« (E) einbezieht.

(A) Der am 25. Mai 1882 in Stuttgart geborene Ernst Weizsäcker entstammte einer einflußreichen und bekannten protestantischen Familie in Süddeutschland. Sein Großvater Carl Heinrich (1822–1899) habilitierte sich 1847 in Tübingen, wurde 1851 zweiter Hofprediger in Stuttgart und 1861 ordentlicher Professor der Kirchen- und Dogmengeschichte in Tübingen. Er verfaßte mehrere Bücher zur Frühgeschichte der christlichen Kirche und besorgte eine weitverbreitete Übersetzung des Neuen Testaments. 1867 und 1877 war er Rektor der Universität Tübingen, dann auch Kanzler (als Nachfolger von Gustav von Rümelin), was ihm einen Sitz in der Oberen Kammer des Württemberger Landtages einbrachte. Ernsts Großonkel Julius (1828–1889) machte sich als Mediävist besonders durch die Herausgabe der deutschen Reichstagsakten aus der Zeit König Wenzels und Ruprechts einen Namen. Er wurde nach der Habilitation in Tübingen im Jahre 1850 Professor in Erlangen (1854), Tübingen (1867), Straßburg (1872), Göttingen (1876) und Berlin (1881).

Carl Weizsäcker (1853–1926), der Vater von Ernst, wurde als junger

Soldat im Krieg 1870/71 schwer verwundet und erhielt das Eiserne Kreuz Erster Klasse. Er studierte Rechtswissenschaften in Tübingen und promovierte mit einem Thema aus der römischen Rechtsgeschichte. Die Dissertation wurde mit einem Preis ausgezeichnet und eröffnete Carl die Möglichkeit einer Hochschullaufbahn. Jedoch entschied er sich für den Staatsdienst, und zwar im württembergischen Justizministerium. Er arbeitete am Bürgerlichen Gesetzbuch des Deutschen Reiches mit, das 1899 in Kraft trat. In diesem Jahr wurde er zum Direktor ernannt und leitete von 1900 bis 1906 die Abteilung für Kirche und Schule. 1906 wurde Weizsäcker Ministerpräsident und Außenminister von Württemberg und blieb bis zur Revolution 1918 im Dienst. Während jener Zeit lehnte er – in voller Übereinstimmung mit dem König – Bemühungen um Demokratisierung und die Einführung der ministeriellen Verantwortlichkeit strikt ab; dabei wurde er von den Konservativen im Landtag unterstützt: »Es war genau dieses württemberger Beispiel, das Ernst von Weizsäcker während seines ganzen Lebens als die angemessene Regierungsform ansah: eine Monarchie, regiert von Experten, deren Stellung nicht vom Landtag abhängig war, die aber andererseits um das Wohlergehen ihres Landes und der Gesellschaft besorgt waren.« (L. E. Hill)

Carl Weizsäcker und seine Familie wurden 1916 in den Freiherrnstand erhoben. Der württembergische Ministerpräsident stand dem Preußentum wilhelminischer Prägung sehr kritisch gegenüber, aber auch den Alldeutschen und den zum Teil plumpen diplomatischen Manövern am Vorabend des Ersten Weltkrieges. 1917 sprach er sich gegen den uneingeschränkten U-Boot-Krieg aus und befürwortete einen Status-quo-ante-Frieden. Seiner dominierenden Persönlichkeit – dem »heiter-überlegenen Verstand« – beugte sich der Sohn Ernst bereitwillig: »Sein Einfluß« – so schrieb er in seinen »Erinnerungen« (1950) – »war so groß, daß ich später noch lange Jahre bei jeder wichtigen Entscheidung mich zu fragen pflegte, wie er wohl handeln würde.«

(B) Ernst Weizsäckers Laufbahn bei der kaiserlichen Kriegsmarine begann um die Jahrhundertwende. Soldatische Disziplin, Gehorsam und Hierarchie bestimmten nun sein Leben: »Als Seekadett lernte ich die militärische Maxime kennen: ›Handeln Sie! Falsch handeln ist immer noch besser als gar nichts tun.‹« Danach zu verfahren, sollte ihm jedoch seine atypische Offizierskarriere wenig Gelegenheit bieten. Aufgrund seiner Intelligenz, seiner herausragenden Prüfungsergebnisse und der hervorragenden Beurteilungen, aber auch durch seine verwandtschaftlichen Beziehungen – nebem dem Vater als Ministerpräsidenten ist der Schwiegervater, General Fritz von Graevenitz, zu nennen (1911 heiratete Ernst die 1889 geborene und im Januar 1983 verstorbene Marianne von

Graevenitz), der vor und während des Ersten Weltkrieges der militärische Vertreter Württembergs in Berlin war – wurde Weizsäcker nämlich seit 1909 überwiegend in Stabsstellungen verwendet: so als Flaggleutnant des Admirals von Holtzendorff, der das Kommando über die deutsche Hochseeflotte führte, anschließend in der Personalabteilung (1913 und 1914) des Chefs des Marinekabinetts, Admiral Georg Alexander von Müller, dann in unterschiedlichen Marinekommandos der Zentrale während des Weltkrieges.

Kurz vor Kriegsende wurde Weizsäcker Vertreter der neu eingerichteten Seekriegsleitung bei der Obersten Heeresleitung. Seine Ansichten im Kriege gingen mit denen seines Vaters konform und standen damit durchaus in einem Gegensatz zu den ausschweifenden Kriegszielvorstellungen der meisten Seeoffiziere. Allerdings glaubte Weizsäcker nicht an die Alleinschuld Deutschlands am Kriegsausbruch, weil die britische Haltung während der Juli-Krise 1914 mißverständlich gewesen sei und so zu Illusionen auf deutscher Seite über ein Abseitsstehen Großbritanniens bei einem Krieg auf dem Kontinent geführt habe (deshalb berief sich Weizsäcker in den außenpolitischen Krisen der Jahre 1938 und 1939 häufig auf das Beispiel 1914, um Großbritannien zu einer eindeutigen Darlegung seiner Absichten zu bewegen). Trotzdem betrachtete er am 5. Oktober 1918 die Gründe für den Zusammenbruch des kaiserlichen Deutschlands als Selbstverschulden: »1. im preußischen System und 2. in dem vorzeitigen und parvenühaften Versuch Deutschlands, eine Weltrolle zu spielen mit Englands Gegnerschaft, ehe eine kontinentale Sicherung des jungen Reiches erfolgt war.« Daraus zog er die Schlußfolgerung, daß sich die deutsche Außenpolitik auf lange Zeit hinaus um eine kooperative Basis mit Großbritannien zu bemühen habe.

Nach einer kurzen Verwendung als Marineattaché in Den Haag wurde Weizsäcker am 25. Februar 1920 zur Vorbereitung für die höhere auswärtige Laufbahn in das Auswärtige Amt einberufen. Für den fast achtunddreißigjährigen Korvettenkapitän a. D., dem das gesetzlich vorgeschriebene Konsular-Examen erlassen wurde, stellte dies den Anfang einer steilen Karriere dar: Von 1921 bis 1924 war er Konsul in Basel, von Ende 1924 bis Februar 1927 Gesandtschaftsrat in Kopenhagen; danach wurde er als Vortragender Legationsrat am 26. Januar 1928 mit der Leitung des wichtigen Referats Völkerbund im Auswärtigen Amt beauftragt. Dadurch war er dienstlich an die fünfundzwanzigmal in Genf und verbrachte dort alles in allem zwei Jahre. Jedoch stand Weizsäcker dem Völkerbund keinesfalls positiv gegenüber, empfand sich in Genf »in der Atmosphäre des Lugs« und plädierte Ende der zwanziger und Anfang der dreißiger Jahre lediglich aus pragmatischen Gründen für ein Verbleiben Deutschlands in dieser Organisation, um eine »Plattform für Reden, die das Ausland nicht totschweigen konnte«, zu haben.

Dementsprechend gedachte Weizsäcker den Völkerbund propagandistisch zu nutzen, zum Abbau der dem Deutschen Reich durch den Versailler Vertrag auferlegten Beschränkungen und Nachteile: »Die Idealismen des Bundes zu Tode reiten, um aus den Resten dann für uns irgendwie bare Münze zu machen, war das Ziel, ob es sich nun um Abrüstung, Minoritäten oder Mandate handelte.« Für eine »neue diplomatische Ordnung«, die einen Ersatz für Krieg durch eine supranationale Organisation, internationales Recht und ein System von Abrüstung und kollektiver Sicherheit schaffen sollte und zu dieser Zeit unter anderen von dem deutschen Staatssekretär Carl von Schubert befürwortet wurde, sah Weizsäcker – eben weil die Alliierten ihre eigenen Abrüstungsversprechungen nicht in die Tat umzusetzen bereit waren – keine Realisierungschancen. Statt dessen dachte er an die Wiederherstellung deutscher Macht, was für ihn eine Frage des militärischen Potentials darstellte. In dieser Hinsicht kam dem am 21. Juni 1931 zum Gesandten in Oslo und am 14. Juli 1933 zum Gesandten in Bern ernannten Weizsäcker der Nationalsozialismus durchaus entgegen.

1933 blieb er – getreu dem Rat des ehemaligen Reichskanzlers Brüning und des damaligen Staatssekretärs des Auswärtigen Amtes, Bernhard Wilhelm von Bülow – im Amt, um die Richtlinien für die deutsche Außenpolitik mitzubestimmen und zu verhindern, daß die Nationalsozialisten das Auswärtige Amt und die Auslandsposten mit Parteigenossen durchsetzten. Damit nahmen er und die vielen anderen, die nach späterer Selbstaussage »Schlimmeres verhüten« wollten, in Kauf, daß sie durch ihr Ausharren dem neuen Regime eine fur das Ausland akzeptable, ja beruhigende Fassade boten.

Um es klar herauszustellen: Weizsäcker war gewiß kein glühender Anhänger des Nationalsozialismus, dessen brutale und lärmende Erscheinungsformen seinem persönlichen Stil und seinem vornehmen Auftreten, das sowohl seine Untergebenen und Mitarbeiter als auch die ausländischen Diplomaten sehr beeindruckte, geradezu widersprachen. In Hitler sah Weizsäcker in erster Linie einen Veränderer auf innenpolitischem Gebiet, der für den außenpolitischen Experten höchstens ein sekundärer Bereich zu sein schien. Außerdem hatte Weizsäcker die Staatsform Demokratie zwar ertragen, jedoch nie geschätzt; deshalb konnte er auch ihrem Untergang nicht nachtrauern.

Beispielsweise trat ein Politiker wie Stresemann nach seiner Auffassung »zu vertrauensselig in der internationalen Welt« auf, war ein »Schwätzer« und dachte »gewissermaßen in Reden«; dies alles hatte

Weizsäcker widerstrebt, weil er mehr von der »guten alten Geheimdiplomatie« und öffentliche außenpolitische Verhandlungen für einen »Krebsschaden« hielt. Sein hartes Urteil wurde selbst durch den Zusammenbruch Deutschlands keiner Revision unterzogen: Als im Zusammenhang mit der Veröffentlichung seiner Memoiren im Jahr 1949 Erich Kordt Zweifel an Weizsäckers Einschätzung der Außenpolitik Stresemanns äußerte, reagierte der Staatssekretär mit einer schroffen Randbemerkung: »Als Stresemann starb, sagte B. W. Bülow: ›Der erste Dienst, den dieser Mann dem Reich erweist.‹«

Bedingt durch seine Affinität zu einem autoritären Regime, hatte Weizsäcker nichts dagegen einzuwenden, daß von nationalsozialistischer Seite die deutsche Innenpolitik total kontrolliert und ausgerichtet wurde, wenn ihn auch die Methoden angewidert haben mögen. Denn im Juni 1935 schrieb er in einem Brief aus Bern: »Ich höre heute dem Nationalrat zu. Da spürt man wieder, wie weit wir innerlich vom Parlamentarismus entfernt sind. Eigentlich kann der deutsche Beamte heutzutage stolz sein, daß er einer Öffentlichkeitskontrolle kaum mehr unterliegt.« Mit einer solchen Sicht stellte Weizsäcker innerhalb der mit den Nationalsozialisten zusammenarbeitenden konservativen Führungseliten keine Ausnahme dar.

Was Adolf Hitler auf außenpolitischem Gebiet in den Jahren 1933 bis 1936 durchsetzte, fand die Zustimmung Weizsäckers, weil der »Führer« mit dem Austritt Deutschlands aus der Abrüstungskonferenz und dem Völkerbund am 14. Oktober 1933, mit der Einführung der allgemeinen Wehrpflicht am 16. März 1935 und mit der Remilitarisierung des Rheinlandes am 7. März 1936 »innerhalb der deutschen Grenzen die von Versailles noch übriggebliebenen Hypotheken abgeschüttelt« hatte. Allerdings war dem Gesandten das Tempo, in dem die einzelnen Aktionen einander folgten, zu hoch. Er machte sich nämlich Sorgen über eventuelle Reaktionen der anderen Mächte und dachte dabei natürlich in erster Linie an ein militärisches Eingreifen Frankreichs. Daher akzeptierte er den deutsch-polnischen Nichtangriffspakt vom 26. Januar 1934, obwohl er weiterhin Argwohn gegen Polen hegte, und war erfreut über das deutsch-englische Flottenabkommen vom 18. Juni 1935, weil es seinen eigenen Vorstellungen von einer Verbesserung der deutsch-britischen Beziehungen entsprach. Nach der Rheinland-Besetzung Hitlers im März 1936 befürchtete Weizsäcker aber einen »Zusammenschluß Frankreichs mit England«.

Überhaupt veranschlagte er das Interesse Großbritanniens an Frankreich hoch: »Die Haltung der Großmächte ist vom einzelnen Fall abhängig und nur in ihrer allgemeinen Tendenz bekannt. Frankreich und Rußland sind bestimmt unsere Gegner. England ist unsicherer. Es würde sich wohl mit einer deutschen Niederlage abfinden, mit einer französischen schwerlich.« Die aus Weizsäckers Notizen aus der zweiten Hälfte der dreißiger Jahre zu entnehmenden Ziele und Aufgaben der deutschen Außenpolitik lassen sich unter die Formel: »Für Großdeutschland – gegen den großen Krieg« subsumieren. Denn Weizsäcker strebte eine Zusammenfassung aller Deutschen innerhalb der Grenzen des Reiches an, also sowohl eine Rückgliederung der aufgrund des Versailler Vertrages vom 28. Juni 1919 abgetretenen Gebiete (Danzig, große Teile des »Korridors«) als auch – bei Gewährung einer gewissen Eigenständigkeit, um nicht Großdeutschland von einer katholischen Bevölkerung majorisieren zu lassen – eine Einverleibung Österreichs und der Sudetengebiete, um Deutschland einen dominierenden Einfluß in Mittel- und Osteuropa zu sichern. Im Hinblick auf die Revisionsforderungen gegenüber Polen und der Tschechoslowakei betrachtete er zwar schon seit den zwanziger Jahren territoriale Veränderungen der deutsch-polnischen Grenze, die nach seiner Meinung keinen zu großen zeitlichen Aufschub erlaubten, als vorrangig.

Wesentlich emotionsgeladener war allerdings sein Verhältnis zur Tschechoslowakei seit dem Ende des Ersten Weltkrieges gewesen, denn gegen den tschechoslowakischen Außenminister (1918–1935) und späteren Staatspräsidenten (1935–1938) Eduard Benesch entwickelte er eine starke Abneigung, die er – anscheinend unbewußt – auf den ganzen Staat übertrug, den dieser Politiker vertrat. Noch am 6. November 1948 – in einem seiner nur zum Teil veröffentlichten und von Weizsäckers Biographen Hill vernachlässigten, aber sehr aufschlußreichen »Gefängnisbriefe« – stellte Weizsäcker fest: »Seitdem der Mitbegründer der sogenannten Tschechoslowakei, H. Benesch, gestorben ist, gibt es vielleicht niemand mehr, der gerade dieses Gebilde für ein gottgewolltes und mit Waffen zu verteidigendes hält ... Als ich vom Tod von Benesch hörte, fiel mir ein, was Bismarck zu dem Diener sagte, der ihm den Tod seines Gegners Pio Nono meldete. Er sagte: ›Einen Steinhäger.‹«

Die aufgrund des Selbstbestimmungsrechts der Völker international vertretbaren und von Weizsäcker erwünschten außenpolitischen Ziele sollten durch ein schrittweises Vorgehen »mit weniger drastischen Mitteln« – also ohne die Anwendung militärischer Gewalt – erreicht werden. Das heißt jedoch nicht, daß Weizsäcker von pazifistischen Erwägungen geleitet wurde. Denn er begriff – dem Zeitgeist verhaftet – Krieg durchaus als ein adäquates Mittel der Politik und schloß es deshalb nicht völlig aus seinem politischen Kalkül aus. Allerdings muß beachtet werden, daß er nur bei Ablehnung von – ihm vertretbar erscheinenden –

deutschen Forderungen und in einer bestimmten (für das Deutsche Reich vorteilhaften) internationalen Konstellation einen militärischen Schlag gegen einen anderen Staat als angemessen ansah. Das Überraschungsmoment wurde von ihm in die politischen Überlegungen einbezogen, um dann die Voraussetzungen für ein kräftesparendes deutsches Vorgehen und für ein Fait accompli zu schaffen, letzteres dergestalt, daß die anderen Großmächte wegen des international vertretbaren Ziels, das das Deutsche Reich mit einer militärischen Aktion verfolgt haben würde, mehr oder weniger ihre Zustimmung geben könnten und es nicht zu einem »großen Krieg« käme. Darunter nämlich verstand Weizsäcker ein Eingreifen Großbritanniens und Frankreichs gegen das Deutsche Reich, was – wie Weizsäcker im März 1938 in seinem Tagebuch festhielt – »nicht nur das Ende des Dritten Reiches, sondern Finis Germaniae wäre«.

Nach Weizsäcker waren Mittel für eine erfolgversprechende Außenpolitik – neben einem ausreichenden militärischen Droh- und Abschreckungspotential – wirtschaftliche Maßnahmen, die Instrumentalisierung von Minderheiten im Interesse des Deutschen Reiches und die verdeckte Einflußnahme auf die Innenpolitik kleinerer Nachbarstaaten. Die von ihm bevorzugte und anzuwendende Methode der Außenpolitik war die Diplomatie: Auf dem Verhandlungsweg und durch Absprachen mit den Großmächten sollten die Grundlagen für eine Veränderung des territorialen Status quo festgelegt werden. Hierfür mußte aus Weizsäckers Sicht der Hebel in Großbritannien angesetzt werden. 1936 hatte Weizsäcker festgestellt, daß Großbritannien für seine Aufrüstung noch mehrere Jahre Frist brauche, deshalb keinen Krieg wünsche und »so lange lavieren« wolle. Daneben schätzte er das nationale Interesse am Frieden in Großbritannien richtig ein, das auf die Krise Großbritanniens als Wirtschafts- und Militärmacht sowie auf die Krise des sich in einem Wandlungsprozeß befindlichen Weltreichs und auf die Krise des internationalen Systems seit dem Mandschurei-Konflikt 1931 zurückzuführen war und in der Appeasement-Politik seinen Ausdruck fand. Außerdem stellte Viscount Halifax, dessen Ernennung zum Außenminister Großbritanniens im Februar 1938 Weizsäcker begrüßte, bereits im November 1937 Hitler Änderungen der deutsch-tschechoslowakischen Grenze »im Wege friedlicher Evolution« in Aussicht. Mit anderen Worten zusammengefaßt: Im Zusammenwirken mit den einen Appeasement-Kurs verfolgenden britischen Politikern bestanden für Weizsäckers außenpolitische Zielvorstellungen durchaus Möglichkeiten der Umsetzung.

Seit 1936 drohten nun dem Deutschen Reich nach dem Urteil Weizsäckers Gefahren einer großen militärischen Auseinandersetzung. Um diese zu verhindern – so notierte sich Weizsäcker am 5. März 1938 –, willigte er nach einem persönlichen Gespräch mit dem am 4. Februar 1938 ernannten Reichsaußenminister Joachim von Ribbentrop ein, Staatssekretär des Auswärtigen Amtes zu werden. Weizsäckers Ernennung wurde von Albrecht Haushofer und dem neuen Chef des Ministerbüros des Auswärtigen Amtes, Erich Kordt, betrieben.

Durch sein Fachwissen, das sich Weizsäcker durch die verschiedenen Auslandsposten und die wichtigen Positionen in der Zentrale hatte erwerben können, und seine ausgezeichnete Kenntnis der Behörde – seit August 1936 leitete er die Politische Abteilung des Auswärtigen Amtes – schien Weizsäcker eine Schlüsselstellung zuzukommen, zumal der Nationalsozialist Ribbentrop erst zwei Jahre als Missionschef in London verbracht hatte. Zudem versprach sich Weizsäcker von dem neuen Minister, der den aus der höheren auswärtigen Laufbahn hervorgegangenen Konstantin Freiherrn von Neurath (der seit Juni 1932 – also bereits unter Papen und Schleicher – im Amt gewesen war) abgelöst hatte, einen engeren Kontakt des Amtes zu Hitler und rechtzeitige Informationen über den »Kurs in der Außenpolitik«: »Ich hoffe beinahe, daß wir den Leerlaufmotor des A. A. wieder an die Staatsmaschine ankuppeln können, so daß er mitzieht, wenn auch das Steuer in einer übergeordneten Hand liegt. Mehr kann man doch nicht verlangen, um der malaise der Beamten unseres Dienstes abzuhelfen.«

Zwar hatte Weizsäcker auch durch seine Funktion als Staatssekretär kein Vortragsrecht bei Hitler. Vielmehr konnte er die außenpolitische Entscheidungsfindung nur beeinflussen, wenn er über Ribbentrop auf den »Führer« einzuwirken versuchte. Dazu war es erforderlich, daß Weizsäcker dem Minister seinen Standpunkt zu anfallenden Fragen mündlich oder schriftlich darlegte, den dieser dann entweder sich zu eigen zu machen oder wenigstens an Hitler weiterzugeben hatte. Weizsäcker hielt im März 1938 die Ansichten Ribbentrops für »beeinflußbar« und »wandelbar«, und hierin sah er den Ansatzpunkt und Freiraum, um das Gewicht der traditionellen Führungselite des Auswärtigen Amtes wieder zur Geltung bringen zu können und einer eventuellen Katastrophenpolitik damit entgegenzusteuern. Weizsäcker betrachtete seine Position als »Lötstelle zwischen Zünftigen und Amateuren«: Er wollte die »Amateure« Ribbentrop und Hitler auf seine eigenen – ihm international vertretbar erscheinenden – Ziele, Mittel und Methoden in der auswärtigen Politik festlegen. Dabei sollte sich aber sehr bald erweisen, daß der Wunsch, Ribbentrop zu »lenken«, sich nicht erfüllte und deshalb auf dem Dienstweg für den Staatssekretär keine Möglichkeit der Einflußnahme mehr bestand.

(C) Im Frühjahr 1938 erfuhr Weizsäcker, daß Hitler eine militärische Zerschlagung der Tschechoslowakei plante und mit einem lokalisierbaren Unternehmen rechnete. Deshalb schlug der Staatssekretär Ende Mai/ Anfang Juni 1938 dem Reichsaußenminister eine Alternative vor, die die »Gefahr einer Weltkoalition gegen Deutschland im Falle eines Krieges« vermeiden und trotzdem den gleichen Effekt hinsichtlich der Tschechoslowakei erzielen sollte: »Das aktuellste Problem der deutschen Politik, das tschechische, kann leicht, muß aber nicht zum Konflikt mit der Entente führen. Weder Frankreich noch England suchen Händel wegen der Tschechei. Beide würden die Tschechei vielleicht sogar sich selbst überlassen, wenn diese ohne direkte äußere Eingriffe und durch innere selbstverschuldete Auflösungserscheinungen ihr verdientes Los erlitte. Dieser Prozeß müßte allerdings ein schrittweiser sein und über Volksabstimmung und Gebietsabtretung zum Kräfteverfall des Restgebietes führen.« Zur Vorgehensweise schlug Weizsäcker vor: »Hierfür wird das z. Zt. von England ausgehende Stichwort des Selbstbestimmungsrechts der Sudetendeutschen, das wir bewußt uns bisher nicht zu eigen gemacht haben, langsam aufzugreifen sein. Die internationale Überzeugung, daß diesen Deutschen die Wahl ihrer staatlichen Zugehörigkeit vorenthalten worden sei, wird nützliche Vorarbeit tun, gleichgültig, ob der chemische Auflösungsprozeß des tschechoslowakischen Staatsgebildes schließlich doch noch durch mechanisches Zutun gefördert werden kann oder nicht. Das Schicksal der eigentlichen Rumpftschechei wäre damit allerdings noch nicht klar umrissen; es wäre aber trotzdem schon besiegelt.« Nach Weizsäckers Meinung war die deutsche Politik »bis auf weiteres« unter landläufigen und bewährten Maximen wie »Selbstbestimmungsrecht« und »völkische Gemeinschaft« fortzuführen: »Alles andere könnte uns als reiner Imperialismus ausgelegt werden und den Widerstand der Entente früher und energischer auf den Plan rufen, als unsere Kräfte es ertragen.«

Um die nationalsozialistische Führung auf ein aufgrund des Selbstbestimmungsrechts der Völker als berechtigt darzustellendes Ziel und eine unkriegerische Taktik festzulegen – also auf eine realisierbar erscheinende politische Lösung, die für das Deutsche Reich die bedrohliche Situation in einem »großen Krieg« ausschloß –, bedurfte es in den folgenden Monaten bis Ende September 1938 mannigfacher Anstrengungen Weizsäckers. Dabei lassen sich drei Phasen unterscheiden, die jeweils von Weizsäckers Einschätzung der Absichten Hitlers und den sich bietenden Chancen einer Einwirkung auf diesen abhängig waren.

Von Ende Mai bis Mitte August 1938 (1. Phase) versuchte Weizsäkker, über Ribbentrop, dessen Ansichten er für »wandelbar« gehalten hatte, seine Alternative zu einer militärischen Zerschlagung der Tschechoslowakei durchzusetzen. Während dieser Zeit »rätselte« der Staatssekretär noch über die »wirklichen Absichten Hitlers« (so Th. Kordt). Schließlich zeigte sich aber, daß Weizsäcker in der von ihm intendierten Weise eine Umstellung der deutschen Tschechoslowakei-Politik nicht herbeiführen konnte. Denn er glaubte nun, daß gerade der als Sprachrohr für eigene Vorstellungen vorgesehene Ribbentrop ein »Kriegstreiber« sei und Hitler über die Haltung Großbritanniens in einem Konfliktfall falsch beraten würde. Weizsäckers schriftliches und mündliches Vorstelligwerden zur Darlegung seines Standpunktes – »eine Methode, die formal völlig legitim war« (K.-J. Müller) – griff somit nicht durch. Das Konzept des Staatssekretärs, auf dem direkten Dienstweg die deutsche Außenpolitik zu dirigieren, scheiterte Mitte August 1938 bereits völlig. In der Sicht Weizsäckers war Hitler jetzt sogar von der »verhängnisvollen« Beratung des Reichsaußenministers abzubringen.

Dazu bediente sich Weizsäcker zwischen Mitte August und Mitte September 1938 (2. Phase) verschiedener Wege, die teils konventionell und teils recht ungewöhnlich waren, was daraus zu verstehen ist, daß Weizsäcker die Kriegsgefahr als hoch und die – im Vergleich zu Ribbentrop, der sich ständig in Hitlers Nähe aufhielt – ihm zu Gebote stehenden meinungsbildenden Maßnahmen als sehr begrenzt einstufte.

Zwar nutzte Weizsäcker alle sich bietenden Möglichkeiten einer »Einflußnahme auf dem Dienstweg« auch weiterhin. So hatte er beispielsweise während des Staatsbesuchs des ungarischen Reichsverwesers Horthy Gelegenheit, an Bord des Avisos »Grille« im Kieler Hafen am 23. August mit Hitler unter vier Augen zu sprechen. Weizsäcker gab ihm zu verstehen, daß er seine Funktion als erledigt ansehe, wenn es einen Krieg gäbe.

Den Schwerpunkt seiner Aktivitäten in dem ungleichen Zweikampf mit Ribbentrop, der aus Weizsäckers Perspektive durch die Immediatstellung bei Hitler alle Trümpfe in der Hand hielt und den »Führer« jederzeit in dem Glauben an einen lokalisierbaren deutsch-tschechoslowakischen Konflikt bestärken konnte, verlagerte der Staatssekretär in jenen Tagen. So bemühte er sich um »Einwirkung von innen« auf den »Führer« – eine durchaus systemkonforme und nicht nur in totalitären Staaten übliche Form der Meinungsbeeinflussung anderer, um entweder fehlende direkte »Drähte« zu kompensieren und/oder die eigene Ansicht vor beziehungsweise während einer Entscheidungsfindung zu multiplizieren (und damit in die gewünschte Richtung zu drängen). Weizsäcker setzte den »Stellvertreter des Führers«, Rudolf Hess, und Legationsrat Walter Hewel (Ribbentrops »Verbindungsmann« bei Hitler) von seiner

Beurteilung der internationalen Lage zur Weiterleitung an Hitler in Kenntnis. Hauptsächlich ging es Weizsäcker jedoch um eine »Beeinflussung von außen« – so die von Weizsäcker in der handschriftlichen Fassung seiner Memoiren von 1947 geprägte Formulierung. Über das Ausland, »sozusagen im Ricochettestoß« (M. Boveri), sollten die Warnungen an Hitler herangetragen werden, für die er auf direktem Wege nicht zugänglich war. Jüngst ist zur begrifflichen Erfassung solcher Aktionen der treffende Ausdruck »Gegendiplomatie« vorgeschlagen worden: »Ein Zusammenspiel mit Verbündeten und mit Vertretern von Staaten, mit denen die Reichsführung im Moment in kontroverser Diskussion stand, die aber ebenfalls an der Kriegsverhinderung interessiert waren« (K.-J. Müller). Durch den Botschafter Großbritanniens in Berlin, Sir Neville Henderson, aber auch durch – an Landesverrat grenzende – Schritte einer geheimen Kontaktaufnahme mit der britischen Regierung (über den Hohen Kommissar des Völkerbundes für Danzig, Carl J. Burckhardt, und über den deutschen Geschäftsträger in London, Theodor Kordt) strebte Weizsäcker eine »Warnung aus London« an, mit der Hitler die Tragweite eines militärischen Abenteuers gegenüber der Tschechoslowakei bewußtgemacht werden sollte.

Weizsäcker wollte also durch Aufklärungsarbeit über die eigene politische Führung einer gegnerischen Regierung gewisse außenpolitische Leitlinien und Kniffe für den Umgang mit dem Diktator übermitteln. Jedoch wünschte der Staatssekretär – im Gegensatz zu Erich und Theodor Kordt, die Anfang September 1938 eigenmächtig handelten und über die britische Regierung mittels einer Radiobotschaft an das deutsche Volk einen auslösenden Faktor für die anlaufenden Umsturzpläne einer Gruppierung von Hitler-Gegnern im Deutschen Reich herbeizuführen beabsichtigten – keine öffentliche britische Erklärung, weil diese (nach Weizsäckers Erfahrungen während der »Mai-Krise« 1938) die Kriegsmentalität Hitlers steigern könnte.

Auch in der ersten Septemberhälfte 1938 setzte sich Weizsäcker bei Botschafter Henderson immer wieder für nichtöffentliche, diplomatisch-diskrete Warnungen ein. Henderson, der statt der von Weizsäcker gewünschten Abtretung der Sudetengebiete an das Deutsche Reich zwar lediglich eine umfassende Autonomie für die Sudetengebiete innerhalb der Tschechoslowakei befürwortete, befolgte sehr genau die Ratschläge seines deutschen »Gegenübers«. Am 10. September 1938 wies der Botschafter sogar die Übergabe einer Note der britischen Regierung an Hitler zurück, weil die Presse in London bereits davon berichtet hatte und Weizsäcker Bedenken äußerte. Henderson sah seit dem Frühjahr 1938 in Weizsäcker eine Art Verbündeten gegen den Reichsaußenminister.

Außerdem stand Weizsäcker im Sommer 1938 in Verbindung mit militärischen Verschwörerkreisen, die – von der Gefährlichkeit der Außenpolitik Hitlers überzeugt – für einen Staatsstreich Vorbereitungen trafen. Weizsäcker versorgte die Verschwörer mit Informationen über die außenpolitische Lage, arbeitete aber wegen der zu hohen Risiken und wegen seines positiven Hitler-Bildes nicht auf den Sturz des Diktators hin, sondern auf die von ihm befürwortete und als unbedingt erforderlich angesehene Abtretung der Sudetengebiete an das Deutsche Reich – ohne den Einsatz militärischer Mittel (siehe Teil E).

Nachdem es zu einer weiteren Verschärfung des Verhältnisses zwischen den von Berlin ferngesteuerten Sudetendeutschen einerseits und den Tschechen andererseits gekommen war, faßte der britische Premierminister Neville Chamberlain am 13. September 1938 den Entschluß zu einem seit Ende August 1938 erwogenen Besuch bei Hitler. Henderson kündigte dem Staatssekretär am folgenden Tag das Vorhaben an. »Damit war den Tschechen eine Absage auf ihre Krisenpolitik erteilt«, notierte sich Weizsäcker am 9. Oktober 1938 rückblickend in sein Tagebuch. Dieser Eintrag belegt, daß er sich wohl nicht eingestehen wollte, daß die Krise um die Tschechoslowakei gerade von deutscher Seite aus geschürt wurde.

Nun zeichneten sich für den von Weizsäcker nie aus dem Blickfeld verlorenen »chemischen Auflösungsprozeß« der Tschechoslowakei im internationalen Bereich Voraussetzungen ab (»Das Spiel schien für uns gewonnen, als Chamberlain sich zur Wahrung des Friedens zu einem Besuch auf dem Obersalzberg ansagte.«), nicht jedoch im innerdeutschen. Zwischen Mitte und Ende September 1938 (3. Phase) bemühte sich Weizsäcker, die »Kriegspartei« in Berlin (Exponenten waren aus seiner Sicht Ribbentrop und Himmler) »auszuspielen«. Das gelang ihm durch seine engen Beziehungen zu dem Botschafter Italiens in Berlin, Attolico, der den italienischen Diktator Mussolini aktivierte (»Freundesrat aus Rom«) und einen von dem Oberbefehlshaber der Luftwaffe, Göring, Neurath und Weizsäcker ausgearbeiteten Konferenzvorschlag für das Münchener Treffen der Regierungschefs Großbritanniens, Frankreichs, des Deutschen Reiches und Italiens am 29. September nach Rom weiterleitete (unter Umgehung des Reichsaußenministers). Diesen Vorschlag gab Mussolini als seinen eigenen aus; er bildete die Grundlage für das Münchener Abkommen, das die Abtretung der Sudetengebiete an das Deutsche Reich festlegte.

Die Münchener Konferenz führte »aus Hitlers Perspektive betrachtet, zum Scheitern des ›Ohne-England‹-Konzeptes« (J. Henke), weil er die Mitwirkung der Westmächte bei der Regelung einer wichtigen mitteleuropäischen Frage zugestehen mußte und damit – nachdem er das militärische Risiko Ende September doch nicht einzugehen wagte – »in den Kompromiß, in seiner Sicht: auf die eigene Niederlage in der Münchener Viermächte-Vereinbarung, hinüberschwenkte« (A. Hillgruber). Auch Ribbentrops »Gegen-England«-Kurs (W. Michalka) – der Reichsaußenminister sprach sich seit Ende 1937 für eine antibritische Ausrichtung der deutschen Außenpolitik aus – kam nicht zum Zuge. Dafür war aber von der Warte einer konventionellen Revisions- und Großmachtpolitik, die unter anderen Weizsäcker verfolgte, ein eindrucksvoller Erfolg erzielt worden.

»München« betrachtete er als »eines der seltenen Beispiele der Geschichte, wo wesentliche Territorialveränderungen auf dem Verhandlungsweg erzielt worden sind« und die zudem von ihm selbst befürwortet wurden. Während des »Wilhelmstraßen-Prozesses« 1948/49 hielt Weizsäcker in einer Aufzeichnung über die »Sudetenkrise« fest: »Nicht das ›was‹, sondern das ›wie‹ ist zu beanstanden.« Weizsäckers Erwartungen betreffend weiterer Vereinbarungen auf der Großmachtebene, sozusagen ein permanentes »München«, verstärkten sich zwar durch die deutsch-englische Erklärung vom 30. September 1938, wurden dann jedoch durch Informationen von Walter Hewel und Hitlers Rede am 9. Oktober 1938 in Saarbrücken bereits in Frage gestellt: Die Realisierungschancen für den von Weizsäcker angestrebten »probritischen« Kurs der deutschen Außenpolitik (sein Mit-England-Konzept, allerdings nicht als Bündnisvorstellung verstanden) hatten mit »München« den Zenit überschritten und waren künftig – der Staatssekretär vermutete noch: vorläufig – nicht mehr gegeben.

Aus den zwischen dem Frühjahr 1938 und dem Münchener Abkommen gesammelten Erfahrungen zog Weizsäcker folgende Schlüsse, die mehr oder weniger für sein Verhalten in der Krise um Polen im Sommer 1939 ausschlaggebend waren. Erstens: Hitler habe sich »in München noch nicht von Mussolinis Einfluß freigemacht«. Zweitens: Hitler, den Weizsäcker »nicht gut genug kannte«, sei letztendlich als einsichtig einzustufen, wenn entsprechende Warnungen und Ratschläge an ihn herangetragen würden (vielleicht wisse er sogar, wann man eine Bluff- und Drohpolitik abbrechen müsse). Drittens: Unterstützung in einer kommenden Krise könne von Göring erwartet werden. Viertens: Ribbentrop müsse unbedingt zu den »Kriegstreibern« gezählt werden, würde sich aber vielleicht »umstellen«.

Demnach war noch Spielraum für eine Einwirkung auf die deutsche Außenpolitik vorhanden. 1947 stellte Weizsäcker im Rückblick auf den Herbst 1938 fest: »Vielleicht würde es so wie in München doch auch weiterhin gelingen, die Kriegstreiber zu überspielen.« Zum Testfall wurde bereits der Sommer 1939.

Nach der – durch Hitlers »Marsch nach Prag« herausgeforderten – Garantieerklärung Großbritanniens für die Unabhängigkeit (nicht für die territoriale Integrität) Polens am 31. März 1939 und dem Beginn britisch-französisch-sowjetischer Bündnisverhandlungen hoffte Weizsäcker im Frühjahr 1939 auf einen vertragslosen Zustand zwischen den Westmächten und der UdSSR (von dem unter »Einkreisungs«-Vorstellungen leidenden Staatssekretär einmal als »Schwebelage« bezeichnet). Daher begrüßte und förderte er – als Ausweg aus der »Sackgasse«, in die Hitler durch die Zerschlagung der Rest-Tschecho-Slowakei die deutsche Außenpolitik manövriert hatte – die Einleitung von deutsch-sowjetischen Geheimverhandlungen, die eine »Triple-Entente« verhindern und die Regierung Polens zu Konzessionen gegenüber deutschen Territorialforderungen veranlassen sollte. Denn die britische Garantie für Polen beurteilte Weizsäcker nicht als einen »Blankoscheck« für die polnische Regierung (diesen Eindruck versuchte er erst nach dem Zweiten Weltkrieg zu erwecken), sondern für polnische »Unterorgane«.

Er befürchtete Übergriffe von polnischen Verwaltungsinstanzen gegen die deutsche Minderheit, die Hitler zum Anlaß für einen militärischen Schlag nähme, ohne daß die polnische »Schuld« der britischen und französischen Führung glaubwürdig erschiene, und daß es somit zu einem Eingreifen der Westmächte zugunsten des angegriffenen Staates – also zum »großen Krieg« – kommen würde. Aus diesem Grund wollte Weizsäcker dem britischen und französischen Botschafter verständlich machen, daß »den Polen streng auf die Finger« zu sehen sei, daß »die wiederholte öffentliche Versicherung, den Polen beizuspringen ... nun gerade das Gegenteil« bewirke (»... jene polnischen Unterorgane würden dadurch nur noch zügelloser«) und – hier bevorzugte Weizsäcker ausnahmsweise einmal Publizität, vielleicht, um so zugleich einer deutschen »Zermürbungs«-Taktik gegenüber Polen zu dienen – daß »öffentlich die Polen an ihre europäische Verantwortung zu erinnern« seien.

Daneben empfahl Weizsäcker der Regierung Großbritanniens über Carl J. Burckhardt ein »drohendes Schweigen«, das jedoch eine unmißverständliche Darlegung des britischen Standpunktes hinsichtlich Polens auf »diplomatischem, diskreten« Weg für die deutsche politische Führung nicht ausschloß, weil Ribbentrop nach der Unterzeichnung des »Stahlpaktes« mit Italien (22. Mai 1939) bereits äußerte, daß Polen »kein Problem mehr« sei. Um eine solche Auffassung zu konterkarieren, war – so Weizsäcker – »in der Stille ... die Reichsregierung von der britischen Bündnistreue zu Polen« zu überzeugen. Dieses Verfahren empfahl sich, weil »an Deutschland gerichtete öffentliche Intimitationsversuche Hitler nur aufreizen« könnten, weil »man im deutschen Hauptquartier ... die öffentliche Beistandsversicherung für Bluff« hielt und weil öffentliche Warnungen an das Deutsche Reich nicht zu einer nachgiebigen Haltung der polnischen Regierung bei zukünftigen deutschen Forderungen beitragen würden.

Zwei Fehleinschätzungen unterliefen Weizsäcker im Sommer 1939. Auf der einen Seite lag für ihn das Zustandekommen von weitgehenden Vereinbarungen zwischen dem Deutschen Reich und der UdSSR (nach Art des Hitler-Stalin-Paktes vom 23./24. August 1939) in relativ kurzer Zeit nicht im Bereich des Möglichen; erst am 20. August 1939 – unmittelbar vor Ribbentrops Moskau-Reise – erkannte er seinen Irrtum. Auf der anderen Seite verstand Weizsäcker – von der September-Krise des Jahres 1938 ausgehend – Hitlers »Ziel bis zum 30. 8. [1939] als einen sehr hochgespannten Bluff mit der Absicht, schließlich doch einzulenken«. Damit trug Weizsäcker, insbesondere über Botschafter Henderson, der dem Staatssekretär grenzenlos vertraute und stets vor der Berichterstattung nach London dessen Ratschläge und Lageanalysen einholte, dazu bei, die konservative britische Führung unter Neville Chamberlain mit ihrem Bild eines im Grunde kompromißbereiten Hitler zu bestätigen. Deshalb sollte man auch nicht – obwohl noch heutzutage Kritiker der Appeasement-Politik dies allzuoft und gerne tun – ausländische Staatsmänner und Diplomaten dafür tadeln, daß sie den Kurs der deutschen Außenpolitik nicht erfaßten, und gleichzeitig darüber vergessen, daß sich herausragende Repräsentanten des Auswärtigen Amtes – wie beispielsweise der Staatssekretär – nicht über Hitlers Absichten im klaren waren und in ihrer Gutgläubigkeit über den »Führer« gar nicht übertroffen werden konnten.

So kann nicht als Entschuldigung für Weizsäckers falsche Vorstellungen darauf hingewiesen werden, daß er sich in Übereinstimmung befand mit der Perzeption der konservativen Regierung Chamberlain; denn bei Weizsäckers ungleich besseren Informierungsmöglichkeiten über die eigene Führung hieße das letztendlich: Ursache und Wirkung zu verkehren. Außerdem: Weizsäcker empfahl – wie bereits erwähnt – der britischen Regierung ein »drohendes Schweigen«, wollte aber gleichzeitig eine »Triple-Entente« verhindern und gegebenenfalls über London die polnische Regierung zu Territorialkonzessionen (Danzig und Korridor) zwingen. Erich Kordt und sein Bruder Theodor agierten zur gleichen Zeit an Weizsäcker vorbei und machten Mitte Juni 1939 die britische Regierung auf die deutsch-sowjetischen Geheimverhandlungen aufmerksam, um somit auf einen beschleunigten Abschluß eines Bündnisses zwischen Großbritannien, Frankreich und der UdSSR zu drängen – als »letztes Mittel«, um den Frieden in Europa zu retten.

Demgegenüber riet der zur Opposition zählende deutsche Generalstabsoffizier Gerhard Graf von Schwerin zur Aufnahme der von der NS-Propaganda als »Kriegstreiber« titulierten britischen Politiker Duff Cooper und Winston Churchill in das Londoner Kabinett und zu Flottenmanövern, um Hitler abzuschrecken. Dann unterbreitete der NS-Gegner Adam von Trott zu Solz – übrigens nicht im Auftrage Weizsäkkers, wie im Anschluß an die den Staatssekretär nach dem Zweiten Weltkrieg stets in überaus wohlwollender Weise publizistisch begleitende Margret Boveri behauptet hat – Anfang Juni der britischen Führung einen Plan über die tschechische Unabhängigkeit im Austausch für polnische Zugeständnisse an das Deutsche Reich; Absicht dieses Kompensationsplanes war es, Hitler in langwierige Verhandlungen zu verwickeln und so kostbare Zeit für einen Staatsstreich des Militärs in Deutschland zu gewinnen, der allerdings zu diesem Zeitpunkt überhaupt nicht erwogen wurde.

Insgesamt läßt sich also sagen, daß es Therapievorschläge für den außenpolitischen Entscheidungsprozeß in Berlin, die den Briten empfohlen wurden, in Hülle und Fülle gab, daß aber aufgrund der Gegensätzlichkeiten gleichzeitig der Londoner Regierung ein eher verwirrendes Bild geboten wurde, weil es offensichtlich an einer Abstimmung zwischen den einzelnen Aktivitäten mangelte und von britischer Seite natürlich vorrangig die offizielle deutsche Politik interpretiert werden mußte.

Als Weizsäcker Mitte Juli 1939 vom Oberkommando der Wehrmacht über geplante deutsche Provokationen gegenüber Polen erfuhr (unter anderem ein Flottenbesuch in Danzig ohne Anmeldung bei der polnischen Regierung), bemühte er sich zunächst, diese durch Stellungnahmen auf dem Dienstweg zu unterbinden, dann aber mittels einer – mit dem italienischen Botschafter Attolico abgesprochenen – Einwirkung Mussolinis auf Hitler (»Freundesrat aus Rom«). Zu einem Treffen der beiden Diktatoren am Brenner, das für den 4. August angesetzt wurde, kam es jedoch nicht. Mussolini entschloß sich statt dessen zur Entsendung des Außenministers Ciano, der vom 11. bis 13. August 1939 in Salzburg war und Hitler nicht nachdrücklich vor den internationalen Konsequenzen (Eingreifen der Westmächte) bei einem deutschen Überfall auf Polen warnte.

Seit dem 14. August 1939 befürchtete Weizsäcker einen militärischen Schlag gegen Polen, zu dem – aus seiner Sicht – der »150 Prozent« zum Krieg entschlossene Ribbentrop dem »Führer« riet. Deshalb versuchte Weizsäcker zwischen dem 15. und 24. August, sein im August und September 1938 erprobtes Krisenmanagement – fast bis in Einzelheiten hinein – zu wiederholen (über Henderson, Attolico und Burckhardt), um hinter dem Rücken Ribbentrops Hitler von einem Angriff auf Polen – der nach Weizsäckers Urteil trotz des Paktes mit Stalin von den Westmächten nicht hingenommen würde – abzuhalten und ihn auf eine politische Lösung festzulegen. Am 31. August unternahm der Staatssekretär noch verschiedene Vorstöße (unter Einschaltung Görings und Ulrich von Hassels), um direkte deutsch-polnische Verhandlungen einzuleiten – doch vergeblich! In den frühen Morgenstunden des 1. September 1939 begann der deutsche Überfall auf Polen. Am 3. September erklärten Großbritannien und Frankreich dem Deutschen Reich den Krieg.

Der – von Weizsäcker subjektiv so empfundene – Machtkampf gegen Ribbentrop um die Beratung des »Führers«, auf dessen Vernunft er bis zum 30. August gesetzt hatte, war damit beendet, denn in der Folgezeit standen dem Staatssekretär wichtige Kontakte zum Ausland nicht mehr zur Verfügung, und der für das Auswärtige Amt schon einige Jahre andauernde Prozeß der Bedeutungsminderung schritt nun beschleunigt fort. Dem konservativen Patrioten, der mit ganzer Kraft und unter Ausnutzung aller sich bietenden Möglichkeiten eine katastrophale Niederlage des Deutschen Reiches vermeiden wollte, war es nicht gelungen, den »großen Krieg« zu verhindern.

(D) Weizsäcker blieb nach Kriegsbeginn im Amt, unterstützte geheime Friedensfühler, wurde im Frühjahr 1941 bei der nationalsozialistischen Führung wegen des geplanten und als verhängnisvoll eingestuften Rußlandfeldzuges vorstellig und konnte auch einzelnen Juden und anderen Verfolgten durch Fürsprache oder heimlich helfen. Im Zuge des Revirements im Auswärtigen Amt im Frühjahr 1943 wurde Weizsäcker als Staatssekretär abgelöst und zum Botschafter beim Vatikan ernannt (seit 1941 hatte er sich diesen Posten gewünscht). In Rom rettete er durch geschicktes Taktieren und durch Schutzbriefe Verfolgten das Leben und unterstützte außerdem die Bemühungen des Papstes Pius XII., die italienische Hauptstadt zu einer »offenen Stadt« zu erklären, damit sie nicht durch Kampfhandlungen zerstört wurde. Mit dem Zusammenbruch des Deutschen Reiches am 8. Mai 1945 endete Weizsäckers Tätigkeit als Missionschef. Bis zum August 1946 blieb er im Vatikan, war allerdings unter der Zusage von einstweiligem sicheren Geleit im April 1946 in Nürnberg gewesen, um vor dem »Internationalen Militärgerichtshof« zugunsten von Großadmiral Raeder auszusagen. Im Sommer 1946 kehrten Weizsäcker und seine Ehefrau Marianne nach Deutschland zurück und lebten in Lindau am Bodensee (Wohnsitz von Weizsäckers Mutter).

An dieser Stelle soll sich darauf beschränkt werden, das zentrale Problem der Reaktion Weizsäckers, der »Schlimmeres verhüten« wollte, auf das Schlimmste – nämlich die systematischen Menschenvernichtungen auf Befehl Hitlers während des Krieges – zu beleuchten. Drei Ebenen sind diesbezüglich zu differenzieren und wurden auch von Weizsäcker im »Wilhelmstraßen-Prozeß« und seiner Verteidigung strikt voneinander unterschieden, um den von der Anklage erhobenen Vorwürfen entgegentreten zu können:

1. Von dem Wüten der Einsatzgruppen während des Rußlandfeldzuges hatte Weizsäcker Kenntnis. Nach Selbst- und Zeugenaussagen protestierte er sogar einmal im Herbst 1941 gegen die »grauenvollen« Maßnahmen bei Ribbentrop mit dem Argument, daß die russische Bevölkerung als Folge jegliches Vertrauen in Deutschland verliere und die deutsche Kontrolle in den besetzten Gebieten unterminiert werde. Der Reichsaußenminister erwiderte darauf, daß es sich um eine Anordnung des »Führers« handele und das Auswärtige Amt deswegen jedenfalls nicht bei dritten Stellen etwas unternehmen solle.

Wie gut die »alte Garde« des Auswärtigen Amtes durch regelmäßige Berichte über die zigtausendfachen Erschießungen in der UdSSR – Partisanen, Saboteure und kommunistische Funktionäre stellten eine Minderheit dar, weil es sich bei den meisten Opfern um Juden handelte – unterrichtet war, ist in einer neueren amerikanischen Untersuchung (Chr. Browning) mit aller Deutlichkeit herausgearbeitet worden. Von Staatssekretär Weizsäcker und den höheren Beamten mit Datum und Paraphe versehen, wurden mehrere Erfolgsbilanzen der Unmenschlichkeit innerhalb des Amtes weitergereicht – ob immer ganz gelesen oder nicht, läßt sich nicht überprüfen. Wie im »Wilhelmstraßen Prozeß« 1948/49 betont wurde, handelte es sich hierbei um vollzogene Handlungen der Einsatzgruppen, die als bekannt zugegeben werden konnten, weil auch von der Anklage keine Mitwirkung unterstellt wurde.

2. Was nun die Deportationen aus besetzten oder aus zum Deutschen Reich in einem Abhängigkeitsverhältnis stehenden Staaten in Richtung Osten betraf, so wurden an das Auswärtige Amt Anfragen außenpolitische Bedenken betreffend gestellt. In der zweiten Julihälfte 1941 beispielsweise schalteten sich die Angehörigen der traditionellen Führungselite des Auswärtigen Amtes, deren herausragender Repräsentant Weizsäcker war, dann ein, wenn durch Verschleppungen etc. von Juden mit nord- oder südamerikanischer Staatsbürgerschaft diplomatische Verwicklungen drohten. Schließlich »dankten« sie aber ab und überließen dem Unterstaatssekretär Martin Luther, dem Leiter der 1940 gegründeten Abteilung Deutschland des Auswärtigen Amtes, und seinen Mitar-

beitern (insbesondere dem Referatsleiter des Referats D III, Franz Rademacher) das Feld, die sich – im Gegensatz zur »alten Garde« – danach drängten, aus Machtgier in die Abwicklung der Verbrechen verstrickt zu werden (Chr. Browning).

Weizsäcker wurde in Nürnberg ein Dokument über Deportationen vom 20. März 1942 zum Verhängnis, das Rademacher unterzeichnet hatte und das an das Reichssicherheitshauptamt, zu Händen von SS-Obersturmbannführer Eichmann, gerichtet war: »Seitens des Auswärtigen Amtes wird gegen die Abschiebung von insgesamt 6 000 polizeilich näher charakterisierten Juden französischer Staatsangehörigkeit bzw. staatenloser Juden nach dem Konzentrationslager Auschwitz (Oberschlesien) kein Einspruch erhoben.« Für die Formulierung zeichnete Weizsäcker verantwortlich, der Rademachers Entwurf: »keine Bedenken gegen die geplante Abschiebung von insgesamt 6 000 Juden« abgeändert hatte. Unter anderem wegen dieses Schriftstücks wurde Weizsäcker von der Mehrheit der Richter in Nürnberg verurteilt (»Verbrechen gegen die Menschlichkeit«), weil die Erklärung Weizsäckers, die Deportation könne französische Juden vor der Hinrichtung bewahren, und seine Aussage, er habe zu jener Zeit nicht gewußt, daß Auschwitz ein Todeslager war, nicht akzeptiert wurden.

Nicht nur die Richter in Nürnberg, sondern auch ein führendes Mitglied des »Kreisauer Kreises«, das Freislers »Volksgerichtshof« ohne Todesstrafe passierte, übten harte Kritik an Weizsäckers Verhalten (so in einem Brief aus dem Jahre 1948): »Weizsäcker hat gegen die Verbringung von 10 000 Menschen in widerrechtliche Gefangenschaft – ob ihm die Vernichtung bekannt war, lasse ich dahingestellt – ›keine Bedenken‹ erhoben. Wissen Sie, was das ist? – Mit dem Gebot Gottes und der Ehre Deutschlands nicht zu vereinbaren. Die besudelte Ehre der Nation verlangt die Verurteilung W. s. Traurig, dass es geschah, traurig, dass es in Nbg. [Nürnberg] geschah. – Zum ersten kann ich W. wie uns alle nur der Gnade Gottes anbefehlen.«

3. Wußte nun Weizsäcker von den als »Endlösung« bezeichneten systematischen Menschenvernichtungen in den Konzentrationslagern? Chr. Browning räumt in seiner Studie über das Referat D III ein, daß es bei der »alten Garde« des Auswärtigen Amtes gewisser Gedankensprünge bedurfte, um die Absichten der Verschleppung nach Osten im ganzen Ausmaß zu erkennen, weil eben über die zweite Phase der »Endlösung« – Deportationen und Vernichtungslager (im Gegensatz zu der ersten: Erschießungen und Einsatz fahrbarer Gaswagen der Einsatzgruppen) – die Diplomaten nicht in aller Offenheit informiert wurden – und sich wohl auch selbst nicht nach dem Schicksal der Deportierten erkundigt

zu haben scheinen. Gerade weil sie aber die Aktionen der Einsatzgruppen kannten, lagen Analogieschlüsse sehr nahe. Diese wurden auch von der Mehrheit der Richter in Nürnberg als gegeben vorausgesetzt und bildeten die Grundlage für die Verurteilung des Staatssekretärs: Weizsäcker habe vorherige und rechtzeitige Kenntnis des »Todesganges« der Deportierten gehabt und hätte Widerspruch einlegen müssen.

Ohne auf die sicherlich oft zu Recht bestrittene Wirksamkeit von öffentlichen Protesten und ähnlichem in totalitären Staaten eingehen zu wollen, ist hervorzuheben, daß Weizsäcker immer wieder behauptet hat, nichts von den Menschenvernichtungen im Zusammenhang mit der »Endlösung« gewußt zu haben. Dafür gibt es auch in seinem Nachlaß keine Gegenbeweise. Allerdings ist in seinen Papieren auch nichts darüber zu finden, daß der mit Weizsäcker gut bekannte württembergische Bischof Wurm 1940/41 gegen die nationalsozialistischen Euthanasiemaßnahmen protestierte. Daraus läßt sich jedoch nicht ableiten, daß Weizsäcker diese Morde verborgengeblieben sein sollten.

Außerdem unterrichtete Canaris – wie Weizsäcker selbst feststellte – den Staatssekretär über die Tätigkeit der Einsatzgruppen. Es ist stark zu bezweifeln, daß Canaris über die Funktion der Vernichtungslager keine Informationen besaß. Warum sollte er sie nicht an Weizsäcker weitergegeben haben? Viele Fragen drängen sich auf. Nach seinen eigenen Aussagen glaubte Weizsäcker, daß die Deportierten im Osten einem Arbeitseinsatz zugeführt wurden; das berüchtigte Wannsee-Protokoll kannte er nicht; die nationalsozialistische Semantik von »Endlösung« durchschaute er nicht; von Ribbentrop erfuhr er, daß Heydrich beabsichtige, im Osten autonome Reservate für die Juden zu errichten; Luther wurde von Ribbentrop direkt instruiert usw.

An Gutgläubigkeit und selektiver Wahrnehmung scheint es dem Staatssekretär nicht gefehlt zu haben. Verständlicherweise verdrängte er die Verbrechen des Regimes perfekt und zog sich auf sein außenpolitisches Expertentum zurück (wies vielleicht die Rassenpolitik dem innenpolitischen, zumindest aber einem nicht seiner Verantwortung unterstehenden Bereich zu): »Krieg hieß eben die Pforten der Hölle öffnen« – bemerkte er in einer Notiz aus der Prozeßzeit. Oder: »Nachdem einmal der Krieg da war, konnte es kein Halten mehr geben. Das Entscheidende war der Kriegsausbruch.« Den Krieg hatte Weizsäcker in der Tat zu verhindern gesucht; hier lagen seine Verdienste.

Jüngst behauptete der Nürnberger Ankläger Robert M. W. Kempner, daß er in Nürnberg – wenn er in der Lage Weizsäckers gewesen wäre – gesagt hätte: »Das war eine furchtbare Zeit, ich habe das eben mitgemacht, hier stehe ich, ich kann nicht anders.« Und: Wenn Weizsäcker

»die volle Wahrheit gesagt hätte, wäre die Folge gewesen, daß zehn bis zwanzig Diplomaten des Auswärtigen Amtes wegen Mordtaten von den Alliierten oder von der deutschen Justiz hätten angeklagt werden müssen. Seine früheren Beamten, die in Stuttgart einen Kreis hatten, wären nie wieder in eine Stellung gelangt. Diese Pflicht zur Wahrheit kontrastierte mit der vermeintlichen Pflicht, Kollegen zu schützen, die als Mordgehilfen in Betracht kamen.« Weizsäcker allein – so Kempner – »hätte sich anders verhalten« vor Gericht. Jedoch wäre dann auch – so muß Kempner entgegengehalten werden – Weizsäckers Verteidigung zusammengebrochen.

Der jüdische Bankier Carl Melchior stellte unmittelbar nach der »Machtergreifung« 1933 fest: »Man darf sich seiner Regierung nur dann zur Verfügung stellen, wenn ihr gewisse Grundauffassungen der Menschlichkeit und der Gerechtigkeit heilig sind. Sich mit unmenschlichen Grundsätzen abzufinden, um angeblich Schlimmeres zu verhüten, führt in den Abgrund.« Die Rückschau gibt Melchior recht, aber von solchen Prinzipien beseelt und von solcher Weitsichtigkeit waren nur wenige in Deutschland. Es läßt sich heute leicht darüber richten, daß Weizsäcker und die vielen anderen die Sache der Opfer nicht zu ihrer eigenen machten (oder eben nur in sehr geringem Umfang). Bedrückend macht nur (wenn auch aus Gründen der Rechtfertigung zu verstehen, insbesondere unter dem Eindruck der Auseinandersetzung mit einer Anklagevertretung), daß sie ihr Fehlverhalten nicht wenigstens nachträglich eingestanden. Ansonsten haben aber die Nicht-Involvierten und Nachgeborenen erst einmal zu beweisen, daß sie sich, wenn es auf Zivilcourage in Extremsituationen ankommen sollte, anders verhalten werden. Die »moralische Indifferenz« als »moderne Sünde« (R. C. Baum) war im Dritten Reich weit verbreitet und scheint auch heutzutage nicht verbannt zu sein.

(E) Seit dem »Wilhelmstraßen-Prozeß« werden zwei Aktionen der Brüder Theodor und Erich Kordt in London vor dem Zweiten Weltkrieg Aufträgen oder Initiativen des Staatssekretärs von Weizsäcker zugeschrieben. Deshalb ist auf die Staatsstreichpläne und das Problem einer öffentlichen britischen Warnung an Hitler im September 1938 einerseits, auf die Aktivitäten der Kordt-Brüder im Juni 1939 zur Informierung der britischen Regierung über die deutsch-sowjetischen Geheimverhandlungen (die dann zum Hitler-Stalin-Pakt führten) andererseits einzugehen. War Weizsäcker in den Krisen um die Tschechoslowakei und Polen ein »Mann des Widerstandes« gegen Hitler?

Weizsäcker unterhielt – wie bereits erwähnt – im Sommer 1938 Kontakte zu militärischen Verschwörerkreisen, die für einen Staatsstreich

Vorbereitungen trafen. Der im August 1938 wegen Hitlers abenteuerlicher Tschechoslowakei-Politik zurückgetretene General Beck hatte noch die Verbindungen seines Nachfolgers Halder zu dem Staatssekretär vorbereitet. Bei privaten Zusammenkünften (der unmittelbare Verkehr zwischen den beiden Dienststellen war von Hitler verboten worden) unterrichtete Weizsäcker den neuen Generalstabschef (Dienstantritt am 1. September 1938) umfassend über die außenpolitische Entwicklung, und Halder gab Weizsäcker »in Umrissen Kenntnis« von dem zwischen ihm und General von Witzleben geplanten Umsturz. Diesbezügliche technische Vorbereitungen oblagen einem Kreis von NS-Gegnern um Oberstleutnant Oster (Leiter der Zentralabteilung der Abwehr) und Regierungsrat Hans Bernd Gisevius (der jetzt für die Abwehr, früher bei der Gestapo und im Reichsministerium des Innern tätig war). Erich Kordt, Ribbentrops Chef des Ministerbüros, stand in ständigem Meinungsaustausch mit Oster. Die Oster-Gisevius-Gruppierung innerhalb der national-konservativen Opposition meinte nun, den Coup d'Etat aus Anlaß eines unmittelbar drohenden Kriegsausbruchs am besten herbeiführen zu können. Damit wäre ihnen im September 1938 natürlich eine »harte Linie« Großbritanniens ausgesprochen entgegengekommen.

Für Weizsäcker, der den im Auswärtigen Amt von Erich Kordt lose angeführten »Kreis von Männern, die den Umschwung aus innerster Überzeugung aktiv betrieben«, duldete, führte die wichtigste Verbindung zum Militär über den Abwehrchef Admiral Canaris, der ihm »als Seeoffizier am nächsten stand und ... schon seit längerem bekannt war«. Canaris nahm – zur Weiterleitung der außenpolitischen Informationen – die Funktion eines »zuverlässigen Mittelsmannes« zwischen dem Chef des Generalstabes und dem Staatssekretär ein. Canaris und Halder wollten sich allerdings – im Gegensatz zu Oster und Gisevius – auf eine Staatsstreich-Eventualplanung beschränken (K.-J. Müller): Als letzte verzweifelte Möglichkeit, um den »großen Krieg« zu verhindern, wurden von ihnen systemdestabilisierende Maßnahmen erwogen. Diese Linie verfolgte auch Weizsäcker. Er befürwortete nie die vom Oster-Gisevius-Kreis und den Kordt-Brüdern gewünschte öffentliche Warnung Großbritanniens an Hitler zur Systemsprengung (in seinem gesamten Nachlaß, aber auch in Weizsäckers Aussagen im »Wilhelmstraßen-Prozeß« gibt es keine Anhaltspunkte dafür, daß der Staatssekretär mit den Vorschlägen Theodor Kordts gegenüber Sir Horace Wilson und Außenminister Viscount Halifax am 6./7. September 1938 konform ging). Statt dessen bemühte sich der Staatssekretär mit allen Kräften darum, seine Alternative zu einer militärischen Zerschlagung der Tschechoslowakei durchzusetzen und den »Führer« auf den »chemischen Auflösungsprozeß« festzulegen.

Eine Rundfunkansprache der britischen Regierung an das deutsche Volk als Auftakt für einen Staatsstreich in Deutschland – um durch eine diplomatische Niederlage ein auslösendes Moment für einen Sturz Hitlers zu schaffen – verband nämlich, wie einmal treffend bemerkt wurde, »die maximale Chance, Hitler zu stürzen, mit einem maximalen Risiko für den Frieden Europas ...« (B. J. Wendt). Letzteres wollte Weizsäcker unter gar keinen Umständen eingehen, ersteres erübrigte sich bei einem »Einlenken« Hitlers.

Aus Weizsäckers Sicht setzten die Verschwörer das Deutsche Reich einer doppelten Gefahr aus. Auf der einen Seite konnten ihre Pläne scheitern und Hitler den »großen Krieg« entfachen: »Andere sagten jetzt [nach Abschluß des Münchener Abkommens, Anm. d. Autors]: besser 1938 ein Weltkrieg als 1939; er wäre schneller zu unseren Ungunsten beendet worden, er hätte uns weniger Blut und weniger materielle Substanz gekostet ... Den Feind ins Land ziehen, um mit seiner Hilfe den eigenen Tyrannen loszuwerden, das ist heutzutage zu teuer erkauft. Wer an verantwortlicher Stelle steht, kann und wird so nicht handeln.« Auf der anderen Seite konnten sie der Reaktion des Auslandes nicht sicher sein: »Ich dachte immer an Jakob Burckhardt: ›Die größte Gefahr für ein Land unter innerer Revolution ist stets der Eingriff dritter von außen her‹ (oder ähnlich).«

Im Juni 1939 traten Erich und Theodor Kordt dann wieder in Aktion, um britische Regierungskreise über ihre Einschätzung der Außenpolitik Hitlers zu informieren und Ratschläge für die britische Politik zu erteilen. Sie machten unter anderem in London auf die deutsch-sowjetischen Geheimverhandlungen aufmerksam, um somit auf einen beschleunigten Abschluß eines Bündnisses zwischen Großbritannien, Frankreich und der UdSSR zu drängen. Vor Gericht 1948 und in den 1950 publizierten »Erinnerungen« bekannte sich Weizsäcker zu den Schritten der Kordts und übernahm für sie sogar die »persönliche Verantwortung«. Jedoch stellen diese Feststellungen lediglich eine Rechtfertigung gegenüber den von der Anklage im »Wilhelmstraßen-Prozeß« erhobenen Vorwürfe dar, daß Weizsäcker an der Vorbereitung von Angriffskriegen mitgearbeitet hätte. Denn weder in den 1944 noch in den 1947 verfaßten »Erinnerungen« Weizsäckers findet sich eine Andeutung auf eine Warnung an Großbritannien vor einer deutsch-sowjetischen Annäherung, und er machte auch nicht die – in den veröffentlichten Memoiren eingefügte – Bemerkung, daß »die Zusammenballung einer Triple-Entente London–Paris–Moskau ... für den Frieden immer noch minder bedenklich als ein Pakt Berlin–Moskau mit dem Hintergedanken einer neuen Teilung Polens« gewesen sei.

Weizsäcker erhoffte kein britisch-französisch-sowjetisches Abkommen im Sommer 1939 und glaubte nicht an ein Zustandekommen des Hitler-Stalin-Paktes. Das belegt beispielsweise auch sein – nur zum internen Gebrauch der Verteidigung verfaßter – Kommentar zu zwei von der Anklagevertretung 1948 vorgelegten Dokumenten. Das eine Schriftstück (A.) war ein Telegramm Weizsäckers an den deutschen Botschafter in Moskau, Graf von der Schulenburg, vom 29. Juli 1939 (»Wir wären bereit, bei jeder Entwicklung der polnischen Frage, sei es, wie wir es wünschen, auf friedlichem Wege, sei es auf einem uns aufgezwungenen anderen Wege, alle sowjetischen Interessen zu wahren und uns mit der dortigen Regierung darüber zu verständigen.«) Das andere (B.) war eine Aufzeichnung Karl Schnurres (Leiter des Referats Ost-Europa der Wirtschaftspolitischen Abteilung des Auswärtigen Amtes) über ein Gespräch mit dem sowjetischen Wirtschaftsexperten Barbarin und dem Geschäftsträger Astachov am 26. Juli 1939 (Schnurre gab – so M. Braubach – den »bedeutsamen lockenden Hinweis, daß es nichts auf der ganzen Linie von der Ostsee bis zum Schwarzen Meer und dem Fernen Osten gebe, über das man sich nicht verständigen könne«): »Das Gespräch zu B. und der Erlaß zu A. gehen zweifellos auf Hitler/Ribbentrop zurück. In diesem Stadium war Weizsäckers Hoffnung auf den ›Schwebezustand‹ des deutsch-russischen Verhältnisses gemindert. Immerhin klangen die Äußerungen des russischen Geschäftsträgers noch ziemlich skeptisch und verzögerlich. Auch zu A. beweist, daß Molotovs Haltung noch sehr unsicher war. Also konnte man noch hoffen, es werde die sommerliche Gefahrenzone überwunden, ohne daß Hitler sich mit Stalin einigte, vielleicht auch ohne daß Paris und London sich mit Moskau einigten – also Schwebezustand, der einem Krieg im Wege stand.«

Erst während der Prozeßzeit wurde systematisch damit angefangen, Weizsäckers Beurteilungen der internationalen Lage 1938/39 und sein Hitler-Bild in eine andere Richtung zu drängen, um ihn zu einem »Seher« und »Mann des Widerstandes« gegen Hitler zu stilisieren. Die Absichten Weizsäckers und der Kordt-Brüder in den Krisen um die Tschechoslowakei und Polen können nämlich nicht zu der »Einheit« zusammengefaßt werden, die nachträglich zu Verteidigungszwecken und zur Entlastung des Staatssekretärs während der Prozeßzeit 1948/49 beziehungsweise der sich daran anschließenden Haft Weizsäckers in Landsberg (am 16. Oktober 1950 wurde er vorzeitig entlassen) konstruiert wurde. Zu bedenken ist außerdem, daß das von den Kordt-Brüdern nach dem Zweiten Weltkrieg herausgestellte gemeinsame Handeln *der*

Oppositionellen im Auswärtigen Amt den Nebeneffekt hatte, durch künstliche Inanspruchnahme des Staatssekretärs ihren eigenmächtigen Aktionen erst wirkliche Bedeutung zu verleihen und dem sich im Aufbau befindlichen Auswärtigen Amt (durch den Vorläufer: das Deutsche Büro für Friedensfragen in Stuttgart) einen positiven Traditionsstrang zu verschaffen.

Erst während des »Wilhelmstraßen-Prozesses« traten – hinter den Kulissen – Divergenzen zwischen Erich Kordt und Weizsäcker auf, die sich nicht auf die Qualität des jeweiligen Erinnerungsvermögens zurückführen ließen, sondern sowohl durch die unterschiedliche Beurteilung der Außenpolitik der Weimarer Republik und des Dritten Reiches als auch durch zum Teil vollkommen verschiedene Zielvorstellungen und Verhaltensweisen vor dem Zweiten Weltkrieg bedingt waren. Sein eigenes Handeln schätzte Weizsäcker in bewundernswerter Klarheit und Selbstkritik ein; am 20. April 1949 – wenige Tage nach der Urteilsverkündung im »Wilhelmstraßen-Prozeß« (sieben Jahre Gefängnis wegen Mitarbeit an den Plänen zur Zerschlagung der Tschecho-Slowakei am 15. März 1939 und wegen der Judendeportationen; das Urteil wurde am 12. Dezember 1949 in fünf Jahre Freiheitsentzug umgewandelt und der die Tschechoslowakei betreffende Anklagepunkt aufgehoben) – stellte Weizsäcker in einem Brief an seine Frau Marianne fest: »Ich habe mir eine Funktion zugetraut, die im entscheidenden Augenblick über meine Kräfte ging. Das zeigte der tatsächliche Ablauf. War der politische Ablauf schicksalhaft, so kam es nur noch auf das Beispiel richtigen persönlichen Verhaltens an. Ich kritisiere nicht den von mir im Frühjahr 1938 getroffenen Entscheid, den Kampf aufzunehmen. In meinem schließlichen Verhalten habe ich aber zu sehr die Kunst des Möglichen anwenden wollen und habe den Wert des Irrationalen unterschätzt. Mit mehr Herz und vielleicht mit mehr Fanatismus hätte ich es auf eine persönliche Katastrophe ankommen lassen, ja sie im richtigen Moment bewußt hervorrufen müssen. Konkret gesagt: Ich hätte unmittelbar vor Kriegsausbruch eine Kraftprobe auf Biegen und Brechen – in dieser Lage also Brechen – machen sollen. Das wäre heute ein viel besseres Beispiel als mein nunmehriges. Mein Verhalten ab Herbst 1939 ist unrühmlich. Ich scheue darum die Fortsetzung einer Märtyrerrolle, die meinem Gewissen nicht entspricht.«

Klaus Michael Meyer-Abich

Professor für Naturphilosophie an der Universität Essen, ehemaliger wissenschaftlicher Assistent von Prof. Dr. Carl Friedrich von Weizsäcker, Essen

Jeder Antwort noch eine Frage hinzufügen – Carl Friedrich von Weizsäcker 1984

Carl Friedrich von Weizsäcker wird gewöhnlich als Physiker und Philosoph vorgestellt. Dies ist auch richtig. Wenn man auf die Frage, wer einer ist, mehreres antwortet, muß man sich aber auch die Frage nach dem Zusammenhang dieses mehreren in dem einen, nach dem gefragt wurde, gefallen lassen. Also: Was hat die Physik mit der Philosophie zu tun? Auf diese Frage kann keine physikalische, sondern nur eine philosophische Antwort gegeben werden. Der bündige Bescheid, was er ist, lautet dementsprechend: Er ist Philosoph. Und nur weil er Philosoph ist, steht auch die dritte Säule seines Lebenswerks, die Friedenspolitik, in einem geistigen und nicht nur moralischen Zusammenhang mit seiner Tätigkeit als Physiker.

Unter einem Philosophen stellt man sich heutzutage, zumal in Deutschland und Amerika, im wesentlichen einen Gelehrten und Professor vor. Einen Lehrstuhl für Philosophie hatte auch Carl Friedrich von Weizsäcker von 1957 bis 1970 an der Universität Hamburg. Ich habe dort bei ihm studiert und war später sein Assistent. Professoralität und Beamtentum können dazu beitragen, daß eine Aufgabe, der die Philosophen sich traditionell immer verpflichtet gefühlt haben, vernachlässigt wird, nämlich das unabhängige Engagement für öffentliche Angelegenheiten. Dies muß aber nicht so sein. Die besten Beispiele dafür haben im heutigen Deutschland Carl Friedrich von Weizsäcker und Georg Picht gegeben.

Was wäre aus der Philosophie geworden, wenn Heraklit und Parmenides, Platon und Aristoteles sie nur wissenschaftlich als ein Fach unter vielen Fächern betrieben hätten? Und was würde aus uns, aus der modernen Industriegesellschaft, wenn die heutigen Philosophen sich darauf beschränkten, nur dies zu tun? Die Lebensfragen unserer Zeit sind nicht so eingeteilt wie die Wissenschaften. Wie also kann es zu einer an den heutigen Problemen orientierten Wiederverbindung der vielen Einzelwissenschaften kommen, damit wir nicht mehr wie mit tausend Augen blind die Lebensgrundlagen zerstören?

In der Philosophie haben die einzelnen Fächer wenigstens eine historische Einheit, denn aus ihr sind sie alle hervorgegangen. Also sind die Philosophen in der heutigen Zeit jedenfalls auch dazu aufgerufen, das Ihre zur problemorientierten Wiederverbindung der vielen Einzelwissenschaften zu tun. Durch seine eigene Arbeit und durch das von ihm geleitete Starnberger »Max-Planck-Institut zur Erforschung der Lebensbedingungen der wissenschaftlich-technischen Welt« hat Carl Friedrich von Weizsäcker ein Vorbild gegeben, wie den Problemen der Industriegesellschaft, in die wir durch Wissenschaft und Technik hineingeraten sind, doch auch wieder wissenschaftlich zu begegnen ist – und was ein Philosoph dazu beitragen kann. Leider hat man dieses Institut inzwischen wieder geschlossen. Ich halte das für einen großen Fehler.

Weizsäcker ist also ein Philosoph, der nicht »bloß akademisch«, sondern wahrhaft akademisch philosophiert, nämlich im Sinn Platons, nach dessen Akademie im Athener Hain Akădemos heute alle Akademiker benannt werden – mehr oder weniger zu Recht, meistens eher weniger.

Carl Friedrich von Weizsäcker hat dieses Amt in einer Weise wahrgenommen, die jedermann zum Vorbild dienen kann und sollte. Dies zeigt sich auch daran, daß sein Rat oft von Vertretern entgegengesetzter Positionen gesucht worden ist, so daß er gegenseitiges Verständnis wecken und dadurch zu einer wahrheitsorientiert-konstruktiven Auseinandersetzung beitragen konnte. Die wirkliche Tragweite der Probleme ist dann meistens gerade dadurch deutlich geworden, daß er über entgegengesetzte Positionen zu weit hinausgedacht hat, um noch zwischen ihnen Stellung nehmen zu können. Dies darf man nicht mit Unentschiedenheit verwechseln.

»Er hat Verständnis für beide Seiten und sieht doch auch ihre jeweiligen Grenzen«, hieß es einmal in der Rezension eines Weizsäcker-Buchs durch Iring Fetscher (Merkur 32 [1978], S. 1268). Als lebendiger Platon, der er ist, gibt er seinen Gesprächspartnern und Lesern oft eher Fragen als Antworten mit auf den Weg. Heine hätte wohl seine Freude daran gehabt. Die Platonische Begegnung von Politik und Wahrheit führt zwar auch zu – neuen – Antworten, aber diese können nur dadurch in ihrer Wahrheit erfahren werden, daß man sie selbst hervorbringt – und soweit wir uns die Demokratie zutrauen, gilt das für alle Beteiligten.

Sind Weizsäckers Bücher insoweit mit Recht aporetisch, was bei ihm literarisch die Form einer sozusagen vollkommenen Unvollkommenheit in Werkstattberichten annimmt, so gibt es doch auch einen Bereich, in dem er immer wieder selbst Partei genommen hat, den der Friedenspolitik. Öffentliche Resonanz gefunden haben insbesondere die von ihm initiierte Erklärung der Göttinger Achtzehn gegen die atomare Bewaffnung der Bundeswehr (1957) und die unter seiner Leitung entstandene

Studie »Kriegsfolgen und Kriegsverhütung« der Vereinigung Deutscher Wissenschaftler (1971). Dieses Engagement beruht darauf, daß der Philosoph Weizsäcker, wie vor ihm Platon und Kant, auch Physiker ist und als solcher im Alter von 33 Jahren, in England interniert, den Abwurf der ersten Atombomben auf Japan erlebt hat.

Der biographische Hintergrund ist: Carl Friedrich von Weizsäcker, am 28. Juni 1912 in Kiel geboren, erhielt in jungen Jahren von dem Physiker Werner Heisenberg den Rat, nicht Philosoph zu werden, ohne zuvor gründlich Physik getrieben zu haben. Er folgte diesem Rat – wie später auch andere – und wurde Physiker, dies jedoch als Schüler nicht nur Heisenbergs, sondern auch des Physikers und Philosophen Niels Bohr, nachdem dieser sich durch die neue Quantentheorie der Atome daran erinnert gefunden hatte, daß wir selbst ein Teil der Natur sind, die wir naturwissenschaftlich erfahren. Wie in den naturphilosophischen Anfängen der abendländischen Philosophie gab es in dieser Erinnerung keine Grenze zwischen Physik und Philosophie.

Weizsäcker war von 1942 bis 1957 Professor für Theoretische Physik zunächst in Straßburg, dann im Göttinger Max-Planck-Institut für Physik. Er hat zwar auch eine Reihe von im engeren Sinn physikalischen Arbeiten geschrieben, vor allem in der Kern- und Astrophysik, und schon damit wäre mancher als Lebenswerk ganz zufrieden, aber seine wesentlichen Entdeckungen betreffen nicht nur Teilgebiete, sondern das Ganze der Physik. Vor allem hatte er als junger Physiker 1939 den Gedanken, daß das Verständnis der Struktur der Zeit der Kern der Physik ist, und verstand von dorther zunächst die Thermodynamik, später die Quantentheorie. Wohl die meiste Zeit seines Lebens hat er damit verbracht, und er tut dies bis heute, den vielen Teilgebieten der Physik aus der Einsicht in die Struktur der Zeit einen Zusammenhang zu geben, den sie bisher nicht haben. Diese Arbeiten sind der Öffentlichkeit im wesentlichen unbekannt und finden auch unter den Physikern erst allmählich Gefolgschaft, weil ihr Ansatzpunkt im gängigen Verständnis außerhalb der Physik liegt.

Es geht um nichts Geringeres als darum, der Physik eine Grundlage und damit eine Einheit zu geben, die ihr bisher fehlt: der Physik, die es doch unter allen Fachwissenschaften bisher noch am weitesten gebracht hat, die also die Königin unter den Einzelwissenschaften genannt zu werden verdient, aber das ist es eben: Diese Wissenschaft ist so gut, daß an sie bereits ein so ungeheurer Anspruch wie der Weizsäckersche gestellt werden kann. Andere Wissenschaften können davon noch nicht einmal träumen.

Das Wissen aber von etwas ist, wie Platon sagt, immer auch das Wissen des Entgegengesetzten. So ist die Physik nicht nur die avancierteste Wissenschaft, sondern sie hat auch einen Schrecken über die Menschheit gebracht, wie noch kein Wissen zuvor, die Atombombe. Und dies war das erstemal, daß nicht erst die technischen und industriewirtschaftlichen »Anwendungen« wissenschaftlicher Erkenntnisse die Welt verändert haben, sondern bereits die wissenschaftliche Erkenntnis selbst. Als nämlich die Uranspaltung in der wissenschaftlichen, kernphysikalischen Grundlagenforschung entdeckt war, existierte auf einmal eine Möglichkeit in der Welt, die zuvor nicht existiert hatte: die des Baus von Atombomben, und diese Möglichkeit existierte in Deutschland, und Deutschland war damals das Dritte Reich kurz vor dem Beginn des Zweiten Weltkriegs. Es führte ein gerader Weg von der kernphysikalischen Grundlagenforschung bis zum Einsatz der Atombombe in Hiroshima und Nagasaki.

Der Abwurf der ersten Atombomben war, glaube ich, in Carl Friedrich von Weizsäckers Leben das zentrale Ereignis, der historische Aufpunkt alles dessen, was er denkt und tut.

»Als wir begannen, Physik zu studieren«, schrieb er 1945, »erstrebten wir nichts als einen Einblick in die Geheimnisse der Natur ... Heute kann unser Stand vielleicht mit mehr Recht als der Stand des Soldaten beanspruchen, den bisher größten Krieg der Weltgeschichte entschieden zu haben. Er ist ein Faktor in der Weltpolitik geworden und teilt damit die Verantwortung für Krieg und Frieden, die früher in den Händen des Politikers und des Soldaten lag ... Heute tragen wir, und zwar jeder von uns, der geholfen hat, die Kenntnis des Atomkerns zu fördern, mit an der Schuld am Tode von 90 000 Männern, Frauen und Kindern, an der Verwundung und der Heimatlosigkeit von Hunderttausenden. Und keiner von uns kann sich der Frage entziehen, ob es durch die Arbeit, der wir unser Leben gewidmet haben, noch zu unseren Lebzeiten geschehen wird, daß nicht 90 000, sondern 90 Millionen denselben Tod erleiden ... Wir haben wie Kinder mit dem Feuer gespielt, und es ist emporgeschlagen.« (Der bedrohte Friede, 1981, S. 17 f.)

Die politische Konsequenz ist die Notwendigkeit des Weltfriedens oder – eine der meistzitierten Weizsäcker-Thesen – des Übergangs zur Weltinnenpolitik. Schon viel, viel kleinere Schritte aber überfordern, wie sich in den letzten Wochen und Monaten gerade wieder gezeigt hat, die internationale politische Kultur. Deswegen müssen wir mit dem dritten Weltkrieg rechnen. Niemand hat dies immer wieder so deutlich gesagt wie Carl Friedrich von Weizsäcker.

Daß die Notwendigkeit des Weltfriedens die politischen Institutionen überfordert, ist nicht primär der Politik anzulasten, denn die heutige

Politik ist im wesentlichen nicht schlechter als die der Vergangenheit. Das Problem ist die Überforderung. Also ist die Wissenschaft dafür mitverantwortlich, daß wir mit dem dritten Weltkrieg als einem Atomkrieg rechnen müssen. Hier aber führte ein gerader Weg nicht nur von der kernphysikalischen Grundlagenforschung der dreißiger Jahre bis zum Einsatz der Bombe. Der gerade Weg führte – auch dies ist ein bekannter Weizsäcker-Satz – sogar von Galilei bis zur Atombombe. Die Frage ist also nicht nur, wie wir es anstellen können, die katastrophalen Folgen der Wissenschaft abzuwenden, sondern auch, ob und wieweit es zu verantworten ist, weiterhin überhaupt Wissenschaft zu treiben.

Carl Friedrich von Weizsäcker hat diese Frage nach dem Zweiten Weltkrieg an den Theologen Karl Barth gerichtet. Barth antwortete: »Wenn Sie das glauben, was die Christen immer bekennen und was fast keiner glaubt, daß Christus wiederkommt, dann dürfen Sie Physik treiben – dann müssen Sie es sogar. Sonst dürfen Sie es nicht.«

Weizsäcker ist Wissenschaftler geblieben. Als Philosoph ist er sich des religiösen Kerns aller wirklichen Philosophie bewußt. In diesem Bewußtsein hat er uns dazu aufgerufen, die Wissenschaft weder aufzugeben noch einfach so fortzusetzen wie bisher, sondern sie zu Ende zu denken. Er selbst geht diesen Weg in der philosophischen Physik, gleichzeitig in der Friedenspolitik, den Folgen der noch nicht zu Ende gedachten Physik zugewandt. Wer demgegenüber die Kraft des Geistes nicht mit der christlichen Hoffnung verbindet, aber die Lage erkennt, kann nur finden: Es ist verrückt, wie es heute in der Welt zugeht – und dann auch selbst verrückt werden oder verzweifeln.

Das Bewußtsein der Verantwortlichkeit der Wissenschaft hat mit der Atombombe, dem Verlust der Unschuld der Wissenschaft in der Physik, einen Anfang genommen. Mittlerweile kennen wir auch die übrigen Probleme der politischen Tragweite wissenschaftlich-technischer Entwicklungen, bei uns und in der Dritten Welt. In der Wahrnehmung der gesellschaftlichen Verantwortung für die Wissenschaft können andere in anderen Bereichen fortsetzen, was mit der Erfahrung der Atombombe begonnen hat.

Die 1982 zu seinem 70. Geburtstag unter dem Titel »Physik, Philosophie und Politik« erschienene Festschrift umfaßt Beiträge so unterschiedlicher Autoren wie Egon Bahr und Pater Lassalle, Iring Fetscher und Edward Teller, Hartmut von Hentig und Wolf Häfele, Helmut Schmidt und Günter Altner, Marion Dönhoff und Horst Afheldt, Karl Popper und Georg Picht – und dokumentiert damit die Integrationskraft, auf die es ankommt.

Was können wir tun, um diesen Weg weiterzugehen? Wir können

überall dazu beitragen, daß an die Stelle der positionellen eine diskursive Politik tritt. Wir können beständig versuchen, von der Freiheit der Wissenschaft nur im Bewußtsein der Verantwortung für die Wissenschaft Gebrauch zu machen. Wir können zu jeder Antwort, um die wir gebeten werden, noch eine Frage hinzutun.

Nun ist mir so, als hätte ich das meiste immer noch nicht gesagt. Vor allem habe ich noch nichts gesagt

— über die Anekdoten, die ihm jederzeit einfallen, zum Beispiel von Niels Bohr oder von dem Mathematiker Hermann Amandus Schwartz (der so pedantisch war, daß er sogar in den U-Bahn-Schächten die Plakate glattstrich, wenn sie sich gewellt hatten) oder von Benjamin Franklin, der einmal die Bibel aufschlug und zur Predigt der Toleranz »vorlas«, wie Abraham einen Fremden aus dem Hause warf, weil er nicht mit ihm beten wollte, und dann des Nachts die Stimme Gottes hörte: 70 Jahre lang habe ich diesen Mann auf meiner Erde ertragen, und du hältst es nicht einmal eine einzige Nacht mit ihm aus?
— über die vielen Geschichten von chinesischen Weisen, die Weizsäkker so gut behalten und erzählen kann, als sei er selbst einmal einer gewesen, und über die stundenlange Zeit, die er in Gesprächen auch dann haben konnte, wenn sein Tag voller Termine war;
— über seinen Urgroßvater, dessen Bild an der Tür zu seinem Hamburger Dienstzimmer hing und der wohl ein sehr demütiger Mann vor Gott gewesen ist, der aber so viel klüger war als die meisten seiner Mitmenschen, daß ihm die Demut ihnen gegenüber manchmal schwergefallen ist;
— über sein Verhältnis zu Doktoranden und Mitarbeitern, in dem er zwar jederzeit sensibel für persönliche und persönlichkeitsbildende Krisen war, jedoch immer gemeint hat, daß man sich dadurch nicht von seiner Arbeit abhalten lassen solle – so wie Goethe meinte, daß es statt falscher Beschaulichkeit der beste Weg zur Selbsterkenntnis sei, wenn einer einfach seine Pflicht tue;
— über die Palindrome, die ich von ihm gelernt habe, über die Schüttelreime, die ihm immer einfallen, wenn er andere reden hört, und über vieles andere, was ich auch gern erzählen würde.

Ich lasse es bei diesen Andeutungen, und andere hätten noch anderes zu sagen.

Walter Schindler

ehemaliger Assistent von Prof. Dr. Carl Friedrich von Weizsäcker, (Mitarbeiter am Max-Planck-Institut zur Erforschung der Lebensbedingungen der wissenschaftlich-technischen Welt), München

Die Sprache des Organischen – Viktor von Weizsäcker

Mit dem Namen Viktor von Weizsäcker unzertrennlich verbunden ist der Begriff der psychosomatischen Medizin. Wollte man von dem heute gängigen Gebrauch dieser Bezeichnung für eine Richtung der medizinischen Praxis auf den Erfolg eines Lebenswerkes schließen, dann müßte man wohl sagen: Viktor von Weizsäcker hat Schule gemacht.

In einem engagierten Vortrag vor der Deutschen Gesellschaft für Innere Medizin, der 1949 unter dem Titel »Psychosomatische Medizin« veröffentlicht wurde, stellte Weizsäcker jedoch klar, daß »die fortgesetzte Anwendung der Laboratoriums-Apparaturen auf die zum Objekt versteinerten Affekte der Insassen eines Spitals« die Fortschreibung der Geschichte der naturwissenschaftlichen, mechanistischen Medizin, nunmehr unter Einbeziehung der psychischen Krankheitsfaktoren, bedeute. Psychosomatische Medizin, die auf der somatischen Seite eine hochentwickelte und spezialisierte Naturwissenschaft einsetzt und das Seelische nach Maßgabe mechanistischer Wirklichkeitserfahrung »berücksichtigt«, hat eine Objektivierung des Kranken zur Folge, die seine Subjektivität vernichtet. »Wir müssen also eine naturwissenschaftliche und eine anthropologische Psychosomatik unterscheiden; und ich werde nur der letzteren die Fähigkeit zur Reformation der Medizin zusprechen. Nur wenn die psychosomatische Medizin das Subjekt einläßt, Motiv und Ziel erwägt, den Umgang des Menschen mit sich selbst, der Menschen miteinander kultiviert, nur dann kann sie das leisten, was schon so oft ohnmächtig und nicht immer aufrichtig verlangt wurde: ›die Überwindung von Materialismus und Mechanismus‹.«

Weizsäckers Kritik an der naturwissenschaftlichen Psychosomatik zielt auf den harten Kern der etablierten Medizin in Theorie und Praxis. Sie stellt die Wahrheit der Ontologie der klassischen Naturwissenschaft, ihren Begriff von Objektivität und damit ihren Wirklichkeitsbegriff radikal in Frage. Die naturwissenschaftliche Medizin verdrängt die Einsicht in das Wesen der Krankheit. »Daß nämlich die Krankheit den Sinn habe, den Betroffenen zum Sinn seines Lebens zu führen – das einzusehen hat die naturwissenschaftliche Medizin gründlich verhindert ... das sagt Ihnen ein begeistert in ihr Erzogener.«

Das Pathos seiner Kritik zeigt: Weizsäcker war ein Außenseiter in der Medizin geworden. Als er 1904 in Tübingen mit dem Medizinstudium begann, war es für ihn als Sohn des späteren württembergischen Ministerpräsidenten, als Enkel und Urenkel bedeutender schwäbischer Theologen wohl selbstverständlich, daß er in der Medizin reüssieren würde. 1906 wechselte Weizsäcker nach Freiburg und arbeitete dort am Physiologischen Institut bei Joh. von Kries über die Fortpflanzung der Erregung in den Nerven. Mit dem Sommersemester 1908 setzte er sein Studium in Heidelberg fort, legte ein Jahr später das Staatsexamen ab und promovierte im darauffolgenden Jahr.

Weizsäcker genoß also eine klassische physiologische Ausbildung bei von Kries und arbeitete im klinischen Bereich bei Ludolf von Krehl in Heidelberg, dessen Assistent er 1910 wurde. Es folgten experimentelle Arbeiten zur Herzphysiologie. Mit Beginn des Ersten Weltkrieges wurde er Truppenarzt in Frankreich und Polen, arbeitete 1915 in einem Seuchenlazarett an der Maas, und noch während des Krieges (1917) erfolgte die Habilitation für innere Medizin mit einer Arbeit: »Über die Energetik der Muskeln und insbesondere des Herzmuskels sowie ihre Beziehung zur Pathologie des Herzens«. Er hatte sich mit seinen Arbeiten also »ein Bürgerrecht in der deutschen Physiologenschule erworben« und war, wie er in einem Rückblick auf diese Zeit sagte, »ein gläubiger Physiologe der Muskelmaschine geworden«.

Diese geradezu mustergültige akademische Karriere in der Medizin zeigt uns nur eine Seite des jungen Weizsäcker. Schon in Freiburg, entschieden aber in Heidelberg, studierte er Philosophie und ging den Weg der neuzeitlichen Philosophie von Kant zu Hegel. Mit einer »jungen Meute«, zu der Julius Ebbinghaus und Hans Ehrenberg gehörten, traktierte Weizsäcker in Seminaren bei Wilhelm Windelband die Philosophie Kants. In seiner autobiographischen Studie »Südwestdeutsche Philosophie« (in »Natur und Geist«) bezeugte er Windelband seine lebendigste Dankbarkeit für »die schlichte Tatsache, daß wir hier einmal an einem würdigen Gegenstand, an einem Texte der großen Philosophie, zum Lernen und zur Methode des Philosophierens überhaupt erzogen wurden«. Hier erfuhr Weizsäcker eine entscheidende Prägung, »das Doppelleben als Mediziner und Philosophie-Student wurde ein gewohnter Zustand«; er erfuhr den Abgrund zwischen Philosophie und Naturwissenschaft.

Weizsäcker schwankte, ob er nicht Philosophie als Beruf wählen sollte. Mit dem medizinischen Staatsexamen entschied er sich für die Medizin als Beruf und für das Doppelleben. Und so war er der gläubige Physiologe der (Herz-)Muskelmaschine und der philosophisch geschulte Kritiker der mechanistischen Naturerkenntnis geworden, der wohl, wie er später über sich sagte, einige Jahre vergessen hatte, daß »die Maschinenbetrachtung des wichtigsten Organs in vollem Widerspruch zu dem stand, was die naturphilosophische Spekulation« ihn gelehrt hatte.

Trotz der tiefgreifenden Veränderung des physikalischen Weltbildes durch die Entwicklung der Quantentheorie war der klassische Physikalismus in der Auffassung der Lebensvorgänge ungebrochen. Die Grundlagenkrise der Physik, der Wandel im Verständnis der sie tragenden Grundbegriffe, Bohrs Entdeckung der Komplementarität von Raum-Zeit-Beschreibung und Kausalitätsforderung erschütterten den Begriff der Objektivität naturwissenschaftlicher Erkenntnis. Bohrs Ergebnis war die Einführung des erkennenden Subjekts in die Interpretation der quantentheoretischen Objekterkenntnis.

Diese Erschütterung hatte weder die Biologie noch die Medizin erreicht, als Weizsäcker, gestützt auf seine neurophysiologischen Forschungen, die Entdeckung des Funktionswandels in Abhängigkeit von der Organleistung, sein Subjektverständnis mit dem Begriff des Antilogischen erläuterte, das die Medizin aus den Zwängen der klassischen Logik und Kausalitätsvorstellung befreien sollte. »Das Antilogische« (1923) ist das philosophische Dokument dieser Entwicklung.

1920 hatte Weizsäcker die Nervenabteilung der Medizinischen Klinik in Heidelberg übernommen, und die nun beginnende Auseinandersetzung mit der Psychoanalyse Freuds wurde zur entscheidenden Erfahrung für die Fortentwicklung seines Ansatzes zu einer medizinischen Anthropologie. Als er Freud 1926 in Wien aufsuchte, da hatte Weizsäkker die Botschaft der Psychoanalyse schon in sein »Geschäft« integriert. Die Psychoanalyse hatte ihn gelehrt, daß die Krankheit der Seele ein Ausdruck, eine Gestalt des durch Verdrängung und Verleugnung verborgenen und deshalb ungelebten Lebens ist. Die Gesundheit eines Menschen hat etwas mit seiner Wahrheit, seine Krankheit etwas mit seiner Unwahrheit zu tun. Die Praxis der Psychoanalyse bestätigte ihm, daß Krankheit eine geistige Bedeutung hat und daß sie zur Sprache gebracht werden kann durch ärztliches Handeln, das sich am Krankheitsvorgang beteiligt, ihn begleitet, sich mit ihm vermischt und mit am Verlauf wirkt. Aus diesem Kontext analytischer Erfahrung formulierte Weizsäcker die Einsicht, »daß in der organischen Krankheit auch der Körper ein Wort mitredet. Die Entzifferung der Organsprache ist hier das Geschäft, die Übersetzung in das der Seele verständliche Wort die schwierige, aber lösbare Aufgabe«. In der bedeutenden Studie »Körpergeschehen und Neurose« (1933) führte Weizsäcker diese Aufgabe am Beispiel der sogenannten psychogenen Angina vor. Der organische Vorgang ist Symbol und bedeutet die Vertretung eines seelischen Konflikts. Die Stellvertreterfunktion der somatischen Erkrankung bedeutete für Weizsäcker nicht, daß der seelische Konflikt Ursache für die Angina ist. Nicht eine Kausalerklärung war zu suchen, sondern es galt zu zeigen, daß und wie das somatische Geschehen eine seelische beziehungsweise biographische Konstellation erläutert. In dem Krankheitsprozeß stehen Leib und Seele nicht im Verhältnis zweier Substanzen zueinander, sondern sie gehen miteinander um. Leib und Seele sind keine Einheit, aber ihre Umgangsform zeigt ihre Zusammengehörigkeit: Sie bildet eine Gestalt. Die »Ganzheit« eines so gestalteten Lebensvollzugs ist ein Gestaltkreis.

Als Weizsäcker die Idee des Gestaltkreises in den zwanziger Jahren entwickelte, erweiterte er die psychoanalytische Perspektive. Ein Kranker war weder nur an Leib oder Seele krank, seine biographische Situation in Gestalt dieser seiner Krankheit war stets auch als Ausdruck seines sozialen Umfeldes zu begreifen. Was psychosomatische Medizin in dieser erweiterten Dimension zu leisten vermag, zeigte Weizsäcker in der Behandlung sogenannter Rechtsneurosen, die er mit dem programmatischen Titel »Soziale Krankheit und soziale Gesundung« 1930 veröffentlichte.

Aus der Fülle der sinnesphysiologischen und neurologischen Untersuchungen, die er mit seinen Mitarbeitern Derwort, Christian und Haass auf das Zusammenspiel von Wahrnehmung und Bewegung konzentrierte, gelang ihm schließlich als Ergebnis zwanzigjähriger Arbeit die theoretische Konzeption des Gestaltkreises. Mit dieser »Theorie der Einheit von Wahrnehmen und Bewegen« begriff Weizsäcker den biologischen Akt in seiner dynamischen Form und die komplementäre Einheit der Akte kraft ihrer Subjektivität. Der Gestaltkreis bezeichnet nicht das Resultat eines Lebensvorganges, sondern den Prozeß der Gestaltung und Gestaltvernichtung, den Wandel der Gestalten, Leben und Tod. »Der Tod ist nicht der Gegensatz zum Leben, sondern der Gegenspieler der Zeugung und Geburt; Geburt und Tod verhalten sich wie Rückseite und Vorderseite des Lebens . . . Leben ist Geburt und Tod.« Mit diesem 1940 veröffentlichten Werk hatte Weizsäcker den theoretischen Grundriß seiner Anthropologie vorgelegt, in der Krankheit nicht als ein auszumerzendes Übel verleugnet, sondern zum Gestaltwandel des Lebens gehörig anerkannt werden mußte. Intendiert war also eine Anthropologie der pathischen Existenz.

1941 ging Weizsäcker nach Breslau, um dort als Nachfolger von Otfried Foerster den Lehrstuhl für Neurologie zu übernehmen. Die Katastrophe des Zweiten Weltkrieges fügte der Familie tiefes Leid zu; die beiden Söhne Robert und Eckhart fielen im Krieg. Als Weizsäcker 1945 auf militärischen Befehl Breslau verlassen hatte, geriet er in amerikanische Kriegsgefangenschaft, kehrte aber noch im selben Jahr nach Heidelberg zurück. 1946 kam die Berufung auf ein Ordinariat für allgemeine klinische Medizin, das unter Mitwirkung des Freundes Richard Siebeck für ihn an der Medizinischen Universitätsklinik in Heidelberg eingerichtet worden war. Gegen vielfachen Widerstand versuchte Weizsäcker nun in den Jahren bis zu seiner Emeritierung, die 1952 nach Parkinsonscher Erkrankung erfolgte, sein Konzept der psychosomatischen Medizin durchzusetzen, aber der Erfolg blieb ihm versagt. Er wußte, daß die Reformation der Medizin allein nicht möglich war. Das Pathologische des Widerstandes verstand er sehr wohl als Ausdruck einer tiefreichenden sozialen Krankheit.

Gleichwohl arbeitete Weizsäcker den Entwurf seiner anthropologischen Medizin zu einer allgemeinen und speziellen Krankheitslehre aus. Er schrieb in den Jahren 1950/51, als die Krankheit ihn schon heimsuchte, die »Pathosophie«. Er hat sie nicht mehr überarbeiten und vollenden können, aber sie ist eine Summe seiner empirischen Philosophie des Pathischen, ein Gestaltkreis seines Lebenswerkes: »Ist so die Lebensordnung nicht der Geraden, sondern dem Kreis vergleichbar, so doch nicht der Linie des Kreises, sondern seiner Rückkehr in sich selbst. Die Gestalten folgen einander, aber die Gestalt aller Gestalten ist nicht ihre Konsequenz, sondern ihre Selbstbegegnung in ewiger Heimkehr zum Ursprung!«

Viktor von Weizsäcker starb am 8. Januar 1957.

Bibliographische Hinweise (Auswahl)

Hellmut Becker: Quantität und Qualität. Grundfragen der Bildungspolitik, 2. Auflage, Freiburg 1968

Hellmut Becker/Carl Nedelmann: Psychoanalyse und Politik, Frankfurt 1983

Rainer A. Blasius: Für Großdeutschland – gegen den großen Krieg. Staatssekretär Ernst Frhr. von Weizsäcker in den Krisen um die Tschechoslowakei und Polen 1938/39, Köln/Wien 1981

Rainer A. Blasius, Weizsäcker contra Ribbentrop: »München« statt des großen Krieges. In: Franz Knipping/Klaus-Jürgen Müller (Hrsg.), Macht und Machtbewußtsein in Deutschland am Vorabend des Zweiten Weltkrieges, Paderborn 1984

Christopher Browning: The Final Solution and the German Foreign Office. A Study of Referat D III of Abteilung Deutschland 1940–43. New York/London 1978

Andreas Hillgruber/Gerhard Hümmelchen: Chronik des 2. Weltkriegs, Düsseldorf 1978

Lèonidas E. Hill (Hrsg.): Die Weizsäcker-Papiere 1933–1950. Frankfurt/Berlin/Wien 1974

Lèonidas E. Hill (Hrsg.): Die Weizsäcker-Papiere 1900–1932, Frankfurt/Berlin/Wien 1982

Peter Hoffmann: Widerstand, Staatsstreich, Attentat, München 1969

Robert M. W. Kempner: Ankläger einer Epoche. Lebenserinnerungen. In Zusammenarbeit mit Jörg Friedrich. Frankfurt/Berlin/Wien 1983.

Erich Kordt: Nicht aus den Akten ... Die Wilhelmstraße in Frieden und Krieg. Erlebnisse, Begegnungen und Eindrücke 1928–1945. Stuttgart 1950.

Klaus-Jürgen Müller: Die national-konservative Opposition vor dem Zweiten Weltkrieg: Zum Problem ihrer begrifflichen Fassung. In: Militärgeschichte. Probleme – Thesen – Wege. Hrsg. von Manfred Messerschmidt u. a. Stuttgart 1982

Wolfgang Paul: Das Potsdamer Infanterie-Regiment 9 1918–1945, Osnabrück 1983

Donald Lewis Singer: German Diplomats at Nuremberg: A Study of the Foreign Office Defendants of the Ministries Case, American University Washington, 1980.

Ernst von Weizsäcker: Erinnerungen. Hrsg. von Richard von Weizsäcker, München 1950.

Ernst von Weizsäcker: Aus seinen Gefängnisbriefen. 1947–1950.

Richard von Weizsäcker: Die deutsche Geschichte geht weiter, Berlin 1983

Marianne Freifrau von Weizsäcker (8. August 1889 – 9. Januar 1983), ermöglichte Rainer A. Blasius den Zugang zum Nachlaß ihres Gatten Ernst Frhr. von Weizsäcker. Der Nachlaß befindet sich im Familienbesitz, liegt aber auch mikroverfilmt im Bundesarchiv in Koblenz vor. Die Nachlässe von Theodor und Erich Kordt sowie die Akten des Wilhelmstraßen-Prozesses (Dokumentenbücher von Anklage und Verteidigung, Protokolle etc.) sind im Institut für Zeitgeschichte in München zugänglich.

Autorenverzeichnis